BASTEI
LÜBBE
TASCHENBUCH

Weitere Titel der Autorin:

Das helle Licht der Sehnsucht
Wenn tausend Sterne fallen
Wo das Glück zu Hause ist
Im zarten Glanz der Morgenröte
Der Wind trägt dein Lächeln
Wo die Hoffnung blüht
Mein Herz war nie fort
In der Ferne ein Lied
Bis dein Herz mich findet
Durch stürmische Zeiten
Denn dunkel ist dein Herz
Schatten der Erinnerung

Titel in der Regel auch als E-Book erhältlich

Über die Autorin:

Lesley Pearse wurde in Rochester, Kent, geboren und lebt mit ihrer Familie in Bristol. Ihre Romane belegen in England und vielen weiteren Ländern regelmäßig die ersten Plätze der Bestsellerlisten. Neben dem Schreiben engagiert sie sich intensiv für die Bedürfnisse von Frauen und Kindern und ist Präsidentin des Britischen Kinderschutzbundes.

LESLEY PEARSE

ECHO GLÜCKLICHER TAGE

Roman

Aus dem Englischen von
Katharina Kramp

BASTEI
LÜBBE
TASCHENBUCH

BASTEI LÜBBE TASCHENBUCH
Band 16 640

1. Auflage: April 2012

Dieser Titel ist auch als E-Book erschienen

Vollständige Taschenbuchausgabe

Bastei Lübbe Taschenbuch in der Bastei Lübbe GmbH & Co. KG

Deutsche Erstausgabe

Titel der englischen Originalausgabe: »Gypsy«
Originalverlag: Penguin Books Ltd.
Dieses Werk wurde vermittelt durch die Literarische Agentur
Thomas Schlück GmbH, 30827 Garbsen

Textredaktion: Andrea Kalbe
Titelillustration: © shutterstock/Roman Krochuk; © shutterstock
Umschlaggestaltung: Manuela Städele
Satz: Urban SatzKonzept, Düsseldorf
Gesetzt aus der Garamond
Druck und Verarbeitung: CPI – Ebner & Spiegel, Ulm
Printed in Germany
ISBN 978-3-404-16640-4

Sie finden uns im Internet unter
www.luebbe.de
Bitte beachten Sie auch: www.lesejury.de

Der Preis dieses Bandes versteht sich einschließlich
der gesetzlichen Mehrwertsteuer.

Für meinen Enkel Brandon.
Meinen grössten Schatz und
meine grösste Freude.

1

1893, Liverpool

»Hör auf, diese Teufelsmusik zu spielen, und komm her und hilf mir«, schrie Alice Bolton wütend aus der Küche.

Die fünfzehnjährige Beth grinste darüber, wie ihre Mutter ihr Geigenspiel beschrieb, und war versucht, noch lauter und wilder weiterzumachen. Aber Alice war in letzter Zeit leicht reizbar und würde vermutlich kommen und ihr die Geige wegnehmen, deshalb legte Beth sie zurück in den abgewetzten Kasten und verließ die Stube, um zu tun, worum ihre Mutter sie gebeten hatte.

Sie hatte gerade die Küche erreicht, als ein dumpfes Geräusch aus dem Laden unter ihrer Wohnung heraufdrang, dicht gefolgt von einem, das sich anhörte, als ob schwere Gegenstände zu Boden fielen.

»Was zur Hölle war das denn?«, rief Alice und drehte sich am Herd mit der Teekanne in der Hand um.

»Ich schätze, Papa hat wieder etwas umgestoßen«, erwiderte Beth.

»Dann steh nicht da rum, geh hin und sieh nach«, fuhr ihre Mutter sie an.

Beth blieb auf dem Treppenabsatz stehen und blickte über das Geländer auf die Treppe, die in den Laden führte. Sie konnte unten etwas herumrollen hören, aber es erklang nicht das übliche Fluchen, das jeden Unfall normalerweise begleitete.

»Geht es dir gut, Papa?«, rief sie.

Es dämmerte bereits, und obwohl sie die Gaslampen oben

noch nicht entzündet hatten, war Beth überrascht, dass von unten kein Schein von den Lampen im Laden heraufdrang. Ihr Vater war Schuhmacher, und da er für die Feinarbeiten viel Licht brauchte, zündete er die Lampen immer schon an, bevor das Tageslicht draußen schwächer wurde.

»Was hat der ungeschickte Tölpel jetzt wieder gemacht?«, bellte ihre Mutter. »Sag ihm, er soll für heute aufhören zu arbeiten. Das Abendessen ist fast fertig.«

Auf der Church Street, einer von Liverpools Haupteinkaufsstraßen, waren um sieben Uhr abends nur noch wenige Pferdewagen und Kutschen unterwegs, also hätte ihr Vater die beleidigende Bemerkung ihrer Mutter klar und deutlich hören müssen. Als er nicht darauf reagierte, glaubte Beth, dass er auf dem Plumpsklo im Hinterhof sein müsse und dass vielleicht eine herumstreunende Katze in den Laden gekommen war und etwas umgeworfen hatte. Das letzte Mal, als das passierte, war der Inhalt eines Leimtopfes über den gesamten Boden gelaufen, und es hatte Stunden gedauert, das alles wieder sauber zu machen, deshalb lief sie schnell hinunter, um nachzusehen.

Ihr Vater war nicht auf dem Plumpsklo, denn die Tür, die auf den Hinterhof hinausführte, war von innen verriegelt, und als sie in den Laden ging, lag dieser im Halbdunkeln, denn die Rollos waren heruntergezogen worden.

»Wo bist du, Papa?«, rief sie. »Was war das für ein Lärm?«

Eine Katze war nirgendwo zu sehen, und es war auch nichts in Unordnung. Die Tür zur Straße war zu und der Riegel vorgeschoben; außerdem hatte er den Boden gekehrt, seine Werkbank aufgeräumt und seine Lederschürze wie jeden Abend an den Haken gehängt.

Verwirrt wandte Beth sich um und blickte zum Lagerraum, wo ihr Vater das Leder, die Schnittmuster und andere

Dinge aufbewahrte, die er brauchte. Er musste dort drin sein, aber sie konnte sich nicht vorstellen, wie er da drinnen bei geschlossener Tür etwas sehen konnte, denn selbst bei Tageslicht war es dort sehr düster.

Eine dunkle Vorahnung ließ ihre Haut prickeln, und sie wünschte, ihr Bruder Sam wäre zu Hause. Aber er brachte gerade ein Paar Stiefel zu einem Kunden, der einige Kilometer entfernt wohnte, deshalb würde es noch dauern, bis er wieder zurück war. Sie wagte es nicht, ihre Mutter zu rufen, aus Angst, sich eine Kopfnuss einzufangen, weil sie »fantasierte«; diesen Ausdruck benutzte Alice immer, wenn sie fand, dass Beth überreagierte. Aber ihre Mutter fand ja auch, dass eine Fünfzehnjährige nichts anderes im Kopf haben sollte als die Verbesserung ihrer Fertigkeiten im Nähen, Kochen und anderen Dingen des Haushalts.

»Papa!«, rief Beth und drehte den Knauf der Lagerraumtür. »Bist du da drin?« Die Tür öffnete sich nur einen Spaltbreit, so als stünde etwas dahinter, deshalb drückte sie mit der Schulter dagegen und schob. Sie konnte etwas über den Steinfußboden scharren hören, vielleicht einen Stuhl oder eine Kiste, die im Weg war, deshalb schob sie fester, bis die Tür weit genug aufstand, sodass sie in den Raum blicken konnte. Es war viel zu dunkel, um etwas zu erkennen, aber sie wusste, dass ihr Vater darin war, denn sie konnte seinen vertrauten Duft riechen, eine Mischung aus Leim, Leder und Pfeifentabak.

»Papa? Was machst du da? Es ist stockdunkel«, rief sie, aber noch während sie das sagte, überlegte sie, ob vielleicht etwas auf ihn heruntergefallen war und ihn bewusstlos geschlagen hatte. Voller Panik rannte sie zurück in den Laden, um eine Gaslampe zu entzünden. Noch bevor die Flamme groß genug war, um die Glashülle zu beleuchten und den

Laden in ein goldenes Licht zu tauchen, stand sie wieder im Lagerraum.

Eine Sekunde oder zwei dachte sie, es sei ein riesiger Sack voll Leder, der vor dem Fenster des Lagerraums hing, doch als das Gaslicht heller wurde, erkannte sie, dass es kein Sack war, sondern ihr Vater.

Er hing an einem der Haken an der Decke, ein Seil um den Hals.

Sie schrie unbewusst und wich entsetzt zurück. Sein Kopf hing schlaff zur Seite, seine Augen waren aus dem Kopf getreten, und sein Mund war zu einem stummen Schrei weit aufgerissen. Er sah aus wie eine grässliche Riesenpuppe.

Jetzt war klar, was sie vorhin für Geräusche gehört hatten. Als er den Stuhl, auf dem er stand, unter sich weggetreten hatte, waren eine Kiste mit Lederresten, eine Dose mit Schuhcreme und Flaschen mit Lederfärbemittel umgefallen.

Es war Anfang Mai, und erst vor ein paar Tagen war Beth auf dem Weg zur Bücherei wütend darüber gewesen, dass ihr Vater ihr nicht erlaubte, sich eine Arbeit zu suchen. Sie hatte die Schule im vergangenen Jahr beendet, aber er bestand darauf, dass die Töchter »vornehmer Leute« zu Hause blieben und ihren Müttern halfen, bis sie heirateten.

Sam, ihr ein Jahr älterer Bruder, war ebenfalls wütend, weil er bei seinem Vater in die Lehre gehen musste. Eigentlich wollte Sam Seemann, Hafenarbeiter, Schweißer oder irgendetwas anderes werden, bei dem er zusammen mit anderen Männern draußen im Freien sein konnte.

Aber Papa hatte dann immer auf das Schild über der Tür gedeutet, auf dem stand: »Bolton und Sohn, Stiefel- und Schuhmacher«, und erwartet, dass Sam genauso stolz auf das »Sohn« war wie er selbst damals, als sein Vater das Schild angefertigt hatte.

Doch wie frustrierend es auch gewesen war, dass ihr Leben vorgezeichnet schien, sowohl Beth als auch Sam verstanden die Gründe ihres Vaters. Seine Eltern waren 1847 aus Irland nach Liverpool geflohen, um dem langsamen Verhungern während der Kartoffel-Hungersnot zu entgehen. Jahrelang lebten sie in einem nasskalten Keller in Maiden's Green, einem der vielen berüchtigten, heruntergekommenen Slumviertel, die es in der Stadt im Überfluss gab. Frank, der Vater von Sam und Beth, war dort ein Jahr später geboren worden, und seine früheste Kindheitserinnerung war, dass sein Vater mit seinem kleinen Handkarren in den reicheren Vierteln von Liverpool von Tür zu Tür ging, um nach Schuhen und Stiefeln zu fragen, die er flicken konnte, und dass seine Mutter jeden Tag aus dem Haus ging, um als Wäscherin zu arbeiten.

Als Frank sieben war, half er beiden Eltern, indem er für seinen Vater Stiefel abholte und auslieferte und für seine Mutter die Mangel drehte. Selbst wenn er hungrig und müde war und fror, wurde ihm eingebläut, dass harte Arbeit der einzige Weg aus der Armut sei, bis sie schließlich genug Geld für einen eigenen kleinen Schusterladen zusammenhatten.

Alice, Sams und Beths Mutter, hatte eine ebenso harte Kindheit gehabt, denn sie war als Baby ausgesetzt worden und in einem Waisenhaus aufgewachsen. Mit zwölf musste sie als Küchenmagd arbeiten, und die Geschichten von der anstrengenden Arbeit und der Grausamkeit der Köche und Haushälterinnen, die sie erzählte, sorgten bei Beth für Albträume.

Frank war dreiundzwanzig, als er die sechzehnjährige Alice kennenlernte. Zu diesem Zeitpunkt hatten er und seine Eltern ihr Ziel bereits erreicht und besaßen einen kleinen Laden mit zwei kleinen Zimmern darüber. Alice erzählte oft mit einem Lächeln, dass ihr Hochzeitstag der glücklichste

Tag in ihrem Leben gewesen war, weil Frank sie bei seinen Eltern einziehen ließ. Sie musste immer noch genauso hart arbeiten, aber es machte ihr nichts aus, denn jetzt war das Ziel ein noch größerer Laden, wo ihr Schwiegervater und ihr Mann eigene Schuhe anfertigen konnten, anstatt nur alte zu reparieren.

Die harte Arbeit zahlte sich schließlich aus und brachte sie in die Church Street mit zwei Stockwerken über dem Laden, wo sowohl Sam als auch Beth geboren wurden. Beth konnte sich nicht an ihre Großmutter erinnern, denn sie war noch ein Baby gewesen, als sie starb, aber sie hatte ihren Großvater geliebt, und er war es auch gewesen, der ihr das Geigespielen beigebracht hatte.

Seit dem Tod ihres Großvaters vor fünf Jahren hatte sich Papas Geschick als Schuhmacher herumgesprochen, und jetzt machte er Stiefel und Schuhe für die reichsten Leute in Liverpool. Er arbeitete immer noch extrem hart, vom ersten Tageslicht bis zur Dämmerung, und schlief meistens nach dem Abendbrot sofort ein. Doch bis zu diesem Abend hatte Beth ihn immer für einen sehr glücklichen Mann gehalten.

»Was zur Hölle ist denn da unten los? Ich habe dich schreien hören«, rief ihre Mutter gereizt von oben an der Treppe. »Ist es schon wieder eine Ratte?«

Beth schrak zusammen. Trotz ihrer Erschütterung und ihres Entsetzens versuchte sie instinktiv, ihre Mutter zu schützen.

»Komm nicht runter«, rief sie. »Ich hole Mr Craven.«

»Du kannst die Nachbarn nicht beim Abendessen stören. Sicher kann sich dein Vater doch darum kümmern?«

Beth wusste nicht, was sie darauf antworten sollte, deshalb

ging sie zur Treppe und sah zu ihrer Mutter hoch in der Hoffnung, dass ihr etwas einfallen würde.

Alice Bolton war achtunddreißig, sah jedoch viel jünger aus – sie war zierlich, mit blonden Haaren, großen blassblauen Augen und so zarten Gesichtszügen und so heller Haut, dass sie zerbrechlich wirkte.

Sam hatte ihr blondes Haar und ihre blauen Augen geerbt, aber er war fast zwei Meter groß, und sein Elan und die ausgeprägten Gesichtszüge stammten von seinem Vater. Von Beth hieß es, dass sie mit ihren schwarzen Locken, ihren dunkelblauen Augen und ihrer frechen Art, die sie jeden Tag in Schwierigkeiten brachte, das Ebenbild ihrer irischen Großmutter war.

»Mein Gott, jetzt steh nicht da und schau so blöd«, fuhr Alice sie an. »Sag deinem Vater, dass er raufkommen soll, sonst brennt das Essen an.«

Beth schluckte, weil sie wusste, dass Lügen und Ablenkungsmanöver ihr bei einer solchen Sache nicht helfen würden. »Er kann nicht kommen, Mama«, platzte sie heraus. »Er ist tot.«

Ihre Mutter war nicht besonders schnell von Begriff, und dieses Mal war keine Ausnahme – sie starrte Beth nur verständnislos an.

»Er hat sich erhängt, Mama«, sagte Beth, die mit den Tränen und aufsteigender Hysterie kämpfte. »Deshalb wollte ich Mr Craven holen. Geh du wieder zurück in die Küche.«

»Er kann nicht tot sein. Es ging ihm gut, als er zum Tee oben war.«

Beth konnte sich nur mühsam davon abhalten, das ganze Haus zusammenzuschreien, und die Ungläubigkeit ihrer Mutter ließ sie beinahe die Selbstbeherrschung verlieren. Doch es stimmte, was ihre Mutter sagte, ihr Vater *hatte* beim

Tee noch ganz normal gewirkt. Er hatte den Mohnkuchen gelobt, den er köstlich fand, und ihnen gesagt, dass er mit den Stiefeln für Mr Greville fertig war.

Es schien nicht möglich zu sein, dass er wieder nach unten gegangen war, seine Arbeit für den Tag beendet und seine Werkbank aufgeräumt hatte, um sich dann ruhig das Leben zu nehmen, während seine Frau und seine Tochter nur ein Stockwerk höher waren.

»Er *ist* tot, Mama. Er hat sich im Lagerraum erhängt«, sagte Beth unverblümt.

Ihre Mutter schüttelte den Kopf und lief die Treppe hinunter. »Du bist ein böses Mädchen, wie kannst du so etwas sagen«, rief sie wütend und stieß Beth zur Seite, als sie unten ankam. »Mit dir befasse ich mich später.«

Beth hielt sie am Arm fest und versuchte sie daran zu hindern, in den Laden zu gehen. »Du darfst da nicht reingehen, Mama«, flehte sie. »Es ist furchtbar.«

Aber ihre Mutter ließ sich nicht aufhalten; sie schüttelte Beth ab, lief zum Lagerraum und stieß die Tür auf. Als sie ihren Mann sah, stieß sie einen Schrei aus, der durch das gesamte Gebäude hallte. Aber er brach abrupt ab, als sie ohnmächtig zu Boden sank.

Eine Stunde später kam Sam nach Hause und stellte fest, dass der Laden nicht wie erwartet dunkel war. Durch das Fenster sah er den rundlichen Dr. Gillespie und den stämmigen Mr Craven, ihren Nachbarn, aber noch bevor die beiden ihm die Tür öffneten, wusste er, dass etwas Schlimmes passiert war.

Es war der Doktor, der ihm erklärte, dass Beth zu Mr Craven gelaufen war, als ihre Mutter zusammenbrach. Mr Craven hatte seinen Sohn zum Doktor geschickt und war dann mit

Beth zurückgegangen, um Papas Leiche vom Seil loszuschneiden. Als Gillespie kam, hatte dieser Beth angewiesen, ihre Mutter nach oben zu bringen, ihr Brandy zu geben und sie ins Bett zu legen.

Sam war ein großer, schlaksiger Sechzehnjähriger. Er schwankte, als er die Neuigkeiten erfuhr, die Farbe wich aus seinem Gesicht, und der Schock ließ ihn beinahe auch zusammenbrechen. Die Leiche seines Vaters lag auf dem Boden, mit einem Laken bedeckt. Nur eine vom Lederfärbemittel braune Hand schaute darunter hervor. Wenn die Hand nicht gewesen wäre, dann hätte Sam sich vielleicht geweigert zu glauben, was die Männer ihm da erzählten, aber Franks Hand war ihm so vertraut wie seine eigene.

Er wollte wissen, warum sein Vater das getan hatte, aber die beiden Männer konnten es ihm nicht sagen. Mr Craven kratzte sich am Kopf und sagte, dass es ihm ein Rätsel sei, denn er habe noch am Morgen im Laden vorbeigeschaut, und da sei Frank guter Dinge gewesen. Dr. Gillespie war ebenfalls ratlos und sprach davon, wie viel Respekt man Frank in der Gegend entgegenbrachte. Es wurde deutlich, dass beide Männer genauso entsetzt und schockiert waren wie Sam.

Der Doktor umfasste Sams Arme und blickte ihm fest in die Augen. »Die Leichenkarre wird gleich hier sein«, sagte er sanft. »Bei einem solchen Vorfall wird es eine Untersuchung geben. Du bist jetzt der Mann im Haus, Sam, und musst dich um deine Mutter und deine Schwester kümmern.«

Sam hatte das Gefühl, als hätte sich unter seinen Füßen eine Falltür geöffnet und ihn an einen Ort befördert, den er nicht kannte. Denn so lange er sich zurückerinnern konnte, war sein Leben geordnet und sicher gewesen. Er hatte sich zwar oft gegen die Langeweile des täglichen Einerleis gewehrt, bei dem sein Vater von sieben Uhr morgens bis spät abends arbeitete und seine Mutter oben kochte und putzte. Doch er hatte sich immer sicher gefühlt in dem Wissen, dass zu Hause alles gleich bleiben würde und er jederzeit hierher zurückkehren konnte, wenn er auf die Nase fiel, während er für sich selbst nach einem abenteuerlicheren Leben suchte.

Aber mit einem Schlag war diese Sicherheit dahin.

Wie konnten in einem sanftmütigen, verlässlichen und freundlichen Mann solche Dämonen lauern? Und warum hatten die, die ihm am nächsten standen, nichts davon bemerkt? Noch an diesem Morgen hatte Sam seinen Vater an der Treppe stehen und Beths Geigenspiel lauschen sehen. Er hatte es nicht kommentiert, doch sein Gesicht hatte vor Stolz über ihr Talent gestrahlt. Später, als Sam mit der Reparatur eines Stiefels fertig war, hatte Frank ihm auf die Schulter geklopft und ihn dafür gelobt.

Wieder und wieder hatten er und Beth gesehen, wie liebevoll ihr Vater ihre Mutter angesehen hatte, wie er sie umarmte und küsste. Wenn sie ihm alle so viel bedeuteten, warum wollte er sie dann verlassen?

Und was würde jetzt mit der Familie passieren, ohne den Mann, der ihr Ernährer, ihr Halt und ihr Tröster gewesen war?

2

Die Standuhr im Flur schlug Mitternacht, doch Sam und Beth saßen immer noch in der Küche, zu fassungslos und aufgewühlt, um auch nur an Schlaf zu denken. Die Leiche ihres Vaters war schon vor Stunden abgeholt worden, und Sam hielt Beths Hände fest, während sie noch einmal erzählte, wie sie ihren Vater gefunden hatte. Von Zeit zu Zeit wischte er ihr mit einem Taschentuch die Tränen von den Wangen und strich ihr tröstend übers Haar. Und wenn Sam überreizt war und seine Stimme immer wütender wurde, war es Beth, die ihm über die Wange streichelte.

Dr. Gillespie hatte ihrer Mutter ein Schlafmittel gegeben, weil sie hysterisch gewesen war, sich die Haare gerauft und geschrien hatte, dass jemand anderes Frank aufgehängt haben musste, weil er sie niemals freiwillig verlassen hätte. Obwohl beide Kinder wussten, dass niemand anderes die Hände bei den Geschehnissen des Abends im Spiel haben konnte, teilten sie dieses Gefühl. Ihre Eltern waren glücklich miteinander gewesen.

»Der Arzt hat mich gefragt, ob der Laden in Schwierigkeiten war«, sagte Sam, und in seiner Stimme klang Verwirrung mit. »Aber das war er nicht. Mir fällt nicht mal etwas Ungewöhnliches ein, das in den letzten Wochen passiert ist und dafür verantwortlich sein könnte.«

»Könnte ihn ein Kunde aufgeregt haben?«, fragte Beth.

Manchmal gab es schwierige und unangenehme Kunden. Sie beschwerten sich, dass Vater ihre Schuhe oder Stiefel nicht so schnell machen konnte, wie sie es wollten, und beim Abholen mäkelten sie dann oft am Ergebnis herum, um ihn im Preis zu drücken.

»Das hätte er gesagt. Außerdem weißt du doch, dass er damit immer sehr gut fertig geworden ist.«

»Du denkst doch nicht, dass es an uns lag, oder?«, fragte Beth ängstlich. »Weil ich mich immer beschwert habe, dass mir zu Hause langweilig ist, und du immer zu den Docks gelaufen bist?«

Sam schüttelte den Kopf. »Das glaube ich nicht. Ich hörte ihn einmal mit einem Kunden über mich reden. Er lachte und sagte, ich sei ein guter Junge, selbst wenn ich ein Träumer sei. Und du hast ihn ganz sicher nicht aufgeregt; er war stolz auf dich.«

»Aber wovon sollen wir jetzt leben?«, fragte Beth. »Du hast nicht genug Erfahrung, um den Laden weiterzuführen!«

Die Leute wunderten sich oft darüber, wie verschieden Beth und Sam waren. Nicht nur im Aussehen – der eine groß und blond, die andere klein und dunkelhaarig –, auch im Wesen unterschieden sie sich voneinander.

Sam war ein Träumer, lebte in einer Fantasiewelt aus fantastischen Abenteuern, Reichtümern und exotischen Orten. An einem Tag lungerte er unten am Hafen herum und blickte sehnsüchtig den auslaufenden Schiffen nach; am nächsten blickte er durch die Tore der großen Häuser und staunte darüber, wie die Reichen lebten. Obwohl er es Beth nie gestanden hatte, wusste sie, dass er nur deshalb kein Schuster oder Schuhmacher sein wollte, weil dabei niemand reich wurde oder Abenteuer erlebte.

Beth war viel praktischer und vernünftiger als ihr Bruder, erledigte ihre Aufgaben gründlich und mit Fleiß. Sie war schlauer und las Bücher, um sich Wissen anzueignen, anstatt vor der Realität zu fliehen. Doch sie konnte verstehen, warum Sam in einer Fantasiewelt lebte, denn sie hatte auch Träume, wollte Geige vor einem großen Publikum spielen und donnernden Applaus hören.

Das war natürlich ein unerreichbarer Traum. Selbst wenn sie klassische Violine hätte spielen können, hatte sie noch nie eine weibliche Geigenspielerin in einem Orchester gesehen. Doch sie spielte Jigs und Reels, Melodien, die ihr Großvater sie gelehrt hatte, obwohl die meisten Leute das als Zigeunermusik empfanden, die es nur in lauten Wirtshäusern gab.

Trotz aller Unterschiede standen Beth und Sam sich jedoch sehr nahe. Sie trennte nur ein Jahr, und weil sie nie mit den anderen Kindern aus der Nachbarschaft auf der Straße spielen durften, waren sie immer aufeinander angewiesen gewesen.

Sam stand von seinem Stuhl auf, kniete sich neben Beth und legte die Arme um sie. »Ich kümmere mich um euch beide, irgendwie«, sagte er mit bebender Stimme.

In den folgenden Tagen durchlebte Beth ein Wechselbad der Gefühle zwischen überwältigender Trauer und Wut. Sie hatte noch keinen Tag ihres Lebens ohne ihren Vater verbracht; er war eine Konstante gewesen, genau wie die Standuhr, die die Stunden schlug. Der drahtige Mann von fünfundvierzig Jahren mit dem schütteren grauen Haar, dem sorgfältig getrimmten Schnurrbart und der eher dicken Nase war immer fröhlich gewesen und, wie sie geglaubt hatte, durchschaubar.

Er hatte seine Gefühle zwar nicht offen gezeigt – ein Schulterklopfen war seine Art gewesen, Zuneigung oder Lob auszudrücken –, aber er war auch nicht so distanziert gewesen wie so viele andere Väter. Er hatte es gemocht, wenn sie in den Laden herunterkam und mit ihm redete, während er arbeitete; er hatte sich immer für das interessiert, was sie las, und für ihre Musik.

Aber jetzt kam es ihr vor, als wenn sie ihn gar nicht wirklich gekannt hätte. Wie konnte er oben in die Küche kommen und mit seiner Frau und seiner Tochter Tee trinken, wenn er die ganze Zeit über vorhatte, wieder nach unten zu gehen, seine Arbeit zu beenden und sich dann zu erhängen?

Er hatte über ein Paar geknöpfte Stiefel gesprochen, die eine Frau gerade an dem Morgen bestellt hatte, und darüber gelacht, dass sie blassblaue wollte, die zu ihrem Kleid passten. Er meinte, dass sie in den schmutzigen Straßen von Liverpool nicht lange gut aussehen würden. Warum hatte er das gesagt, wenn er doch wusste, dass er sie niemals machen würde?

Wenn er an einem Herzanfall gestorben wäre oder ein Pferdewagen ihn beim Überqueren der Straße überfahren hätte, dann wäre das schrecklich gewesen und der Schmerz, den sie alle empfunden hätten, genauso quälend. Doch dann hätte sich zumindest keiner von ihnen betrogen gefühlt.

Ihre Mutter hörte nicht auf zu weinen. Sie lag nur im Bett, weigerte sich zu essen und erlaubte ihnen nicht, die Vorhänge zu öffnen, und Sam war wie eine verwirrte verlorene Seele, überzeugt davon, dass es seine Schuld war, weil er so wenig Lust gehabt hatte, ein Schuhmacher zu werden.

Nur ein paar Nachbarn hatten ihr Beileid bekundet, und Beth wurde das Gefühl nicht los, dass sie es nicht aus Mitgefühl getan hatten, sondern um an Informationen zu kommen, die sie weitertratschen konnten. Vater Reilly hatte sie besucht, doch obwohl er freundlich gewesen war, hatte er sofort erklärt, dass Frank Bolton nicht in heiliger Erde bestattet werden könne, weil es eine schwere Sünde sei, wenn ein Mann sich das Leben nehme.

Die Ergebnisse der Untersuchung würden in der Zeitung stehen, und alle ihre Freunde und Nachbarn würden es lesen und ihnen danach aus dem Weg gehen. Sie fand es grausam und feige von ihrem Vater, dass er ihnen allen das angetan hatte. Und sie glaubte nicht, dass ihre Mutter das Haus jemals wieder verlassen würde.

Fünf Tage nach dem Tod ihres Vaters saß Beth in der Stube und nähte schwarze Kleider für sich und ihre Mutter. Draußen schien die Sonne, aber sie musste die Vorhänge traditionell geschlossen halten, und es war so dunkel im Zimmer, dass sie den Faden kaum in die Nadel einfädeln konnte.

Beth hatte immer gerne genäht, aber da ihre Mutter nicht aufstand, um ihr zu helfen, musste sie die Schnittmuster selbst heraussuchen, den Stoff auf dem Tisch in der Stube zuschneiden und die Kleider alleine nähen, denn ohne anständige Trauerkleider würden sie noch mehr in Verruf geraten.

Alles hätte sie dafür gegeben, ihre Geige herausholen und spielen zu können, denn sie wusste, dass sie sich in der Musik verlieren und vielleicht Trost darin finden konnte. Aber ein Musikinstrument so kurz nach einem Trauerfall zu spielen schickte sich nicht.

Wütend legte Beth das Nähzeug weg und ging zum Fenster, wo sie den Vorhang nur ein oder zwei Zentimeter aufzog und hinunter auf die Church Street sah.

Wie immer war die Straße voller Menschen. Die Omnibusse, Droschken, Pferdewagen und Kutschen hinterließen große Haufen Pferdeäpfel, und der Gestank war wegen des warmen Sonnenscheins übler als sonst. Wohlhabende Damen in eleganten Kleidern und mit hübschen Hüten gingen in Begleitung von Gentlemen mit hohen Kragen und Zylindern vorbei. Es gab seriös dunkel gekleidete, matronenhafte Haushälterinnen mit Körben voller Obst und Gemüse und hier und da junge Mädchen, vielleicht Hausmädchen, die einen Nachmittag frei hatten und verträumt in die Schaufenster sahen.

Aber es gab auch sehr viele arme Leute. Ein einbeiniger Mann auf Krücken bettelte vor Bunney's, dem Laden an der Kreuzung, die allgemein als Heilige Kreuzung bekannt war, weil dort die Lord Street, die Paradise Street, die Chapel Street und die Church Street aufeinandertrafen. Müde aussehende Frauen hielten Babys auf dem Arm, kleinere Kinder liefen hinter ihnen her, und zerzauste Gassenjungen mit schmutzigen Gesichtern lungerten barfuß herum, vielleicht auf der Suche nach etwas, das sie stehlen konnten.

Vor der Fleischerei gegenüber stand eine Schlange, und weil die Sonne so warm schien, sahen die Frauen entspannt aus und schienen es nicht eilig zu haben. Sie unterhielten sich miteinander, während sie darauf warteten, bedient zu werden. Doch noch während Beth dastand, sah sie, wie zwei Frauen sich umdrehten und direkt zu den Fenstern über dem Laden hinaufblickten, und ihr wurde klar, dass sie gerade erfahren haben mussten, dass der Schumacher sich erhängt hatte.

Tränen schossen ihr in die Augen, denn sie wusste, dass das Gerede nach der Beerdigung noch schlimmer werden würde. Die Leute konnten so grausam sein, freuten sich immer über das Unglück der anderen. Sie konnte förmlich hören, wie sie sagten, dass die Boltons sich immer für etwas Besseres gehalten hatten und dass Frank sich zweifellos umgebracht hatte, weil er verschuldet war. Beth wünschte beinahe, dass das der Grund war; zumindest hätte sie das verstehen können.

Sie wandte sich vom Fenster ab und ließ den Blick durch die Stube schweifen. Das Zimmer war der ganze Stolz ihrer Mutter: Alles darin, von dem gemusterten viereckigen Teppich auf dem Boden und den Porzellanhunden neben dem Kamin bis hin zu den harten, ungemütlichen Sesseln mit den Knöpfen an der Lehne und den schweren Vorhängen, war eine Kopie von Dingen, die Alice als Küchenmagd in den großen Häusern gesehen hatte.

Auch ein Klavier hatte sie unbedingt haben wollen; es war von sechs Männern durch das Fenster hereingehievt worden. Beths Eltern konnten das Instrument beide nicht spielen, aber für ihre Mutter war es ein Zeichen von Vornehmheit gewesen, deshalb musste Beth es lernen. Sie bezweifelte nicht, dass ihre Mutter gehofft hatte, es würde sie von der Geige weglocken, einem Instrument, das sie »gewöhnlich« fand.

Obwohl Beth diese Einstellung ihrer Mutter zu ihrer geliebten Geige oft verletzte, war sie sehr froh, als Miss Clarkson ihre Klavierlehrerin wurde. Sie mochte zwar eine dreißigjährige alte Jungfer mit grauem Haar sein, die auf einem Auge schielte, aber sie war eine inspirierende Frau. Sie brachte Beth nicht nur das Notenlesen und das Klavierspielen bei, sondern führte sie auch in eine ganz neue Welt der Bücher, der Musik und der Ideen ein.

Fünf Jahre lang war Miss Clarkson ihre Verbündete, Freundin, Vertraute und Lehrerin gewesen. Sie liebte es, Beth sowohl beim Geige- als auch beim Klavierspielen zuzuhören, sie brachte Bücher mit, von denen sie fand, dass Beth sie lesen sollte, sie brachte ihr alle möglichen Arten von Musik bei und nahm sie manchmal zu Konzerten mit. Doch am besten gefiel Beth an ihr, dass sie nicht so engstirnig war wie ihre Mutter. Miss Clarkson war überzeugt davon, dass Frauen die gleichen

Rechte haben sollten wie Männer, sei es bei Wahlen, bei der Ausbildung oder bei der Wahl ihres Berufes.

Beth wünschte, Miss Clarkson wäre noch in Liverpool, weil sie die einzige Person war, die ihr und Sam vielleicht hätte helfen können zu verstehen, warum ihr Vater etwas so Schreckliches getan hatte. Aber sie war nach Amerika ausgewandert, weil sie das Gefühl hatte, in England an der Scheinheiligkeit, dem Klassensystem und den fehlenden Möglichkeiten für Frauen zu ersticken.

»Ich werde dich vermissen, Beth«, hatte sie beim Abschied mit einem resignierten Lächeln gesagt. »Nicht nur, weil du meine talentierteste Schülerin warst, sondern weil du einen wachen Verstand, ein mutiges Herz und unendlich viel Enthusiasmus hast. Versprich mir, dass du nicht den erstbesten Mann heiratest, der um deine Hand anhält, nur um ein eigenes Heim zu haben. Die Ehe wird von den meisten als heiliger Stand betrachtet, aber das ist sie nicht, wenn du dir den falschen Mann aussuchst. Und gib die Musik nicht auf, denn sie macht dich fröhlich und gibt dir die Freiheit des Ausdrucks, die ein Mädchen wie du braucht.«

Beth stellte fest, dass Miss Clarkson recht hatte, was die Musik anging. Sie brachte sie an einen Ort, wo die Ermahnungen ihrer Mutter, ihre Pflichten im Haushalt zu erledigen, sie nicht erreichen konnten, eine Welt, wo Spaß, Freiheit und Begeisterung nicht missbilligt wurden.

Leider wusste sie, dass ihre Mutter das niemals verstanden hätte. Zwar hatte sie bei den Nachbarn immer mit dem Talent ihrer Tochter angegeben, aber sie hörte nicht wirklich zu, wenn Beth Klavier spielte, und die Geige lehnte sie ab. Ihr Vater hatte zugehört und nichts lieber getan, als sonntagabends in der Stube zu sitzen und ihrem Klavierspiel zu lauschen – am liebsten Chopin, doch er hatte sich auch gefreut, wenn sie beliebte Tanzlieder spielte. Selbst für ihn war die Geige jedoch ein leichter Stein des Anstoßes gewesen, vielleicht weil sie ihn an seine Kindheit erinnerte und weil er Angst hatte, dass die wilden irischen Jigs, dic scin Vater Beth beigebracht hatte, sie in schlechte Gesellschaft bringen würden.

Als sie Sam die Treppe hinaufkommen hörte, fing Beth wieder an zu nähen. Sie hörte, wie er nach ihrer Mutter in ihrem Zimmer neben der Küche sah, und ein paar Minuten später kam er in die Stube.

Er sah blass und erschöpft aus und runzelte sorgenvoll die Stirn. »Der Leichenbeschauer gibt Papas Leiche morgen frei«, sagte er müde. »Er hat nichts gefunden, was erklären würde, wieso er das getan hat – er war nicht krank. Aber zumindest können wir ihn morgen beerdigen.«

»Hast du es Mama gesagt?«, fragte Beth.

Sam nickte niedergeschlagen. »Sie weint immer noch. Ich glaube nicht, dass sie jemals damit aufhören wird.«

»Vielleicht tut sie es nach der Beerdigung«, sagte Beth mit mehr Optimismus, als sie empfand. »Ich muss ihr Kleid bald abstecken. Ich hoffe, sie macht nicht wieder eine Szene.«

»Ich habe draußen Mrs Craven getroffen. Sie sagte, dass sie später vorbeikommen und versuchen wird, mit ihr zu sprechen; vielleicht solltest du die Gelegenheit nutzen, um das Kleid abzustecken. Wie schlecht es Mama auch geht, sie wird nicht wollen, dass die Nachbarn mitbekommen, dass sie alles uns überlässt.«

Beth hörte die Bitterkeit in seiner Stimme. Sie stand auf und legte die Arme um ihn. Er war fast jeden Tag vom Morgengrauen bis zur Abenddämmerung im Laden, um alle Reparaturen zu erledigen, und sie wusste, wie viel Angst er hatte und wie viele Sorgen er sich machte. »In der Nacht, als es passierte, hast du gesagt, dass wir es schaffen, und das werden wir auch«, sagte sie.

»Ich habe das Gefühl, dass Mama weiß, warum er es getan hat«, sagte Sam leise und legte sein Kinn auf ihren Kopf, während sie ihn festhielt. »Ich bin die Bücher durchgegangen, und obwohl nicht viel Geld da ist, war er nicht in Schwierigkeiten. Er ist nie ausgegangen, hat also nicht getrunken oder gespielt, und er hatte auch ganz sicher keine andere Frau. Es muss etwas mit ihr zu tun haben.«

»Das darfst du nicht denken, Sam«, flehte Beth ihn an. »Es hilft nicht, Mama die Schuld zu geben.«

Sam umklammerte ihre Arme und sah ihr in die Augen. »Ist dir nicht klar, dass von jetzt an alles anders sein wird?«, rief er. »Wir werden arm sein. Ich wünschte, ich könnte dir versprechen, dass ich den Laden weiterführe, aber ich kann nur Schuhe reparieren. Ich bin nicht geschickt genug, um Stiefel und Schuhe zu machen, und damit hat Papa Geld verdient. Ich werde mir eine andere Arbeit suchen müssen, aber das wird nicht reichen, um uns alle drei durchzubringen.«

»Ich kann mir auch Arbeit suchen«, erklärte Beth sofort. »Wir kommen schon zurecht, Sam.«

Er blickte sie zweifelnd an. »Es wird vielleicht so weit kommen, dass wir uns eine billigere Bleibe suchen oder ein Zimmer untervermieten müssen. Wir werden nicht mehr so leben können wie bisher.«

Erneut stieg Wut in Beth auf. Ihr ganzes Leben lang hatte ihr Vater ihr erzählt, er wolle, dass Sam und sie all die Vorteile genießen konnten, die er nie gehabt hatte. Er hatte sie glauben lassen, dass sie vornehme Leute waren, besser als ihre Nachbarn. Aber er hatte sie beschämt und ruiniert, ohne ihnen den Grund dafür zu erklären.

3

Während Beth den Tisch für das Abendbrot deckte, beobachtete sie, wie ihre Mutter am Herd in einem Eintopf rührte. Wie immer war sie in sich selbst versunken und nahm die Anwesenheit ihrer Tochter kaum wahr.

Seit drei Monaten war sie jetzt Witwe, aber ihr Zustand hatte sich nicht verändert. Obwohl sie genauso wie immer wusch, kochte und putzte, sprach sie nur, wenn man ihr eine Frage stellte, und interessierte sich für nichts und niemanden.

Mrs Craven, ihre freundliche Nachbarin, die ihnen in der Zeit kurz nach dem Tod ihres Vaters eine so große Stütze gewesen war, hatte zu Beth und Sam gesagt, dass sie geduldig mit ihr sein sollten, weil jeder Mensch anders mit der Trauer umging, und dass ihre Mutter ihr Schweigen brechen würde, wenn sie so weit sei. Aber vor einem Monat hatte selbst Mrs Craven die Geduld mit ihrer Mutter verloren, als diese sie wegschickte, als sie zu Besuch kam.

»Ihr Gesicht war so kalt wie 'n Marmorgrabstein! Hat mir richtig 'ne Gänsehaut gemacht, weil's so war, als würde sie mich gar nicht kennen«, berichtete sie Beth verärgert.

Beth konnte nicht glauben, dass ihre Mutter die einzige Person vor den Kopf stieß, die eine wirkliche Freundin gewesen war. Aber sie nahm ja auch nicht zur Kenntnis, wie viel Sam für sie tat.

Er hatte alles versucht, um den Laden weiterzuführen, aber die Leute, die immer ihre Stiefel und Schuhe zum Reparieren gebracht hatten, kamen nicht mehr. Ob das an dem Selbstmord lag oder ob sie dachten, Sam verstünde sein Handwerk nicht, war nicht klar, deshalb vermietete Sam den Laden an jemand anderen. Ihre Mutter zuckte nur mit den Schultern, als er es ihr sagte.

Beth fand, dass ihr verträumter und früher sehr fauler Bruder auf beeindruckende Weise seinen Mann stand, indem er sich so souverän um alle Probleme der Familie kümmerte. Jetzt, wo jemand unten fast die gesamte Miete für das Haus zahlte, mussten sie nur wenig Geld aufbringen, um in ihrer Wohnung bleiben zu können. Sam hatte sich eine Stelle als Bürogehilfe bei einer Reederei besorgt und brachte jeden Penny, den er verdiente, nach Hause, um sie alle durchzubringen. Ihre Mutter hätte ihn in den Himmel loben sollen, anstatt ihn zu ignorieren.

Aber sie lobte Beth ja auch nicht dafür, dass sie eine Stelle als Verkäuferin in einem Strumpfwarenladen gefunden hatte. Sie fragte nie, wie lange sie arbeiten musste oder was sie verdiente.

Vor einer Weile hatte Sam einmal gemeint, es wäre, als hätte jemand ihre Mutter gegen eine stumme Dienstbotin ausgetauscht. Es war ein Scherz gewesen, aber genauso war es, denn sie kochte und servierte ihnen die Mahlzeiten ohne ein Wort. Sie war nie sehr gesprächig gewesen, hatte nur hin und wieder ein bisschen über die Nachbarn geklatscht, aber sie war immer eine gute Zuhörerin gewesen und hatte kleine Veränderungen an ihnen sofort bemerkt, hatte sich nach ihrem Befinden erkundigt, wenn sie krank wirkten oder traurig. Jetzt fiel es ihr nicht auf, wenn sie müde oder erkältet waren; sie machte nicht einmal eine Bemerkung über das Wetter. Wenn sie sich erkundigten, wie ihr Tag gewesen war, dann antwortete sie mit einem Satz: »Ich habe die Wäsche gewaschen«, oder: »Ich habe die Betten bezogen.« Beth kochte innerlich vor Wut und wollte sie anschreien, dass sie noch Sam und sie habe und das Heim, das sie liebe, während die Welt ihrer Kinder völlig auf den Kopf gestellt worden sei. Sam saß zehn Stunden am Tag an seinem Schreibtisch und musste nach der Pfeife von Männern tanzen, die ihn wie Dreck unter ihren Schuhen behandelten. Er konnte nicht mehr ein oder zwei Stunden runter zu den Docks gehen wie sonst; jeder Penny, den er verdiente, wurde gebraucht.

Beth mochte sich gewünscht haben, in einem Laden zu arbeiten, aber sie stellte bald fest, dass Hooley's Strumpfwarenladen ganz anders war, als sie es sich vorgestellt hatte. Sie und die anderen Verkäuferinnen wurden jeden Morgen begutachtet, ob ihre Fingernägel sauber waren und ihre Schuhe poliert, und ein paar lose Haarsträhnen waren bereits ein schweres Vergehen. Die Kunden waren oft unhöflich, aber sie musste immer lächeln und sie wie Könige behandeln. Sie musste erst um Erlaubnis fragen, bevor sie auf die Toilette gehen durfte, und wenn man sich nur mit einer anderen Verkäuferin unterhielt, konnte man dafür schon gefeuert werden. Ständig stand sie unter Beobachtung, und den ganzen Tag auf den Beinen zu sein erschöpfte sie sehr. Ihre Mutter ging fast nie aus, deshalb sah sie die verächtlichen Blicke der Leute nicht oder hörte ihre gemeinen Bemerkungen. Sam und Beth lebten jeden Tag damit.

Aber alle Sorge, alle Verbitterung und aller Ärger der vergangenen Monate waren heute auf einen Schlag von einem sehr viel ernsteren Problem verdrängt worden.

Heute war der Wochentag, an dem der Laden früher schloss, und Beth kam kurz nach eins nach Hause. Sie wollte etwas essen und dann versuchen, ihre Mutter zu einem Spaziergang in der Sonne zu überreden.

Die Leute, die jetzt den Laden führten, wollten auch Schuhe verkaufen, und in den vergangenen Wochen hatte ein Tischler Regale und eine Theke eingebaut. Als Beth durch die Hintertür kam, arbeitete ein Maler im Laden, und die Tür stand weit auf. Er entschuldigte sich für den Farbengeruch und sagte, er hoffe, dass ihrer Mutter nicht schlecht davon geworden war, weil er gehört habe, wie sie sich auf dem Plumpsklo übergeben habe.

Beth war natürlich alarmiert die Treppe hinauf zu ihrer Mutter gerannt. Aber die leugnete, dass etwas mit ihr nicht stimmte, und behauptete, der Maler hätte sich verhört.

Die ganze Wohnung roch nach Farbe, doch ihre Mutter hatte sich trotzdem geweigert, mit Beth spazieren zu gehen. Deshalb hatte sie eine Scheibe Brot mit Käse gegessen und war allein gegangen.

Inzwischen benutzten sie alle nur noch die Hintertür, aber als Beth die Church Street wieder hinaufkam, stand die Ladentür weit auf, also schlüpfte sie hinein, um nicht außen herumlaufen zu müssen. Es war ungefähr halb drei, und sie blieb in dem kleinen Flur an der Treppe stehen, die zu ihrer Wohnung führte, weil sie durch die offene Hintertür sehen konnte, dass ihre Mutter im Hof die Wäsche von der Leine nahm.

Sie streckte sich nach oben, um eines von Sams Hemden zu erreichen, und Beth war schockiert, als sie sah, wie dick der Bauch ihrer Mutter geworden war.

Ihre Mutter war klein, und sie war immer sehr schlank gewesen, so schlank, dass ihr Vater ihre Taille mit den Händen umfassen konnte. Vor drei Monaten, als Beth ihr Trauerkleid abgesteckt hatte, war das immer noch so gewesen. Aber jetzt nicht mehr. Sie trug eine Schürze über ihrem schwarzen Kleid, aber die Schürze saß viel weiter oben, als sie sollte, und ihr dicker Bauch war deutlich zu erkennen.

Beth war so entsetzt, dass sie beinahe aufgeschrien und ihre Mutter auf sich aufmerksam gemacht hätte. Alice war nämlich nicht insgesamt dick geworden; ihr Gesicht war im Gegenteil viel schmaler, seit sie Witwe war. Beth wusste genau, was dicke Bäuche bedeuteten, selbst wenn behütet aufgewachsene junge Damen solche Dinge eigentlich nicht wissen durften.

Das war eine weitere Sache gewesen, die Miss Clarkson Beth erklärt hatte. Sie meinte, es sei absurd, junge Mädchen über etwas so Natürliches im Dunkeln zu lassen, und dass Unwissenheit gefährlich sei, weil Männer es ausnutzen könnten. Deshalb wusste Beth, wie Babys gemacht wurden.

Obwohl sie sich schämte, dass ihre Eltern es nach ihrer Geburt offensichtlich noch einmal getan hatten, war Beths größte Sorge, wie sie ein so heikles Thema ihrer Mutter gegenüber ansprechen sollte. Aber ihr war bewusst, dass sie es tun musste, denn wenn ein Baby unterwegs war, dann gab es viel zu organisieren.

Kurze Zeit später, als ihre Mutter wieder im Haus war und die trockene Wäsche faltete, beobachtete Beth sie und hoffte, sich zu irren, denn jetzt, wo die Schürze wieder an der richtigen Stelle saß, war Alices Bauch nicht zu sehen; sie wirkte nur um die Mitte herum ein bisschen dicker.

Beth trank eine Tasse Tee, während sie versuchte, genug Mut zu fassen, denn sie erwartete eine feindselige Reaktion. Aber es wurde immer später, und wenn Sam nach Hause kam, würde keine Gelegenheit mehr für dieses Gespräch sein, denn Beth wusste, dass sie eine Schwangerschaft in Anwesenheit eines Mannes nicht ansprechen konnte, nicht einmal, wenn es ihr eigener Bruder war.

Sie holte tief Luft und sprang ins kalte Wasser. »Du bekommst ein Baby, oder, Mama?«

Beth war nicht sicher, wie sie es fand, einen kleinen Bruder oder eine kleine Schwester zu bekommen. Aber Alices Reaktion auf ihre Frage machte sehr deutlich, dass ihre Mutter es für eine Katastrophe hielt. Ihr Gesicht verzog sich, sie legte die Hände über ihren Bauch, als wollte sie ihn verstecken, und stieß ein gequältes Wimmern aus.

Beth hatte eigentlich gedacht, dass ihre Mutter ihr sagen würde, sie solle sich um ihre eigenen Angelegenheiten kümmern, aber eine so dramatische Reaktion hatte sie nicht erwartet. »Ich weiß, es kommt dir schrecklich vor, jetzt, wo Papa nicht mehr da ist, aber Sam und ich werden dir helfen«, erklärte sie schnell und ging zu ihrer Mutter. Sie versuchte nicht, sie zu umarmen, denn während der vergangenen drei Monate war ihre Mutter dann immer zurückgewichen, als hätte sie sich verbrannt.

Überraschenderweise warf sie sich jedoch in Beths Arme und weinte wie ein Kind an ihrer Schulter. »Ich wusste nicht, wie ich es euch sagen soll«, schluchzte sie. »Ich habe solche Angst, was jetzt aus uns werden wird.«

Beth hielt sie einfach nur fest und war so erleichtert darüber, dass ihre Mutter endlich wieder mit ihr redete, dass alle anderen Sorgen unwichtig erschienen. »Du musst keine Angst haben«, sagte sie beruhigend. »Wir haben es bis jetzt geschafft, und wir kommen auch mit einem Baby zurecht. Vielleicht ist es genau das, was wir brauchen, um wieder glücklich zu sein. Weißt du, wann es geboren wird?«

»Im Dezember, denke ich.« Alice wischte sich mit ihrer Schürze über die Augen. »Aber ich bin zu alt, um noch ein Baby zu bekommen. Es ist schlimm genug, dass dein Vater solche Schande über uns gebracht hat – jetzt werden die Leute wieder anfangen zu reden.«

»Du bist nicht zu alt«, erklärte Beth fest. »Und was spielt

es für eine Rolle, was die Leute sagen? Das geht sie nichts an.«

Beth kochte noch eine Kanne Tee, und ihre Mutter putzte sich die Nase und gestand, wie erleichtert sie sei, dass es jetzt raus war. »Ich habe mich euch beiden gegenüber sehr schlecht benommen«, erklärte sie. »Aber ich war so krank vor Angst und Sorge, dass in meinem Kopf für nichts anderes mehr Platz war. Was wird Sam wohl denken?«

»Genau das Gleiche wie ich: dass wir einen kleinen Bruder oder eine kleine Schwester bekommen«, erklärte Beth ruhig. Sie war froh, endlich eine Erklärung für das merkwürdige Verhalten ihrer Mutter zu haben. »Ich weiß, das ist jetzt alles noch sehr beängstigend, Mama, aber es wird besser. Und du solltest dich lieber wieder mit Mrs Craven vertragen, weil wir ihre Hilfe brauchen werden, wenn das Baby kommt.«

Mrs Craven stand, zusätzlich zu ihren vielen anderen Talenten, in dem Ruf, eine ausgezeichnete Hebamme zu sein.

»Deshalb habe ich sie weggeschickt, weil ich Angst hatte, dass sie es merkt«, gestand Alice. »Es war zu viel für mich nach der Art, wie Frank gegangen ist.«

Später an diesem Abend, nachdem ihre Mutter ins Bett gegangen war, saßen Beth und Sam in der Küche und unterhielten sich. Sam hatte entsetzt ausgesehen, als Beth ihn zur Seite genommen und ihm sehr verlegen von der Neuigkeit berichtet hatte. Er flüsterte, dass es das Letzte sei, was sie jetzt gebrauchen konnten, aber er war diplomatisch genug, ihrer Mutter nicht zu zeigen, wie er darüber dachte.

Jetzt, wo sie allein waren und er Zeit gehabt hatte, darüber nachzudenken, reagierte er etwas weniger hart. »Ich kann nicht behaupten, dass mir der Gedanke an ein plärrendes

Balg im Haus gefällt«, gestand er. »Aber zumindest erklärt es, was mit Mama los war. Ich dachte schon, sie endet in der Klapsmühle.«

»Es muss sehr beängstigend für sie gewesen sein«, sagte Beth. »Vor allem, weil ihre eigene Mutter sie ohne Mann bekommen haben muss, denn sonst hätte sie sie nicht ausgesetzt. Dieses Haus, in dem sie aufwuchs, lag direkt neben einem Armenhaus. Ich nehme an, sie hatte Angst, dass sie dort endet.«

»Das werde ich nicht zulassen«, erklärte Sam entschlossen. »Aber es nimmt uns jeden Freiraum.«

»Wie meinst du das?«, fragte Beth.

Er schürzte die Lippen und runzelte die Stirn. »Pa hat uns nicht viel hinterlassen, und das meiste davon ist für die Beerdigung und unseren Lebensunterhalt draufgegangen, bis ich Arbeit hatte. Unser Lohn reicht gerade aus, um uns durchzubringen. Aber ich hatte gehofft, dass Mama irgendwann wieder heiraten würde und dass wir dann beide frei wären.«

Beth konnte sich nicht vorstellen, dass ihre Mutter noch einmal heiraten würde, und sagte das auch.

»Na ja, dann fang besser an zu hoffen, dass sie es tut«, erwiderte er mit einem Anflug von Sarkasmus. »Wenn du einen Mann triffst, der dich heiraten möchte, dann wird er nicht auch noch deine Mutter und ihr Baby bei sich aufnehmen wollen. Und ich hatte auch nicht geplant, für immer hierzubleiben. Ich will die Welt sehen.«

Beth wollte mit ihm schimpfen, weil er so selbstsüchtig war, aber sie konnte nicht, weil sie wusste, dass er sie nicht wirklich im Stich lassen würde. »Wir sollten uns jetzt noch keine Sorgen um die Zukunft machen«, schlug sie vor. »Irgendetwas ergibt sich, du wirst sehen.«

Es war ein langer, heißer Sommer – die Milch wurde schon mittags sauer, Plumpsklos und Abwassergräben stanken zum Himmel, die Blätter an den Bäumen hingen schlaff herunter und waren mit Staub überzogen. Auch nach Sonnenuntergang kam die Stadt nicht zur Ruhe, denn es war so warm, dass die Leute nicht schlafen konnten. Babys schrien, Hunde bellten, Kinder spielten bis tief in die Nacht auf den Straßen, und vor den Wirtshäusern krakeelten mehr Betrunkene herum als sonst.

Beth hielt die Tage in Hooley's Strumpfwarenladen nur unter großen Mühen durch. Gegen Mittag schien die Sonne voll auf die Fenster, und drinnen stieg die Temperatur auf über dreißig Grad. Die Kunden waren gereizt und oft unhöflich, während sie Schublade nach Schublade mit Socken und Strumpfhosen für sie aufzog. Beth musste sich oft auf die Zunge beißen, um nicht patzig zu werden. In ihrem hochgeschlossenen schwarzen Kleid mit dem Petticoat darunter schwitzte sie furchtbar, ihre Füße schwollen an und schmerzten, und sie fragte sich oft, warum sie früher geglaubt hatte, es wäre wunderbar, woanders zu arbeiten.

Sam ging es bei der Arbeit besser, denn das Gehilfenbüro lag zum Meer hinaus, sodass bei weit geöffneten Fenstern eine kühle Brise hereinwehte. Aber weil er einen steifen Stehkragen und ein Jackett tragen musste, schlief er in der Hitze oft ein oder blickte sehnsüchtig zu den Schiffen draußen auf dem Meer und wünschte sich, auf einem von ihnen zu sein.

Aber ihre Mutter litt noch mehr. Sie hatte keinen Appetit, fühlte sich in der Hitze ganz schwach, und ihre Knöchel und Beine waren mittags so geschwollen, dass sie nicht laufen konnte. Es beunruhigte Beth, wie dünn und ausgemergelt ihr Gesicht inzwischen war, doch ihr Bauch schien jeden Tag zu wachsen.

Ende September war das heiße Wetter endlich vorbei, und es regnete zwei Wochen ohne Unterlass. Nachts konnte man wieder schlafen, die Straßen wurden sauber gewaschen, und ihre Mutter aß wieder etwas mehr.

Alice hatte sich bei Mrs Craven für ihre Unfreundlichkeit entschuldigt, und die Nachbarin war nett genug, jeden Tag vorbeizukommen und ihr bei den schwereren Hausarbeiten zu helfen. Zusammen hatten die beiden eine Kiste mit alter Babykleidung von Sam und Beth vom Dachboden geholt, und eine andere Nachbarin lieh ihnen eine Wiege.

Der Winter begann erst Ende November, doch als er dann kam, brachte er heftigen Wind und bittere Kälte mit. In der zweiten Dezemberwoche fing es an zu schneien, und als Beth am Freitagabend nach Hause kam, machte Mrs Craven in der Küche gerade einen großen Topf mit Wasser auf dem Herd heiß.

»Die Wehen haben gegen Mittag eingesetzt«, erklärte sie. »Zum Glück bin ich auf dem Weg vom Markt vorbeigekommen. Ich möchte, dass du Dr. Gillespie holst, damit er nach ihr sehen kann.«

Beth war sofort beunruhigt, doch Mrs Craven umarmte sie beschwichtigend. »Es ist nur eine Vorsichtsmaßnahme«, erklärte sie.

Es war das erste Mal, dass Beth den Doktor seit jenem Abend sah, an dem ihr Vater sich erhängt hatte, und sie war sehr verlegen, als sie ihm sagte, warum sie ihn jetzt brauche.

»Ein Baby!«, rief er, und auf seinem runden Gesicht erschien ein breites Lächeln. »Was für eine Überraschung! Und wie geht es dir und deinem Bruder? Es muss in den vergangenen Monaten schwer für euch gewesen sein.«

»Wir kommen zurecht, Doktor«, sagte Beth. Sein freundliches Lächeln nahm ihr etwas von der Anspannung, und sein

Interesse an Sam und ihr war tröstlich. »Natürlich war das Baby zuerst ein Schock für uns alle. Aber Mrs Craven sagt, sie möchte, dass Sie nach ihr sehen, als Vorsichtsmaßnahme.«

Es war jedoch keine Vorsichtsmaßnahme, wie Beth später klar wurde, als sie an der Schlafzimmertür stand und hörte, wie der Arzt zu Mrs Craven sagte: »Sie ist eine sehr zierliche Frau, und das Baby ist sehr groß. Mrs Bolton ist außerdem nicht mehr die Jüngste und auch nicht sehr stark. Ich überlasse sie jetzt Ihren erfahrenen Händen, Mrs Craven, aber zögern Sie nicht, mich später noch mal zu rufen, wenn Ihnen etwas Sorgen macht.«

Beths Herz schlug wie wild vor Angst, und während der Abend voranschritt und sie ihre Mutter vor Schmerzen schreien hörte, wurde Entsetzen daraus. Dass Sam noch nicht zurück war, machte es nicht besser. Es gab nur Mrs Craven, und die erlaubte Beth nicht, das Schlafzimmer zu betreten. »Ich rufe dich, wenn ich Hilfe brauche oder wenn du den Doktor noch mal holen sollst«, erklärte sie fest. »Babys brauchen manchmal eine Ewigkeit, aber mach dir wegen des Schreiens keine Sorgen – die meisten Frauen tun das, es bedeutet nichts.«

Sam kam kurz nach zehn, und Mrs Craven schickte ihn sofort wieder los, um den Arzt noch einmal zu holen. Sie wollte ihnen zwar nicht sagen, wofür sie ihn brauchte, aber Beth konnte die Sorge auf ihrem breiten Gesicht sehen.

Dr. Gillespie kam mit Sam zurück und verschwand erneut für einige Zeit im Schlafzimmer.

Gegen zwölf kam Gillespie in die Küche zurück und bat um eine Schüssel mit heißem Wasser, um sich die Hände zu waschen. Er hatte sein Jackett bereits ausgezogen und sich die Ärmel aufgerollt, und als er sich die Hände und die Unterarme wusch, blickte er über die Schulter zu Sam und Beth.

»Ich muss das Baby schnell holen«, sagte er. »Bitte sucht noch mehr saubere Laken und Handtücher heraus. Ich kann sehen, dass ihr beiden Angst habt, aber macht euch keine Sorgen – eure Mutter kommt durch.«

Beth lief los, um die Laken zu holen, und der Doktor kehrte damit ins Schlafzimmer zurück und schloss die Tür hinter sich.

Es war jetzt sehr ruhig. Draußen fiel immer noch Schnee, der den Lärm der nächtlichen Kutschen dämpfte. Die einzigen Geräusche waren ein gelegentliches Husten oder eine unverständliche Anweisung des Doktors an Mrs Craven und das Knacken und Springen der Kohlen im Ofen.

Sam und Beth sagten nichts. Sie saßen sich nur am Küchentisch gegenüber, bleich und angespannt, beide mit ihren Ängsten beschäftigt.

Plötzlich gab es ein Geräusch – ein Rascheln, Schritte und dann die leise Stimme des Arztes. »Meine Güte, was für 'n großes Mädchen«, hörten sie Mrs Craven ausrufen, und einen Augenblick später hörten sie das Baby schreien.

»Gott sei Dank«, rief Sam und wischte sich mit dem Ärmel den Schweiß von der Stirn.

Kurz danach kam Mrs Craven mit einem in eine Decke gewickelten Baby auf dem Arm aus dem Schlafzimmer. Sie sah erschöpft aus, aber sie lächelte. »Das ist eure kleine Schwester. Ein richtiger kleiner Wonneproppen«, sagte sie stolz.

Für Beth dämpfte der Anblick von Mrs Cravens blutverschmierter Schürze jede Freude und jedes Staunen, die sie beim Anblick ihrer kleinen Schwester vielleicht empfunden hätte. »Mama – geht es ihr gut?«, fragte sie.

»Bald, der Doktor näht sie gerade«, erwiderte Mrs Craven. »Aber du kannst helfen, indem du dich um die Kleine kümmerst«, sagte sie und gab Beth das Bündel. »Leg sie in die Wiege, und stell sie an den Ofen, damit sie es warm hat. Ich muss zurück und dem Doktor helfen.«

Während Sam die Wiege aus der Stube holte, stand Beth da und blickte auf das Baby in ihren Armen. Sie hatte noch nie ein Neugeborenes gesehen, und obwohl Mrs Craven gesagt hatte, dass dieses hier groß sei, fand sie es winzig, rot und zerknautscht. Es hatte dunkles Haar, und obwohl sie die Augen nicht sehen konnte, da sie fest geschlossen waren, mochte sie es, wie der kleine Mund sich öffnete und schloss wie der von einem Fisch.

Sam brachte die Wiege. »Ich glaube, wir wärmen zuerst die Matratze und die Laken an«, schlug Beth vor, denn seit es richtig kalt war, hatten sie in der Stube kein Feuer mehr gemacht. »Wie findest du sie?«

Sam blickte auf das Baby und strich ihm vorsichtig mit dem Finger über die Wange. »Sie ist ein bisschen hässlich«, sagte er und rümpfte angewidert die Nase.

»Nein, ist sie nicht«, widersprach Beth. »Sie ist süß, und es ist genauso wie bei neugeborenen Hunden oder Katzen. Zuerst sehen sie alle wie Ratten aus, aber kurz danach sind sie richtig hübsch, und das wird sie auch sein.«

Durch all die Vorbereitungen für die Babywiege und weil sie noch mehr Tee für Mrs Craven und den Doktor kochten, vergaßen sie kurzfristig ihre Mutter. Erst als ihre Nachbarin mit einem großen Bündel blutdurchtränkter Laken zurück in die Küche kam und Sam bat, die Zinkwanne aus dem Hof zu holen, um sie darin einzuweichen, wurden sie schlagartig an sie erinnert.

»Es wird ihr eine Zeitlang sehr schlecht gehen«, erklärte Mrs Craven ernst. »Wir müssen sie mit Fleischbrühe, Eiern und Milch wieder aufpäppeln. Wenn der Doktor mit ihr fertig ist, könnt ihr ein oder zwei Minuten zu ihr. Erwartet aber nicht zu viel von ihr, sie hat viel durchgemacht.«

Es schien Stunden zu dauern, bis Dr. Gillespie endlich wieder aus dem Schlafzimmer kam, doch tatsächlich war nicht mehr als eine halbe Stunde vergangen. Er sah müde aus, als er sich die blutbespritzte Schürze auszog und zur Spüle ging, um sich die Hände zu waschen. »Habt ihr Brandy im Haus?«, fragte er.

»Ich glaube ja, Sir«, antwortete Sam und ging in die Vorratskammer, um welchen zu holen.

»Gut, Junge, dann gib deiner Mutter welchen in heißer Milch.« Er ging zur Wiege und blickte auf das schlafende Baby. »Sie scheint zumindest ganz gesund zu sein, und Mrs Craven wird euch erklären, was sie braucht. Ich komme morgen wieder, um nach eurer Mutter zu sehen.«

Er nahm eine kleine dunkle Flasche aus seiner Tasche und stellte sie auf den Tisch. »Wenn eure Mutter in der Nacht Schmerzen hat, dann kann sie drei oder vier Tropfen davon in heißem Wasser nehmen. Versucht sie auch dazu zu bringen, Wasser zu trinken.«

»Na los! Ihr könnt jetzt zu ihr«, drängte Mrs Craven sie, als der Doktor gegangen war. »Und dann muss ich auch ins Bett.«

Sam und Beth schlichen leise in das Zimmer ihrer Mutter und wussten nicht recht, was sie dort erwartete. Alles sah überraschend ordentlich und normal aus, wenn man bedachte, was hier passiert war. Es war nur sehr heiß, weil der Ofen an war, und es roch ein bisschen komisch. Aber Alice schien geschrumpft zu sein; sie wirkte in dem großen Messingbett so klein wie ein Kind, und ihr Gesicht sah im Gaslicht merkwürdig fleckig aus.

»Wie geht es dir, Mama?«, fragte Sam.

»Ich habe Schmerzen«, krächzte sie. »Das Baby?«

»Es geht ihr gut, sie liegt warm eingepackt in der Wiege und schläft«, sagte Beth leise. »Du musst das hier trinken«, fügte sie hinzu und trat näher an das Bett, um ihrer Mutter so weit hochzuhelfen, dass sie die Brandy-Milch trinken konnte. »Ich schlafe heute Nacht in der Küche, damit sie es warm hat und ich sie im Auge behalten kann. Es schneit draußen.«

Als ihre Mutter getrunken und Beth sie wieder hingelegt hatte, griff sie nach dem Arm ihrer Tochter. »Bitte, hasst mich nicht dafür«, flehte sie.

»Dich wofür hassen?« Beth runzelte die Stirn und sah Sam verwirrt an.

»Dass ich euch mit einer solchen Last allein lasse«, sagte sie und schloss die Augen.

Beth deckte ihre Mutter gut zu und stellte die Gaslampe dann so weit herunter, dass sie nur noch schwach schien. Sam legte noch mehr Kohlen ins Feuer, und sie schlichen leise wieder aus dem Zimmer.

»Glaubst du, sie wird sterben?«, fragte Beth Sam, als Mrs Craven nach Hause gegangen war.

»Das war bestimmt nur die Medizin, die sie das hat sagen lassen«, erklärte er ihr. »Mach dir keine Sorgen.«

»Ich werde morgen nicht zur Arbeit gehen können, weil ich mich um das Baby kümmern muss«, sagte Beth. »Mr Hooley wird darüber so kurz vor Weihnachten nicht erfreut sein. Was, wenn er mir die Stelle nicht freihält, bis es Mama wieder besser geht?«

»Zerbrich dir darüber nicht den Kopf«, erwiderte Sam müde. »Du schreibst ihm eine Nachricht, und ich schiebe sie auf dem Weg zur Arbeit bei ihm unter der Tür durch. Und jetzt werde ich lieber noch ein paar Kohlen in den Herd legen, um unsere kleine Schwester warm zu halten. Ich frage mich, wie Mama sie nennen will.«

»Ich finde, sie sieht wie eine Molly aus«, erklärte Beth und blickte erneut in die Wiege. »Ich hoffe nur, sie wacht erst wieder auf, wenn Mrs Craven zurück ist. Ich weiß überhaupt nichts über Babys.«

Beth schlief unruhig in dem alten Ohrensessel am Herd unter ein paar Decken, die Füße auf einem Hocker. Sie wachte beim kleinsten Geräusch auf, aber jedes Mal war es nur ein Knacken vom Herd oder ein leises Schmatzen des Babys gewesen. Doch immer, wenn sie versuchte, wieder einzuschlafen, musste sie über die Bitte ihrer Mutter nachdenken.

Um sechs Uhr morgens wiegte Beth das schreiende Baby auf dem Arm und versuchte, es zu beruhigen, als zu ihrer Erleichterung Mrs Craven durch die Hintertür kam und mit den Füßen aufstampfte, um den Schnee abzuschütteln.

»Das Baby muss gewickelt und gefüttert werden«, erklärte sie resolut und zog ihren Mantel aus. Dann nahm sie Beth das Baby ab und fing an, die nasse Decke zu entfernen. Sie befahl Beth, die Kiste mit den Babysachen und Windeln zu holen.

Beth beobachtete fasziniert, wie die ältere Frau das winzige Baby vorsichtig wusch und ihr erklärte, wie sie das Stückchen Mull wechseln musste, das den Rest der Nabelschnur schützte, und dass sie einen speziellen Puder daraufgeben solle, bis er abfiele. Dann faltete sie eine Windel zu einem Dreieck und wickelte es um den Po des Babys.

»Später, wenn die Geschäfte öffnen, musst du versuchen, ein paar wasserdichte Gummihöschen für sie zu kaufen«, sagte Mrs Craven. »Die gab es noch nicht, als meine Kinder geboren wurden, aber ich find, sie sind ’n Segen, denn sie halten die Kleidung und das Bett trocken. Du musst die Windel alle zwei bis drei Stunden wechseln. Wenn sie zu lange nass ist, wird sie wund.«

Als sie dem Baby ein kleines Nachthemd anzog, erklärte sie noch mehr Dinge über die Babypflege, von denen Beth das meiste nicht verstand.

»Jetzt bringen wir sie zum Stillen zu deiner Mutter«, sagte sie und gab Beth das Baby zurück. »Sie will das vielleicht nicht, weil es ihr schlecht geht, aber einer Mutter geht es immer schneller wieder besser, wenn sie ihr Baby im Arm hält.«

Alice sah ein bisschen besser aus, denn die schrecklichen Flecken auf ihrem Gesicht waren verschwunden, und sie öffnete die Augen und versuchte zu lächeln. Sie stöhnte vor Schmerz auf, als Mrs Craven ihr half, sich ein bisschen aufzusetzen, damit sie ihr mehr Kissen in den Rücken stopfen konnte, und sie war schrecklich blass.

Beth wusste jetzt, dass Dr. Gillespie einen sogenannten Kaiserschnitt gemacht hatte und dass der eigentlich in einem Krankenhaus hätte durchgeführt werden müssen. Aber er hatte keine Wahl gehabt: Ihre Mutter war nicht transportfähig gewesen, und das Baby musste schnell geholt werden, oder sie wären beide gestorben.

»Wir lassen das Baby nur schnell ein bisschen trinken«, sagte Mrs Craven und knöpfte Mamas Nachthemd auf. »Dann hole ich Ihnen etwas zu trinken und etwas zu essen und mache es Ihnen etwas bequemer.«

Beth wurde rot, als sie die Brüste ihrer Mutter sah, aber als Mrs Craven das Baby anlegte und es sofort zu saugen begann, wurde die Verlegenheit schnell zur Freude über den Anblick dieser Gier, und Beth musste lächeln.

»Sie ist eine kleine Kämpferin, die Kleine«, sagte Mrs Craven zärtlich. »Wie wollt ihr sie denn eigentlich nennen?«

»Ich finde, sie ist eine Molly«, erklärte Beth und setzte sich auf die Bettkante.

»Dann soll sie Molly heißen«, sagte ihre Mutter mit einem schwachen Lächeln.

4

In den Tagen nach Mollys Geburt hatte Beth keine Minute Ruhe, denn sie musste Molly ständig wickeln und trösten, sich um ihre Mutter kümmern und ihr auch auf den Nachttopf helfen, weil sie nicht auf das Plumpsklo gehen konnte, dazu die ganze Wäsche waschen und andere Aufgaben im Haushalt erledigen. Der Schnee lag noch immer hoch, und an den meisten Tagen schneite es weiter. In der Wohnung war es so dunkel, dass Beth oft auch während des Tages die Gaslampen anzünden musste. Wenn sie einkaufen ging, dann beeilte sie sich immer, denn so einladend die Church Street mit den weihnachtlich dekorierten Fenstern, die Maronen-Verkäufer und die Orgelspieler auch waren, es war zu kalt, um sich draußen aufzuhalten.

Von ihrer kleinen Schwester war sie inzwischen ganz hingerissen. Sich um sie zu kümmern war eine Freude und keine Bürde, und auch die anderen Aufgaben zu erledigen fiel ihr nicht schwer. Doch nach einer Woche wurde die Freude von der Sorge um ihre Mutter abgelöst.

Zuerst schien es Alice langsam besser zu gehen. Am dritten Tag nach der Geburt bat sie Beth um ein Omelette, das sie ganz aufaß, und um Reispudding. Sie hielt Molly auch nach dem Stillen noch auf dem Arm und unterhielt sich gerne mit Beth, erklärte ihr Sachen über Babys und das Kochen.

Am vierten Tag war es ähnlich, doch am Abend klagte sie plötzlich darüber, dass ihr so heiß sei. Am folgenden Morgen musste Beth Dr. Gillespie holen, weil Alice fieberte.

Der Arzt sagte, so ginge es Frauen oft nach dem vierten oder fünften Tag nach der Niederkunft, und riet Beth, ihrer Mutter viel zu trinken zu geben und sie warm zu halten. Aber Alices Zustand verschlechterte sich zusehends, und ihr Fieber stieg so hoch, dass sie kaum noch wusste, wer sie war. Ein ekelhafter Geruch ging von ihr aus, und sie hatte schlimme Unterleibsschmerzen, die auch von der Medizin, die der Doktor ihr gab, nicht weggingen.

Mrs Craven nannte es Kindbettfieber, aber Dr. Gillespie hatte einen sehr viel hochtrabenderen Namen dafür. Er kam zwei Mal am Tag, spülte Alices Unterleib mit einer antiseptischen Lösung aus und packte Gaze hinein.

Sie legten Molly weiter bei ihr an, obwohl Alice sie nicht mehr halten konnte, doch an diesem Morgen war Mrs Craven mit einer Glasflasche mit einem Gummisauger gekommen. Sie musste nicht erklären, wieso; es war offensichtlich, dass es Alice zu schlecht ging und sie nicht mehr genug Milch hatte.

Molly nahm die Flasche sofort an, und es tröstete Beth sehr, mit ihr in dem bequemen Sessel am Herd zu sitzen und sie zu füttern. Sie liebte es, dass Molly die Augen immer weit öffnete, wenn sie anfing zu trinken – sie sahen aus wie zwei dunkelblaue Murmeln –, und sie winkte mit ihrer winzigen Hand, als würde ihr das helfen, die Milch schneller zu trinken. Doch wenn die Flasche fast leer war, fielen ihr die Augen wieder zu, und ihre Hände sanken an ihre Seiten.

Beth saß oft eine Stunde oder länger da, legte Molly auf ihre Schulter und massierte ihr den Rücken, so wie Mrs Craven es ihr gezeigt hatte, um sie ein Bäuerchen machen zu lassen. Sie liebte es, wie das Baby roch und sich anfühlte, liebte die kleinen zufriedenen Seufzer, alles an ihm. Selbst wenn sie es schließlich frisch gewickelt und in eine Decke eingepackt hatte, sodass nur noch der kleine Kopf herausschaute, und es wieder in der Wiege lag, stand Beth noch daneben und sah ihm beim Schlafen zu, voller Staunen über das Wunder des neuen Lebens.

Doch die Freude wurde durch den schlimmen Zustand ihrer Mutter getrübt. Weder Dr. Gillespie noch Mrs Craven deuteten an, dass Alice sich nicht erholen würde, doch wie sehr Beth auch versuchte, optimistisch zu bleiben, sie konnte spüren, wie der Tod sich in das Nebenzimmer schlich.

Ihre gutherzige, kompetente Nachbarin kam jetzt jeden Tag für zwei oder drei Stunden, und Beth erkannte an den immer neuen Blutflecken auf den Laken, an dem fauligen Gestank, an der Art, wie Mrs Craven immer mehr Kohlen auflegte, um das Schlafzimmer warm zu halten, und an ihrem angespannten Gesichtsausdruck, dass es nur noch eine Frage der Zeit war.

Beth erzählte Sam nichts von ihren Ängsten, denn sie wusste, dass er sich wegen des Geldes sorgte. Mr Hooley vom Strumpfwarenladen war nicht erfreut gewesen, als Beth ihn gerade jetzt im Weihnachtsgeschäft um Urlaub bat, und es war eindeutig, dass er ihr die Stelle nicht freihalten würde, bis sie zurückkehren konnte. Außerdem fror Sam ganz furchtbar im Büro der Reederei und sagte, dass er kaum noch schreiben könne, weil seine Finger ganz taub seien von der Kälte. Ihm graute davor, noch weitere zwei oder drei Monate an einem so eisigen Arbeitsplatz zu verbringen. Beth überlegte, ob er vielleicht versucht war, sie einfach zu verlassen, wenn sie ihm erzählte, dass ihre Mutter wahrscheinlich sterben würde und er allein das Geld verdienen müsse, um sie und Molly durchzubringen.

Am Sonntagabend jedenfalls, als Sam den ganzen Tag zu Hause war und die hektische Betriebsamkeit beobachtete, konnte Beth an seinem besorgten Gesicht sehen, dass er endlich begriff, wie ernst die Lage war.

»Warum hast du es mir nicht gesagt?«, fragte er Beth vorwurfsvoll, die im Sessel mit Molly schmuste.

»Du hast schon genug Sorgen«, erklärte sie wahrheitsgemäß. »Außerdem hatte ich gehofft, dass sie sich erholt.«

Die kleine Glocke erklang, die Beth auf den Nachttisch ihrer Mutter gestellt hatte, damit sie sie rufen konnte, wenn sie etwas brauchte. Beth erhob sich und ging mit Molly auf dem Arm ins Schlafzimmer.

Es war sehr heiß und stickig darin, und der unangenehme Geruch war noch stärker geworden.

»Möchtest du etwas trinken, Mama?«, fragte Beth und wandte den Blick vom Gesicht ihrer Mutter ab. Es tat weh, sie anzusehen, denn das Fleisch in ihrem Gesicht schien in die Knochen eingesunken zu sein, und ihre Augen standen heraus wie die der Fische in der Auslage des Fischhändlers.

»Nein. Hol Sam, ich muss mit euch beiden sprechen«, erwiderte sie, und ihre Stimme war nur noch ein heiseres Flüstern.

Sam kam sofort und rümpfte die Nase über den Gestank.

»Kommt näher«, flüsterte ihre Mutter. »Das Sprechen tut jetzt weh.«

Bruder und Schwester traten an das Bett, und Beth drückte Molly fest an ihre Brust. »Was ist los, Mama?«, fragte Sam mit zitternder Stimme.

»Ich muss euch etwas Schlimmes sagen«, erklärte Alice. »Ich weiß, dass ich sterbe, aber ich kann nicht gehen, wenn mir das auf der Seele liegt.«

Sam erwiderte, dass sie nicht sterben würde und dass sie

immer gut gewesen sei, aber sie winkte nur schwach mit der Hand, um ihn davon abzuhalten. »Ich bin keine gute Frau«, sagte sie mit matter, rauer Stimme. »Euer Vater hat sich meinetwegen umgebracht.«

Sam warf Beth einen fragenden Blick zu. Seine Schwester zuckte mit den Schultern, weil sie glaubte, dass ihre Mutter durch das Fieber verwirrt war.

»Es gab einen anderen Mann. Euer Vater fand es ein paar Wochen bevor er sich das Leben nahm, heraus. Er sagte, er würde mir vergeben, wenn ich ihm verspreche, dass ich diesen Mann nie mehr wiedersehe.« Sie brach ab und hustete schwach. Weder Beth noch Sam rührten sich, um ihr etwas zu trinken zu geben.

»Ich habe es ihm versprochen«, fuhr sie fort, als der Husten aufhörte. »Aber ich konnte das Versprechen nicht halten und traf mich weiter mit dem Mann, wenn ich mich wegschleichen konnte. Das letzte Mal war ich mit ihm an dem Morgen des Tages zusammen, an dem Frank sich erhängte.«

Beth war fassungslos. »Wie konntest du nur?«, platzte sie heraus.

»Du, du ...«, rief Sam, und sein Gesicht wurde rot vor Wut und Ekel. »Du Hure!«

»Ganz egal, was ihr sagt, ich könnte mich nicht schlechter fühlen, als ich es schon tue«, krächzte Alice. »Ich habe euern Vater betrogen und bin verantwortlich für seinen Tod. Er war ein guter Mann, zu gut für mich.«

»Und Molly? Wer ist ihr Vater?«, schrie Beth.

»Der andere Mann«, sagte ihre Mutter und schloss die Augen, als könnte sie es nicht ertragen, die wütenden Gesichter ihrer Kinder zu sehen. »Seht in der Schublade nach, wo ich meine Strumpfhosen aufbewahre«, sagte sie. »Da ist eine

Nachricht, die ich in jener Nacht fand. Frank hatte sie mir unter das Kopfkissen geschoben.«

Sam öffnete die kleine obere Schublade der Kommode und wühlte einen Moment darin, dann zog er einen Bogen Briefpapier heraus. Er nahm sich die Gaslampe, um zu lesen, was darauf stand.

»Was steht da?«, fragte Beth.

Liebe Alice, las Sam.

Ich weiß schon seit einiger Zeit, dass Du Dich immer noch mit Deinem Liebhaber triffst. Wenn Du das hier findest, werde ich nicht mehr da sein, und Du bist frei und kannst mit dem Mann gehen, der Dir wichtiger ist als ich. Ich bitte Dich nur, nach meinem Tod eine gewisse Anstandsfrist zu wahren, bevor Du zu ihm ziehst, um unserer Kinder willen.

Ich habe Dich geliebt, und es tut mir leid, dass das nicht genug war.

Frank

Beth fing an zu weinen, während Sam die Nachricht vorlas. Sie stellte sich vor, wie ihr ruhiger, sanftmütiger Vater diese Nachricht unten im Laden geschrieben hatte und dann zur Teezeit heraufgekommen war, um sie unter das Kopfkissen zu schieben. Selbst mit einem gebrochenen Herzen war er nicht wütend oder rachsüchtig geworden, sondern bis zum Schluss ein liebevoller Ehemann und Vater geblieben.

Sam ging zu Beth und legte den Arm um sie. Er blickte auf Molly hinunter, die in ihren Armen schlief. Tränen liefen über seine Wangen.

»Warum, Mama?«, schrie er. »Warum musstest du das tun?«

»Ich habe euern Vater geliebt, aber es war die zarte Liebe zu einem Freund«, erwiderte sie gebrochen. »Leidenschaft ist etwas ganz anderes. Vielleicht werdet ihr das eines Tages selbst feststellen und es verstehen.«

»Aber warum ist dieser andere Mann jetzt nicht hier?«, rief Sam wütend. »Wenn es die wahre Liebe war, wo ist er dann jetzt?«

»Mein größter Fehler war es, Leidenschaft mit Liebe zu verwechseln«, erwiderte sie, und ihre Augen brannten, als sie ihren Sohn ansah. »Er verschwand einfach spurlos, als er von Franks Tod erfuhr. Das war meine schlimmste Strafe: zu wissen, dass ich auf einen Schürzenjäger hereingefallen war, der sich nichts aus mir machte, und dass Frank in dem Glauben starb, er hätte einen Weg gefunden, mich glücklich zu machen.«

»Wusste dieser andere Mann, dass du von ihm schwanger bist?«, schluchzte Beth.

»Nein, Beth. Ich merkte es erst nach unserer letzten Begegnung.«

Sie fing an zu husten und zu keuchen, und es war offensichtlich, dass sie zu schwach war, um noch mehr zu sagen.

»Schlaf jetzt«, sagte Beth kurz angebunden. »Wir reden morgen weiter.«

Später in der Küche ging Sam auf und ab, weiß vor Wut. »Wie konnte sie nur?«, wiederholte er immer wieder. »Und wenn sie sich nicht erholt, sollen wir uns dann um dieses Balg kümmern?«

Beth weinte, während sie Molly auf ihrem Arm fütterte. »Sag das nicht, Sam. Sie ist nur ein Baby, das alles ist nicht ihre Schuld, und sie ist unsere Schwester.«

»Meine Schwester ist sie nicht«, schrie er zornig. »Unser Vater war vielleicht schwach genug zu akzeptieren, dass seine Frau einen Liebhaber hatte, aber ich werde nicht in seine Fußstapfen treten – sie kann nicht hierbleiben.«

»Und wo soll sie hin?«, fragte Beth unter Tränen. »Sollen wir sie ins Waisenhaus bringen? Sie jemandem vor die Tür legen?«

»Ich kann und werde mich nicht um das Kind eines Mannes kümmern, der meine Mutter verführt und meinen Vater in den Selbstmord getrieben hat«, erklärte Sam ausdruckslos, und sein Mund wurde zu einer harten, entschlossenen Linie. »Schaff sie weg!«

Beth blieb noch lange wach, nachdem Sam ins Bett gegangen war. Sie fütterte und wickelte Molly und legte sie in ihre Wiege, dann setzte sie sich in den Sessel und versuchte, das alles zu verstehen.

Aber nichts davon ergab für sie einen Sinn. Bis zu diesem Abend hatte sie es nicht für möglich gehalten, dass eine Frau, die einen guten Mann, Kinder und ein schönes Zuhause hatte, jemals etwas anderes wollen könnte. Sie hatte natürlich Gerüchte über lose Frauen gehört, die mit anderen Männern als ihren Ehemännern etwas anfingen, aber sie hatte immer geglaubt, dass das jene Flittchen waren, die in Wirtshäuser gingen und sich das Gesicht anmalten. Keine normalen Frauen wie ihre Mutter.

»Leidenschaft«, wie ihre Mutter es genannt hatte, sagte ihr nichts. Miss Clarkson hatte das Wort gerne benutzt, obwohl sie es meistens im Zusammenhang mit Musik gebrauchte. Aber einmal, als sie darüber sprachen, wie man Babys macht, sagte sie, dass manche Frauen von »Leidenschaft« überwältigt würden und dass sie ihnen den eigenen Willen raube. Beth nahm an, dass ihrer Mutter das passiert sein musste.

Beth saß immer noch weinend im Sessel, als sie ein Geräusch aus dem Schlafzimmer ihrer Mutter hörte. Etwas war auf den Boden gefallen, vielleicht das Wasserglas. Sie wollte Alice heute Abend nicht noch einmal sehen, aber sie wusste, dass sie hineingehen und nach ihr sehen musste.

Ihre Mutter lag auf einer Seite des Bettes und versuchte, das Familienfoto zu erreichen, das auf dem Nachttisch stand. Es war vor einem Jahr am New Brighton Beach aufgenommen worden, als sie dort den August-Bankfeiertag verbracht hatten. Als sie danach greifen wollte, hatte sie eine Flasche mit Pillen umgeworfen, die der Doktor ihr dagelassen hatte.

»Willst du das hier?« Beth holte es und hielt es ihrer Mutter hin, damit sie es sich ansehen konnte.

Ihre Mutter hob unter großen Mühen den Arm und legte einen Finger an das Bild. »Erzähl niemandem das von Molly«, flüsterte sie. »Lass alle glauben, sie wäre von Frank. Nicht für mich, sondern für sie, und gib ihr das hier, wenn sie groß ist, damit sie weiß, wie wir ausgesehen haben.«

Ihre Hand bewegte sich von dem Bild weg und legte sich um Beths Handgelenk. Sie fühlte sich so trocken an wie ein Herbstblatt, so klein und knochig, aber der Griff war ganz fest. »Es tut mir so unendlich leid«, hauchte sie. »Sag, dass du mir vergibst.«

Instinktiv wusste Beth, dass dies das Ende sein musste. Was immer ihre Mutter getan, wen immer sie verletzt hatte, sie konnte sie nicht ohne ein freundliches Wort sterben lassen. »Ja, ich vergebe dir, Mama«, sagte sie.

»Dann kann ich gehen?«, fragte Alice flüsternd.

Der Griff um Beths Handgelenk lockerte sich, und die Hand ihrer Mutter fiel auf die Bettdecke. Beth stand eine Weile da und sah sie an, bevor ihr klar wurde, dass sie nicht mehr atmete.

5

»Wir *werden* die billigste Beerdigung nehmen«, beharrte Sam stur. »Ihretwegen kann Vater nicht in heiliger Erde ruhen, und niemand ist zur Beerdigung gekommen und hat gesagt, was für ein guter Mann er war. Warum soll es ihr besser gehen?«

»Wir können ihr kein Armenbegräbnis geben«, erwiderte Beth müde, denn sie waren das schon mehrmals durchgegangen, seit er zum Abendbrot nach Hause gekommen war, und jetzt war es schon fast elf Uhr. »Was würden die Leute von uns denken?«

»Warum sollten wir uns darum scheren?«, erwiderte er aufbrausend. »Abgesehen von den Cravens reden seit Papas Tod sowieso alle schlecht über uns. Lass sie es doch weiter tun.«

Beth fing an zu weinen, weil sie diese hartherzige Person nicht kannte, die den Platz ihres Bruders eingenommen hatte. Ihre Mutter war noch keine vierundzwanzig Stunden tot, ihre Leiche lag noch immer im Bett, und doch war Sam heute Morgen zur Arbeit gegangen, als wäre nichts passiert. Sie verstand natürlich, dass er Angst hatte, seinen Job zu verlieren, wenn er nicht ging, aber er hätte ihr das erklären können, nur ein paar freundliche Worte, um sie wissen zu lassen, dass er nicht auch noch auf sie wütend war.

»Weine nicht, Beth«, sagte er, und sein Blick wurde weicher. »Ich will nicht grausam sein, aber wir sind in einer verzweifelten Lage. Wir können kein Geld für ihre Beerdigung ausgeben, das wir nicht haben. Und das Baby muss auch weg!«

Beth stellte sich schützend vor Mollys Wiege. »Sag das nicht, Sam. Sie ist unsere Schwester, und ich lasse sie nicht im Stich. Du kannst das Klavier oder alles andere verkaufen, um an Geld zu kommen, wir können ein Zimmer untervermieten oder in eine billigere Wohnung ziehen, aber Molly bleibt bei uns.«

»Ich kann ihren Anblick nicht ertragen«, sagte er, und seine Augen füllten sich mit Tränen. »Sie erinnert mich ständig daran, wozu Mama Papa getrieben hat.«

»Wenn Mama nicht so ehrlich und so mutig gewesen wäre, uns die Wahrheit zu gestehen, dann wüssten wir es jetzt gar nicht«, widersprach Beth. »Außerdem würde Papa sich im Grabe umdrehen, wenn wir uns von einem hilflosen Baby abwenden, selbst wenn es nicht sein eigenes war. Also musst du die Menschlichkeit aufbringen zu akzeptieren, dass wir Molly nicht im Stich lassen dürfen.«

Sam sah sie nur nachdenklich an.

Es dauerte eine Weile, bevor er wieder sprach. »So gesehen muss ich dir zustimmen, schätze ich.« Er seufzte. »Aber erwarte nicht, dass ich etwas für sie empfinde. Und mach mir keine Vorwürfe, wenn du feststellst, was es bedeutet, arm zu sein.«

Es reichte Beth, dass Sam nachgegeben hatte. »Dann mache ich auch einen Kompromiss und organisiere die billigste Beerdigung. Aber du darfst mir auch keine Vorwürfe machen, wenn du später feststellst, dass du dich deswegen schämst.«

Weihnachten war trostlos; sie hatten weder das Geld noch die Lust, das Fest auf feierliche Weise zu begehen. Sie ließen Molly nur so lange bei Mrs Craven, um in die Kirche zu gehen, aber das tröstete sie nicht, denn es erinnerte sie an die fröhlichen Weihnachtsfeste der Vergangenheit. Ein paar Leute kamen zu ihnen und sprachen ihnen ihr Beileid aus, aber in ihren Worten schwang statt Ehrlichkeit nur Neugier mit.

Die Beerdigung fand zwei Tage später statt, und Mrs Cravens älteste Tochter passte auf Molly auf. Heftiger Regen hatte den Schnee schmelzen lassen, aber ein eisiger Wind wehte über den Friedhof und ließ sie furchtbar frieren, während sie den billigen Sarg in die Erde hinunterließen. Abgesehen von Sam und Beth gab es nur noch drei andere Trauergäste: die Cravens und Dr. Gillespie. Als Vater Reilly die abschließenden Worte der Trauerrede sprach, blickte Beth hinüber zu der Stelle, wo ihr Vater außerhalb des Friedhofs beerdigt war. Sie dachte daran, wie ungerecht es war, dass ein Mann, der sich niemals gegen irgendjemanden versündigt hatte, dort lag, während seine ehebrecherische Frau auf dem Friedhof ruhen durfte.

In der ersten Februarwoche, nachdem Sam siebzehn und Beth sechzehn geworden war, mussten sie das Klavier verkaufen. Beth hing nicht wirklich daran, denn schließlich blieb ihr ja noch ihre geliebte Geige, aber zu sehen, wie das Piano aus dem Fenster auf die Straße hinuntergehievt wurde, ließ sie über die tragische Ironie der Ereignisse nachdenken.

Für ihre Eltern war das Klavier ein Symbol gewesen, dass es ihnen gelungen war, ihre Kinder in die Mittelklasse zu bringen und ihnen dadurch die Entbehrungen zu ersparen, die sie selbst erleben mussten. Doch weil Sam und Beth so behütet und ohne Mangel aufgewachsen waren und kaum etwas über die harte Realität des Lebens wussten, fehlte ihnen jetzt die Fähigkeit, mit der Armut fertigzuwerden.

Beth konnte Kuchen backen, den Tisch richtig decken, ein Hemd stärken und bügeln, und sie besaß noch ein Dutzend anderer kultivierter Fähigkeiten, doch niemand hatte ihr beigebracht, die Mahlzeiten für die Woche so zu planen, dass sie mit wenig Geld auskam. Sam war vielleicht in der Lage, Kohlen in den Keller zu schaufeln, Schnee im Hof zu schippen und pünktlich zur Arbeit zu gehen, aber er hatte keine Ahnung, wie man ein verstopftes Rohr reinigte oder eine kaputte Gewichtsschnur an den Schiebefenstern reparierte.

Während ihrer gesamten Kindheit hatte in der Stube, im Herd in der Küche und selbst in den Schlafzimmern immer ein Feuer gebrannt, wenn es sehr kalt war. Die Gaslampen wurden in den Zimmern entzündet, wenn es dunkel wurde, es hatte immer Obst in der Schale und Kuchen in der Dose gelegen, und es hatte jeden Tag Fleisch auf dem Tisch gestanden.

Die Kohlen gingen ihnen kurz nach Weihnachten aus, und als sie neue bestellten, waren sie entsetzt über den Preis und konnten nur noch den Herd in der Küche heizen. Das Gas kostete so viel Geld, dass sie kaum noch wagten, die Lampen anzumachen. Obst und Kuchen standen nicht mehr auf ihrem Speiseplan.

Sams Lohn war, lange bevor der Freitag kam, für Essen ausgegeben, und nachdem sie alle Konserven und Vorräte an Zucker und Mehl aufgebraucht hatten, die ihre Mutter so geduldig in der Speisekammer angesammelt hatte, gab es bis zum Zahltag nur noch Brot.

Vielleicht hätte Sam warten sollen, bis sie einen besseren Preis für den geliebten runden Mahagoni-Tisch ihrer Mutter mit den passenden Stühlen bekamen, aber sie brauchten das

Geld, um die Kohlen und die Rechnung von Dr. Gillespie zu bezahlen. Es bestand kein Zweifel, dass man sie beim Verkauf der Standuhr betrogen hatte. Aber sie wussten beide nicht, was diese Dinge wirklich wert waren oder dass Antiquitätenhändler Verzweiflung riechen konnten.

Obwohl Beth sich liebevoll um Molly kümmerte, hatte sie nicht geahnt, wie einsam man war, wenn man den ganzen Tag mit einem Baby allein zu Hause saß. Sie schien nie eine Minute für sich selbst zu haben, um zu lesen, Geige zu spielen oder ein Bad zu nehmen. Sam interessierte sich nicht für Mollys Fortschritte, wenn er von der Arbeit kam, und sie hatte nur Mrs Craven zum Reden und machte sich ständig Sorgen um das Geld.

Mitte März sah Sam keine andere Möglichkeit mehr, als Zimmer zu vermieten, damit sie über die Runden kamen.

Einer der älteren Gehilfen aus seinem Büro hatte ihm seinen Cousin Thomas Wiley und dessen Frau Jane vorgeschlagen, die bei ihm und seiner Familie wohnten, seit Thomas aus Manchester nach Liverpool gekommen war, um hier bei der Post zu arbeiten. Das Paar war Mitte dreißig, und Beth konnte Jane vom ersten Moment an nicht leiden. Alles an ihr war scharf – ihre Augen, die im Raum umherwanderten, während sie sprach, ihre Nase und ihre Wangenknochen, und auch ihre Stimme hatte einen scharfen Unterton.

Sie zeigte kein Interesse an Molly, und sie musterte Beth von oben bis unten, als schätze sie den Wert ihrer Kleidung ab. Als Beth vorschlug, dass sie sich abends beim Kochen abwechseln könnten, erklärte Jane ihr, dass sie nicht koche.

Ihr Mann Thomas war sympathischer, ein jovialer, rotgesichtiger Mann, der sehr dankbar dafür war, dass sie ihnen die

Stube und Beths altes Schlafzimmer im obersten Stock über der Küche angeboten hatten, weil sie mit Molly jetzt in dem alten Zimmer ihrer Eltern schlief. Thomas sagte, er habe die Hoffnung schon fast aufgegeben, irgendwo eine anständige Unterkunft zu finden, und dass man in den Zimmern, die er sich angesehen hatte, nicht mal einen Hund hätte halten können.

Traurigerweise wurde bald klar, dass Thomas der Alkohol wichtiger war als seine Frau oder sein Zuhause. An den meisten Abenden kam er erst nach zehn Uhr zurück.

Beth versuchte wirklich, mit Jane auszukommen, aber es war von Anfang an klar, dass diese zu glauben schien, Untermieter müssten bedient werden. Am zweiten Tag befahl sie Beth, ihr die Zinkwanne in ihr Zimmer zu stellen. Als Beth ihr erklärte, dass sie und Sam immer in der Küche badeten, weil es da wärmer und bequemer sei, und dass Jane ihre Wanne selbst füllen und leeren müsse, stolzierte sie empört herum und behauptete, so etwas noch nie gehört zu haben.

Sie verschüttete Wasser auf dem Küchenboden, wenn sie badete, und machte keine Anstalten, es wieder aufzuwischen. Sie beschwerte sich darüber, dass Mollys Schreien sie nachts wecke und dass die Matratze des Bettes zu hart sei. Beth fütterte Molly immer möglichst schnell, wenn diese nachts aufwachte, und verbrachte eine gute Stunde damit, die Federmatratze draußen aufzuschütteln, um sie weicher zu machen, aber Jane zeigte sich in keiner Weise erkenntlich. Sie richtete manchmal Chaos an, wenn sie nur einen Tee kochte, und räumte hinterher nie auf. Sie legte ihre Wäsche in die Spüle und verschwand dann, sodass Beth erst alles für sie waschen musste, wenn sie die Spüle benutzen wollte.

Tag für Tag sah Beth, wie das gemütliche und geordnete Leben, zu dem sie erzogen worden war und das sie verzweifelt versuchte aufrechtzuerhalten, immer stärker ausgehöhlt wurde. Wenn sie Molly in der Spüle badete, kam Jane herein und fing an, Schinken zu braten. Dabei warf sie das saubere Nachthemd, das Leibchen und die Windel, die am Herd zum Lüften hingen, auf den Boden. Wenn Beth sich in den Sessel setzen wollte, um Molly zu füttern, saß Jane bereits darin. Sie bediente sich an ihrem Essen und wusch keine Teller oder Töpfe ab. Beth gab bald die Hoffnung auf, dass sie irgendwann anbieten würde, auch einmal das Putzen der Küche, der Treppe oder des Plumpsklos zu übernehmen; und Thomas kam abends oft mit schmutzigen Stiefeln nach Hause, und am nächsten Morgen fand Beth dann eine Spur, die über den Flur die Treppe hinaufführte.

Beth brachte es einfach nicht fertig, sich darüber zu beschweren. Zum einen hatte sie ein bisschen Angst vor Jane, und außerdem wusste sie, wie verzweifelt Sam und sie die Miete brauchten. Doch es war so schwer, mitanzusehen, wie ihr früher stets so sauberes und ordentliches Zuhause mehr und mehr verkam, oder sich Thomas' betrunkenes Gefasel spät in der Nacht anzuhören und nie wirklich eine Privatsphäre zu haben. Klavier oder Geige zu spielen war Beths bewährte Methode gewesen, vor ihren Problemen zu fliehen, aber jetzt besaßen sie kein Klavier mehr, und solange Jane um sie herumschlich, mochte sie nicht Geige spielen. Sie konnte ihre eigene Anspannung spüren und hatte Angst, was passieren würde, wenn ihr eines Tages der Geduldsfaden riss.

Es passierte an einem Morgen im Juli. Sam und Thomas waren eine Stunde zuvor zur Arbeit gegangen. Beth kam mit Molly auf dem Arm in die Küche, um sie zu füttern, und sah, wie Jane Milch aus der Babyflasche in ihren Tee goss.

»Was machen Sie denn da?«, rief Beth. »Die ist für Molly.«

»Es ist keine andere Milch mehr da«, erwiderte Jane.

»Na, dann gehen Sie und kaufen Sie welche«, gab Beth wütend zurück. »Was für ein Mensch stiehlt einem Baby sein Essen?«

»Wag es nicht, so mit mir zu reden.« Janes Augen wurden schmal, und sie streckte Beth drohend ihr dünnes Gesicht entgegen. »Du fütterst sie sowieso viel zu viel, deshalb ist sie so fett.«

Mit sieben Monaten war Molly mollig, aber Beth war stolz darauf, dass sie so gesund und stark war. Sie hatte üppiges dunkles Haar, vier Zähne und konnte jetzt ohne Hilfe sitzen. Sie war ein glückliches, zufriedenes Baby, das den ganzen Tag lang lächelte und vor sich hin gurgelte.

»Sie ist wunderschön und nicht fett, und Sie sollten sich schämen«, fuhr Beth sie an. »Es ist schlimm genug, dass Sie uns das Essen stehlen. Muss ich jetzt Mollys Milch auch noch verstecken?«

»Nennst du mich eine Diebin?«, kreischte Jane. Sie griff in Beths Haare und riss ihr heftig den Kopf zurück, was Beth aufschreien ließ. »Genau, heul doch. Du hältst dich für was Besseres, was? Fragt sich nur, wieso! Dein Alter hat sich aufgehängt, und alle wissen, warum.«

Sie ließ Beths Haare los und blickte sie verächtlich an. »Weißt du, dass sich alle über deine Ma das Maul zerreißen? Tom und ich hörten es, bevor wir herzogen. Dein Pa muss nicht ganz richtig im Kopf gewesen sein, weil er sich aufgehängt hat, anstatt sie auf die Straße zu setzen. Kein Wunder, dass dein Bruder mit dem Balg nichts zu tun haben will.«

Beth wich mit Molly auf dem Arm zurück. Sie war entsetzt, dass die Wahrheit über ihre Mutter allgemein bekannt war, und sie fürchtete sich auch vor Jane, doch sie hatte genug, und sie würde sich von dieser Frau nicht länger ausnutzen lassen.

»Was Sie da sagen, ist völliger Unsinn«, schrie sie zurück. »Ich lasse nicht zu, dass Sie meine Mutter beleidigen, und deshalb packen Sie jetzt Ihre Sachen und verlassen auf der Stelle mein Haus.«

»Und wie willst du mich dazu zwingen?« Jane stemmte herausfordernd die Hände in die Hüften. »Dein großer Bruder schmeißt mich raus, ja?« Sie brach in Gelächter aus. »Er ist so weich wie Scheiße.«

Plötzlich wusste Beth, dass sie stark sein und für ihr Recht kämpfen musste. Sie wandte sich um, lief ins Schlafzimmer und legte Molly in ihre Wiege. Die Kleine protestierte lautstark, doch Beth ignorierte sie und rannte zurück in die Küche, um sich Jane zu stellen.

»Ich brauche meinen Bruder nicht«, sagte sie trotzig. »Ich bin durchaus in der Lage, mit Leuten wie Ihnen fertigzuwerden. Verschwinden Sie auf der Stelle! Ich packe Ihre Sachen zusammen und stelle sie in den Hof, damit Thomas sie später abholen kann.«

Jane sprang mit erhobener Hand auf sie zu, um sie zu schlagen, aber Beth war schneller, umfasste ihr Handgelenk und drehte ihr den Arm um, sodass die andere Frau vor Schmerzen aufschrie. »Raus!«, brüllte Beth und drehte den Arm noch weiter nach oben, während sie ihre Mieterin zur Treppe schob. »Und wenn Sie versuchen, zurückzukommen, dann werden Sie das bereuen!«

Jane wehrte sich und versuchte, sie mit ihrer freien Hand zu kratzen, aber Beth war jung und stark und so aufgebracht, dass es ihr gelang, die ältere Frau die Treppe hinunter und durch die Hintertür zu bugsieren. Als sie draußen im Hof standen, schubste sie Jane so sehr, dass sie hinfiel.

»Das wirst du büßen«, schrie Jane auf sie herab. »So kommst du mir nicht davon. Ich will meine Sachen!«

»Die können Sie haben«, sagte Beth. »Ich werfe sie aus dem Fenster.«

Damit drehte sie sich um, ging durch die Hintertür, schob den Riegel vor und rannte nach oben. Sie brauchte nur ein paar Minuten, um den Frauenmantel, den Hut, die Tasche und ein paar Stiefel im Schlafzimmer zusammenzuraffen, dann öffnete sie das Küchenfenster und warf alles auf den Hof hinunter.

»Seien Sie dankbar, dass Sie die bekommen haben«, schrie sie. »Die restlichen Sachen stelle ich ins Klohäuschen, damit Sie sie heute Abend abholen können.«

Mr Craven war in die Gasse hinter dem Hof getreten und blickte fragend zum Fenster hoch, an dem Beth stand. »Ich schmeiße sie gerade raus, weil sie meine Eltern beleidigt hat«, rief sie ihm zu. »Würde es Ihnen etwas ausmachen, ihr den Weg zu zeigen?«

Sie blieb noch lange genug am Fenster stehen, um zu sehen, wie ihr Nachbar Jane aus dem Hinterhoftor führte, und um die wüsten Beschimpfungen zu hören, die die Frau gegen sie ausstieß.

Irgendwie gelang es Beth, Molly ihre Flasche zu geben, obwohl sie wie Espenlaub zitterte, weil sie noch so sehr unter Schock stand. Sie hörte, wie Mrs Craven im Hof nach ihr rief, und ging nach unten, um sie hereinzulassen.

»Oh Liebes!«, rief ihre Nachbarin, als sie sah, wie blass und aufgewühlt Beth war. »Wir hörten das Schreien, deshalb ging mein Alfie nachsehen, was passiert ist.«

Das Mitgefühl in ihrer Stimme ließ Beth weinen, und Mrs Craven umarmte sie, dann nahm sie ihr Molly ab. »Ich mach uns ’ne schöne Tasse Tee, und dann erzählst du mir alles.«

»Es ist keine Milch mehr da. So hat das alles angefangen«, fing Beth an zu erklären.

»Dann gehe ich schnell welche holen«, erwiderte Mrs Craven. »Und du solltest Molly wickeln, während ich weg bin. Sie stinkt!«

Eine halbe Stunde später hatte Beth alles berichtet. Durch den Tee und das Mitgefühl ihrer Nachbarin ging es ihr schon besser.

»Ich wusste sofort, als ich sie sah, dass sie nichts taugt. Total ordinär und gnadenlos«, sagte Mrs Craven und schaukelte Molly auf ihrem Knie. »Als hättest du nicht schon genug, mit dem du fertig werden musst! Aber du darfst dir keine Gedanken darüber machen, was sie über deine Mutter gesagt hat.«

»Stimmt es denn, dass die Leute so über sie reden?«

Mrs Craven runzelte die Stirn. »Zu mir hat niemand so etwas gesagt. Wenn sie es getan hätten, dann hätt' ich ihnen auch den Kopf gewaschen. Aber mein Alfie hat erzählt, dass es im Fiddlers rumgegangen ist.«

Das Fiddlers Inn lag um die Ecke an der Lord Street. Papa war kein Trinker gewesen, aber die meisten ihrer männlichen Nachbarn verkehrten dort, auch Thomas Wiley.

Es war Beth nicht in den Sinn gekommen, dass die Leute annehmen könnten, Molly wäre nicht das Kind ihres Vaters, und sie war entsetzt, als sie erfuhr, dass sie es taten. Aber sie würde nicht zugeben, dass die Gerüchte stimmten, nicht einmal der freundlichen Mrs Craven gegenüber.

»Warum sind die Leute so grausam?«, fragte sie verwirrt.

»Manchmal ist es Eifersucht. Deine Familie wirkte immer so perfekt, deine Mutter war eine schöne Frau, dein Vater hatte ein florierendes Geschäft und zwei Kinder, auf die er stolz sein konnte. Es war allen ein Rätsel, warum er sich das

Leben genommen hat, deshalb suchten sie nach einer Erklärung.«

»Was wird jetzt aus uns?«, fragte Beth traurig. »Wir brauchen einen Untermieter, um über die Runden zu kommen. Sam wird sehr wütend auf mich sein.«

»Das glaube ich nicht, Beth.« Mrs Craven legte eine Hand über Beths. »Du hast heute sehr viel Mut bewiesen, das wird er bewundern. Und jetzt helfe ich dir, die Sachen der Wileys zusammenzupacken. Mein Alfie wird die Ohren offen halten und dir helfen, falls sie zurückkommen und Ärger machen.«

6

»Ich wünschte, wir könnten nach Amerika auswandern«, sagte Sam niedergeschlagen beim Abendbrot. »Dieses Haus ist voller schlimmer Erinnerungen. Ich hasse es inzwischen.«

Es war der Tag, nachdem Beth Jane Wiley hinausgeworfen hatte. Sam war deswegen nicht wütend gewesen, nur bedrückt. Er hatte betont, dass es Hunderte von Leuten gebe, die eine Unterkunft suchten, aber dass man unmöglich feststellen könne, wer einen bestehlen oder einem das Leben zur Hölle machen würde.

Beth nahm die ganze Sache sehr mit. Als sie in das Zimmer der Wileys gegangen war, hatte sie festgestellt, dass der Nachttopf seit Tagen nicht mehr geleert worden war und dass vertrocknete Brotkrusten und schmutzige Unterwäsche überall auf dem Boden herumlagen. Selbst auf den Laken auf dem Bett waren Blutflecken, und über die Kommode verlief ein tiefer Kratzer, der aussah, als wäre er mit einem Messer gemacht worden.

Sam war nach unten gegangen, als Thomas kam, um die Sachen zu holen, und Mr Craven hatte, für den Fall, dass es Ärger gab, ebenfalls auf der Gasse gestanden. Aber Thomas schien eher resigniert als wütend. Er holte die Taschen und ging wieder.

»Aber wir würden Geld brauchen, um auszuwandern«, sagte Beth sehnsüchtig.

»Mit Molly könnten wir sowieso nicht gehen«, erwiderte Sam.

Beth spürte einen Stich im Herzen, denn sie wusste, dass er eigentlich damit meinte, dass er Molly nicht mitnehmen wollte. Er hatte sich ihr noch immer nicht geöffnet, wie sie gehofft hatte; er hob sie nie hoch oder spielte mit ihr. Selbst wenn Molly lachte, ließ ihn das nicht lächeln.

»Wenn sie nicht wäre, könnten wir alles verkaufen und hätten genug für die Überfahrt«, sagte er verbittert. »Aber so muss ich morgen die beiden silbernen Bilderrahmen verkaufen, damit wir über die Runden kommen.«

Beth ging kurz danach ins Schlafzimmer und öffnete die Rahmen hinten, um die Fotos herauszunehmen. Das eine zeigte Sam und sie, als sie ungefähr neun und zehn waren. Das Bild war in einem Studio am Ende der Church Street gemacht worden. Sie trug ein weißes Kleid und einen kleinen Strohhut, und ihr Haar kringelte sich darunter. Sam stand neben ihrem Stuhl in einem dunklen Jackett und knielangen Knickerbockers und sah sehr ernst aus. Ihre Mutter hatte das Bild geliebt, und Papa hatte den Rahmen extra dafür gekauft.

Das andere Bild war das, welches sie für Molly aufheben sollte. Ihre Eltern lächelten beide, und Beth erinnerte sich, dass sie Sekunden nachdem das Bild gemacht worden war, alle in schallendes Gelächter ausgebrochen waren, weil der Fotograf einen hatte fahren lassen, als er sich unter das dunkle Tuch bückte.

Wenn sie nur so glücklich hätten bleiben können wie an jenem Tag! Mama hatte so hübsch ausgesehen in ihrem besten Kleid, und Papa wirkte mit seinem gestreiften Blazer und dem Strohhut sehr distinguiert. Es war sehr heiß gewesen, und sie hatten alle ihre Schuhe und Strümpfe ausgezogen und zusammen im Meer geplanscht.

Beth konnte Sams Verbitterung verstehen. Es gab Zeiten,

in denen sie ihre Mutter auch hasste, weil sie ihnen das alles angetan hatte. Warum hatte sie nicht mit einem guten, freundlichen Mann, der sie liebte, zufrieden sein können?

Am folgenden Morgen war Beth wieder zuversichtlicher und beschloss, ein Inserat zu schreiben, dass sie nach zwei männlichen Untermietern suchte. Später brachte sie dieses mit Molly auf dem Arm in den Süßwarenladen an der Church Street. Nachdem sie darum gebeten hatte, den Zettel aufzuhängen, blieb sie stehen und las die anderen Inserate am Brett. Ihr fiel eines auf, in dem eine Frau für ein paar Stunden in der Woche zum Waschen und Nähen gesucht wurde.

Es war am Falkner Square, in einem von Liverpools feineren Vierteln. Beth war oft über die breiten Straßen und die belaubten Plätze spaziert, um Schuhe und Stiefel für ihren Vater abzuliefern.

Weil sie fand, dass eine solche Stelle ideal für sie wäre, lief sie zu Mrs Craven, um sie zu bitten, auf Molly aufzupassen, während sie dort vorsprach.

»Aber natürlich, Liebes.« Mrs Craven lächelte und streckte die Arme nach dem Baby aus. »Und wenn es nur für ein paar Stunden die Woche ist, passe ich auch gerne auf die Kleine auf.«

Beth polierte ihre Stiefel, dann zog sie sich ihr bestes dunkelblaues Kleid mit Spitzenkragen und Bündchen an und setzte den schlichten dunkelblauen Hut auf, der ihrer Mutter gehört hatte. Es war das erste Mal, dass sie seit dem Tod ihres Vaters etwas anderes als Schwarz trug, und sie fühlte sich ein bisschen schlecht, die Trauerkleidung abzulegen. Doch ihre beiden schwarzen Kleider waren schon ein bisschen schäbig, und das dunkelblaue war nicht wirklich auffällig.

Beths Laune besserte sich, als sie sich auf den Weg machte, denn es war ein wunderschöner, warmer Tag, und es fühlte sich gut an, einmal ohne Molly unterwegs zu sein, fast wie ein Abenteuer.

Die Gärten in der Mitte des Falkner Square sahen hübsch aus mit ihren vielen Blumenstauden, die in voller Blüte standen. Sie blieb vor der Nummer zweiundvierzig stehen und blickte neugierig die Treppe hinunter in die untere Etage hinter dem schwarzen Eisengeländer und die Marmorstufen hinauf, die zu der Eingangstür hinter dem von Säulen getragenen Vorbau führten.

Beth hatte ihr ganzes Leben lang von ihrer Mutter von dem Leben unter der Treppe der großen Häuser gehört, und deshalb wusste sie, dass sie eigentlich an die untere Tür klopfen musste. Aber es war ihr in ihrer Kindheit mehr als deutlich gemacht worden, dass sie niemals die Dienstbotin von irgendjemandem sein würde, deshalb sah sie sich selbst nicht als eine.

Sie holte tief Luft, ging nach oben zur Haustür und läutete. Das laute Klingeln hallte durch das Haus, und plötzlich war ihr Mund ganz trocken, und sie war nervös.

Die Tür wurde von einer älteren Frau in einem grauen Kleid mit weißer Schürze und Rüschenhäubchen geöffnet.

»Ich komme wegen der Anzeige, in der eine Hilfe zum Nähen und Waschen gesucht wird«, sagte Beth ein bisschen zu laut. »Mein Name ist Miss Bolton.«

Die Frau musterte sie von oben bis unten. »Woher kommen Sie?«, fragte sie.

»Aus der Church Street«, sagte Beth.

»Kommen Sie doch rein«, erwiderte die Frau und runzelte die Stirn, als sei sie verwirrt. »Die Herrin ist gerade nicht da, aber ich notiere mir Ihre Angaben und erzähle es ihr, wenn sie zurückkommt.«

Die Frau führte sie in den hinteren Teil des Hauses in einen kleinen, einfach eingerichteten Raum. Beth stellte sich vor, dass es das Zimmer der Frau war, denn sie erhaschte einen Blick in den Salon, während sie den Flur hinuntergingen, und er war sehr groß mit kostbaren Teppichen und wunderschönen Sofas und Sesseln.

»Setzen Sie sich, bitte«, sagte die Frau. »Ich bin Mrs Bruce, Mrs Langworthys Haushälterin. Wie alt sind Sie?«

»Sechzehn, Mam«, antwortete Beth.

»Und haben Sie eine Referenz?«

Beth hatte keine Ahnung, was sie damit meinte.

»Einen Brief von Ihrem letzten Arbeitgeber?«, sagte Mrs Bruce ein wenig kurz angebunden.

»Ich musste den Strumpfwarenladen, in dem ich gearbeitet habe, überstürzt verlassen«, sagte Beth und erklärte atemlos, dass ihre kürzlich verwitwete Mutter im Kindbett gestorben war. »Ich konnte meine Stelle im Laden nicht wieder annehmen, weil ich zu Hause bleiben und mich um meine kleine Schwester kümmern musste.«

Beth schälte Kartoffeln für das Abendessen, während Molly an ein Kissen gelehnt in einer Holzkiste neben der Spüle saß und auf einer Brotkruste kaute, als Mr Filbert, der Mann, der den Schuhladen unten führte, zu ihr hinaufrief.

»Miss Bolton, ein junger Mann hat gerade einen Brief für Sie abgegeben!«

»Ich komme sofort«, rief sie zurück, wusch sich die Hände und trocknete sie an ihrer Schürze ab. Sie war sicher, dass der Brief eine Absage enthalten würde, aber zumindest waren Mrs Langworthy oder ihre Haushälterin höflich genug, ihr dies schriftlich mitzuteilen.

»Keine schlechten Nachrichten, hoffe ich?«, sagte Mr Filbert, während Beth im Türrahmen zu seinem Laden stand und zu begreifen versuchte, was in dem Brief stand, den sie gerade geöffnet hatte.

»Nein«, sagte Beth und blickte mit einem breiten Lächeln zu ihm auf. »Ganz im Gegenteil.«

Sie konnte es kaum erwarten, dass Sam nach Hause kam, um ihm die guten Neuigkeiten zu berichten. Mrs Langworthy wollte, dass sie gleich morgen anfing. Sie schlug vor, dass Beth zwei Fünf-Stunden-Tage arbeiten sollte, weil es dann einfacher für sie sein würde, jemanden zu finden, der sich um das Baby kümmerte. Und sie sollte dafür zehn ganze Schillinge als Lohn erhalten! Beth hatte nur sieben Schillinge und ein Sixpence für eine ganze Woche Arbeit im Strumpfwarenladen bekommen.

»Unser Glück hat sich endlich gewendet, Sam«, rief sie überschwänglich, als ihr Bruder durch die Tür kam. Ein breites Lächeln erschien auf seinem Gesicht, und er umarmte sie.

»Mrs Bruce muss deinem Charme erlegen sein«, sagte er, als sie ihm erzählte, dass sie ihrer Meinung nach viel zu viel geredet hatte. »Ich hoffe nur, dass Mrs Craven es nicht leid wird, auf Molly aufzupassen.«

»Sie sagte, sie würde es gerne machen«, erwiderte Beth. »Molly macht ja auch nicht viel Arbeit, und ich gebe ihr einen Schilling pro Tag.«

Alles, was Beth über die Oberschicht wusste, war das, was ihre Mutter ihr von ihren Erfahrungen als Küchenmädchen erzählt hatte, aber ihr wurde schon am ersten Tag bei den

Langworthys klar, dass deren Haushalt höchst ungewöhnlich war.

Sie kam wie bestellt um acht Uhr, und Mrs Bruce bot ihr in der Küche in der unteren Etage eine Tasse Tee und eine Scheibe Toast an. »Mit leerem Magen kannst du nicht arbeiten«, sagte sie, »und ich bin ziemlich sicher, dass du ohne Frühstück hergelaufen bist. Jetzt warten wir, bis Mr Edward – das ist der junge Mr Langworthy – ins Büro gegangen ist, und dann bringe ich dich rauf zur Herrin.«

Zwanzig Minuten später stand Beth im Esszimmer im Erdgeschoss, wo Mrs Langworthy gerade frühstückte. Es lag im hinteren Teil des Hauses mit Blick auf den Garten, neben dem Zimmer der Haushälterin, wo Mrs Bruce am Tag zuvor mit ihr gesprochen hatte.

Beth war überrascht von Mrs Langworthy. Sie hatte eine Frau mittleren Alters mit grauen Haaren erwartet, keine relativ junge Frau mit flammend rotem Haar, strahlend grünen Augen und einem so freundlichen Lächeln.

»Willkommen, Beth«, sagte sie, erhob sich vom Tisch und streckte ihr die Hand entgegen. »Es tut mir leid, dass ich gestern nicht hier war, als du kamst, aber Mrs Bruce hat mir alles über dich und deine Lebensumstände erzählt. Dein kürzlicher Verlust tut mir so leid, und ich hoffe, dass es deiner kleinen Schwester nichts ausmacht, dich mit mir zu teilen.«

Beth war so verblüfft über diese unerwartet herzliche Begrüßung, dass sie ausnahmsweise sprachlos war. Sie schüttelte ihrer neuen Arbeitgeberin die Hand und blickte Mrs Bruce an, weil sie nicht wusste, was sie jetzt tun sollte.

»Molly ist bei einer Nachbarin, die sie gut kennt«, erklärte Mrs Bruce.

»Dann bin ich sicher, dass es ihr dort gut geht«, sagte Mrs Langworthy. »Mrs Bruce zeigt dir alles und sagt dir, was heute erledigt werden muss. Ich muss mich jetzt um meinen Schwiegervater kümmern, aber wir sehen uns später am Vormittag noch.«

Eine kleine schlanke dunkelhaarige Irin um die zwanzig machte das Bett in Mrs Langworthys Schlafzimmer, das nach vorne zum Falkner Square hinaus lag. Mrs Bruce stellte sie als Kathleen vor und erklärte Beth, als sie den Raum verlassen hatten, dass Kathleen im Haus wohne und ein Zimmer im obersten Stock habe. »Sie ist das Hausmädchen – sie putzt und zündet die Kamine an. Wir haben eine Köchin, die täglich ins Haus kommt – die lernst du später noch kennen –, und dann bin da noch ich selbst. Es gibt nur wenig Personal, aber die Langworthys führen auch kein großes Haus, und außerdem kümmert sich Mrs Langworthy um den alten Mr Langworthy.« Mrs Bruce deutete auf den anderen Raum im vorderen Teil des Hauses und erklärte, dass das sein Zimmer sei.

»Dieses Zimmer hier gehört Mr Edward«, sagte sie und öffnete eine Tür im hinteren Teil. Es war sehr männlich eingerichtet, mit einem großen glänzenden Mahagonischrank, einem eigenen Waschbecken mit Messinghähnen und einem großen Bett, das bereits gemacht war und auf dem eine dunkelblaue Tagesdecke lag. »Das Badezimmer«, sagte sie und öffnete die nächste Tür. »Das Besondere an diesem Haus ist, dass es über moderne Sanitäreinrichtungen verfügt.«

Beth hatte noch nie ein Wasserklosett in einem Haus gesehen, nur Bilder davon in Zeitschriften, und konnte nicht widerstehen, das auch zu sagen.

»Ich auch nicht, bis ich anfing für die Langworthys zu arbeiten.« Mrs Bruce lächelte. »Es gibt noch ein Wasserklosett im Erdgeschoss und auch noch eins im Hinterhof.«

Der letzte Raum war ein Gästezimmer. Mrs Bruce sagte, dass ihr eigenes Schlafzimmer neben dem von Kathleen liege.

Mrs Langworthys Kleider, deren Pflege zu Beths Aufgaben gehören würde, hingen in einem Ankleidezimmer neben dem Schlafzimmer, aber die Haushälterin erklärte ihr, dass sie heute nur Wäsche waschen solle.

Erst als sie wieder in der unteren Etage waren, nachdem sie den großen Salon gesehen hatte, der fast eine ganze Hälfte des Hauses einnahm, und Mr Edwards Arbeitszimmer, einen kleinen Raum, der ebenfalls nach vorne zum Falkner Square hinaus lag, wurde Beth klar, dass sie nicht fürs Nichtstun so gut bezahlt wurde.

Die Waschküche hatte eine eigene Tür, die hinaus in den Hof führte. Es gab zwei große Waschbecken, noch ein niedriges, das Spülbecken genannt wurde, eine Mangel und einen großen Gasheizkessel, den man von unten anheizen musste.

Davor stand ein großer Korb voller Bettlaken, die stark nach Urin rochen und gekocht werden mussten, und dann hob Mrs Bruce den Deckel von einem Emaille-Eimer voll mit schmutzigen Windeln.

»Versuch einfach, die hier nicht schlimmer zu finden als die von Molly«, erklärte sie, obwohl es so entsetzlich stank, dass sie selbst die Nase abwenden musste. »Wasch sie im Spülbecken gründlich aus. Dann müssen sie zusammen mit den Laken gekocht werden. Es wird noch mehr Wäsche geben, aber nicht heute. Vergiss bitte nicht, dass die Wäsche des alten Mr Langworthy immer allein in den Heizkessel kommt, nachdem alles andere gewaschen ist.«

»Wie lange muss ich die kochen?«, fragte Beth und versuchte, nicht zu würgen bei dem Gedanken daran, was sich in dem Eimer befand.

»Zwanzig Minuten bis eine halbe Stunde«, antwortete die Haushälterin. »Während das Wasser kocht, kannst du empfindliche Stücke mit der Hand im Waschbecken waschen.«

»Mrs Langworthy muss ihn wickeln?« Beth musste das einfach fragen. Sie konnte sich nicht vorstellen, dass jemand, der so hübsch und gebildet war, so etwas tat.

»Ja, das tut sie, Beth. Er war schon immer ein schwieriger Mann, auch vor seinem Schlaganfall. Aber seitdem ist es viel schlimmer geworden, weil er halbseitig gelähmt ist und seine Sprache und sein Sehvermögen dadurch beeinträchtigt sind. Wir hatten im Laufe der Jahre schon Dutzende von Krankenschwestern hier, aber er vergrault sie alle wieder. Mrs Langworthy ist die einzige Person, die ihn anfassen darf, und sie hat die Geduld einer Heiligen. Sie sollte Kinder haben, Freunde, die zu Besuch kommen, und ihr eigenes Leben führen können.« Mrs Bruce brach abrupt ab und wurde rot. »Das hätte ich nicht sagen sollen.« Sie seufzte. »Es ist nur ...«

»Dass Sie ihretwegen wütend sind?«, fragte Beth.

»Ja, Beth.« Mrs Bruce nickte. »Aber es steht mir nicht zu, so etwas zu sagen.«

»Ich werde es nicht weitererzählen«, erwiderte Beth, während sie den Wasserhahn über dem Kessel aufdrehte, um ihn zu füllen. »Sie war so nett, mir Arbeit zu geben, als ich eine brauchte. Dafür werde ich Ihnen beiden immer dankbar sein.«

»Und, wie ist es dort?«, wollte Mrs Craven von Beth wissen, als diese am frühen Nachmittag zurückkehrte.

Beth hob Molly hoch, die auf dem Teppich saß, und kitzelte sie, bis sie lachte. »Die meiste Zeit wundervoll«, sagte sie. »Es ist ein wunderschönes Haus, sie haben sogar ein eingebautes Wasserklosett. Aber ich wünschte, der alte Mr Langworthy könnte es benutzen.«

Es gab keine Worte, mit denen sich beschreiben ließ, wie

ekelhaft sie es fand, diese Windeln auszuwaschen. Sie hatte würgen müssen und kaum zu atmen gewagt, weil sie so schrecklich stanken. Sie fragte sich, wie Krankenschwestern Tag für Tag mit so etwas fertig wurden und ob sie sich wohl jemals daran gewöhnen und es ihr nichts mehr ausmachen würde.

Aber sie hatte sich selbst auf dem Nachhauseweg gesagt, dass der schreckliche Teil nur höchstens zwanzig Minuten dauerte. Die restlichen vier Stunden und vierzig Minuten waren mit angenehmen Pflichten angefüllt. Es machte ihr nichts aus, die sauberen Laken auszuwringen und durch die Mangel zu drehen. Sie im Hof zum Trocknen aufzuhängen war toll. Und sie hatte die letzte Stunde damit verbracht, Mr Edwards Socken zu stopfen, und dabei in der Küche gesessen und sich mit Mrs Cray, der Köchin, und Kathleen, dem leise sprechenden irischen Hausmädchen, unterhalten. Außerdem hatte sie eine dicke Scheibe Fleischpastete für das Abendessen dabei, und Mrs Cray hatte ihr auch noch ein bisschen Gebäck für zu Hause eingepackt.

»Mit der Zeit gewöhnt man sich an alles«, sagte Mrs Craven philosophisch. »Und ich liebe es, Molly bei mir zu haben, also ist es gut für uns beide.«

Mrs Craven hatte recht. Beth stellte fest, dass sie sich daran gewöhnte, die Windeln zu waschen. Oder vielleicht war es auch nur so, dass die guten Dinge der Arbeitsstelle die schlechten bei Weitem überwogen. Es war schön, zwei Mal in der Woche rauszukommen, mit anderen Leuten zu reden und zu wissen, dass sie Sam dabei half, über die Runden zu kommen.

Mr Edward sah sie fast nie. Er war meistens schon ins Büro

gegangen, wenn sie kam, aber bei den wenigen Malen, wo sie sich begegneten, fand sie ihn sehr sympathisch. Er war groß und schlank, mit schütterem sandfarbenen Haar und einem militärisch aussehenden Schnurrbart, und er war mindestens zehn Jahre älter als seine Frau. Er wirkte auf Beth wie ein gebildeter, ruhiger Mann, der das Leben sehr ernst nahm.

Mrs Langworthy war das genaue Gegenteil. Sie war so freundlich und fröhlich, und sie fand immer Zeit, zu Beth zu kommen und ein bisschen mit ihr zu plaudern. Sie liebte es, von Molly zu hören, und es war klar, dass sie sich selbst ein Kind wünschte. Sie beherrschte die wundervolle Kunst, die Position der Hausherrin einzunehmen und doch mit denen mitzufühlen, die für sie arbeiteten. Beth verstand, warum Mrs Bruce ihr so ergeben war, und sie beschloss, dass sie sich, falls sie eines Tages auch mal Diener haben sollte, diese großartige Frau zum Vorbild nehmen würde.

Es schien, als hätte Beths und Sams Glück sich endlich gewendet, denn nur eine Woche später fanden sie zwei neue Untermieter, Ernest und Peter, beides respektable junge Männer, die für eine Versicherung arbeiteten und Freunde waren.

Sam fand es besser für Beth, dass die beiden Untermieter die Zimmer im oberen Stock bekamen, deshalb zog er runter in die Stube. Vom ersten Abend an erwiesen sich die jungen Männer als ideale Mieter, höflich, ordentlich und rücksichtsvoll gegenüber Beth und Molly.

Sie waren beide leidenschaftliche Radfahrer und unternahmen jeden Sonntag mit einem Fahrradclub Ausflüge aufs Land. Sie aßen, was immer Beth ihnen vorsetzte, sie waren dankbar dafür, dass sie ihre Wäsche wusch, und keiner von beiden trank. Sam genoss ihre Gesellschaft, und abends spielten die vier oft zusammen Karten. Manchmal baten sie Beth, für sie Geige zu spielen, und dann klatschten und stampften sie mit den Füßen auf, um sie zu begleiten. Das waren die besten Abende von allen, weil die Musik Beth für ein paar Stunden alle Sorgen vergessen ließ und sie sich so frei und sorglos wie ein Vogel fühlte.

Es kam ihr auch so vor, als würde Sam endlich etwas für Molly empfinden. Manchmal, wenn er von der Arbeit kam und sie auf dem Boden saß, beugte er sich zu ihr runter und streichelte ihr über den Kopf, wie Ernest und Peter es oft taten. Beth sagte nichts dazu – sie war sicher, dass er es nie wieder tun würde, wenn sie eine Bemerkung darüber machte –, aber sie beobachtete ihn aus den Augenwinkeln und sah, dass er Kuckuck mit Molly spielte oder sie kitzelte, um sie zum Lachen zu bringen.

Eines Abends im August, nachdem Beth Molly ins Bett gebracht hatte, war sie für ein paar Minuten zu Mrs Craven gegangen, und als sie zurückkam, hielt Sam das kleine Mädchen auf dem Arm.

»Sie ist aufgewacht und hat geweint«, rechtfertigte er sich. »Ich dachte, sie hat vielleicht Bauchschmerzen.«

Am folgenden Tag, als sie zum Falkner Square musste, wäre Beth den ganzen Weg am liebsten gehüpft, so glücklich war sie. Später an jenem Morgen saß sie gerade in dem kleinen Zimmer neben der Küche, wo die Nähmaschine stand, und sang, während sie einige abgenutzte Laken in der Mitte auftrennte und andersherum wieder zusammensetzte, als Mrs Langworthy hereinkam.

»Und was hat dich in einen kleinen Singvogel verwandelt?«, fragte sie mit einem breiten Lächeln.

»Ich bin nur so glücklich, weil mein Bruder Molly endlich gern zu haben scheint«, gestand Beth. »Wir hatten so viele

Probleme, als meine Mutter starb, verstehen Sie. Es war schwer für ihn, Molly zu akzeptieren.«

»Ich glaube nicht, dass Männer Babys sofort so lieben können, wie Frauen das tun«, sagte Mrs Langworthy nachdenklich. »Viele meiner Freundinnen haben mir erzählt, dass ihre Männer zuerst gar kein Interesse gezeigt hätten. Und für deinen Bruder muss es noch schwerer gewesen sein, weil ihr beide noch so jung seid.«

Beth erzählte von ihren beiden Untermietern und dass Sam in letzter Zeit viel glücklicher war. »Er hat auch schon seit einer Ewigkeit nicht mehr davon gesprochen, nach Amerika auszuwandern«, sagte sie.

»Hättet ihr das gerne getan?«, wollte Mrs Langworthy wissen.

»Na ja, schon«, erwiderte Beth. »Was für ein Abenteuer das wäre! Aber mit Molly ginge es ja ohnehin nicht. Ich würde dort ebenfalls arbeiten müssen, wenn wir uns etwas aufbauen wollten. Ohne Freunde und Familie hätten wir niemanden, der auf sie aufpasst.«

»Es ist eine Schande, dass du und dein Bruder eure Träume und Pläne aufgeben müsst«, bemerkte Mrs Langworthy und tätschelte mitfühlend Beths Schulter.

An einem heißen, sonnigen Samstag Ende August kam Sam von der Arbeit und schlug vor, dass sie am folgenden Tag die Fähre nach New Brighton nehmen sollten. Ernest und Peter wollten früh mit dem Fahrrad aufbrechen, und da sie gesagt hatten, dass sie kein Abendessen brauchten, weil sie unterwegs irgendwo einkehren wollten, bedeutete das, dass Sam und Beth nicht früh zurück sein mussten.

Beth war hocherfreut über Sams Vorschlag, nicht nur, weil

sie so viele schöne Erinnerungen an Ausflüge mit ihren Eltern nach New Brighton hatte, sondern weil er Molly mitnehmen wollte.

»Zieh dir etwas Schönes an«, schlug er vor. »Du hast lange genug Trauer getragen. Es wird Zeit, wieder ein bisschen Spaß zu haben.«

Erst ein oder zwei Wochen zuvor war Beth die Kleider ihrer Mutter durchgegangen, um zu sehen, welche davon sie vielleicht verkaufen oder für sich selbst umnähen konnte, und ganz unten im Schrank hatte sie das blassblau-weiß gestreifte Kleid gefunden, das ihre Mama auf dem Foto trug. Beth hatte sich danach gesehnt, es zu tragen, weil es sehr hübsch war, mit einem tieferen Ausschnitt, als sie ihn normalerweise trug, Keulenärmeln und Biesen am Mieder. Sie musste es an der Taille ein bisschen auslassen und den Saum ein paar Zentimeter länger machen, aber ansonsten passte es perfekt.

»Du siehst hübsch aus«, sagte Sam bewundernd, als sie am Sonntagmorgen umgezogen in die Küche kam.

Beth war ganz schwindelig vor Aufregung, denn mit offenem Haar und einem kecken kleinen Strohhut, den sie sich etwas schief aufgesetzt hatte, fühlte sie sich fast wie eine modisch gekleidete junge Dame. Molly schien ihre Aufregung zu spüren, denn sie lachte und klatschte in ihre dicken kleinen Hände, während Beth sie nach unten trug und in ihren Kinderwagen setzte.

Als sie in die Lord Street einbogen, um zu den Docks und der Fähre zu gelangen, war Sam offensichtlich genauso aufgeregt, denn er fing an, Spiele mit Molly zu spielen und sie zum Lachen zu bringen, während er neben dem Kinderwagen herging.

Hunderte von Leuten liefen in die gleiche Richtung. New Brighton mit seinen Sandstränden, Karussells, dem Eselreiten und der Promenade war ein beliebtes Tagesausflugsziel für Arbeiter.

Es war ein unglaublich schöner Tag. Sie aßen Eis, Zuckerwatte, Shrimps und Hackbraten, und sie lachten laut über Molly, die alles probieren wollte, was sie aßen. Sie war so gierig nach dem Eis, dass sie fast aufstand, um es zu erreichen, und anschließend war ihr ganzes Gesicht verschmiert.

Sie zogen ihre Stiefel aus und gingen mit bloßen Füßen ins Wasser, fuhren Karussell, wobei Sam Molly vor sich setzte, und Beth gewann ein Glas mit Bonbons beim Ringewerfen. Sam testete seine Stärke und schaffte es nur, den Zeiger bis auf »Schwächling« steigen zu lassen, während andere Männer, die viel kleiner waren als er, die Glocke zum Klingen brachten. Aber er gewann eine Kokosnuss an der Wurfbude. Außerdem ließen sie in einer Kabine am Strand ein Foto von sich machen. Sie standen ewig lange an, während die Mütter vor ihnen sich ihren dreckigen Kindern widmeten, ihnen mit spuckebefeuchteten Tüchern übers Gesicht wischten und ihr widerspenstiges Haar kämmten.

Beth konnte ein Lachen kaum unterdrücken, als sie schließlich in der Kabine waren und man ihr sagte, sie solle sich mit Molly auf dem Schoß auf den Stuhl setzen. Sam stand hinter ihnen, eine Hand auf ihrer Schulter. Die Hintergrundszene zeigte ein Schloss und einen See. Sie fragte sich, ob Molly in den kommenden Jahren wohl das Foto betrachten und sich wundern würde, wo dieses Schloss in Liverpool stand.

Es war fast acht Uhr, als sie wieder zu Hause ankamen, und Sams sonnenverbranntes Gesicht hatte die Farbe eines Hummers. »Ich mache Tee, während du Molly ins Bett bringst«, sagte er und beugte sich herunter, um das kleine Mädchen zu küssen, das verschlafen in Beths Armen lag.

Das war der Höhepunkt des Tages für Beth. Sie hatte vielleicht acht Monate auf diesen Moment warten müssen, doch er war umso süßer, weil sie wusste, dass Sam es nicht aus Pflichtgefühl tat, sondern aus echter Zuneigung.

»Du kleine Zauberin!«, flüsterte Beth Molly zu, als sie ihr die Kleider und die Windel auszog, um sie zu waschen. »Du hast endlich sein Herz erobert.«

Beth blieb noch lange in der Küche sitzen, nachdem Sam, Ernest und Peter zu Bett gegangen waren. Sie dachte daran, wie schön es gewesen war, dass Sam wieder gelacht hatte, dass sie in ihrem Herzen wieder Hoffnung gespürt hatte und auch ein bisschen Stolz, weil es ihr so erfolgreich gelungen war, Molly die Mutter zu ersetzen. Mollys dunkles Haar war jetzt lockig, ihre Wangen leuchteten wie kleine Äpfel, und viele Leute waren heute stehen geblieben, um sie zu bewundern. Bald würde sie auch laufen und sprechen. Beth lächelte, als sie sich daran erinnerte, wie viel Angst sie in der Nacht gehabt hatte, als Molly geboren wurde und Mrs Craven ihr sagte, sie müsse sich um sie kümmern. Aber sie hatte es gut gemeistert, genau wie Sam.

Beth wachte plötzlich auf, weil ihr sehr heiß war. Sie setzte sich auf, um die Decken ans Fußende des Bettes zu schieben. Sie glaubte nicht, dass sie schon lange geschlafen hatte, denn sie konnte immer noch die Betrunkenen auf der Church Street hören. Aber als sie ihr Kissen umdrehte und sich wieder hinlegte, hörte sie ein Geräusch aus der Gasse hinter dem Haus.

Sie erstarrte. Sie war es gewohnt, dass Leute die Gasse hinauf- und hinunterliefen – fast alle, die über den Geschäften wohnten, benutzten die Hintertüren, um rein- und rauszugehen. Und Leute wie die Cravens, die in den Häusern in der Straße hinter der Church Street wohnten, hatten ebenfalls Zugang dazu. Aber das Geräusch, das sie hörte, stammte nicht von jemandem, der entschlossen nach Hause ging oder betrunken dorthin stolperte, sondern von jemandem, der sich anschlich und versuchte, nicht gehört zu werden.

Beth hatte noch einmal überprüft, ob sie nach ihrem letzten Gang zum Plumpsklo die Hintertür abgeschlossen hatte, deshalb wusste sie, dass niemand hereinkommen konnte. Aber als ihr einfiel, dass die Fahrräder von Ernest und Peter im Hof standen, überlegte sie, ob sie vielleicht jemand stehlen wollte.

Sie stand aus dem Bett auf und ging zum Fenster, aber obwohl sie das Hinterhoftor im Mondlicht gerade so ausmachen konnte, waren die Räder nicht zu sehen, weil die Männer sie vermutlich an die Seitenwand des Plumpsklos gelehnt hatten und das Dach des Anbaus ihr die Sicht versperrte.

Und sie konnte auch nichts mehr hören, deshalb beschloss sie, dass es vermutlich nur eine Katze gewesen war, und ging wieder ins Bett. Als sie jedoch ein paar Augenblicke später erneut ein leises Geräusch hörte, sprang sie auf und ging aus dem Schlafzimmer in die Küche, wo sie vom Fenster aus fast den gesamten Hof überblicken konnte.

Sie zog die Spitzengardine zurück, und obwohl es zu dunkel war, um mehr als einen dunklen Schemen an der Wand des Plumpsklos zu erkennen, konnte sie Chrom aufblitzen sehen, und sie war beruhigt, dass die Fahrräder offensichtlich noch da waren. Aber als sie die Gardine fallen ließ, hörte sie noch ein Geräusch. Sie riss den Stoff wieder nach oben und sah gerade noch die Silhouette von jemandem, der über den Hinterhof rannte, das Tor aufriss, hindurchlief und verschwand.

Die Gestalt war nur eine Sekunde lang in ihrem Blickfeld gewesen, aber sie war sicher, dass es sich um eine Frau gehandelt hatte. Und obwohl sie wusste, dass es Diebe beiderlei Geschlechts gab, konnte sie sich nicht vorstellen, warum eine Frau mitten in der Nacht hier herumschlich. Sie stand einen Moment verwirrt da und überlegte, ob sie Sam wecken sollte. Dann beschloss sie, dass es keinen Sinn machte, da der Eindringling geflohen war und Sam früh am Morgen zur Arbeit musste. Deshalb drehte sie sich um und wollte zurück ins Schlafzimmer gehen.

Doch als sie die Tür erreichte, roch sie Petroleum und hörte ein zischendes Geräusch.

Das konnte nur Feuer sein.

Voller Entsetzen rannte sie zum Treppenabsatz und blickte auf lodernde Flammen. Es war kein Dieb gewesen, sondern jemand, der sie bei lebendigem Leib verbrennen wollte.

»Feuer!«, schrie sie, so laut sie konnte. »Sam! Ernest! Peter! Feuer! Steht sofort auf!«

7

Beth hob Molly aus der Wiege, riss hastig eine Decke hoch und rannte über den Flur zur Stube, wo Sam schlief.

»Wach auf, Sam!«, schrie sie und schüttelte ihn. »Es brennt!«

Er hatte die Vorhänge in der Stube nicht zugezogen, bevor er ins Bett gegangen war, sodass sie ihn im Licht der Straßenlaternen gut sehen konnte. Er öffnete die Augen und blickte sie einen Moment lang verständnislos an, aber als sie ihre Warnung wiederholte, sprang er aus dem Bett, zog sich seine Hose über und war bei ihnen.

»Hol Ernest und Peter!«, schrie sie, und er rannte sofort durch den Flur davon. Rauch quoll jetzt die Treppe hinauf, und Beth wusste, dass sie sich einen anderen Fluchtweg suchen mussten.

Sie schloss die Stubentür und legte Molly in Sams Bett, schob hastig das Schiebefenster so weit auf, wie es ging, und schrie in der Hoffnung, dass ein Polizist oder irgendjemand in der Nähe sie hören würde. Aber die Straße unten lag verlassen da, nicht einmal eine Katze schlich herum.

Die Männer kamen die Treppe heruntergerannt und stürmten in die Stube. »Was hat das Feuer ausgelöst?«, fragte Peter mit vor Angst schriller Stimme.

»Das ist jetzt egal«, entgegnete Ernest und lehnte sich aus dem Fenster. »Es ist zu hoch, um von hier zu springen. Vielleicht wäre es aus den hinteren Fenstern einfacher?«

»Ich sehe nach«, sagte Sam und übernahm das Kommando.

»Ihr bleibt hier und bindet die Laken und was ihr finden könnt zu einem Seil zusammen. Beth, schrei weiter so laut, wie du kannst.«

Er verschwand und kehrte schon Sekunden später vom Rauch hustend mit einem Stapel Laken zurück. »Die Treppe brennt schon, und es ist zu gefährlich, aus dem Schlafzimmerfenster zu steigen, weil die Flammen direkt darunter sind«, keuchte er. »Wir müssen hier raus. Beth, stopf den Teppich in die Ritze unter der Tür. Ernie, hilf mir, die Matratze rauszuwerfen, damit wir weicher landen, dann lassen wir dich runter, danach Beth und Molly.«

Beth tat, was er gesagt hatte, und schob den Teppich so dicht unter die Tür, wie sie konnte. Ernest und Peter hatten bereits zwei Laken zusammengeknotet, zogen daran, um sicherzugehen, dass sie halten würden, und brüllten dabei aus Leibeskräften um Hilfe. Beth nahm Molly hoch, während die Männer die Matratze aus dem Fenster warfen. Dann stieg Ernest auf die Fensterbank und nahm das Ende des Lakens, und Sam und Peter, die das andere Ende hielten, ließen ihn langsam hinunter.

Während die Männer am Fenster beschäftigt waren, sah Beth sich nach etwas Sicherem um, in das sie Molly legen konnte. Als sie den Kohleneimer erblickte, griff sie danach und leerte die Kohlen in den Kamin. Molly weinte jetzt, weil der Lärm und die Panik um sie herum ihr Angst machten. Beth setzte sie in den Kohleneimer und schob ihr ein Kissen in den Rücken, damit sie nicht herausfallen konnte.

»Gute Idee«, lobte Sam sie. Ernest schrie wie wild unten auf der Straße, und Peter unterstützte ihn vom Fenster aus. Sam band das Lakenseil an den Griff des Kohleneimers und testete, ob es hielt.

Beths Herz klopfte ihr bis zum Hals, als sie sah, wie Molly auf die Straße hinuntergelassen wurde. Sam und Peter arbeiteten ganz langsam, aber der Kohleneimer schwankte gefährlich. Wenn Molly sich bewegte, würde er zur Seite kippen.

Zum Glück blieb sie still sitzen und landete sicher in Ernests Armen.

»Jetzt du, Beth«, sagte Sam und holte das Lakenseil wieder nach oben. »Klammer dich so fest du kannst an dem Seil fest. Ich lasse dich runter.«

Beth hatte furchtbare Angst, während sie rückwärts auf die Fensterbank kletterte. Sie war barfuß und trug nur ihr Nachthemd und nichts darunter. Selbst in einer so verzweifelten Situation konnte sie den Gedanken nicht ertragen, dass jemand ihren Intimbereich sah.

»Wickel dir das Seil ums Handgelenk, und halt dich fest«, befahl ihr Sam. »Benutze deine Füße, um an der Wand nach unten zu kommen. Wir seilen dich ganz langsam ab und lassen dich nicht fallen.«

Nichts in Beths Leben war je so furchteinflößend gewesen. Sie hatte Angst, herunterzufallen und sich das Genick zu brechen, und war sich nur zu bewusst, dass der Wind unter ihr Nachthemd fuhr und dass Ernest direkt unter ihr stand. Aber sie musste sich beeilen, weil Sam und Peter auch noch hinuntermussten.

»Gutes Mädchen, nur noch ein kleines Stück, und du kannst springen«, rief Ernest. »Die Matratze ist direkt unter dir, und ich bin hier und fange dich auf.«

Sie blieb kurz am Schild über dem Schaufenster hängen, aber es gelang ihr, sich wieder zu befreien, und dann forderte Ernest sie auf zu springen.

Die Leute liefen jetzt aus ihren Häusern, um zu sehen, was dieser ganze Lärm zu bedeuten hatte, und die Geräusche gaben ihr etwas Sicherheit. Sie ließ das Laken los und landete mit den Füßen zuerst auf der Matratze.

Sie riss Molly aus Ernests Armen, und als sie in das Schaufenster blickte, sah sie zu ihrem erneuten Entsetzen, dass die Flammen bereits überall an der hinteren Tür leckten, die zu ihrer Wohnung führte. Rauch quoll über ihnen nach oben, und immer mehr Leute kamen auf der Straße zusammen. Sie hoffte, dass die Feuerwehr rechtzeitig eintreffen würde, bevor die ganze Ladenzeile abbrannte.

»Ich habe eine Leiter!«, rief eine männliche Stimme. »Die kann ich in zwei Minuten herholen.«

Sam half derweil Peter aus dem Fenster. »Wie soll Sam denn rauskommen?«, wollte Beth von Ernest wissen. »Da oben gibt es nichts, an dem er das Laken festbinden kann.«

»Die Leiter ist dann vielleicht schon hier«, entgegnete Ernest. »Komm schon, Pete«, rief er. »Pass auf, wenn du zu dem Ladenschild kommst.«

Peter sprang die letzten drei Meter und wandte sich an Ernest. »Das Feuer ist schon an der Tür da oben«, sagte er. »Wie soll Sam rauskommen?«

Beth konnte sehen, wie die Flammen sich über den Boden im Laden ausbreiteten. Bald würde die Hausfront brennen, und dann saß ihr Bruder in der Falle.

»Sam!«, schrie Beth. »Zieh das Bett ans Fenster. Das Kopfteil passt nicht durch, also kannst du das Laken daran festbinden.«

Ihr war ganz schlecht vor Angst, und sie wünschte, sie könnte sehen, ob Sam tat, was sie ihm gesagt hatte – es würde ihm ähnlich sehen, wenn er erst noch ein paar Wertgegenstände einsammelte, bevor er ging. Jetzt herrschte auf der Straße völliges Chaos, einige Leute riefen, dass man eine Kette mit Wassereimern bilden solle, andere fürchteten um ihre

Häuser, barfüßige Kinder in Nachthemden weinten, weil sie ihre Eltern nicht sehen konnten. Ein paar Leute bliesen in Pfeifen, und noch mehr klopften an andere Türen, um die Bewohner herauszuholen.

Aber gerade als Beth schon glaubte, Sam wäre verloren, kam das Laken aus dem Fenster, und er stand auf dem Fensterbrett. Sein Oberkörper war nackt, und das Licht der Laterne beschien sein blondes Haar. Er hielt ihre Geige in der Hand.

»Fang«, schrie er und warf sie nach unten in Peters Hände. Gerade als die Flammen hinter dem Ladenfenster die Scheibe zersplittern ließen, seilte Sam sich an dem Laken nach unten ab.

Beth rannte zu ihm und umarmte ihn. »Wieso hast du ausgerechnet meine Geige gerettet?«, fragte sie.

»Irgendetwas sagte mir, dass ich das tun muss.« Er zuckte mit den Schultern. »Ich weiß doch, wie viel sie dir bedeutet.«

Es dauerte noch fünfzehn Minuten, bis der erste Feuerwehrwagen eintraf, die Feuerwehrleute heraussprangen und den Schlauch an dem Wassertank befestigten, aber da brannte bereits die gesamte Front des Hauses. Die Pferde wurden abgeschirrt und etwas weiter die Straße hinuntergeführt, weg von der schlimmen Hitze, und Beth und die Männer drängten sich auf der anderen Straßenseite zusammen und beobachteten entsetzt das Geschehen.

Erst da wurde Beth klar, dass sie alles verloren hatten. Ihr Zuhause, ihre Sachen, ihr Geld. Alles war weg.

Sie waren verarmt und obdachlos.

Ihre Vermieter und Mr Filbert, der Mieter des Ladens, hatten bestimmt eine Versicherung, aber sie nicht. Sam hatte nicht mal mehr einen Anzug, um am Morgen zur Arbeit zu gehen. Und was Molly anging, sie hatte nur ein Nachthemd, eine Windel und eine Decke.

Beth zitterte vor Angst, nicht vor Kälte. Jemand legte ihr eine Decke über die Schultern, und sie hörte, wie sie jemand fragte, ob sie irgendwo unterkommen könnten. Tränen schossen ihr in die Augen, heiße Tränen, die über ihre Wangen liefen und auf Molly fielen, die in ihren Armen eingeschlafen war.

Zwei weitere Feuerwehrwagen kamen, von denen einer auf die Rückseite des Gebäudes fuhr. Das Feuer wütete immer noch, und es sah aus, als würden der Eisenwarenladen auf der einen und der Kurzwarenhandel auf der anderen Seite ebenfalls abbrennen. Polizisten versuchten, die Leute zurückzudrängen, um Platz zu schaffen.

»Wie hat das angefangen?«, schrie jemand.

»Jemand hat das Feuer absichtlich gelegt«, rief Beth zurück. »Ich sah, wie jemand durch das Hoftor wegrannte. Sie haben Petroleum in den Briefschlitz gegossen, sie wollten uns alle umbringen.«

Einer der Polizisten kam zu ihr und bat sie, zu wiederholen, was er sie gerade sagen gehört hatte. »Haben Sie irgendeine Idee, wer es gewesen sein könnte?«, fragte er.

»Versuchen Sie es bei Jane Wiley.« Sie spuckte den Namen förmlich aus. »Sie war früher unsere Untermieterin.«

Mrs Craven kam plötzlich mit ihrem Mann an ihrer Seite durch die Menge auf sie zu. »Ich bin hier, Liebes«, rief sie. »Wir werden nicht zulassen, dass Sam und du obdachlos seid nach allem, was ihr durchgemacht habt.« Sie bahnte sich den Weg zu Beth und schlang ihre dicken Arme um sie und Molly. »Ihr kommt jetzt mit uns.«

Barfuß mit nur noch einem Baumwollnachthemd und einer Geige, die sie ihr Eigen nennen durfte, und Molly auf dem Arm ging Beth mit den Cravens in ihre Wohnung und ließ Sam zurück, der ihnen folgen würde, sobald er jemanden gefunden hatte, der Ernest und Peter aufnehmen würde. Die beiden kleinen Zimmer der Cravens waren der Hafen gewesen, in den Beth während der vergangenen Monate so oft gelaufen war, wenn sie ein Problem hatte oder einfach mit jemandem reden musste, der älter und weiser war. Aber sie wusste, dass ihre Nachbarn sie jetzt nur kurzfristig aufnehmen konnten, denn sie waren zu alt, um von unerwarteten Gästen gestört zu werden, und zu arm, um sie auch noch zu ernähren.

Beth konnte nicht schlafen. Es waren nicht nur das Zischen des Wasserstrahls, der auf das Feuer gerichtet war, oder die Feuerwehrleute, die sich weniger als vierzig Meter entfernt über die Gasse hinweg etwas zuriefen; es war nicht mal der harte Boden von Mrs Cravens Wohnzimmer oder die rauchgeschwängerte Luft, die sie wach bleiben ließen. Es war das Wissen, dass Jane Wiley das Feuer in böser Absicht und mutwillig gelegt hatte.

Wie konnte jemand nur so gemein sein? Sie hatte sie vielleicht nicht wirklich umbringen wollen, aber sie musste doch darauf aus gewesen sein, ihr Heim zu zerstören.

Alles war weg – die Kleidung, die Möbel und das Geld –, aber noch schlimmer war für Beth der Verlust all der kleinen persönlichen Dinge und Familienfotos, Erinnerungen an ihre Eltern und Großeltern, die nicht zu ersetzen waren. Sie war gerührt, dass Sam daran gedacht hatte, ihre Geige zu retten, aber sie schien ein so unwichtiger Gegenstand zu sein.

Praktisch, wie sie war, hatte Mrs Craven ein paar Windeln und einen Strampelanzug für Molly herausgesucht und ihr eine improvisierte Wiege aus einer ihrer Schubladen gemacht. Sie sagte, dass die Heilsarmee Leuten in Beths und Sams Lage helfe, indem sie ihnen Kleidung und Schuhe gebe, und dass sie nicht daran zweifelte, dass die Nachbarn etwas für sie sammeln würden. Aber Beth war zu niedergeschlagen, um sich davon getröstet zu fühlen.

»Mehr ließ sich so schnell nicht auftreiben«, sagte Mr Craven, als er Sam am folgenden Morgen ein Hemd, ein Jackett und Stiefel gab, die einem Nachbarn gehörten.

Sam zog alles dankbar an, aber der Besitzer musste deutlich größer sein als er, sodass er in den Sachen wie ein Clown aussah.

»Zumindest habe ich noch meine Hose«, bemerkte Sam. »Dann muss ich mir keine Sorgen machen, dass sie mir auf die Füße rutscht.«

»Die Leute im Büro werden Verständnis dafür haben«, erklärte Beth, die spürte, wie nervös er war, in diesem Aufzug vor dem Büroleiter zu erscheinen. Sie ging zu ihm und richtete seinen Hemdkragen.

»Mach dir keine Sorgen, Beth«, sagte er. »Auf dem Weg nach Hause gehe ich zur Heilsarmee und sehe nach, ob sie etwas Passendes für mich haben.«

Beth trug immer noch ihr rußgeschwärztes Nachthemd, aber Mrs Craven war zu ihrer Tochter gegangen, um sich von ihr Sachen für sie zu leihen. Erst da war Beth bewusst geworden, dass die meisten Leute nur zwei verschiedene Ausstattungen besaßen, eine für jeden Tag und eine für besondere Anlässe. Sie hatte Glück gehabt, fünf oder sechs Kleider zu besitzen, und es war ihr niemals in den Sinn gekommen, dass das ungewöhnlich sein könnte.

Das Feuer war jetzt vollständig gelöscht. Mr Craven war dort gewesen, um es sich anzusehen, und sagte, dass die gesamte Treppe zusammengebrochen sei, dass die Fenster explodiert und die Fensterrahmen und die Innentüren zusammen mit den Möbeln verbrannt seien. Der Laden darunter war ebenfalls völlig zerstört. Mr Filbert war noch nicht da, aber er würde einen schlimmen Schock erleiden, wenn er kam.

Mrs Craven kehrte, kurz nachdem Sam zur Arbeit gegangen war, von ihrer Tochter zurück. »Das hier ist wirklich schäbig«, sagte sie und zog ein sehr abgetragenes und verblasstes grünes Kleid aus ihrer Tasche. »Es ist das einzige, das meine Cathy entbehren konnte, aber es sollte dir passen. Und ich habe auch noch diese Stiefel.«

Beth blickte auf die Stiefel hinunter und sah, dass sich das Obermaterial des rechten teilweise von der Sohle gelöst hatte; außerdem waren sie zwei Nummern zu groß für sie. Aber zumindest hatte sie etwas, das sie anziehen konnte.

»Ich müsste heute eigentlich zum Falkner Square«, sagte sie. »Soll ich noch hingehen?«

»Natürlich sollst du das, du kannst es dir jetzt nicht leisten, diesen Job zu verlieren«, sagte Mrs Craven mit einem leicht gereizten Unterton, so als würde sie es schon bereuen, Beth und Sam aufgenommen zu haben. »Und jetzt nimm dir eine Schale mit Wasser mit in das andere Zimmer, und wasch dich gründlich. Du hast immer noch Ruß im Gesicht.«

Als Beth schließlich am Falkner Square ankam, hatte sie Blasen an den Füßen von den zu großen Schuhen.

»Beth!«, rief Mrs Bruce, als sie in die Küche humpelte. »Was um Himmels willen ist mit dir passiert?«

Als Beth die Geschichte erzählte, begann sie zu weinen. Mrs Bruce setzte sie an den Tisch und gab ihr eine Tasse Tee und ihre volle Aufmerksamkeit.

»Deshalb sehe ich heute so aus«, sagte Beth schließlich und wischte sich mit dem Handrücken die Tränen ab. »Ich weiß nicht, wo wir wohnen oder wie wir zurechtkommen sollen. Wir hatten gestern eine so schöne Zeit in New Brighton, ich dachte wirklich, wir wären über den Berg und dass jetzt alles besser würde.«

Mrs Bruce tätschelte ihre Schulter. »Es tut mir so leid, Liebes, das muss ein schrecklicher Schock für dich gewesen sein. Aber jetzt schlage ich vor, dass du erst mal diese schrecklichen Stiefel ausziehst, sonst werden deine Blasen noch schlimmer. Dann kümmerst du dich um die Wäsche, und wir reden später noch mal.«

Das klang so, als würde die Haushälterin finden, dass Beth sich lange genug im Selbstmitleid gesuhlt hatte, und so schlecht Beth sich auch fühlte, sie wusste, wie wichtig es war, diesen Job zu behalten. Deshalb zog sie sich die Stiefel aus und kümmerte sich um die Wäsche, froh, als sie einen großen Haufen davon sah, denn er würde sie von ihren Problemen ablenken.

Es war nach zwölf, als Mrs Langworthy in den Hof kam, wo Beth gerade die letzte Wäsche aufhängte. Sie sah sehr hübsch aus in ihrem hellgrün-weiß gestreiften Kleid und mit den mit zwei Schildpattkämmen hochgesteckten roten Haaren.

»Mrs Bruce hat mir von dem Feuer erzählt, Beth«, sagte sie in besorgtem Ton. »Es tut mir so leid.«

»Ich glaube, wir schaffen das schon«, erwiderte Beth. Sie

wollte nicht klingen, als sei sie auf Mitleid aus, und es reichte ihr, dass die Herrin extra nach draußen gekommen war, um mit ihr zu sprechen.

»Aber wo werdet ihr jetzt wohnen?«, fragte Mrs Langworthy. »Es ist schwer, wenn man auch noch an ein Kind denken muss.«

»Für die nächsten paar Nächte können wir bei unseren Nachbarn schlafen. Ende der Woche suchen wir uns etwas, wenn Sam seinen Lohn bekommt.«

»Ich kann mir vorstellen, was für Unterkünfte man angeboten bekommt, wenn man verzweifelt ist.« Mrs Langworthy schürzte missbilligend die Lippen. »Diesen Gedanken kann ich einfach nicht ertragen, deshalb möchte ich, dass ihr in die Räume über den Stallungen zieht. Sie stehen leer, seit mein Schwiegervater seinen Schlaganfall hatte und wir den Kutscher entlassen haben.«

Beth konnte ihre Herrin nur ungläubig anstarren.

»Ich habe dich nicht für ein Mädchen gehalten, das nichts zu sagen hat«, sagte Mrs Langworthy mit einem leichten Lächeln.

»Es tut mir leid, Mam«, erwiderte Beth hastig. »Ich war nur so überrascht. Ich kann nicht glauben, dass Sie so freundlich sind.«

»Vielleicht denkst du das nicht mehr, wenn du siehst, wie staubig es dort ist.«

Ein strahlendes Lächeln breitete sich auf Beths Gesicht aus. »Es ist mir egal, ob es das Schwarze Loch von Kalkutta ist. Ich arbeite jeden Tag umsonst für Sie, wenn wir dafür dort wohnen dürfen.«

»Das wird nicht nötig sein«, sagte Mrs Langworthy knapp. »Lauf schnell rauf und putz es, bevor du Molly und deinen Bruder holst. Ich bitte Mrs Bruce, ein paar Decken und Bettzeug für dich rauszusuchen.«

Als Beth oben an der Holztreppe in den unbenutzten Stallungen stand und in das erste der zwei Zimmer blickte, fasste sie neuen Mut. Es war sehr klein und sehr schmutzig, aber sie konnte sehen, dass es hell und luftig sein würde, wenn sie die Fenster geputzt hätte, denn es hatte Fenster auf beiden Seiten, von denen man in den Hof der Langworthys und auf die Seitenwand der Stallungen blickte. Es gab ein Waschbecken, einen Ofen und einen Tisch und Stühle. Aufgeregt lief sie in das nächste Zimmer, wo ein altes eisernes Bettgestell und ein Rollbett standen, das sie für Sam in die Küche stellen konnte.

Sie hatte keine wirkliche Vorstellung davon, was sie und Sam für eine Miete bekommen hätten, die sie sich leisten konnten. Aber sie war absolut sicher, dass es nicht so etwas gewesen wäre, sondern wahrscheinlich nur ein Zimmer in den Slums.

Beth putzte die Zimmer zwei Stunden lang wie eine Besessene. Sie stellte die beiden Matratzen zum Lüften nach draußen in die Sonne, schrubbte die Böden und putzte die Fenster. Als sie fertig war, gab es nirgendwo mehr Spinnweben, aber sie sah aus wie ein Schornsteinfeger, und ihre nackten Füße waren schwarz.

Mrs Bruce und Kathleen kamen über den Hof, als sie gerade fertig war, und jede von ihnen trug einen Arm voller Decken, Kissen und frischer Laken. Sie halfen Beth, die beiden Betten zu machen, und Mrs Bruce legte ein rot-weiß kariertes Tuch über den Tisch.

»Ist es nicht wundervoll?«, keuchte Beth. »Ich glaube nicht, dass irgendjemand gütiger ist als Mrs Langworthy.«

»Sie hatte auch schon sehr viel Pech im Leben und musste

harte Zeiten durchstehen«, erklärte ihr Mrs Bruce. »Und sie sagte, du sollst nach oben gehen und ein Bad nehmen und dir die Haare waschen, bevor du Molly holst. Sie hat dir auch ein paar neue Kleider rausgesucht.«

Beth streckte sich in dem warmen Wasser aus und ließ ihr Haar an der Oberfläche treiben. Sie war immer noch fassungslos darüber, wie sie innerhalb weniger Stunden von völliger Verzweiflung zu solcher Glückseligkeit gelangen konnte.

Bisher hatte sie immer nur in einer Zinkwanne gebadet, und seit sie fünf oder sechs war, hatte sie sich nicht mehr hineinlegen können. Sie hoffte nur, dass die Leute heute auch so nett zu Sam gewesen waren wie zu ihr.

Die Kleider, die Mrs Langworthy ihr gegeben hatte, lagen zusammengefaltet auf dem Badezimmerhocker. Ein dunkelblauer Rock, eine blaue Bluse mit weißen Punkten, ein Hemdchen, Unterhosen und ein Petticoat. Sie fragte sich, ob Mrs Langworthy wusste, dass sie unter diesem schrecklichen grünen Kleid nichts trug. Mrs Bruce hatte ihr auch ein Paar Stiefel und Strümpfe von sich gegeben, da die von Mrs Langworthy zu groß waren.

So schön es im Bad auch war, Beth wusste, dass sie sich jetzt beeilen und zu Mrs Craven und Molly zurückmusste.

»Also, da brat' mir doch einer 'n Storch!«, keuchte Mrs Craven, als Beth in ihren neuen Sachen und mit glänzenden Haaren, die aussahen wie poliertes Ebenholz, in ihrem Hof erschien. »Jemand war heute sehr gut zu dir, und das war nicht die Heilsarmee!«

Beth lächelte, zum Teil, weil sie sich wieder ein bisschen wie früher fühlte, sauber und ordentlich, aber auch, weil es ihr gefiel, dass Mrs Craven mit Molly draußen in der Sonne saß.

Sie hob ihre kleine Schwester von der Decke hoch, auf der sie saß, und umarmte sie. »Beth hat eine hübsche kleine Überraschung für dich«, sagte sie.

»Na, da seid ihr wohl auf die Füße gefallen, so viel steht fest«, rief Mrs Craven, nachdem Beth ihr von den Ereignissen des Vormittags berichtet hatte. »Das nenn ich Glück!«

Beth war plötzlich ein bisschen verlegen, denn es klang, als wäre ihre Nachbarin fast enttäuscht, dass ihr Schicksal sich so schnell zum Guten gewendet hatte. »Es wird mir sehr fehlen, Sie nicht mehr gegenüber zu haben«, sagte sie schnell. »Sie waren so freundlich, Mrs Craven, schon seit Papas Tod. Ich weiß nicht, was Sam und ich ohne Sie gemacht hätten.«

Ihre Nachbarin strahlte. »Vergiss nur nicht, mich hin und wieder zu besuchen. Ich werde euch alle vermissen, aber vor allem meine kleine Molly.« Sie streckte dem Baby einen Finger hin, den es sofort ergriff. »Und jetzt habe ich auch noch ein paar Neuigkeiten für dich. Die Polizei hat Jane Wiley verhaftet. Der Polizist, der gestern Abend mit Sam geredet hat, kam heute Morgen, nachdem du gegangen warst, und erzählte es mir. Sie leugnet es natürlich, aber ihre Sachen rochen nach Petroleum. Der Polizist sagte, jemand in ihrem Haus habe auch ausgesagt, dass sie nachts noch das Haus verlassen hat, und zwar nachdem Thomas aus dem Pub zurück war.«

»Was passiert jetzt mit ihr?«

»Sie wandert natürlich ins Gefängnis«, erklärte Mrs Craven triumphierend. »Und für lange Zeit, denke ich. Ich hoffe, sie verrottet da.«

Beth nickte zustimmend. »Wissen Sie, wie es Mr Filbert und den anderen beiden Ladeninhabern geht?«, fragte sie. »Es muss schrecklich für sie sein, dass sie ihre Geschäfte verloren haben.«

»Ich hörte, dass sie ganz außer sich waren. Plünderer sind

in den Eisenwarenladen eingedrungen, bevor sie die Fenster mit Brettern vernageln konnten.«

Beth schüttelte angewidert den Kopf. »Irgendwas Neues von Ernest und Peter?«

»Sie waren heute Morgen da, um ihre Räder zu holen, und haben sich nach euch erkundigt. Jemand in der Lord Street hat sie aufgenommen und sie mit Kleidung ausgestattet, aber sie kommen zurecht, sie haben Familien mit ein bisschen Geld, die ihnen helfen werden.«

Da fiel Beth wieder ein, dass sie das Kleid und die Schuhe noch zurückgeben musste, die sie sich geliehen hatte. Sie reichte beides Mrs Craven und holte dann aus der Tasche den großen Hackfleischauflauf, den Mrs Cray, die Köchin, ihr gegeben hatte.

»Ich wünschte, ich hätte Geld, um Ihnen etwas zu kaufen, mit dem ich Ihnen zeigen könnte, wie dankbar ich für Ihre Freundlichkeit bin«, sagte sie, »aber vielleicht könnten wir das hier zusammen essen, bevor wir nachher gehen, und wenn ich Sie wieder besuchen komme, dann nicht mit leeren Händen.«

»Gott schütze dich.« Mrs Cravens Augen strahlten, als sie den Auflauf sah. »Du bist ein gutes Mädchen, Beth, deine Mutter wäre stolz auf dich.«

Sam kam gegen halb sechs mit einem braunen Paket in der Hand zurück. Er trug noch immer das zu große Jackett mit dem Hemd und sagte, die anderen Angestellten hätten ihn den ganzen Tag damit aufgezogen. Aber der Büroleiter hatte ihm fünf Pfund aus dem Hilfsfonds der Firma gegeben, der in Not geratenen Angestellten helfen sollte.

»Ich habe mir im Secondhand-Laden ein paar Sachen gekauft«, sagte er. »Eigentlich wollte ich sagen, dass du dir auch welche holen sollst, aber es sieht aus, als wärst du schon versorgt. Dann haben wir mehr für die Miete unserer neuen Unterkunft übrig.«

Beth erzählte ihm dann die Neuigkeiten, worüber Sam fassungslos war. »Warum tut sie das?«, fragte er.

»Weil sie freundlich und großzügig ist, deshalb sorgen wir besser dafür, dass sie es nicht bereut.« Beth lächelte.

Es stellte sich heraus, dass der Kinderwagen, den sie in den hinteren Schuppen gestellt hatten, vom Feuer verschont worden war und ihn lediglich eine Rußschicht bedeckte. Nach dem Essen setzten Beth und Sam Molly zusammen mit einer kleinen Tasche voller Babysachen, die die Leute für sie vorbeigebracht hatten, und der Geige hinein, verabschiedeten sich von den Cravens und machten sich auf den Weg zum Falkner Square.

»Ich kann noch gar nicht fassen, dass wir alles verloren haben«, seufzte Sam, als sie eine Abkürzung durch eine Gasse gingen, die sie zur Seel Street führen würde. »Du mochtest Jane Wiley vom ersten Augenblick an nicht. Ich wünschte, ich hätte deinem Urteil vertraut.«

»Das war nicht deine Schuld«, erwiderte Beth grimmig. »Sie hätte es vielleicht nicht getan, wenn ich sie nicht so überstürzt rausgeworfen hätte. Aber lass uns nicht mehr darüber nachdenken. Zum Glück ist niemand bei dem Brand umgekommen, und vielleicht ist ein neuer Anfang gut für uns.«

»Aber wir müssen härter werden«, meinte Sam nachdenklich. »Wir können nicht länger zulassen, dass uns Dinge passieren. Wir müssen herausfinden, was wir wirklich wollen, und danach streben.«

»Was willst du denn?«, fragte Beth. Es war ein wunderbar warmer Abend, und obwohl sie schrecklich müde war, hatte sie das Gefühl, alles bei sich zu haben, was sie wollte: Molly schlief im Kinderwagen, Sam ging neben ihr, und ein neues Heim wartete auf sie.

»Ich will nach Amerika«, sagte er. »Ich will nicht unterwürfig sein, auf einem Hocker sitzen und etwas in Depotbücher kritzeln und das Gefühl haben, dass ich dankbar für den Hungerlohn sein muss, den ich jede Woche bekomme. Und ich will auch nicht, dass du vorzeitig alterst, während du anderer Leute Sachen schrubbst. Amerika ist ein großes junges Land voller Möglichkeiten. Dort könnten wir es weit bringen.«

»Ich bin sicher, das könnten wir.« Beth hatte Angst zu fragen, ob Molly in seinem Traum auch vorkam. »Aber zuerst müssen wir wieder auf die Beine kommen.«

8

Edna Bruce überprüfte gerade die monatliche Rechnung des Fleischers, als sie Beth seufzen hörte. Sie sah auf und bemerkte, dass das Mädchen ungewöhnlich nachdenklich war, während es ein paar Knöpfe an einem von Mr Edwards Hemden festnähte.

Sie saßen in dem Raum, der früher das Zimmer des Butlers gewesen war, dem Zimmer am Fuß der Treppe in der unteren Etage. Da es keinen Butler gab, diente es jetzt als Näh- und Bügelzimmer, und da es draußen heftig regnete, war Molly bei ihnen und machte in ihrem Kinderwagen ihren Mittagsschlaf.

Es war sechs Wochen her, seit Beth und ihre kleine Familie am Falkner Square eingezogen waren, und Mrs Bruce freute sich darüber, wie gut es funktionierte.

Sie sah Sam immer nur sonntags, weil er früh am Morgen zur Arbeit ging, aber sie fand, dass er ein sehr angenehmer junger Mann war.

Beth kam jetzt jeden Werktag für drei Stunden, was allen recht war, da die Wäsche dann nicht zu einem kaum zu beherrschenden Berg anwuchs. Sie brachte Molly mit, und bei gutem Wetter blieb die Kleine in ihrem Kinderwagen draußen im Hof.

Nicht, dass sie dort jemals lange saß! Mrs Bruce, die Köchin und Kathleen nahmen sie alle heraus, um mit ihr zu schmusen, genauso wie die Herrin. Wenn Mr Edward mal morgens zu Hause war und in die untere Etage kam, dann verfiel auch er ihrem Charme und blieb stehen, um mit ihr zu spielen.

Tatsächlich war Molly der Liebling von allen geworden. Ihr lockiges Haar, ihre schwarzbraunen Augen und ihr Lächeln ließen sie alle weich werden. Sie war ein bemerkenswert fröhliches Baby, weinte fast nie und ließ sich willig von jedem auf den Arm nehmen.

Aber die überraschendste Konsequenz des Umzugs von Beth an den Falkner Square war, dass der alte Mr Langworthy sie mochte. Das war noch nie bei jemand anders vorgekommen. Es passierte, als Beth sich anbot, eines Nachmittags bei ihm zu sitzen, während die Herrin eine Stunde ausging. Als diese zurückkam, lauschte ihr Schwiegervater Beth aufmerksam, die ihm aus einem Groschenheft vorlas. Offenbar hatte sie es sich in die Tasche gesteckt, damit sie etwas zu lesen hätte, weil sie wohl glaubte, er würde schlafen. Aber da er wach war, wollte Beth herausfinden, ob ihm die Geschichte gefallen würde.

Da der alte Mr Langworthy vor seinem Schlaganfall so etwas wie ein intellektueller Snob gewesen war und eine solch niveaulose Lektüre in seinem Haus niemals geduldet hätte, fanden sein Sohn und seine Schwiegertochter das sehr amüsant.

Jetzt las Beth ihm oft vor, oder sie ging zu ihm und unterhielt sich mit ihm. Seine Invalidität schien sie überhaupt nicht zu stören, und auch nicht, dass er nur grunzen oder merkwürdige Laute ausstoßen konnte; tatsächlich sprach sie mit ihm so wie mit jedem anderen, über Dinge in den Nachrichten, Bücher, die sie in der Vergangenheit gelesen hatte, und über ihre verstorbenen Eltern.

Doch wie gut die Dinge auch liefen, sowohl Mrs Bruce als auch Mrs Langworthy machten sich ein wenig Sorgen darüber, dass ein so lebensfrohes junges Mädchen ein so begrenztes Leben führte. Es war natürlich kein hartes Leben, die meisten Hausmädchen arbeiteten von sechs Uhr morgens, bis ihre Herren und Herrinnen spätabends ins Bett gingen. Wenn Beth verheiratet und Molly ihr eigenes Kind gewesen wäre, dann hätte man sogar sagen können, dass sie ein schönes Leben hatte. Aber Sam war nicht ihr Mann, und da er jetzt einen zweiten Job als Barmann im Hotel Adelphi angenommen hatte und jeden Abend wegging, war Beth immer allein.

Mrs Langworthy selbst hatte gesagt, dass dies kein Leben für ein so junges Mädchen sei, mit einem Baby in zwei Zimmern zu hausen, ohne Familie oder Freunde, die zu Besuch kamen. Mrs Bruce glaubte, dass das vielleicht der Grund für Beths Nachdenklichkeit war.

»Macht dir etwas Sorgen, Beth?«, fragte sie. »Du bist so still heute.«

»Ich musste nur daran denken, wie hart Sam arbeiten muss«, erwiderte Beth mit einem leichten Schulterzucken. »Er will nach Amerika, wissen Sie, deshalb hat er den Job als Barmann angenommen. Er glaubt, dass solche Erfahrungen ihm zugutekommen werden.«

Das war das erste Mal, dass Mrs Bruce davon hörte. »Will er ohne dich gehen?«, fragte sie.

»Nein, er will, dass ich mitkomme. Aber ich weiß nicht, wie das gehen soll, ich muss doch an Molly denken.«

»Die Leute wandern ständig mit Kindern aus«, erklärte Mrs Bruce ruhig. »Sie kommen zurecht. Ich habe von welchen gehört, die mit fünf oder sechs Kindern gegangen sind.«

»Ja, aber es ist etwas anderes, weil Sam mein Bruder ist.« Beth seufzte, und ihre blauen Augen blickten plötzlich sehr traurig. »Ich möchte seine Chancen nicht schmälern, und wenn er uns beide ernähren muss, dann wird es schwierig für ihn.«

Mrs Bruce dachte einen Moment darüber nach. »Ja, ich schätze, du hast recht, er könnte nicht herumreisen und nach den besten Möglichkeiten für sich suchen, und später, wenn er heiraten will, könnte das auch ein Problem sein. Aber es wäre nicht fair, wenn du hier oder dort drüben mit der ganzen Verantwortung für Molly zurückbleiben müsstest. Sie ist auch seine Schwester.«

»Das ist genau der springende Punkt an der Sache«, erwiderte Beth, und ihre Stimme klang leise und niedergeschlagen. »Er ist viel zu pflichtbewusst, um uns zu verlassen, aber ich fühle mich schlecht, weil ich ihm im Weg stehe.«

»Ich verstehe.« Mrs Bruce nickte. »Sag mir, wenn du Molly nicht hättest, würdest du dann gerne nach Amerika gehen?«, fragte sie.

»Oh ja«, rief Beth und ihre Augen strahlten wieder. »Es klingt, als wäre es ein wundervoller Ort. Ich stelle mir oft vor, dass ich dort in einem großen Hotel Klavier spiele.«

»Du spielst Klavier?«

Beth lächelte schüchtern über ihre Überraschung. »Ja, obwohl ich vermutlich aus der Übung bin, weil wir unseres verkaufen mussten, als Mama starb. Ich spiele auch Geige. Sam hat es geschafft, sie vor dem Feuer zu retten. Das gefällt mir am besten, aber Mama nannte es Teufelsmusik, weil sie in den Wirtshäusern gespielt wird.«

Mrs Bruce lächelte. Sie hatte oft jemanden Jigs auf der Geige spielen hören, doch sie wäre niemals darauf gekommen, dass sie aus dem Kutschenhaus kommen könnten. Sie hielt es auch nicht für Teufelsmusik, sie war heiter und fröhlich. »Warum hast du mir das denn nie erzählt?«, fragte sie. »Das ist eine so wunderbare Fähigkeit.«

»Ich dachte, es würde vielleicht wie Angeberei klingen. Dienstboten sollen nicht prahlen.«

»Ich hätte das niemals für Angeberei gehalten, und ich würde mich freuen, wenn du manchmal die Geige mitbringst und mir etwas vorspielst.«

Als sie das Leuchten in Beths Augen sah, musste Mrs Bruce lächeln. »Und hör nicht auf, zu träumen oder Pläne für die Zukunft zu machen«, fuhr sie fort. »Ich habe den Fehler gemacht, meine Pflichten immer vor meine eigenen Wünsche und Ziele zu stellen, und deswegen bin ich nicht verheiratet und habe auch keine Kinder. Ich möchte nicht, dass dir das passiert.«

»Was soll Beth nicht passieren?«

Mrs Bruce und Beth wandten überrascht die Köpfe, als sie Mrs Langworthys Frage hörten. Sie hatten sie nicht die Treppe hinunter in die untere Etage kommen hören. Sie sah umwerfend aus in ihrem apfelgrünen Seidenkleid mit Keulenärmeln und den aufgesteckten Haaren, aus denen große glänzende Locken herausfielen.

»Beth hat mir gerade erzählt, dass Sam entschlossen ist, nach Amerika auszuwandern, und ich vermute, dass sie gerne mit ihm gehen würde«, sagte Mrs Bruce.

»Das kann ich verstehen.« Mrs Langworthy nickte. »Es klingt nach einem wunderbaren, aufregenden Land. Aber überstürze nichts, Beth, ich habe mich gerade an deine Hilfe gewöhnt. Und daran, die Kleine jeden Tag zu sehen!« Sie stand neben dem Kinderwagen und blickte Molly liebevoll an. »Sie ist ein absolut perfektes Baby. Ich wünschte, ich könnte sie aufwecken, um sie zu knuddeln.«

Mrs Bruce konnte spüren, wie sehr sich ihre Herrin nach einem Kind sehnte, als sie sich über Molly beugte. Kurz nach der Heirat mit Mr Edward hatte sie immer gesagt, dass sie mindestens sechs Kinder wolle, und sie war so stark und gesund, dass Mrs Bruce geglaubt hatte, dass es mit der Zeit auch so kommen würde. Aber es war nichts geschehen, und mit jedem Jahr, das verging, wurde es weniger wahrscheinlich.

Molly wachte auf und streckte sich. Als sie Mrs Langworthy sah, lächelte sie und streckte ihr die Arme entgegen, weil sie hochgenommen werden wollte.

»Sie wird nass sein und Ihr Kleid ruinieren«, warnte Beth sie besorgt.

»Als wenn mir das etwas ausmachen würde!« Mrs Langworthy lachte und nahm das Baby hoch. »So, kleine Molly, ist jetzt nicht bald Essenszeit?«, sagte sie. »Was darf es denn heute sein?«

Molly spielte mit Mrs Langworthys Kette und versuchte, vorsichtig darauf zu kauen.

»Die Köchin hat ein bisschen Lammragout von gestern aufbewahrt«, sagte Mrs Bruce. »Es macht so viel Spaß, sie zu füttern, ich habe noch nie erlebt, dass sie etwas nicht essen wollte.«

»Könnte ich sie füttern?«, fragte Mrs Langworthy.

Beth verstand zwar nicht, wieso ihre Herrin so etwas tun wollte, aber sie stimmte sofort zu. »Aber Sie sollten sich eine Schürze anziehen, sie kleckert ziemlich viel«, fügte sie hinzu.

Mrs Bruce war mit ihren Aufgaben beschäftigt, schaute jedoch regelmäßig in der Küche vorbei, während Mrs Langworthy Molly fütterte. Zu ihrer Überraschung wirkte ihre Herrin völlig entspannt mit dem Baby auf ihrem Schoß und schaufelte ihm das Essen in sein hungriges Mündchen. Doch noch amüsanter war es, Beth zu beobachten: Sie saß ihrer Herrin gegenüber am Tisch, und ihr Mund öffnete und schloss sich gleichzeitig mit Mollys. Immer wieder bewegte sie unabsichtlich die Hand, so als könne sie gar nicht glauben, dass Mrs Langworthy Essensreste um den Mund des Kindes herum mit dem Löffel abkratzen und auch noch in seinen Mund füllen konnte, so wie sie es tat.

Ihrer Herrin entging Beths Anspannung nicht. »Ich habe damit schon Erfahrung«, erklärte sie mit einem amüsierten kleinen Lächeln. »Ich habe regelmäßig meine jüngeren Geschwister gefüttert. Erst seit meiner Heirat habe ich nichts mehr mit Babys oder Kleinkindern zu tun.«

»Sie können das wirklich gut«, sagte Beth bewundernd. »Ich hatte zuerst furchtbare Angst vor Molly. Ich hatte noch nie ein neugeborenes Baby im Arm gehalten, ganz zu schweigen davon, dass ich es gefüttert oder gewickelt habe.«

»Ich muss auch versuchen, sie zu wickeln«, sagte Mrs Langworthy, und ihr Gesicht strahlte. »Es ist so viel schöner, sich um Babys zu kümmern als um mürrische alte Männer.«

Mrs Bruce wandte das Gesicht ab, damit weder Beth noch ihre Herrin die Tränen sehen konnten, die ihr in die Augen schossen. Sie hatte das Gefühl, dass es nur schlecht ausgehen konnte, weil Beth irgendwann weiterziehen und Molly mitnehmen würde.

Über den Herbst, Weihnachten und bis in das neue Jahr 1895 beobachtete Mrs Bruce, wie Beth und Molly sich langsam in die Herzen aller Bewohner am Falkner Square schlichen. Sie wusste, dass sie sich das nicht einbildete, weil sie ebenfalls ihrem Zauber erlegen war.

Es war schwer, jemanden nicht gern zu haben, der sogar

noch sang, wenn er dreckige Windeln wusch. Beths fröhliches Lachen belebte die untere Etage; ihre Bereitschaft, allen bei ihrer Arbeit zu helfen, schuf eine glückliche Atmosphäre. Sie polierte gern den ganzen Nachmittag das Silber, bügelte Mr Edwards Sachen oder las dem alten Mr Langworthy vor, ohne dass sie für eine dieser zusätzlichen Aufgaben bezahlt wurde. Vielleicht lag es daran, dass sie lieber arbeitete, als mit Molly in ihrer Wohnung allein zu sein, aber was der Grund auch sein mochte, Mrs Bruce hatte sie gerne um sich.

Sie hatten Mollys ersten Geburtstag vor Weihnachten in der Küche gefeiert. Die Köchin backte einen besonderen glasierten Kuchen und einen Trifle, Kathleen, das Hausmädchen, blies Ballons auf, und selbst Sam und Mr Edward kamen früher nach Hause, um dabei zu sein. Beth hatte Molly ihr neues rosa Kleidchen angezogen, auf das sie sofort Trifle kleckerte. Sie konnte jetzt schon ein paar Schritte laufen, wenn jemand sie an der Hand hielt, aber an diesem Nachmittag ging sie vier oder fünf Schritte ohne Hilfe, um zu Mrs Langworthy zu gelangen.

Es lag zweifellos an dem Kind im Haus, dass Mr Edward einen Weihnachtsbaum mit nach Hause brachte, denn sie hatten noch nie vorher einen gehabt. Sam stellte ihn fest in einen großen Bottich an das Salonfenster, und Beth half Mrs Langworthy dabei, ihn mit Kerzen und Glaskugeln zu schmücken.

Wie immer kamen verschiedene Verwandte an Weihnachten zum Essen, und Sam trug den alten Mr Langworthy runter ins Esszimmer. Aber obwohl die Festivitäten oben bei den Herrschaften genauso abliefen wie in den vorangegangenen Jahren, ging es unten bei den Dienstboten sehr viel lustiger zu.

Sobald das Essen oben vorbei war, der alte Mr Langworthy wieder in seinem Zimmer lag und der Herr und die Herrin mit den Gästen in den Salon gegangen waren, fand das Dienstboten-Essen in der Küche statt.

Mrs Bruce bat Sam als den einzigen Mann, am Kopf des Tisches zu sitzen und die Gans zu tranchieren. Mrs Bruce saß am anderen Ende des Tisches, mit der Köchin an ihrer einen und Molly auf einer Kiste auf einem Stuhl auf der anderen Seite. Kathleen und Beth, die beide Papierhüte trugen, saßen zu beiden Seiten von Sam. Es mochte am Wein liegen, den sie tranken, oder nur daran, dass jetzt drei Leute mehr als sonst am Tisch saßen, aber als Sam beim Tranchieren herumblödelte und so tat, als wäre er ein Chirurg, fingen alle an zu lachen und hörten nicht mehr damit auf.

Die Köchin lebte nicht im Haus, sondern hatte eine Wohnung in der Nähe. Sie hatte schon als junges Mädchen angefangen zu arbeiten und war immer in Haushalten mit viel Personal angestellt gewesen. Sie erzählte urkomische Geschichten über die Schnitzer, die einigen von ihren Kollegen unterlaufen waren, und wie der Rest des Personals sie dann gedeckt hatte.

Sam erzählte auch Geschichten über Leute, die in die Bar des Hotels Adelphi kamen. Er konnte ihre Stimmen und ihre Gesten so gut nachmachen, dass es fast so war, als wären diese Leute im Raum.

Mrs Bruce beobachtete Sam, während er redete, und bemerkte, dass er viel mehr aus sich herausging, seit er als Barkeeper arbeitete. Er war jetzt viel selbstsicherer, blickte den Leuten, mit denen er sprach, direkt in die Augen und senkte den Blick nicht mehr wie früher. Er war ein gut aussehender Mann mit seinen blonden Haaren, der glatten Haut und den leuchtend blauen Augen, und seine ungezwungene Art mit

Frauen war sehr attraktiv. Mrs Bruce war überzeugt davon, dass er unwiderstehlich sein würde, sobald zu seiner schlanken Figur noch etwas Muskeln hinzukamen.

Aber sie bemerkte auch, wie wenig Beachtung er Molly schenkte. Nach dem Essen, als sie mit unsicheren Schritten von einem zum anderen ging, beobachtete Sam sie nicht wie alle anderen. Er hob sie auf, wenn sie vor ihm hinfiel, und bot ihr kleine Stücke von der Orange an, die er aß, aber er setzte sie nicht auf seine Knie oder machte viel Aufhebens um sie. Mrs Bruce kam zu dem Schluss, dass er zwar nicht unfreundlich zu ihr war, aber eine engere Beziehung zu ihr aktiv vermied.

Sie fragte sich, woran das liegen mochte, und der einzige logische Grund, der ihr einfiel, war der, dass er vorhatte, Beth und Molly zu verlassen. Er hatte vermutlich das Gefühl, dass ihm das leichter fallen würde, wenn er sein Herz nicht an seine kleine Schwester verschenkte.

Mrs Bruce machte sich darüber im neuen Jahr zunehmend Sorgen. Sie sagte sich, dass es Beth gut gehen würde, denn mit oder ohne ihren Bruder würden die Langworthys sie weiter beschäftigen. Doch wenn Beth drüben in ihrer Wohnung auf der Geige spielte, dann bestürzte sie der Gedanke, dass ihr Leben vielleicht niemals über den Falkner Square hinausgehen würde. Mrs Bruce konnte die Fesseln schon sehen, die sie dann festhielten. Im Moment fühlte sie sich nur für Molly verantwortlich, aber je länger sie bliebe, desto mehr würde sie auch den Langworthys verpflichtet sein. Wenn Molly alt genug war, um zu arbeiten, würde Mrs Bruce alt sein, und Beth würde ihre Nachfolgerin werden. Sie würde niemals die Chance bekommen, öffentlich zu spielen oder die Welt zu sehen. Und wahrscheinlich würde sie auch niemals heiraten.

9

»Mam, Mam«, kreischte Kathleen eines Morgens um sechs. Es war Anfang Februar, bitterkalt und noch dunkel, und die Herrschaften schliefen noch. Mrs Bruce war gerade runter in die Küche gegangen, um Wasser für den Tee aufzusetzen.

Sie rannte sofort wieder nach oben und fand Kathleen im Türrahmen zu Mr Langworthys Zimmer. Kathleens erste Aufgabe als Zimmermädchen war es, jeden Morgen die Kamine in den Zimmern anzuzünden, und als sie den entsetzten Gesichtsausdruck des Mädchens sah, ahnte Mrs Bruce, dass der alte Mann tot war.

»Sein Mund und seine Augen standen offen«, schluchzte Kathleen. »Ich fragte ihn, ob er eine Tasse Tee wolle. Aber ich glaube, er ist tot.«

»Reiß dich zusammen«, sagte Mrs Bruce scharf. Sie wollte gerade hinzufügen, dass Kathleen hätte runterkommen und es ihr leise sagen sollen, damit die Herrschaften nicht aufwachten, aber es war zu spät – beide Schlafzimmertüren öffneten sich gleichzeitig. Mr Edward trug sein langes Nachthemd, und die Herrin hatte sich einen Schal eng um die Schultern gelegt.

»Ist es mein Vater?«, fragte Mr Edward.

Mrs Bruce nickte und ging in das Zimmer des alten Mannes. Kathleen hatte die Petroleumlampe auf den Kaminsims gestellt, sodass es genug Licht gab, um genau das zu sehen, was sie gesehen hatte. Er lag merkwürdig da, sein Kopf direkt am Rand der Matratze, als habe er versucht aufzustehen.

Mrs Bruce ging zu ihm und stellte fest, dass er tatsächlich tot war. Sie hob ihn zurück auf das Kissen und schloss ihm Augen und Mund. »Dann ist er verstorben?«, fragte Mr Edward vom Türrahmen aus. Seine Frau stand neben ihm, als hätten sie beide Angst, hereinzukommen.

»Ich fürchte ja«, sagte Mrs Bruce und richtete das Bettlaken. »Es tut mir so leid. Aber Sie beide sollten wieder ins Bett gehen, sonst holen Sie sich noch den Tod. Ich schicke Kathleen mit einer Nachricht zum Doktor.«

Als Beth um neun Uhr mit Molly ins Haus kam, saßen Mrs Bruce, die Köchin und Kathleen mit gramerfüllten Gesichtern in der Küche.

Mrs Bruce erklärte ihr, was passiert war, und sagte, dass der Arzt gerade oben bei den Langworthys sei und den Totenschein für den alten Mann ausstelle. »Eigentlich ist es am besten so«, seufzte sie. »Er hatte kein richtiges Leben mehr, und die Herrin muss dann nicht mehr so schwer arbeiten. Aber es ist trotzdem traurig, dass er jetzt nicht mehr da ist.«

»Seine Augen haben mich an die von 'nem Fisch erinnert, nein, wirklich«, platzte Kathleen heraus. »Und als ich seine Hand angefasst habe, war sie kalt wie Eis.«

»Das reicht jetzt, Kathleen«, erklärte Mrs Bruce streng. »Ich weiß, dass es ein Schock für dich war, ihn zu finden, aber wir müssen ihm alle Respekt zollen und die Herrschaften unterstützen.«

Beths Augen füllten sich mit Tränen. Sie hatte Angst vor dem alten Mann gehabt, als sie zum ersten Mal an seinem Bett sitzen musste. Sein Gesicht war verzerrt, weil er halbseitig gelähmt war, und er war so dünn, dass er fast wie ein Skelett wirkte. Wenn er zu sprechen versuchte, machte er merkwürdige Mundbewegungen, und die Geräusche, die er machte, waren unverständlich und beängstigend. Aber sie hatte sich daran gewöhnt, und nachdem sie ihm ein paar Mal vorgelesen hatte, fing sie an zu verstehen, was er ihr zu sagen versuchte. Er konnte Freude mit den Augen ausdrücken, Verärgerung mit einem Winken seiner funktionierenden Hand, und manchmal konnte sie richtige Laute aus dem Grunzen heraushören, und wenn sie sie wiederholte, nickte er.

Sie spürte seine Freude, wenn sie zu ihm kam, wusste, dass er die Geschichten genoss, und je mehr Zeit sie mit ihm verbrachte, desto mehr empfand sie für ihn. In ihrer Vorstellung musste es das Schlimmste auf der Welt sein, bei vollem Bewusstsein in einem Körper gefangen zu sein, den man nicht kontrollieren konnte, die Erniedrigung zu ertragen, gefüttert und gewickelt zu werden wie ein Baby, und niemandem mitteilen zu können, dass man wusste, was um einen herum passierte.

»Weine nicht, Beth«, sagte Mrs Bruce und hob Molly auf, die ihre große Schwester ängstlich ansah. »Er ist jetzt an einem besseren Ort, sein Leiden ist vorbei, und dort kann er wieder mit seiner Frau zusammen sein.«

Ein Sargtuch der Trauer legte sich über das Haus, das jeden Tag schwerer zu werden schien, während die Herrschaften die Beerdigung organisierten.

Beth war die Atmosphäre nur allzu vertraut, und zusätzlich zu den verstörenden Erinnerungen an den Tod und die Beerdigung ihrer Eltern war da die nagende Sorge, was jetzt aus ihr werden würde. Ohne die Wäsche des alten Mannes gab es für sie nicht viel zu tun. Mrs Bruce, die Köchin und Kathleen konnten das Haus auch ohne sie wie ein Uhrwerk führen. Würde Mr Edward jemandem Lohn zahlen, den er nicht länger brauchte?

Beths siebzehnter Geburtstag und Sams achtzehnter Geburtstag kamen und gingen innerhalb einer Woche, ohne dass sie einen davon feierten. Beth war damit beschäftigt, der Köchin dabei zu helfen, die Torten und das Gebäck für die Beerdigung vorzubereiten, und einige wenige Änderungen an den Trauerkleidern vorzunehmen, die ihre Herrin getragen hatte, als ihre Schwiegermutter gestorben war.

Am Morgen der Beerdigung wachte Beth auf, als es noch dunkel war, aber draußen gab die Lampe am Ende der Stallungen genug Licht, um ihr zu zeigen, dass es während der Nacht geschneit hatte. Sie setzte sich für ein oder zwei Minuten im Bett auf und blickte aus dem Fenster. Draußen sah alles wunderschön aus, denn der Dreck, der Müll und die Hässlichkeit lagen versteckt unter einer Decke aus reinem, glitzerndem Weiß. Es erinnerte sie an den Schnee vor einem guten Jahr, als Molly geboren wurde. Beth erinnerte sich daran, mit dem Baby auf dem Arm am Küchenfenster gestanden und sich darüber gewundert zu haben, dass die Gasse hinter dem Haus und die Dächer plötzlich wie verzaubert aussahen.

Nur ein paar Tage später war ihre Mutter gestorben, und der Regen hatte den Schnee weggewaschen. Sie hatte aus demselben Fenster geblickt und gesehen, dass alles wieder grau, trostlos und hässlich geworden war. Es war ihr damals bedeutungsvoll vorgekommen, wie eine Warnung vielleicht, dass Glück und Schönheit sehr vergänglich sein konnten.

So viel war seitdem passiert. So viel Verzweiflung, Verletzung und Sorge, dann schließlich der Verlust ihres Zuhauses durch das Feuer. Doch durch das Feuer waren sie hierhergekommen und hatten wieder ein gewisses Maß an Sicherheit und Glück gefunden.

Sam und sie hatten gezwungenermaßen schnell erwachsen werden müssen, aber das vielleicht Wichtigste war, dass Beth gelernt hatte, sich auf nichts zu verlassen. Nicht darauf, dass die Freundlichkeit der Langworthys anhalten würde, nicht darauf, dass sie diesen Job und diese Wohnung so lange behalten durfte, wie sie beides brauchte. Sie konnte sich nicht einmal darauf verlassen, dass Sam für immer bei ihr bleiben würde.

Nur auf sich selbst konnte sie sich wirklich verlassen. Aber das war ein einsamer, kalter Gedanke.

Es wurde nicht erwartet, dass Sam zur Beerdigung kam, weil er den alten Mann nur einmal an Weihnachten gesehen hatte, als er ihn ins Esszimmer trug. Er musste zur Arbeit, deshalb legte sich Beth einen Schal um die Schultern und schlich ins Wohnzimmer, um die Petroleumlampe anzuzünden, das Feuer im Ofen zu schüren und Wasser aufzusetzen.

Sam lag zusammengerollt auf dem schmalen Bett und sah so friedlich und sorglos aus. Es war ihm noch gar nicht in den Sinn gekommen, dass der Tod des alten Mr Langworthy ihnen neue Sorgen bereiten konnte, und sie zögerte, ihre Ängste auszusprechen, weil er so glücklich wirkte, seit er im Adelphi arbeitete.

»Es wird Zeit aufzustehen, Sam«, sagte sie leise und rüttelte an seinem Arm.

Er öffnete die Augen und gähnte. »Jetzt schon! Es fühlt sich an, als hätte ich erst ein oder zwei Stunden geschlafen.«

»Es ist sechs Uhr, und es hat geschneit«, entgegnete Beth und war überrascht, wie gut er inzwischen aussah. Sein Gesicht war voller geworden, er hatte sich einen kleinen Schnurrbart stehen lassen, und seine langen Wimpern lenkten die Aufmerksamkeit auf seine wundervollen blauen Augen. Sie spürte einen kleinen Stich im Herzen, weil er über kurz oder lang eine Freundin finden würde und sie dann an die zweite Stelle rückte.

Er lächelte, sprang aus dem Bett und rannte wie ein Kind zum Fenster. Weil er nur seine Wollunterwäsche trug, sah er ein bisschen lächerlich aus. »Ich liebe Schnee.« Er drehte sich grinsend zu ihr um. »In Teilen von Amerika kommt der Schnee schon im November und bleibt bis zum Frühling liegen.«

»Ich kann mir nichts Schlimmeres vorstellen«, sagte Beth neckend und kniete sich hin, um den Aschekasten unter dem Herd hervorzuziehen. Das stimmte nicht – sie liebte Schnee genauso sehr wie er, und eine ihrer schönsten Kindheitserinnerungen war das Rodeln mit ihm –, aber sie war seine ewigen Anspielungen auf Amerika leid. »Das Wasser im Kessel müsste jetzt warm genug sein, dass du dich waschen und rasieren kannst. Dein sauberes Hemd hängt an der Schlafzimmertür.«

»Du wirst langsam eine alte Jungfer«, sagte er vorwurfsvoll.

Beth, Kathleen und die Köchin konnten in St. Brides nur noch ganz hinten stehen, denn sie waren die Letzten in der Prozession der Trauernden gewesen, die den sechs Kutschen mit den Familienmitgliedern auf dem Weg zur Kirche gefolgt waren, und jetzt waren alle Reihen besetzt. Mit dem dicken Schnee als Hintergrund für die schwarzen, federgeschmückten Pferde und den Sarg mit den hoch aufgetürmten Blumen war es ein beeindruckendes Bild gewesen. Beth hatte erwartet, dass der Schnee viele Leute abhalten würde zu kommen, aber es sah aus, als wäre halb Liverpool anwesend.

Als das erste Lied, »Abide with Me«, gesungen war und die Gebete begannen, wanderten Beths Gedanken zurück zu Sams Bemerkung am Morgen. Sie nahm an, dass sie tatsächlich zu einer alten Jungfer geworden war. Alles, was sie tat oder woran sie dachte, drehte sich um Molly oder die Langworthys. Sie gab sich keine Mühe mit ihrem Aussehen, ihre Kleider waren aufgetragen, sie ging nie aus und sah sich keine Schaufenster mehr an, aber nur, weil sie nirgendwo hinging, wo sie die Sachen hätte tragen können.

Bevor ihr Vater gestorben war, hatte sie sich oft romantischen Tagträumen hingegeben, aber das tat sie nicht mehr. Es war sinnlos: Sie würde niemals zu einem Ball gehen oder zu Partys oder in einer Kutsche herumfahren und einen Pelzmantel und Diamanten tragen. Selbst die bescheideneren Träume, die Miss Clarkson in ihr geweckt hatte – Lehrerin zu werden oder Krankenschwester oder als Verkäuferin zu arbeiten –, kamen jetzt nicht mehr für sie infrage, weil sie sich um Molly kümmern musste.

In Wahrheit konnte sie sich nur noch in eine Traumwelt fliehen, wenn sie Geige spielte. Allein im Kutschenhaus konnte sie sich vorstellen, sie würde ein wunderschönes, farbiges Seidenkleid und glitzernde Nadeln im Haar und hübsche Schuhe an den Füßen tragen. Für ungefähr eine Stunde ließ die Musik sie schweben, und alle Pflichten fielen von ihr ab.

Als Reverend Bloom über Mr Langworthy zu erzählen begann, schreckte Beth aus ihren Gedanken auf.

»Theodore Arthur Langworthy wurde nicht mit einem goldenen Löffel im Mund geboren«, sagte er. »Sein Vater war ein armer Bauer aus Yorkshire, und sein ältester Sohn sollte in seine Fußstapfen treten. Aber der junge Theodore hatte andere Pläne.«

Beth hatte nichts über Mr Langworthys Hintergrund gewusst, nicht einmal, dass sein Name Theodore gewesen war, und es fiel ihr schwer, sich den bettlägerigen alten Mann anders als krank und schwach vorzustellen.

»Maschinen faszinierten ihn früh, und er ging nach Liverpool, wo er eine Lehre zum Maschinisten machte«, fuhr Reverend Bloom fort. »Er war erst zweiundzwanzig, als er in dem Schuppen hinter dem Haus, in dem er wohnte, eine Wasserpumpe baute. Zehn Jahre danach arbeiteten fünfzig Männer für ihn und exportierten die Pumpen in alle Welt. Später erweiterte er sein Geschäft und machte auch Dampfmotoren für Schiffe, und Langworthy Engineering wurde einer von Liverpools größten Arbeitgebern.«

Reverend Blooms Augen richteten sich auf die Gemeinde. »Viele von euch, die ihr heute anwesend seid, verdanken ihren derzeitigen Wohlstand ihm. Er stellte euch als junge Männer ein, zeigte väterliches Interesse an euch und bildete euch gut aus. Andere von euch sind durch Wohltätigkeitsorganisationen mit ihm verbunden und werden ihn als einen Verfechter ihrer Sache in Erinnerung behalten, der großzügig spendete, um sie zu erhalten.«

Vielleicht lag es daran, dass Mr Langworthy seinem Traum gefolgt war, dass Beth erneut an Sam denken musste. Sie hatte gehofft, dass er im Adelphi neue Freunde finden und das Interesse an Amerika verlieren würde. Aber das hatte er nicht. Er studierte Landkarten, las Bücher und Artikel in Zeitschriften und sparte jeden Penny, um auswandern zu können.

Bis jetzt hatte Beth diesen leidenschaftlichen Wunsch von Sam als reine Abenteuerlust abgetan, aber plötzlich wurde ihr klar, dass es im Grunde das Gleiche war wie Mr Langworthys Wunsch, Ingenieur zu werden. Wenn er nicht mutig genug gewesen wäre, sich gegen seinen Vater aufzulehnen und sich das zu holen, was er wirklich wollte, dann hätten viele Leute hier heute keine Arbeit, die Wohltätigkeitsorganisationen wären ärmer, und wer hätte dann diese Wasserpumpen und Dampfmotoren gebaut, die in die ganze Welt verschickt wurden?

Vielleicht würde niemand davon profitieren, dass Sam nach Amerika ging, aber auf der anderen Seite würde er vielleicht verbittert sein und am Ende ihr die Schuld geben, wenn er es nicht tat. Beth hatte Angst davor, mit Molly alleingelassen zu werden, vor allem jetzt, wo ihre Zukunft so unsicher war, aber sie hatte noch mehr Angst davor, die Liebe ihres Bruders zu verlieren, indem sie ihn zurückhielt.

Um fünf Uhr nachmittags wusch Beth in der Küche ab, während die Köchin die Reste in die Vorratskammer räumte, als sie hörte, wie Mrs Langworthy sich an der Haustür von den letzten Gästen verabschiedete. Selbst aus dieser Entfernung konnte sie die Müdigkeit in der Stimme ihrer Herrin hören und die Anspannung spüren, unter der sie schon den ganzen Tag gestanden hatte, während sie versuchte, sich ihre Gefühle nicht anmerken zu lassen.

Die Haustür schloss sich. Beth hörte, wie Mrs Langworthy Mrs Bruce und Kathleen bat, die letzten Gläser und das Essen aus dem Esszimmer abzuräumen, dann kam sie ein paar Minuten später runter in die untere Etage.

Sie sah blass und fahl aus in ihrem schwarzen Kleid, aber sie lächelte Beth und die Köchin an. »Ich möchte Ihnen nur dafür danken, dass Sie heute so viel getan haben«, sagte sie.

Die Köchin, die gerade den übrig gebliebenen Kuchen wegräumte, blickte auf. »Das haben wir gerne gemacht«, sagte sie. »Aber Sie sehen sehr müde aus, Mam. Kann ich Ihnen etwas bringen?«

Die Herrin seufzte und legte die Hand auf ihre Stirn, als würde sie schmerzen. »Nein, danke, Mrs Cray, Sie haben für heute wirklich genug getan, Sie können nach Hause gehen. Wenn wir später noch etwas essen wollen, dann richten wir uns selbst etwas.« Sie wandte sich zu Molly um, die auf einer Decke in der Ecke saß und mit zwei Holzlöffeln spielte.

»Du warst heute ein so liebes Mädchen«, sagte sie, beugte sich zu ihr herunter und hob sie auf. »Ich habe keinen Pieps von dir gehört.«

»Sie ist ein kleiner Engel«, sagte die Köchin liebevoll. »Ich glaube, sie wusste, dass wir heute zu viel zu tun hatten, um mit ihr zu spielen.«

Mit Molly auf dem Arm ließ Mrs Langworthy sich auf einen Stuhl fallen und umarmte sie. Sie schwieg, drückte das Gesicht an das Haar des Babys.

Beth wurde plötzlich klar, dass ihre Herrin weinte, und trat alarmiert einen Schritt näher. »Was ist mit Ihnen, Mam?«, fragte sie.

»Durch den Verlust meines Schwiegervaters ist mir klar geworden, wie leer mein Leben ist«, sagte Mrs Langworthy, hob ein wenig den Kopf und versuchte, sich die Tränen wegzuwischen.

»Es ist ganz normal, dass Sie sich ein bisschen verloren fühlen«, tröstete Beth sie. »Aber jetzt können Sie all die Dinge tun, für die Sie vorher keine Zeit hatten. Soll ich Ihnen eine schöne Tasse Tee machen?«

»Das hier ist es, was ich will«, sagte Mrs Langworthy und

drückte Molly an ihre Brust. »Ein Baby, das ich lieben kann. Ohne ein Kind hat eine Frau nichts.«

Mrs Cray sah Beth warnend an und machte mit der Hand eine leichte Trinkbewegung, als wollte sie damit sagen, dass die Herrin einen Sherry zu viel getrunken hatte.

Beth legte ihre Hand tröstend auf die Schulter der älteren Frau. »Wir können sie uns alle teilen«, sagte sie.

»Ich will sie nicht teilen, ich will sie ganz für mich allein«, erwiderte Mrs Langworthy und blickte mit einem flehenden Gesichtsausdruck zu Beth auf.

In diesem Moment kam Mrs Bruce mit ein paar benutzten Gläsern auf einem Tablett die Treppe herunter. »Das hier sind die letzten«, rief sie fröhlich und war sich nicht bewusst, dass sie gerade in etwas hineingeplatzt war.

»Sie haben auf jeden Fall gut gegessen und getrunken«, sagte die Köchin laut und wollte damit offensichtlich die angespannte Atmosphäre auflockern. »Wird es nicht Zeit, Molly nach Hause zu bringen, Beth?«

Mrs Langworthy stand abrupt auf und gab Molly an Beth zurück. »Ich gehe besser wieder zu meinem Mann«, sagte sie mit zitternder Stimme. »Er ist sehr niedergeschlagen. Ich bin sicher, morgen ist alles wieder in Ordnung.«

Die Herrin stand am nächsten Tag nicht auf. Kathleen brachte ihr wie üblich ihren Morgentee und berichtete in der Küche, dass es ihr nicht gut gehe.

»Zu viel Sherry«, meinte die Köchin und zwinkerte Beth zu, aber sie sprach leise, damit Mrs Bruce es nicht hörte.

Mr Edward war auch etwas verstimmt. Er fuhr Kathleen an, weil sein Frühstückstoast kalt war, dann ging er in sein Arbeitszimmer und blieb dort, anstatt ins Büro zu fahren.

»Es würde sich nicht schicken, wenn er heute arbeitet«, erklärte Mrs Bruce, als wollte sie sein Verhalten rechtfertigen. »Er muss die Angelegenheiten seines Vaters regeln, und er hat ein Dutzend Briefe zu schreiben. Aber ich muss sagen, dass es ihm mehr zusetzt, als ich erwartet hätte.«

Beth verstand, warum Mrs Bruce etwas perplex war, denn Mr Edward war sogar an dem Tag ins Büro gegangen, an dem sein Vater gestorben war, und gestern bei der Beerdigung hatte er sehr gefasst gewirkt. Es war verständlich, dass Mrs Langworthy im Bett geblieben war – sie hatte schließlich eine Woche lang alles organisieren müssen. Aber wenn sie Mr Edwards ungewöhnliches Verhalten heute Morgen und den aufgelösten Zustand seiner Frau gestern Abend bedachte, dann war Beth sicher, dass sie gestern Abend gestritten hatten.

Hatte sie ihm Vorwürfe gemacht, weil sie kein eigenes Kind hatten?

Drei Tage nach der Beerdigung lag Mrs Langworthy noch immer im Bett. Mrs Bruce brachte ihr die Mahlzeiten auf einem Tablett, aber sie stocherte nur darin herum.

»Der Arzt sagt, dass ihr nichts fehlt«, hörte Beth sie zur Köchin sagen. »Er glaubt, dass es nur Melancholie ist und dass Mr Edward vielleicht mit ihr wegfahren sollte. Aber wer will das schon bei dem Wetter?«

Seit dem Tag der Beerdigung hatte es nicht mehr geschneit, aber die Temperaturen waren so niedrig, dass der Schnee liegen blieb und der Wind eisig war. Im Kutschenhaus war es so kalt, dass Beth, solange es ging, im Haus der Herrschaften blieb und nachts Molly mit zu sich ins Bett nahm, um sie zu wärmen. Sam blieb ebenfalls länger im Hotel, vielleicht aus dem gleichen Grund, deshalb hatte Beth noch gar nicht die Möglichkeit gehabt, mit ihm über Amerika zu sprechen.

»Beth, warum gehst du nicht mal nach oben zu ihr?«, schlug Mrs Bruce vor. »Nimm Molly mit. Ich bin sicher, das wird sie aufmuntern.«

Es war Nachmittag, und da es keine Arbeit mehr gab und es ohnehin zu kalt war, um irgendwo anders hinzugehen, sah Beth es als Gelegenheit, noch ein bisschen im Haus zu bleiben, und war sofort einverstanden.

Mrs Langworthy lag lustlos in den Kissen und las nicht mal, aber als sie Beth und Molly sah, erhellte sich ihre Miene. »Was für eine nette Überraschung. Ich habe gerade an Molly gedacht. Setz sie doch zu mir aufs Bett«, sagte sie und klopfte auf die Bettdecke.

Beth hob die Kleine auf das Bett und zog für sich selbst einen Stuhl heran. Molly hüpfte herum, dann brachte sie die Herrin zum Lachen, indem sie mit ihr mit der Decke Kuckuck spielte.

»Was ist denn nur los mit Ihnen, Mam?«, fragte Beth, nachdem sie eine Weile über Molly geredet hatten. »Tut Ihnen irgendetwas weh? Sind Sie krank?«

»Nein, das ist es nicht«, erwiderte Mrs Langworthy und blickte liebevoll auf Molly hinunter, die sich jetzt neben sie gekuschelt hatte, als wollte sie einschlafen. »Ich bin nur traurig darüber, wie sinnlos mein Leben ist.«

»Meine Mutter sagte einmal etwas Ähnliches zu mir«, entgegnete Beth nachdenklich. »Ich war damals ein bisschen verletzt, aber ich schätze, sie meinte damit nur, dass sie jeden Tag kochen und putzen muss.«

»Frauen sind das manchmal leid.« Mrs Langworthy seufzte. »Ich weiß, ich sollte mich glücklich schätzen, ich habe ein schönes Haus und einen liebevollen Mann, aber weißt du, ich wollte immer Kinder haben, und es sieht nicht so aus, als wenn ich jemals welche bekommen werde. Ich habe mich gezwungen, nicht allzu viel darüber nachzudenken, solange mein Schwiegervater noch lebte, weil es so viel zu tun gab. Aber jetzt kann ich nicht aufhören, daran zu denken. Ich bin so traurig.«

Beth fühlte sich ein bisschen unwohl, als sie das hörte. In ihren Augen hatte Mrs Langworthy ein perfektes Leben, und sie fand, dass es ihr vielleicht guttun würde, einmal in einen der heruntergekommenen Hinterhöfe im Scotland District von Liverpool zu gehen und sich anzusehen, wie das Leben für die Frauen dort war.

Ihre Herrin schien ihre Gedanken erraten zu haben, denn sie legte ihre Hand auf Beths. »Es tut mir leid, Liebes, ich hatte vergessen, wie viel Traurigkeit du in deinem jungen Leben schon erfahren musstest. Was musst du von mir denken?«

»Ich denke, dass Sie die netteste, liebenswürdigste Person auf der ganzen Welt sind«, erwiderte Beth ehrlich. »Sie haben uns aufgenommen, als wir niemanden hatten, an den wir uns hätten wenden können. Dafür werde ich Ihnen immer dankbar sein.«

»Du hast mich dafür mehr als entschädigt«, sagte Mrs Langworthy. »Aber, sag mir, Beth, ist es dir nie lästig, dass du dich um Molly kümmern musst?«

Beth blickte ihre Schwester an und lächelte, weil sie mit dem Daumen im Mund eingeschlafen war. »Für mich war sie nie eine Belastung«, antwortete sie. »Vielleicht bin ich gebunden, aber das macht mir nichts aus.«

»Das ist eine sehr selbstlose Einstellung«, bemerkte Mrs Langworthy. »Aber sag mir, Sam und du, habt ihr immer noch vor, nach Amerika zu gehen?«

Beths Mut sank, denn sie war sicher, dass Mrs Langworthy ihr damit sagen wollte, dass sie nicht länger gebraucht wurde. »Sam ist nach wie vor fest entschlossen«, sagte sie vorsichtig. »Aber seit Mr Langworthys Tod mache ich mir mehr Sorgen über unsere Stellung hier. Wo es doch jetzt so viel weniger zu waschen gibt, werden Sie mich nicht länger brauchen.«

»Dich nicht brauchen?« Ihre Herrin sah schockiert aus. »Natürlich brauche ich dich noch. Du hast doch sicher nicht geglaubt, dass ich dich entlasse?«

»Sie meinen, ich kann mit Molly bleiben?«

»Natürlich, meine Liebe. Es ist mir nie in den Sinn gekommen, dich gehen zu lassen. Du bist unersetzlich – ich weiß, du hast immer mehr gemacht, als du eigentlich solltest.«

»Vielen, vielen Dank, Mam, ich hatte solche Angst, was aus uns werden soll«, gestand Beth. »Und dadurch wird es mir so viel leichter fallen, Sam alleine nach Amerika gehen zu lassen. Wissen Sie, ich bin nämlich zu dem Entschluss gekommen, dass das die richtige Entscheidung ist. Und in ein paar Jahren, wenn er dort Fuß gefasst hat, können Molly und ich ja vielleicht nachkommen.«

»Aber du könntest jetzt mit ihm gehen, wenn du Molly bei uns lässt.«

Beth blickte ihre Herrin scharf an, verwirrt über das, was sie da sagte.

»Das könnte ich nicht«, sagte sie. »Es wäre ja nicht so, dass ich nach zwei Wochen einfach wieder zurückkommen könnte.«

»Ich meinte nicht, dass wir ein paar Wochen auf sie aufpassen«, erklärte Mrs Langworthy und ließ Beth nicht aus den Augen. »Ich meinte für immer.«

Beth war so schockiert, dass ihr der Mund offen stehen blieb. »Für immer?«

»Sieh mich nicht so entsetzt an, Beth! Du verstehst doch bestimmt, dass das die beste Lösung für dich und Sam wäre? Mein Mann und ich würden Molly wie unser eigenes Kind lieben, sie würde in diesem wunderschönen Haus leben, auf die besten Schulen gehen, und es würde ihr an nichts fehlen.«

Beth war entrüstet. »Aber sie ist mein Fleisch und Blut!«

»Und gerade deshalb solltest du uns dafür sorgen lassen, dass sie ein gutes Leben hat«, erwiderte Mrs Langworthy. Zwei grellrote Flecken erschienen auf ihren Wangen, so als hätte sie Fieber. »Als ich ein Mädchen war, kannte ich mehrere große Familien, die ein oder zwei ihrer Kinder zu reichen Verwandten schickten. Das war eine übliche Vorgehensweise.«

Beth kannte ebenfalls Leute, die das getan hatten. »Aber Sie sind keine Verwandte«, erklärte sie. »Ich könnte Molly nicht mit dem Gedanken aufwachsen lassen, dass ich sie weggegeben habe!«

»Ich wollte damit nicht eine Sekunde lang vorschlagen, dass ihr jeden Kontakt zu ihr abbrechen müsst.« Mrs Langworthy sah erzürnt aus. »Du könntest ihr schreiben, und du könntest jederzeit wiederkommen und sie besuchen. Ich würde ihr sagen, dass ich ihr Vormund bin, ich würde niemals behaupten, ihre Mutter zu sein. Sie könnte mich Tante Ruth nennen.«

Beth fühlte sich, als fiele sie durch eine Falltür, die sich unter ihren Füßen geöffnet hatte, ins Bodenlose. Sie wusste, dass die Langworthys ihrer kleinen Schwester alles geben konnten, was ein Kind wollte oder brauchte, aber für fast vierzehn Monate war Molly in jeder Hinsicht Beths eigenes Kind gewesen, und ihr Instinkt war es, mit Klauen und Zähnen um sie zu kämpfen.

Sie streckte die Hand aus und fuhr mit einem Finger über Mollys Wange. Plötzlich hatte sie Angst, dass Mrs Langworthy vielleicht die Macht hatte, ihr Molly auch ohne ihre und Sams Erlaubnis wegzunehmen.

»Denk gründlich darüber nach, Beth«, sagte Mrs Langworthy sanft und berührte ihren Arm. »Ich weiß, dass ich dich schockiert habe, und vielleicht hast du sogar das Gefühl, dass ich dich mit diesem Vorschlag beleidige. Aber du musst mir glauben, wenn ich sage, dass niemand Molly bis jetzt besser hätte aufziehen können als du, vor allem, wo du noch so jung bist.«

»Ich kann sie Ihnen nicht überlassen«, erklärte Beth heftig. »Ich liebe sie zu sehr.«

»Ich weiß, dass du sie liebst, aber schlag mein Angebot nicht sofort aus«, sagte die ältere Frau. »Denk darüber nach, was es für dich bedeuten könnte. Du wärst frei wie ein Vogel und könntest mit Sam gehen. Dein Leben könnte wieder dir gehören, du könntest tun, was du willst. Aber du wärst noch immer Mollys Schwester, nichts und niemand kann dir das nehmen.«

Beth konnte sich das nicht länger anhören. Sie nahm das schlafende Kind auf den Arm, ging rückwärts zur Tür und entschuldigte sich dabei.

Sam kam um halb neun nach Hause. Normalerweise kam er erst weit nach Mitternacht, aber im Adelphi war es so ruhig gewesen, dass der Barmanager ihn früher hatte gehen lassen. Als er den Lampenschein durch das Fenster sah, freute er sich, denn das bedeutete, dass er sich mit Beth noch unterhalten konnte. Sonst schlief sie schon, wenn er zurückkam.

Aber als er die Tür öffnete und sie mit einer Decke über

den Schultern vor dem Ofen sitzen sah, wusste er, dass etwas nicht stimmte.

»Was ist passiert?«, fragte er. Seine Hände und Füße waren wie Eisblöcke, und er ging zum Herd, um sich zu wärmen. »Sie haben dir doch nicht gesagt, dass sie dich nicht länger brauchen?«

Beth hatte diese Sorge erst letzten Sonntag ausgesprochen, aber Sam glaubte nicht daran, dass man sie entlassen würde, denn bei der Weihnachtsfeier hatte er gespürt, wie sehr Mr und Mrs Langworthy sie inzwischen ins Herz geschlossen hatten.

»Mrs Langworthy möchte, dass wir ihr Molly geben«, platzte Beth heraus und brach sofort in Tränen aus.

Sam kniete sich auf den Boden vor sie und bedrängte sie mit Fragen, bis sie ihm schließlich von dem Angebot berichtete.

»Wäre das denn so schlimm?«, fragte er, als sie fertig war. »Sie hat recht, es wäre gut für Molly.«

»Dir war sie immer schon egal«, beschuldigte Beth ihn verbittert. »Wenn es nach dir gegangen wäre, dann wäre sie damals im Waisenhaus gelandet.«

»Vielleicht war ich nicht besonders nett zu ihr, als sie geboren wurde«, stimmte Sam zu und errötete beschämt. »Das tut mir jetzt leid. Aber sie würde bei den Langworthys ein viel besseres Leben haben als bei uns. Wir könnten nach Amerika gehen und etwas erleben. Denk doch nur, wie schön das wäre!«

»Ich will nichts erleben, ich will Molly.« Beth fing wieder an zu weinen und bedeckte ihr Gesicht mit den Händen. »Ich hatte mich entschieden, dich alleine fahren zu lassen. Ich weiß, dass es nicht fair von mir ist, dich zurückzuhalten. Also kannst du gehen, und ich bleibe bei ihr.«

Sam schwieg für eine Weile, kniete nur zu Beths Füßen, während sie in ihre Hände weinte. Er dachte oft an die Untreue ihrer Mutter und war verbittert darüber, dass sein Vater sich deswegen das Leben genommen hatte, aber Molly lehnte er deswegen nicht länger ab.

Wie konnte er? Sie war ein so süßes kleines Ding, tatsächlich war er sicher, dass er genauso wütend und entsetzt auf diesen Vorschlag reagiert hätte wie seine Schwester, wenn auch er ständig mit Molly zusammen gewesen wäre.

Aber so, wie die Dinge lagen, war er in der Lage, die Situation objektiver zu beurteilen. Es bestand kein Zweifel, dass die Langworthys Molly die beste Erziehung bieten konnten. Sie waren wohlhabende, einflussreiche Leute, aber sie hatten auch ein gutes Herz. Hätten sie Beth und ihn damals nach dem Brand nicht so großzügig bei sich aufgenommen, dann wären sie vielleicht gezwungen gewesen, in den Slums zu leben, und Molly wäre nicht das gesunde, glückliche Baby, das sie war.

Möglich, dass er dabei bis zu einem gewissen Grad auch an sich selbst dachte. Es wäre wundervoll, zusammen mit Beth nach Amerika gehen zu können, ohne mit einem kleinen Kind belastet zu sein. Sie würden hingehen können, wohin sie wollten, würden frei in ihren Entscheidungen sein, und wenn sie beide arbeiten gehen konnten, dann würden sie auch viel mehr Geld zusammenbekommen.

Am wichtigsten war ihm jedoch, dass Beth ein gutes Leben, einen liebevollen Mann und eigene Kinder hatte. Aber das alles würde sie mit Molly im Schlepptau nicht bekommen, denn die Leute würden die Kleine immer für Beths uneheliches Kind halten. Beth würde immer eine Dienstbotin bleiben müssen, und sie verdiente etwas Besseres.

Aber wie konnte er seine Schwester überzeugen, dass er nicht nur an sich selbst dachte?

»Ich könnte nach Amerika gehen und dich dann nachkommen lassen, wenn ich Fuß gefasst habe«, sagte er. »Aber ich will nicht ohne dich gehen, Beth. Und jetzt, wo die Langworthys uns dieses Angebot gemacht haben, wie wird es uns da ergehen, wenn wir es ablehnen? Was, wenn sie uns wegschicken? Was dann?«

»Das würden sie nicht tun«, erklärte Beth hastig, aber sie sah Sam fragend an. »Oder?«

»Ich weiß es nicht«, gestand er. »Mr Edward hat vielleicht das Gefühl, dass Mollys Anwesenheit seine Frau aufregt. Die Leute werden hässlich, wenn sie nicht bekommen, was sie wollen.«

Sam beschloss, dass er es dabei bewenden ließ. Beth wusste nur zu gut, dass sie niemals wieder einen solchen Platz zum Leben finden würden. Und sie würde auch kaum einen anderen Job finden, bei dem sie Molly mitnehmen konnte. Sie war intelligent genug, das zu berücksichtigen, wenn sie ihre Entscheidung traf.

In dieser Nacht konnte Sam nicht schlafen, denn er wusste, dass Beth im Zimmer nebenan wach lag und sich Sorgen machte. Sie hatten das Thema wieder und wieder durchgekaut, und er spürte, dass Beth im Herzen wusste, dass es für Molly das Beste wäre, wenn sie bei den Langworthys bliebe. Die Ereignisse und Kämpfe des letzten Jahres hatten sie beide gelehrt, wie unsicher das Leben war. Sie mussten sich nicht weit vom Falkner Square entfernen, um zu sehen, wie leicht sie wieder in den Abgrund der Armut fallen konnten.

Doch Sam war auch bewusst, dass Beth nicht wirklich rational denken konnte, weil sie Molly so sehr liebte. Sie war nicht in der Lage, es so zu sehen wie er, weil sie nicht selbstsüchtig war und sich nicht so sehr nach Freiheit und Abenteuer sehnte. Sie glaubte nicht einmal daran, dass Molly vielleicht zu ihnen nach Amerika kommen würde, wenn sie erwachsen war.

Und trotz allem, was er heute Abend und in der Vergangenheit gesagt hatte, war Sam in das Zimmer nebenan gegangen, bevor er sich hinlegte, und sein Herz war angeschwollen vor Liebe zu der schlafenden Molly. Er konnte sich keinen Tag vorstellen, an dem er diese großen braunen Augen nicht sah, nicht ihr fröhliches Lachen hörte und sie durch den Raum schwanken sah. Er hatte sich alle Mühe gegeben, sein Herz vor ihr zu verschließen, aber er hatte versagt, und nicht nur Beth würde der Abschied sehr schwerfallen.

Beth weckte ihn am folgenden Morgen so wie immer. Ihre Augen waren gerötet, und sie sah sehr blass aus. Sie gab ihm eine Tasse Tee und setzte sich ans Bettende.

»Kommst du heute Nachmittag nach Hause?«, fragte sie.

Es war Samstag, und Sams Arbeit bei der Reederei endete mittags. Normalerweise besuchte er nachmittags Freunde und ging dann am frühen Abend direkt ins Adelphi.

»Wenn du das willst«, erwiderte er.

»Das will ich. Ich will, dass du zum Haus rüberkommst und mit Mr Langworthy über Molly sprichst«, sagte sie mit bebender Stimme. »Wenn er das genauso sehr will wie seine Frau, dann glaube ich, dass es das Beste wäre, wenn wir zustimmen.«

Ein Kloß saß in Sams Hals, denn er wusste, wie viel Schmerzen ihr diese Entscheidung bereitete. Er konnte sich nicht dazu bringen, irgendwelche Plattitüden zu sagen. »Ich komme sofort nach Hause«, sagte er. »Du bist so tapfer, Beth.«

»Ich bin nicht tapfer. Tapfer wäre es, sie mit nach Amerika

zu nehmen oder dieses Haus erhobenen Hauptes zu verlassen. Aber ich musste daran denken, wie Papa das wohl gesehen hätte. Ich glaube, er hätte gesagt, dass wir Molly das geben sollten, was am besten für sie ist.«

Sam fand im Stillen, dass ihr Vater gar nichts dazu zu sagen gehabt hätte, da er selbst ja nicht an seine Kinder gedacht hatte, als er sich das Leben nahm, aber das behielt er für sich. »Ja, ich denke, das hätte er.« Er nickte. »Aber bevor wir zustimmen, müssen sie uns versprechen, Molly von uns zu erzählen und sie dazu anzuhalten, uns zu schreiben, wenn sie alt genug ist.«

Neue Tränen schossen in Beths Augen. »Ich glaube, wir sollten auch darauf bestehen, dass das alles schnell passiert. Ich könnte es nicht ertragen, wochenlang zu warten, während das über uns hängt.«

»Ich habe genug für die Überfahrt zusammen«, erwiderte Sam. »Gerade so.«

»Wir kommen schon zurecht«, erklärte Beth entschlossen.

Beth hielt an der unwirklichen Hoffnung fest, Mr Edward würde ihnen bei dem Gespräch mitteilen, dass seine Frau nicht ganz bei sich war, weil es ihr so schlechtging. Aber um drei Uhr, dem Zeitpunkt, zu dem sie Mrs Bruce gebeten hatte, für Sam und sie einen Gesprächstermin mit ihm zu arrangieren, öffnete er die Tür zum Salon, als sie die Treppe heraufkamen, und seine Augen strahlten freundlich.

Er besaß nicht die Wärme seiner Frau; er war steif und kühl zu jedem. Beth wusste, dass das vor allem an seiner Erziehung und seiner geschäftlichen Verantwortung lag, aber sie hatte ihn entspannt erlebt, wenn er mit Molly sprach.

»Ihr möchtet über das Angebot reden, das meine Frau euch gemacht hat?«, fragte er.

»Ja, Sir«, erwiderte Beth, und ihre Knie wurden ganz weich.

»Kommt herein und setzt euch.«

Das Feuer im Kamin brannte, und die Lampen waren angezündet, weil es ein so grauer Tag war. Mrs Langworthy war ebenfalls anwesend, aber sie sah viel besser aus als am vorangegangenen Tag. Sie saß am Kamin, und Mr Edward führte Sam und Beth zu der Couch, die davor stand. Er blieb stehen und stützte den Ellbogen auf den Kaminsims.

»Meine Frau hat Angst, ihr könntet vielleicht glauben, sie habe diesen Vorschlag vorschnell gemacht, ohne mich davon vorher in Kenntnis gesetzt zu haben. Aber tatsächlich hat sie schon Weihnachten mit mir darüber gesprochen«, begann er.

»Und wie dachten Sie damals darüber?«, hakte Sam forsch nach.

»Dass Molly ein entzückendes Baby ist, eines, das ich sicher wie mein eigenes lieben könnte. Aber wir waren nicht in der Position, eine solche Möglichkeit mit euch zu diskutieren, nicht, solange mein Vater noch so viel Pflege brauchte.«

»Aber ein paar Tage nach der Beerdigung hatten Sie das Gefühl, dass es angebracht wäre, Beth mit diesem Thema zu überfallen?«, sagte Sam sarkastisch.

Mr Edward wurde rot. »Ich war sehr erschrocken, als meine Frau mich darüber informierte, dass sie so offen gesprochen hatte. Es hätte taktvoller und zu einem angemesseneren Zeitpunkt geschehen sollen.«

»Bitte vergebt mir dafür.« Mrs Langworthy ergriff das Wort und rang sorgenvoll die Hände. »Ich fürchte, meine Zuneigung zu Molly und Beth hat mich so impulsiv sein lassen, und wenn ich euch beleidigt oder sogar verängstigt habe, dann tut mir das sehr leid.«

»Wir verstehen, dass Mrs Langworthy nur das Beste für Molly will«, stimmte Sam zu und sah Mr Edward an. »Aber wir sind heute hier, um herauszufinden, ob Sie sich da beide einig sind.«

Beth war überrascht, dass Sam so offen und direkt sein konnte. Sie hatte ein bisschen Angst gehabt, dass er sich mit allem einverstanden erklären würde, was die Langworthys vorschlugen.

»Das sind wir in der Tat«, erklärte Mr Edward fest. »Ich kann euch beiden versichern, dass ich den Wunsch meiner Frau teile, sie zu lieben, zu beschützen und ihr alles zu geben, das wir unserem eigenen Kind geben würden, wenn wir mit einem gesegnet wären. Ich habe wenig Erfahrung mit kleinen Kindern, wie ich gestehen muss, aber ich finde Molly einfach entzückend.«

Beth konnte Mr Edward nur anstarren, denn sie hatte nicht erwartet, dass er so viel Wärme oder Hingabe zeigen würde.

»Beth!« Sam sah seine Schwester scharf an. »Hast du noch etwas hinzuzufügen?«

»Wenn wir sie Ihnen geben, versprechen Sie dann, dass Sie uns schreiben und uns wissen lassen, wie es ihr geht, bis sie alt genug ist, um uns selbst zu schreiben?«, fragte sie mit zitternder Stimme.

»Darauf habt ihr unser Wort«, sagte Mr Edward ernst. »Wenn ihr zurückkommen solltet, dann seid ihr jederzeit bei uns willkommen und könnt sie besuchen. Alles, worum wir bitten, ist, dass wir ihr gesetzlicher Vormund werden und dass sie unseren Namen annimmt. Wir brauchen diese Sicherheit.«

Beth und Sam tauschten Blicke, denn ihnen war klar, dass

sie damit vor dem Gesetz jedes Recht an ihrer Schwester aufgaben.

»Kein Kind könnte mehr gewollt sein«, flehte Mrs Langworthy. »Sie wird uns haben und auch Mrs Bruce, Kathleen und die Köchin. Wir werden ihr ein sicheres, glückliches Heim voller Liebe bieten. Uns ist bewusst, wie schwer das für euch beide sein muss, aber wenn ihr sie in unsere Obhut gebt, dann sichert ihr damit ihre Zukunft.«

Sam blickte Beth an und nickte. »Wenn sie älter ist, müssen Sie ihr sagen, dass wir uns diese Entscheidung nicht leicht gemacht und es nur getan haben, weil wir glaubten, dass es das Beste für sie ist«, sagte er mit zitternder Stimme.

»Das werden wir ganz sicher, meine Lieben.« Mrs Langworthy stand auf und nahm Beths Hände, zog sie hoch und umarmte sie. »Wir werden nicht zulassen, dass sie euch vergisst. Und wir versprechen, dass wir euch niemals Grund geben werden, die Entscheidung zu bereuen, die ihr heute trefft.«

Mr Edward trat zu ihnen und räusperte sich. »Darf ich dir sagen, wie sehr ich dich vermissen werde, Beth? Du hast Licht und Farbe in dieses Haus gebracht.« Er hielt einen Moment inne und blickte Sam an, dann wieder Beth. »Ich glaube, dass ihr beiden in Amerika Erfolg haben werdet, aber wenn es euch dort nicht gefällt, dann kommt zurück zu uns. Wir werden für euch immer Platz in unseren Herzen und in unserem Haus haben.«

Beth hörte die Ehrlichkeit in seiner Stimme und war tief berührt.

»Danke, Sir«, flüsterte sie, und Tränen schossen ihr in die Augen. »Ich halte es für das Beste, wenn wir so bald wie möglich aufbrechen. So ist es für alle leichter.«

10

Ein starker Wind aus Nordost zwang die Passagiere an Deck der *Majestic*, ihre Hüte festzuhalten, während sie ihren Freunden und Verwandten zum Abschied winkten. Die aufgewühlte See und der Himmel waren düster dunkelgrau, aber die Musiker der Kapelle spielten in ihren roten Jacketts fröhlich auf dem Kai, und die bunten Bänder, die auf das Schiff geworfen wurden, sorgten trotz des trostlosen Märztages für Volksfeststimmung.

Mrs Bruce, Kathleen und Mr Edward hatten sich aus der drängenden Menge in einen offenen Schuppen zurückgezogen, aber sie winkten immer noch wie wild, und die grünen Federn an Kathleens Hut wippten im Wind.

»Sie sollten jetzt gehen. Sonst holen sie sich noch den Tod«, schrie Beth Sam zu. Durch den Wind, die Kapelle und die Leute, die sich um sie herum etwas zuriefen, konnte sie sich selbst kaum denken hören.

Was sie eigentlich meinte, war, dass sie es nicht einen Moment länger ertragen konnte, sie anzusehen, denn sie standen für alles, was sie nicht gerne aufgeben wollte. Sie zwang sich natürlich zu einem fröhlichen Lächeln, aber jetzt, wo sie bis auf die Knochen fror, fiel es ihr zunehmend schwerer, Freude und Aufregung vorzutäuschen. Sie wollte wieder mit Molly auf dem Schoß in der warmen Küche am Falkner Square sitzen. Sie wollte Liverpool nicht verlassen.

Aber sie konnte nichts davon zu Sam sagen, denn seine ehrliche Aufregung reichte für sie beide. Seine Wangen und seine Nase waren rot vor Kälte, aber sein breites Lächeln zeigte, dass für ihn sein heiß ersehnter Traum endlich begonnen hatte.

»Da ist Sally!«, jubelte er und deutete in die winkende Menge. »Sie steht da bei dem Kran! Die in dem roten Mantel. Ich hätte nicht gedacht, dass sie sich genug aus mir macht, um mich zu verabschieden.«

Die Frau zu sehen, von der ihr Bruder in den letzten beiden Wochen so oft gesprochen hatte, lenkte Beth von ihrem Unglück ab. Einer von Sams Freunden im Adelphi hatte ihm die Varietétänzerin vorgestellt. Selbst aus der Distanz von rund sechzig Metern konnte Beth sehen, dass sie genau so war, wie sie es erwartet hatte – ein schwarzhaariges, kurviges leichtes Mädchen mit viel Schminke im Gesicht.

Seit er sie kennengelernt hatte, war Sam um drei Uhr morgens nach Hause gekommen, hatte nach ihrem billigen Parfüm gerochen, und seine Lippen waren vom Küssen geschwollen gewesen. Beth hatte manchmal heimlich gehofft, dass Sally für ihn attraktiver sein würde als Amerika und dass er seine Pläne aufgab.

»Liebst du sie?«, fragte Beth, die erneut gezwungen war zu schreien.

Er wandte sich um und grinste schelmisch. »Das habe ich, während ich mit ihr zusammen war, aber es gibt Hunderte von Mädchen wie sie in New York.«

Als Beth den Glanz in seinen Augen sah, wurde ihr klar, dass er mit der Frau viel mehr gemacht hatte, als sie nur zu küssen, und sie hoffte, dass er sie nicht schwanger zurückließ. Sie wollte eigentlich mit ihm schimpfen, aber sie war ein bisschen neidisch darauf, dass er diese mysteriöse Sache bereits kennengelernt hatte, die ihre Mutter Leidenschaft genannt hatte, deshalb wusste sie nicht, was sie sagen sollte.

Glocken ertönten, und eine laute Stimme verkündete, dass alle, die nicht mitfahren würden, das Schiff sofort verlassen sollten, deshalb war jeder Kommentar ohnehin nicht mehr möglich, aber während Beth ihrem Bruder zusah, der winkte und Kusshände warf, bemerkte sie zwei elegant gekleidete junge Damen, die ein paar Meter weiter an der Reling standen und ihn ebenfalls beobachteten. Ihr wurde bewusst, dass ihr hübscher Bruder vermutlich unter den zahlreichen Frauen auf dieser Reise viel Aufsehen erregen würde.

Das ganze Schiff war jetzt mit bunten Bändern bedeckt, und die Aufregung nahm spürbar zu, als die Mannschaft die Gangway einzog und das Ablegen vorbereitete. An Deck weinten genauso viele Menschen wie auf dem Kai. In der Vergangenheit hatte Beth solche Szenen schon ein Dutzend Mal beobachtet, aber sie hatte nur die Trauer derjenigen bemerkt, die zurückblieben. Es war ihr nie in den Sinn gekommen, dass die Leute auf dem Schiff sich nicht auf ihre Reise freuen könnten. Jetzt wusste sie es besser, denn es zerriss ihr das Herz bei dem Gedanken, Molly zurückzulassen, und ihr wurde klar, dass viele ihrer Mitreisenden ganze Familien zurückließen, nicht nur ein kleines Mädchen, und dass sie vielleicht, genau wie sie, befürchteten, sie niemals wiederzusehen.

Am Morgen war sie besonders früh aufgestanden und ins Haus geschlichen, um Molly beim Schlafen zuzusehen. Mrs Langworthy hatte das Zimmer ihres Schwiegervaters renovieren lassen, sobald Beth zugestimmt hatte, Molly bei ihr zu lassen. Das Zimmer war vor einer Woche fertig geworden, und es war einer Prinzessin würdig, mit einer Tapete mit rosafarbenen Rosen, einer richtigen Wiege und einem neuen apfelgrünen Teppich mit Fransen. Mrs Langworthy hatte vorgeschlagen, dass Molly in dem Zimmer schlafen solle, sobald es fertig sei, weil sie glaubte, dass es den Schock nach Beths Weggang mildern würde. Aber Molly war von ihrer neuen Umgebung überhaupt nicht eingeschüchtert und schlief von der ersten Nacht an durch.

Seitdem hatte Mr Edward viele Spielsachen gekauft, darunter Bauklötze, einen Hund mit Fell auf Rädern zum Herumziehen und ein Schaukelpferd. Beth wusste, sie hätte froh darüber sein sollen, dass er seine Freude darüber, der Vormund ihrer Schwester zu werden, so offen zeigte, doch irgendwie fühlte sie sich mit jeder neuen Anschaffung noch deprimierter und unzulänglicher.

An diesem Morgen hatte Beth in dem Zimmer gesessen, und das blasse erste Licht des Tages hatte gerade ausgereicht, um ihre Schwester zu sehen. Sie hatte sie schweigend angebetet, hatte die langen Wimpern auf ihren runden, rosigen Wangen, ihre dunklen Locken und die Art, wie ihr Zeigefinger sich um ihre Nase wickelte, während sie am Daumen lutschte, in sich eingesogen. Ihr Kopf sagte ihr, dass sie das Richtige für Molly tat, dass ihre Zukunft bei Onkel Edward und Tante Ruth unendlich viel besser sein würde, aber sie fühlte sich immer noch wie eine verurteilte Frau, die auf ihr Ende wartete.

Noch schlimmer war der endgültige Abschied. Mrs Langworthy hielt Molly an der Haustür auf dem Arm, während sie mit Mr Edward, Mrs Bruce und Kathleen in die Kutsche stiegen. Und während die Kutsche die Straße hinunterrumpelte, musste Beth sich innerlich stählen, um nicht herauszuspringen und sich Molly zurückzuholen.

Unten am Kai weinte eine Frau lauthals. Sie war alt, vielleicht eine Großmutter, zu alt, um ihre Familie zu begleiten. Sie streckte die Arme aus, und Tränen strömten über ihr runzliges Gesicht, als würde sie ihre Angehörigen anflehen, sie nicht zu verlassen, und Beth musste das Gesicht abwenden, weil der Anblick so tragisch war, dass sie ihn nicht ertragen konnte.

Die Gangways waren verstaut, Matrosen machten die Leinen los und zogen sie ein, und plötzlich wurde der Abstand zwischen dem Schiff und dem Land größer. Die Kapelle stimmte ein fröhliches Seefahrerlied an, es wurden noch einmal bunte Bänder geworfen, und in einem letzten Versuch, Mr Edward zu zeigen, dass sie glücklich über ihre Abreise war, nahm Beth ihren neuen Strohhut ab und winkte damit, obwohl ihr Tränen über die Wangen liefen.

»Du wirst dich bald besser fühlen«, sagte Sam und legte ihr den Arm um die Taille. »Molly wird bei den Langworthys glücklich sein. Du hast immer noch mich und so viele Abenteuer, die auf dich warten. Es wird Zeit, dass du ein bisschen Spaß hast.«

Beths einzige Antwort war, dass sie ihren Kopf an seine Schulter lehnte. Es half ihr zu wissen, dass er sich von ihrer vorgetäuschten Freude nicht hatte täuschen lassen und ihren Schmerz verstand. Aber es war so lange her, seit sie Spaß gehabt hatte, dass sie nicht sicher war, ob sie ihn erkennen würde, wenn er ihr begegnete.

Erst an diesem Morgen hatte Mrs Bruce gesagt, sie sei der Überzeugung, dass wahres Glück nur diejenigen fänden, die aktiv versuchten, es anderen durch Freundlichkeit und Rücksichtnahme zu bringen. Sie sagte, Beth solle jeden auf dem Schiff als potenziellen Freund sehen, nicht als Fremden, und sich daran erinnern, dass alle anderen sich genauso davor fürchteten, was sie in Amerika erwartete, wie Sam und sie.

Das Schiff gewann an Fahrt, die Gesichter der Menschen

am Kai verwischten zu einer blassen Masse. Jetzt gab es kein Zurück mehr, deshalb musste sie tapfer sein und daran denken, wie viel Glück sie hatten, dass sie die Chance bekamen, die traurige Vergangenheit hinter sich zu lassen und sich eine neue Zukunft aufzubauen. Wie Sam so richtig gesagt hatte, warteten noch viele Abenteuer auf sie.

»Lass uns unter Deck gehen und die Leute kennenlernen, mit denen wir unterwegs sein werden«, schlug sie fröhlicher vor, als sie war. »Und dass du mir ja nicht mit einer anderen Sally abhaust und mich alleine lässt!«

Sam schmunzelte und umarmte sie. »Das ist schon besser, Schwesterherz«, sagte er. »Und mach dir keine Sorgen, ich werde dich nicht verlassen. Es gibt zu viele Männer hier, die dir vielsagende Blicke zuwerfen. Ich werde dich nicht aus den Augen lassen.«

Die Zwischendeck-Passagiere waren im Bauch des Schiffes untergebracht, und als wenn ihnen das ihre untergeordnete Position noch nicht deutlich genug gemacht hätte, gab es Metallgitter, die verhinderten, dass sie in den Bereich der ersten und zweiten Klasse gelangen konnten.

Während Beth und Sam den Niedergang hinuntergingen, erhaschten sie einen Blick auf die feine Welt hinter den Gittern: weiche Teppiche und Kabinentüren aus poliertem Holz mit Messingbeschlägen; Stewards in weißen Jacken, die Tabletts mit Getränken zu den glücklichen Kabinenbewohnern trugen; und saubere und wunderschön angezogene Kinder, die ihren Kindermädchen zu entkommen versuchten.

Als sie die untere Ebene erreichten, waren die Türen und Böden aus Metall und der Anstrich verkratzt und dreckig. Hier bahnten sich die Leute ihren Weg durch die schmalen

Korridore, und ihre besorgten und manchmal wütenden Gesichter sandten die Botschaft aus, dass kein Steward hier mit einer Tasse Tee, einer Decke für ein Kind oder einem Wort des Trostes erscheinen würde. Der Lärm der Maschinen übertönte beinahe das Geschrei der Babys und der besorgten Mütter, die versuchten, ihre Kinder beisammenzuhalten, und Beth wurde noch niedergeschlagener.

Die Männer waren vorne untergebracht, die Frauen im Heck und die Familien in der Mitte. Sam hatte schon seit Tagen darüber gescherzt, was das Zwischendeck tatsächlich bedeutete. Manche meinten, es würde so genannt, weil es die Kabinen zwischen den Maschinenräumen waren, doch Sam war der Meinung, dass es so hieß, weil man dort zwischen den Menschen eingepfercht war wie Vieh, denn so würden sie reisen müssen. Aber Beth, die Bilder von Zwischendeck-Passagieren aus den Zeiten der Segelschiffe gesehen hatte, mit vier oder fünf Leuten in einer Koje und einem Eimer als Toilette, war erleichtert, als sie sah, dass die Liegen aus Stoff bestanden und so konstruiert waren, dass man sie während des Tages wegklappen konnte, um mehr Platz zu schaffen, und dass es in jedem Abschnitt Toiletten und Waschräume gab.

Es war allerdings ziemlich eng und sehr düster, und als sie die verhärmten Gesichter und die schäbige Kleidung ihrer Mitpassagiere sah, war sie froh, dass sie Mrs Bruces Rat befolgt und ihr Geld in ihre Kleidung eingenäht hatte, denn ihr Instinkt sagte ihr, dass sie besser niemandem hier trauen sollte.

Gestern hatte Mr Edward ihnen dreißig Pfund gegeben; er sagte, sie sollten es als Notgroschen betrachten, für den Fall, dass sie nicht sofort Arbeit fanden. Außerdem hatten seine Frau und er ihnen noch so viel anderes gegeben – Taschen, zwei warme Decken, Handtücher und Kleidungsstücke –, und sie hatten sich mit feuchten Augen bei den beiden bedankt.

Als Sam Beths Reisetasche im Frauenquartier abstellte, trat eine ernste ältere Frau in einem grauen Kleid auf ihn zu. »Raus hier, junger Mann«, fuhr sie ihn an.

»Ich wollte meiner Schwester nur helfen, sich einzurichten«, entgegnete er.

»Ich kümmere mich schon um sie«, erklärte die Frau. »Ich bin Miss Giles, die Hausmutter. Ich gestatte es nicht, dass alleinstehende Frauen mit Männern zusammen sind. Wenn Sie Ihre Schwester während der Reise sehen wollen, dann müssen Sie sich an Deck mit ihr verabreden.«

Sam sah sie ungläubig an, und zwei hübsche junge Irinnen fingen an zu kichern.

»Ich treffe dich in einer Stunde«, sagte Beth, die Miss Giles nicht verärgern wollte. »Mach dir keine Sorgen, ich komme zurecht.«

Die Erkenntnis, dass fast alle genauso aufgeregt und ängstlich waren wie sie selbst, tröstete Beth ein wenig. In ihrem Quartier waren noch sechsundzwanzig andere Frauen untergebracht, und die Mehrheit davon war unter zwanzig, genau wie sie. Die meisten reisten mit ihren Eltern und jüngeren Geschwistern und hassten es, von ihnen getrennt zu sein, obwohl es vier wie Beth gab, die mit ihren älteren Brüdern unterwegs waren. Die Übrigen waren entweder mit einer Schwester oder einer Freundin zusammen, und nur eine Frau, eine der ältesten, war ganz allein; sie sagte, sie würde zu ihrem Verlobten nach New York fahren.

Eines der vielen Geschenke, die Beth von Mrs Langworthy erhalten hatte, war ein neuer brauner Mantel mit einem Fellkragen. Sie trug fast neue, glänzende Schuhe mit Knopfleiste und ein braunes Reisekleid, und im Vergleich zu den anderen

Frauen sah sie reich aus. Sie hatten sich zerschlissene Schals um die dünnen Schultern geschlungen, trugen Stiefel mit Löchern und geflickte Kleider. Die meisten kamen aus Irland, waren blass und unterernährt, doch trotz allem lag ein erwartungsvolles Strahlen in ihren Augen, und sie sprachen mit einer solchen Hoffnung und Leidenschaft von ihrem Ziel, dass Beth sich fast schämte, weil sie so zögerlich war.

Bridie und Maria, die beiden Irinnen, die sich so über Sam amüsiert hatten, schlugen ihr vor, das Bett neben ihren zu belegen. Ihre trällernden Stimmen, in denen so viel Wärme und Freundlichkeit lagen, erinnerten Beth an Kathleen und waren Balsam für ihr schmerzendes Herz.

»Wir können uns im Familienquartier mit den Männern treffen«, sagte Maria mit einem schelmischen Zwinkern. »Mein Onkel ist letztes Jahr ausgewandert, und er hat geschrieben, dass da abends getanzt und gesungen wird. Miss Giles ist nur hier, um sicherzustellen, dass keine Männer in diesen Bereich kommen, und das tut sie, aber sie kann uns nicht davon abhalten, draußen unseren Spaß zu haben.«

»Hast du deinen Liebsten zurückgelassen?«, wollte Bridie von Beth wissen. »Du hast die roten Augen eines Mädchens, das seit Tagen weint.«

Am folgenden Morgen waren sie auf dem Atlantik, und der rauere Seegang ließ viele seekrank werden. Beth ging es gut, aber weil sie wusste, dass ihr von den Würgegeräuschen und dem Geruch des Erbrochenen ebenfalls übel werden würde, ging sie an Deck.

Es war sehr kalt und windig, aber nach dem ständigen Lärm der Maschinen und der Leute, die sich unter Deck anschrien, taten die Ruhe und das Alleinsein gut. Hinter der

Absperrung, die den kleinen Teil des Decks für die Zwischendeck-Passagiere vom Rest trennte, führten zwei Stewards Hunde spazieren, und ein einzelner Mann in einem schweren Mantel und mit einer Pelzmütze mit Ohrenklappen lief mit schnellen Schritten auf und ab.

Beth stellte sich an die Reling und starrte auf das offene graue Meer hinaus, das sich endlos vor ihr ausbreitete. Bei der Erinnerung an den vorangegangenen Abend lächelte sie.

Sie war mit Bridie und Maria ins Familienquartier gegangen und einigen Leuten vorgestellt worden, die mit den beiden aus Irland gekommen waren. Zuerst hatte es sie abgestoßen, dass fast alle sehr schäbig und eher dreckig waren und viel zu viele Kinder zu haben schienen. Sie erinnerten sie an die Iren in Liverpool, die in schlimmem Elend in den Slumvierteln lebten. Ihre Eltern hatten sie in dem Glauben erzogen, dass die Männer Nichtsnutze waren, die immer nur tranken und sich prügelten, und dass ihre Frauen wie die Karnickel warfen und ihre Kinder vernachlässigten.

Aber ihr wurde bald klar, dass diese Leute ihre Kinder liebten und sich ein besseres Leben für sie wünschten, egal wie arm sie waren und unter welchen Umständen sie in Irland oder Liverpool gelebt hatten. Sie konnte einfach nicht distanziert bleiben, wenn sie mit einer solchen Wärme und so viel Interesse begrüßt wurde und um sie herum so viel Fröhlichkeit und Optimismus herrschten. Ein Mann mit einer wunderbaren Tenorstimme fing an zu singen, und bald fielen alle mit ein. Ein alter Mann holte seine Geige heraus, und zwei kleine Mädchen wurden dazu aufgefordert, irische Tänze vorzuführen.

Es wurde eine richtige Party, als Sam und einige der anderen alleinstehenden Männer zu ihnen stießen. Alkohol wurde herumgereicht, aber die meisten waren nur trunken vor Freude darüber, auf dem Weg nach Amerika zu sein. Der Geiger spielte einen Jig, und zu Beths Überraschung fing Sam an zu tanzen, griff nach Marias Händen und zog sie auf die Füße. Beth wäre zufrieden damit gewesen, sitzen zu bleiben und dem Treiben zuzusehen, aber als alle anderen aufstanden und tanzten, wurde der Jig schneller, und bald wippte sie mit den Füßen mit. Als ein junger Mann mit roten Haaren und einem noch roteren Gesicht ihr die Hand hinstreckte, war sie nur zu gerne bereit, seine Partnerin zu sein.

Es war nicht die Art von ruhigem Tanz, die Beth in der Schule gelernt hatte, sondern einer, der vor Energie und Ausgelassenheit nur so sprühte. Wenn eine Melodie endete, forderte sie ein weiterer Mann auf. Es fühlte sich gut an, mit so viel Elan herumgewirbelt zu werden. Ihre Partner hatten raue, schwielige Hände, ihre Nagelschuhe trommelten im Takt auf den Holzboden, und Schweiß lief ihnen über die Gesichter, aber selbst wenn sie nicht die Art von Männern waren, mit denen sie sich ihren ersten Tanz erträumt hatte, war sie glücklich.

Später, zurück im Frauenquartier, lag Beth auf ihrer Stoffliege und lauschte den anderen Mädchen, die aufgeregt über die jungen Männer flüsterten, die sie heute Abend kennengelernt hatten, und sie war stolz darauf, dass ihr Bruder der zu sein schien, den alle am meisten bewunderten. Sie konnte immer noch die Musik hören, die der alte Mann auf seiner Geige gespielt hatte, eine so fröhliche, wilde Musik, als hätte er jede Erfahrung seines Lebens darin einfließen lassen. Sie hatte noch nie gehört, dass jemand das Instrument so spielte, und sie fühlte sich inspiriert, ihm nachzueifern.

Sie streckte den Arm aus und tastete unter ihrem Bett entlang, bis ihre Finger den abgenutzten schwarzen Kasten mit dem sich ablösenden Leder fanden. Ihn zu berühren war genug. Ihren Glücksbringer.

»Riesig, nicht wahr?«

Beth erschrak über die männliche Stimme hinter ihr an Deck, und als sie sich umwandte, sah sie einen der jungen Männer, mit dem sie letzte Nacht kurz getanzt hatte; sie erkannte ihn an der Narbe auf seiner rechten Wange. Es war die Narbe, die aussah, als stamme sie von einem Messer, und sie sorgte dafür, dass Beth ihm mit einer gewissen Vorsicht begegnete. Er war groß und ganz dünn, und sein schwarzer Haarschopf, der ihrer Meinung nach dringend mal gewaschen und geschnitten werden musste, war jetzt unter einer Kappe versteckt. Obwohl er vermutlich einige Jahre älter war als sie, ließen ihn sein zu großes Jackett und seine Baumwollhose wie einen Straßenjungen aussehen.

»So groß, dass man Angst davor kriegen kann«, erwiderte sie. »Es gibt mir das Gefühl, sehr klein zu sein.«

»Man sagt, es ist so kalt, dass man innerhalb von zwei Minuten an Schock stirbt, wenn man reinfällt.«

»Was für ein schöner Gedanke!«, sagte sie sarkastisch. »Warum versuchst du es nicht? Ich schaue dann, ob du recht hattest.«

Er lachte. »Du hast eine scharfe Zunge. Genau wie meine Ma.«

»Fährst du deshalb nach Amerika, um ihr zu entfliehen?«

»Irgendwie schon, schätze ich.« Auf seinem Gesicht erschien ein Grinsen. »Gar nicht zu reden von meinem Pa, dem alten Säufer. Warum fährst du?«

»Aus dem gleichen Grund wie die meisten«, sagte sie mit einem Schulterzucken. »Um mein Glück zu machen; wegen des Abenteuers.«

»Du bist Sam Boltons Schwester, stimmt's?«, fragte er.

Beth nickte. »Ich bin Beth Bolton. Und du?«

»Jack Child.« Er streckte ihr vorsichtig die Hand hin. »Nett, dich kennenzulernen.«

Sie nahm seine Hand und schüttelte sie kurz. »Woher kommst du? Das ist kein irischer Akzent und auch nicht der aus Liverpool.«

»Aus dem Süden, aus dem Londoner East End. Ich kam vor einem Jahr nach Liverpool, um ein Schiff nach Amerika zu nehmen, aber mir wurde mein Geld gestohlen, deshalb musste ich mir Arbeit suchen, bis ich wieder genug für die Überfahrt zusammenhatte.«

»Das war Pech«, sagte sie und erwärmte sich ein bisschen für ihn, weil er sanfte braune Augen hatte und ein sympathisches schiefes Grinsen.

»Dadurch bin ich vorsichtiger geworden«, erwiderte er nachdenklich und lehnte sich neben ihr an die Reling. »Aber das ist gar nicht schlecht. Sie sagen, New York ist voller Schurken, die es auf uns Einwanderer abgesehen haben.«

»Wirklich?«

Er nickte weise. »Ein Freund von mir fuhr vor sechs Monaten rüber. Er schrieb mir, dass Männer vor der Einwanderungshalle warten und nach Dummen suchen, die sie ausnehmen können. Sie bieten einem Arbeit und eine Wohnung an, aber wenn man ihnen Geld gegeben hat, hauen sie ab.«

Sam hatte Beth erzählt, dass Männer unten an den Docks in Liverpool falsche Fahrscheine für eine Überfahrt auf Schiffen verkauften, die es gar nicht gab; sie versprachen, die Fremden in Hotels zu bringen, und stahlen ihr Gepäck. Sie nahm an, dass es solche Dinge überall auf der Welt gab.

»Dann müssen wir einfach vorsichtig sein.« Sie zuckte mit den Schultern.

»Du und Sam, ihr werdet Erfolg haben«, meinte Jack. »Ihr habt beide etwas Besonderes an euch.«

»Und was ist das?«, fragte Beth, amüsiert darüber, wie er sie ansah. Er war wirklich überhaupt nicht attraktiv – er hatte unreine Haut, und seine Züge wirkten zu groß für sein Gesicht. Sein Akzent, eine Mischung aus Londoner und Liverpooler, klang merkwürdig, doch er hatte etwas sehr Sympathisches.

Er sah sie ein bisschen schüchtern an. »Na ja, Sam sieht gut aus und ist der Hahn im Korb. Und du bist elegant und wunderschön.«

»Danke, Jack.« Sie lächelte. »Ich hoffe nur, dass die Leute das auch so sehen, wenn ich versuche, Arbeit zu finden.«

Sie blieben noch eine Weile an der Reling stehen und unterhielten sich. Jack erzählte ihr, dass er während seines Aufenthalts in Liverpool bei einem Fuhrunternehmer gearbeitet und bei einer Familie in der Leeds Street gewohnt hatte. »Die war schlimmer als meine eigene«, erzählte er lachend. »So derb, wie man es sich nur vorstellen kann. Die haben sich die ganze Zeit geprügelt und besoffen. Ich war echt froh, da rauszukommen. Aber sie haben mich aufgenommen, als ich gar nichts mehr hatte, und das würden nicht viele tun.«

Beth berichtete ihm ihrerseits von dem Tod ihrer Eltern und dass sie Molly zurückgelassen hatten. »Du hast das Richtige für sie getan«, sagte er mit echtem Verständnis im Blick. »Ich habe mir gestern Abend die ganzen Leute mit ihren kleinen Kindern angesehen und mich gefragt, wie um Himmels willen sie in New York Fuß fassen wollen. Es wird schwer werden, irgendwo unterzukommen, und wenn die Männer nicht sofort Arbeit finden, wovon wollen sie dann leben?«

Der gleiche Gedanke war Beth auch gekommen. Es war eher tröstlich als schmerzhaft, sich Molly vorzustellen, wie sie durch das Haus am Falkner Square lief und von allen vergöttert wurde. Ihr Leben würde konstant und sicher verlaufen, und sie würde immer in einem warmen, sauberen Bett schlafen, gut essen und sehr geliebt werden. Beth musste sich das vermutlich nur jeden Tag sagen, dann würde sie mit der Zeit in der Lage sein, sich wirklich darüber zu freuen, dass sie Molly den Langworthys überlassen hatte.

Das Meer wurde am späten Nachmittag noch rauer, und während das Schiff schaukelte und rollte, wurden immer mehr Leute seekrank und legten sich in ihre Betten. Beth fühlte sich die meiste Zeit des Tages dazu verpflichtet, denen zu helfen, die litten, ihre Gesichter zu waschen, ihnen Wasser zu trinken zu geben und die Eimer mit dem Erbrochenen auszuleeren, aber im Laufe des Abends wurde der Geruch unter Deck so schlimm, dass ihr davon ebenfalls übel wurde, deshalb zog sie ihren Mantel an und ging wieder an Deck, um frische Luft zu schnappen.

Es war bitterkalt und leer dort oben, aber sie konnte trotz des Lärms von Wind und Meer ein Orchester im Salon der ersten Klasse spielen hören.

Um der Musik besser lauschen zu können, ging sie das Deck hinunter bis zu der Absperrung, die die Zwischendeck-Passagiere in ihrem Bereich hielt, und als sie einen Spind mit Rettungswesten sah, suchte sie daneben Schutz vor dem Wind und hörte der Walzermusik zu. In ihrer Fantasie trug sie ein blassblaues Kleid mit einer Satinschärpe und wurde von einem der Schiffsoffiziere herumgewirbelt.

Sie war so versunken in ihren glücklichen kleinen Traum, dass sie aus ihrem schmalen Zufluchtsort heraustrat und allein tanzte. Aber als die Musik plötzlich lauter wurde und ein goldener Lichtschein auf das Deck fiel, wurde ihr schlagartig bewusst, dass jemand aus dem Salon der ersten Klasse gekommen war. Als sie sah, wie sich ein Mann in einem feinen Abendanzug eine Zigarette anzündete, zog sie sich hinter den Rettungswestenspind zurück, doch sie konnte nicht widerstehen, noch einen Blick auf ihn zu riskieren.

Er war groß, schlank und dunkelhaarig, und obwohl er ungefähr zwanzig Meter von ihr entfernt stand und das Licht schlecht war, fand sie, dass er unruhig wirkte, denn er blickte sich nervös um.

Ein paar Minuten später ging die Tür erneut auf, und eine Dame trat heraus.

Mit der weißen Pelzstola, die sie um die Schultern trug, den blonden Haaren und dem hellen, glänzenden Kleid war sie wie ein Leuchtfeuer in der Nacht. Als sie die Hand hob, um den Mann zu grüßen, funkelte ihr Armband, und Beth nahm an, dass es aus Diamanten war.

Das Paar umarmte sich, und Beth fragte sich, warum sie auf das bitterkalte Deck gekommen waren, wo sie doch zusammen im warmen Salon hätten tanzen können.

Der Grund wurde offensichtlich, als sie anfingen, sich leidenschaftlich zu küssen, denn das konnten sie natürlich nicht vor den Leuten tun. Beth fand es ziemlich romantisch und überlegte, ob die beiden wohl Verlobte waren, die es geschafft hatten, ihrer Anstandsdame zu entwischen.

Aber der Mann machte sich offensichtlich Sorgen darüber, entdeckt zu werden, denn während er die Frau küsste, bewegte er sich mit ihr über das Deck in Beths Richtung und in den Schutz des Rettungsbootes, das dort hing.

»Ich wage es nicht, länger als ein oder zwei Minuten zu bleiben«, stieß die Frau atemlos hervor. »Er lässt mich fast nie aus den Augen.«

»Du musst ihn verlassen«, drängte der Mann. »Ich will ihn jedes Mal umbringen, wenn er dich betatscht.«

Beth fühlte sich plötzlich sehr unwohl dabei, Zeugin dieses geheimen Stelldicheins zu sein. Sie wollte gehen oder zumindest husten, damit die beiden wussten, dass sie nicht allein waren, aber es war zu spät, denn das Paar stand jetzt nur noch wenige Meter von ihr entfernt auf der anderen Seite der Reling, so nah, dass sie das Parfüm der Frau riechen konnte.

Sie atmeten schwer, ihre Kleidung raschelte, und obwohl Beth sich nicht sicher sein konnte, glaubte sie, dass der Mann die Frau auf unanständige Weise berührte.

»Ich brauche mehr als diese paar Küsse im Dunkeln, Clarissa«, seufzte er. »Ich will dich auf einem Bett lieben, will dich nackt unter mir sehen. Komm heute Nacht in meine Kabine.«

Beths Wangen brannten jetzt vor Verlegenheit, aber wenn sie sich bewegte, dann würden die beiden sie hören, und es würde aussehen, als wenn sie sie absichtlich belauscht hätte.

»Ich versuche es«, erwiderte die Frau. »Ich gebe Aggie ein bisschen von einem meiner Pulver.«

Es gab noch mehr leidenschaftliche Küsse und Gefummel, dann hörte Beth, wie Clarissa sagte, sie müsse jetzt gehen, und Sekunden später hörte sie Absätze über das Deck klappern.

Der Mann blieb, wo er war, und Beth sah, wie er sich eine weitere Zigarette anzündete. Da sie jetzt bis auf die Knochen durchgefroren war, fing sie an, sich langsam auf die Tür zum Niedergang zuzubewegen. Aber in der Dunkelheit sah sie nicht, dass sich vor ihr eine kleine Stufe befand, und sie stolperte und fiel auf das Deck.

»Wer ist da?«, bellte der Mann.

Beth wusste, ohne den Kopf zu wenden, dass er nur vier oder fünf Meter hinter ihr war und dass nur die Absperrung ihn daran hinderte, zu ihr zu kommen.

»Stehen Sie auf, und reden Sie mit mir«, befahl er.

Sie war es so gewohnt zu tun, was man ihr sagte, dass es ihr gar nicht in den Sinn kam wegzulaufen, und so gehorchte sie ihm.

»Wie lange standen Sie schon da?«, fragte er.

»Eine Weile. Ich bin nach oben gekommen, weil unten die Luft so schlecht ist.«

Sie musste ihn anstarren, denn er war unglaublich attraktiv, trug makellose Kleidung und hatte eine kultivierte Stimme. Sie nahm an, dass er ungefähr Mitte zwanzig war.

Bis zu diesem Moment war Sam der Maßstab gewesen, nach dem sie das Aussehen von Männern beurteilte, und sie kannte ein paar, die besser aussahen als ihr Bruder. Aber Sam wirkte fast mädchenhaft im Vergleich zu diesem Mann, dessen Haar pechschwarz war und der tief liegende Augen, eine stolz geschwungene Nase und hohe Wangenknochen hatte.

»Spionieren Sie anderen Leuten immer hinterher?«, fragte er spöttisch.

»Sind Sie immer so unhöflich zu Leuten?«, gab sie entrüstet zurück. »Ich war zuerst hier. Sie hätten erst überprüfen sollen, ob Sie allein sind, bevor sie etwas Heimliches tun.«

»Sie sind ein freches Luder«, erwiderte er und musterte sie von oben bis unten. »Kann ich mir Ihr Schweigen mit einem Zweischillingstück erkaufen?«

Beth verstand diese Frage nicht und starrte ihn nur an.

»Fünf Schilling?«, fragte er.

Plötzlich wurde ihr klar, was er meinte. Zeugin eines ehebrecherischen Treffens zu werden war schockierend genug für sie, aber dass er sie bestechen wollte, damit sie niemandem davon erzählte, war beleidigend. »Wie können Sie es wagen zu glauben, dass man mein Schweigen erkaufen kann?«, wollte sie wütend wissen. »Ich habe kein Interesse an Ihnen oder Ihrer Freundin. Es hätte völlig ausgereicht, mich einfach zu bitten, niemandem zu erzählen, was ich gesehen habe.«

Er wirkte etwas bedrückt. »Tut mir leid«, sagte er. »Es ist nur …« Er beendete den Satz nicht.

Beth wurde mutiger. Den ganzen Tag lang hatte sie sich darüber geärgert, dass der Reederei das Wohlergehen der ärmeren Passagiere völlig egal war, und etwas gegen jemanden aus der ersten Klasse in der Hand zu haben gab ihr das Gefühl, endlich quitt zu sein. Sie trat näher, direkt an die Reling. »Dass sie die Frau von einem anderen ist?«

Er hätte sie sich leicht schnappen können, aber er sah sie nur traurig an. »Sie sind zu jung, um das zu verstehen«, sagte er mit einem Seufzen.

»Sie wären überrascht, was ich alles verstehe«, gab sie zurück und dachte an das Geständnis ihrer Mutter auf ihrem Sterbebett. »Ich weiß, dass Leidenschaft Menschen dazu bringt, kopflos zu handeln.«

Er lächelte amüsiert. »Und was, oh Weise, soll ich machen, wenn ich eine Frau liebe, die mit einem Mann verheiratet ist, der sie unglücklich macht?«

Beth war überrascht und auch ein bisschen gerührt über seine Ehrlichkeit. »Warum hat sie ihn dann geheiratet?«, fragte sie.

»Sie wurde von ihrer Familie dazu gedrängt«, antwortete er.

Beth dachte einen Moment nach. »Und warum verlässt sie ihn dann nicht?«

»Sie überraschen mich«, sagte er mit einem Hauch Sarkasmus. »Ich dachte immer, dass die Frauen Ihrer Klasse an die Unantastbarkeit der Ehe glauben.«

Beth war wütend über seine Bemerkung über ihre Klasse und seine Annahme, dass ein Mädchen wie sie nicht offen für solche Dinge war. »So wie ich es sehe, ist eine Vernunftehe nicht unantastbar.«

»Sie klingen verbittert«, meinte er und sah sie forschend an. »Wenn Sie nicht so jung wären, dann würde ich glauben, Sie sprechen aus Erfahrung. Aber was Sie da vorschlagen, ist ohnehin unmöglich; ihr Mann lässt sie überwachen.«

»Von einer Dienstbotin?«, fragte Beth. Sie erinnerte sich, dass die Frau jemanden namens Aggie erwähnt hatte.

Er nickte.

Aus Gründen, die sie nicht verstand, nahm Beth Anteil an seinen Problemen und wollte ihm helfen. »Sie wird abgelenkt sein, wenn wir erst in New York sind. Vielleicht sollte Ihre Dame schon mal Pläne schmieden.«

»Und was für einen Plan würde sich ein verschlagenes kleines Luder wie Sie ausdenken?«, fragte er, und ein leichtes Lächeln spielte um seine Lippen.

Beth konnte gut verstehen, warum diese Clarissa bereit war, für ihn ein solches Risiko einzugehen. Es war nicht nur sein Gesicht, das attraktiv war, er hatte auch eine lässige Art. »Ich glaube, dass sie Hilfe von einer anderen Frau braucht«, sagte sie nachdenklich. »Ihre Dienstbotin würde sie nicht so scharf beobachten, wenn sie mit einer Freundin zusammen wäre.«

»Ich werde das im Hinterkopf behalten«, erwiderte er und schenkte ihr diesmal ein strahlendes Lächeln. »Schade, dass Sie nicht auch in der ersten Klasse sind, sonst könnten Sie das übernehmen.«

Beth lachte leichthin. »Ich wünschte, ich wäre in der ersten Klasse. Ich nehme nicht an, dass dort so viele Leute seekrank sind. Deshalb bin ich hier oben, um dem Gestank zu entkommen. Aber ich muss jetzt gehen, mir ist furchtbar kalt.«

»Und kann ich mich darauf verlassen, dass Sie mit niemandem darüber sprechen werden?«, wollte er wissen und hob fragend eine Augenbraue.

»Diskretion ist mein zweiter Vorname«, antwortete sie kichernd.

»Dann, Miss Diskretion, hoffe ich, dass wir einander noch einmal begegnen werden«, sagte er mit einer leichten Verbeugung. »Und jetzt gehen Sie besser, bevor Sie noch erfrieren.«

Der Rest der Reise verlief langsam und ereignislos, ohne dass Beth die beiden Liebenden wiedersah. Da so viele der Zwischendeck-Passagiere krank waren, gab es keine fröhlichen Abende mit Tanz, Musik und Zechgelagen mehr, und Beths Tage waren damit angefüllt, sich um die Kranken zu kümmern, sauber zu machen und auf die Kinder derjenigen aufzupassen, die zu schwach waren, um es selbst zu tun.

Viele, denen sie half, behaupteten, sie sei ein Engel, aber für Beth war es nichts Außergewöhnliches, sich um andere zu kümmern; sie war es gewohnt. Außerdem gab es zu wenig Licht zum Lesen, es war zu kalt, um für mehr als zehn Minuten am Stück an Deck zu gehen, und denjenigen, die sie am meisten mochte, vor allem Maria und Bridie, ging es zu schlecht, um mit ihnen zu scherzen oder zu reden.

Sam rief ihr mehrmals am Tag zu, dass sie sich mit ihm an Deck treffen solle, und Jack Child kam immer dazu. Beth nahm an, dass er sich mit Sam angefreundet hatte, aber ihr Bruder erklärte ihr, dass sie der Grund dafür sei.

Beth glaubte das nicht wirklich, denn sie hatte bemerkt, dass alle, Männer und Frauen gleichermaßen, Sam bewunderten. Er war lustig, freundlich, wagemutig und oft forsch.

Doch warum auch immer Jack Zeit mit ihnen verbringen wollte, Beth freute sich jedes Mal, ihn zu sehen. Er war lustig, schlagfertig und weltgewandt. Ihr war manchmal ein bisschen schwindelig in seiner Nähe, und er verstand immer ihre kleinen Witze und machte eine Bemerkung, die sie kichern ließ. Sie wünschte sich oft, dass es an Deck nicht so kalt wäre, denn dann hätte sie länger dortbleiben können; doch wie die Dinge lagen, dehnte sie ihre Treffen dort so lange aus, bis sie fast zu einem Eisblock geworden war. Im Niedergang blieben sie meist stehen und redeten noch weiter, bis ein Mitglied der Mannschaft oder ein Steward sie wütend ermahnte, dass sie im Weg standen.

Sam ließ sich von den Regeln nicht aufhalten. Mit seinem Charme, seinem guten Aussehen und seinen guten Manieren gelang es ihm, sie zu umgehen. Irgendwie schaffte er es, eine junge Dame namens Annabel aus der zweiten Klasse kennenzulernen, und verbrachte einen Teil jedes Tages mit ihr und ihrer Familie an verschiedenen Orten auf dem Schiff; er aß sogar mit ihnen und vermied so das widerliche Stew, das den Passagieren des Zwischendecks vorgesetzt wurde.

Beth wäre eifersüchtig gewesen, wenn er ihr nicht Kuchen und Früchte zugesteckt hätte. Jack war beeindruckt von Sams kaltschnäuziger Dreistigkeit und von der Art und Weise, wie er es schaffte, damit durchzukommen.

»Wenn ich durch eine der Absperrungen gehen würde, dann wüssten die sofort, wo ich herkomme«, sagte er mit einem schiefen Grinsen. »Ich könnte vielleicht einem Steward das Jackett klauen und mit einem Tablett da drinnen rumlaufen. Aber sobald ich den Mund aufmache, würden die mich erwischen.«

»Man sagt, dass es in Amerika keine Klassenunterschiede gibt«, erklärte Beth. »Wenn man sich besser stellen will, dann muss man einfach nur hart arbeiten.«

Beth war bis zum Tod ihrer Mutter nicht klar gewesen,

dass es so etwas wie Klassenunterschiede überhaupt gab. Davor war sie nur mit der Mittelschicht zusammengekommen, respektablen und fleißigen Leuten, genau wie ihre Familie. Sie hatte natürlich gewusst, dass es sehr arme Menschen gab; sie sah sie täglich auf der Straße betteln. Aber die Reichen in ihren großen Häusern mit ihren Dienern und ihren schicken Kutschen waren so weit entfernt von ihr gewesen, dass sich ihre Lebenswelten gar nicht berührt hatten.

Arbeiten zu gehen und später am Falkner Square zu wohnen hatte Beths Sicht jedoch verändert. Sie war eine Dienstbotin geworden und hatte die Reichen aus nächster Nähe beobachtet, und dadurch war ihr der riesige, unüberwindliche Graben bewusst geworden, der zwischen ihnen verlief. Die Langworthys hatten ihr nie das Gefühl gegeben, ihnen unterlegen zu sein, aber auf der Reise bekam sie genau das deutlich zu spüren, nur weil sie sich kein besseres Ticket leisten konnte.

Nachts, wenn sie im Bett lag und versuchte, das Stöhnen der Kranken um sich herum und den immer präsenten Gestank nach Erbrochenem auszublenden, dachte sie über die versprochene klassenlose Gesellschaft in Amerika nach. Natürlich würde es dort auch so etwas wie eine Hierarchie geben, aber wenn sie auf Reichtum fußte und nicht auf Herkunft und Bildung, dann konnten Sam und sie vielleicht, wenn sie hart arbeiteten, einen Status wie den der Langworthys erreichen.

11

»Land in Sicht!«

Bei dem aufgeregten Ruf eines ihrer Mitreisenden aus dem Zwischendeck holte Beth sofort ihren Mantel und reihte sich in die vielen Leute ein, die an Deck drängten. Es war früher Nachmittag, acht Tage nach ihrer Abreise aus Liverpool, und es kam ihr komisch vor, dass selbst die, die die ganze Reise seekrank gewesen waren, sich plötzlich stark genug fühlten aufzustehen.

Es regnete heftig, und die Sicht war schlecht, und alles, was Beth erkennen konnte, war eine etwas dunklere Linie am Horizont, doch das schien keinen zurück in die Wärme unter Deck zu bewegen. Um sich herum konnte sie hören, wie die Leute sich gegenseitig fragten, wie lange es noch dauern würde, bis sie ankamen, und dann diskutierten, was sie als Erstes tun würden, sobald die Einwanderungsformalitäten erledigt waren.

Nachdem sie fast die ganze Reise über das Deck für sich allein gehabt hatte, fühlte es sich komisch an, von so vielen Menschen bedrängt zu werden. Sam war nicht da – sie nahm an, dass er bei Annabel war –, und sie konnte auch Jack nirgends sehen. Um nicht zerdrückt zu werden und um sich einen Platz zu suchen, von wo aus sie einen Blick auf das Land erhaschen konnte, bahnte sie sich einen Weg durch die Menge bis zu der Absperrung, die sie von der ersten Klasse trennte.

Dort, direkt auf der anderen Seite der Absperrung, stand

zu ihrer Überraschung Clarissa mit einem Gentleman unter einem Regenschirm zusammen.

Beth hatte sie im Dunkeln zwar nur kurz gesehen, aber sie wusste ohne jeden Zweifel, dass es Clarissa war, sogar noch bevor sie sie sprechen hörte. Sie trug einen langen, hellbraunen Pelzmantel und einen passenden Hut. Ein paar blonde Haarsträhnen flatterten im Wind um ihr Gesicht.

Beth sah weiter geradeaus, aber ihre Augen huschten zur Seite, um die Frau zu betrachten. Sie war das, was die meisten Leute eine klassische Schönheit nennen würden: Sie hatte ein ovales Gesicht, Porzellanhaut, eine perfekte gerade Nase und hohe Wangenknochen. Beth konnte ihre Augen nicht genau sehen, aber sie nahm an, dass sie blau waren. Doch ihr Aussehen war nicht so interessant wie die Art, wie sie mit ihrem Begleiter umging. Er hielt den Regenschirm mit einer Hand über ihren Kopf, aber sie hatte sich besitzergreifend bei ihm untergehakt und blickte ihm jedes Mal, wenn er etwas sagte, direkt in die Augen.

Beth nahm an, dass er ein weiterer Verehrer war, weil er nicht zu dem Bild des alten, korpulenten Mannes passte, das sie sich in Gedanken von dem Ehemann dieser Frau gemacht hatte. Er war um die vierzig und groß, mit einem kleinen Kinnbart und einem gepflegten Schnurrbart und so aufrecht und schlank wie ein Gardist in seinem schicken dunkelblauen Mantel mit Astrachan-Kragen. Ungewöhnlicherweise trug er keinen Hut, und sein braunes Haar war wellig und voll. Obwohl er nicht so umwerfend attraktiv war wie der andere Mann, den Beth gesehen hatte, war sein Gesicht doch hübsch und sympathisch, und er lachte über etwas, das Clarissa zu ihm sagte.

»Ich fürchte, mir fliegt gleich der Regenschirm weg«, hörte Beth ihn sagen, als ein Windstoß diesen fast umstülpte und er sich anstrengen musste, ihn nicht zu verlieren.

»Ich habe dir doch gesagt, mein Schatz, dass es ein Fehler ist, ihn mit nach draußen zu nehmen«, erwiderte Clarissa und lächelte ihn liebevoll an. »Regenschirme gehören nicht auf Schiffe, sondern in die Stadt.«

»Soll ich meine wunderschöne Frau nass werden lassen?«, rief er lächelnd.

Beth war so überrascht darüber, dass dies der betrogene Ehemann war, dass sie fast den Kopf herumriss und das Paar anstarrte, aber sie beherrschte sich gerade noch rechtzeitig und sah weiter geradeaus zum Horizont.

»Es wäre sicher besser gewesen, wenn wir uns das Land vom Salon aus angesehen hätten, so wie ich es vorgeschlagen hatte«, hörte sie Clarissa sagen.

»Vielleicht besser, aber hier draußen ist es doch viel aufregender«, erwiderte ihr Mann und winkte mit einer Hand den Passagieren des Zwischendecks. »Sieh sie dir an, wie sie beim ersten Anblick von Amerika schreien.«

Beth wusste, es hätte sie abstoßen müssen, dass diese Frau so wenig von ehelicher Treue hielt. Offensichtlich war ihr Ehemann kein Monster, und sie hatte nur mit den Gefühlen des hübschen jungen Mannes gespielt. Doch sie war eher enttäuscht und traurig, dass der andere Mann sehr verletzt sein würde.

Ein paar Minuten später lichteten sich Nebel und Regen gerade genug, um das Land undeutlich erkennen zu können, und das lenkte Beth von Clarissa und ihrem Liebhaber ab.

Zu ihrer Enttäuschung erfuhren die Passagiere, dass sie heute Abend noch keinen Fuß auf New Yorker Boden setzen würden, denn das Schiff musste im Hudson River vor Anker liegen, bis der Mann von der Einwanderungsbehörde an Bord kam. Es hieß, er müsse überprüfen, ob es Krankheiten auf dem Schiff gebe, und dann – vorausgesetzt, es war alles in Ordnung – würde man ihnen am folgenden Morgen einen Liegeplatz in den New Yorker Docks zuweisen.

Die ruhigere See und die Freude darüber, dem Ziel so nah zu sein, heilten die Seekranken sofort, und alle wollten, dass ihr letzter Abend ein denkwürdiger war. Selbst Miss Giles, die mit Adlerlaugen über die ihr anvertrauten Frauen gewacht hatte, ließ in ihrer Wachsamkeit nach.

Als der übliche Kessel mit Stew zum Abendessen heruntergebracht wurde, kam es fast zu Handgreiflichkeiten, weil alle zuerst etwas haben wollten. Einige Passagiere hatten seit Liverpool nicht mehr als ein paar Löffel dünnen Haferschleim und trockenes Brot gegessen und waren jetzt schrecklich hungrig.

Beth traute ihren Augen kaum, als sie sah, wie die Leute über die graubraune, fettige Brühe mit dem wenigen darin herumschwimmenden Gemüse und den extrem knorpeligen Fleischstücken herfielen. Sie hatte sich jeden Abend gezwungen, etwas von dem ekelerregenden Gebräu zu essen, weil es nichts anderes gab, aber sie sahen alle aus, als würden sie es wirklich mögen.

Als die Mahlzeit vorüber war, wurden die Geige, die Löffel und die Mundorgeln herausgeholt, und das Singen, Tanzen und Trinken begann. Jack hatte eine Flasche Whiskey und bot sie Beth an. Sie nahm einen Schluck und zuckte zusammen, als er in ihrer Kehle brannte, doch sie war entschlossen, etwas zu wagen, und nahm noch einen Schluck, den sie einfacher herunterbekam.

Vielleicht lag es nur am Whiskey, aber an diesem Abend fühlte Beth sich wie ein Schmetterling, der sich aus seinem Kokon befreit hatte. Allein die Anzahl der jungen Männer, die mit ihr tanzen wollten, bewies, dass sie attraktiv war; sie blickte aufgeregt und optimistisch auf das Abenteuer, das sie am Morgen erwartete. Obwohl sie wusste, dass sie Molly in den kommenden Wochen schrecklich vermissen würde, wurde ihr plötzlich klar, dass es ihr nicht leidtat, England verlassen zu haben.

»Hol deine Geige raus und spiel, Beth«, drängte Sam sie.

Sie versuchte sich zu weigern, weil sie noch nie öffentlich gespielt hatte und befürchtete, dass sie nicht so gut war wie der alte Mann. Aber Sam ließ nicht locker, und bald forderten sie auch alle anderen Leute um sie herum auf zu spielen.

Beth hatte immer nach Gehör gespielt, obwohl sie durch das Klavierspielen Noten lesen konnte, und so hörte sie sich ein paar Takte der Melodie an, die der alte Mann angestimmt hatte, als sie mit ihrem Instrument zurückkam, und als sie glaubte, sie ebenfalls zu können, stimmte sie in das Stück mit ein.

Es war viel schneller, als sie es gewohnt war, doch es fühlte sich richtig an, es war die Art, wie man eine Geige spielen sollte. Ihre Finger bewegten sich rasend schnell über die Saiten, und ihr Bogen ließ die Geige singen. Sie bewegte ihren ganzen Körper im Rhythmus, schloss die Augen und ging ganz in der Musik auf.

Sie spürte die Begeisterung ihres Publikums eher, als dass sie sie sah: Das Stampfen der Füße wurde lauter, und die Tänzer stießen Freudenschreie aus. Auf einmal wusste sie, dass sie genau dafür gemacht war: um schnelle, fröhliche Musik zu spielen, die sie und die um sie herum an einen besseren Ort brachte. Sie vergaß, dass sie sich auf einem Schiff umgeben von schmutzigen, blassen Leuten befand, und fühlte sich, als würde sie barfuß im hellen Sonnenschein über eine Wiese voller Butterblumen tanzen.

Als die Melodie endete, öffnete sie die Augen wieder und sah, dass sie alle mit an diesen Ort genommen hatte. Ihre Augen strahlten, sie grinsten breit, und Schweiß bedeckte ihre Gesichter.

»Du kleine Zigeunerin!«, rief ein Mann in der Menge. »Das war mit Sicherheit die beste Geigenmusik, die ich außerhalb von Dublin gehört habe!«

Beth spielte noch ein paar Mal, bevor sie die Geige weglegte und mittanzte. Es ging noch wilder zu als am ersten Abend, die Musik war lauter, und während sie in einer schnellen Polka herumgewirbelt wurde, lachte sie vor purer Lebensfreude.

Sam kam immer wieder an ihr vorbei, jedes Mal mit einem anderen Mädchen im Arm. Sein breites, zufriedenes Lächeln sagte ihr, dass er sich über ihre Ausgelassenheit freute, und das hob ihre Stimmung noch weiter. Ihr wurde klar, dass er vermutlich nicht sicher gewesen war, ob sie ihre brave Art jemals ablegen würde, und vielleicht hatte er sogar befürchtet, dass sie eine Belastung für ihn sein könnte.

Da schwor sie sich, ihm zu beweisen, dass sie das Leben genauso bewältigen konnte wie ein Mann, und sich mit ganzem Herzen in das große Abenteuer zu stürzen.

Ein paar Stunden später floh Beth vor dem Pfeifen- und Zigarettenqualm und der Anzahl der schwitzenden Körper an Deck, um frische Luft zu schnappen.

Während sie die Treppe hinaufging, wurde ihr zu ihrer Bestürzung klar, dass sie ein bisschen beschwipst war, denn sie hatte Schwierigkeiten, ihre Bewegungen zu koordinieren. Als sie fast nach hinten gefallen wäre, spürte sie zwei Hände, die sich um ihre Hüften legten und sie festhielten.

Es war Jack.

»Ganz ruhig, Mädchen«, sagte er. »Wenn du wirklich unbedingt an Deck willst, dann begleite ich dich lieber.«

Als sie schließlich oben standen, fühlte sich die kalte frische Luft wunderbar an. Es hatte aufgehört zu regnen, der Himmel war klar und voller Sterne, und silbernes Licht schimmerte auf dem Meer.

»Das ist besser«, seufzte sie und holte tief Luft. »Wie schön das alles aussieht.«

»Das tut es«, stimmte Jack ihr zu. »Die See sieht aus wie schwarzer Satin, und sieh dir den Mond an!«

Es war nur eine Sichel, aber sie wirkte viel näher und heller, als Beth es jemals in Liverpool gesehen hatte. Sie setzten sich auf eine Backskiste und blieben dort für eine Weile in kameradschaftlichem Schweigen sitzen. Eine Kapelle spielte im Salon der ersten Klasse, und jetzt, wo sie den Hudson River hinauffuhren, war es viel wärmer als auf See, so viel wärmer, dass mehrere andere Paare heraufgekommen waren und in einiger Entfernung an Deck standen.

»Du bist ein stilles Wasser«, meinte Jack und grinste sie an. »Du hast mir nie erzählt, dass du so spielen kannst. Ich dachte, dass du nur diese kreischende Kammermusik machst, als ich den Geigenkasten sah.«

»Es ist eine irische Geige«, entgegnete Beth lächelnd. »Ich glaube nicht, dass sie etwas anderes spielt als Jigs. Meine Mutter war nie begeistert davon; sie fand immer, es sei Wirtshausmusik.«

»Du wirst immer Arbeit finden, wenn du so spielen kannst«, meinte Jack. »Aber wohin werdet ihr morgen gehen? Habt ihr schon Pläne?«

»Ich glaube, Sam schon«, antwortete sie. »Wie steht's mit dir?«

»Ich werde zu meinem Freund gehen«, erwiderte er. »Ich glaube nicht, dass es ein toller Ort ist, so eine Art Pension, aber es wird reichen, bis ich Arbeit gefunden habe.«

»Und was für Arbeit wird das sein?«

»Alles, was gut bezahlt ist«, sagte er. »Ich wünschte nur, ich hätte ein Talent wie deins. Die Leute werden sich darum reißen, dich zu engagieren.«

»Mich engagieren?«, rief sie. »Um Geige zu spielen?«

»Ist es nicht das, was du tun willst?« Er sah verwirrt aus.

»Ich dachte, ich suche mir eine Stelle als Hauswirtschafterin oder als Verkäuferin, so wie zu Hause«, sagte sie.

Jack lachte schnaubend. »Na ja, das wäre aber ganz schön dumm, wenn du mit so einem Talent aufwarten kannst.«

»Aber die werden doch keine Frau engagieren, oder?«

»Das ist doch eine noch größere Attraktion«, widersprach Jack. »Vor allem bei einer so hübschen wie dir.«

»Danke, Jack«, sagte sie und wurde ein bisschen rot.

»Ich komme gerne und höre dir zu, aber ich glaube nicht, dass du mich noch kennen willst, wenn du erst in den schicken Etablissements verkehrst.«

»So ein Unsinn«, erklärte Beth entrüstet.

»Nein!« Er schüttelte den Kopf. »Ich bin zu hässlich für jemanden wie dich. Deine Freunde werden mein vernarbtes Gesicht ansehen und glauben, dass ich der Falsche bin.«

»Wo hast du die her?«, fragte sie und streckte die Hand aus, um die Narbe sanft zu berühren.

»Das war mein Pa. Er schlug Ma, ich versuchte ihn aufzuhalten, und er nahm sich ein Messer und verletzte mich damit. Deshalb verließ ich London. Ich konnte nicht mehr.«

»Wenn du sie bekommen hast, weil du deine Mutter verteidigen wolltest, dann musst du dich dafür nicht schämen«, sagte Beth und küsste seine Narbe.

Plötzlich legten seine Arme sich um sie, und er küsste sie.

Beth war überrascht, aber nicht unangenehm. Jacks Lippen waren weich und warm; sie mochte die Art, wie seine

Hände ihr Gesicht streichelten, und den Schauer, der ihr über den Rücken lief. Ohne sich dessen bewusst zu sein, schmiegte sie sich in seine Arme und legte ihre um seinen Hals.

Als sich seine Zunge zwischen ihre Lippen schob, fand sie, dass er zu weit ging, aber es fühlte sich gut an, und sie wollte den Kuss nicht unterbrechen. Er atmete schwer, hielt sie fester und fester, und erst da wurde ihr klar, dass sie mehr nicht zulassen durfte.

»Wir sollten jetzt zurückgehen«, sagte sie, als sie sich von ihm löste und aufstand. »Wir müssen morgen früh raus, und es liegt noch so viel vor uns.«

»Ich will dich niemals mehr gehen lassen«, flüsterte er. »Du bist so wunderschön.«

Beth lächelte und tätschelte sein Gesicht. »Das ist süß von dir, aber du siehst mich doch morgen.«

»Ich würde alles für dich tun«, sagte er und hielt sie an den Schultern fest. »Alles!«

Als Beth wieder unter Deck kam, war die Party zu Ende. Ein paar betrunkene Männer torkelten herum, aber die Frauen und Kinder lagen im Bett. Im Frauenquartier warteten Maria und Bridie auf Beth; offenbar hatte ihnen jemand berichtet, dass sie mit Jack gesehen worden war.

»Bist du mit ihm zusammen?«, flüsterte Bridie, und auf ihrem sommersprossigen Gesicht erschien ein neugieriger Ausdruck.

»Nein, zumindest glaube ich das nicht«, erwiderte Beth, zog sich schnell das Kleid und die Schuhe aus und schlüpfte ins Bett. Sie hatte keine Ahnung, ob man mit jemandem zusammen war, nur weil man ihn geküsst hatte. Sie mochte Jack, aber er war auch der einzige Mann, den sie auf dem Schiff kennengelernt hatte. Vielleicht würde sie ja jemand Passenderen kennenlernen, wenn sie an Land gingen.

»Hat er dich geküsst?«, flüsterte Maria.

»Ja.«

»Wie war es?«, wollte Maria wissen.

»Schön«, flüsterte Beth zurück. »Aber ich habe keinen Vergleich, weil es das erste Mal war.«

»Du bist noch nie geküsst worden?«, fragte Bridie ungläubig.

Miss Giles kam herein, um nachzusehen, ob alle im Bett lagen, deshalb blieb Beth eine Antwort darauf erspart.

Sie tat so, als wäre sie eingeschlafen, nachdem Miss Giles gegangen war und die Tür hinter sich geschlossen hatte. Mit geschlossenen Augen durchlebte sie noch einmal Jacks Küsse und erinnerte sich wieder und wieder an das herrliche Gefühl.

»Was passiert jetzt?«, wollte Beth von Sam wissen. Es war zehn Uhr morgens, und der Tag war klar und sonnig. Sie waren bei Tagesanbruch aufgewacht, als die Schiffsmotoren wieder ansprangen, und jemand schrie, dass es Zeit sei, an Land zu gehen.

Plötzlich herrschte völliges Chaos im Zwischendeck, weil alle hastig ihre Sachen zusammenpackten. Selbst die Rufe der Mannschaft, dass es noch mehrere Stunden dauern würde, bis sie das Schiff verlassen konnten, dämmten die Massenpanik nicht ein.

Beth wurde ebenfalls davon ergriffen und rannte an Deck, um sich selbst zu überzeugen.

Vor ihr lag New York, und es sah genauso aus wie auf einem Bild, das sie in einer Zeitschrift gesehen hatte. Sie konnte die

Turmspitze der Trinity Church erkennen, von der sie wusste, dass sie den Schiffen als Orientierungspunkt diente, weil sie das höchste Gebäude war.

Sie war fasziniert. Der Kirchturm mochte das höchste Gebäude sein, aber alle anderen wirkten ebenfalls bemerkenswert hoch. Allein die Anzahl der Schiffe erstaunte sie. Zahllose Landungsstege ragten in den Fluss, den ein Matrose den East River genannt hatte. Offenbar lag der Hudson, auf dem sie am Abend zuvor gefahren waren, auf der anderen Seite der Insel, und an jeder einzelnen Mole lag ein Schiff. Obwohl es noch so früh war, bevölkerten alle möglichen Arten von Karren, Wagen und Kutschen den Kai, und Hunderte von Männern luden Waren aus oder ein.

Als sie näher kamen, schwoll der Lärm von Fässern, die über das Kopfsteinpflaster gerollt wurden, von Pferdehufen, Wagenrädern, Schiffsmotoren und Stimmen immer mehr an, und als Beth den Blick vom Kai abwandte, sah sie Tausende von Booten aller Art, von Schleppern bis hin zu alten Segelschiffen, draußen auf dem Fluss. Als sie wieder in die Richtung sah, aus der sie gekommen waren, erkannte sie die Freiheitsstatue, die sie von Bildern kannte. Aber nichts hatte sie darauf vorbereitet, wie riesig sie über dem Hafen thronte und welche Gefühle sie in ihr weckte.

Sie erinnerte sich an ein Gedicht, das ihr Lehrer einmal rezitiert hatte. Beth wusste nicht mehr, ob es darin um die Statue oder um Amerika generell gegangen war, aber der Teil, der ihr im Gedächtnis geblieben war, passte auf beides: »Gebt mir eure Müden, eure Armen, eure geknechteten Massen, die frei zu atmen begehren, den elenden Unrat eurer gedrängten Küsten.«

Beth sah sich selbst, Sam oder irgendjemand anderen auf dem Schiff nicht als »elenden Unrat«, aber sie nahm an, dass die Frau, von der das stammte, viele Tausend Menschen aus ganz Europa durch die Einwanderungshallen hatte hinken sehen. Mit ihren zerschlissenen Koffern, ihren verhärmten Gesichtern und ihren schäbigen Kleidern sahen sie vermutlich wie solcher Unrat aus, obwohl sie fand, dass eine Dichterin ein freundlicheres Wort hätte finden können.

Die Brooklyn Bridge war ebenfalls viel größer und länger, als sie erwartet hatte. Sie konnte sich nicht vorstellen, wie jemand auf den Gedanken gekommen war, etwas so Riesiges über einen Fluss zu bauen.

Kurz bevor sie wieder unter Deck ging, um auf die Nachricht zu warten, dass sie das Schiff verlassen konnten, fragte sie sich, was die Stadt wohl noch für unglaubliche Anblicke bereithielt, wenn der Hafen schon so beeindruckend war.

»Offenbar sind die erste und zweite Klasse zu fein für die Einwanderungsbehörde«, sagte Sam später missbilligend, als er und Beth zusahen, wie die Gangways heruntergelassen wurden und die Leute aus den besseren Klassen fröhlich darüberliefen, die meisten gefolgt von Gepäckträgern, die mit ihren Koffern beladen waren. »Wir werden mit einer Fähre nach Ellis Island gebracht und überprüft. Wenn wir ihnen nicht gefallen, dann schicken sie uns zurück nach England.«

»Sie werden uns nicht zurückschicken«, versicherte Beth ihm. »Wir sind stark und gesund.«

»Ich habe keine Angst, dass sie uns zurückschicken. Es wird nur unendlich lange dauern, bis wir durch sind. Sieh dir an, wie viele Schiffe hier sind, alle voll mit Einwanderern. Es wird schwer sein, heute Abend noch eine Unterkunft zu finden, wenn es erst dunkel ist.«

Um vier Uhr nachmittags wurde Beth sehr nervös, denn die Schlange von Leuten, die von der Einwanderungsbehörde befragt werden sollte, schien sich überhaupt nicht zu bewegen. Es war fast zwölf gewesen, als die Fähre sie zu der Insel und dem riesigen Gebäude aus Kiefernholz gebracht hatte, in dem sie »bearbeitet« werden sollten. Sie hatte von einem Matrosen auf der Fähre gehört, dass dieses Gebäude erst 1892 eröffnet worden war, aber es war überfüllt mit Tausenden von Leuten mit ungewaschenen Körpern, und wegen der schlechten Belüftung, ihres vor Hunger knurrenden Magens und ihrer vom langen Stehen schmerzenden Beinen fühlte Beth sich darin wie in einer Folterkammer aus alter Zeit.

Es war auch so laut – Tausende von Stimmen redeten gleichzeitig, und viele davon in fremden Sprachen. Und man konnte die unterschwellige Angst spüren, die hier herrschte, weshalb vielleicht so viele kleine Kinder weinten. Durch die Reihen verbreitete sich die Nachricht, dass man sie nicht nur befragen, sondern auch medizinisch untersuchen würde, und obwohl das Beth und Sam keine Sorgen bereitete, war es offensichtlich, dass viele dies fürchteten.

»Belastung für die öffentliche Hand« war ein Ausdruck, den Beth immer wieder von den Leuten hörte. Sie nahm an, dass die Beamten jedem den Zugang verwehrten, der vielleicht eine werden könnte. Sie sah ein runzliges altes Paar, das aussah, als könne es sich kaum noch auf den Beinen halten, und hoffte, die beiden konnten beweisen, dass sie eine Familie hatten, die sich um sie kümmern würde. Es gab ganze Familien, die so schrecklich arm wirkten, dass man ihnen mit Misstrauen begegnen würde, und was sollte aus denen werden, die dünn und blass aussahen und viel husteten? Litten sie vielleicht an Tuberkulose?

Als Beth endlich dem Arzt vorgeführt wurde, war sie ganz

schwach vor Hunger und Durst, aber der Arzt musterte sie nur von oben bis unten und winkte sie weiter. Die Fragen waren sehr einfach: Wie viel Geld sie dabeihabe, was für eine Arbeit sie sich suchen wolle und noch ein paar andere, die offensichtlich darauf abzielten, herauszufinden, ob sie im Vollbesitz ihrer geistigen Kräfte war.

Nachdem sie so lange auf das Interview gewartet hatte, kam es ihr absurd kurz vor, fast enttäuschend. Sie wurde weitergewunken, gefolgt von Sam, und plötzlich realisierte sie, dass alles vorbei war. Sie waren anerkannt worden und konnten jetzt mit der Fähre in die Stadt fahren.

Die Stunden auf Ellis Island waren schrecklich, frustrierend und ermüdend gewesen, und sie hatten erwartet, dass alles gut werden würde, wenn sie das erst hinter sich hatten. Aber als sie die Gangway von der Fähre hinunter auf den Anleger in New York gingen, bekam Beth furchtbare Angst.

Es war jetzt nach acht Uhr abends, es war dunkel und kalt, und es fühlte sich an, als wären sie kopfüber in einen Strudel geraten: Tausende von verwirrten, mit Gepäck beladenen Menschen und um sie herum die Schakale, die entschlossen waren, sie um einen Teil ihres Geldes zu bringen.

Einschüchternde vierschrötige Männer mit karierten Anzügen und Homburg-Hüten bahnten sich ihren Weg durch die Menge und boten den Leuten an, ihr Geld in Dollar umzutauschen und ihnen ein Hotelzimmer oder ein Bus- oder Bahnticket zu besorgen. Es gab zerlumpte, barfüßige Straßenkinder, die an ihren Kleidern zogen und um Geld bettelten oder anboten, ihre Taschen zu tragen, und eine riesige schwarze Frau mit einem Turban auf dem Kopf, die versuchte, sie in ein Restaurant zu lotsen, um dort etwas zu essen. Ein korpulenter Mann mit Gehrock und Zylinder stellte sich ihnen in den Weg und erklärte, dass er ihnen für ein kleines Entgelt eine »elegante Wohnung« besorgen könne.

Beth wäre vielleicht versucht gewesen, einem von ihnen zu vertrauen, denn sie war hungrig, und sie fror, wollte sich mehr als alles andere auf der Welt hinsetzen und eine Tasse Tee trinken, aber Sam, der ihr Gepäck trug, zog sie weiter. Er drängte all die Hausierer beiseite und warnte sie, gut auf ihre Geige aufzupassen.

»Annabels Vater hat mir von einem Hotel erzählt, zu dem wir gehen sollen«, sagte er. »Wir verschwinden hier und suchen uns etwas zu essen, dann nehmen wir uns eine Droschke zum Hotel.«

»Was ist mit Jack?«, fragte sie, denn sie hatte sich umgewandt und gesehen, dass er versuchte, zu ihnen aufzuschließen.

»Jack kommt allein zurecht«, erklärte Sam scharf.

12

»Ich hätte nie gedacht, dass es so schwer sein würde, eine Bleibe zu finden«, seufzte Sam verzweifelt. »Und auch nicht, dass so viele Leute versuchen würden, uns zu betrügen. Ich weiß wirklich nicht, wohin wir uns jetzt wenden sollen.«

Beth trennte gerade im Kerzenlicht das Innenfutter ihrer Jacke auf, um an das letzte Geld zu kommen, das sie aus England mitgebracht hatten. Während Sam redete, sah sie zu ihm hinüber. Er saß an dem mickrigen Feuer im Kamin, ein Bild des Elends.

Sie waren jetzt schon einen Monat in New York, aber sie hatten nicht damit gerechnet, dass sie die Zielscheibe von so vielen Betrügern sein würden. Es war fast, als würden sie ein Plakat mit sich herumtragen, auf dem »Greenhorn« stand.

Da war ein Stand an den Docks gewesen, der Einwanderer aufforderte, sich für Jobs registrieren zu lassen. Das Formular, das sie ausfüllen mussten, hatte offiziell gewirkt; der Mann, der sie beraten hatte, war elegant anzogen gewesen und schien sich um sie zu sorgen. Die Gebühr von zwanzig Dollar kam ihnen nicht zu hoch vor, nicht, wenn sie dafür eine anständige, gut bezahlte Arbeit bekamen. Aber nach drei Tagen, als in ihrem Hotel noch immer keine Nachricht eingetroffen war, waren sie zurück zu dem Stand gegangen, nur um festzustellen, dass er verschwunden war und die zwanzig Dollar mit ihm.

Ein anderes Mal hatten sie auf eine Wohnungsanzeige in der Zeitung geantwortet. Sie hatten sich mit dem Wirt einer

Pension getroffen, und er hatte ihnen zwei hübsche Zimmer gezeigt. Es hieß, der jetzige Mieter würde am Ende der Woche ausziehen. Sie zahlten fünfundzwanzig Dollar Miete im Voraus und bekamen einen Schlüssel. Aber als sie einziehen wollten, passte der Schlüssel nicht in die Haustür des Gebäudes, und nachdem es ihnen gelungen war, einen der anderen Mieter herauszuklingeln, wurde ihnen klar, dass der Mann, mit dem sie sich getroffen hatten, überhaupt nicht der Wirt war. Und es gab dort auch keine freien Zimmer.

Sie fühlten sich nicht besser, als sie herausfanden, dass Dutzende von anderen Leuten ebenfalls auf diese Tricks hereingefallen waren. Doch dadurch hatten sie inzwischen ein in ihren Augen kleines Vermögen verloren, und sie waren verbittert darüber, dass die Trickbetrügerei hier so weit verbreitet war und niemand sie gewarnt hatte.

Es gab auch viele andere unschöne Vorfälle: Jobangebote, die sich als Schwindel herausstellten, Wohnungen, zu denen sie sofort fuhren, nur um festzustellen, dass es nur Zimmer waren, die sie sich mit einem halben Dutzend anderen teilen sollten. Man hatte ihnen glaubwürdige Geschichten über schwere Schicksale erzählt und sie zu Glücksspielen überredet, die angeblich eine »sichere Sache« waren und die sie reich machen würden. Meistens waren sie im Hinblick auf Letzteres realistisch gewesen und hatten nur höchstens einen Dollar riskiert, aber auf einige der Leidensgeschichten waren sie hereingefallen und hatten diesen Leuten Geld gegeben, nur um nachher festzustellen, dass auch das ein Betrug gewesen war.

Dieses Hotel war das vierte, in dem sie wohnten. Sie hatten jedes Mal in ein billigeres umziehen müssen, bis sie in dieser heruntergekommenen Bruchbude in der Diversion Street gelandet waren. Aber obwohl das Zimmer winzig, dreckig, trostlos und kalt war, wussten sie, dass es im Vergleich zu den

Unterkünften, die Einwanderern mit wenig Geld angeboten wurden, ein Palast war.

Wenn sie allerdings nicht bald Arbeit fanden, dann würden sie sich nicht einmal mehr leisten können, hier zu wohnen. Sam wusste vielleicht nicht, was sie als Nächstes tun sollten, aber Beth schon. Allerdings ahnte sie, dass es ihrem Bruder nicht gefallen würde.

»Wir könnten uns an Jack wenden«, sagte sie leise und wappnete sich gegen seinen Ärger. »Ich habe ihn heute früh getroffen.«

»Was!«, rief Sam, und sein Gesicht verdüsterte sich.

Beth zuckte mit den Schultern. »Ich weiß, du magst ihn nicht, weil er sich für mich interessiert, aber er kann uns helfen. Er hat bereits einen Job, er kennt die Leute hier, und mit ihm an unserer Seite werden wir nicht mehr so viel betrogen.«

»Wir brauchen keine Hilfe von jemandem wie ihm«, erwiderte Sam kurz angebunden.

»Dann wartest du darauf, dass uns jemand aus der Fifth Avenue rettet, nehme ich an?«, sagte Beth sarkastisch. »Oder darauf, dass das Waldorf jemanden vorbeischickt, der dich anfleht, ihr neuer Barkeeper zu werden?«

»Sei nicht albern«, fuhr er sie an. »Du weißt, wie sehr ich mich bemüht habe, eine Stelle zu finden.«

»Aber die waren alle eine Nummer zu groß für dich«, erwiderte sie heftig.

Sam hatte so großartige Vorstellungen, dass er sich um Jobs beworben hatte, für die seine wenigen Erfahrungen nicht reichten. Er war erst achtzehn, und er hatte nur Schuhe repariert, Bücher geführt und Getränke serviert. Aber er hatte es sich in den Kopf gesetzt, dass er eine gehobene Stellung bekommen würde, nur weil er Engländer war.

»Sei nicht so ein Snob, was Jack angeht«, schimpfte Beth mit ihm. »Er ist vielleicht ein bisschen ungehobelt, aber er ist ein guter Kerl, und außerdem hat er Köpfchen. Wir nicht; wir werden ständig übers Ohr gehauen, weil wir uns nicht auskennen. Wenn wir es in diesem Land schaffen wollen, dann müssen wir uns den einfachen Leuten anschließen, alles von der Pike auf lernen und versuchen, uns hochzuarbeiten.«

»Wir wurden nicht dazu erzogen, in den Slums zu leben«, erklärte Sam mürrisch. »Diesen Ort hast du doch wohl nicht vergessen?«

Das hatte Beth nicht. Sie dachte immer noch mit Schaudern an das Gebiet, in das sie zufällig an ihrem ersten Abend in der Stadt geraten waren.

Man hatte Sam den Weg zum Broadway und einem nicht allzu teuren Hotel erklärt, aber sie mussten in dem schummrigen Licht falsch abgebogen sein, denn sie waren in einem grauenhaften Slum gelandet, von dem sie jetzt wussten, dass es sich um das berüchtigte Five Points handelte, benannt nach den fünf Straßen, darunter die Park Street und die Worth Street, die dort zusammenliefen.

Es war dort tausend Mal schlimmer gewesen als in irgendeinem Slum in Liverpool, ein schlecht beleuchtetes Labyrinth aus schmalen Gassen, an denen verfallene Häuser standen. Dreckige, in Lumpen gekleidete und barfüßige Kinder kauerten in den Eingängen, gebückte alte Männer saßen neben offenen Feuern auf dem nackten Boden, und liederlich aussehende Frauen schrien ihnen Schimpfwörter nach, als sie vorbeigingen. Die fünfstöckigen Wohnhäuser, die wie düstere Festungen hinter den älteren Häusern standen, schienen Tausende zu beherbergen, denn aus ihnen dröhnte eine Kakofonie von Geräuschen.

Zu dem Zeitpunkt war es schon zehn Uhr abends gewesen,

der Gestank war so schlimm, dass man glaubte, durch eine Kloake zu waten, und alle schienen entweder betrunken oder dement zu sein. Mehrmals wurden sie bedroht, man versuchte, ihnen das Geld abzunehmen, und wild aussehende Hunde knurrten sie an. Sie fürchteten tatsächlich um ihr Leben.

Am folgenden Tag, nachdem sie sich in einem hübschen, sauberen Hotel in Sicherheit gebracht hatten, erzählte man ihnen, dass Five Points zwanzig Jahre zuvor als der schlimmste Slum der ganzen Welt gegolten hatte. Und selbst jetzt, in seinem verbesserten Zustand, war es der letzte Zufluchtsort für die Verzweifelten, sowohl für die Armen als auch für die Kriminellen. Bis zu sechzehn Leute teilten sich dort ein einziges Zimmer, Kinderbanden lebten auf der Straße, und kaum eine Nacht verging, in der nicht jemand umgebracht wurde.

Seitdem hatten Sam und sie New York erkundet, und obwohl es andere Gegenden gab, in denen die Einwanderer in minderwertigen und oft überfüllten Wohnhäusern lebten, stießen sie nie wieder auf einen so furchtbaren Anblick wie in Five Points.

Es gab die Herrenhäuser an der Fifth Avenue, wunderschöne, ruhige Plätze mit eleganten Häusern und Läden voller Waren, die sie noch niemals gesehen hatten. Der Central Park war riesig und prachtvoll, und es gab Gebäude, die so groß und prunkvoll waren, dass man nur stehen bleiben und sie anstarren konnte. Sie staunten über die erhöht verlaufenden Schienen, auf denen der Zug über ihren Köpfen entlangfuhr, und über die neuen, überraschend hohen Gebäude, die die Leute Wolkenkratzer nannten.

Allein die Anzahl der Fahrzeuge – Karren, Droschken, Kutschen und Omnibusse – war atemberaubend, genauso wie die Anzahl der Restaurants, Austernbars und Kaffeehäuser. Es war eine so aufregende, laute und pulsierende Stadt, und die riesige Mischung verschiedener Nationalitäten, alle mit eigener Sprache, eigenen Gebräuchen, eigener Musik und Küche, schuf einen verlockenden und faszinierenden Zirkus der Attraktionen.

Beth war sich sicher, dass sie hier sehr glücklich werden konnten, wenn sie Arbeit und einen anständigen Platz zum Leben fanden.

»Ich wollte damit nicht sagen, dass wir in Five Points leben müssen«, erklärte sie verärgert, denn sie war es leid, dass ihr Bruder in allem nur das Schlimmste sah. »Du musst aufhören, alles mit zu Hause zu vergleichen, Sam. Wir hatten wirklich Glück, dass die Langworthys uns nach dem Feuer aufgenommen haben. Aber diese Art von Glück ist selten. Manchmal denke ich, dass es uns ganz gutgetan hätte, wenn wir gezwungen gewesen wären, so zu leben wie die meisten anderen Leute; dann wären wir nämlich nicht so naiv gewesen. Und wenn du nicht jeden Tag auf dem Schiff aus dem Zwischendeck geflohen wärst, dann hättest du das ein oder andere über die einfachen Leute lernen können.«

Er erschauderte, und Beth seufzte innerlich. In den letzten Wochen hatte sie entdeckt, dass ihr Bruder Schwächen hatte, und sie war nicht sicher, ob er sie ablegen konnte.

Es war nicht so, dass er ein Snob war – er sah nicht wirklich auf Leute herunter. Er fand nur, dass er ein besseres Leben verdiente, und er weigerte sich, auch nur darüber nachzudenken, mit den Händen zu arbeiten. Er war fasziniert von Reichtum und jedem hörig, der ihn besaß, und weil er sich auf dem Schiff mit seinem Charme so leicht den Weg in die zweite Klasse gebahnt hatte und von den reichen Gästen zu Hause im Adelphi so gemocht worden war, verstand er nicht, warum sein Charme hier nicht funktionierte.

Aber Beth wusste, woran das lag. Die New Yorker waren

alles in allem laut und oft aggressiv. Sams Wirkung beruhte auf seinem guten Aussehen, seiner angenehmen Stimme, seinen strahlend blauen Augen und der Tatsache, dass er so englisch war. Er hätte Erfolg gehabt, wenn er bereits reich gewesen wäre und auf der Fifth Avenue wohnen würde, aber ein Mann, der nach Arbeit suchte, musste sich stark und zupackend präsentieren.

Jack arbeitete in einem Schlachthaus in der East Side. Er meinte, es wäre die härteste Arbeit, die er jemals gemacht hätte, ein stinkender, furchtbarer Job, aber die Bezahlung war gut, und er hatte dort viele Freunde gefunden. Er hatte angeboten, Sam dort unterzubringen, aber Beth wusste, dass ihr Bruder lieber verhungern würde, als dort anzufangen.

Es war so schön gewesen, Jack heute wiederzusehen. Sie hatten bei ihrer Ankunft in New York einen Pakt geschlossen, dass sie sich auf den Tag genau einen Monat später um halb fünf am Castle Green treffen würden, das in der Nähe der Stelle lag, wo sie angelegt hatten.

Beth hatte nicht wirklich erwartet, dass Jack kommen würde – ein ganzer Monat in einer neuen Stadt konnte ein hastig gegebenes Versprechen schnell in Vergessenheit geraten lassen. Aber da war er und sah sehr schick aus in seinem karierten Jackett, der gebügelten Hose und den polierten Schuhen. Er erzählte ihr, dass es ihm gelungen war, ein paar Stunden früher Schluss zu machen, weil er seinem Chef gesagt hatte, dass eine Verwandte von ihm aus England käme.

Er war ehrlich genug zuzugeben, dass er in einem Mietshaus wohnte und sich ein Zimmer mit sechs Leuten teilte, aber er betonte, dass er in Liverpool schon ähnlich gewohnt hatte. Lachend gestand er ein, dass er sein Jackett und die Hose im Secondhand-Laden gekauft und einem Mädchen aus der Wäscherei schöne Augen gemacht hatte, um es dazu zu überreden, beides für ihn zu bügeln. Aber so schrecklich sein Job auch zu sein schien, es war offensichtlich, dass er sich voll in sein neues Leben gestürzt hatte. Er sah gesünder und muskulöser aus als auf dem Schiff und wirkte sehr viel selbstbewusster.

Als Beth ihn verließ, war sie sehr viel hoffnungsvoller gewesen, und das nicht nur, weil sie sich in ein paar Tagen erneut treffen wollten, sondern auch, weil er ihr einen Vorschlag gemacht hatte, wie sie und Sam hier Fuß fassen konnten.

»Hör zu, Sam«, sagte Beth mit fester Stimme. »Warum suchst du dir nicht einen Job als Barkeeper in der Bowery? Da gibt es jede Menge Arbeit.«

Er riss erschrocken die Augen auf. »Ich arbeite doch nicht in einer von diesen Spelunken.«

»In fast allen Bars in New York geht es ein bisschen rau zu«, erklärte sie ihm geduldig. Sie war zwar in noch keiner gewesen, aber Jack hatte ihr das erzählt. »Du musst Erfahrungen haben, bevor dich jemand in einem Top-Hotel oder einem privaten Club anstellt. Und ich habe einen Plan. Wenn du dort als Barkeeper arbeitest, dann könnte ich dort Geige spielen.«

Sam sah sie entsetzt an. »In der Bowery? Bei all diesen ...«

»Ja, bei den Männern, die dort verkehren«, schnitt Beth ihm das Wort ab. »Ich kann es nur machen, wenn jemand auf mich aufpasst, aber ich weiß, dass diesen Männern mein Spiel wirklich gefallen wird. Außerdem gehen dort auch einige Leute hin, denen Lokale in den gehobeneren Vierteln gehören. Wir würden auf uns aufmerksam machen. Nicht viele

Lokalbesitzer haben einen so hübschen Mann hinter der Bar, der eine Schwester mitbringt, die dafür sorgt, dass alle mit den Füßen wippen. Wir würden ihnen viel Geld einbringen.«

Das waren genau die Worte, die Jack benutzt hatte. Aber das verschwieg sie Sam lieber, denn sie wusste, dass er die Idee dann sofort ablehnen würde.

»Du würdest wirklich in einer dieser Absteigen spielen?«, fragte Sam ungläubig.

»Warum nicht? Ich kann dort genauso gut Erfahrungen sammeln wie anderswo, und besser als in irgendeinem versnobten Laden, wo irgendein Schlaumeier es sofort merkt, wenn ich mal einen Ton nicht treffe«, verteidigte sie sich. »Du weißt, dass ich schon in allen respektablen Hotels war und gefragt habe, ob sie eine Pianistin brauchen. Sie werfen einen Blick auf mich und weisen mich ab, ohne dass ich Gelegenheit bekomme, ihnen zu zeigen, was ich kann. Ich war in Geschäften, Restaurants, Austernbars und bekomme dort nicht mal einen Job als Tellerwäscherin. Außerdem spiele ich lieber Geige. Wenn ich mir in der Bowery einen Namen machen kann, dann ändert das vielleicht alles.«

»Sie werden dich da unten für eine Hure halten«, sagte Sam missbilligend. »Ich könnte nicht auf dich aufpassen, wenn ich hinter der Theke stehe.«

»Es würde reichen, wenn die Leute wissen, dass du mein Bruder bist«, beharrte sie, denn das war es, was Jack glaubte. Er hatte außerdem versprochen, dass er und alle seine Freunde ebenfalls dort sein würden. »Ich komme zurecht – ein Mann hätte es schwer, etwas Unanständiges mit mir zu machen, während ich Geige spiele.«

Sam sagte nichts, aber sie spürte, dass sein Widerstand nachließ, wenn auch nur, weil er fand, dass er durch ihr Geigespiel selbst besser dastehen würde.

»Versuchen wir es«, bettelte sie. »Ich habe gehört, dass das Heaney's einer der besten Saloons sein soll, und sie brauchen einen Barkeeper. Was hast du zu verlieren? Wir arbeiten einen Abend, sehen, wie es läuft, und wenn es dir nicht gefällt, dann gehen wir nicht wieder hin.«

Jack hatte gesagt, dass Sam ein Magnet für die Tänzerinnen der Gegend sein würde, und war davon überzeugt, dass er es toll finden würde, wenn er im Mittelpunkt stand. Beth war nicht glücklich bei dem Gedanken, dass diese Art von Mädchen hinter ihrem Bruder her sein würde, aber sie wäre ja ebenfalls da, um auf ihn aufzupassen.

»Also gut«, sagte er säuerlich. »Aber es ist deine Schuld, wenn etwas Schlimmes passiert.«

»Was könnte schlimmer sein, als hungrig und obdachlos zu sein?«, erwiderte sie scharf. »Und genau das werden wir sein, wenn wir kein Geld mehr haben.«

Um acht Uhr am folgenden Abend hatte Beth trotz ihrer forschen Worte schreckliche Angst.

Sam und sie waren mittags ins Heaney's gegangen und hatten Pat »Scarface« Heaney, den Besitzer, nach einem Job gefragt. Er war ein kleiner, aber sehr muskulöser Mann von Mitte vierzig, und das wenige Haar, das er noch besaß, war fuchsrot. Er trug einen grellgrünen Mantel, der zwar sehr auffällig war, aber nicht von der beeindruckenden Rasierklingennarbe ablenkte, die von seinem rechten Auge bis zu seinem Kinn verlief. Jack hatte Beth erzählt, dass er sie als junger Mann bekommen hatte, als er im Tombs einsaß, dem großen Gefängnis, das man gebaut hatte, um die Probleme in Five Points zu lösen, wo Heaney der Kopf einer Bande gewesen war.

Die Bowery war eine Vergnügungsstraße, an der Saloons, Musik- und Tanzlokale, Theater, deutsche Kneipen und Restaurants lagen. Abends waren die Bürgersteige voller Stände, an denen von Hotdogs bis hin zu Früchten und Süßigkeiten alles verkauft wurde. Es gab die sogenannten »Museen«, doch tatsächlich waren es Freakshows, wo man für ein paar Cent die Bärtige Frau, Zwerge, dressierte Affen oder andere Kuriositäten zu sehen bekam. Prostituierte mischten sich unter die Menge, und natürlich gab es auch Taschendiebe. Aber hauptsächlich war es die Spielwiese für die einfachen Arbeiter.

Jack hatte gesagt, dass die Gäste im Heaney's vergleichbar waren mit denen, die in die großen, lauten Wirtshäuser in der Nähe der Lime Street Station in Liverpool gingen – Droschkenkutscher, Tischler und Maschinisten. Er hatte auch betont, dass das Heaney's mit seiner polierten Mahagoni-Theke, den riesigen Spiegeln dahinter und dem vielen polierten Messing und dem sauberen Sägemehl auf dem Boden einer der schicksten Saloons an der Bowery war.

Sam sah sehr erleichtert aus, als er sich drinnen umschaute, denn die Männer, die an der Theke saßen, waren einfache Arbeiter, nicht die Schlägertypen und Trinker, die er erwartet hatte.

Pat Heaney mochte Sam auf den ersten Blick, und nach einigen wenigen Fragen sagte er zu ihm, dass er hinter die Bar gehen und die Gäste bedienen solle, während er sich mit Beth unterhielte.

»Ich will ehrlich sein«, begann Heaney, der ein großes Glas Whiskey austrank und Sam nicht aus den Augen ließ. »Frauen, vor allem hübsche, machen in Saloons nur Ärger. Aber mir gefällt die Idee einer Geige spielenden Frau, und du hast Mut, hierherzukommen und zu fragen, ob du in meinem

Laden spielen kannst, wo du doch gerade erst vom Schiff runter bist.«

Beth log und erklärte, dass sie bereits öffentlich in Liverpool aufgetreten war, aber er winkte mit der Hand ab, um ihr zu verdeutlichen, dass es ihm egal war, was sie vorher gemacht hatte, und er sich nur dafür interessierte, was sie für seinen Saloon tun konnte.

»Ich gebe dir eine Chance«, sagte er. »Heute Abend um acht. Wenn die Leute dich mögen, bist du dabei; wenn nicht, dann ist Schluss. Und jetzt geh. Mehr kann ich dir nicht bieten. Ich lasse einen der Jungs mit einem Hut für dich rumgehen, und ich kriege die Hälfte von dem, was drin ist.«

Beth wurde klar, dass er alle Trümpfe in der Hand hielt. Er würde nichts verlieren, selbst wenn sie schlecht spielte.

Er war ein einschüchternder Mann, nicht nur wegen seiner Narbe oder der Muskeln, die man unter seinem dünnen Hemd sah, sondern wegen seiner unverblümten Worte und der Art, wie er sie ansah. Da war keine Wärme in seinen blassbraunen Augen, nur kalte Berechnung. Er fragte, warum Sam und sie nach Amerika gekommen seien, und als sie ihm erzählte, dass ihre Eltern beide gestorben waren und sie neu anfangen wollten, kommentierte er das nicht und sprach ihr nicht einmal sein Beileid aus.

Ihr Instinkt sagte ihr, dass er keine weiche Seite besaß und dass sie und Sam sehr vorsichtig im Umgang mit ihm sein mussten. Jack hatte ihr geraten, es zuerst bei ihm zu versuchen, weil Heaney sich selbst als den »Mann« der Bowery sah: Er war gerne der Erste, der etwas Neues ausprobierte, und eine Geige spielende Frau war das ganz sicher. Aber Jack hatte sie auch gewarnt, dass er in dem Ruf stand, ein gefährlicher Mann zu sein, wenn man sich mit ihm anlegte.

»Wie lange soll ich denn spielen?«, fragte Beth vorsichtig.

Er löste seinen Blick für einen Moment von Sam, um sie noch einmal auf diese kalte Art anzustarren. »Das hängt davon ab, ob die Leute dich mögen«, sagte er. »Wenn ich nach den ersten drei Stücken mit der Hand winke, dann gehst du. Wenn nicht, dann spielst du für eine Stunde. Und danach sage ich dir, wie es weitergeht. Verstanden?«

Beth nickte nervös.

»Hast du was Farbenfroheres als das?«, fragte er scharf und sah voller Abscheu auf ihren braunen Mantel. »Du wirst ihnen nicht gefallen, wenn du wie eine prüde Lehrerin aussiehst.«

Beth schluckte. Sie besaß nur wenige Kleider, und alle waren dunkel. »Ich versuche, was zu finden«, sagte sie.

Er stand auf und blickte auf sie herunter. »Dann geh jetzt. Und sei pünktlich um acht wieder hier. Dein Bruder kann bleiben.«

Sie zögerte an der Tür und sah noch einmal zu Sam. Er polierte ein Glas, während Heaney mit ihm sprach. Er blickte sich zu ihr um, als der Mann ging, und streckte fröhlich seinen Daumen nach oben. Aber sie sah Sorge über sein Gesicht huschen, was, wie sie annahm, daran lag, dass er sie heute Abend nicht hierher begleiten konnte.

»Alles in Ordnung«, sagte sie lautlos und hob ebenfalls den Daumen nach oben.

An diesem Nachmittag übte sie zwei Stunden lang auf der Geige und machte sich eine Liste mit all den Nummern, die sie besonders gut konnte, damit ihr am Abend nicht die Ideen ausgingen. Sie war sehr nervös, denn zu spielen, wenn sie Lust dazu hatte, war etwas ganz anderes als vor einem Raum voller Fremder.

Später wusch sie sich die Haare und ging ihre Kleider durch, während sie trockneten. Heaney wollte offenbar, dass sie etwas Auffälliges anzog, aber so etwas besaß sie nicht. Ihr hellstes Kleid war eines, das ihr kurz vor ihrer Abreise von Mrs Langworthy geschenkt worden war; sie hatte damals gesagt, dass Beth es vielleicht gebrauchen könne, wenn sie zu einer Party oder zu einer Tanzveranstaltung ginge. Es war aus leicht glänzendem Stoff mit grünen und weißen Streifen und hatte einen etwas tieferen Ausschnitt, Keulenärmel und einen schmal fallenden Rüschenrock. Beth hatte auf eine Gelegenheit gewartet, es tragen zu können, denn es war sehr hübsch, obwohl ihr nicht wirklich wohl bei dem Gedanken war, es in einer Bar voller Männer zu tragen. Aber sie würde oben ein bisschen Spitzenstoff einnähen, sodass von ihrem Dekolleté nichts zu sehen sein würde.

Um halb sieben war sie fertig. Sie hatte ihr Mieder extra eng gezogen, das Haar fiel ihr, mit grünen Bändern geschmückt, offen über die Schultern, und ihre Schuhe waren poliert. Sie hatte ihr Kleid nicht selbst hinten schließen können, deshalb musste sie die Frau im Zimmer unter ihnen bitten, es für sie zu tun. Aber am Ende war sie zufrieden mit dem Ergebnis: Sie sah nicht aus wie ein leichtes Mädchen, aber auch nicht wie eine Lehrerin. Die Mischung aus Nervosität und Aufregung ließ ihre Haut rosig strahlen, und ihr Haar glänzte.

Sie nahm ihren Geigenkasten, schloss das Zimmer ab und machte sich auf den Weg.

Pat Heaney lehnte an der Tür, die in ein Zimmer führte, in dem er private Glücksspiele abhielt, und beobachtete den Auftritt des Mädchens. Ein Lächeln spielte um seine Lippen.

Er hatte nicht viel erwartet. Ihre sanfte englische Stimme, ihre reine Haut und die Unschuld in ihren Augen hatten ihn glauben lassen, dass sie spielen würde wie eine dieser steifen Jungfern in den feinen Salons. Wie sehr er sich getäuscht hatte!

Die erste Überraschung, als sie pünktlich erschien, war ihr Anblick mit offenem Haar gewesen. Sie war ein echter Hingucker mit den glänzenden schwarzen Locken, die ihr über die Schultern fielen, und wirkte gar nicht mehr so prüde wie am Morgen mit ihrem kleinen Gouvernanten-Hut und dem darunter versteckten Haar. Er mochte auch ihr Kleid mit seinem klassischen Schnitt, obwohl er gerne die Spitze über ihrem Dekolleté abgerissen und nachgesehen hätte, was sich darunter verbarg.

Sie hatte so ängstlich gewirkt, als sie ankam, dass er schon befürchtet hatte, sie würde wieder weglaufen. Und ihr Bruder, der sich ständig nach ihr umsah, während sie darauf wartete anzufangen, half auch nicht. War er wirklich ihr Bruder? Sie ähnelten sich gar nicht, abgesehen von ihrem englischen Akzent.

Aber dann hatte er sie angekündigt, und anstatt zusammenzubrechen, wie er erwartet hatte, war sie auf die Bühne gesprungen. Dort verharrte sie mit erhobenem Bogen in der Hand so lange, bis jeder Mann im Raum sich umdrehte und sie ansah. Und dann sauste der Bogen herunter, und sie legte los, mit so süßen und schnellen Melodien, dass er seinen Ohren kaum traute.

Vielleicht hatte er bessere Geigenspieler gehört, aber die waren alle nicht so hübsch gewesen. Die junge Frau spielte nicht nur mit den Armen und Händen, sondern mit ihrem ganzen Körper, wogte mit der Musik, viel besser als diese Tänzerinnen, die er in den Burleske-Shows gesehen hatte.

Sie spielte gerade ihr drittes Lied, und alle Augen waren auf sie gerichtet. Die Unterhaltungen waren vergessen, das Bier gelangte nicht mehr in den offenen Mund, die Köpfe nickten, alle Männer waren ohne Ausnahme in Trance.

Sie tanzte beinahe, während sie spielte, beugte sich vor, wiegte sich, und die Bewegungen ihrer Hüften schickten Nachrichten direkt an seinen Schwanz. Er mochte es, wie sie ihr Haar zurückwarf, mochte die kleinen Strähnen, die an ihren verschwitzten Wangen klebten. Er war sicher, dass jeder Mann gerne zu ihr auf die Bühne gesprungen wäre und sie zurückgestrichen hätte.

Pat war es nicht gewohnt, etwas so sehr zu mögen. Beim Pokern ein gutes Blatt auf der Hand zu haben, in ein saftiges Steak zu beißen oder den ersten Whiskey des Tages zu trinken – das waren die einzigen Dinge, die er sonst mochte. Er konnte sich nicht erinnern, wann er zuletzt Musik gehört hatte, wirklich gehört; er nahm an, dass es damals gewesen sein musste, als er ungefähr so alt gewesen war wie sie jetzt.

Achtzehn. Damals hatte er Feuer im Bauch gehabt, hatte sich beweisen wollen und war bis in jede Pore voller Energie gewesen. Wenn er nicht gerade mit irgendeiner Prügelei beschäftigt gewesen war, hatte er gebumst; er war nie sicher gewesen, was ihm besser gefiel. Und beides gab es reichlich in Five Points.

Er konnte immer noch eine Frau bekommen, wenn er eine wollte, und er hatte auch genug Gelegenheiten, sich zu prügeln. Aber er war langsam zu alt für Kämpfe, und die Frauen waren alle Huren. Doch diesem Mädchen zuzuhören gab ihm das Gefühl, voll im Saft zu stehen, so als könne er es mit jedem Halbstarken aufnehmen, der über die Straßen lief. Als könne er mit jeder Frau ins Bett gehen und die ganze Nacht lang steif bleiben.

Er würde heute Abend im Mittelpunkt stehen. Jeder Mann, der hier war, würde ihm auf die Schulter klopfen und ihm einen Drink spendieren wollen, weil er die Kleine engagiert hatte. Sie waren fasziniert; das Mädchen hatte sie wie Fliegen in seinem Spinnennetz eingefangen. Und sie würden jeden Abend wiederkommen, um noch mehr zu hören.

Pat blickte zu ihrem Bruder hinüber. Er war auch eine echte Entdeckung, weil er das gute Aussehen des blassen englischen Adels besaß. Er hatte sehr gute Manieren, die fast schon versnobt wirkten, aber sein Lächeln war entwaffnend, und er servierte die Getränke schnell und mit Stil. Pat wusste außerdem instinktiv, dass der Junge ehrlich war, und das war seltener als ein Pferd, das keine Äpfel kackte.

Aber es würde nicht lange dauern, bis jemand versuchte, ihm dieses Pärchen auszuspannen. Er konnte Fingers Malone am Ende der Theke sitzen sehen; sein mieses kleines Gehirn ersann vermutlich schon Pläne, wie er sie in den schicken Saloon seines Bruders am Broadway bekommen konnte.

Deshalb wusste Pat, dass er sich etwas ausdenken musste, um sich ihre Loyalität zu sichern.

13

»So viel?«, keuchte Beth, als Heaney ihr die Hälfte dessen gab, was die Leute für sie in den Hut gelegt hatten. Es waren alles Fünf- und Zehn-Cent-Stücke, aber es war ein großer Haufen.

»Acht Dollar und fünfundvierzig Cent«, sagte Heaney. »Willst du, dass ich es dir wechsle?«

Beth nickte, zu erstaunt, um etwas zu sagen. Sie hatte drei einstündige Sets gespielt, mit einer Pause dazwischen. Es war jetzt fast ein Uhr morgens, und sie war erschöpft.

»Erwarte nicht, dass du jeden Abend so viel bekommst«, erklärte Heaney trocken. »Heute Abend warst du neu, und es ist Samstag. Am Montag sind es vielleicht nur ein paar Cent, aber ich mag dich, deshalb verspreche ich dir, dass du hier nie ohne mindestens zwei Dollar rausgehst.«

»Sie wollen, dass ich Montag wiederkomme?«

»Jap. Montag, Freitag und Samstag. Vielleicht spielen am Wochenende auch noch ein paar andere Musiker.«

»Und wie wird das Geld dann zwischen uns aufgeteilt?«, fragte Beth, die Angst hatte, dass ihr Anteil dann geringer sein würde.

Er sah sie scharf an, vielleicht weil es ihn überraschte, dass sie das zu fragen wagte. »Das überlässt du mir«, erwiderte er. »Aber wie gesagt, ich werde dafür sorgen, dass du nicht leer ausgehst. Du kannst jetzt gehen, und dein Bruder auch. Ich möchte nicht, dass ein hübsches Ding wie du allein nach Hause geht.«

»Er ist ein komischer Kerl«, sagte Sam nachdenklich, während sie Arm in Arm nach Hause gingen. Die Bowery war noch immer genauso voll wie am frühen Abend; Betrunkene torkelten auf dem Bürgersteig zwischen den Nüchterneren herum und liefen beinahe in die Essbuden. Musik und Gelächter drangen aus den Saloons, von irgendwoher war das Stampfen tanzender Füße zu hören und wie sich Gruppen von Leuten über die Straße hinweg Grüße zuriefen. In der Luft lagen alle möglichen Gerüche: von gebratenen Zwiebeln von den Hotdog-Ständen, gemischt mit dem von Bier, von Tabak, billigem Parfüm, Schweiß und von Pferdeäpfeln der Droschken. »Er hat den ganzen Tag nicht mit mir gesprochen. Ich wusste nicht, ob es ihm gefällt, wie ich arbeite. Dann hat er mir fünf Dollar in die Hand gedrückt und gesagt, dass ich am Montag wiederkommen soll. Bedeutet das, ich kann den Job haben, so lange ich ihn will? Und wie viel bezahlt er mir pro Woche?«

»Ich glaube, er legt sich nicht gerne fest, deshalb müssen wir nach solchen Dingen ausdrücklich fragen«, erwiderte Beth gedankenvoll. »Ich weiß, dass mein Auftritt den Leuten gefallen hat, aber er hat nichts dazu gesagt.«

»Das liegt daran, dass er die Fäden in der Hand behalten will. Natürlich hast du ihm gefallen – ich habe sein Gesicht beobachtet, während du gespielt hast. Ich hoffe nur, er denkt nicht, dass er dich haben kann.«

»Das denkt er doch bestimmt nicht, oder? Er ist viel zu alt«, rief Beth.

Sam schmunzelte. »Den meisten Männern, die dir zugesehen haben, dürfte Ähnliches durch den Kopf gegangen sein. Ich denke, dass ich auf meine kleine Schwester sehr gut aufpassen muss.«

»Wer hätte das gedacht?«, sagte Beth verträumt, während

sie in eine Seitenstraße einbogen, um den Weg in die Diversion Street abzukürzen. »Vor einem Jahr hatten wir furchtbare Geldsorgen, und jetzt sind wir hier in Amerika.«

»Und haben immer noch Geldsorgen.« Sam schmunzelte erneut. »Und wir arbeiten in einem Saloon! Papa würde sich im Grab umdrehen.«

»Ich glaube, er wäre stolz darauf, dass wir so mutig sind«, widersprach Beth verärgert. »Außerdem ist der Saloon nur der erste Schritt. Wir werden es schon schaffen, reich zu werden.«

Doch Beth musste feststellen, dass es nicht so leicht war, reich zu werden. Im Oktober, sechs Monate nach ihrer Ankunft in New York, spielte sie immer noch an drei Abenden in der Woche im Heaney's, und tagsüber arbeitete sie in einem Secondhand-Laden an der Bowery. In einer guten Woche verdiente sie bis zu dreißig Dollar, aber die guten Wochen waren selten; meistens waren es nur ungefähr achtzehn Dollar. Doch das war, wie sie bald merkte, weit mehr, als die meisten Frauen verdienen konnten. Die meisten alleinstehenden Frauen arbeiteten als Putzfrauen, Verkäuferinnen oder Kellnerinnen, und alle bekamen nur wenig Lohn, und ihre Tage waren lang.

Verheiratete Frauen mit Kindern konnten dagegen nur von zu Hause aus arbeiten, um ein bisschen Geld zu verdienen, für Leute, die ihre Verzweiflung ausnutzten. Einige nähten für wenige Cent pro Stück für Bekleidungshersteller und schufteten vierzehn Stunden am Tag in überfüllten, schlecht beleuchteten Räumen. Andere machten Streichhölzer und ließen die ganze Familie mitarbeiten. Frauen wie diese konnten sich glücklich schätzen, wenn sie einen Dollar am Tag verdienten, und die meisten bekamen nur die Hälfte.

Beth hatte den zweiten Job nicht wegen des Geldes angenommen, sondern weil sie während des Tages einsam zu Hause saß und nichts zu tun hatte. Sie war eines Tages in den Secondhand-Laden in der Nähe des Heaney's gegangen, um nach einem neuen Kleid zu suchen. Ira Roebling, die alte Jüdin, der das Geschäft gehörte, war sehr freundlich und redselig, und als Beth den Laden mit einem eingepackten roten Satinkleid wieder verließ, hatte sie Ira eine Kurzversion ihrer Lebensgeschichte erzählt, einen Teil von Iras erfahren und einen Job angeboten bekommen.

Ira war in den 1850er Jahren mit ihrem Mann und seinen Eltern aus Deutschland gekommen. Sie hatten jahrelang erfolgreich eine Bäckerei geführt, aber ein Jahr nach dem Tod ihrer Schwiegereltern war ihr Mann während einer Grippeepidemie gestorben, und ohne ihn konnte Ira die Kuchen nicht mehr backen. Sie wandte sich dem Verkauf von Secondhand-Kleidung zu, weil sie Kleider liebte und viel Kontakt zu Leuten hatte, die ihre alten feinen Sachen an sie verkauften. Mit jedem Schiff, das neue Einwanderer brachte, kamen immer neue Leute, die billige Kleider brauchten, und genauso viele, die ihre verkaufen wollten.

Ira war eine verschrobene, manchmal geizige alte Dame. Sie bezahlte extrem wenig für die Kleider und verkaufte sie zu Höchstpreisen. Beth nahm an, dass sie etwas über sechzig war, obwohl das schwer zu sagen war, denn sie war schlank, stark und voller Energie. Sie trug immer Schwarz, inklusive eines Glockenhutes, den sie nicht mal abnahm, wenn es heiß war. Aber wie exzentrisch sie auch war, sie war lustig und clever. Beth hatte ihr zugesehen, wie sie den Blick über eine Zahlenreihe gleiten ließ und die Summen im Nu addierte, und sie vergaß nie etwas, nicht den Namen eines Kunden und kein einziges Kleidungsstück in ihrem Laden. Allein die Anzahl der Leute, die jeden Tag nur für ein kleines Schwätzchen hereinkamen, zeigte, wie beliebt sie in der Nachbarschaft war.

Ira übernahm fast immer das Verkaufen, und Beth sortierte die Kleider nach Größen, besserte sie gelegentlich aus und hielt generell Ordnung im Laden. Das war eine beachtliche Leistung, denn er war vom Boden bis zur Decke vollgestopft mit Sachen. Es gab riesige Kartons mit Schuhen, die alle durcheinanderlagen, und Beth hatte als Erstes die Paare zusammengebunden und nach Farben und Größen sortiert. Sie probierte auch oft Sachen an, etwas, zu dem Ira sie ermutigte – sie sagte immer, dass sie nur Sachen verkaufen könnten, von denen sie auch wüssten, wie sie aussähen.

Ira wohnte über ihrem Laden, und ihre drei Zimmer waren genauso chaotisch. Während des Sommers, als es unerträglich heiß war, fragte Beth sich, warum sie nicht aufgrund von Sauerstoffmangel ohnmächtig wurde, denn sie öffnete niemals die Fenster aus lauter Angst, jemand könnte hereinklettern und sie ausrauben. Aber obwohl Ira in vielerlei Hinsicht geizig war, niemals etwas wegwarf und mit den Kunden über die Preise stritt, bis ihnen die Augen tränten, gab sie Beth mittags immer etwas zu essen. Manchmal war es köstliche Hühnersuppe, die sie selbst gekocht hatte, aber öfter warme Sandwiches mit gepökeltem Rindfleisch aus dem jüdischen Delikatessengeschäft etwas weiter die Straße herunter und frisches Obst. Sie fand, dass Beth zu wenig aß und dass sie erst einen Mann finden würde, wenn sie etwas mehr Fleisch auf den Rippen hatte.

Beth lachte darüber, denn sie traf sich mindestens zweimal in der Woche mit Jack, und sie wusste, dass er sie genauso mochte, wie sie war. Sie mochte ihn auch, seinen Sinn für Humor, seine Verlässlichkeit und die Art, wie er sich um sie kümmerte. In England wäre es vermutlich schon fast wie eine

Verlobung angesehen worden, wenn ein Mädchen so viel Zeit mit einem Mann verbrachte.

Aber Beth zögerte, Jack zu mehr zu ermutigen als Freundschaft.

Ira fand das weise, nicht, weil sie Jack nicht mochte, tatsächlich gefiel er ihr sehr, aber sie hatte das Gefühl, dass Beth zu jung war, um sich schon an jemanden zu binden.

»Es gibt Hunderte von netten jungen Männern da draußen«, sagte sie mit einem schelmischen Zwinkern in den Augen. »Genieße deine Jugend, so lange sie dauert.«

Aber Ira war gar nicht glücklich darüber, dass Beth im Heaney's spielte. »Pat Heaney ist durch und durch verkommen«, erklärte sie entschieden. »Du darfst niemals mit ihm allein sein, und sorg dafür, dass dein Bruder ihn nie irgendwelche Gefallen für sich tun lässt, denn wenn er die einfordert, dann steckt Sam in großen Schwierigkeiten.«

Beth achtete tatsächlich immer darauf, Heaney auf Abstand zu halten, denn sie bekam eine Gänsehaut, wenn er ihr zu nahe kam. Er sah sie an, als würde er sie in Gedanken ausziehen, und sie spürte seine Blicke auf sich, wenn sie spielte. Gerne hätte sie seinen Saloon verlassen und für jemanden gearbeitet, den sie mochte und in dessen Gegenwart sie sich wohlfühlte, aber sie wusste, er konnte dafür sorgen, dass sie das bereute.

Dem Vernehmen nach nahm Pat Heaney Beleidigungen sehr ernst. Es gingen Gerüchte um, dass er mehrere Männer umgebracht und noch mehr verkrüppelt hatte, nur weil sie hinter seinem Rücken über ihn geredet oder sich geweigert hatten, seinen Anweisungen zu folgen.

Er hatte keine wirklichen Freunde, nur Lakaien, die alles für ihn taten, weil sie Angst hatten, es nicht zu tun. Laut Jack kontrollierte er Dutzende von Prostituierten und nahm ihnen mindestens die Hälfte ihrer Einnahmen ab. Er besaß zwei der verkommensten Mietskasernen in der Gegend um die Canal Street, und er verlangte so horrende Mieten, dass die Mieter mehrmals untervermieten mussten, um sie aufbringen zu können. Außerdem hatte er seine Hände bei den florierenden Opiumhöhlen, Hunderennen und Faustkämpfen im Spiel. Selbst wenn nur die Hälfte der Geschichten über ihn stimmte, war er ein ausgesprochen gefährlicher Mann. Beth war sicher, dass sie irgendeinen »Unfall« haben würde, wenn sie für jemand anderen in New York arbeitete. Er würde sie niemals irgendwo anders als in seinem Saloon Erfolg haben lassen.

Sam dagegen glaubte, dass ihre Fantasie mit ihr durchging. Er hielt den Mann nicht nur für ungefährlich, sondern hatte auch das Gefühl, Heaneys rechte Hand zu sein, weil dieser ihn die Bar führen ließ, ohne ihn zu kontrollieren.

Aber Beth wusste, woran das lag. So abscheulich Heaney sein mochte, dumm war er nicht. Er wusste, dass Sam ehrlich und geschickt war und genauso eine große Attraktion für die Tänzerinnen aus den Theatern der Gegend wie Beth für die männlichen Gäste. Während ihrer Pause vor dem letzten Set spähte sie manchmal durch die Tür, und es flirteten immer drei oder vier dieser Frauen mit Sam. Und natürlich liebte Sam diese Aufmerksamkeit.

Aber Beth wusste, dass sie selbst sich auch nicht davon freisprechen konnte, die Aufmerksamkeit zu lieben, die sie bekam. Es gab kein größeres Vergnügen, als ihr Publikum zu verzaubern, zu wissen, dass sie von den meisten Männern begehrt wurde, die ihr begeistert zujubelten. Es tat gut, ein schönes Kleid zu tragen und zu wissen, dass sie sich, wann immer sie wollte, ein neues leisten konnte. Sie tat etwas, von dem die meisten Frauen nur träumen konnten.

Schon bald, nachdem sie im Heaney's angefangen hatten, fanden Sam und sie ein Zimmer im obersten Stock eines Mietshauses an der Houston Street, wo sie sich die Küche mit einem italienischen Ehepaar teilten, das in dem anderen Zimmer der Wohnung lebte. Für fast jeden, den sie kannten, war ein Raum für nur zwei Leute ein Luxus, und obwohl Beth sich oft beklagte, dass man in dem Haus mit seinen fünf Stockwerken, in denen jeweils vier Wohnungen lagen, die durchschnittlich von acht bis zehn Leuten bewohnt wurden, nie seine Ruhe hatte, war sie dankbar dafür, dass es nur der Lärm war, mit dem sie sich abfinden musste, und nicht ein Zimmer voller Menschen.

Das Zimmer selbst war nicht toll mit seiner dreckigen alten Tapete, und im Sommer wurde es zu einem Ofen, aber Beth hatte es nett hergerichtet. Sie hatte einige Theaterposter besorgt, um die fleckigen Wände zu bedecken, hatte in den Secondhand-Läden in der Nachbarschaft ein paar Möbel erstanden, und Ira hatte sie auf der Nähmaschine ein paar Vorhänge nähen lassen und ihr eine alte Tagesdecke gegeben, die jetzt zwischen den beiden Betten aufgespannt war, damit sie beide etwas Privatsphäre hatten.

Die Houston Street war eine arme Gegend, mit Wäscheleinen, die aus jedem Fenster hingen, dürren, dreckigen Kindern, die auf den Straßen spielten, und einer Kneipe an der Ecke, und sie sah oft Frauen, die schwere Säcke mit Kleidung auf dem Rücken durch die Straße trugen, die sie zu Hause genäht hatten. Aber es war eine lebendige, fröhliche Nachbarschaft. An heißen Abenden saßen die Leute auf der Treppe vor den Haustüren und unterhielten sich, die Frauen teilten sich die Beaufsichtigung der Kinder und halfen den Italienern und Deutschen mit ihrem Englisch. Alle, mit denen sie sprach, waren froh, nach Amerika gekommen zu sein, und glaubten, dass sie mit harter Arbeit ihr Ziel erreichen würden.

Das Schlimmste an dem Mietshaus war, dass es für alle nur zwei Plumpsklos im Hof gab, stinkende, schreckliche Orte, die Beth erschaudern ließen und die sie nur mit zugehaltener Nase betreten konnte. Aber Sam leerte jeden Morgen die Betttöpfe, bevor er zur Arbeit ging, und ihr Zimmer lag zur Straße raus, sodass der Gestank der Plumpsklos nicht durch ihre Fenster drang. Die Wohnung war außerdem so weit oben, dass sie keine Probleme mit Ratten hatten wie so viele im ersten und zweiten Stock.

Manchmal, wenn ihr der Lärm und die Kochgerüche der Mietskaserne sehr zusetzten oder sie davon träumte, ein richtiges Badezimmer mit fließend heißem und kaltem Wasser zu haben wie das am Falkner Square, erinnerte sie sich selbst daran, dass diese Dinge nicht wichtig waren und wie sehr sich ihr Leben verbessert hatte, seit sie in Amerika war.

Zu Hause wäre es für sie undenkbar gewesen, in einer Bar Geige zu spielen, denn dort waren junge Frauen nicht so frei wie hier. Sie konnte mit Jack abends oder an seinem freien Tag mehrere Stunden allein verbringen, ohne dass irgendjemand Anstoß daran nahm. Sie hatte mehr Geld, als sie in England jemals hätte verdienen können, und niemand hier wusste, wie ihr Vater gestorben war. Dann war da noch die große Auswahl an Essen, die man hier bekam. Sie kochte kaum je etwas, weil es so billig war, sich etwas zu kaufen. Sie liebte die Hotdogs, die Ofenkartoffeln, Donuts, Pfannkuchen und Waffeln. Ein Chinese verkaufte an einem Stand Nudeln, die sie sehr gerne aß, und sie mochte die Teller mit Spaghetti und Tomaten-Fleischsoße in dem Café, das von Italienern geführt wurde. Kaum ein Tag verging, an dem Ira sie nicht etwas Neues probieren ließ: Brezel, Pastrami, Pökelfleisch, Fischbällchen oder irgendeine deutsche Wurst.

Das Einzige, was sie an England wirklich vermisste, war

Molly, und das war ein dumpfer Schmerz in ihrem Innern, der sie nie ganz verließ. Sie konnte nicht an einer Mutter mit einem molligen, dunkelhaarigen kleinen Mädchen vorbeigehen, ohne anzuhalten und mit ihr zu sprechen, und in diesen kurzen Momenten fühlte sie akuten Neid.

»Ich könnte dir ein eigenes Baby geben«, sagte Jack einmal, als sie zusammen waren und er gesehen hatte, wie sie mit einem Kind sprach. Er sagte es leichthin, denn jedes Mal, wenn sie sich küssten, erzählte er ihr, dass er davon träume, mit ihr zu schlafen.

Beth hatte gelacht, denn erst ein paar Tage zuvor hatte sie mit Amy und Kate gesprochen, den beiden jungen Frauen, die in der Wohnung unter ihr wohnten. Sie waren ein paar Jahre älter als sie und schienen sehr viel mehr Erfahrung mit Männern zu haben, aber sie waren beide lustig und lebhaft, und Beth war sehr froh, zwei neue Freundinnen gefunden zu haben.

An dem Tag hatten sie sich über die Sprüche unterhalten, mit denen Männer versuchten, Frauen rumzukriegen. Amy erinnerte sich, dass ihr erster Freund gesagt hatte: »Ich werde dich nicht schwängern«, und Kate erzählte, dass ihrer versucht hatte, sie zu erpressen, indem er sagte: »Du würdest es tun, wenn du mich wirklich lieben würdest.«

Beth war sicher, Amy würde es sehr lustig finden, dass Jack den Spruch ihres Freundes umgedreht hatte.

Aber Jack war ein echter Schatz. Er beschwerte sich nie über irgendetwas, nicht über seine Arbeit, nicht über seine Lebensumstände oder dass sie ihn immer eine Armlänge auf Abstand hielt. Er war ein unverbesserlicher Optimist und sah die lustige Seite der Dinge. Er brachte Beth zum Lachen, sie konnte ihm alles sagen, und sie vertraute ihm bedingungslos. Während des Sommers waren sie an heißen Abenden oft runter zum East River gegangen in der Hoffnung, dass die Luft dort kühler war. Keiner von ihnen war darauf vorbereitet gewesen, wie heiß es in New York werden konnte; in Liverpool hatte vom Meer her immer eine Brise geweht, selbst an den heißesten Tagen.

Sie hatten Gruppen von Jugendlichen dabei beobachtet, wie sie in das schlammige Wasser tauchten. Es war vermutlich das einzige Bad, das sie jemals nahmen, denn diese Jungen lebten auf der Straße – sie waren bekannt als die Gassenjungen –, schliefen in Hauseingängen und hamsterten Essen.

Jeder mit einem Eis in der Hand, redeten Jack und sie dann darüber, wie kalt es an Deck des Schiffs gewesen war, mit dem sie aus England gekommen waren.

»Im Winter werden wir darüber sprechen, wie heiß es in diesem Sommer war, damit uns wieder warm wird«, sagte Jack dann.

Ihre Beziehung war einfach und unkompliziert, denn sie waren die besten Freunde, aber Beth war immer ein bisschen nervös, wenn Jack sie küsste. Sie mochte das flattrige Gefühl, das sie im Bauch bekam, und die Art, wie sie in seinen Armen dahinschmolz und dort für immer bleiben wollte, aber sie hatte Angst, wohin das führen würde.

Amy hatte sie einmal gefragt, ob sie ihn liebe, und Beth war nicht sicher gewesen, was sie darauf antworten sollte. Sie freute sich immer darauf, ihn zu sehen, und war immer froh, wenn er samstagabends ins Heaney's kam, um sie spielen zu hören. Aber sie war nicht sicher, ob es das war, was die Leute Liebe nannten. Ihr Herz schlug nicht schneller, wenn sie an ihn dachte, und sie hatte auch nicht aufgehört zu essen, wie es in den Liebesromanen immer geschrieben stand.

Jack war im Saloon, als Beth am Samstagabend aus dem Hinterzimmer kam, um ihr letztes Set zu spielen. Es regnete draußen, und er musste gerade erst hereingekommen sein, denn selbst vom anderen Ende des Raumes aus konnte sie sehen, wie nass sein Haar war. Sie winkte ihm, bevor sie zu dem Pianisten auf die Bühne sprang.

Sie genoss immer das letzte Set am Samstagabend. Die Leute waren durch den Alkohol milde gestimmt, sie mussten am nächsten Tag nicht arbeiten und zeigten durch lautes Klatschen und Füßestampfen, wie sehr es ihnen gefiel. Sie liebte es inzwischen auch, von Amos begleitet zu werden. Er war ein schwarzer Mann aus Louisiana, und er konnte besser Klavier spielen als jeder, den Beth jemals gehört hatte. Wenn sie in Fahrt kamen, dann konkurrierten sie regelrecht miteinander und trugen die Melodien in neue Sphären.

An jenem Abend war es noch besser als sonst. Die Zuhörer jubelten, klatschten und brüllten bei jeder Nummer, und Beth hatte das Gefühl, dass sie ihr aus der Hand fraßen. Sie hatte Schwierigkeiten aufzuhören, denn sie verlangten nach einer Zugabe. Sie spielte eine, dann noch eine, bevor die Leute sie endlich gehen ließen.

Als sie sich den Weg durch die Menge zur Hintertür bahnte, wo sie ihren Mantel liegen gelassen hatte, hielt sie jemand am Ellbogen fest.

Zu ihrer Überraschung war es der gut aussehende Mann vom Schiff, der mit der verheirateten Frau zusammen gewesen war.

»Miss Diskretion hat mir nicht verraten, dass sie Geige spielt«, sagte er.

In der ersten Woche nach ihrer Ankunft in New York hatte Beth sich gefragt, was aus ihm und Clarissa geworden sein mochte, doch sie hatte ganz sicher nicht damit gerechnet, ihn wiederzusehen. Aber da stand er, seine englische Stimme erinnerte sie an zu Hause, und er sah noch attraktiver aus als bei ihrer ersten Begegnung. Er trug ein gut sitzendes dunkelgrünes Jackett und darunter eine elegant bestickte Weste.

»Was hat Sie denn hierher verschlagen?«, fragte sie.

»Ich bin geschäftlich hier«, sagte er, aber die Art, wie er in Richtung des Hinterzimmers sah, wo Heaney Glücksspiele abhielt, ließ sie erahnen, was für Geschäfte das waren. »Wie sind Sie denn dazu gekommen, für Heaney zu arbeiten?«

»Mein Bruder und ich sind einfach zu ihm gegangen und haben gefragt, ob er Arbeit für uns hat«, erwiderte sie und deutete auf Sam hinter der Theke. »Wir sind jetzt seit sechs Monaten hier.«

Auf einmal schob Jack sich durch die Menge auf sie zu. »Sam hat mich gebeten, dich heute nach Hause zu bringen«, sagte er mit einem breiten Lächeln. »Er muss länger arbeiten.«

»Gut.« Beth nickte ihm zu, blickte jedoch den Mann vom Schiff an. »Was ist mit Clarissa passiert?«

Er zuckte mit den Schultern. »Es ist irgendwie im Sande verlaufen, nachdem wir angekommen waren.«

Beth konnte sehen, dass Jack nervös wurde, und sie wusste ohnehin nicht, warum sie überhaupt noch länger mit diesem Mann reden wollte. »Ich muss gehen«, sagte sie. »Mr Heaney mag es nicht, wenn ich mit Gästen rede.«

»Es war schön, Sie wiederzusehen«, sagte er und streckte die Hand aus. »Und vor allem herauszufinden, dass Sie so talentiert sind.«

Sie legte ihre Hand in seine, und die Berührung seiner Haut sandte ihr einen Schauer über den Rücken. »Ich habe mich auch gefreut, Sie zu sehen. Viel Glück beim Spiel heute Abend.«

»Wer war der Mann?«, fragte Jack, als sie zur Houston Street liefen. Der heftige Regen hatte die Leute von den Straßen vertrieben, und ihre Schritte hallten ungewöhnlich laut.

»Nur ein Mann, der auch auf dem Schiff war.«

»Er ist mir nie begegnet.«

»Er war in der ersten Klasse. Wir haben uns mal unterhalten, als ich an Deck war«, erwiderte sie.

»Und was wollte so ein feiner Pinkel im Heaney's?«

Beth blieb stehen und zog an Jacks Arm, bis er sie ansah. »Spielen?«, meinte sie sarkastisch. »Aber er war genauso überrascht über unsere erneute Begegnung wie ich. Ich weiß nichts über ihn, nicht mal seinen Namen, also brauchst du nicht eifersüchtig zu sein.«

»Das bin ich nicht«, widersprach er entrüstet. »Es wirkte nur, als liefe da was zwischen euch.«

»Wir waren nur überrascht, mehr nicht«, erklärte sie knapp.

»Kann ich noch einen Moment mit reinkommen?«, fragte Jack, als sie ihr Haus erreichten.

»Nein, es ist zu spät«, erwiderte Beth und nahm den Geigenkasten von ihm entgegen.

»Ich wäre wirklich leise«, sagte er.

Er sah sie mit diesem jungenhaften, erwartungsvollen Blick an, der sie normalerweise lächeln ließ, aber aus irgendeinem Grund machte er sie heute wütend.

»Ich habe keine Angst, dass du zu laut bist«, entgegnete sie ungeduldig. »Es geht darum, wie das nach ein Uhr nachts aussieht. Und wo Sam nicht zu Hause ist.«

Sam passte ihre Freundschaft mit Jack immer noch nicht wirklich, aber er wusste, wenn Jack Beth abends nach Hause brachte, musste er sich keine Sorgen um sie machen.

»Ich wollte nur ein bisschen schmusen und küssen«, sagte Jack niedergeschlagen. »Es ist zu kalt und zu nass, um das hier draußen zu machen. Du musst doch wissen, dass ich nie etwas tun würde, womit du nicht glücklich bist.«

Beth trat näher an ihn heran und küsste ihn auf die Lippen. Die Gaslaterne ließ sein Gesicht noch kantiger erscheinen, seine Narbe noch bleicher, und sie verlieh seiner Haut eine unheimliche gelbe Farbe. Sie empfand keinerlei Verlangen nach ihn, und sie schämte sich deswegen. »Ich weiß das, ich bin nur müde und ein bisschen grantig, und du bist sehr nass, also geh nach Hause.«

»Ich liebe dich, Beth«, sagte er und legte seine Hände um ihr Gesicht. »Ich glaube, ich habe mich schon in dich verliebt, als ich dich das erste Mal sah. Geht es dir auch so?«

Er hätte sich keinen unpassenderen Moment aussuchen können, um ihr zu sagen, dass er sie liebte, und anstatt gerührt zu sein, war sie verärgert. Wenn sie Nein sagte, würde er tief verletzt sein, aber wenn sie Ja sagte, dann begann sie damit vielleicht etwas, das sie wahrscheinlich bereuen würde.

»Jetzt ist nicht der richtige Zeitpunkt dafür, Jack«, sagte sie müde.

Er machte einen Schritt zurück. Der Regen glänzte auf seinem Gesicht und seinen Haaren, und sein Mund war nur noch eine verletzte, gerade Linie. »Für uns gibt es keinen richtigen Zeitpunkt, oder?«

Er wandte sich um und ging und blickte nicht einmal zurück, um zu überprüfen, ob sie ihm nachsah.

14

Als Beth am Sonntagmorgen aufwachte und feststellte, dass es noch genauso heftig regnete wie am Abend zuvor, galt ihr erster Gedanke Jack. Seit sie und Sam in der Houston Street wohnten, war er jeden Sonntag vorbeigekommen, um etwas mit ihr zu unternehmen.

Sie zog den Trennvorhang zurück und stellte fest, dass Sams Bett unberührt war. Auf einmal wurde ihr klar, wie abhängig sie von Jacks Gesellschaft geworden war und wie einsam es ohne ihn sein würde. Weil sie wusste, dass er zu verletzt war, um heute oder an einem anderen Tag vorbeizukommen – es sei denn, sie entschuldigte sich bei ihm und sagte ihm, dass sie ihn liebte –, zog sie die Decke bis zum Kinn hoch und versuchte, wieder einzuschlafen.

Sam kam erst gegen zwei Uhr zurück und war sehr überrascht, dass sie noch im Bett lag.

»Bist du krank?«, fragte er und setzte sich auf die Bettkante.

Beth erzählte ihm von Jack. »Es gab einfach nichts, wofür sich das Aufstehen gelohnt hätte«, sagte sie abschließend.

»Wenn er dir wirklich etwas bedeutet, dann solltest du besser zu ihm gehen und dich wieder mit ihm vertragen«, meinte Sam und rieb sich über sein stoppeliges Kinn. »Aber ich war schon immer der Meinung, dass du ohne ihn viel besser dran bist.«

Beth setzte sich auf und blickte ihren Bruder finster an. »Dann verrat mir doch mal, wie ich einen passenden Mann kennenlernen soll. Heaney lässt mich nie mit jemandem reden. Du stellst mir keinen deiner Freunde vor. Und es wäre nicht richtig, zu Jack zu gehen und ihm falsche Hoffnungen zu machen, nur weil ich nicht allein sein will.«

Sam blickte sie nachdenklich an. »Praktisch jeder Mann, der ins Heaney's kommt, möchte gerne etwas mit dir anfangen. Aber keiner von denen ist gut genug für dich.«

»Und woher willst du das wissen?«, fuhr sie ihn an. »Ich wette, dass die Frau, mit der du heute Nacht zusammen warst, auch nicht die Richtige für dich ist, aber das scheint dich nicht zu stören.«

»Bei Männern ist das etwas anderes.«

»Ich kann nicht erkennen, warum das so sein sollte«, erklärte sie wütend. »Wenn ich in einem der beliebtesten Saloons in New York auftreten kann, dann weiß ich nicht, wieso ich nicht zusammen sein kann, mit wem ich will.«

Sam blickte sie einen Moment lang an. »Steh auf, und zieh dich an, wir gehen aus«, sagte er schließlich. »Es gefällt mir nicht, dass du so traurig bist.«

Am Montagabend, als Beth ins Heaney's kam, stellte sie fest, dass Jack schon früher dagewesen war und ihr eine Nachricht hinterlassen hatte.

Sie hatte seine Schrift noch nie zuvor gesehen, und die kindlichen Buchstaben und die furchtbare Rechtschreibung waren eine Bestätigung, wie tief der Bildungsgraben war, der sie voneinander trennte. Doch wie ungebildet Jack auch sein mochte, seine tiefen Gefühle für sie schwangen deutlich in seinen Worten mit. Er schrieb ihr, dass er immer noch ihr Freund sein wolle und dass er nichts anderes von ihr erwarten würde.

Beth tat es leid, dass sie ihn verletzt hatte, und ihre instinktive Reaktion war, ihm sofort zu antworten und ihm zu sagen, dass es in ihrem Leben immer einen Platz für ihn geben würde. Aber sie wusste, dass sie dann wieder zu ihrer alten Routine zurückkehren würden und dass über kurz oder lang der nächste Streit auf sie wartete. Vielleicht würde es das Beste sein, erst einmal eine Weile gar nichts zu tun.

Am Dienstag räumte sie mit Ira die Sommersachen aus. Kleider, die zu schäbig oder zu unmodern waren, wurden von einem Mann abgeholt, der einen Stand am Mulberry Bend unten in Five Points hatte. Die guten Sachen packten sie in Kisten und verstauten sie bis zum nächsten Frühling.

Es war gut, beschäftigt zu sein, und Beth stellte um fünf Uhr, als sie ihren Mantel und ihren Hut anzog, um zu gehen, fest, dass sie den ganzen Tag nicht an Jack gedacht hatte.

Sie war gerade aus dem Laden getreten und hatte die Tür hinter sich geschlossen, als sie den Mann vom Schiff lässig an einer Laterne lehnen und sie angrinsen sah. »Hallo, Miss Diskretion!«, sagte er.

Beth war sprachlos, ihm hier zu begegnen. Aber sie wusste instinktiv, dass dieses Treffen kein Zufall war.

»Möchten Sie vielleicht eine Tasse Kaffee mit mir trinken?«, fragte er. »Es sei denn, natürlich, Sie haben etwas Besseres vor.«

»Aber ich kenne doch noch nicht mal Ihren Namen«, erwiderte sie.

»Na ja, das lässt sich leicht ändern.« Er grinste. »Ich bin Theodore Cadogan. Meine Freunde nennen mich Theo.«

»Nun, Mr Cadogan«, sagte sie und unterdrückte den Drang zu lachen, weil er die Dreistigkeit besessen hatte, herumzufragen, wo er sie finden konnte. »Wieso glauben Sie, dass es zu meinen Gewohnheiten gehört, mit Männern auszugehen, die ich kaum kenne?«

»Aber wie wollen Sie denn sonst jemanden kennenlernen? Ich habe nur von Kaffee gesprochen, ich wollte Sie nicht auf dem weißen Sklavenmarkt verkaufen.«

»Wer hat Ihnen verraten, wo Sie mich finden?«

»Ihr Bruder. Und ich habe ihm bei meiner Ehre als Gentleman geschworen, dass meine Absichten absolut ehrenwert sind.«

Beth bezweifelte seine ehrenwerten Absichten, aber Sam mochte ihn offenbar und hatte nichts gegen dieses Treffen, sonst hätte er ihm nicht gesagt, wo er sie finden konnte. Außerdem sah er so gut aus und löste dieses übersprudelnde Gefühl in ihr aus. »Aber nur eine Tasse Kaffee«, stimmte sie zu.

Eine Stunde später saßen sie noch immer im Café. Beth nannte ihn Theo, und er nannte sie Beth. Sie hatte ihm von den Ereignissen erzählt, die sie nach Amerika gebracht hatten, und er hatte ihr berichtet, dass sein Vater ein reicher Grundbesitzer in Yorkshire war, aber dass er als jüngerer Sohn das Anwesen nicht erben würde.

»Vater wollte, dass ich Jurist werde, aber das langweilte mich«, sagte er mit einem theatralischen Gähnen. »Mutter hätte es gerne gesehen, wenn ich Geistlicher geworden wäre, aber das war ganz sicher nicht meine Berufung. Ich spielte auch mit dem Gedanken, zur Armee zu gehen.«

»Und weshalb bist du hergekommen?«, fragte Beth.

Er rollte auf eine Art mit den Augen, die klar ausdrückte, dass er den wahren Grund nicht gerne zugeben wollte.

»Wegen Clarissa, nicht wahr?« Sie lachte.

Er seufzte. »Nicht nur. Sagen wir einfach, dass sie mir vorgespielt hat, ihre Ehe sei unglücklich. Ich buchte eine Überfahrt auf demselben Schiff wie sie und ihr Mann und glaubte dummerweise, dass sich alles finden und dass er sie gehen lassen würde, wenn wir in New York wären. Aber sie hat nur mit mir gespielt, sie hatte nie vor, ihn zu verlassen.«

»Oje, Theo«, spottete Beth, »du musst am Boden zerstört gewesen sein.«

»Nur ein bisschen verbeult, meine Liebe«, erklärte er mit einem Grinsen. »Und als ich hier im Land der unbegrenzten Möglichkeiten war, wurde mir klar, dass ich den perfekten Ort gefunden hatte, um meine Talente auszuleben, deshalb bereue ich nicht, hergekommen zu sein.«

»Was hast du denn für Talente?«, neckte sie ihn. »Abgesehen davon, dass du ein Charmeur und ein Frauenheld bist?«

»Ich kann ganz gut Karten spielen«, erklärte er.

Beth lachte. »Kann man damit ein Vermögen machen?«

»Ich hoffe es.« Er lächelte schelmisch. »Es hat mir schon gute Dienste geleistet.«

»Wenn du mit Männern wie Heaney spielst, dann wirst du geschröpft«, sagte sie.

»Du unterschätzt mich, meine Liebe«, erwiderte er. »Ich habe vor, selbst einen Spielsalon zu besitzen, nicht, mein letztes Hemd dort zu verlieren.«

Er lachte über ihr überraschtes Gesicht. »Und du, meine hübsche kleine Zigeunerin, kannst in meinem ersten Laden Geige spielen, wenn du willst. Ich habe das Gefühl, dass unser erneutes Zusammentreffen Schicksal war und dass unsere Wege untrennbar miteinander verbunden sein werden.«

Beth spürte ein Flattern in ihrem Innern, als er ihre Hand ergriff. Sie dachte, dass er sie küssen würde, aber stattdessen drehte er sie um und betrachtete ihre Handfläche, fuhr mit dem Zeigefinger die Linien darin nach.

»In deiner Hand liegt viel Leidenschaft«, sagte er mit leiser Stimme. »Ich sehe auch Stärke und Mut. Du wirst Geld haben, aber die Liebe, sowohl die zu Männern als auch die zur Musik, wird dir immer wichtiger sein.«

Beth kicherte. »Jetzt klingst *du* wie ein Zigeuner! Kannst du einen Mann und Kinder sehen?«

»Ist es das, was du willst?«

»Wollen das nicht alle Frauen?«

»Man erzählt euch von klein auf, dass es das ist, was ihr wollt«, sagte er nachdenklich. »Unsere Gesellschaft fördert diese Vorstellung noch und schafft keine Alternativen. Aber ich finde, dass es eine Verschwendung wäre, wenn du jung heiratest und dein Leben damit verbringst, eine Schar Kinder aufzuziehen, wo du so viel Talent hast.«

Er hielt noch immer ihre Hand, und langsam beugte er den Kopf und drückte seine Lippen darauf. Beth spürte ein heftiges Reißen in ihrem Innern, fühlte einen heißen Schauer im ganzen Körper, und ihre Haut prickelte. Sie widerstand dem Drang, die Hand auszustrecken und mit den Fingern durch sein Haar zu fahren. Sofort erkannte sie, dass dieses Gefühl der Anfang von Leidenschaft war.

Drei Tage später war Beth mit Ira im Hinterzimmer des Ladens, wo sie Sachen wuschen und ausbesserten, als Ira nach dem Namen des Mannes fragte, mit dem Beth sich traf.

»Ich weiß, dass du jemanden kennengelernt hast.« Sie blickte Beth scharf an. »Seit Mittwoch träumst du ständig vor dich hin.«

Beth hob das Bügeleisen vom Ofen und spuckte darauf,

um zu sehen, ob es heiß genug war, um den weißen Baumwoll-petticoat damit zu plätten. Sie wollte nicht auf Iras Frage antworten; sie hatte das Gefühl, dass es Unglück bringen würde, wenn sie jemandem von Theo und vor allem von ihren Gefühlen für ihn erzählte.

Er hatte sie zum Essen eingeladen, als sie schließlich das Café verließen, und viel später hatte er sie nach Hause in die Houston Street begleitet. Es war ein kalter Abend, und die Straße lag verlassen da, nur eine Hand voll junger Männer stand vor der Kneipe an der Ecke.

»Ich schätze, du wohnst in irgendeinem schönen Viertel?«, sagte sie, als sie vor ihrem Haus stehen blieben.

»Nicht wirklich.« Er strich ihr über die Wange. »Schäm dich nicht dafür, arm zu sein, Beth. Der Wille, Erfolg zu haben, ist immer stärker, wenn man wenig besitzt.«

Seine Hand an ihrer Wange ließ das merkwürdige Reißen in ihrem Bauch zurückkehren. Sie wollte so sehr von ihm geküsst werden, dass sie schon ganz weiche Knie hatte. Es war ihr sogar egal, wer sie sah.

»Werde ich dich wiedersehen?«, fragte sie schwach und wusste, dass sie damit zu forsch war, doch sie konnte sich nicht zurückhalten.

Er küsste sie, als wäre das seine Antwort auf ihre Frage. Seine Lippen berührten ihre, sanft zuerst, und erweckten alle Nervenenden in ihrem Körper zum Leben. Und dann, als sie gerade anfing, sich nach mehr zu sehnen, legte er die Arme eng um sie und drang mit seiner Zungenspitze in ihren Mund ein. Sie hatte das Gefühl, innerlich zu explodieren.

Instinktiv presste sie sich an ihn; sein Kuss war so aufregend, dass ihr Körper von ganz allein darauf reagierte. Sie konnte spüren, wie ihre Brustwarzen sich verhärteten, und spürte ein Ziehen zwischen ihren Beinen, schob schamlos auch ihre Zunge in seinen Mund.

Er löste sich zuerst von ihr. »Du küsst genauso gut, wie du Geige spielst«, sagte er leise. »Bei dir kann ein Mann den Kopf verlieren.«

Dann sagte er, dass er gehen müsse, und sie blieb schwindelig vor Verlangen auf der Treppe stehen und sah ihm nach, während er die Straße hinunterging. Er bewegte sich mit der Anmut eines Panthers, mit geradem Rücken, das Kinn vorgestreckt. Als er die Laterne an der Ecke erreichte, drehte er sich noch einmal um und winkte, und ihr Herz floss über vor Glück.

Schlaf fand sie nicht in dieser Nacht, denn sie durchlebte den Kuss wieder und wieder, bis ihr Körper in Flammen stand. Sie musste an eine Nachbarskatze zu Hause in Liverpool denken, die sich im Hinterhof auf dem Rücken gewälzt und dabei merkwürdige, jammernde Geräusche ausgestoßen hatte. Ihre Mutter hatte gemeint, dass sie rollig sei, und einen Eimer Wasser über sie gegossen, um sie zu vertreiben, denn zwei Kater saßen auf der Mauer und sahen sich das Schauspiel an. Sie sagte, dass sie so etwas Hässliches in ihrem Hinterhof nicht haben wolle. Beth hatte damals nicht verstanden, was das Verhalten der Katze bedeutete, aber jetzt schon.

Seit sie alt genug war, sich für Liebe, Heirat und Kinderkriegen zu interessieren, hatte man sie glauben lassen, dass es die Männer waren, die dabei Lust empfanden, und dass die Frauen den Akt ihnen zuliebe tolerierten. Selbst die pragmatische Miss Clarkson hatte nichts anderes erwähnt. Erst durch das Geständnis ihrer Mutter auf dem Sterbebett hatte Beth zum ersten Mal eine Ahnung davon bekommen, dass Frauen Sex vielleicht wollten oder brauchten, aber sie war zu entsetzt über die Konsequenzen dieser verbotenen Affäre gewesen, um Mitgefühl zu empfinden.

»Meine Frage nicht zu beantworten wird mich nicht davon abbringen«, sagte Ira. Sie trat näher und legte Beth eine Hand auf die Schulter. »Es ist ganz normal für ein Mädchen in deinem Alter, sich zu verlieben, aber ich weiß, dass es nicht Jack ist, den du anhimmelst. Also wer ist dieser neue Mann, und wo hast du ihn kennengelernt?«

»Er heißt Theodore Cadogan, und ich habe ihn auf der Überfahrt getroffen«, sagte Beth ein bisschen zögernd. »Ich habe nur einmal mit ihm gesprochen, weil er in der ersten Klasse war. Aber ich bin ihm letzte Woche im Heaney's wiederbegegnet, und als ich am Dienstagabend aus dem Laden kam, wartete er auf mich.«

»Dann ist er ein Gentleman?«

Beth nickte bedrückt.

»Was hat er dann im Heaney's gemacht?«

Beth seufzte; diese Frage hatte sie befürchtet. »Er war dort, um Karten zu spielen.«

Ira saugte die Wangen ein. »Ein Spieler also! Nun, die sind normalerweise sehr unterhaltsam, das muss ich zugeben. Aber du solltest einen klaren Kopf bewahren, Mädchen, ich möchte nicht, dass du auf Abwege gerätst.«

»Ich mag ihn sehr«, gestand Beth schwach.

Ira sah sie scharf an, bis Beth rot wurde. »Ich verstehe«, sagte sie schließlich. »Er hat Gefühle in dir geweckt, die du nicht verstehst. Ist es das?«

Beth starrte nur auf ihre Füße.

Ira lachte. »Man hat dir erzählt, dass brave Mädchen solche Gefühle nicht haben, nehme ich an? Nun, das ist totaler Unsinn, es würden nur sehr wenige Babys in diese Welt gesetzt, wenn das der Fall wäre! Ich sage dir, wie ich es sehe: Es gibt keine Frauen, denen es gefällt, und andere, denen es nicht gefällt, es gibt nur Frauen mit guten Liebhabern und solche ohne.«

»Er ist nicht mein Liebhaber«, rief Beth, erschrocken darüber, dass Ira so etwas überhaupt denken konnte. »Ich habe nur einen Abend mit ihm verbracht.«

Ira kicherte. »Wenn er an einem keuschen Abend solche Gefühle in dir wecken kann, dann solltest du, denke ich, nicht riskieren, mit ihm allein zu sein, es sei denn, natürlich, du möchtest herausfinden, was ein guter Liebhaber für eine Frau tun kann.«

Beth wand sich vor Scham, was Ira noch lauter lachen ließ. »Ich weiß, dass es viele gibt, die dir sagen werden, dass du erst einen Ring am Finger haben musst, bevor du die Ware testen kannst. Aber ich war immer froh, dass ich meinen Gunter schon vor der Ehe ausprobiert habe.«

»Ich sehe ihn vielleicht gar nicht wieder«, erklärte Beth in dem Versuch, das Gespräch zu beenden, das sie als extrem peinlich empfand.

»Ich bin sicher, das wirst du«, erwiderte Ira. »Nicht nur wegen deines Aussehens und deiner Kurven, sondern wegen deiner Fröhlichkeit, deines Verstands, deiner Manieren und deines Geigenspiels. Du bist ein Hauptgewinn, meine Liebe. Aber du musst dich schützen. Glaub nicht alles, was er dir sagt, leih ihm kein Geld, erwarte nicht, dass er dich heiratet, und such dir jemanden, der dir Ratschläge geben kann, wie du eine Schwangerschaft verhinderst. Das hat schon viele gute Frauen ruiniert.«

»Das würde ich nicht tun«, erklärte Beth entsetzt. »Riskieren, schwanger zu werden, meine ich.«

»Sei dir da nicht so sicher.« Ira tätschelte ihr liebevoll die Wange. »Meiner Erfahrung nach verliert eine Frau ihren gesunden Menschenverstand, wenn sie sich körperlich zu einem Mann hingezogen fühlt.«

Beth hatte an diesem Abend gespielt, und Heaney ließ sie mit der Droschke nach Hause fahren, weil Sam länger arbeiten musste. Als sie am Samstagmorgen aufwachte, hatte sie von Theo geträumt, und das ließ sie besorgt daran denken, was Ira zu dem Thema gesagt hatte.

Sie zog vorsichtig den Vorhang zwischen ihrem und Sams Bett ein Stück zurück. Zu ihrer Enttäuschung war es erneut leer, und der Tag lag einsam vor ihr, ohne Gesellschaft.

Als sie zwei Stunden später Amys Stimme auf der Treppe hörte, rief Beth nach unten und fragte sie, ob sie vielleicht auf einen Tee zu ihr raufkommen wolle.

Amy lebte in der zweiten Generation in Amerika, ihre Eltern stammten aus Holland, aber sie hatte die Farm der Familie in Connecticut verlassen, weil ihrem Vater der Mann, mit dem sie damals zusammen war, nicht gefiel. Reumütig hatte sie Beth erklärt, dass der Mann, um den es ging, nicht mit ihr durchbrennen wollte, und so war sie allein nach New York gekommen. Aber es schien ihr gut zu gehen: Sie und ihre Freundin Kate gingen immer aus, sie hatten schöne Sachen, und sie waren glücklich und freundlich. Beth war oft ein bisschen neidisch auf sie, denn sie schienen viel mehr Spaß zu haben als sie selbst.

»Tee! Genau das, was ich jetzt brauche. Da unten geht es zu wie in einem Tollhaus«, sagte Amy, als sie in Beths Zimmer kam. Sie sah aus wie ein Mädchen vom Land, groß, mit breiten Schultern, einem breiten, flachen Gesicht und flachsblondem Haar. »Die Familie ist noch größer geworden! Ich frage dich, wie können sich sechs Leute ein kleines Zimmer teilen? Und was das Betreten der Küche angeht …!«

Amy meinte damit die irische Familie, die ein Zimmer in ihrer Wohnung bewohnte. Anfangs waren es zwei Erwachsene und zwei Kinder gewesen, aber nach dem Einzug von zwei weiteren Personen war es dort unglaublich beengt. Da Amy sich ihr kleines Zimmer schon mit Kate teilte und im dritten Zimmer der Wohnung fünf Leute wohnten, konnte Beth sich vorstellen, wie schwierig es war, sich in der Küche aufzuhalten, die sie sich alle teilten.

Amy ließ sich auf Sams Bett fallen, und während Beth ihnen den Tee eingoss, schimpfte sie noch eine Weile weiter über die Nachbarn. Sie vermutete, dass jemand aus der irischen Familie Schmutzwasser in die Spüle goss. Außerdem hatte sie den Verdacht, dass sie sich an ihren Lebensmitteln bedienten, und immer weinte ein Kind. »Ich muss mir eine andere Unterkunft suchen«, sagte sie schließlich. »Es ist unerträglich.«

Beth hatte viel Verständnis für Amy und Kate und war sich bewusst, wie viel Glück sie hatte, dass Sam und sie sich die Wohnung nur mit den Rossinis teilen mussten, einem Paar mittleren Alters, das ruhig, sauber und freundlich war.

Aber Amy hielt sich nie länger als ein oder zwei Minuten mit Problemen auf. Als sie ihren Tee trank, brachte sie Beth schon mit einer Geschichte über den Lebensmittelhändler um die Ecke zum Lachen, der von seiner Frau mit einer anderen erwischt worden war.

»Wo ist Sam?«, fragte sie ein bisschen später. »Ich sehe ihn in letzter Zeit kaum noch. Hat er eine Freundin?«

»Ich schätze ja«, antwortete Beth. »Aber er hat mir nichts von ihr erzählt.«

»Sie hat Glück, wer immer sie ist«, sagte Amy mit einem Leuchten in den Augen. »Er sieht wirklich gut aus.«

»Wenn er nicht aufpasst, dann wird er vielleicht gezwungen sein zu heiraten«, erwiderte Beth.

»Ich bin sicher, er weiß, wie er das vermeiden kann.«

»Kann man das vermeiden?«, fragte Beth naiv.

»Natürlich, du dumme Gans.« Amy lachte.

»Wie?«

»Einige Männer, die rücksichtsvolleren, ziehen sich rechtzeitig zurück«, erklärte Amy offen. »Darauf würde ich mich allerdings lieber nicht verlassen. Sie können auch eine Art Gummihülle benutzen, aber die kann reißen, und Männer mögen sie nicht. Aber die meisten Frauen, die ich kenne, benutzen hinterher eine Spülung. Oder es gibt auch einen kleinen Schwamm, den man sich reinstecken kann, bevor man anfängt.«

Beth hatte Amy sofort gemocht, weil sie so offen und direkt war, aber sie wurde rot vor Verlegenheit über diese intimen Enthüllungen. »Woher weißt du das alles?«, fragte sie.

Als Amys Gesichtsausdruck sich verdüsterte und sie nicht wie üblich eine ihrer lustigen Bemerkungen machte, hatte Beth das Gefühl, sich entschuldigen zu müssen. »Ich wollte nicht neugierig sein, ich werde dir keine Fragen mehr stellen.«

Amy sah sie an und seufzte. »Ich wünschte, ich hätte jemanden gehabt, den ich diese Sachen hätte fragen können, als ich so alt war wie du. Aber das hatte ich nicht, also wurde ich schwanger.«

»Und was hast du gemacht?«, flüsterte Beth erschrocken.

»Eine alte Frau, die ich kannte, hat es mir weggemacht«, gestand Amy. »Das war kurz nach meiner Ankunft in New York. Es war furchtbar. Ich dachte, ich würde sterben.«

»Danach hattest du bestimmt erst mal genug von Männern, oder?«

Das ältere Mädchen kicherte. »Sicher, für eine Weile, doch dann habe ich einen anderen Charmeur getroffen. Bevor ich den an mich ranließ, holte ich mir aber erst mal Rat von einem der Mädchen bei Rosie's.«

Beth riss schockiert die Augen auf, weil sie gehört hatte, wie sich ein paar Männer im Heaney's über das Rosie's unterhalten hatten – ein Bordell.

»Sieh mich nicht so an«, schimpfte Amy. »Nicht viele von uns haben ein Talent, von dem wir leben können, so wie du von deinem Geigenspiel. Für einige von uns ist es der einzige Weg, wenn wir ein Dach über dem Kopf haben wollen. Ich war bald aufgeklärt und fing an, bei Rosie's zu arbeiten.«

Beth konnte kaum glauben, was Amy ihr da gerade gestanden hatte. Sie hatte sich nie gefragt, womit ihre Freundin ihren Lebensunterhalt verdiente; sie war einfach davon ausgegangen, dass sie in einem Laden arbeitete, weil sie so schicke Kleider trug.

»Jetzt sag nicht, du hast es nicht gewusst?« Amy warf den Kopf zurück und lachte über Beths erschrockenen Gesichtsausdruck. »Ich dachte, jemand hätte es dir inzwischen erzählt!«

»Ich rede mit kaum jemandem außer euch beiden«, sagte Beth kleinlaut. »Ich hätte das nie gedacht. Ich meine, du bist so nett.«

»Huren können genauso nett sein wie jeder andere«, erwiderte Amy mit leicht säuerlichem Tonfall. »Wir stellen auch nicht zur Schau, was wir tun, indem wir halbnackt und mit angemaltem Gesicht herumlaufen.«

»So meinte ich das nicht«, erklärte Beth hastig. »Ich meinte, dass ich dachte, du arbeitest in einem Laden oder einem Restaurant.«

Amy rollte die Augen zum Himmel. »Schätzchen, ich dachte, im Heaney's zu arbeiten hätte dir die Augen geöffnet! Nur wenige Frauen wollen Huren werden, aber wenn man Hunger hat und kein Dach über dem Kopf, dann ist es nicht so schlecht, ein paar Dollar dafür zu kriegen, einem Mann ein bisschen Zuneigung zu schenken. Warum sollte ich als Zimmermädchen oder in einem Laden für fünf oder sechs Dollar die Woche arbeiten, wenn ich so viel schon von einem Freier bekomme?«

Beth war sprachlos. Jetzt ergab es natürlich einen Sinn, warum Amy so viel über Männer wusste, und auch, warum sie tagsüber so oft zu Hause war. Sie suchte nach den richtigen Worten, die nicht herablassend oder kritisch klangen, als Sam nach Hause kam und Amy sofort aufsprang und erklärte, dass sie gehen müsse.

Weil sie nicht wollte, dass Amy glaubte, sie wäre zu fein, um mit einer solchen Enthüllung umzugehen, begleitete Beth sie zur Tür. »Es tut mir leid«, sagte sie. »Ich war nur so überrascht.«

Amy legte ihre Hand auf Beths Schulter. »Ich schätze, du bist einfach noch zu unerfahren. Weißt du, ich dachte, du wüsstest es, und ich war so froh, dass du mich trotzdem mochtest, aber ich schätze, das ist jetzt das Ende unserer Freundschaft?«

»Auf keinen Fall«, sagte Beth und meinte es so. »Ich mag dich sogar noch mehr, weil du ehrlich zu mir warst. Ich komme mir nur ein bisschen dumm vor, weil ich es nicht gemerkt habe. Aber du hast mir eine Menge zum Nachdenken gegeben.«

»Hör auf nachzudenken, und hab ein bisschen Spaß«,

sagte Amy mit einem breiten Grinsen. »Dein Bruder weiß, wie das geht.«

Sie war weg, bevor Beth sie fragen konnte, was genau sie damit gemeint hatte.

Ein bisschen später kochte Beth Tee und machte ein Sandwich für Sam, bevor er zur Arbeit musste, als sie ein komisches Rascheln aus ihrem Zimmer hörte. Sie hatte ihn nicht gefragt, wo er die ganze Nacht über gewesen war, weil er sich gewaschen und rasiert hatte, und außerdem war sie in Gedanken immer noch mit dem beschäftigt, was Amy ihr erzählt hatte.

Aber da ihre Zimmertür halb offen stand, steckte sie den Kopf hindurch, um zu sehen, was das für ein Geräusch war. Zu ihrer Überraschung saß er an dem kleinen Tisch am Fenster und spielte mit einem Stapel Karten. Während sie zusah, mischte er sie, tat dann etwas mit ihnen, das wie ein kunstvoller Trick aussah, und legte sie dann in einer Reihe auf den Tisch, wobei jede die andere halb überlappte.

»Was machst du da?«, fragte sie.

»Ich übe nur«, erwiderte er, ohne den Kopf zu wenden, und hob die Reihe an, sodass sich alle Karten gleichzeitig umdrehten.

»Ist das ein Trick?«

»Nein. Nur das, was die Kartengeber machen. Ich bin noch nicht schnell und geschickt genug. Aber ich kann es schon fast.«

»Warum willst du das lernen?«, fragte sie und trat ins Zimmer.

Er legte die Karten weg und sah sie an. »Weil ich Kartengeber werden will. Ich will alles über Kartenspiele, Poker, Roulette, Faro und den ganzen Rest lernen.«

Beth hatte das Gefühl, als würde ihre Welt plötzlich Kopf stehen. Zuerst fand sie heraus, dass ihre einzige Freundin eine Hure war, und jetzt erklärte Sam ihr, dass er ein Spieler werden wollte.

Sie konnte akzeptieren, dass Theo spielte – als Gentleman gehörte das zu seinem Lebensstil. Aber Sam war dazu erzogen worden, das Böse darin zu erkennen. Ihr Vater hatte nicht mal einen Schilling auf ein Pferd gewettet, denn er sagte immer, dass man dadurch schnell auf die schiefe Bahn geriet.

»Ich möchte in Spielsalons arbeiten, nicht mein Geld dort verlieren«, erklärte er und sah sie scharf an, als wollte er sie davor warnen, das zu missbilligen. »Da kann man gutes Geld verdienen; die Bank verliert nie.«

»Hat Heaney etwas damit zu tun?«, wollte sie wissen.

»Nicht mehr, als dass ich gesehen habe, was er mit den Glücksspielen in seinem Laden verdient«, gab Sam zurück. »Deshalb muss ich länger arbeiten – ich serviere den Spielern die Getränke. Ich habe sie genau beobachtet.«

Beth ließ sich auf sein Bett sinken. Sie spürte Panik in sich aufsteigen, denn plötzlich erschien ihr alles bedrohlich.

»Was ist los?«, fragte er. »Oh, zur Hölle noch mal, halt mir jetzt bitte keine Moralpredigt, Beth! Glücksspiele sind hier sehr beliebt, die Leute finden es nicht schlimm, also warum sollten wir das tun?«

»Hast du denn nie Angst, dass wir die Werte verlieren, nach denen wir früher gelebt haben?«, fragte Beth.

»Dass wir nicht vergessen dürfen, zu welcher Klasse wir gehören? Dass wir vor der Oberschicht katzbuckeln müssen? Dass wir arm, aber ehrlich sind? Sag mir, Beth, warum sollen wir nicht reich sein? Steht irgendwo geschrieben, dass wir nicht nach Höherem streben dürfen, weil unser Vater Schuster war?«

»Ich schätze, ich habe einfach Angst, dass uns das alles verdirbt«, sagte sie kleinlaut. »Du weißt genau, selbst wenn du es nicht zugeben willst, dass wir an Heaney gebunden sind, und er ist kein guter Mann.«

»Ich weiß, dass er uns ausnutzt, aber wir können ihn auch ausnutzen, Beth. Du sammelst Erfahrungen und übst, während du für ihn spielst, und ich lerne etwas über Kartenspiele. Wenn die Zeit reif ist, dann nehmen wir diese Erfahrungen und ziehen weiter, weg von New York nach Philadelphia, Chicago oder sogar nach San Francisco. Wir sind hergekommen, um Abenteuer zu erleben und reich zu werden, und genau das werden wir auch tun.«

»Du gehst doch nicht eines Tages einfach ohne mich weg, oder?«, fragte sie ängstlich.

Sam setzte sich neben sie aufs Bett und umarmte sie fest. »Beth, du bist der einzige Mensch auf der ganzen Welt, der mir wirklich etwas bedeutet. Du bist nicht nur meine Schwester, du bist meine beste Freundin. Ich werde ohne dich niemals irgendwo hingehen.«

Sam war niemand, der blumige Reden schwang, und weil sie wusste, dass er meinte, was er sagte, brach Beth in Tränen aus.

»Weine nicht, Schwesterchen«, flüsterte er und strich ihr übers Haar. »Wir sind bis jetzt gut zurechtgekommen, und wir können es noch viel weiter bringen.«

15

Nachdem Sam ihr von seinen Plänen erzählt hatte, einen Spielsalon zu besitzen, saß Beth am Fenster und blickte über die Dächer und den grauen Himmel über ihnen und dachte an all die Leute, die sie in Liverpool gekannt hatten. Sie fragte sich, was sie wohl dazu sagen würden, wie Sam und sie jetzt lebten.

Sie hatte den Langworthys seit ihrer Ankunft alle zwei Wochen geschrieben und schämte sich jetzt, weil sie in ihren Schilderungen alles ein bisschen schönte. Sie benutzte das Wort »Hotel« statt »Wohnheim«, sie beschrieb den Central Park und die Fifth Avenue statt die Lower East Side. Das alles war zwar nicht wirklich gelogen, aber sie hatte das Heaney's als ein exklusives Etablissement geschildert und Iras Laden als einen, in dem es Kleider zu kaufen gab und keine Secondhand-Kleider. Sie hatte freudig ihren Umzug in eine Wohnung verkündet, aber nicht hinzugefügt, dass sie sich darin nur ein Zimmer mit Sam teilte.

Sie rechtfertigte diese Auslassungen damit, dass die Leute zu Hause sich Sorgen machen würden, wenn sie die ärmlichen Umstände beschrieb, unter denen sie lebte, und dass sie Angst um sie haben würden, wenn sie offener war, was das Heaney's anging. Aber jetzt, wo sie alle jene Menschen in Gedanken vor sich sah, die ihr etwas bedeuteten, hatte sie das Gefühl, dass sie sich mehr Sorgen darüber machen würden, wie sehr Sam und sie sich verändert hatten, als über die Art und Weise, wie sie lebten.

Ganz sicher würden sie es nicht gutheißen, dass sie in scharlachrotem Satin auftrat oder dass sie jeden Abend, wenn sie im Heaney's spielte, ein oder zwei Gläser Rum trank. Sie wären entsetzt gewesen, dass sie sich mit einer Hure angefreundet hatte und dass der Mann, der ihr gefiel, ein Frauenheld war.

Was Sam anging, wären sie schockiert darüber gewesen, dass er jede Nacht wegblieb und plante, einen eigenen Spielsalon zu eröffnen. Mrs Bruce würde zu ihrer Flasche mit Riechsalz greifen!

Der Gedanke, dass sie ein Leben führte, das ihre alten Freunde niemals gutheißen würden, machte Beth traurig, doch sie hatte nicht vor, wieder eine überarbeitete, aber anständige Wäscherin zu werden. Jedes Mal, wenn sie auf der Bühne stand, fühlte sie sich wie ein Vogel, den man aus dem Käfig gelassen hatte, und sie liebte es, bewundert zu werden und Applaus zu bekommen.

Der einzige Teil ihres alten Lebens, der ihr fehlte, war Molly, und der dumpfe Trennungsschmerz verließ sie nie ganz. Doch gleichzeitig war sie froh, ihre kleine Schwester sicher in England zu wissen, denn das hier war kein Ort für ein kleines Kind.

Beth wandte sich vom Fenster ab und betrachtete den Raum mit objektivem Blick. Ihr wurde klar, dass die Dekorationen im Zimmer ihre tatsächliche Situation symbolisierten. Die blaue Tagesdecke, die als Vorhang zwischen ihrem und Sams Bett hing, war jetzt mit einem roten Samtband zurückgebunden, um es etwas eleganter zu machen; die Theaterposter versteckten die fleckigen Wände; die bunten Kleider, die sie im Heaney's trug, waren ebenfalls dekorativ aufgehängt, und jede Woche kaufte sie einen Strauß Blumen, um das Zimmer gemütlicher zu machen.

Aber damit hatte sie das Zimmer genauso geschönt wie ihre Beschreibungen in den Briefen, die sie nach Hause schickte. Die Dekorationen überdeckten nur die Trostlosigkeit dieses Raumes.

Ihr wurde klar, dass Sam mit seiner sensiblen Art das vermutlich schon seit ihrem Einzug so empfand. Vielleicht war er deshalb so fest entschlossen, reich zu werden, damit sie niemandem mehr etwas vorspielen oder sich für irgendetwas schämen mussten.

Beth wollte nicht viel mehr als das, was sie jetzt hatte, nur eine ruhigere Wohnung, ein eigenes Zimmer und ein richtiges Bad. Aber sie wollte eines Tages auch nach Hause fahren und Molly besuchen, und sie wollte ganz sicher nicht als arme Verwandte zurückkehren. Also sollte sie vielleicht anfangen, nach vorne zu schauen und Pläne zu schmieden, so wie Sam es tat.

An diesem Abend spielte sie besser als jemals zuvor. Die Musik schien von ihrem ganzen Körper Besitz zu ergreifen, und sie tanzte auf der Bühne herum und versetzte das Publikum beinahe in Ekstase. Der Applaus war ohrenbetäubend, und die Leute verlangten immer mehr Zugaben, sodass Pat Heaney am Ende auf die Bühne gehen und ihren Auftritt beenden musste.

»Ist unsere kleine Zigeunerin nicht großartig?«, schrie er in die Menge. »Sie spielt am Montagabend erneut für euch, also sorgt dafür, dass ihr das nicht verpasst.«

Er kam zu ihr ins Hinterzimmer, um ihr das Geld zu bringen, als sie sich gerade mit einem Handtuch den Schweiß von Gesicht und Hals wischte. »Du warst toll heute Abend«, sagte er mit sehr viel mehr Wärme in der Stimme als sonst. »Du bist zu einer echten Attraktion geworden, seit du hier bist.«

Er hielt ihr das Geld hin, und sie sah, dass es ungefähr sieben Dollar waren. Aber sie hatte Dutzende von Dollarscheinen in den Hut fallen sehen.

»Ich glaube, dann wird es Zeit, dass Sie mich besser bezahlen«, sagte sie aus einem Impuls heraus. »Oder mir zumindest den Hut geben, damit ich das Geld selbst zählen kann.«

Sein Lächeln verschwand, und Beth spürte einen ängstlichen Stich.

»Du undankbare kleine Schlampe!«, rief er. »Willst du damit sagen, dass ich dich betrüge? Ich habe dir Arbeit gegeben, als niemand dich wollte.«

Beth wusste, dass dies ein entscheidender Moment war. Sie konnte entweder nachgeben oder sich wehren. Sie hatte große Angst; seine kalten Augen und diese furchtbare Narbe sagten ihr, dass er zu gefährlich war, um sich mit ihm anzulegen. Aber sie hatte sich heute Abend die Seele aus dem Leib gespielt, und etwas tief in ihrem Innern sagte ihr, dass sie sich wehren musste, wenn sie nicht für immer unter seiner Knute stehen wollte.

»Sie waren der Erste, an den ich mich gewandt habe«, widersprach sie ihm. »Es gab vom ersten Abend an viele andere, die mich gerne engagiert hätten. Und ich weiß genau, dass Sie mich schon die ganze Zeit betrügen. Sie geben mir nie die Hälfte von dem, was im Hut ist.«

»Ich habe dir einen Gefallen getan«, schrie er sie an.

»Nein, haben Sie nicht, Sie haben sich selbst einen Gefallen getan«, entgegnete sie und streckte das Kinn vor. »Es kommen mehr Leute, wenn ich spiele, und sie bleiben und betrinken sich. Es kostet Sie keinen Cent, mich hier zu haben, und die Gäste legen das Geld für mich in den Hut, weil ihnen die Musik gefällt. Also betrügen Sie sie auch, indem Sie es behalten.«

»Weißt du, was mit Leuten passiert, die sich mit mir anlegen?«, fragte er, und sein Gesicht war jetzt direkt vor ihrem, so nah, dass sie den Whiskey in seinem Atem riechen konnte.

»Ich habe mich nicht mit Ihnen angelegt«, sagte sie. »Aber wenn Sie es als Provokation empfinden, dass ich hier weggehe und in einem anderen Saloon spiele, dann werde ich genau das tun, wenn ich nicht bekomme, was mir zusteht.«

Sie konnte sehen, dass er sie gerne schlagen wollte, denn die Hand, mit der er das Geld umklammerte, ballte sich zur Faust. Doch sie hielt seinem Blick stand, obwohl sie Angst hatte.

Er stieß eine lange Reihe von Schimpfworten aus, aber Beth griff nach ihrem Mantel und zog ihn an. »Sie haben eine Minute, daraus fünfzehn Dollar zu machen«, erklärte sie und blickte auf das Geld, das er noch immer in der Hand hielt. »Oder ich gehe und komme nicht wieder.«

»Ich werde deinen Bruder entlassen, wenn du das tust«, sagte er, und seine Augen wurden schmal wie die einer Schlange.

»Dann sind Sie viel dümmer, als ich dachte«, entgegnete sie scharf. »Einen so ehrlichen Barkeeper wie ihn können Sie lange suchen.«

Er hob die Faust, aber Beth war jetzt so wütend, dass sie sie wegschlug. »Wenn Sie mich schlagen, dann gehe ich und spiele im Saloon direkt nebenan, nur um Sie zu ärgern«, zischte sie ihn an. »Und Sam arbeitet dann auch nicht mehr für Sie. Es ist Ihre Entscheidung. Geben Sie mir fünfzehn Dollar, oder gehen Sie mir aus dem Weg.«

Sie wusste, dass sie gewonnen hatte, als er in seine Tasche griff, ein Bündel mit Geldscheinen herausholte und einige für sie abzählte. Irgendwie war sie darüber enttäuscht, denn er hatte ihr gerade bewiesen, wie wertvoll sie für ihn war, und jetzt konnte sie nicht gehen und für jemanden arbeiten, den sie mochte und dem sie vertraute.

»Ich werde von jetzt an das Geld im Hut selbst zählen«, warnte sie ihn. »Ich gebe Ihnen die Hälfte davon, weil wir uns darauf geeinigt hatten, aber wenn Sie noch mal versuchen, mich zu betrügen, dann bin ich weg.«

Sie rauschte an ihm vorbei in den Saloon und ging zu Sam. »Sei vorsichtig, was du heute Abend zu ihm sagst«, flüsterte sie. »Ich habe mich gerade mit ihm gestritten.«

Sam sah besorgt aus und blickte sich zum Hinterzimmer um. »Er will, dass ich heute länger bleibe, um beim Kartenspielen zu bedienen. Wird er dir eine Droschke rufen?«

»Ich bringe sie nach Hause«, sagte eine vertraute Stimme direkt hinter ihr. »Natürlich nur, wenn Beth damit einverstanden ist!«

Beth wirbelte herum. »Theo!«, rief sie und konnte ihre Freude nicht verbergen.

Als die Droschke zur Houston Street fuhr, erzählte Beth in kurzen Worten von ihrem Streit mit Heaney.

»Natürlich war es gut, dass du hart geblieben bist«, sagte Theo. »Und sehr mutig. Aber Heaney ist ein nachtragender Mann, Beth, ich habe schon viele Geschichten über ihn gehört.«

»Er wird Sam doch nichts tun, oder?«, fragte sie ängstlich.

»Ich glaube nicht, er braucht ihn. Ich bezweifle auch, dass er es wagen wird, sich an dir zu vergreifen, es gibt zu viele Gäste, die ihn dafür aufknüpfen würden, wenn er das täte. Aber ihr müsst beide auf der Hut sein. Es wäre bestimmt gut, ihm ein bisschen Honig um den Bart zu schmieren, wenn du das nächste Mal dort bist.«

»Das werde ich nicht tun«, erklärte sie entrüstet.

»Meine Liebe«, seufzte Theo, »nimm einen Rat von mir an. Entwaffne deinen Feind immer mit Charme, das klappt viel besser als mit Fäusten, Waffen oder Messern.«

Als die Droschke vor Beths Haus stehen blieb, nahm Theo ihre Hand. »Ich fahre jetzt wieder dorthin zurück, aber darf ich dich morgen irgendwohin ausführen?«

Beth strahlte, und Theos Frage verdrängte ihre Auseinandersetzung mit Heaney fast völlig aus ihrem Kopf.

»Sehr gerne«, erwiderte sie.

»Dann hole ich dich gegen ein Uhr ab«, sagte er. »Und wie wäre es jetzt mit einem dieser süßen Küsse?«

Es war wie immer stockdunkel im Treppenhaus. Das einzige Gaslicht befand sich an der Haustür, und das war schon lange ausgestellt. Beth hatte das Gefühl, verhext worden zu sein, während sie sich in den vierten Stock hinauftastete. Theos Kuss hatte sie in Flammen gesetzt, ihr Herz raste, und sie war außer Atem vom Treppensteigen. Sie stolperte mehrmals, weil sie eine Stufe nicht richtig traf, aber die Freude darüber, Theo schon am nächsten Tag wiederzusehen, vertrieb den Streit mit Heaney aus ihren Gedanken.

Als sie in ihrem Zimmer war und die Petroleumlampe brannte, ließ sie sich, noch immer schwer atmend, auf das Bett fallen. Theo wollte sie, und das war alles, was zählte.

»Du siehst sehr hübsch aus, Beth«, sagte Theo, als er am nächsten Tag aus der Droschke sprang und sie begrüßte. »Ich hoffe, du hast nicht lange hier draußen in der Kälte gewartet?«

»Oh nein, ich bin gerade erst heruntergekommen«, log sie. Tatsächlich stand sie schon seit zwanzig Minuten auf der

Treppe, weil sie zu viel Angst hatte, dass er vielleicht durch die immer offen stehende Haustür gehen und sehen, hören und riechen würde, wie dreckig und laut es dort drinnen war und wie sehr es stank.

Sie wünschte, sie hätte genauer gewusst, wohin er mit ihr gehen wollte, weil sie sich dann etwas Neues aus Iras Laden hätte aussuchen können. So trug sie denselben alten braunen Mantel, hatte sich aber von Amy einen Fuchsfellkragen und einen Hut geborgt, um ihn etwas aufzupeppen. Das Kleid darunter war aus dunkelviolettem Crêpe mit einem hohen Kragen und Bündchen aus cremefarbener Spitze, aber es war nicht sehr modisch geschnitten, weil es ein abgelegtes von Mrs Langworthy war.

»Ich dachte, wir gehen in den Central Park«, sagte Theo, als er ihr in die Droschke half. »Die Bäume tragen bestimmt schon ihr Herbstkleid, und später gehen wir dann in ein Restaurant in der Nähe, das ich kenne.«

Beth war seit August nicht mehr im Central Park gewesen, als das Gras braun gewesen war vom fehlenden Regen. An jenem Tag hatten sogar die Blätter an den Bäumen schlaff herabgehangen und waren von einer Staubschicht bedeckt gewesen. Aber jetzt sah er wieder wunderschön aus, das Gras war üppig grün, und die Bäume strahlten gelb, rostrot, golden und braun im Sonnenschein.

Arm in Arm gingen sie um den See herum, und Theo erzählte ihr, dass er am vergangenen Abend bei Heaney's viel gewonnen hatte. »Ich werde da eine Weile nicht mehr hingehen können«, sagte er. »Heaney ist ein übler Kerl, und ich traue ihm zu, dass er mich angreifen und ausrauben lässt, wenn ich seinen Laden verlasse. Er weiß auch, dass ich dich gestern

Abend nach Hause gebracht habe – wenn er dich also über mich ausfragt, dann sagst du ihm, dass du mich kaum kennst und dass wir uns nur einmal auf dem Schiff begegnet sind.«

»Mehr könnte ich auch gar nicht sagen«, entgegnete sie schelmisch. »Ich weiß nicht viel über dich.«

Er lachte. »Und ich habe vor, genau das heute zu ändern. Was möchtest du gerne wissen?«

Sie setzten sich auf eine Bank am See, und er erzählte ihr von seinen Eltern, seinem älteren Bruder, seinen beiden jüngeren Schwestern und seinem Zuhause.

Beth hatte ein Bild von einem Herrenhaus umgeben von Ländereien vor Augen, mit einem von Bäumen gesäumten Weg, der dorthin führte. Er war zuerst von einer Gouvernante erzogen worden, später im Internat. Sein Vater führte das Gut selbst, und Theo beschrieb ihn als einen schroffen, starrsinnigen und selbstsüchtigen Mann, der sich nur für Leute interessierte, die so gut reiten und schießen konnten wie er.

»Es war ein Glück, dass ich beides mindestens so gut beherrschte wie er, wenn nicht besser«, erklärte Theo mit einem Grinsen. »Aber das machte mein fehlendes Interesse an der Gutsarbeit nicht wett oder meinen Ruf als Frauenheld. Er gab meiner Mutter die Schuld daran, aber er hat ihr an fast allem die Schuld gegeben.«

Er beschrieb seine Mutter als eine liebevolle, aber sehr zerbrechliche Frau, die ihrem herrischen Mann nichts entgegenzusetzen hatte. Sein älterer Bruder war wie sein Vater, und Theo hatte das Gefühl, dass er mit beiden nichts gemeinsam hatte. Er liebte seine beiden jüngeren Schwestern sehr, war jedoch verzweifelt darüber, dass sie offenbar genauso waren wie ihre Mutter, unentschlossen, schwach und ohne eigene Meinung, weshalb er davon überzeugt war, dass sie Männer genau wie seinen Vater heiraten würden.

»Ich bin das schwarze Schaf der Familie«, sagte er mit einem Schulterzucken. »Ich wollte immer mehr, als es gab – Aufregung, Farbe und neue Erfahrungen. Der Gedanke, das ruhige Leben zu führen, das meinem Vater vorschwebte, in dem ich unweigerlich eine passende Frau hätte heiraten müssen, erfüllte mich mit Entsetzen. Ich will Abenteuer, und wenn ich heirate, dann wird das ebenfalls ein Abenteuer, und ich nehme nur eine Frau, die ihren eigenen Kopf, Leidenschaft und Humor hat. Ich will nicht, dass meine Kinder in einer so kalten Förmlichkeit aufwachsen wie ich.«

Beth fand insgeheim, dass das nach einer Frau wie ihr klang, aber sie behielt diese Meinung für sich und erzählte ihm stattdessen, dass sie eigentlich auch eine pflichtbewusste Tochter hätte sein müssen, die bis zum Tode ihrer Eltern zu Hause bleibt, um dann in eine andere Art von Knechtschaft zu wechseln.

Sie sagte ihm, dass ihr Vater an einem Herzinfarkt und ihre Mutter nach Mollys Geburt im Kindbett gestorben war, sprach dann aber schnell weiter über ihre Arbeit bei den Langworthys, wobei sie die Dramatik ihrer Geschichte herunterspielte, indem sie betonte, wie gut ihre Herrin zu ihr gewesen war.

»Mein Herz habe ich in England zurückgelassen«, gestand sie. »Es war das Beste so, und Mrs Langworthy schreibt mir alle paar Wochen und erzählt mir, wie Molly sich entwickelt.«

»Du bist ein wirklich mutiges Mädchen«, sagte Theo nachdenklich. »Nicht viele schaffen es, in so jungen Jahren schon mit so viel fertig zu werden. Ich bin sicher, deine Eltern wären stolz auf dich.«

Beth lachte. »Ich bin nicht so sicher, ob sie es gutheißen würden, dass ich in einem Saloon Geige spiele.«

»Du benutzt dein gottgegebenes Talent, und du machst damit eine Menge Leute glücklich. Für mich ist das nicht verwerflich.«

»Ich habe früher davon geträumt, in einem eleganten Hotelfoyer Klavier zu spielen«, gestand sie. »Ich hätte nicht gedacht, dass ich in einem stinkenden Mietshaus ende oder für einen Gangster arbeite.«

Theo schüttelte amüsiert den Kopf. »Ihr werdet euch bald hocharbeiten. Sam hat mir gestern Abend von seinen Plänen erzählt, in Spielsalons zu arbeiten. Ich glaube auch, dass er das kann – er ist schlau, er hat Charme, und er hat dich an seiner Seite. Ich wette, ihr beide macht ein Vermögen.«

»Man braucht Geld, um überhaupt anfangen zu können«, seufzte Beth.

»Nicht immer.« Theo lächelte und kitzelte sie unter dem Kinn. »Mit Charme und einer guten Idee findet man immer Unterstützer. Ich habe einen verrufenen Onkel, nach dem ich angeblich komme. Er erzählte mir einmal, dass man nie das eigene Geld in eine Geschäftsidee stecken soll. Er hat danach gelebt und auf diese Weise ein Vermögen gemacht.«

»Was sind deine Pläne?«, fragte sie.

»Im Moment will ich herausfinden, wie viel Geld ich in New York gewinnen kann, während ich mich nach einer aufblühenden Stadt umhöre.«

»Einer aufblühenden Stadt?«, rief Beth. »Was meinst du damit?«

Theo saugte seine Wangen ein. »Wie San Francisco im Jahr 1849 zum Beispiel. Es war damals ein kleines Fischerdorf, bis in der Nähe Gold gefunden wurde. Plötzlich fielen dort ganze Horden von Menschen ein, und viele machten ein Vermögen.«

»Nicht viele davon fanden Gold«, erwiderte Beth, die sich an ihren Geschichtsunterricht zu diesem Thema erinnerte.

»Die intelligenten Leute suchen nicht nach dem, was die Masse haben will, ob nun Gold, Diamanten oder Silber«, erklärte er schmunzelnd. »Das ist immer eine sehr schwere Arbeit, und nur ein paar haben Glück und finden etwas. Die wirklich schlauen Leute, solche wie du und ich, gehen dorthin und bieten etwas an, in Läden, Saloons, Hotels, Restaurants, Tanz- und Musiklokalen.«

Beth kicherte. »Und ich spiele Geige in einem dieser Saloons, und sie bewerfen mich mit Goldnuggets?«

»Genau.« Er lächelte. »Es würde ja keinen Spaß machen, reich zu sein, wenn man den Reichtum nicht mit vollen Händen ausgeben kann.«

»Aber all das Gold, die Diamanten und das Silber sind doch inzwischen gefunden?«, wollte Beth wissen.

»Nicht unbedingt. Teile von Amerika sind noch völlige Wildnis, und wer weiß, was da unter der Erde liegt? Aber aufblühende Städte können auch aus anderen Gründen entstehen. Wegen der Eisenbahn zum Beispiel – wo immer sie hinfährt, wollen die Leute Häuser, Läden und den Rest haben.«

»Wie Spielsalons?«, fragte sie und hob fragend eine Augenbraue.

Er lächelte, und in seinen Augen lag ein schelmisches Glitzern. »Wie Spielsalons.«

»Also, falls du etwas von einer aufblühenden Stadt hörst, dann vergiss nicht, Sam und mir davon zu erzählen. Wir würden sehr gerne mitkommen.«

Theos Arm hatte bis jetzt auf der Lehne der Bank gelegen, aber jetzt legte er ihn ihr um die Schultern. »Ich kann mir keine zwei Menschen denken, die besser geeignet wären, mich zu begleiten«, erwiderte er. »Sam ist jemand, mit dem man rechnen muss, weil er so entschlossen ist. Und was dich angeht, mit deiner Geige bist du überall ein Gewinn.«

Beth glaubte, dass Theo sie küssen würde, aber er musste sich daran erinnert haben, dass es sich nicht gehörte, eine junge Frau öffentlich zu umarmen, denn plötzlich sagte er, dass es kalt geworden sei und es Zeit würde, sich ein Café zu suchen, um sich aufzuwärmen.

Während sie den Park verließen, dachte Beth, wie perfekt er war – gut aussehend, ein Gentleman und so amüsant.

Es hatte auch Spaß gemacht, mit Jack zusammen zu sein, aber im Vergleich zu Theo war er nur ein Junge, ohne Manieren oder Bildung. Wenn er ihre Hand nahm, dann war es ungeschickt, er überfiel sie mit seinen Küssen, und er hatte ganz sicher nicht die Fähigkeit, Sachen zu sagen oder zu tun, die eine Frau erschaudern oder erbeben ließen.

Wenn Theo ihre Hand nahm, dann streichelte er sie mit seinem Daumen; wenn er seine Hand an ihre Hüfte legte, dann drückte er sie leicht. Sie gingen in ein kleines Café gegenüber vom Park, und als sie sich gesetzt hatten, nahm er ihre Hand und hob ihre Finger an seine Lippen, nicht, um sie zu küssen, sondern um mit der Zunge sanft über jede einzelne Fingerspitze zu fahren.

»Ich möchte dich auf den Mund küssen, aber im Moment muss ich mich damit begnügen«, flüsterte er.

Es war das Unerwartete an den kleinen Berührungen und Komplimenten, das es so aufregend machte.

Er erzählte von der Notlage einiger Einwanderer, die keine Unterkunft gefunden hatten und vor ein paar Tagen unter den Büschen im Central Park erwischt worden waren, aber plötzlich brach er ab, um ihr eine Haarsträhne zurückzustreichen, die unter ihrem Hut hervorgekommen war. »Deine Augen sind wie tiefe Waldseen«, sagte er, und dann redete er weiter über das, was er vorher erzählt hatte.

Er schob einen Finger in ihren Mantelärmel, als wolle er

ihren Puls fühlen, und die Intimität dieser Geste ließ sie rot werden. »Deine Haut ist so sanft und weich wie die eines Babys«, flüsterte er. Als sie ihren Teelöffel fallen ließ, weil er sie so durcheinanderbrachte, hob er ihn wieder auf und legte seine Hand an ihr Bein, direkt über ihren Stiefeln.

Aber es waren nicht nur seine Berührungen, die sie entflammten, es war die Art, wie er redete. Seine Stimme war tief, aber weich und kultiviert, und fast alles, was er ihr berichtete, ob nun über sein Leben in England oder über die Leute, die er seit seiner Ankunft in Amerika kennengelernt hatte, schilderte er so lebhaft, dass sie alles deutlich vor sich sehen konnte.

»Miss Marchment, meine Vermieterin, lebt in sehr ärmlichen Verhältnissen«, erzählte er ihr. »Sie hat die Ausstrahlung einer Herzogin, obwohl sie alt und gebrechlich ist, und ihr einziges Einkommen sind die Zimmer, die sie untervermietet. Sie sitzt den ganzen Tag in einem violetten Samtsessel, der schon ganz fadenscheinig ist, trägt einen Spitzenschal um die Schultern und kommandiert ihre Haushälterin herum, als ob sie immer noch über ein zwanzigköpfiges Personal befehligen würde. Das Haus ist völlig verfallen, die Teppiche sind abgelaufen, eine dicke Schicht Staub liegt auf den Bildern, den Spiegeln und den Dekorationen, aber sie lädt mich zum Tee ein und weist die Haushälterin an, ihn in der verbeulten Silberkanne zu servieren. So eine elegante alte Dame!«

»Putzt die Haushälterin dein Zimmer?«, fragte Beth, der die Idee nicht gefiel, dass er im Dreck lebte.

»Ja, das tut sie, ich schätze, sie weiß, dass sie kein Gehalt mehr bekommt, wenn die Mieter ausziehen. Aber die arme Frau hat so viel zu tun, dass ihr einfach keine Zeit bleibt, die Zimmer ihrer Herrin richtig sauber zu machen.«

»Ist sie auch alt?«, wollte Beth wissen.

»Ungefähr fünfzig. Sie hat ihr ganzes Leben lang für Mrs Marchment gearbeitet. Aber du willst bestimmt keine traurigen Geschichten über alte Ladys hören. Erzähl mir von den Leuten in deinem Haus.«

Vielleicht lag es daran, dass er die Menschen so lebhaft beschrieben hatte, dass Beth es ihm gleichtat. Sie erzählte ihm von dem verrückten Iren im ersten Stock, der jedes Mal brüllte, wenn jemand an seiner Tür vorbeiging, und dem komischen kleinen polnischen Mann, der sich immer seine braune Ledertasche vor die Brust presste, wenn er die Straße hinunterging, und der sich hektisch umblickte, so als würde er Staatsgeheimnisse transportieren und glauben, jemand könnte sie ihm entreißen. Theo lachte so laut, dass sich mehrere andere Leute im Café nach ihm umdrehten.

»Ich glaube, es wird Zeit, dass wir etwas essen gehen«, sagte er und schmunzelte, während er erneut ihre Hand küsste. »Es tut so gut, mit einer schönen Frau zusammen zu sein, die mich zum Lachen bringt. Ich habe festgestellt, dass die meisten leider keinen Humor haben.«

An Thanksgiving im November war Beth so verliebt in Theo, dass sie von dem Moment, in dem sie morgens die Augen öffnete, bis zum Abend, wenn sie einschlief, nur an ihn denken konnte.

Sie hatte das Gefühl, dass er sie auch liebte, selbst wenn er das nie gesagt hatte, denn er gab sich immer Mühe, sie einmal in der Woche zu sehen, selbst wenn er New York geschäftlich verlassen musste. Und er ließ sie nicht fallen, obwohl sie ihn auf Abstand hielt.

Bei ihrer zweiten Verabredung hatte er sie gefragt, ob er noch mit nach oben kommen dürfe, aber sie hatte verneint, weil sie wusste, dass sie vermutlich seinen Küssen und Berührungen nicht widerstehen konnte, wenn sie allein waren.

Bei ihrer dritten Verabredung schlug er vor, sie für eine Nacht mit in ein Hotel zu nehmen. Sie tat so, als wäre sie entrüstet über seinen Vorschlag, doch in Wirklichkeit war sie versucht mitzugehen, denn dann würden zumindest die Nachbarn nicht mitbekommen, was sie tat. Aber ihr Verstand siegte: Sie musste nur daran denken, was mit ihrer Mutter passiert war, um zu wissen, dass sie nicht riskieren konnte, schwanger zu werden, oder dass Theo sie vielleicht sitzen ließ, sobald er bekommen hatte, was er wollte.

Seitdem versicherte Theo ihr immer, wie sehr er sie begehre, aber obwohl er auf viele zärtliche Arten versuchte, sie zu überreden, drängte er sie nie. Und wenn er von der Zukunft sprach, dann klang es, als schließe er sie in seine Pläne mit ein.

So traurig Beth Theos lange Abwesenheiten auch fand, als Thanksgiving kam, war sie doch erleichtert, dass er noch unterwegs war. Amy und Kate hatten beschlossen, dass Beths und Sams erstes Thanksgiving in Amerika denkwürdig werden sollte, und wollten ein traditionelles Truthahn-Essen veranstalten.

Da in ihrer eigenen Wohnung so wenig Platz war, fragten sie Beth, ob sie bei ihnen kochen könnten, und schlugen vor, die Rossinis auch einzuladen. Beth bat Sam, auch seine Freundin dazuzubitten, aber sein entsetzter Blick sagte ihr, dass er nicht vorhatte, seine Liebste zu einer Dinnerparty mit zwei Huren und einem älteren italienischen Ehepaar mitzubringen, das nur ganz wenig Englisch sprach.

Doch als der Tag näher rückte, wurden Beth und Sam von

Amys Begeisterung für das besondere Essen angesteckt. Sam brachte eine alte Tür mit nach Hause und legte sie über zwei Böcke, damit sie einen Tisch hatten, an den sie alle passten; sie liehen sich von verschiedenen Leuten im Haus Stühle; Ira borgte ihnen eine Spitzendecke, und Mrs Rossini suchte ein altes Familienrezept heraus, um einen besonderen Nachtisch zu machen.

Amy und Kate übertrafen sich selbst bei der Zubereitung des Essens. Um sechs Uhr abends war alles fertig, der Truthahn tiefbraun und das Gemüse perfekt gekocht. Sie wollten sich gerade an den Tisch setzen, als Jack kam.

Beth hatte ihn einige Male gesehen, seit sie sich getrennt hatten, meistens im Heaney's, wo sie sich ihrer Distanz akut bewusst geworden war, aber er war auch ein paar Mal in Iras Laden gewesen, um Hallo zu sagen. Das erste Mal, als er kam, hatte sie Angst gehabt, dass er immer noch etwas von ihr wollte, aber als er klargemacht hatte, dass er nur an Freundschaft interessiert war, und sogar ein Mädchen erwähnte, mit dem er tanzen ging, war sie froh, dass sie weiter Freunde sein konnten.

»Ich wäre nicht gekommen, wenn ich gewusst hätte, dass ihr Gäste habt«, sagte er und sah ein bisschen verlegen aus. »Ich habe ein bisschen Fleisch und Früchte mitgebracht.«

»Es ist schön, dich zu sehen, und du bist mehr als willkommen, dich zu uns zu setzen«, erklärte Beth und nahm ihm die Tasche aus der Hand. Sie enthielt eine Menge Lammkoteletts, einige Würstchen und Äpfel und Orangen. »Vielen, vielen Dank. Das ist sehr nett von dir.«

»Der Boss hat uns eine Tüte mit Sachen für Thanksgiving gegeben.« Er wirkte noch immer verlegen. »Das kann ich allein gar nicht aufessen.«

Jacks unerwartetes Auftauchen stellte sich als Segen für den Abend heraus, denn er verwandelte das, was vielleicht eine langweilige Party geworden wäre, in eine laute und fröhliche.

Er brachte Amy und Kate oft zum Lachen, hielt Sam davon ab, sich unwohl zu fühlen, weil er allein alle Frauen unterhalten musste, und da er inzwischen ein bisschen Italienisch von seinen Kollegen gelernt hatte, konnte er die Rossinis in die Gespräche miteinbeziehen.

Beth stellte fest, dass sich der unerfahrene junge Mann mit den ungehobelten Manieren, den sie auf dem Schiff kennengelernt hatte, in einen selbstbewussten und sehr amüsanten Mann verwandelt hatte. Die harte körperliche Arbeit hatte ihn muskulös gemacht, sein kantiges Gesicht war jetzt voller, und die Narbe verlieh seinem Gesicht noch mehr Ausdruck. Er war auch sehr viel eloquenter als früher. Er erzählte humorvolle Geschichten von den Männern, mit denen er arbeitete, doch es klang auch viel Verständnis für die Probleme durch, mit denen die Einwanderer zu kämpfen hatten.

Beth sah zu, wie er mit Amy und Kate flirtete, und nahm an, dass er diese Selbstsicherheit den Frauen verdankte. Er lachte, als sie ihn fragte, ob er eine Freundin habe, und erklärte charmant, dass sein Herz ihr gehöre. Aber allein diese Bemerkung zeigte ihr, dass es da jemanden geben musste, der ihn so hatte werden lassen. Denn so etwas hätte er niemals gesagt, als sie noch mit ihm ausgegangen war.

Am Ende des Abends hatten alle ziemlich viel Wein getrunken. Die Rossinis küssten jeden auf beide Wangen und bedankten sich überschwänglich, bevor sie zu Bett gingen. Amy und Kate gingen ebenfalls, nur Jack blieb noch. Er setzte sich auf Sams Bett, und Beth befürchtete für einen Moment, dass er Schwierigkeiten machen würde.

Aber sie irrte sich.

»Ich hoffe, ihr denkt nicht, dass ich heute Abend vorbeigekommen bin, um ein Gratisessen zu bekommen«, sagte er und sah von Beth zu Sam. »Das war es nicht, ich bin gekommen, weil ich gestern was gehört habe, das mir Sorgen macht.«

»Über Beth?«, fragte Sam.

»Nein, über keinen von euch, nur über Pat Heaney. Da braut sich was zusammen, er hat sich mit einem Kerl namens Fingers Malone angelegt. Fingers und Heaney haben jeweils eine Gang hinter sich, Typen, mit denen sie seit ihrer Jugend rumhängen.«

Sam nickte. »Das habe ich auch gehört. Ich habe Fingers sogar mal getroffen – er kam fast jeden Abend in den Saloon, als ich dort anfing.«

»Es heißt, dass es bald eine Art Showdown geben wird. Es ist nicht nur eine Sache zwischen Heaney und Fingers, es könnte ein richtiger Bandenkrieg werden. Ich dachte, ich sollte euch vorwarnen, damit ihr von da abhaut, sobald es irgendwelchen Ärger gibt.«

»Danke für die Warnung«, sagte Sam ein bisschen steif, so als nehme er es Jack übel, dass er es vor ihm gehört hatte.

»Das ist noch nicht alles.« Jack sah Sam scharf an. »Ich mache mir Sorgen um Beths Sicherheit. Sie ist wertvoll für Heaney, und Fingers weiß das. Er denkt vielleicht sogar, dass sie Heaneys Freundin ist.«

»Wieso sollte er das denken?«, rief Beth.

»Vielleicht, weil Heaney die Leute das glauben lässt«, erwiderte Jack.

Jack ging bald danach, und die Tür war kaum hinter ihm zugegangen, als Sam behauptete, dass das alles Unsinn sei.

»Was weiß der schon? Das ist nur ein unausgegorenes Gerücht, das er irgendwo aufgeschnappt hat, und er benutzt es, um sich wichtigzumachen.«

»Wie kannst du so etwas sagen«, erwiderte Beth verärgert. »Du bist nur sauer, weil Jack es zuerst gehört hat. Aber niemand würde wagen, es dir zu erzählen; du stehst Heaney zu nahe. Sie hätten Angst, dass du ihn warnst.«

»Ich und Heaney nahestehen!«, schnaubte Sam verächtlich. »Ich kann ihn nicht ausstehen.«

»So wirkt es aber nicht auf andere Leute. Alle wissen, dass er dir vertraut.«

»Jack will sich nur wieder bei uns einschmeicheln«, meinte Sam wütend. »Und wie könnte ihm das besser gelingen als mit der Behauptung, dass du in Gefahr bist? Bevor du dich versiehst, bietet er dir an, dich jeden Abend nach Hause zu begleiten; er ist nur eifersüchtig, weil er gehört hat, dass du mit Theo zusammen bist.«

Beth machte sich weniger Sorgen um den drohenden Bandenkrieg als um Theo, der immer noch fort war. Jeden Abend, wenn sie spielte, suchte sie im Publikum nach seinem Gesicht und hoffte, dass er da war.

Sam traf Vorsichtsmaßnahmen, indem er sie jeden Abend nach dem Spielen in der Droschke nach Hause begleitete, selbst wenn das bedeutete, dass er danach oft in den Saloon zurückkehren musste, um bei den privaten Glücksspielen Getränke zu servieren. Aber er betonte immer, dass das die Aufgabe eines Bruders sei und dass es nichts mit Jacks Warnung zu tun habe.

Am Abend von Mollys zweitem Geburtstag Mitte Dezember fiel Schnee, und als Beth erwachte, lag die Stadt unter einer weißen Decke und weckte schmerzliche Erinnerungen an die Geburt ihrer Schwester und den Tod ihrer Mutter. Sie hatte immer versucht, nicht zu viel über ihre Mutter nachzudenken. Selbst als sie vor zwei Wochen ein Geschenk und eine Karte zu Mollys Geburtstag abgeschickt hatte, dachte sie nur daran, wie ihre kleine Schwester jetzt wohl aussehen mochte, und nicht daran, unter welchen Umständen sie geboren worden war. Aber da Theo noch immer fort war und sie nichts von ihm gehört hatte, beschlich sie das Gefühl, dass sie sitzen gelassen worden war, genau wie ihre Mutter.

Noch mehr Schnee fiel, und die weihnachtlich geschmückten New Yorker Geschäfte sahen wunderschön aus. Viele der eleganteren hatten neue elektrische Lichter installiert, und wenn es auf den Straßen dunkel wurde, erstrahlten die fantastisch dekorierten Fenster in Licht und Farbe. Selbst in den kleinsten Läden oder Ständen hingen Dekorationen oder zusätzliche Petroleumlampen, es gab riesige Weihnachtsbäume auf vielen Plätzen, und in der Luft lag der Duft von in Öfen gerösteten Kastanien.

Beth kaufte Geschenke – einen königsblauen Schal für Sam, duftende Seife für Amy und Kate, eine Flasche Lavendelwasser für Ira – und hoffte, dass das hübsche rote Kleid und die Stoffpuppe, die sie Molly geschickt hatte, rechtzeitig zu Weihnachten ankommen würden. Sie wollte auch ein Geschenk für Theo kaufen, beschloss jedoch, noch abzuwarten, ob er wieder auftauchte.

Als sie zwei Tage vor Heiligabend immer noch nichts gehört hatte, war Beth sehr bedrückt. Im Laden war den ganzen Tag über viel zu tun, und der ständige »Frohe Weihnachten«-Ruf, wenn Leute das Geschäft verließen, machte es noch schlimmer, weil sie wusste, dass sie niemand Besonderen hatte, mit dem sie diesen Tag verbringen konnte.

Ira musste bemerkt haben, dass etwas mit ihr nicht stimmte. »Liebes, du solltest mit Jack tanzen gehen«, schlug sie plötzlich vor. »Du willst doch nicht auf einen Mann warten, der dir nicht mal einen Brief schreiben kann, wenn er nicht da ist, in dem er dir versichert, dass er an dich denkt.«

Beth war über Iras Bemerkung gar nicht erfreut. Sie schmollte eine Weile, aber am Nachmittag beruhigte sie sich und probierte ein hübsches, tiefrosafarbenes Kleid an, von dem Ira behauptet hatte, es würde perfekt zu ihr passen.

Ira hatte recht, und als Beth fragte, ob sie es kaufen könne, erklärte ihr die alte Dame, dass sie es ihr gerne zu Weihnachten schenken wolle.

»Du bist ein gutes Mädchen – ich weiß nicht, wie ich das alles geschafft habe, bevor du kamst«, sagte Ira mit beinahe feuchten Augen. »Dir ein Kleid zu schenken, das dir so gut steht, ist das Mindeste, was ich tun kann, um dir zu danken.«

»Dann werde ich auch nicht länger herumsitzen und auf Theo warten«, erwiderte Beth. »Ich werde die Einladung der Rossinis annehmen und Weihnachten mit Sam bei ihnen essen. Und falls Jack heute Abend im Heaney's ist, werde ich ihm gegenüber vielleicht andeuten, dass ich gerne tanzen gehen würde.«

Als sie um fünf Uhr Iras Laden verließ, war es bitterkalt. Sie klemmte sich das Paket mit ihrem neuen Kleid unter den Arm, wickelte sich den Schal um den Hals, vergrub die behandschuhten Hände in dem Pelzmuff, den Ira ihr ebenfalls geschenkt hatte, und machte sich auf den Weg zum Markt, um ein paar Früchte, Nüsse und Süßigkeiten für das Essen mit den Rossinis zu kaufen.

Es lag eine neue Fröhlichkeit auf den Gesichtern der Leute, als Beth die Bowery hinunterging. Ein Orgelspieler hatte seine Orgel, die »Stille Nacht« spielte, mit glitzernden Sternen geschmückt, und ihr fiel eine Gruppe von Kindern auf, die staunend beobachteten, wie ein Mann an einem Stand ein paar Spielzeuge aufzog. Sie blieb stehen, um sich den Bären anzusehen, der Becken zusammenschlug, und einen Mann, der ein Boot ruderte. Sie dachte kurz darüber nach, den Bären zu kaufen und Molly zu schicken, beschloss jedoch, dass er in der Post vermutlich kaputtgehen würde.

Als sie um die Ecke bog, war es nach den hellen Lichtern der Bowery mit einem Mal sehr dunkel. Sie merkte, dass jemand hinter ihr ging, doch das war nichts Ungewöhnliches, denn es war früher Abend.

Als sich jedoch eine Hand auf ihre Schulter legte, ließ sie vor Schreck das Paket fallen.

»Keinen Mucks«, warnte sie eine raue männliche Stimme. »Das ist ein Messer an deinem Rücken.«

Sie erstarrte, denn sie konnte spüren, wie etwas gegen ihren Mantel gedrückt wurde. Ihr erster Gedanke war, dass der Mann sie ausrauben wollte, denn das kam in dieser Gegend öfter vor.

»Ich habe nur ein paar Dollar«, sagte sie. »Aber die können Sie haben.«

»Du bist für mich mehr wert als ein paar Dollar«, sagte er. »Und jetzt beweg dich, tu, was ich dir sage, und alles ist gut. Schrei, und ich stech dich mit dem Messer ab.«

16

»Wo ist deine Schwester?«, wollte Pat Heaney von Sam wissen. Er holte seine Uhr aus seiner Westentasche und sah darauf. »Was denkt sie sich? Es ist fast halb acht!«

Der Saloon war brechend voll, und Sam war in der letzten Stunde so beschäftigt gewesen, dass er nicht auf die Zeit geachtet hatte. Aber bei Heaneys Worten blickte er auf die Uhr an der Wand hinter der Bar. »Ich weiß nicht, wo sie ist«, sagte er, und augenblicklich lief ihm ein kalter Schauer über den Rücken, denn Beth kam nie zu spät. »Sie hat heute wie immer bei Ira gearbeitet. Pebbles war dort, um was zu kaufen; er sagt, er hat sie gesehen.«

Pebbles war der Laufbursche und wurde wegen seiner dicken Brille so genannt.

»Wenn sie mich heute Abend im Stich lässt, dann ist sie ihren Job los«, knurrte Heaney.

»Sie würde Sie nicht im Stich lassen«, verteidigte sie Sam. »Selbst wenn sie krank wäre, hätte sie Ihnen eine Nachricht geschickt.«

»Vielleicht ist irgendwas mit dieser alten Krähe Roebling«, sagte Heaney. »Ich schicke jemanden, der sich erkundigt.«

Er ging von der Bar weg, und Sam sah, wie er Pebbles anwies, zu Iras Laden zu laufen und nachzufragen.

Männer riefen Bestellungen, und während Sam das Bier ausschenkte und das Geld entgegennahm, erinnerte er sich an Jacks Warnung.

Er war überzeugt gewesen, dass Jack sich diese Sache mit

Fingers Malone und Heaney nur ausgedacht hatte, um sich wieder bei ihm und Beth einzuschmeicheln. Sam hatte Beth nur deshalb abends nach Hause gebracht, um dem Mann keine Gelegenheit zu geben, sich wieder in ihr Leben zu drängen.

Doch jetzt schien Jacks Warnung nicht mehr so weit hergeholt, und Sam servierte die Getränke, ohne die Tür aus den Augen zu lassen. Als Pebbles zehn Minuten später zurückkehrte und zu Heaney ging, konnte Sam nicht länger warten.

Er kam hinter der Theke hervor und bahnte sich einen Weg durch die Gäste bis zu Heaney. »Irgendwelche Neuigkeiten?«, fragte er.

»Sie hat den Laden um fünf verlassen«, knurrte Heaney. »Sie wollte auf dem Weg nach Hause noch zum Markt. Du läufst jetzt besser zu eurer Wohnung und siehst nach, ob sie dort ist.«

Sam rannte den ganzen Weg, und seine Beine arbeiteten wie Kolben. Er stürmte die Treppe hinauf und in die Wohnung. Mrs Rossini war in der Küche und sah ihn überrascht an.

»War Beth zu Hause?«, fragte Sam.

Sie schüttelte den Kopf und sagte etwas auf Italienisch. Sam hatte das Gefühl, dass sie wissen wollte, warum er so besorgt aussah. Aber er hatte keine Zeit, die richtigen Worte zu finden, die sie verstehen würde, und ging in ihr Zimmer. Beths Geigenkasten stand auf dem Boden vor dem Fenster, genau dort, wo er gewesen war, als er am Mittag zur Arbeit gegangen war. Er blickte auf die Kleider, die sie beim Spielen trug und die alle drei noch immer an der Wand hingen.

Er wusste, es war möglich, dass Theo zurückgekommen war, sie vom Laden abgeholt und ausgeführt hatte. Unter normalen Umständen würde Beth nirgendwo hingehen, wenn sie im Saloon erwartet wurde, aber Sam wusste, dass das Herz über den Verstand siegte, wenn Liebe in der Luft lag, und sie trauerte Theo seit Wochen hinterher.

Doch selbst wenn sie mit ihm mitgegangen wäre, wusste Sam, dass sie vorher noch mal hergekommen wäre und ihm eine Nachricht hinterlassen hätte, zumindest, um ihn zu bitten, Heaney zu sagen, dass sie krank war.

Amy und Kate waren nicht da, und die irische Familie, mit der sie sich die Wohnung teilten, hatte Beth auch nicht gesehen.

Sam rannte zurück ins Heaney's. Er hatte jetzt wirklich Angst. Beths Sicherheit war das Wichtigste für ihn, aber er freute sich nicht darauf, Heaney sagen zu müssen, dass er Gerüchte über Fingers gehört und ihm nichts davon erzählt hatte.

Im Hinterzimmer des Saloons erzählte Sam Heaney, dass er befürchte, Fingers könnte Beth entführt haben, und den Grund dafür, und wie erwartet wurde sein Boss furchtbar wütend.

»Du hast gehört, dass Fingers mir den Krieg erklären will, und hast es mir nicht gesagt?«, schrie er.

Sam entschuldigte sich und erklärte, dass er es nicht geglaubt hatte. »Man hat mir gesagt, ich solle gut auf Beth aufpassen. Ich habe Angst, dass sie es wirklich getan haben.«

Er erwartete eigentlich, dass Heaney ihn verspotten würde. Aber das tat er nicht; stattdessen kratzte er sich am Kopf und sah besorgt aus.

»Könnte es sein, dass sie entführt wurde?«, fragte Sam.

»Woher soll ich das wissen?«, knurrte Heaney. »Aber eins steht fest, wir werden bald wissen, ob der Dreckskerl sie hat, weil er Forderungen stellen wird.«

Er hatte kein Mitleid mit Sam. Seine Wut zeigte deutlich, dass er sich nicht um Beths Sicherheit sorgte, sondern um seinen eigenen Gesichtsverlust.

»Geh wieder hinter die Bar, und behalt das für dich«, befahl er ihm.

Sam hätte den Mann gerne geschlagen, weil er so gefühllos war. Er wollte, dass er sich auf die Bühne stellte und verkündete, dass Beth vermisst wurde, und alle fragte, ob sie irgendetwas gehört oder gesehen hätten. Aber die Vernunft siegte, denn obwohl er wusste, dass die meisten Männer im Saloon gerne bereit gewesen wären, nach ihr zu suchen, war New York eine große Stadt. Sie konnte überall festgehalten werden, und Massen von Männern, die wütend herumliefen, würden nur für noch mehr Ärger sorgen.

Es war die längste Nacht, die Sam jemals erlebt hatte. Er musste sich Heaneys Ankündigung anhören, dass Beth heute Abend nicht spielen konnte, sah die Enttäuschung auf den Gesichtern der Männer und musste unzählige Male die Frage beantworten, ob sie krank sei.

Um Mitternacht schickte Heaney ihn nach Hause. »Sie werden erst morgen etwas unternehmen«, sagte er und klopfte Sam auf die Schulter, was bei ihm einer kleinen Geste des Mitgefühls am nächsten kam. »Ich habe so was schon mal mitgemacht, Junge. Sie lassen uns schwitzen, bevor sie ihre Karten aufdecken.«

Die Sache ließ Sam tatsächlich schwitzen. Während er dalag und auf Beths leeres Bett starrte, verfluchte er sich dafür, dass er Jacks Warnung nicht ernst genommen hatte. Es war pure Arroganz von ihm gewesen; er wollte einfach nicht anerkennen, dass ein Mann, dem er sich überlegen fühlte, tatsächlich mehr wusste als er. Ihm hatte Jacks Freundschaft mit Beth nie gefallen, doch er hatte so getan als ob, weil Jack sich dadurch um sie gekümmert hatte und er selbst mehr Zeit mit seinen Frauen verbringen konnte.

Bis heute Abend war Sam stolz auf seine vielen Eroberungen gewesen. Es gab ihm ein Gefühl von Stärke, dass er fast jede Frau ins Bett bekam, wenn er es wollte. Doch jetzt, während er an Polly, Maggie, Nora und seine letzte Eroberung Annie dachte, schämte er sich. Sie waren alle entweder Schauspielerinnen oder Tänzerinnen, Mädchen, die bereits von jemandem ruiniert worden waren, leichte Opfer, da sie verletzlich waren und sich verzweifelt nach Liebe sehnten. In Wahrheit wusste er, dass jede von ihnen wahrscheinlich bald zur Hure werden würde. Er konnte sich nicht erklären, wie er so scheinheilig hatte sein können, was Jack anging, denn selbst wenn er etwas ungehobelt war, hatte er Beth immer Respekt und echte Zuneigung entgegengebracht.

Theo dagegen war viel gefährlicher. Er war nicht nur attraktiv und gebildet, sondern auch aalglatt und berechnend. Sam hatte ihn mehrere Male Poker spielen sehen und war beeindruckt gewesen von seiner Kaltschnäuzigkeit und seiner Raffinesse. Bei seinem letzten Spiel im Heaney's hatte er über fünfhundert Dollar gewonnen, doch er hatte so getan, als wäre das gar nichts. Jeder Bruder, der etwas taugte, hätte Himmel und Hölle in Bewegung gesetzt, um seine Schwester davon abzuhalten, sich mit so einem Mann einzulassen, aber Sam hatte ihn nicht nur offen bewundert, sondern der Beziehung auch noch seinen Segen gegeben.

Bei dem Gedanken, dass Beth den gleichen Weg gehen könnte wie ihre Mutter, wurde ihm übel. Er erinnerte sich daran, dass er seiner Mutter gegenüber kein Mitleid gezeigt hatte, und er schämte sich jetzt dafür, dass er damals ihr neugeborenes Baby im Stich lassen wollte. Es war Beth gewesen, die alles zusammengehalten hatte. Ohne ihren Einfallsreichtum und ihre Persönlichkeit wären sie niemals eingeladen worden, am Falkner Square zu wohnen, und es war zweifelhaft, ob sie es jemals bis nach Amerika geschafft hätten.

Er wünschte sich jetzt, dass sie niemals hierhergekommen wären, während er sich vorzustellen versuchte, wo Beth sein konnte und unter welchen Umständen sie festgehalten wurde. Er wusste, dass es kein gemütlicher und warmer Ort sein würde; Männer wie Fingers lebten wie Tiere. Aber noch beängstigender war die Möglichkeit, dass er Beth vielleicht nicht wiedersehen würde. Er konnte sich nicht vorstellen, dass Heaney ein Lösegeld für sie bezahlen würde. Er würde das als Schwäche sehen. Und Fingers würde sie ohne Bezahlung niemals gehen lassen; er würde sie lieber töten, als sein Gesicht zu verlieren.

Um vier Uhr morgens, als es noch immer stockdunkel war, verließ Sam das Haus, um Jack zu suchen. Er wusste nicht, wo er wohnte, aber er wusste, dass er im Schlachthaus am East River arbeitete und ganz früh morgens anfing.

Es war bitterkalt, und auf dem Schnee der vergangenen Tage lag eine dicke Frostschicht. Er ging schnell, um sich aufzuwärmen, aber er war ganz schwach vor Sorge und Schlafmangel.

Beth hatte auch nicht schlafen können. Ihr war so kalt, dass sie befürchtete zu erfrieren. In den ersten drei oder vier Stunden, nachdem man sie ohne Umschweife in diesen dunklen Keller geworfen hatte, war sie auf und ab gelaufen und hatte gerufen, aber irgendwann hatte die Erschöpfung sie gezwungen, sich auf das zu setzen, was sich wie eine alte Kiste anfühlte.

Der Boden war voller Wasser, und es war in ihre Schuhe gedrungen, und die Luft roch faulig. Ob es ein Leck in der Leitung gab, ob hier unten irgendetwas Totes verrottete oder ob das Gebäude einfach uralt war, wusste sie nicht, aber sie würde nicht im Dunkeln herumtasten, um es herauszufinden.

Sie wusste nur, dass sie in einer der Gassen am Mulberry Bend war, in derselben Gegend, in die Sam und sie sich an ihrem ersten Abend in Amerika aus Versehen verirrt hatten. Sie hatte sich gemerkt, wohin der Mann, der sie mit dem Messer bedroht hatte, mit ihr gegangen war, weil sie hoffte, dass er irgendwann abgelenkt sein würde und sie fliehen konnte. Doch sie hatte keine Gelegenheit dazu gehabt, denn seine Hand blieb auf ihrer Schulter liegen, und er hielt ihr das Messer die ganze Zeit über in die Seite.

Beth hatte den Mann noch nie zuvor gesehen. Er war groß und kräftig mit einem groben, entstellten Gesicht, das darauf hindeutete, dass er vielleicht ein Preisboxer gewesen war. Seine Hände waren riesig, wie Schinken, und die wenigen Zähne, die er noch besaß, waren schwarz und abgebrochen. Für den Mulberry Bend war er gut gekleidet: Er trug einen dicken, dunklen Wollmantel mit einem Samtkragen und einen Homburg-Hut, aber sein Geruch – nach Schimmel, Tabak und Holzrauch – kennzeichnete ihn als Slumbewohner.

Sie wusste, dass ihn irgendjemand beauftragt hatte, sie zu entführen, denn wenn er sie hätte ausrauben wollen, dann hätte er sich genommen, was sie besaß, und wäre gegangen. Und er handelte ganz sicher auf Fingers' Befehl, weil sie um Gnade gefleht und ihm gesagt hatte, dass sie gerne in seinem Saloon spielen würde, da sie Heaney nicht verpflichtet sei. Der Mann bestätigte ihren Verdacht, weil er bei der Erwähnung von Fingers' Namen überrascht aussah und ihr dann sagte, sie solle den Mund halten. Sie hielt den Mund nicht, sondern flehte weiter, aber dann schlug er sie ins Gesicht.

Mit den Fingern tastete sie vorsichtig über ihre geschwollene Wange. Seine Ohrfeige war wie ein Hammerschlag gewesen. Sie hatte sie so hart getroffen, dass sie kaum noch etwas sehen konnte. Dann hatte der Mann sie grob am Arm gepackt und sie den Rest des Weges fast hinter sich hergeschleift.

Ihnen waren Dutzende von Leuten begegnet. In der schmalen, stinkenden Gasse, durch die sie schließlich gegangen waren, standen Männer, die sie alle neugierig angestarrt hatten. Traurigerweise wusste Beth, dass das nicht bedeutete, dass Rettung nahte, denn Fingers hätte nicht befohlen, sie so offen hierherzubringen, wenn er sich der Loyalität der Bewohner nicht sicher gewesen wäre.

Sie hatte keine Ahnung, wie spät es jetzt war, aber sie hatte das Gefühl, dass es immer noch Nacht war, denn von nirgendwoher drang Licht herein. Der Gedanke an Ratten machte ihr eine Gänsehaut, und sie legte die Arme dichter um sich und versuchte, nicht daran zu denken. Stattdessen überlegte sie, wie lange es dauern würde, bis Sam merkte, was passiert war.

Er würde natürlich wissen, dass etwas nicht stimmte, wenn sie nicht zu ihrem Auftritt erschien. Aber wie sollte er sie finden? Es würde eine Suche nach der Nadel im Heuhaufen sein.

17

Als Jack um sechs Uhr am Schlachthaus ankam und Sam dort auf ihn warten sah, wich ihm die Farbe aus dem Gesicht, noch bevor Sam ihm erzählt hatte, was passiert war.

»Na los, sag es schon«, rief Sam unglücklich. »Ich hätte auf deine Warnung hören sollen.«

Jacks Augen funkelten gefährlich, aber er gab sich Mühe, sich im Zaum zu halten. »Ich schätze, du hättest nicht die ganze Zeit auf sie aufpassen können.« Er seufzte. »Niemand hätte das gekonnt, und wer hätte gedacht, dass er sie beim Verlassen von Iras Laden entführen lässt?«

»Was kann ich tun, Jack?«, fragte Sam verzweifelt. »Ich glaube nicht, dass Heaney seine Leute losschickt, um nach ihr zu suchen. Er wird ihnen nur befehlen, Fingers' Laden kaputt zu schlagen, und dann fängt der Krieg richtig an.«

Jack nickte zustimmend. »Ich wünschte, ich müsste nicht arbeiten und könnte bei dir bleiben, aber das traue ich mich nicht. Ich bin heute aber um ein Uhr fertig, also halte ich die Ohren offen und treffe dich um zwei im Heaney's.«

Sam ging zurück nach Hause, aber mit jedem Schritt wuchs seine Angst um Beth. Er war so selbstzufrieden gewesen, hatte sich für gebildeter als die meisten gehalten, von den Frauen bewundert und von allen für einen Gentleman gehalten. Er hatte hinter der Bar im Heaney's Hof gehalten, war nie in den amerikanischen Slang verfallen, weil er als Engländer herausstechen wollte.

Aber in Wahrheit war er ein Milchgesicht. Er war in seinem ganzen Leben noch nie in eine Prügelei verwickelt gewesen, fürchtete sich vor Gewalt, und wenn man ihn für ehrlich hielt, dann lag das daran, dass er Angst hatte, etwas anderes zu sein.

Sein berühmter Charme würde Beth nicht retten, und er hatte auch kein Geld, um das Lösegeld zu bezahlen. Was sollte er tun?

Beth saß zitternd auf ihrer Kiste, als ein schwaches Licht durch die Bretter der Kellerdecke drang. Aber obwohl ihr das sagte, dass es jetzt nach sieben am Samstagmorgen sein musste, gab es nirgendwo anders ein Licht. Irgendwo da oben war die Falltür, durch die sie hier runtergekommen war. Es musste auch eine Art Leiter geben, denn der Mann hatte sie daraufgeschubst, aber sie war gestolpert und auf den Boden heruntergerutscht. Er hatte die Leiter nach oben gezogen und die Tür dann zugeschlagen und verriegelt.

Sie wünschte, sie hätte sich erinnern können, wie das Zimmer oben aussah, aber sie hatte sich gewehrt und geweint, als er sie von der Gasse durch einen langen, schmalen Flur gedrängt hatte, deshalb hatte sie auch, als er ein Streichholz entzündete, nicht mehr gesehen als die Falltür, die er aufgerissen hatte.

Aber auch wenn sie nichts gesehen hatte, hätte sie doch sicher gespürt, ob das Zimmer bewohnt war? Kein Laut drang zu ihr herunter, und auch die ganze Nacht hatte sie nichts gehört, und wenn da oben jemand wohnen würde, dann hätte ihr Entführer sie doch inzwischen sicher geknebelt?

Also war es vielleicht ein Lagerraum. Möglicherweise befand sich im ganzen Gebäude überhaupt niemand?

Das war sehr unwahrscheinlich. Der Mulberry Bend und das umliegende Labyrinth aus Gassen galten als das größte Ballungszentrum der Stadt. Jeder, dem hier ein Haus gehörte, verwandelte es in eine Fünf-Cent-pro-Nacht-Absteige.

Sie wollte schreien, vor Angst, Kälte und Hunger, aber sie war fest entschlossen, es nicht zu tun. Fingers hatte sie entführt, weil er sie für wertvoll hielt. Es ergab keinen Sinn, dass er sie hier unten sterben ließ.

Das Licht, das durch die Spalten in der Decke drang, wurde etwas heller, was darauf hindeutete, dass sich in dem Raum über ihr Fenster befanden. Die meisten Fenster in dieser Gegend waren zerbrochen, und wenn sie genug Lärm machte, hörte sie vielleicht jemand. Sie musste nur etwas finden, womit sie Lärm machen konnte.

Sam war um neun Uhr wieder im Heaney's, aber die Tür war abgeschlossen, und als er einen Blick durch das Fenster warf, sah er Pebbles, der die dreckigen Sägespäne auf dem Boden zusammenfegte.

Er machte den Mann auf sich aufmerksam, der ihm zögernd die Tür öffnete. »Mr Heaney hat mir gesagt, ich soll niemanden reinlassen.«

»Mich hat er damit nicht gemeint«, erklärte Sam, drängte sich hinein und schloss die Tür hinter sich. »Gibt es Neuigkeiten von Beth?«

»Weiß nich'«, erwiderte Pebbles, und sein Gesichtsausdruck verriet, dass es ihm egal war.

Pebbles war ein bisschen einfach, deshalb wusste Sam, dass es keinen Sinn hatte, ihn weiter zu befragen. Er ging nach hinten und legte sich auf das alte Sofa, um sich zu überlegen, was er tun konnte.

Das Nächste, was er wahrnahm, war Heaneys Stimme, die durch die Bar dröhnte. Sam sprang auf und rannte in den Saloon. Er bemerkte, dass es jetzt elf Uhr war und er zwei Stunden geschlafen haben musste.

»Du siehst übernächtigt aus«, bemerkte Heaney und ging hinter die Bar, um sich einen Whiskey einzugießen. »Ich habe nichts gehört, also geh nach Hause, und wasch dich. Alles läuft wie immer, bis ich etwas anderes sage.«

Sein barscher Tonfall machte Sam wütend. »Ihnen ist es vollkommen egal, was aus Beth wird, oder? Sie stört nur, dass Ihnen jemand eins ausgewischt hat. Was sind Sie nur für ein Mensch?«

»Ein Mensch, der unverschämten Jungspunden das Maul stopft«, erwiderte Heaney und stürzte den Whiskey in einem Schluck herunter. »Und jetzt geh nach Hause, und rasier dich, und zieh dir ein frisches Hemd an.«

Jack stand zu seinem Wort; um zwei kam er in den Saloon. Er hatte seine blutbespritzten Arbeitssachen gegen einen sehr schäbigen zweireihigen Matrosenmantel und eine genauso alte Kappe getauscht. »Man hat mir erzählt, dass Fingers ein Gebäude am Mulberry Bend gehört«, flüsterte er Sam über die Bar zu. »Keine Adresse, und das ist ein verdammtes Labyrinth da draußen, aber ich gehe hin und sehe mich dort mal um.«

»Ich würde gerne mitkommen«, flüsterte Sam zurück. »Aber dann rastet Heaney aus.«

»Du würdest da auffallen wie ein bunter Hund.« Jack grinste. »Ich gehe allein. Außerdem ist es besser, wenn du hier bist, falls Fingers sich meldet. Wir müssen wissen, was er für Forderungen stellt. Wir können uns nicht darauf verlassen, dass Heaney uns die Wahrheit sagt.«

»Ich glaube nicht, dass er irgendetwas bezahlen wird, um Beth zurückzubekommen«, sagte Sam ängstlich.

»Deshalb müssen wir sie finden, und wenn Fingers ihr etwas antut, dann schwöre ich, bringe ich ihn um.«

Jack zündete sich vor einem Pfandleihhaus am Mulberry Bend eine Zigarette an und beobachtete ausdruckslos das Gewimmel auf der Straße. Beth hatte ihm erzählt, wie entsetzt und verängstigt sie gewesen war, als sie und Sam sich hierher verlaufen hatten, aber er hatte nicht den Mut gehabt, ihr zu gestehen, dass sich diese Gegend kaum vom Londoner East End unterschied, wo er aufgewachsen war, oder, was das anging, von den Slums in Liverpool.

Der Hauptunterschied war, dass die Engländer hier eine kleine Minderheit waren und dass rund die Hälfte der anderen wenig oder gar kein Englisch sprach.

Es waren hauptsächlich Italiener, Deutsche, Polen, Juden und Iren, mit Einsprengseln aus anderen europäischen Ländern, plus Schwarze, die aus den Südstaaten hergekommen waren. Das Einzige, was sie verband, war die Hoffnungslosigkeit ihrer Situation, denn das hier war nicht nur ein Getto für arme Leute, hier befand man sich ganz unten, auf dem Boden des Fasses.

Wenn man in diese Hölle der Verzweiflung kam, weil man nirgendwo anders mehr hingehen konnte, dann waren die Wände zu steil und hoch, um wieder herauszuklettern.

Jack wusste, dass die Miete, die hier für ein dreckiges Zimmer voller Ratten und Kakerlaken verlangt wurde, höher war als die für ein anständiges Haus oder eine Wohnung in den vornehmeren Vierteln. Aber für Vermieter dort wären die armen Einwanderer nicht akzeptabel gewesen.

Überall in der Lower East Side konnten sich die Leute die hohen Mieten nur leisten, indem sie sich die Zimmer mit anderen teilten, normalerweise mit Freunden oder Verwandten. Aber hier war einzig und allein entscheidend, einige Cent pro Nacht bezahlen zu können, um irgendein Dach über dem Kopf zu haben, und dafür schlief man dann mit Dutzenden von anderen auf dem Fußboden.

Von der Hand in den Mund zu leben, ohne jeden Komfort, jede Wärme oder die Möglichkeit, sich zu waschen, ließ die Leute schnell in einer Spirale landen, die sie immer weiter nach unten zog. Ein Mann konnte keine harte körperliche Arbeit leisten, wenn er kaum schlief oder etwas Anständiges zu essen bekam; eine Frau konnte nicht nähen oder Streichhölzer machen, wenn sie kein Zimmer oder Licht dafür hatte. Wer fing nicht an zu trinken, wenn es das Einzige war, was einen diese völlige Verzweiflung für eine Weile vergessen ließ?

In Jacks direktem Umfeld befanden sich allein fünf Kneipen, drei Saloons, zwei Secondhand-Läden und zwei Pfandleihhäuser. Er fand, dass sie die Bedürfnisse der Bewohner hier gut widerspiegelten.

Der einzige Lebensmittelhändler bot Obst und Gemüse an, bei dem man schon von Weitem erkennen konnte, dass es nicht mehr besonders frisch war, und im Laden mit den konservierten Waren sah es nur unwesentlich besser aus.

Überall auf dem Bordstein boten Leute Sachen an. Zwei gebeugte alte Frauen verkauften trockenes Brot, und er beobachtete, wie ihre dreckigen Hände in noch dreckigere Tüten griffen, die aus altem Matratzenstoff gemacht waren, um einen weiteren unförmigen Laib herauszuholen. Ein anderer Mann schlachtete eine Ziege auf einem Stück Holz, das er auf einer der Aschentonnen auf der Straße balancierte.

Aber noch schlimmer waren die beiden Italiener, die schales Bier verkauften, den übrig gebliebenen Bodensatz aus den Kneipen, den sie aus alten Zinktonnen ausschenkten.

Der »Bend«, wie er allgemein genannt wurde, weil die Straße sich bog wie ein Hundebein, wurde manchmal von der Gemeinde gereinigt. Aber nur wenige Schritte weiter, in dem Labyrinth aus schmalen, dunklen Gassen, die davon abgingen, Orte, wo weder die Gemeindebesen noch der Sonnenschein jemals hinkamen, verrottete der Müll auf dem Boden und vermischte sich mit dem Gestank menschlicher Abwässer. Tausende von Menschen lebten in den heruntergekommenen Häusern, Mietskasernen, Kellern und sogar in Hütten, hatten nur ein paar Lumpen als Bett und eine Bierkiste als Stuhl.

Jack hatte keine Zweifel, dass die zerlumpten, halb verhungerten Kinder, die er heute herumlungern sah, kein Zuhause hatten, denn auf der Straße zu leben war oft besser als »zu Hause«. Zumindest musste man dann das Wenige, was man sich zusammenbettelte oder -klaute, nicht abgeben und riskierte nicht, von betrunkenen Eltern verprügelt zu werden.

Jack wusste genau, wie das war, denn er war aus den gleichen Gründen als Junge auf die Straßen von Whitechapel geflüchtet. Die Schule war ein Ort, an dem er nur gewesen war, wenn er von dem Mann erwischt wurde, der sich um die Schulschwänzer kümmerte; all sein Wissen und seine Fähigkeiten, die fast alle nur mit dem Überleben zusammenhingen, hatte er auf der Straße gelernt.

Beth auf dem Schiff kennenzulernen war wie ein Wunder gewesen. Die einzigen Freunde, die er jemals gehabt hatte, stammten wie er aus dem Bodensatz ganz unten im Fass. Er sah sich Mädchen wie Beth nur aus der Ferne an und wünschte sich, er könnte ihr seidiges Haar berühren oder ihnen nah genug kommen, um ihre saubere Haut und ihre sauberen Sachen zu riechen. Er hätte sich nie träumen lassen, jemals so jemanden zur Freundin zu haben, ganz zu schweigen davon, ihre Hand zu halten oder sie zu küssen.

Aber Beth hatte mit ihm geredet, als wenn er ihr ebenbürtig wäre. Sie hatte mit ihm gelacht, sie hatte ihm von ihren Nöten und ihren Hoffnungen erzählt. Sie hatte ihm das Gefühl gegeben, dass er alles erreichen konnte, was er wollte. Als sie sich auf dem Schiff von ihm verabschiedet und ihm versprochen hatte, dass sie ihn in genau einem Monat am Castle Green treffen würde, hatte er nicht einen Moment geglaubt, dass sie dort sein würde. Dennoch waren ihm die Stärke und der Glaube geblieben, die sie ihm gegeben hatte.

Er hatte seine erste Nacht hier am Bend verbracht, denn das war der einzige Ort gewesen, von dem seine Bekannten zu Hause in Liverpool ihm berichtet hatten. Ohne Beths Einfluss wäre ihm nicht einmal aufgefallen, wie schrecklich es dort war, er hätte seinen Verstand mit Alkohol benebelt und wäre dem Beispiel derer gefolgt, die er an jenem Abend kennenlernte. Aber sie hatte seine Sichtweise verändert, und am nächsten Morgen wusste er, dass er sofort gehen musste, wenn er nicht in diesen Ort hineingesaugt werden wollte.

Im Schlachthaus zu arbeiten war scheußlich. Die Angst der Rinder, die er sah, wenn er sie vom Schiff in den Tod trieb, die lässige Haltung der Männer, die sie umbrachten, und der Gestank von Blut und Gedärmen verursachten ihm Übelkeit. Aber es war Arbeit, wurde besser bezahlt als die meisten Jobs, und obwohl er mit fünf anderen Männern in einem winzigen Zimmer auf dem Boden schlief und es sich nicht so anfühlte, als wäre er auf der Leiter eine Stufe höher gestiegen, wusste er doch, dass es so war.

Beinahe wäre er nicht einen Monat später zum Castle Green gegangen. Er hatte den Blick gesehen, den Sam ihm beim Abschied zugeworfen hatte – er war so kalt gewesen, dass das Meer davon gefroren wäre. Außerdem ging Jack davon aus, dass Sam mit seinem Aussehen und seinem Charme eine tolle Stelle bekommen hatte und dass Beth mit jemandem zusammen war, den ihr Bruder für sie ausgesucht hatte.

Es war reiner Trotz, der Jack trotzdem hingehen ließ. Er war so oft versucht gewesen, zu seinen alten Gewohnheiten zurückzukehren und wieder zu trinken und sich zu prügeln, und er dachte, dass er das vor sich selbst rechtfertigen konnte, wenn sie ihn im Stich ließ. Aber da stand sie und wartete freudig und wunderschön am Castle Green auf ihn.

Er war überrascht gewesen, dass Sam noch keine Arbeit gefunden hatte, und als er spürte, wie besorgt sie deswegen war, hatte er versucht, ihr zu helfen. Doch er hätte niemals gedacht, dass Sam sich so weit herablassen würde, als Barkeeper in der Bowery zu arbeiten. Jack hatte nicht zugegeben, wie er lebte oder wie furchtbar sein Job war – das wäre zu viel für Beth gewesen –, aber es hatte ihn angespornt, seine Situation weiter zu verbessern.

Auf die Fleischerei-Seite des Schlachthauses befördert zu werden kam vielen nicht wie ein Fortschritt vor, aber es war einer. Er lernte jetzt ein Handwerk, was ihm für die Zukunft nützen würde, und er musste die Angst der Rinder nicht mehr sehen und hören. Kurz danach fand er ein besseres Zimmer, das er sich mit drei Freunden teilte. Es war nicht groß, aber es war sauber und hatte ein richtiges Bett und einen Schrank, in den er seine Kleider hängen konnte.

Während des Sommers glaubte er, er hätte die Sonne, den Mond und die Sterne, weil Beth bei ihm war. Er machte Überstunden, um mehr Geld zu verdienen, damit er etwas sparen konnte; er ging sogar zur Abendschule, um richtig Lesen und Schreiben zu lernen.

Dann kam der Tag, an dem ihm klar wurde, dass sie seine Gefühle nicht erwiderte.

Für eine Weile war das Leben für ihn nicht mehr lebenswert. Es traf ihn wie ein Messer ins Herz, als er hörte, dass sein Rivale ein Gentleman war, denn es brachte das alte Gefühl der Wertlosigkeit zurück. An vielen Abenden ging er runter ins Heaney's, stand draußen, um sie spielen zu hören, und kämpfte gegen die Tränen.

An einem dieser Abende wurde ihm schließlich klar, dass er als Freund ein Teil ihres Lebens bleiben konnte, selbst wenn sie seine Gefühle nicht erwiderte. Er wusste, dass es nicht einfach sein würde, denn er würde vorgeben müssen, Theo den Falschspieler zu mögen, und er würde es ertragen müssen, dass Sam auf ihn, Jack, herabsah. Aber er glaubte, das zu schaffen, in der Hoffnung, dass Beth ihn eines Tages brauchen würde.

Nun, jetzt brauchte sie ihn, und er hoffte inständig, dass er herausfand, wo sie festgehalten wurde, und sie retten konnte.

Jack ging bei seiner Suche systematisch vor, eine Gasse rauf, die nächste wieder runter, und sah sich jeden dunklen Hinterhof dazwischen genau an. Er sah bewusstlose Betrunkene herumliegen, fast nackte Kinder mit tief eingesunkenen Augen, die auf Treppenstufen kauerten, Banden von Jugendlichen, die ihn misstrauisch beäugten, und verhärmte Huren, die sich ihm für ein paar Cent anboten.

Überall in New York sah man weihnachtliche Dekorationen, geschmückte Bäume und Schaufenster voller Geschenkideen. Aber obwohl morgen Heiligabend war, fand sich hier kein Anzeichen für festliche Stimmung.

Jack sprach mit vielen Leuten. Meistens tat er so, als sei er gerade vom Schiff runtergekommen, und behauptete, man habe ihm gesagt, er solle sich an jemanden wenden, der Fingers Malone hieß. Die meisten Leute schüttelten die Köpfe und erklärten, sie würden niemanden mit diesem Namen kennen. Eine alte Hure mit einem pockennarbigen Gesicht spuckte aus und sagte, Fingers sei ein mieser Bastard, aber er bekam nicht aus ihr heraus, wo er ihn finden konnte. Ein paar Jungen um die dreizehn gaben damit an, dass sie ein paar Mal für ihn gearbeitet hätten. Jack war sich ziemlich sicher, dass sie nur den Namen kannten und den Mann nicht mal erkennen würden, wenn er vor ihnen stand.

In einem dreckigen, verrauchten Saloon am Mulberry Bend erklärte ihm der Barkeeper, Malone besäße ein Grundstück an der Bottle Alley, aber ein Mann, der an der Theke stand, meinte, es läge nicht dort, sondern am Blind Man's Court.

Um acht Uhr abends taten Jack die Füße weh. Er war es so leid, seine Geschichte immer wieder neu zu erzählen, da er bezweifelte, dass sie für die Leute einen Sinn ergab, und er hatte jeden Zentimeter sowohl von der Bottle Alley als auch vom Blind Man's Court abgesucht. Der Bend war kein Ort, an dem ein Fremder nachts herumlaufen sollte, denn die Gassen waren dunkel, voller Betrunkener, die auf Streit aus waren, und junger Männer, die nach jemandem suchten, den sie ausrauben konnten. Außerdem war es bitterkalt, deshalb beschloss er, zurück ins Heaney's zu gehen und sich zu erkundigen, ob Sam etwas erfahren hatte.

Es war eine Erleichterung, wieder in der Bowery mit ihren hellen Lichtern und ihrer Fröhlichkeit zu sein. Musik dröhnte aus den deutschen Kneipen, und eine Blaskapelle spielte

Weihnachtslieder. Die Hausierer waren überall und verkauften alles von billigen Spielsachen bis hin zu Hosenträgern. Es gab kandierte Äpfel, geröstete Kastanien und Waffeln, und die Wärme von den Ständen und der süße Duft erinnerten Jack daran, dass Beth vielleicht gerade fror und hungrig war.

In der Menge vor sich entdeckte er plötzlich ein vertrautes Gesicht. Er hatte Theo nur einmal gesehen, aber sein gutes Aussehen war einprägsam, und auf der Bowery stach so ein Mann heraus, selbst ohne einen Anzug mit Zylinder und Mantel.

Jack trat ihm in den Weg. »Mr Cadogan!«, rief er.

»Kenne ich Sie?«, fragte Theo und musterte Jack von oben bis unten, als sei er erstaunt, dass ein so schäbig gekleideter Mann seinen Namen kannte.

»Nein, Sir«, antwortete Jack, »aber ich bin ein Freund von Beth, und sie ist in großer Gefahr. Ich bin gerade auf dem Weg ins Heaney's zu ihrem Bruder, und da sah ich Sie.«

Jack erwartete fast, dass der Mann behaupten würde, etwas Dringendes erledigen zu müssen und keine Zeit zu haben, aber das tat er nicht. »In Gefahr?«, rief er. »Sagen Sie mir, was passiert ist!«

Jack erklärte es ihm und fügte hinzu, dass er glaube, sie werde irgendwo am Bend gefangen gehalten, und dass er gerade von dort komme. »Aber es ist vielleicht etwas passiert, während ich weg war.«

»Die arme Beth.« Theo seufzte und sah ehrlich besorgt aus. »Ich wollte sie später abholen, weil ich ein paar Wochen in Boston war. Aber jetzt begleite ich Sie, und vielleicht können wir mit vereinten Kräften dafür sorgen, dass dieser schreckliche Heaney sie befreit.«

Im Heaney's war es so voll wie immer am Samstagabend, und ein farbiger Pianist ersetzte Beth.

Sam sah unruhig und besorgt aus und war nicht wie üblich jovial zu den Gästen. »Gott sei Dank!«, rief er, als Jack und Theo an die Bar traten. »Ich hatte schon geglaubt, alle hätten mich verlassen.«

Theo sprach kurz mit ihm, aber wegen des Lärms der Gäste konnte Jack nicht hören, was er sagte. Dann wandte sich Theo wieder an Jack, griff nach seinem Arm und deutete auf das Hinterzimmer. »Wir gehen da rein«, sagte er.

Jack war verwirrt darüber, dass der Mann, den er für einen Oberklasse-Schakal gehalten hatte, der sich an verrufenen Orten nach Beute umsah, tatsächlich mutig zu sein schien.

Theo klopfte nicht mal an die Tür, sondern ging einfach hinein. Heaney saß an einem Tisch und schrieb in etwas, das aussah wie ein Kontobuch. Er riss die Augen auf ob der unerwarteten Störung.

»Ich habe gehört, dass Fingers Malone Ihnen eine Forderung für die Freilassung von Miss Bolton geschickt hat«, bluffte Theo mit eiskalter Stimme. »Sie haben vielleicht Ihre Gründe, warum Sie ihren Bruder nicht darüber informiert haben, aber als ihr Verlobter bestehe ich darauf, es zu erfahren.«

Jack war ziemlich sicher, dass Beth nicht mit Theo verlobt war, weil sie ihm das an Thanksgiving erzählt hätte. Obwohl er die Idee verabscheute, dass das vielleicht passieren könnte, war er froh, dass Theo sich eine so gute Begründung für sein Hereinplatzen ausgedacht hatte.

»Da die Forderung an mich gestellt wurde«, erwiderte Heaney und stand von seinem Stuhl auf, »geht das verdammt noch mal nur mich was an.«

»Nicht, wenn eine junge Frau in Gefahr schwebt«, fuhr Theo ihn an und machte einen drohenden Schritt auf den älteren Mann zu. »Und jetzt sagen Sie mir, was Sie wissen, und zwar schnell.«

Heaney wollte aufbrausen, hielt jedoch inne.

»Wie viel verlangt er?«, fragte Theo.

»Es geht nicht um den Preis, sondern darum, was in Zukunft passieren könnte«, antwortete Heaney mit einem leichten Jammern in der Stimme. »Er denkt, er kann sich alles nehmen, was ich habe, mich schlagen und auf mir herumtrampeln. Aber das werde ich nicht zulassen.«

»Ich nehme an, das bedeutet, Sie haben nicht vor, irgendetwas zu unternehmen«, sagte Theo verächtlich. »Sie wollen sie bei Fingers verrotten lassen, stimmt's? Was für eine Art von Schlange sind Sie, dass das Leben einer jungen Frau Ihnen nichts wert ist?«

»Fingers wird sie nicht umbringen«, erklärte Heaney hastig. »Er will, dass sie in seinem Saloon spielt.«

»Das wird sie tun, wenn Sie keinen Finger rühren, um ihr zu helfen«, mischte sich jetzt Jack ein, der den Mann gerne gewürgt hätte. »Sie müssen Ihre Männer zusammentrommeln und zurückschlagen. Warum entführen Sie nicht seine Frau?«

»Das würde Fingers nichts ausmachen, er wäre froh, wenn er sie los ist«, sagte Heaney mit einem Schulterzucken.

»Dann schnappen Sie sich einen von seinen Handlangern!«

»Ich habe seinen Laden überprüft. Er hat alles gesichert, seine Männer sind überall.«

»Sie meinen seinen Saloon, nehme ich an?«, fragte Theo. »Was für Gebäude besitzt er noch? Wissen Sie, wo sie liegen?«

»Er mischt bei allem mit, vom Verkauf von schalem Bier bis hin zu den Fünf-Cent-pro-Nacht-Absteigen«, erwiderte Heaney verächtlich.

»Unten am Bend?«, wollte Jack wissen.

»Wo sonst?«, fuhr Heaney ihn an.

Jack blickte zu Theo und bedeutete ihm, dass er draußen mit ihm reden wollte.

»Wir kommen gleich wieder«, sagte Theo zu Heaney.

Sie mussten bis auf die Straße gehen, weil es im Saloon zu laut war.

»Heaney wird uns nicht helfen.« Jack sprach leise, während er sich eine Zigarette anzündete. »Also müssen wir sie selbst finden. Bottle Alley oder Blind Man's Court, da muss sie irgendwo sein. Wir holen uns fünf oder sechs starke Männer und stürmen die Häuser dort. Selbst wenn sie nicht da ist, werden wir jemanden finden, den wir dazu zwingen können, uns zu sagen, wo sie ist. Wenn wir frühmorgens hingehen, dann schlafen alle noch ihren Rausch aus.«

»Ich war noch nie da unten«, sagte Theo kleinlaut, so als wäre das alles zu viel für ihn.

»Ich schon, und ich kenne mich aus.« Jack grinste ihn an, denn es gefiel ihm, dass er den Ton angeben konnte. »Ich weiß auch, welche Männer wir fragen können. Es dürfen weder Heaneys Leute noch Fingers' sein. Wir wollen schließlich nichts weiter als unser Mädchen zurückholen.«

Theo schwieg für einen Moment. »Ich muss nach Hause und mich umziehen«, sagte er schließlich. »Können wir uns später treffen?«

»Um sechs an der Ecke Canal Street.«

Theo nickte. »Was sollen wir Heaney sagen?«

»Nichts, er hat uns schließlich auch nichts erzählt«, erwiderte Jack wütend. »Aber danach wartet Ärger auf uns alle. Ich schätze, wir müssen vielleicht für eine Weile die Stadt verlassen.«

18

»Wer is'n dieser andere Typ, Jack?«, wollte Edgar wissen, als die Männer sich um sechs Uhr morgens am Ende der Canal Street versammelten. Die Temperatur lag weiter unter dem Gefrierpunkt, und ihr Atem war wie Rauch, während sie unter der Laterne zusammenrückten.

»Ein feiner Pinkel namens Theo«, erwiderte Jack knapp. Er wünschte sich jetzt, er hätte nicht vorgeschlagen, dass Theo sie begleiten sollte, denn er würde wahrscheinlich ein Klotz am Bein für sie sein. »Beth ist mit ihm ausgegangen.«

Alle fünf Männer arbeiteten im Schlachthaus, und keiner von ihnen hatte Kontakte zu Heaney oder Fingers. Es waren alles große, muskulöse Männer zwischen zwanzig und fünfundzwanzig, aber Edgar war der Einzige, der in Amerika geboren war. Die anderen vier waren Einwanderer wie Jack: Karl, ein Schwede, Pasquale, ein Italiener, Thaddeus, ein Pole, den alle als Tadpole kannten, und Dieter, ein Deutscher.

Die Freundschaft zwischen diesen Männern war gewachsen, während sie Seite an Seite arbeiteten. Ihr Job war hart und brutal, und es konnten jederzeit schlimme Unfälle passieren, deshalb mussten sie sich aufeinander verlassen können. Jack hatte Karl einmal aus dem Weg gestoßen, als ein wütender Stier auf ihn losgegangen war, und die anderen verdankten sich ebenfalls gegenseitig das Leben, weil sie sich rechtzeitig gewarnt oder sich geholfen hatten, als sie verletzt waren. Es gab eine Art Kodex unter den Männern, die im

Schlachthaus arbeiteten, dass sie einander beistanden, wenn einer von ihnen Hilfe brauchte.

Jack hatte zu der Gruppe gehört, die Rache genommen hatte, als Tadpoles jüngere Schwester auf dem Weg von der Tanzschule nach Hause vergewaltigt worden war. Einer der Vergewaltiger würde nie mehr laufen können, ganz zu schweigen davon, dass er noch einer Frau Gewalt antun konnte, und die anderen beiden waren auf primitive Weise kastriert worden.

Jack hatte gewusst, dass er sich auf diese Männer verlassen konnte, denn sie wussten nicht nur, was Beth ihm bedeutete, sondern hatten sie alle schon im Heaney's spielen gehört. Als er bei jedem Einzelnen vorbeigegangen war, hatten sie nur gefragt: »Um wie viel Uhr?« Jeder Mann war unter seinem Mantel mit einem Knüppel bewaffnet.

Als Sam um die Ecke bog und zu ihnen stieß, sah er im Licht der Gaslaterne so gelb aus wie ein Chinese. Jack stellte ihn den anderen Männern kurz vor und klopfte ihm mitfühlend auf die Schulter, weil er wusste, dass Sam kein Kämpfer war und offensichtlich Angst hatte.

Endlich kam auch Theo. Er trug Arbeiterkleidung, und Jack wunderte sich kurz, wie er daran gekommen war, weil er bezweifelte, dass der Mann jemals in seinem Leben wirklich gearbeitet hatte. Er fragte sich auch, ob Theo wohl überlegt hatte, gar nicht aufzutauchen. Aber erst in ein oder zwei Stunden würde er den Mann wirklich einschätzen können.

Er stellte Theo vor, dann scharte er alle um sich, damit er nicht schreien musste.

»Ziel dieses Überfalls ist es, die Leute so einzuschüchtern, dass sie uns sagen, wo Beth festgehalten wird«, begann er. »Schreit und schubst sie herum, aber haltet euch mit den Knüppeln zurück, die sind nur für diejenigen, die sich uns in den Weg stellen, nicht für die armen Teufel, die in den Bruchbuden wohnen.

Sie werden uns nichts sagen wollen. Sie sind vielleicht am Ende, aber sie verpfeifen nur ungern jemanden. Allerdings sind sie ständig draußen in den Gassen, deshalb müssen einige von ihnen gesehen haben, wie Beth hergebracht wurde. Und dann achtet auf die Kinder. Es gibt Hunderte; es wird sein, als ob man in einen Ameisenhaufen tritt. Wir wollen nicht dafür verantwortlich sein, dass eines von ihnen verletzt wird.«

»Sollen wir alle gleichzeitig reingehen?«, fragte Karl, der große blonde Schwede.

»Nein. Ich gehe mit Pasquale und Dieter, um sicherzugehen, dass die Italiener und Deutschen verstehen, was wir von ihnen wollen. Ihr anderen bleibt an der Tür, damit keiner abhauen kann. Ich habe etwas Geld, um sie zu bestechen, also haltet die Augen und die Ohren offen nach jemandem, der sich so verhält, als wenn er etwas wissen könnte.«

Jack gab Sam einen Knüppel, den er mitgebracht hatte, weil er wusste, dass Sam nicht daran gedacht hatte, sich zu bewaffnen. Er bemerkte, dass Theo einen dicken Spazierstock dabeihatte, was ihn überraschte; er hatte erwartet, dass der Mann ein Messer bei sich trug.

Jack ging voraus, Sam neben ihm, und die anderen folgten dicht dahinter.

Es war merkwürdig, die Gassen so leer und friedlich zu sehen nach dem Lärm der vielen Menschen am Tag zuvor. Sie kamen an vielen Betrunkenen vorbei, die bewusstlos auf dem gefrorenen Boden lagen. Jack fragte sich kurz, wie viele von ihnen nicht mehr aufwachen würden, denn er hatte gehört, dass im Winter hier viele erfroren.

Aber es war nicht völlig still. Sie konnten Schnarchen und

Babygeschrei hören, und es gab das unvermeidliche Rascheln der Ratten, die nach Nahrung suchten.

Sie begannen mit dem Blind Man's Court, und Pasquale zündete die Laterne an, die sie mitgebracht hatten. Genau wie Jack erwartet hatte, war die Haustür nicht abgeschlossen, genauso wenig wie die Tür des ersten Zimmers, in das sie stürmten. Als Pasquale die Laterne hochhielt, sahen sie, dass darin mindestens fünfzehn Leute wie Sardinen in der Büchse auf dem Boden nebeneinanderlagen.

»Wo ist das Mädchen?«, schrie Jack und stieß mit seinem Knüppel gegen die Körper. »Na los, sagt mir, wo sie ist!«

Einer nach dem anderen hob den Kopf und blinzelte in das Laternenlicht. Eine Frau schrie, ein Mann fluchte, aber Jack blieb hart. »Jemand hat gestern eine junge Frau gegen ihren Willen hergebracht«, sagte er. »Das war gegen sechs Uhr abends. Habt ihr sie gesehen?«

Pasquale wiederholte das auf Italienisch, und einige seiner Landsleute antworteten ihm. Es entstand ein heftiger Wortwechsel, und Jack sah Pasquale fragend an, denn obwohl er etwas Italienisch verstand, konnte er nicht folgen.

»Sie sagen, wir sollen weggehen, sie haben nichts gesehen. Sie sind wütend, weil wir sie aufgeweckt haben.«

»Glaubst du ihnen?«

Pasquale nickte. »Wir versuchen es besser in einem anderen Zimmer.«

Sie durchkämmten systematisch das ganze Haus, und obwohl sie auf ungefähr zweihundert Leute trafen, vom Baby bis zum Greis, erfuhren sie nichts. Einige der jüngeren Männer entkamen ihnen und rannten nach draußen, wo die anderen sie aufhielten und befragten. Aber sie waren nicht weggerannt, weil sie ein schlechtes Gewissen hatten, sondern aus schierer Gewohnheit. Offensichtlich bedeutete eine Razzia des Hauses normalerweise, dass einige von ihnen ins Tombs, das Gefängnis in Manhatten, gesteckt wurden.

Als sie schließlich zum nächsten Haus gingen, waren die meisten Bewohner des kleinen Platzes durch den Lärm, den sie veranstaltet hatten, bereits alarmiert, und Jacks Männer hatten alle Hände voll zu tun, niemanden entkommen zu lassen. Zum Glück war es immer noch dunkel und bitterkalt, und die meisten hatten so viel Angst vor den Knüppeln, dass sie bald wieder im Haus verschwanden.

»Hier hat man sie nicht hingebracht, Jack«, sagte Theo, als sie in jedem Haus gewesen waren und es vom Keller bis zum Dachboden durchsucht hatten. »Ich bin noch nie einem so erbärmlichen Haufen begegnet. Hast du gesehen, wie hoffnungsvoll sie aussahen, als sie hörten, dass es eine Belohnung für Informationen gibt? Sie sind halb verhungert – wenn sie etwas wüssten, dann hätten sie es uns sofort erzählt.«

»Dann lasst uns hoffen, dass wir in der Bottle Alley mehr Erfolg haben«, entgegnete Jack müde.

Die Situation in der Bottle Alley war die gleiche wie am Blind Man's Court, abgesehen davon, dass es schwerer war, die Leute festzuhalten, die aus den Häusern stolperten, um zu sehen, was da passierte, weil es eine Gasse war mit einem Ausgang zu beiden Seiten. Als sie die Hälfte der Gasse abgesucht hatten, wurde es hell, und ihre Probleme wurden durch die Leute vergrößert, die woanders wohnten und durch die Gasse gingen. Viele blieben stehen und fragten, was los sei, oder standen nur herum und beobachteten alles.

Sam sah aus, als würde er gleich zusammenklappen. Nach zwei schlaflosen Nächten mit so vielen Leuten fertigzuwerden, die alle um ihn herumstanden und in verschiedenen

Sprachen durcheinanderredeten, war tatsächlich schwer für ihn.

Jack war auch müde. Er hatte das Gefühl, dass er dieselbe Frage schon ungefähr tausend Mal gestellt hatte, und es gab Momente, in denen er versucht war, seinen Knüppel zu benutzen, um eine echte Reaktion zu provozieren anstatt diese leeren Blicke. Ein paar alte Frauen mit einem Schal über den gebeugten Schultern streckten ihre Hände aus und bettelten um Geld, viele Männer stießen Flüche aus, und die Kinder liefen ständig um sie herum und standen ihnen im Weg.

Zu Jacks Überraschung konnte Theo sehr gut mit Kindern umgehen. Die meisten von ihnen sprachen Englisch oder zumindest so viel, um mit ihm zu kommunizieren, und er redete viel mit ihnen, stellte ihnen Fragen, schmeichelte sich bei ihnen ein und versprach ihnen eine Belohnung für Informationen.

»Komm hierher, Jack!«, rief er plötzlich, und als Jack sich einen Weg durch die Menge bahnte, sah er Theo bei einem kleinen Mädchen von sechs oder sieben Jahren stehen. Die Kleine war so wie alle Kinder hier schrecklich dünn und blass, hatte verfilztes Haar, und ihre dunklen Augen wirkten zu groß in dem schmalen Gesicht. Sie trug ein dünnes, zerschlissenes Kleid, war barfuß und hatte ein Tuch um ihre Brust gebunden, das auf dem Rücken verknotet war.

»Sie hat etwas gehört«, sagte Theo zu Jack, als dieser ihn erreichte. »Aber ihr Englisch ist nicht gut. Sie spricht ständig Italienisch.«

Jack holte Pasquale, der vor dem Kind in die Hocke ging und mit ihm sprach. Pasquale war attraktiv mit seinen schwarzen Locken, der olivfarbenen Haut und den sanften, dunklen Augen, und obwohl das kleine Mädchen schüchtern war und sein Gesicht in den Händen vergrub, taute es langsam auf, während er mit ihm sprach und es freundlich anlächelte. Theo hielt dem Mädchen einen Silberdollar hin, und es starrte gierig darauf. »Sag ihr, dass sie ihn bekommt, wenn sie uns sagen kann, was sie gehört hat und wo Beth ist.«

Der Silberdollar schien zu funktionieren. Plötzlich plapperte das Mädchen drauflos.

»Was sagt sie?«, drängte Jack.

»Sie hat gestern jemanden klopfen und rufen hören. Sie hat es ihrer Mutter erzählt, und die meinte, es würde immer irgendwer klopfen und schreien. Aber das Mädchen sagt, sie hat noch nie jemanden so wie diese Lady rufen hören.«

Jacks Herz schlug aufgeregt. »Wo war das?«

Pasquale fragte das Mädchen, und es nahm seine Hand, um ihn hinzuführen.

Jack folgte ihnen mit Theo bis ans Ende der Gasse, durch den Teil, den sie bis jetzt noch nicht durchsucht hatten. Das Kind blieb vor einem Stück Brachland stehen, offenbar ein Platz, an dem ein Gebäude abgebrannt oder eingestürzt war. Überall lagen Trümmer und Steine, und es gab einen baufälligen Schuppen, der früher vielleicht mal ein Stall gewesen war. Das Mädchen sah zu Pasquale auf und fing wieder an zu reden.

Pasquale lächelte. »Sie versteckt sich in dem Schuppen, wenn ihr Pa betrunken ist. Sie hat dort geschlafen und ist morgens von dem Klopfen und Rufen aufgewacht. Sie sagt, es kam von dort.« Er deutete auf das Haus zu ihrer Linken.

Jack geriet in Aufregung. Die Häuser zu beiden Seiten des Brachlandes waren alt und mit dicken Balken verstärkt, aber gleich dahinter, dort, wo eigentlich der Hinterhof hätte sein müssen, standen neuere Gebäude. Diese Häuser, die als Hinterhäuser bekannt waren, gab es überall in der Lower East Side.

»Gehen wir rein«, sagte er.

Er lief zur Vorderseite des Hauses und sah, dass daran ein Vorhängeschloss hing und die Fenster mit Brettern vernagelt waren. Er fragte das Kind, ob dort jemand wohne. Es zuckte mit den Schultern und sagte etwas auf Italienisch.

»Sie glaubt nicht«, übersetzte Pasquale. »Aber manchmal kommen Männer her.«

Bevor Jack aussprechen konnte, dass er glaubte, das richtige Haus gefunden zu haben, drückte Theo dem kleinen Mädchen den Silberdollar in die Hand, rannte um das Haus herum und kletterte die Wand hinauf, die beide Häuserteile miteinander verband. Sie war knapp drei Meter hoch, aber er schaffte es leicht, denn die Steine waren uneben und boten Händen und Füßen Halt. Oben blieb er kurz sitzen, dann sprang er an der anderen Seite herunter.

Jack folgte ihm schnell und rief Pasquale zu, dass er die anderen holen und eine Laterne mitbringen solle. Dann ließ er sich ebenfalls in den winzigen Hof zwischen den beiden Häusern hinunter.

Er umfasste nur wenige Quadratmeter, und der Müll lag knöchelhoch, war aber zum Glück gefroren. An den Türen zu beiden Häusern hingen Vorhängeschlösser, und alle Fenster waren vernagelt außer eines neben der Tür zum Vorderhaus. Dort waren die Bretter entfernt worden, und man sah die Scheibe, die teilweise zerbrochen war.

Theo hob seinen Spazierstock und zerschlug auch den Rest des Glases.

»Warte, bis die anderen da sind«, rief Jack, aber Theo achtete nicht auf ihn und kletterte hinein.

Jack wollte ihm gerade folgen, als er Karl rufen hörte, dass er mit der Laterne zu ihm kommen würde, also wartete er, bis sein Freund auf der Mauer erschien und ihm die Laterne reichte.

Theos schwere Stiefel machten viel Lärm auf den Holzdielen im Haus, aber als Jack durch das Fenster kletterte, glaubte er, etwas zu hören.

Er bat Theo, stehen zu bleiben, und als sie lauschten, hörten beide ein entferntes Rufen.

»Beth?«, brüllte Theo. »Bist du das? Ich bin gekommen, um dich zu holen!«

Die beiden Männer standen ganz still und lauschten wieder.

Dann, gerade als Jack schon glaubte, dass sie sich das Rufen nur eingebildet hatten, hörte er Beths Stimme.

»Ich bin hier unten«, rief sie, und ihre Stimme klang leise und schwach. »Da ist eine Falltür im Boden.«

»Ich mache nur schnell die Laterne an«, rief Theo zurück und bedeutete Jack, dass er das tun sollte. »Halt durch, ich hole dich sofort da raus.«

Als die Laterne brannte, konnten sie einen alten Tisch und ein paar Stühle auf der einen Seite des Raumes sehen. Darum verteilt standen einige große Holzkisten. Es sah aus, als hätten hier Männer Karten gespielt.

Aber sie konnten keine Falltür am Boden sehen.

Karl kam herein, gefolgt von Pasquale, und zusammen schoben sie die Kisten beiseite, um zu sehen, was sich darunter befand.

Als sie die letzte wegschoben, die schwerer war als die anderen, entdeckten sie endlich die Falltür. »Wir haben sie gefunden, Beth«, rief Theo, während Jack sie aufzog.

»Hier steht eine Leiter«, sagte Pasquale. Er ergriff sie und zerrte sie über den Boden.

Jack wollte als Erster die Leiter hinuntersteigen, aber Theo drängte ihn beiseite und verschwand in der Dunkelheit.

»Ich hab dich«, hörte Jack ihn sagen, während Beths Weinen zu ihnen nach oben drang.

Theo trug sie über der Schulter nach oben, und als er sie oben abstellte, war Jack sicher, dass er noch nie einen traurigeren Anblick gesehen hatte. Ihr Gesicht starrte vor Schmutz, ihre Augen waren rot und geschwollen, und Tränen hatten weiße Spuren auf ihren schwarzen Wangen hinterlassen. Ihr Rock und ihre Stiefel waren durchnässt, und sie war so steif vor Kälte, dass sie stolperte, als sie zu laufen versuchte.

»Ich dachte, ich würde sterben«, sagte sie, und ihre Stimme war nur noch ein heiseres Krächzen.

Theo nahm sie auf die Arme. »Wir müssen sie hier raus ins Warme bringen«, sagte er.

Sam und die anderen kletterten gerade über die Mauer, und ein paar Augenblicke lang redeten alle gleichzeitig, glücklich darüber, dass ihre Mission erfolgreich gewesen war. Beth schien kaum jemanden wahrzunehmen außer Theo, und als sie alle zusammenarbeiteten, um sie über die Mauer zu heben und in Sicherheit zu bringen, spürte Jack einen heftigen Stich der Eifersucht.

Er war ihr wahrer Retter gewesen. Er hatte alles geplant, hatte die Männer zusammengetrommelt und alles organisiert. Aber Theo, der nur wenig daran beteiligt gewesen war, hatte alles an sich gerissen, als sie Beth gefunden hatten, und für Beth würde es jetzt so aussehen, als wenn er sie gerettet hätte.

19

Das Café, in das sie Beth gebracht hatten, war mollig warm. Sie bewegte jetzt die einzelnen Finger und sah sich ihre Knöchel an, die wund waren vom Klopfen an die Wände.

»Wir sollten dich zu einem Arzt bringen«, sagte Jack.

»Das ist nicht nötig«, erwiderte sie und lächelte schwach. »Mir ist schon viel wärmer, und es geht mir bestimmt wieder gut, wenn ich mich erst gewaschen und etwas geschlafen habe. Ich wünschte nur, deine Freunde wären nicht gegangen, bevor ich mich bei ihnen bedanken konnte.«

Ihr Verstand war scheinbar genauso eingefroren gewesen wie ihr Körper, als Theo sie aus dem Keller geholt hatte. Sie war zu keiner Erklärung fähig gewesen, und ihre Beine weigerten sich zu gehen. Theo hatte sie den ganzen Weg zum Café getragen, und obwohl Jack und Sam sie gefragt hatten, wie und wo sie entführt worden war, konnte sie nicht antworten.

Aber jetzt, nach zwei großen Tassen mit heißem süßem Kaffee und einem Teller mit Schinken und Eiern war sie wieder so weit aufgetaut, dass sie ihnen berichten konnte, was passiert war und dass ihr Entführer nicht zurückgekommen war, um ihr etwas zu essen oder zu trinken oder auch nur eine Decke zu bringen. Sie erzählte davon, wie sie bis zur Erschöpfung gerufen und geklopft hatte, aber nicht, dass sie die Hoffnung auf Rettung tatsächlich schon aufgegeben hatte. Jetzt, wo sie in Sicherheit war, schwand langsam das Entsetzen, das sie empfunden hatte, während sie in der Dunkelheit saß, mit nur dem Quieken und Rascheln der Ratten als Gesellschaft. Sie konnte die Sorge in den Gesichtern der Männer sehen und wollte sie nicht noch verstärken.

Als sie vorhin Theos und Jacks Stimmen gehört hatte, war sie zuerst davon ausgegangen, endgültig den Verstand zu verlieren und sich nur das einzubilden, was sie so gerne hören wollte. Erst als die Falltür aufging, Licht in ihr dunkles Gefängnis fiel und Theos Kopf in der Öffnung erschien, wusste sie, dass sie tatsächlich gerettet war.

»Du kannst mit zu mir kommen«, sagte Theo, nahm ihre Hand und küsste ihre Fingerspitzen. »Niemand weiß, wo ich wohne, und es ist ein ruhiges Haus. Du kannst ein heißes Bad nehmen und dich ausschlafen.«

Beth fand, dass das himmlisch klang, aber sie sah, wie Sam und Jack entsetzte Blicke tauschten.

Theo bemerkte sie ebenfalls und ließ ihre Hand los. Er fixierte Sam. »Euch ist schon klar, dass niemand von uns mehr sicher ist? Fingers wird uns jagen, und Heaney wird uns keinen Schutz bieten, weil er nur Angst um seinen Saloon hat.«

»Ich denke nicht, dass Fingers hinter uns her sein wird«, erwiderte Sam streitlustig. »Selbst ein Dieb wie er kann sicher verstehen, dass ein Mann seine Schwester retten muss.«

»Es geht ihm nur darum, sein Gesicht zu wahren«, erklärte Theo geduldig. »Es interessiert ihn einen Dreck, was richtig oder falsch ist. Er sieht nur, dass wir seinen Plan vereitelt haben.«

»Er hat recht, Sam«, seufzte Jack und fuhr sich nachdenklich mit den Fingern durchs Haar. »Fingers ist ein Verrückter, und dass er Beth so schlecht behandelt hat, zeigt, dass sie ihm nichts bedeutet. Er will nur Heaney provozieren. Jetzt muss er sich etwas anderes einfallen lassen, und ich traue ihm durchaus zu, dass er heute Abend den Saloon ansteckt, nur um zu beweisen, dass er der Stärkere ist.«

»Willst du damit sagen, dass ich da nicht mehr arbeiten soll?«, fragte Sam ungläubig.

»Nicht, wenn du an deinem Leben hängst.« Theo grinste. »Du musst untertauchen, Sam. Das müssen wir alle. Fingers, Heaney und ihren Schlägertypen ist mit Vernunft nicht beizukommen – es sind hirnlose, brutale Kerle, die fest entschlossen sind, einen Straßenkrieg zu führen, und wir werden zwischen die Fronten geraten. Das Beste, was ihr beide machen könnt, ist, heute noch nach Philadelphia zu fahren. Ich habe Freunde dort, an die ihr euch wenden könnt, und komme mit Beth nach, sobald sie wieder reisefähig ist.«

»Was ist mit meinen Kumpels aus dem Schlachthaus?«, fragte Jack mit blassem und angespanntem Gesicht.

Theo zuckte mit den Schultern. »Ich glaube, ihnen wird nichts passieren. Fingers und Heaney kennen sie nicht.«

»Wir können doch nicht einfach wegfahren, es ist Weihnachten!«, widersprach Sam.

Theo hob eine Augenbraue. »Du glaubst doch sicher nicht, dass solche Männer auch nur einen Gedanken an das Fest der Liebe verschwenden, oder? Sie werden gerade heute Abend für den perfekten Zeitpunkt halten, um zuzuschlagen, weil die Saloons dann voll sein werden.«

Die Streitlust in Sams Gesicht wich einem ängstlichen Ausdruck. »Aber was ist mit den Sachen, die wir noch in der Houston Street haben?«

Theo sah auf die Uhr an der Wand; es war kurz nach zehn. »Ich denke, dass Fingers und Heaney erst gegen Mittag davon erfahren werden. Du kannst hingehen und alles zusammenpacken, ich bringe Beth erst zu mir und komme dann und hole ihre Sachen.«

»Wieso glaubst du, dass Beth bei dir in Sicherheit ist?«, fragte Sam misstrauisch. »Du hast gesagt, du müsstest auch von hier fliehen!«

»Das muss ich auch, denn ich werde in absehbarer Zukunft nirgendwo in New York mehr Karten spielen können«, erwiderte Theo. »Aber niemand weiß, wo ich wohne. Wir sind dort sicher, bis Beth sich erholt hat.«

»Ich möchte mit Beth sprechen, ohne dass du dabei bist«, erklärte Sam knapp.

Theo nickte und sagte, sie hätten zehn Minuten.

Sobald sich die Tür des Cafés hinter ihm geschlossen hatte, rückte Sam dicht neben seine Schwester. »Ich will dich nicht bei ihm lassen«, sagte er. »Vor allem nicht an Weihnachten.«

Beth verstand, warum er solche Angst hatte, aber sie war zu erschöpft, um sich darüber jetzt Gedanken zu machen, und außerdem liebte sie Theo, er hatte sie gerettet, und sie würde ihm willig folgen, wo immer er hinging.

»Es ist die einzige Möglichkeit«, sagte sie und strich ihrem Bruder liebevoll übers Gesicht. »Ich komme zurecht, das verspreche ich. Ich fühle mich so schwach, dass ich euch nur ein Klotz am Bein wäre, wenn ich jetzt mit euch komme.«

»Es ist nicht richtig, dass du mit einem Mann wie ihm alleine bist«, beharrte Sam trotzig. »Und ich mag es auch nicht, dass er Jack erklärt, was er tun soll.«

»Er hat aber recht«, mischte Jack sich ein. »Als das alles anfing, wusste ich sofort, dass ich danach nicht mehr hier in der Stadt bleiben kann, weil ich gehört habe, was diese Bande mit Leuten macht, die ihr in die Quere kommen. Ich hätte es lieber, wenn Beth uns sofort begleitet, aber sie ist dazu nicht in der Lage, Sam, also haben wir keine andere Wahl.«

Beth sah Jack dankbar an. »Es tut mir so leid, dass du da mit reingeraten bist und jetzt auch noch deinen Job verlierst.«

»Ich bekomme vielleicht einen besseren in Philadelphia«, sagte er und grinste resigniert. »Und wir sind nicht länger Greenhorns – wir machen dort vielleicht sogar ein Vermögen.«

Beth konnte kaum die Augen offen halten, während die Droschke sie und Theo zu seiner Wohnung brachte. Er hatte mit Jack und Sam verabredet, etwas später ihre Sachen abzuholen und ihnen einen Brief für seinen Freund in Philadelphia mitzugeben.

»Sie kommen schon zurecht«, tröstete er sie, als ihr beim Abschied die Tränen kamen. »Frank ist ein reicher Mann, der überall in Philadelphia seine Finger im Spiel hat. Er bringt Sam in einem seiner Saloons unter und Jack irgendwo anders, noch bevor sie ausgepackt haben.«

Beth war so erschöpft, dass sie gar nicht registrierte, wo die Droschke sie hinbrachte, nur, dass sie in ein viel feineres Viertel fuhren als das um die Houston Street. Sie nahm vage wahr, dass es ein Backsteinhaus an einem ruhigen Platz war, in einer Gegend, in der nur wohlhabende Familien wohnten.

Theo trug sie die Treppe hinauf in ein großes Zimmer im vorderen Teil des Hauses. Alles, was sie in ihrem erschöpften Zustand wahrnahm, war ein großes Bett mit geschnitzten Bettpfosten, auf dem sie zusammenbrach. Sie hörte noch, wie Theo ihr sagte, dass sie ihre Stiefel ausziehen solle und dass er seine Vermieterin über ihre Ankunft unterrichten würde, bevor er in die Houston Street fuhr, aber sie schlief ein, ehe sie ihm antworten konnte.

Etwas später wachte sie von dem vertrauten Geräusch eines knackenden Feuers im Kamin auf, und für einen Moment glaubte sie, wieder in Liverpool zu sein, denn in ihrer Kindheit hatte sie genau dieses Geräusch oft geweckt. Ihr war sehr warm; die Decke über ihr war dick und schwer. Aber als sie sich etwas ausstreckte, brachten die Schmerzen in ihrem Rücken und in ihren Armen sie zurück in die Realität. Zu ihrem Entsetzen wurde ihr klar, dass sie nur ihr Leibchen und ihren Unterrock trug; jemand hatte ihr das Kleid, die Strümpfe und das Mieder ausgezogen.

Hastig zog sie die Decke bis zur Nasenspitze, öffnete vorsichtig die Augen und sah Theo vor dem Kamin hocken. Sie spürte eher, als dass sie wusste, dass er schon seit einiger Zeit im Zimmer war, denn die Vorhänge waren geschlossen, die Gaslampen brannten, und er trug nur ein Hemd.

Das Zimmer sah sehr gemütlich aus, mit zwei großen Sesseln vor dem Kamin. Der ganze Raum wirkte sehr elegant – die Gaslampen an der Wand hatten verzierte Messinghalterungen, die Vorhänge waren aus schwerem Brokat, und an einer Wand stand ein Wäscheschrank, der zu dem dunklen Holz des Bettes passte und ebenfalls mit kunstvollen Schnitzereien verziert war.

»Theo«, flüsterte sie, »wie spät ist es?«

Er stand auf und drehte sich lächelnd zu ihr um. »Endlich! Ich dachte schon, du würdest gar nicht mehr aufwachen. Es ist sieben Uhr abends, und ich habe Jack und Sam schon vor Stunden zum Bahnhof gebracht.«

»Wer hat mir meine Sachen ausgezogen?«, fragte sie.

»Ich. Ich konnte dich nicht darin schlafen lassen. Sie waren nass und sehr dreckig, und du hättest dich unwohl darin gefühlt«, erwiderte er.

Beth wurde rot und rutschte tiefer unter die Decke. »Könntest du mir dann etwas zum Anziehen holen?«, fragte sie nervös. »Ich muss aufstehen.«

Er ging zur Tür und nahm einen karierten Wollmorgenmantel von einem Haken. »Ich habe zwar deine Sachen alle hier, aber du kannst erst mal das hier anziehen. Wenn du baden möchtest, das Bad ist den Flur runter. Ich habe dafür gesorgt, dass das Wasser heiß ist. Aber vielleicht möchtest du zuerst etwas essen? Ich habe gebratenes Hähnchen und Kartoffeln besorgt. Es ist in Miss Marchments Küche warm gestellt.«

»Stört es sie, dass ich hier bin?«, fragte Beth und zog den Morgenmantel zu sich unter die Decke, damit sie ihn anziehen konnte, ohne nackte Haut zeigen zu müssen.

»Nein, gar nicht. Ich habe ihr erzählt, was dir passiert ist«, entgegnete er. »Du lernst sie morgen kennen.«

Später an diesem Abend lag Beth im Bett und war irgendwie enttäuscht. Theo hatte sich rührend um sie gekümmert. Er hatte ihr ein wunderbares Essen serviert, ihr ein heißes Bad eingelassen und ihr zwei Gläser Whiskey mit Honig und Zitrone zu trinken gegeben, zur Vorbeugung gegen eine Erkältung. Aber er hatte sie nicht einmal geküsst.

Sie konnte sein Haaröl auf dem Kissen riechen, sie konnte sogar fast den Abdruck seines Körpers auf der Matratze fühlen, aber er schlief irgendwo anders im Haus und hatte nicht mal eine winzige Andeutung gemacht, dass er das Bett mit ihr teilen wollte.

Wäre sie einverstanden gewesen, wenn er gefragt hätte?

Beth wusste die Antwort darauf nicht. Ihr Verstand beharrte darauf, dass sie es nicht erlaubt hätte. Aber wenn das so war, warum war sie dann so niedergeschlagen?

Dann war da noch die Frage, wo er all die Wochen gewesen war. Er hatte ihr das nicht erklärt oder sich deswegen entschuldigt. Es schien wahrscheinlich, dass es irgendwo noch eine andere Frau gab, aber wenn das der Fall war, warum wollte er Beth dann nach Philadelphia bringen?

Er musste sie lieben. Warum sonst hätte er ihre Rettung geplant und ausgeführt? Er hatte ihr erzählt, wie er herausgefunden hatte, dass Fingers ein Gebäude am Blind Man's Court und an der Bottle Alley gehörte und dass er in jedes Zimmer in jedem Haus gestürmt war, bis er auf das kleine Mädchen gestoßen war, das ihm von dem Klopfen und Rufen erzählte. Sam, Jack und Jacks Freunde waren natürlich auch dort gewesen, aber es war klar, dass Theo sie angeführt hatte.

Während des Abends war sie im Zimmer herumgelaufen und hatte viele Dinge bemerkt: Fotos von seiner Familie in Silberrahmen, hochwertige Sachen und Schuhe, goldene Manschettenknöpfe, Bürsten mit Silbergriff und mindestens ein Dutzend Seidenkrawatten. Die Möbel im Zimmer waren alt und abgenutzt, aber das hier war ohne Zweifel einmal das Haus einer wohlhabenden Person gewesen; sie fragte sich, warum Theo sie hatte glauben lassen, er würde so leben wie Sam und sie.

Aber vielleicht wusste er auch einfach nicht, dass arme Leute wie sie und ihr Bruder in Häusern wohnten, in denen es kein Badezimmer oder Wasserklosett auf dem Flur gab. Vielleicht glaubte er tatsächlich, er würde primitiv hausen, weil er in nur einem Zimmer wohnen und schlafen musste?

Aber wenn dieses Zimmer mit den weichen Laken, dem Federbett und dem prasselnden Feuer primitiv war, dann würde sie gerne hier mit ihm hausen. Dieses Haus war so ruhig wie eine Kirche – kein Babygeschrei, kein lauter Streit oder das Gepolter von Betrunkenen auf der Treppe; das einzige Geräusch, das sie den ganzen Abend lang hörte, war das gelegentliche Vorbeirumpeln der Droschkenräder unten auf der Straße.

Sie wollte glauben, dass Theo heute Abend Abstand zu ihr gewahrt hatte, weil er sie liebte und respektierte, denn so benahmen sich die Gentlemen in den Liebesromanen. Aber eine kleine Stimme in ihrem Kopf warnte sie davor, das zu glauben; er hatte ihr nie gesagt, dass er sie liebte, und wie Ira mehrfach betont hatte, lebten Spieler nach ihren eigenen Regeln.

Beth wachte am nächsten Morgen von einem Klopfen an der Tür auf. Bevor sie sich gesammelt hatte, öffnete sich die Tür, und eine Frau kam mit einem großen Frühstückstablett herein.

»Ich bin Miss Doughty, Miss Marchments Haushälterin«, sagte sie mit ernstem und kaltem Gesicht. »Mr Cadogan bat mich, Ihnen das zu bringen und Ihnen zu sagen, dass er heute Abend wieder bei Ihnen ist.«

»Aber heute ist Weihnachten«, rief Beth. Sie war sehr erfreut über das Frühstück aus Schinken, Eiern, Pfannkuchen und Kaffee, aber sie konnte nicht glauben, dass Theo sie den ganzen Tag allein lassen wollte.

Sie spürte auch die Missbilligung der Haushälterin. Die Frau war dünn, mit scharfen Gesichtszügen und eisgrauem Haar, und sie sah nicht aus wie jemand, den Beth für sich gewinnen konnte.

»Mr Cadogan hat schon vor Wochen Pläne für diesen Tag gemacht«, erwiderte Miss Doughty. »Gentlemen sagen ihre Termine nicht leichtfertig ab, und er hat mich gebeten, dafür zu sorgen, dass Sie sich ausruhen und das Haus nicht verlassen.«

»Es tut mir leid, dass ich Ihnen Umstände mache«, sagte Beth in dem Versuch, die Frau zu besänftigen. »Das Frühstück sieht wundervoll aus.«

»Essen Sie es, solange es warm ist. Ich komme später wieder, wenn Sie angezogen sind, und bringe Sie runter zu Miss Marchment. Sorgen Sie dafür, dass Sie etwas Dezentes tragen, Sie wollen sie schließlich nicht erschrecken, indem sie aussehen wie eine Barfrau.«

Miss Marchment kennenzulernen war eine noch unerfreulichere Angelegenheit. Ihr Zimmer im Erdgeschoss war düster und dreckig. Es stank nach Katzenurin und ließ die saubere Gemütlichkeit in Theos Zimmer noch stärker hervortreten. Es war schwer, Miss Marchments wahres Alter zu schätzen, denn obwohl ihre faltige, gelbe Haut, ihre schwarze Kleidung und die Spitzenhaube auf ihrem weißen Haar darauf schließen ließen, dass sie sehr alt war, klang ihre laute, barsche Stimme sehr viel jünger. Sie war klein und schlank, aber ihre Hände waren geschwollen und sahen aus, als würden sie schmerzen, deshalb glaubte Beth, dass sie vermutlich an Rheumatismus litt.

Sie zeigte nicht das geringste Anzeichen von Mitleid oder Sorge und stellte Beth stattdessen eine Frage nach der anderen über ihren familiären Hintergrund, als würde sie davon ausgehen, dass sich nur jemand aus der Gosse in eine solche Notlage gebracht haben konnte. Beth versuchte ihr zu sagen, dass sie tatsächlich vornehm aufgewachsen war, aber die alte Dame erwiderte, dass eine Frau, die in einer Bar arbeite, mit Ärger rechnen müsse. Abschließend erklärte sie, dass sie hoffe, Beth würde die Gutmütigkeit von Mr Cadogan nicht ausnutzen.

Beth versuchte, nicht unhöflich zu werden, sondern sagte nur, dass es Theos Vorschlag gewesen sei, sie hierher zu bringen, damit sie sich von den Strapazen ihres Martyriums erholen könne. »Ich bin ihm sehr dankbar für seine Freundlichkeit und Ihnen auch, weil Sie mir erlauben, ein paar Tage zu bleiben. Aber ich werde so bald wie möglich zu meinem Bruder fahren.«

Theo, so viel war klar, hatte seine Vermieterin nicht darüber informiert, dass er sie bald verlassen würde, und Beth klärte sie auch nicht darüber auf.

Ihre Stimmung sank weiter, als sie in Theos Zimmer zurückkehrte. Sie war ein unwillkommener Gast in einer Gegend, die sie nicht kannte. Und sie wusste auch nicht, wo Jack und Sam in Philadelphia waren. Sie fühlte sich gefangen und völlig abhängig von Theo.

Ihre Gedanken kehrten unwillkürlich zum letzten Weihnachtsfest am Falkner Square zurück, und als sie an Molly dachte, wie sie in der Küche herumgelaufen war, und an die Wärme und das Lachen, an das Gefühl von Sicherheit und Glück, sehnte sie sich dorthin zurück.

Kurz nach sieben Uhr abends kam Theo zurück, stürmte ins Zimmer und brachte den Geruch nach Zigarren und das Bild eines reich gedeckten Tischs und jovialer Gespräche mit. »Ich wünschte, ich hätte dich heute mitnehmen können«, sagte er, zog sie in seine Arme und küsste sie lange und leidenschaftlich, bis sich alles um Beth herum drehte.

Miss Doughty kam kurz danach nach oben und brachte ihnen ein kaltes Abendessen aus Schinken und Pickles. Beth musste nicht fragen, warum sie für Theo Essen kochte, seine Wäsche wusch und sein Zimmer putzte, während die anderen vier Mieter, die Weihnachten bei ihren Familien verbrachten, allein zurechtkommen mussten. Er hatte eine Art an sich, die in allen Frauen, egal welchen Alters, das Bedürfnis weckte, sich um ihn zu kümmern.

Als Beth nach dem Essen am Kamin saß, holte Theo ihre Geige aus dem Kasten und reichte sie ihr.

»Du willst doch wohl nicht, dass ich jetzt spiele?«, fragte sie überrascht. »Wird das Miss Marchment nicht stören?«

Er schmunzelte. »Stille würde sie mehr aufregen. Dann würde sie nämlich glauben, dass ich mit dir schlafe. Aber ich dachte, dann wärst du beschäftigt, weil ich gleich noch mal los muss.«

Beth war bitter enttäuscht. »Hattest du nicht gesagt, es wäre gefährlich für dich, draußen herumzulaufen?«, fragte sie leise.

»Das wäre es, wenn ich in die Bowery wollte.« Er zuckte mit den Achseln, nahm sich seine Bürste und trat vor den Spiegel. »Aber ich habe etwas in viel angenehmeren Gegenden der Stadt zu erledigen.«

Vielleicht spürte er ihre Enttäuschung, denn er ging zu ihr und umarmte sie.

»Ich muss mich noch mit Leuten treffen und einige geschäftliche Dinge regeln«, sagte er und küsste sie zärtlich auf die Stirn. »Ich würde natürlich viel lieber hier bei dir bleiben, aber dann wäre ich versucht, mit dir zu schlafen. Wenn wir in Philadelphia sind, wird alles anders. Und du musst Geige üben, denn wenn wir dort sind, werde ich dich in den besten Läden vorstellen.«

Beth spielte tatsächlich Geige, als er weg war. Ihre Finger waren steif und schmerzten, tatsächlich tat ihr der ganze Körper weh, und es fiel ihr schon schwer, das Instrument überhaupt zu halten. Aber die Musik war ihr lange erprobter Weg, sich zu beruhigen. Sie versuchte sich nicht an den fröhlichen Jigs, die sie im Heaney's gespielt hatte, sondern an einigen traurigen, langsameren Melodien, die sie als Kind von ihrem Großvater gelernt hatte. Er hatte einmal gesagt, dass sie ihm die Schönheit Irlands zurückbrachten: dass er dann Galway Bay im Nebel liegen sehen konnte und die Berge mit ihren rosa Spitzen und die wilden Blumen in den Sümpfen im Frühling. Für Beth waren es dagegen beruhigende Klangbilder, die von Liebe und Sicherheit erzählten, denn sie sah dann die Stube in der Church Street vor sich, sah ihre Eltern nebeneinander auf dem Sofa sitzen, ihren Großvater zurückgelehnt in seinem Sessel, die Augen geschlossen und mit einem Lächeln auf dem Gesicht.

Am 28. Dezember bestiegen Beth und Theo den Zug nach Philadelphia. Theo hatte Miss Marchment erst am Abend zuvor über seine Abreise informiert, und Beth hatte ihre zornig erhobene Stimme gehört.

Theo erzählte Beth nichts über das Gespräch. Sein einziger Kommentar war, dass er Miss Marchment niemals gesagt habe, er würde für immer bleiben.

»Ich hasse es, wenn die Leute mich festnageln wollen, so als ob ich ihnen gehören würde«, fügte er hinzu, und es klang wie eine Warnung an Beth.

Es war schon dunkel, als sie in Philadelphia ankamen, und eine Droschke brachte sie den kurzen Weg vom Bahnhof zu einer Straße, in der alte Häuser aus der Föderationszeit standen. Eine kleine untersetzte schwarze Frau mit einer weißen Schürze und einem gepunkteten Turban öffnete ihnen die

Tür. »Mr Cadogan!«, sagte sie mit einem Lächeln, das so geschwungen war wie die Scheibe einer Wassermelone. »Wie schön, Sie wiederzusehen.«

»Es ist auch schön, dich wiederzusehen, Pearl«, sagte er und tätschelte ihr mit offensichtlicher Zuneigung die Wange. »Das hier ist Miss Bolton, die zu ihrem Bruder möchte.«

Pearl sah Beth interessiert an; vielleicht war sie überrascht darüber, dass sie Sam so wenig ähnelte. »Sie sind uns sehr willkommen, Miss Bolton, aber ich fürchte, Sam und Jack sind unterwegs. Sie kommen aber später wieder, also mache ich Ihnen etwas zu essen und zeige Ihnen Ihr Zimmer.«

Beth war enttäuscht darüber, dass Sam und Jack nicht da waren, um sie zu begrüßen, aber es war eine Erleichterung, in einem eleganten, gemütlichen und warmen Haus zu sein. Die Türen und Geländer waren poliert und glänzten, auf der Treppe lag ein dicker Teppich, und große Spiegel in goldenen Rahmen reflektierten das Licht der Gaslampen.

Als Pearl sie in die Küche auf der Rückseite des Hauses führte, erhaschte Beth einen flüchtigen Blick in einen luxuriösen, in Rot und Gold eingerichteten Salon, in dem ein Kaminfeuer brannte.

»Ein bisschen anders als bei Miss Marchment, was?«, sagte Theo lächelnd.

Beth hatte Lachen aus den Räumen im oberen Stock gehört, aber da weder Theo noch Pearl, von der sie annahm, dass sie die Haushälterin war, ihr etwas über die übrigen Hausbewohner sagten, aß Beth das Abendessen aus Suppe, Brot und Käse und hörte nur zu, während Theo sich mit Pearl unterhielt.

Es war klar, dass er sie genauso bezaubert hatte wie Miss Marchment, denn die Frau hing an seinen Lippen, umsorgte ihn und freute sich sichtlich darüber, dass er für eine Weile bleiben wollte.

»Ich habe einige Geschäfte zu erledigen«, sagte er zu Beth, als er mit dem Essen fertig war. »Aber Pearl kümmert sich um dich, bis Sam und Jack zurück sind. Ich sehe dich dann morgen früh.«

»Sie sehen sehr müde aus«, meinte Pearl besorgt, als Theo gegangen war. »Ich bringe Sie jetzt in Ihr Zimmer, damit Sie sich einrichten können.«

Pearl ging mit einer Petroleumlampe in der Hand voraus in den Keller, und Beth folgte ihr mit ihrer Reisetasche. Nach der Wärme in der Küche fühlte es sich hier unten kalt an, und Pearl entschuldigte sich dafür und erklärte, dass sie Beth einen warmen Ziegelstein ins Bett gelegt hatte.

»Da sind wir«, sagte sie und öffnete eine Tür, die in einen langen Flur mit unebenem Steinfußboden führte. »Das ist die Waschküche«, fuhr sie fort und deutete auf eine Tür auf der linken Seite, dann erklärte sie, während sie nach rechts deutete, dass dort Sams und Jacks Zimmer lägen.

Beths Zimmer war klein, ungefähr drei mal zwei Meter mit einem vergitterten Fenster. »Es ist sehr klein, aber wirklich ruhig«, sagte Pearl. »Sam und Jack kommen erst nach Mitternacht zurück, also erschrecken Sie sich nicht, wenn Sie etwas hören – das sind nur die beiden. Sonst kommt niemand hier runter. Wenn Sie etwas brauchen, kommen Sie einfach nach oben in die Küche, und rufen Sie.«

Das Zimmer war einfach eingerichtet: Es gab nur ein Bett aus Eisen, einen Waschtisch mit einer Zinkschüssel und einem Wasserkrug und einen schmalen Kleiderschrank. Aber es sah sauber aus und roch auch so, und Beth war so müde, dass sie nicht einmal traurig darüber war, dass Theo sie erneut allein gelassen hatte.

Nachdem Pearl nach oben gegangen war, nahm sie die Petroleumlampe und ging in das Zimmer nebenan, wo sie erleichtert Sams Hemden an einem Haken an der Wand und Jacks kariertes Jackett über einer Stuhllehne hängen sah.

Beth hatte ihre Tasche gerade ausgepackt, als eine Uhr oben zehn schlug. Weil sie Pearl noch schnell um etwas heißes Wasser zum Waschen bitten wollte, lief sie die Treppe wieder hinauf.

Die Kellertür befand sich im hinteren Teil der Halle, und als Beth sie erreichte, hörte sie Leute die Treppe aus dem ersten Stock herunterkommen. Da sie annahm, dass es Familienmitglieder waren, die so spät keiner Fremden mehr begegnen wollten, zog Beth sich hinter die Tür zurück.

An der Wand gegenüber hing ein großer Spiegel, und plötzlich sah sie vier junge Frauen darin.

Sie keuchte schockiert auf, denn es waren nicht die ruhigen jungen Damen, die sie erwartet hatte zu sehen, sondern spärlich bekleidete, leichte Mädchen, deren grellbunte Kleider aus Satin und Spitze ihre Brüste und Beine zum Teil entblößten.

Es war offensichtlich, was sie waren, und auch, was für ein Haus das hier war, denn Amy und Kate hatten ihr mehr als einmal ähnliche Kleider gezeigt. Selbst Ira hatte in ihrem Laden eine spezielle Abteilung, wo sie solche Sachen anbot.

Alle vier Frauen, eine Blonde, zwei Brünette und eine Rothaarige, waren jung und hübsch, und sie kicherten alle über einen gemeinsamen Witz.

»Wenn er nicht in zehn Minuten fertig ist, dann muss er zehn Dollar extra zahlen«, sagte die Rothaarige und lachte lauthals.

Beth trat zurück auf die Kellertreppe und schloss leise die Tür, so entsetzt, dass es ihr plötzlich egal war, ob sie sich waschen konnte. Sie wollte glauben, dass es eine andere Erklärung gab, aber sie wusste, dass sie den Tatsachen ins Auge sehen musste.

Theo hatte sie in ein Bordell gebracht.

20

Beth lag steif in dem schmalen Bett, zu aufgewühlt, um zu schlafen. Es war sehr ruhig im Keller, aber wenn sie sich anstrengte, dann konnte sie von oben Gelächter und das Klimpern eines Klaviers hören.

Der Gedanke, dass diese Frauen ihre Körper an Männer verkauften, war schlimm genug, aber noch wütender war sie darüber, dass Theo sie hergebracht hatte, ohne sie vorzuwarnen.

Konnte es sein, dass er sie für zu dumm oder zu naiv hielt, um zu merken, was für ein Haus das hier war? Oder gab es einen teuflischeren Grund – plante er etwa, sie für dieses Geschäft zu rekrutieren?

Sie hatte keine Ahnung, wie spät es war, als sie endlich Jacks und Sams Stimmen auf dem Flur hörte, aber sie nahm an, dass es nach ein Uhr morgens sein musste. Sie sprang aus dem Bett, warf sich nur schnell einen Schal über ihr Nachthemd und rannte barfuß in das Zimmer nebenan.

»Beth!«, rief Sam. »Wir hatten noch gar nicht mit dir gerechnet.«

Es war klar, dass beide getrunken hatten, denn sie standen unsicher auf den Füßen, und ihre Augen waren glasig.

Sie erzählte ihnen aufgeregt, was sie gesehen hatte und wie wütend sie darüber war, dass Theo ihr nichts erzählt hatte. »Hat er euch gesagt, was das hier für ein Haus ist, bevor ihr herkamt?«, fragte sie.

»Ja, hat er«, antwortete Jack ein bisschen verlegen. »Aber er hat erklärt, dass wir im Keller wohnen würden und nichts mit dem zu tun hätten, was da oben passiert. Wir benutzen nicht mal den Eingang, wir gehen durch die Kellertür.«

»Reg dich nicht auf, Schwesterchen«, sagte Sam und lallte dabei ein bisschen. »Es ist nur ein Ort, an dem wir bleiben, bis wir etwas anderes finden, und wir haben auch schon Arbeit. Außerdem ist es ja nicht so, dass du noch nie Huren begegnet wärst. Kate und Amy waren deine Freundinnen.«

Beth war in ihrer Naivität davon ausgegangen, dass Sam nicht ahnte, womit ihre Freundinnen in New York ihr Geld verdienten, und sie war verlegen deswegen. »Aber Theo hat es mir nicht gesagt«, jammerte sie.

»Geh wieder ins Bett«, verlangte Sam ungeduldig. »Ja, Theo ist ein kleiner Schuft. Warum, glaubst du, habe ich dich so ungern bei ihm gelassen? Aber wir haben ein Dach über dem Kopf und einen Job, und alles ist gut. Wir reden morgen weiter.«

Beth sah Jack flehend an, aber er zuckte nur mit den Schultern. »Es gibt schlimmere Orte als Bordelle«, meinte er.

Es war am nächsten Morgen gerade hell geworden, als Beth Theos Stimme hörte. Es klang, als wenn er sich oben in der Küche mit jemandem unterhielt. Voller Wut, dass er sie nicht nur betrogen, sondern auch noch ihren Bruder und ihren Freund korrumpiert hatte, zog sie sich an und rannte nach oben.

Er saß ruhig am Tisch, trank eine Tasse Kaffee und redete mit Pearl. Sein zerzaustes Haar und der dunkle Schatten auf seinem Kinn bewiesen, dass er die ganze Nacht aus gewesen war.

»Wie konntest du mir das antun?«, fuhr sie ihn an, bevor er ihr einen guten Morgen wünschen konnte. »Du hast mich glauben lassen, dass du mich an einen anständigen Ort bringst. Das hier ist ein Bordell!«

Es war ihr egal, ob sie Pearl damit beleidigte, und als er über ihre Entrüstung lachte, wollte sie ihm in sein hübsches Gesicht schlagen.

»Jetzt komm schon, Beth«, sagte er und klopfte auf den Stuhl neben sich, damit sie sich zu ihm setzte. »Glaubst du wirklich, dass anständige Leute jemanden aufnehmen würden, die auf der Flucht vor New Yorker Schlägertypen sind?«

Das war etwas, das Beth nicht bedacht hatte, und es nahm ihr den Wind aus den Segeln.

»Ich glaube, du solltest sehr dankbar sein, dass eine so nette Person wie Pearl das Risiko eingegangen ist, sich Ärger einzuhandeln«, fügte er tadelnd hinzu.

Beth blickte Pearl an, die immer noch ihr Nachthemd und eine kleine Spitzenhaube über dem Haar trug. Ihr freundliches Gesicht sah besorgt aus, und Beth schämte sich ein bisschen für ihren Ausbruch, denn die Frau hatte sie gestern Abend so herzlich empfangen. Außerdem schien Pearl auch nicht die Haushälterin, sondern die Besitzerin dieses Hauses zu sein. »Du hättest mich warnen können«, sagte sie. »Es war so ein Schock.«

»Du hättest so schlau sein können, es selbst zu merken.« Theo seufzte und fuhr sich mit den Fingern durchs Haar. »Du wurdest monatelang von Heaney bezahlt, du hast in einem Laden gearbeitet, in dem die meisten der New Yorker Huren ihre Kleider kaufen, ich dachte wirklich, das hätte dir die Augen für die Realität geöffnet. Außerdem hast du deine eigene Anständigkeit eingebüßt, als du das erste Mal öffentlich aufgetreten bist.«

Beth starrte ihn einen Moment lang an, weil sie kaum glauben konnte, was er da sagte, aber dann, als ihr klar wurde, dass er vermutlich recht hatte, brach sie in Tränen aus.

Es war Pearl, die zu ihr kam, um sie zu trösten.

»Na, na, nun regen Sie sich nicht auf«, sagte sie und drückte Beth gegen ihren ausladenden Busen. »Hier wird Ihnen nichts passieren, Sie müssen den Mädchen nicht mal begegnen, wenn Sie das nicht möchten. Aber wenn Sie mit Ihrem Geigenspiel Geld verdienen wollen, dann müssen Sie damit leben, dass Sie als leichtes Mädchen angesehen werden.«

»Aber warum?«, schluchzte Beth. »Niemand denkt schlecht über einen Mann, der ein Instrument spielt. Ich bin kein leichtes Mädchen, ich liebe nur Musik.«

»Es ist eine Männerwelt, Schätzchen. Tänzerinnen, Sängerinnen, Schauspielerinnen und Musikerinnen – sie sind alle gebrandmarkt«, tröstete Pearl sie. »Sie können Miss Prüde-ich-gehe-jeden-Sonntag-in-die-Kirche sein, aber dann dürfen sie auch nur langweilige Kleider tragen, müssen sich einen anständigen Job suchen und werden ein langweiliges Leben führen. Aber wenn Sie gerne Miss Frech, die Geigenspielerin, sein wollen, die bis mittags schläft und jede Menge Spaß hat, dann müssen Sie lernen, nicht auf das zu hören, was andere über Sie sagen.«

»Wofür wirst du dich entscheiden, Beth?«, fragte Theo. »Ich habe dir nämlich für heute Abend ein Debüt organisiert.«

Beth löste sich aus Pearls Armen, wischte sich über die Augen und blickte in die seinen dunklen in der Hoffnung, Liebe darin zu entdecken. Sie konnte Belustigung darin sehen, aber das war alles.

»Dann schätze ich, dass ich spielen muss«, sagte sie leichthin. »Es wäre nicht richtig, dich im Stich zu lassen, nachdem du dir so viel Mühe gegeben hast.«

Vielleicht würde er sie eines Tages lieben, wenn sie ihn weiter amüsierte.

»So, hier, Schätzchen«, sagte Pearl, als sie Beth ihr rotes Kleid reichte, das sie für sie gebügelt hatte. »Und ich habe einen sehr hübschen roten Haarschmuck, den du dir leihen kannst, wenn du magst.«

Es war sechs Uhr abends, und Beth war es gelungen, ihren Schock über die Art des Hauses zu überwinden, weil es niemand Netteren geben könnte als Pearl.

Nach ihren Worten heute Morgen war Theo in seinem Zimmer verschwunden, das im Keller etwas weiter den Gang hinunter lag. Pearl hatte ihr gesagt, dass Jack und Sam erst gegen Mittag wieder auftauchen würden, und wie es schien, waren auch die Mädchen oben Langschläfer.

Nachdem Beth sich richtig gewaschen und angezogen hatte, war sie nach oben gegangen, um Pearl ihre Hilfe bei der Hausarbeit anzubieten, weil sie wegen ihrer unhöflichen Bemerkung immer noch ein schlechtes Gewissen hatte. Pearls breites Lächeln zeigte ihr zwar, dass sie ihr Angebot zu schätzen wusste, aber sie kochte prompt eine weitere Kanne Kaffee und machte Beth klar, dass sie sich lieber nur unterhalten anstatt sich um den Haushalt kümmern wollte.

Beth hatte in Liverpool viele Schwarze gesehen, und noch mehr, seit sie nach Amerika gekommen war, aber Pearl war die Erste, mit der sie wirklich sprach. Sie war intelligent, lustig und freundlich. Selbst ihrer Stimme hörte man gerne zu, denn sie war tief und melodiös, mit einem ganz leichten Südstaaten-Akzent.

Aber das Erstaunlichste an ihr war ihr Alter. Ihr Gesicht war faltenlos, sie bewegte sich trotz ihres Bauchs elegant und schnell, und Beth glaubte, dass sie nicht älter als vierzig sein konnte. Aber wenn die Geschichten stimmten, die sie ihr erzählte, und Beth glaubte sie, dann war sie über sechzig, und sie gestand Beth lachend, dass sie nur deswegen einen Turban oder eine Kappe trug, weil ihr Haar schneeweiß war.

Sie erzählte Beth, dass sie als Sklavin in Mississippi geboren worden sei, aber dass sie und ihre Mutter geflohen seien, als sie dreizehn war, und dass ein paar Abolitionisten in Kansas ihnen geholfen hätten.

»Die Leute fuhren in Güterzügen nach Westen«, erklärte sie. »Es waren fast alles gute Leute, und wir gingen mit ihnen und halfen ihnen mit ihren Kindern, der Wäsche und dem Kochen im Austausch gegen Essen. Wir wollten bis nach Oregon, aber plötzlich hieß es, man hätte in San Francisco Gold gefunden, und ganz viele Leute sprangen aus dem Zug und wollten stattdessen dorthin gehen. Ma fand, dass wir das auch tun sollten, weil wir dort als Köchinnen Arbeit finden würden.«

Beth hörte fasziniert zu, während Pearl beschrieb, wie sie auf dem Weg nach Kalifornien durch die Sierra Nevada gewandert und vom Winter überrascht worden waren. »Es war so kalt, und der Schnee lag so hoch, dass wir dachten, wir würden dort sterben, wie einige andere Leute«, sagte sie. »Aber wir gelangten irgendwie nach San Francisco. Es gab nicht allzu viele Frauen dort, und es war ein wilder, rauer Ort, aber Ma hatte recht, Köchinnen wurden dringend gebraucht. Wir stellten direkt nach unserer Ankunft unser Zelt auf, kochten einen großen Topf Stew und verkauften es für zehn Cent die Schüssel. Die Leute rissen es uns aus der Hand.«

Beth erwartete, dass Pearl ihr sicher gleich gestehen würde, dass sie und ihre Mutter es irgendwann einfacher gefunden hatten, statt Stew ihre Körper zu verkaufen, aber sie irrte sich. Sie hatten weiter gekocht und mit der Zeit sowohl die Preise erhöht als auch ihr Angebot an Speisen vergrößert. Sie ließen sich von den Goldgräbern für das Waschen und Ausbessern ihrer Kleidung bezahlen und eröffneten sogar ein »Hotel«.

»Das war ganz sicher ein Hotel, wie du's noch nie gesehen hast.« Pearl kicherte. »Nur ein großes Zelt, und unsere Gäste bekamen Strohsäcke auf den Boden gelegt und brachten ihre Decken selbst mit. Wir bauten auch ein Badehaus dahinter. Ich konnte die Eimer mit dem heißen Wasser kaum vom Feuer heben, weil sie so schwer waren. Aber wir verdienten Geld, mehr, als wir es uns je erträumt hätten. 1852 ließen wir ein richtiges Hotel bauen, ein tolles Haus mit Möbeln und Spiegeln aus Frankreich, aber inzwischen waren vornehme Frauen angekommen, und die wollten nicht in einem Hotel wohnen, das von Negern geführt wurde. Sie waren wirklich gemein zu uns; wenn es nach ihnen gegangen wäre, dann hätten sie uns aus der Stadt gejagt. Also machte Ma aus dem Hotel ein Bordell, um ihnen eins auszuwischen.«

Sie lachte lauthals darüber, und Beth stimmte mit ein, denn inzwischen sah sie das Ganze mit Pearls Augen. »Aber dadurch wurdest du doch bestimmt noch schneller aus der Stadt gejagt, oder?«, fragte sie lachend.

Pearl stemmte die Hände in ihre breiten Hüften und rollte mit den Augen. »Ma wusste eine Menge über Männer, vor allem über die feinen Pinkel, die der Gemeinde vorstanden. Sie stellte die Art von Mädchen an, hinter denen diese Männer her waren und die sie winselnd wiederkommen ließen. Die vornehmen Damen kreischten, dass unser Haus geschlossen werden müsse, und ihre Männer nickten und stimmten ihnen zu, aber dieselben Männer kamen durch den Hintereingang, wann immer sie die Gelegenheit dazu hatten.«

Beth konnte verstehen, warum Männer lieber mit Pearl und ihrer Mutter zusammen waren. Sie konnte sich diese kaltherzigen Frauen mit den scharfen Gesichtszügen genau vorstellen, wie sie sich beim Nachmittagstee das Maul zerrissen, während sich ihre aufgeblasenen, aber sexhungrigen Ehemänner woanders amüsierten. »Und was war mit dir?«, fragte sie. »Was war deine Rolle bei dieser ganzen Sache?«

»Tagsüber putzte ich die Zimmer, kochte und wusch, aber abends sang ich in der Bar«, sagte Pearl. »Ich war nie eine Hure. Ich will nicht behaupten, dass ich keine Männer im Bett gehabt hätte. Aber ich habe nie Geld dafür genommen.«

Beth glaubte ihr. »Kannst du gut singen?«, fragte sie.

»Das haben die anderen behauptet«, erwiderte Pearl bescheiden. »Ich habe das Singen schon als kleines Kind geliebt; für mich war es so selbstverständlich wie Atmen. Ich musste einfach singen – es war, als würde mein Geist fliegen können. Aber ich schätze, so geht es dir auch mit deiner Geige. Ich war damals jung und hübsch, ich liebte die Aufmerksamkeit und die Kleider aus Seide und Satin, ich liebte es, dass die Männer mich ansahen, als würden sie mich lieben. Ich hatte es weit gebracht für eine barfüßige und hungrige Sklavin, die hilflos ihrem Herrn ausgeliefert war.«

Beth nahm an, dass Pearls Mutter vermutlich mit ihrer Tochter geflohen war, um sie vor diesem Herrn zu beschützen. Obwohl Beth nicht so harte Zeiten erlebt hatte wie Pearl, verstand sie die Sehnsucht, im Rampenlicht zu stehen. »Genauso fühle ich mich auch, wenn ich spiele«, stimmte sie zu. »Ich weiß, ich war keine Sklavin, aber man kann trotzdem durch seine Herkunft und die Art und Weise, wie man erzogen wurde, eingesperrt sein.«

»Ehrbarkeit.« Pearl nickte heftig. »Ich bin noch nie ehrbar

gewesen, und ich werde es nie sein. Aber ich werde von meinen Mädchen respektiert und von den Männern, die herkommen. Mehr brauche ich nicht.«

Sie erzählte Beth, dass ihre Mutter von einer Kutsche überfahren und verkrüppelt worden war und dass sie glaube, dass es kein Unfall gewesen war. Ihre Mutter konnte nie wieder laufen, und Pearl musste sich um sie und um das Geschäft kümmern. »Aber ich blieb, bis sie zehn Jahre später starb. Ich wollte die nicht gewinnen lassen«, erklärte sie stolz. »Dann habe ich den Laden verkauft und kam her und kaufte diesen.«

»Warum hier?«, fragte Beth.

Pearl lächelte. »Wegen einem Mann, Schätzchen, warum sonst wäre ich durch das ganze Land gereist?«

»Ist es Frank, der Freund, den Theo erwähnte?«

Pearl nickte. »Er ist gut zu mir und ein echter Gentleman, aber ein Spieler und ein Charmeur wie Theo. Und jetzt hör gut zu, was ich dir sage! Träume niemals von ›Glücklich bis an ihr Lebensende‹. Das gibt es mit Männern wie Frank oder Theo nicht. Du kannst Spaß mit ihnen haben, aber du musst das, was du verdienst, und alles, was er dir gibt, gut im Auge behalten. Schenke ihm deinen Körper, aber nicht dein Herz, denn er wird es dir brechen.«

Beth wollte Pearl gerade bitten, das noch weiter auszuführen, als die Frauen runter in die Küche kamen. Die Blonde mit dem schmollenden Gesichtsausdruck war Missy, die beiden Brünetten waren Lucy und Anna, und die wunderschöne Rothaarige war Lola. Missy, Lucy und Anna waren nicht älter als achtzehn, Lola vielleicht dreiundzwanzig. Alle vier trugen Morgenmäntel und Hausschuhe, und ihre Gesichter waren blass, weil sie so wenig an die frische Luft kamen.

Beth spürte, dass sie nicht sehr glücklich darüber waren, eine fremde Frau in ihrer Mitte zu haben. Sie entschuldigte sich und ging zurück in den Keller, um zu sehen, ob Sam und Jack wach waren.

Das waren sie, aber beide hatten Kopfschmerzen vom Trinken am Abend zuvor. Jack ging in die Küche, um ihnen Kaffee zu holen und Beth die Gelegenheit zu geben, mit ihrem Bruder allein zu sprechen.

»Ich bin irgendwie über den Schock hinweg, dass wir in einem Bordell wohnen«, sagte sie vorsichtig. »Ich habe mich mit Pearl unterhalten, und ich mag sie. Ich schätze, letzte Nacht hatte ich einfach Panik, aber das war Theos Schuld. Er hätte mich vorwarnen können.«

»Ich habe mir Sorgen gemacht, wie du wohl darauf reagieren würdest«, gestand Sam.

»Pearl hat mich die Dinge aus einem anderen Blickwinkel sehen lassen«, erwiderte Beth. »Aber genug davon. Erzähl mir von euerm neuen Job.«

»Ich bin Manager im Bear, einem großen Saloon nur ein paar Straßen von hier«, sagte Sam. »Jack lernt alles von der Pike auf, die Bar und den Keller. Aber Frank Jasper, der Besitzer, hat auch mehrere Spielsalons, und er will mich dort einführen. Er ist toll, Schwesterchen, nicht so wie Heaney, ein echter Südstaaten-Gentleman.«

Beth lächelte. Sie fragte sich, ob er wusste, dass Frank Pearls Liebhaber war oder gewesen war. Irgendwie bezweifelte sie das, Sam war nicht so an Leuten interessiert wie sie. »Bezahlt er gut?«, erkundigte sie sich.

»Wir sind noch nicht lange genug da, um beurteilen zu können, wie es sich entwickeln wird«, antwortete er. »Aber er hat uns beiden gestern Abend zehn Dollar gegeben und gemeint, dass er im neuen Jahr darüber mit uns sprechen würde. Wir müssen auch für unsere Unterkunft hier nichts bezahlen, und Pearl ist eine gute Köchin.«

»Theo sagt, er hätte heute Abend einen Auftritt für mich organisiert. Meint er damit den Saloon, in dem ihr arbeitet?«

»Ich schätze ja, weil Frank, als wir ankamen, sofort wissen wollte, wann du kommst. Offenbar hat Theo ihm schon vor einiger Zeit von dir erzählt. Du wirst gut ankommen, Schwesterchen, es ist ein guter Laden, da geht es nicht so wild zu wie bei Heaney.«

»Wie verstehst du dich denn mit den Mädchen von oben?« Beth hob fragend die Augenbrauen.

Sam grinste schelmisch. »Pearl lässt es sie nicht für umsonst machen, das hat sie schon an unserem ersten Abend klargestellt. Und außerdem sehen wir sie kaum. Wir gehen nur rauf, wenn Pearl uns zum Essen ruft.«

Sie unterhielten sich noch eine Weile, und Beth erzählte ihm, wie es über Weihnachten gewesen war.

»Ich hoffe, Theo hat sich benommen.« Sam schnaubte. »Ich mag ihn, aber ich traue ihm nicht.«

»Pearl scheint viel von ihm zu halten.«

»Sie mag einfach Männer«, sagte Sam überlegen. »Und ich schätze, in ihrem Alter muss sie sich keine Sorgen mehr darüber machen, ob man einem von ihnen trauen kann oder nicht. Aber jetzt, wo du da bist, werden Jack und ich auf dich aufpassen.«

»Ich kann auf mich selbst aufpassen, danke schön«, erklärte Beth, schwächte aber ihre Bemerkung mit einem Lächeln ab. »Ich lasse dich jetzt allein, damit du dich anziehen kannst, und vielleicht könntest du mir und Jack ein bisschen die Gegend zeigen, solange es noch hell ist. Ich möchte nicht so blass werden wie die Mädchen oben.«

Der Haarschmuck, den Beth von Pearl bekommen hatte, war ein mit roten Federn und Perlen besetzter Kamm. »Frank hat ihn mir geschenkt, als wir uns in Frisco kennenlernten«, sagte sie, als sie ihn Beth oben in der Küche ins Haar steckte. »Er war mein Glücksbringer, ich trug ihn immer bei meinen Auftritten. Du siehst damit noch hübscher aus als ich, und ich glaube, Frank wird sich freuen, ihn wiederzusehen. Er weiß, dass ich dich mag.«

Beth ging in den Flur und betrachtete sich in dem großen Spiegel. Der stramme Spaziergang durch die Stadt mit Sam und Jack hatte Farbe in ihre Wangen gebracht, und die Art, wie Pearl ihr einige Locken seitlich mit dem Kamm hochgesteckt hatte, verlieh ihr ein elegantes Aussehen. Sie fühlte sich immer ein bisschen unwohl dabei, das rote Kleid anzuziehen, weil es so tief ausgeschnitten war, aber die Federn im Haar bildeten ein schönes Gegengewicht.

Pearl beobachtete Beth von der Küche aus und lächelte in sich hinein. Das Mädchen sah umwerfend aus mit seinen schwarzen Locken, die auf die zarte Haut seiner Schultern fielen. So ein hübsches, ausdrucksvolles Gesicht mit großen Augen, vollen Lippen, genau die Art von Frau, die sich jeder Mann wünschte.

Sie wünschte, sie könnte Beth heute Abend begleiten, um sie spielen zu hören, aber ihr Platz war hier. Und Frank würde ihr ja davon berichten.

Da Sam und Jack schon früher zur Arbeit gegangen waren, begleitete Theo Beth in den Bear. Er trug seine normalen Sachen: ein weißes Hemd, eine Fliege, einen tadellos sitzenden Frack, einen Zylinder und einen schweren, satingefütterten Mantel, der ihm offen über die Schultern hing.

»Der Saloon heißt Bear, weil sich der Besitzer einer alten Kneipe in der Nähe einen Bären im Hinterhof hielt«, erzählte Theo, während sie die Straße entlanggingen. »Wenn jemand Ärger machte, dann drohte er ihm, ihn dem Bären vorzuwerfen.«

Beth wusste, dass er nervös war, denn er erzählte ihr oft alte Geschichten, um seine Gefühle zu verbergen. Sie wusste nicht, ob er befürchtete, dass sie heute Abend die Erwartungen vielleicht nicht erfüllen konnte oder dass sie sich erneut über das Bordell beklagen würde. Oder vielleicht war er auch nur angespannt, weil er später Karten spielen würde.

Sie fragte nicht nach, denn sie war selbst so aufgeregt, dass ihr ganz übel war. Ihr Verstand sagte ihr, wenn sie im Heaney's spielen konnte, dann konnte sie das überall. Aber damals hatte sie niemand angepriesen; wenn sie versagt hätte, dann hätte sie sich nur selbst blamiert. Sie wusste jedoch, dass Theo, Sam und Jack hier schon sehr von ihr geschwärmt hatten, also würden sie alle dumm dastehen, wenn ihr Auftritt eine Katastrophe war.

Ihr Magen zog sich heftig zusammen, als sie in den Bear gingen. Der Saloon war viel größer als das Heaney's, und die hohe Decke und die schmalen Fenster, die zweieinhalb Meter über dem Boden lagen, deuteten darauf hin, dass das Gebäude eine ehemalige Lagerhalle war, in der ein neuer Holzfußboden verlegt worden war. Eine lange Bar verlief an einer Seite; an der anderen standen auf einem breiten Podest hinter einem niedrigen Geländer Tische und Stühle. Die Bühne lag am anderen Ende gegenüber der Tür. Neues elektrisches Licht war installiert worden und funkelte in den großen Spiegeln hinter der Bar.

Es war schon sehr voll, die Männer standen dicht an dicht an der Bar und warteten darauf, von den Barkeepern bedient zu werden, und zwei zusätzliche Kellner brachten Bestellungen zu denen, die auf dem Podest saßen. Es herrschte auch eine ganz andere Atmosphäre als im Heaney's, vielleicht, weil es mehr Frauen gab. Nicht die Art von leichten Mädchen, die Beth sonst in den Saloons gesehen hatte, sondern normale, gut und dezent gekleidete Frauen, die in Büros oder Geschäften arbeiteten. Sie hatte Angst, vor ihnen zu spielen, denn sie würden das sicher missbilligen.

Sie konnte Sam und Jack hinter der Bar bedienen sehen, aber sie schienen sie nicht zu bemerken.

»Ich bringe dich jetzt zu Frank«, sagte Theo, nahm ihren Arm und führte sie hastig an den Tischen vorbei.

Beth umklammerte mit beiden Händen ihren Geigenkasten, als sie durch eine Tür neben der Bühne und einen kurzen Flur hinuntergingen und vor einer weiteren Tür stehen blieben, an die Theo klopfte.

»Er ist ein netter Mann. Hab keine Angst«, flüsterte er.

Frank Jasper war ein riesiger, bulliger Mann mit einer Glatze, einem dicken Nacken, einer breiten Nase und pockennarbiger Haut. Er sah aus wie ein Mann, der sich auf die harte Tour nach oben gearbeitet hatte, aber sein eleganter Abendanzug zeugte von seinem Erfolg.

»Das ist also unsere kleine Geigenspielerin«, sagte er zu Theo, nachdem er Beth gemustert hatte. »Ich hoffe sehr, dass sie so gut ist, wie du behauptest, sonst werfen die Leute sie dem Bären vor.«

Beth hatte damals noch keine Ahnung, dass Frank die Angewohnheit hatte, den Bären, nach dem sein Saloon benannt war, als Witz zu benutzen. Sie glaubte, er wollte damit sagen, dass die Gäste hier sehr schwer zufriedenzustellen waren, und zitterte wie Espenlaub. Die Größe des Saloons bereitete ihr ebenfalls Sorgen – sie war nicht sicher, ob man sie über den Lärm von ein paar Hundert Gästen überhaupt hören würde.

Die Männer ließen sie für die letzten nervenaufreibenden zwanzig Minuten in Franks Büro allein. Frank hatte ihr nicht gesagt, wie lange sie spielen sollte oder was für Nummern, und während sie wartete, beschloss sie, dass sie lieber wieder Wäschemagd sein wollte, als diese Art von Panik zu durchleiden. Sie überlegte gerade, ob es irgendwo eine Hintertür gab, durch die sie verschwinden konnte, als Jack hereinkam, um sie zu holen.

»Ich habe zu viel Angst«, gestand sie. »Ich werde nicht eine Note spielen können.«

Sogar er sah fremd aus mit seiner gestreiften Barkeeper-Schürze und der Fliege, und der Lärm, der aus dem Saloon drang, wurde mit jeder Minute lauter.

Jack legte ihr den Arm um die Schultern. »Du schaffst das schon, Beth, du bist da oben nicht allein, Frank hat einen Kontrabassspieler und einen Pianisten für dich engagiert.«

»Hat er?« Beth fühlte sich sofort sicherer. »Aber warum hat er mir das nicht gesagt?«

»Vielleicht wollte er sehen, ob du die Nerven verlierst«, erwiderte Jack mit einem Grinsen. »Du gehst jetzt da rein und zeigst ihnen, was du draufhast.«

Beth schlüpfte aus ihrem Mantel und nahm die Geige und den Bogen vom Tisch, wo sie beides hingelegt hatte. »Ich bin bereit.«

Als Jack die Tür zur Bar öffnete, hörte sie jemanden eine Glocke läuten, um für Ruhe zu sorgen.

Dann sprach Frank, begrüßte die Gäste im Bear, und Jack hielt Beth zurück, bedeutete ihr, dass sie warten solle, bis sie vorgestellt wurde. »Die meisten von euch kennen bereits Herb am Klavier und natürlich Fred am Kontrabass«, sagte Frank. »Aber einige von euch haben gesagt, dass sie auch jemanden auf der Bühne sehen wollen, der gut aussieht. Also spielt heute Abend, zum ersten Mal in Philadelphia, ein lebendes englisches Püppchen für uns. Ich habe gehört, dass sie in New York ›Gypsy‹ genannt wurde, weil sie mit ihrer Geige alle Füße wippen lässt. Ein Applaus für Miss Beth Bolton!«

»Geh«, sagte Jack und gab ihr einen Schubs in Richtung Bühnenstufen.

Wieder Applaus zu hören war wie ein großer Schluck Rum, und Beth rannte die Stufen hinauf und verbeugte sich vor dem Publikum, dann wandte sie sich schnell an den Pianisten, einen älteren Mann mit einem traurigen Gesicht. »›Kitty O'Neill's Champion‹?«, fragte sie.

»Sicher«, antwortete der Mann mit einem Lächeln und nickte dann dem Kontrabassspieler zu.

Die beiden Musiker spielten eine Einleitung, und Beth lächelte das Publikum an, während sie sich die Geige fest unter das Kinn klemmte und den Bogen hob. Die Angst war jetzt weg, sie stand wieder auf der Bühne, wo sie hingehörte, und spielte einen ihrer irisch-amerikanischen Lieblings-Folksongs. Sie würde von jetzt an Miss Frech sein und das Herz jedes Mannes im Saloon erobern.

Frank nahm die Zigarre aus dem Mund und beugte sich zu Theo über den Tisch. »Diesmal hast du mir keinen Bären aufgebunden – sie ist heiß.«

Theo nickte und lächelte. Seine Brust war vor Stolz geschwellt, denn Beth war nicht nur heiß, sie setzte die ganze

Hütte in Flammen. Er hatte Angst gehabt, dass sie nach der Tortur im Keller ihr Feuer verloren haben könnte, aber sie spielte sogar noch besser als im Heaney's.

Frank und er saßen an einem Tisch auf dem Podest an der Seite des Saloons und hatten eine exzellente Sicht auf die Bühne. Beth wirkte dort sehr klein, wie eine scharlachrote Flamme in ihrem roten Kleid. Sie hatte die Menge schon mit »Kitty O'Neill« erobert, aber dann hatte sie »Tom Dooley«, »Days of '49« und »The Irish '69« gespielt, alles Lieder, die Amerikanern sehr viel bedeuteten. Aber richtig gut kamen ihre schnellen irischen Jigs an, und unten im Zuschauerraum konnte man Hunderte von Köpfen nicken und Füße im Takt klopfen sehen.

Theo grinste Frank an. »Dann habe ich die hundert Mäuse gewonnen?«

»Sicher, du alter Gauner. Sie ist gut. Ich schätze, Pearl mag sie auch, sie trägt ihre Federn.«

Theo nahm seinen Whiskey und trank ihn in einem Zug aus. Er war ein zufriedener Mann: Er hatte seine Wette gewonnen, Sam und Jack hatten sich als Gewinn herausgestellt, und er konnte sich an alle Spieltische in Philadelphia setzen. Und seine kleine Zigeunerin verführen.

21

»Und, wie gefällt dir mein neues Zuhause?«, fragte Theo. »Bist du sprachlos, weil es so großartig ist?«

Beth kicherte. Sie hatte heute Abend im Bear ein bisschen zu viel getrunken, und Theo hatte sie überredet, mit ihm hierherzukommen.

Er scherzte über die Größe. Es waren nur zwei Zimmer über einem Stall, ganz ähnlich wie die beiden, in denen sie mit Sam am Falkner Square gewohnt hatte. Die Ausstattung war allerdings viel hübscher – dicke Vorhänge, ein heller Teppich auf dem Boden und ein altes Brokatsofa, das in ein Herrenhaus gepasst hätte. Aber wirklich schön war die Wärme, die aus einem dicken emaillierten Ofen kam, der mitten im Wohnzimmer stand. Draußen auf der Straße lag der Schnee fast einen Meter hoch, und Beth hatte erwartet, dass es hier drin genauso kalt sein würde.

»Ich bin beeindruckt darüber, wie warm und aufgeräumt es hier ist«, sagte sie und sprach langsam, um nicht zu lallen.

»Das ist nicht mein Verdienst«, erwiderte Theo und öffnete die Ofentür, um noch eine Schaufel Kohlen nachzulegen. »Ich habe ein Zimmermädchen. Also, eigentlich arbeitet sie für die Leute, von denen ich die Wohnung gemietet habe, aber ich habe ihr ein paar Silberdollar gegeben, und jetzt kümmert sie sich auch um mich. Sie ist alt und hässlich wie die Nacht, aber ich weiß es zu schätzen, wie gemütlich sie es mir macht.«

Beth lächelte. Theo würde immer eine Frau finden, die ihn von vorne bis hinten bediente. Pearl hatte nicht gewollt, dass er auszog, denn er hatte sie mit seinem Charme genauso eingewickelt wie vorher Miss Marchment und Miss Doughty.

»Das reicht, um das Feuer die Nacht über brennen zu lassen«, sagte Theo und schloss die Ofentür wieder.

Es war jetzt Anfang März, aber schon als die Kirchenglocken an Silvester geläutet hatten, um das Jahr 1896 willkommen zu heißen, und sie erst ein paar Tage in Philadelphia gewesen war, hatte Beth gewusst, dass sie hier glücklich sein würde.

Pearls vornehmem Kolonialzeit-Haus an der Spruce Street sah man von außen nicht an, was hinter der glänzenden, schwarz gestrichenen Tür vor sich ging, doch ganz in der Nähe in der Camac Street und in den vielen kleinen Gassen, die davon abgingen, gab es jede Menge Bordelle, Spielsalons und Saloons. Die anständigen Leute beklagten die Kriminalität und den Lärm, aber für Beth und die Männer war die ganze Gegend eine ungewöhnlich bunte und fröhliche Exklave von Freigeistern, die nicht an die strengen gesellschaftlichen Moralvorstellungen gebunden waren, die sonst überall in der Stadt herrschten.

Der Bear lag zwischen Pearls Straße und der Camac Street. Obwohl die meisten Gäste hart arbeitende Handwerker aus der Gegend waren, zogen die vielen Künstler, Musiker, Tänzerinnen und Schauspielerinnen, die ebenfalls häufig kamen, auch viele Leute aus der Mittel- und Oberschicht an, die gerne an Orten gesehen wurden, die als nicht ganz salonfähig galten.

Beth merkte bald, dass die meisten Männer, die an Freitagabenden zu Pearl oder in die anderen Bordelle kamen, Geschäftsleute und Industriebosse waren. Sie hatte auch von

Damen aus der Oberschicht gehört, die ihre Diener schickten, um ihnen in den Spelunken am Kai Opium zu besorgen. Selbst Ma Connelly, die winzige Irin, die bei ungewollten Schwangerschaften half, behauptete, dass sie mehr Kundinnen aus der Oberschicht habe als Huren oder Dienstmädchen.

Philadelphia bedeutete »Die Stadt der brüderlichen Liebe«, und es war ganz sicher ein freundlicherer Ort als New York, denn hier fehlte das Bedrohliche und Gefährliche, das sie dort oft wahrgenommen hatte. Es mochte genauso viel Armut geben, vor allem unter den Schwarzen und den Iren, aber alles in allem schienen sich die Einwanderer hier besser eingelebt zu haben, und die verschiedenen Nationalitäten waren besser integriert.

Es war schrecklich kalt gewesen. An ihrem neunzehnten Geburtstag im Februar hatte es einen Schneesturm mit meterhohen Schneewehen gegeben. Aber in Pearls Küche war es immer warm, und »der Bär« lag nur ein paar Straßen entfernt. Wenn sie abends spät nach Hause kam, wärmte immer ein heißer Backstein ihr Bett, und wenn sie morgens aufwachte, roch es nach gebratenem Schinken oder Pfannkuchen.

An den Abenden, an denen sie nicht Geige spielte, arbeitete sie trotzdem im Saloon, servierte Getränke und sammelte Gläser ein, und sie hörte den anderen Musikern und Sängern zu. Sie hatte auch viele Freunde gefunden, sowohl unter den Gästen als auch beim Personal.

Frank Jasper stand in dem Ruf, starrköpfig und rücksichtslos zu sein, aber Beth fand ihn jovial und fair. Das ganze Geld, das die Gäste für die Musiker in den Hut warfen, wurde gerecht unter allen aufgeteilt, und er nahm sich keinen Anteil davon. Aber er liebte die Musik ja auch wirklich und war stolz darauf, neue Talente zu finden und zu fördern. Manchmal ließ er Beth andere Musiker nur begleiten, an anderen Abenden war sie der Star, aber ob sie nun spielte oder nur im Publikum stand und zusah und zuhörte, sie lernte ständig, und sie spürte, dass das Mr Jaspers Absicht war.

Frank Jasper war ein großer Verehrer des Italieners Paganini und des Spaniers Pablo Sarasate, beides großartige Geiger, und er hatte das Glück gehabt, Sarasate bei einem Konzert in New York spielen zu hören. Miss Clarkson hatte Beth von diesen beiden Männern erzählt und sie mit zu einem Konzert genommen, wo das Orchester deren Musik spielte, deshalb konnte sie Mr Jaspers Begeisterung verstehen. Theo hatte gesagt, er würde sie hier in Philadelphia mit zu Konzerten nehmen, um ihr Wissen über andere Musiker zu erweitern.

Heimweh nach England gehörte der Vergangenheit an. Beth schrieb den Langworthys noch genauso regelmäßig und freute sich sehr auf ihre Briefe mit Neuigkeiten über Molly, aber sie sehnte sich nicht mehr nach Hause zurück.

Es war das Leben bei Pearl, das ihre Sichtweise am meisten verändert hatte. Es war schwer, das, was im Haus passierte, zu missbilligen, wenn sie so viel Gelächter und Fröhlichkeit aus den oberen Zimmern hörte. Sie kannte jetzt alle Mädchen, und keines von ihnen war eine unglückselige Kreatur, die zu ihrem Beruf gezwungen wurde. Sie hatten ihn selbst gewählt. Einige wollten einfach leichtes Geld verdienen, andere suchten das Abenteuer, und Missy hatte Beth gestanden, dass sie Sex liebte und keinen Grund sah, warum sie sich dafür nicht bezahlen lassen sollte.

In Pearls gesamtem Haus herrschte eine verführerische Atmosphäre, zusammengesetzt aus dem Duft der Mädchen, dem Zigarettenqualm und dem Klimpern des Klaviers im Salon. Selbst die Waschküche neben Beths Zimmer war immer mit knapper Seiden- und Spitzenunterwäsche geschmückt. Spät in der Nacht, wenn sie das Geräusch von quietschenden Bettfedern hörte, sehnte Beth sich danach, mit Theo im Bett zu liegen und die Freuden zu entdecken, von denen die Mädchen ihr erzählt hatten.

Sie liebte ihn, und sie war sich ziemlich sicher, dass sie ihm auch etwas bedeutete, denn warum sonst würde er jeden Abend kommen und sie nach Hause begleiten, sie zum Essen ausführen oder ihr kleine Geschenke wie Schokolade, Blumen oder Haarschmuck machen? Pearl hatte betont, dass heißblütige Männer Sex brauchten und dass sie woanders hingingen, wenn sie ihn nicht mit der Frau haben konnten, die sie liebten. Sie sagte, nur ein Narr würde etwas anderes glauben. Und Pearl musste es wissen: Jeden Abend stand eine lange Schlange verheirateter oder verlobter Männer vor ihrer Tür.

Beth glaubte, dass Theo vielleicht nicht mehr so oft fort sein und offener über alles mit ihr sprechen würde, wenn diese Hürde erst einmal genommen war. Die Ehe war nicht mehr so wichtig für sie wie früher. Sie wollte nur, dass er ihr sagte, dass sie sein Mädchen war und dass er sie in seine Pläne einschloss.

Beth setzte sich auf das Sofa, während Theo ihr ein Glas Wein eingoss. »Ist dir warm genug?«, fragte er und reichte es ihr.

»Ja, danke«, erwiderte sie, plötzlich nervös. Sie liebte seine Küsse und von ihm gehalten und gestreichelt zu werden, aber sie wusste nicht wirklich, was danach kam, ob Theo sie ausziehen würde oder ob sie das selbst tun musste. Würde er ihr wehtun? Und würde er wissen, wie er dafür sorgen konnte, dass sie nicht schwanger wurde?

Beth hatte sich bei Pearl genau erkundigt, wie Frauen sich schützen konnten. Es gab Spülungen und winzige Schwämme, die sie sich angesehen hatte, und im Prinzip wusste sie, wie sie funktionierten. Aber das war alles Theorie. Pearl hatte gesagt, dass sie eine Gummihülle für die Männer empfehlen würde, aber sie hatte hinzugefügt, dass die meisten Männer sie nicht gerne benutzten.

Theo setzte sich neben sie und sah sie an, während sie einen großen Schluck Wein trank. »Was geht in deinem hübschen Kopf vor?«, fragte er.

»Nur dass es ein großer Schritt ist, mit dir hierherzukommen«, erwiderte sie.

Er sah sie zärtlich an, dann nahm er ihr das Glas ab und legte die Arme um sie. »Ich werde dir nicht wehtun«, sagte er leise. »Ich will dir nur die Freuden der körperlichen Liebe zeigen.«

Dann küsste er sie, und seine Zungenspitze strich auf eine Weise zwischen ihre Lippen, bei der ihr Bauch sich anspannte und ihre Brustwarzen hart wurden. In der Vergangenheit hatten solche Küsse immer nachts draußen in der Kälte auf dem Weg nach Hause stattgefunden oder im Flur in Pearls Keller, wenn Jack und Sam jederzeit kommen konnten, sodass Beth immer angespannt gewesen war.

Aber jetzt war ihr warm, und niemand würde sie stören, und so ergab sie sich willig den berauschenden Gefühlen, schmiegte sich an seinen Körper und ließ ihre Befürchtungen davonschwimmen.

»Hmm«, seufzte er und strich mit einem Finger über ihre Wange, ihren Hals und in das Tal zwischen ihren Brüsten. »Darauf habe ich so lange gewartet.«

Mit nur einem Finger schob er sanft das Mieder ihres Kleides und das Spitzenhemdchen darunter zurück und holte ihre rechte Brust heraus, während er ihr in die Augen sah, das Gesicht dicht vor ihrem. Sein Finger berührte ihre aufgerichtete Brustwarze, und er lächelte, bevor er den Kopf senkte und seine Lippen darum schloss.

Beth keuchte unwillkürlich auf, denn sie hatte noch niemals etwas so Wundervolles empfunden wie sein Saugen, Lecken und Beißen. Schamlos hielt sie seinen Kopf fest und bog ihm ihren Körper entgegen, während sie herrliche Schauer durchliefen.

Er hatte jetzt beide Brüste entblößt und wandte sich von einer zur anderen, küsste und streichelte sie und saugte daran, und der verzückte Ausdruck auf seinem Gesicht steigerte ihre Lust noch weiter.

»Zu viel Stoff«, murmelte er. »Ich will deinen Körper sehen und dich überall küssen.«

Ihr Kleid hatte winzige Knöpfe, die über den ganzen Rücken verliefen. Er setzte sie vor sich, seine linke Hand streichelte weiter ihre Brustspitzen, während er die Knöpfe öffnete, und er küsste ihren Hals und ihre Schultern, während er sie langsam auszog. Schnürbänder wurden aufgezogen, ihr Mieder landete auf dem Boden, und plötzlich saß sie mit nacktem Oberkörper da, während ihr Kleid und ihr Petticoat sich um ihre Hüfte bauschten.

Er ging vor ihr in die Knie, zog die Nadeln und den Federschmuck aus ihrem Haar und fuhr mit den Fingern durch ihre Locken, küsste sie lange und wild. Beth konnte spüren, wie sie zwischen ihren Schenkeln feucht und heiß wurde, und sie erwiderte seinen Kuss leidenschaftlich, wollte noch mehr.

Theo stand auf und zog sie mit sich. Er küsste sie, während er ihr das Kleid, den Petticoat und die Unterhose über die Hüften schob. Dann beugte er sich vor und nahm erneut ihre

Brustwarze in den Mund, seine Hand glitt über ihre Beine, und er drang mit einem Finger in sie ein.

Beth war jetzt völlig egal, dass sie einem Mann solche Freiheiten erlaubte. Ihr Herz raste, ihr Atem kam stoßweise, und sie bewegte sich schamlos gegen seinen Finger und hauchte stöhnend, wie sehr ihr das gefiele.

Er hatte irgendwann sein Jackett und seine Fliege ausgezogen – sie erinnerte sich, dass sie selbst ihm das Hemd aus der Hose gezerrt hatte, um seinen Rücken und seine Brust berühren zu können –, aber unternahm keinen Versuch, sich seiner Hose zu entledigen. Sie konnte seine Erektion hart an ihrem Bein spüren, doch es war, als würde er sein eigenes Verlangen zurückstellen, um sie zu befriedigen.

Erst sehr, sehr viel später trug er sie in das Schlafzimmer nebenan, und erst da zog er sich auch die übrigen Sachen aus. Die Laken fühlten sich kalt und steif an ihrer heißen Haut an, und er kniete einen Moment neben ihr und legte ihre Hand auf seinen harten Schaft. Er wirkte riesig, und das Wissen, dass er damit gleich in sie eindringen würde, machte ihr für einen Moment Angst.

Er musste das gespürt haben, denn er legte sich neben sie und küsste sie. »Wir müssen nicht weitergehen, wenn du noch nicht bereit bist«, flüsterte er.

Aber die Hitze seines Körpers und die Finger, die sie streichelten und reizten, bannten ihre Angst, und als er sie erneut küsste, öffnete Beth willig die Beine und bog sich ihm entgegen, um ihn zu empfangen.

Pearl hatte Beth gesagt, dass ein Mann sich aus einer Frau zurückzog, bevor er seinen Samen verströmte, wenn sie ihm wirklich etwas bedeutete. Theo hatte das getan. Während Beth vorsichtig die klebrige Substanz auf ihrem Bauch berührte, dachte sie, dass er ihr damit genau die Sicherheit gegeben hatte, die sie brauchte.

Es hatte ein bisschen wehgetan, und sie war etwas wund, aber das spielte keine Rolle. Theo hatte ihr den Himmel gezeigt, und das konnte er doch sicher nicht tun, wenn er sie nicht genauso liebte wie sie ihn.

Beth drehte sich auf dem Bett um und betrachtete den schlafenden Theo, während sie ihre Stiefel und ihren Mantel zuknöpfte. Es dämmerte schon, und das schwache Licht reichte aus, um den dunklen Schatten auf seinen Wangen zu sehen und seine weichen Lippen. Sie hätte sich vielleicht schämen müssen, weil sie sich ihm so schamlos hingegeben hatte, aber das tat sie nicht, sie empfand nur Glück. Aber sie war dennoch entschlossen, zu gehen und zu Pearls Haus zurückzukehren, bevor jemand herausfand, dass sie die ganze Nacht weg gewesen war. Sie war nicht mutig genug, zu ihrer Sittenlosigkeit zu stehen.

Sie beugte sich vor, küsste Theo auf die Wange und atmete seinen berauschenden, männlichen Duft ein, doch er rührte sich nicht. Dann schlich sie aus dem Zimmer und schloss die Tür leise hinter sich.

Es war nasskalt auf der Straße, und Eis lag auf den Stellen, wo der Schnee weggeschoben oder festgetreten war. Sie blieb an der Tür stehen, um ihre Gummigaloschen über ihre Stiefel zu ziehen und sich die Handschuhe überzustreifen, dann ging sie mit federnden Schritten davon.

»Wach auf, Beth!«

Beth öffnete ein Auge und sah Sam mit einer brennenden Kerze in der Hand im Zimmer stehen. »Wie viel Uhr ist es?«, fragte sie.

»Es ist mitten in der Nacht, aber wir müssen gehen.«

Es war sein Tonfall, der sie hochschrecken ließ, nicht seine Worte. Er klang panisch.

»Gehen? Warum?«

»Beim Kartenspielen heute Abend ist etwas passiert«, sagte er. »Es dauert zu lange, es dir jetzt zu erklären, aber ich bin in großen Schwierigkeiten, und wir müssen sofort weg von hier.«

Es war September, sie waren seit neun Monaten in Philadelphia, und es war die glücklichste Zeit gewesen, die Beth jemals erlebt hatte. Sie hatte sich so sicher gefühlt, mit Theo, ihrem Erfolg als Musikerin und ihrem Zimmer bei Pearl. Sie konnte nicht glauben, dass Sam etwas getan hatte, das alles zerstörte.

»Du sagst mir sofort, was du gemacht hast«, befahl sie ihm. »Ich gehe nirgendwohin, bis ich es weiß.«

»Ein Mann ist tot, das ist alles, was du im Moment wissen musst«, sagte er atemlos.

Das Gesicht ihres Bruders lag im Schatten, denn er hatte die Kerze abgestellt, aber sie spürte seine Scham und seinen Schmerz.

»Beim Pokerspiel heute Abend?«, fragte sie.

»Ja. Einer der Männer behauptete, Theo hätte falsch gespielt, und zog ein Messer. Ich habe versucht, ihn von Theo fernzuhalten, und plötzlich hatte ich das Messer in der Hand. Gott ist mein Zeuge, ich wollte ihn nicht umbringen.« Er brach ab und vergrub sein Gesicht in den Händen.

Beth wusste jetzt genug und sprang aus dem Bett. »Wo ist Theo jetzt?«

»In seiner Wohnung, um zu packen. Er kommt mit der Droschke und holt uns ab.«

»Dreh dich um, während ich mich anziehe«, wies Beth ihn an und zog sich das Nachthemd aus. Ihr war ganz schlecht vor Angst, und sie wollte mit alldem nichts zu tun haben, aber die beiden waren die wichtigsten Menschen in ihrem Leben, und sie musste sie unterstützen. »Will Theo, dass ich mitkomme?«, fragte sie, während sie mit ihrem Petticoat kämpfte.

»Wir können dich nicht hierlassen, um das alles auszubaden«, sagte er schwach. »Jack kommt auch mit.«

»Jack hängt da auch mit drin?« Beths Stimme ging eine Oktave höher.

»Er hat uns nur geholfen zu entkommen.«

Tränen brannten in Beths Augen, und sie konnte ihr Mieder kaum schließen, weil ihre Finger so heftig zitterten. »Was ist mit Pearl und Frank?«

»Wir waren nicht in Franks Laden, wir kriegen also keinen Ärger mit ihm. Ich wünschte, wir könnten es Pearl erzählen und sie vorbereiten, aber das können wir nicht, Beth. Wir müssen sofort weg von hier.«

Jack erschien im Zimmer, als Beth gerade fertig angezogen war. Er trug Sams und seine eigene Tasche. Ohne ein Wort stellte er beide ab und fing an, Beths Kleider auf das Bett zu legen und zusammenzurollen, um sie in ihrer Reisetasche zu verstauen.

»Dann müssen wir uns hier wegschleichen wie Diebe in der Nacht?«, fragte Beth. »Kein Wort des Dankes dafür, was Pearl für uns getan hat?«

»Wir schreiben ihr und entschuldigen uns«, sagte Sam, während er noch schnell mehr von Beths Sachen aufhob und sie in die Tasche stopfte. »Es tut mir so leid, Schwesterchen.«

Weniger als zehn Minuten später liefen sie mit ihren Taschen und Beth mit ihrem Geigenkasten draußen auf der dunklen Straße zur nächsten Ecke, wo die Droschke auf sie warten sollte.

Sie war bereits da. Das Pferd scharrte mit den Hufen, als sie sich näherten, und Theo sprang heraus.

»Es tut mir so leid, Beth«, sagte er, als er ihr hineinhalf. »Ich mache es irgendwie wieder gut.«

»Wohin fahren wir?«, fragte Beth, als die Kutsche sich in Bewegung setzte.

»Wohin der erste Zug uns bringt«, erwiderte Theo.

22

»Mir ist furchtbar kalt«, sagte Beth und wickelte sich den Schal noch fester um den Hals, während sie und die Männer aus dem Bahnhof von Montreal gingen. »Wenn es hier im September schon so kalt ist, wie ist es dann mitten im Winter?«

Der erste Zug, der Philadelphia verließ, war nach New York gefahren, aber Jack hatte zu Recht darauf hingewiesen, dass sie dort nicht bleiben könnten, weil man sie dort finden würde.

In der Grand Central Station hatten sie gesehen, dass zwei Stunden später ein Zug nach Kanada fuhr. Theo fand, dass es das perfekte Ziel war, um der amerikanischen Justiz zu entgehen.

»Wir werden nicht lange dort bleiben. Wir warten nur ab, bis die Gemüter sich wieder beruhigt haben, dann fahren wir zurück«, sagte Theo unbekümmert.

»Wir können nicht nach Philly oder New York zurück«, widersprach Jack. Er zitterte, weil er nur eine dünne Jacke trug. Er hatte seinen Mantel aus Versehen an der Tür in Pearls Haus hängen lassen. »Aber vielleicht können wir an die Westküste Amerikas, an irgendeinen Ort meilenweit weg, wo es warm ist.«

Vor dreißig Stunden hatten sie Philadelphia verlassen. Es war eine anstrengende, kalte Nachtfahrt gewesen, und keiner von ihnen hatte mehr als ein paar Minuten am Stück schlafen können. Beth hatte das Gefühl, als läge Sand auf ihrer Haut, ihrem Haar und in ihren Augen, und obwohl es in Montreal so zivilisiert aussah wie an jedem anderen Ort, hatte sie nicht erwartet, so zu frieren.

»Es ist nicht so kalt, das kommt dir nur so vor, weil du so müde bist«, sagte Theo und nahm Beths Arm. »Wir suchen uns ein Hotel. Nach einem heißen Bad, einem Frühstück und ein paar Stunden Schlaf ist alles wieder gut.«

»Mord kann man nicht wiedergutmachen«, erwiderte sie angespannt.

»Es war Notwehr«, gab Theo heftig zurück. »Der Mann hat mir ein Messer an die Kehle gehalten, und er hätte zugestochen. In meinen Augen ist Sam ein Held – er hat mir das Leben gerettet.«

Später wachte Beth auf und stellte fest, dass Theo die Arme fest um sie gelegt hatte. Für ein paar Augenblicke glaubte sie, in seinem Bett in Philadelphia zu liegen, genoss die Wärme und lauschte seinen flachen Atemzügen. Dann fiel ihr wieder ein, wo sie war und warum, und die Wut, die sie auf der Fahrt hierher nur mühsam unterdrückt hatte, stieg wieder in ihr hoch.

Es war stockdunkel, aber sie wusste nicht, ob es früher Abend oder mitten in der Nacht war. Sie war versucht, Theo unsanft wachzurütteln und ihn das zu fragen; tatsächlich wollte sie noch sehr viel mehr wissen als nur die Uhrzeit. Aber nach einem Moment des Nachdenkens hielt sie es für besser, zuerst ihre eigenen Gedanken zu sortieren, bevor sie sich mit ihm befasste.

Sie wand sich aus seinen Armen und stand auf, nahm die Decke mit und wickelte sich darin ein. Dann ging sie hinüber zum Fenster und schob die Vorhänge beiseite, um nach draußen zu sehen.

Die Straße draußen, auf der so viele Karren, Droschken

und Leute unterwegs gewesen waren, als sie im Hotel ankamen, lag jetzt still da. Alle Geschäfte und Saloons auf der anderen Straßenseite waren dunkel, und es war keine Menschenseele zu sehen. Aber in den Zimmern in den höheren Stockwerken entlang der Straße brannte Licht, und sie nahm an, dass es ungefähr elf Uhr abends sein musste.

Jack und Sam teilten sich das Zimmer nebenan. Theo hatte bei der Zimmerbuchung angegeben, dass Beth seine Frau sei, und obwohl sie sich noch vor ein paar Tagen darüber gefreut hätte, von ihm so bezeichnet zu werden, ärgerte es sie jetzt.

Sie wusste, dass Theo bei dem Kartenspiel betrogen hatte, obwohl er schwor, es nicht getan zu haben. Er war zu wenig überzeugend gewesen, hatte viel zu verständnisvoll auf ihre Verzweiflung über die überstürzte Abreise mitten in der Nacht reagiert, und er hatte den vollen Zug als Ausrede benutzt, um ihr nicht erklären zu müssen, wie es dazu gekommen war.

Wenn Jack ihr in der Grand Central Station in New York, während Theo die Fahrkarten nach Montreal kaufte, nicht kurz geschildert hätte, was passiert war, dann hätte sie das alles noch nicht verstanden, denn Sam stand immer noch unter Schock und hatte auf der langen Fahrt kaum gesprochen.

In den vergangenen Monaten war aus Jack mehr geworden als nur ein Barkeeper. Er hatte sich eingemischt, wenn unter den Betrunkenen Streit ausbrach: Beth hatte ihn oft in Aktion gesehen, wenn sie spielte. Er war niemals aggressiv, aber er hatte einen guten Instinkt dafür, wann ein Streit zu eskalieren drohte, und meistens konnte er den Konflikt diplomatisch lösen. Aber wenn das mal nicht funktionierte, dann zögerte er nicht, die beiden Streithähne mit den Köpfen zusammenzustoßen und rauszuwerfen. Frank Jasper lobte

Jack dafür und nannte ihn oft scherzhaft »Mr Rechter Haken«.

Wegen Jacks Eiserne-Faust-mit-Samthandschuhen-Talent holte Frank ihn zu den meisten privaten Pokerrunden dazu, angeblich als Kellner, aber eigentlich, um für Sicherheit zu sorgen. Das letzte Spiel wurde jedoch nicht von Frank veranstaltet. Rob Sheldon hatte es organisiert, ein Mann, den Frank verabscheute, weil er in den Slums Häuser vermietete und ein stadtbekannter Gangster war. Theo und Sam hatten Jack gebeten, mitzukommen, für den Fall, dass es Ärger gab.

Das Spiel fand in einer Lagerhalle unten an den Docks statt. Die anderen fünf Spieler waren Männer, die noch nie im »Bär« gespielt hatten; Theo kannte sie von anderen Pokerpartien und wusste, dass sie viel Geld setzten. Aber Sam und Jack waren keinem der Männer jemals begegnet, nicht einmal Sheldon.

Theo gewann die ersten Spiele, verlor dann jedoch einen hohen Betrag, und als sie um zwei Uhr morgens eine Pause machten, rieten Jack und Sam ihm, die Verluste abzuschreiben und zu gehen, wie es zwei der anderen Spieler bereits getan hatten. Aber Theo weigerte sich und meinte, dass das Blatt sich gleich zu seinen Gunsten wenden würde.

Die beiden übrigen Männer, die noch mit Sheldon und Theo spielten, nannten ihnen nur ihre Spitznamen, Lively und Dixey. Theo gewann das erste Spiel, verlor dann das zweite. Aber das dritte und vierte gewann er, und die Einsätze waren hoch. Er hatte um die fünfhundert Dollar gewonnen und steckte gerade seinen Gewinn ein, als Sheldon, der früher am Abend gewonnen hatte, ihn zu einem letzten Spiel herausforderte.

Jack sagte, es habe Ärger in der Luft gelegen, etwas an der Atmosphäre habe plötzlich nicht mehr gestimmt. Und er fand, dass Theo ein bisschen zu ruhig und selbstsicher gewesen sei, als er sich wieder an den Spieltisch setzte.

Sam gab die Karten, und das Spiel begann. Das Geld türmte sich immer höher auf dem Tisch. Dixey stieg aus und ging, sodass nur noch Sheldon, Lively und Theo übrig waren. Dann wollte Sheldon Theos Karten sehen.

Er hatte vier Könige, was mehr war als Sheldons Vierer.

»Ich habe das Kartenspiel nicht wirklich verfolgt«, gestand Jack. »Ich behielt die ganze Zeit Sheldon im Auge, weil ich das Gefühl hatte, dass er vielleicht ausrastet, wenn er verliert. Aber ich bin sicher, dass Dixey einen König auf der Hand hatte, als er ausstieg. Ich schätze, Sheldon dachte das auch, denn er sprang von seinem Stuhl auf und schrie, Theo habe betrogen und noch einen König im Ärmel gehabt. Bevor Theo aufstehen konnte, war Sheldon bei ihm und zog ein Messer aus seinem Gürtel. Er hielt es Theo an die Kehle.«

Jack demonstrierte Beth, wie Sheldon das gemacht hatte, umklammerte mit der rechten Hand ihre Kehle und hielt sie mit dem linken Arm fest.

»Ich hatte Angst, um den Tisch herumzugehen, weil ich befürchtete, dass er Theo dann die Kehle durchschneidet; er war wütend genug dafür. Und da war auch noch Lively, kein großer Kerl, aber einer, der sich einmischen würde, wenn er ebenfalls glaubte, Theo hätte falschgespielt. Deshalb versuchte ich, ihn und Sheldon durch Reden zu beruhigen. Ich sagte sogar, dass sie den Gewinn behalten könnten, falls wir tatsächlich irgendeine Karte in Theos Ärmel fänden. Aber Sheldon schrie und fluchte und wurde immer wütender.

Und dann stand Sam plötzlich hinter Sheldon und wand ihm das Messer aus der Hand. Ich rannte um den Tisch, um ihm zu Hilfe zu kommen, Theo war plötzlich frei, und das Messer fiel auf den Boden. Aber dann mischte Lively sich ein.

Er verpasste mir einen Kinnhaken, und Sam muss das Messer gleichzeitig vom Boden aufgehoben haben, weil er mit dem Messer in der Hand dastand, als ich Lively zurückschlug, so als würde er gar nicht wissen, was er damit machen sollte. Doch Sheldon sprang ihn an, um es sich zurückzuholen. Und da hat Sam ihn erwischt.«

Beth versuchte, Sam dazu zu bewegen, ihr seine Version der Geschehnisse zu erzählen. Obwohl er es nicht so klar schildern konnte wie Jack, sagte er im Grunde das Gleiche, abgesehen davon, dass er darauf bestand, nicht zugestochen zu haben. Er meinte, der Mann sei ihm ins Messer gelaufen.

Theos knapper Kommentar war, dass es keine Rolle spiele, wie das Messer in den Bauch des Mannes gekommen war. Schließlich habe Sheldon ihn umbringen wollen, und Sam habe ihn aufgehalten.

Aber für Beth spielte es eine Rolle. Es war etwas völlig anderes, ob jemand in ein Messer lief oder ob es ihm jemand in den Körper rammte. Und für sie war es Theo gewesen, der mit dem durch ihn provozierten Ärger ihren Bruder von einem friedliebenden Kartengeber in einen Killer verwandelt hatte.

Lively war sofort weggelaufen, als er sah, dass Sheldon heftig blutete. Jack sagte, er sei davon ausgegangen, dass er einen Arzt holen wollte, aber Theo erklärte, dass Lively nur seine eigene Haut habe retten wollen.

Jack versuchte, mit seinem Hemd Sheldons Blutung zu stillen, aber der Mann starb, noch während er das tat. Also nahmen sie das Geld und die Karten vom Tisch und gingen und ließen Sheldon mit dem Messer im Bauch liegen.

Beth wünschte, sie könnte es so sehen wie Jack und Theo, nämlich dass Sheldon ein brutaler Kerl gewesen war, der sein ganzes Leben lang die Schwachen und Schutzlosen ausgenutzt und endlich bekommen hatte, was er verdiente. Aber er musste eine Frau und vielleicht Kinder gehabt haben, die ihn liebten.

Doch abgesehen von dem Verbrechen und der Tatsache, dass die drei Männer, die sie liebte, fliehen mussten, war Beth wütend darüber, dass das gute Leben, das sie in Philadelphia geführt hatte, vorbei war.

Sie war dort so glücklich gewesen. Die Leute bewunderten ihr Geigenspiel und mochten sie als Person. Sie hatte gutes Geld verdient, hatte sich neue Kleider leisten und Molly Geschenke kaufen und schicken können und sogar noch Geld gespart. Das Leben war lustig gewesen, sie hatte wirklich das Gefühl gehabt weiterzukommen, aber jetzt würde sie noch mal ganz von vorne anfangen müssen, ohne die Unterstützung und Zuneigung von Frank Jasper und Pearl.

Es würde sich herumsprechen, dass Theo ein Falschspieler war, und Frank würde sich vielleicht fragen, wie oft er bei *seinen* Spielen betrogen hatte, und vielleicht sogar, ob Theo aus demselben Grund nach Philadelphia gekommen war.

Er würde sich ganz sicher fragen, ob er ihnen hätte trauen sollen, und es bereuen, sie bei Pearl untergebracht zu haben. Und was Pearl anging, wusste Beth, dass sie sehr enttäuscht sein würde, weil sie alle ohne eine Erklärung einfach verschwunden waren.

Theo war sich absolut sicher, dass die beiden keine Informationen über sie an die Polizei weitergeben würden, und er hatte vermutlich recht, weil das der Kodex war, nach dem sie lebten. Aber Beth hatte eine enge Beziehung zu Pearl aufgebaut, enger als die zu ihrer Mutter, und sie hatte das Gefühl, sie im Stich gelassen zu haben.

Als Beth sich im Dunkeln auf den Stuhl am Fenster setzte, hasste sie Theo zum ersten Mal, seit sie mit ihm zusammen war.

Er hatte sie so oft verletzt, indem er sie allein ließ und dann ein oder zwei Wochen später ohne eine Erklärung wieder auftauchte. Sie wusste, dass er sich auf Partys und Soirées bei den wohlhabendsten und einflussreichsten Leuten der Stadt einschlich, und nur ein Narr hätte geglaubt, dass er sie nicht für eine wunderschöne Erbin verlassen würde.

Aber mit seinem unwiderstehlichen Charme schaffte er es immer wieder, ihre Tränen in ein Lachen zu verwandeln und ihre traurige Stimmung in eine fröhliche. Er gab ihr das Gefühl, dass sie die schönste, talentierteste Frau auf der Welt war, und wenn er sie liebte, dann trug er sie in den Himmel und wieder zurück und stellte ihre Bedürfnisse dabei immer über seine eigenen.

Aber diese Sache hatte ihr eine andere, dunklere Seite von ihm gezeigt. Sie war absolut sicher, dass er bei diesem Spiel betrogen hatte. Warum hatte er das tun müssen? Es war doch der Sinn des Spiels, dass Glück und Pech sich abwechselten und nicht vorhersehbar waren?

Betrog er bei allem? Schlief er noch mit anderen Frauen außer ihr? Er hatte Sam und Jack in Gefahr gebracht. Konnten sie darauf vertrauen, dass er das nicht wieder tun würde?

An dem raschelnden Geräusch am anderen Ende des Zimmers erkannte sie, dass er wach war.

»Beth«, sagte er leise. »Bist du da?«

»Natürlich bin ich da«, fuhr sie ihn an. »Wo sonst sollte ich mitten in der Nacht in einem fremden Land schon sein?«

»Komm wieder ins Bett«, sagte er.

»Ich glaube nicht, dass ich jemals wieder mit dir im Bett sein will.«

Theo entflammte ein Streichholz und zündete die Kerze an. »Warum bist du so wütend?«

Er trug sein Unterhemd, und mit seinem zerzausten dunklen Haar und dem dunklen Schatten auf seinem Kinn sah er nicht mehr aus wie der adrette Gentleman, als der er sich sonst präsentierte.

»Weil du für all das hier verantwortlich bist«, antwortete sie und trat näher an das Bett, damit die anderen Gäste nichts von ihrer Unterhaltung hörten. »Wir hatten alle ein gutes Leben in Philly; du hast das beendet. Warum musstest du falsch spielen?«

Er antwortete einen Moment lang nicht, und sie wartete auf ein weiteres Leugnen.

»Ich weiß, dass du es getan hast«, sagte sie. »Belüg den Rest der Welt, wenn du musst, Theo. Aber nicht mich.«

»Also gut, ich habe falschgespielt«, gestand er mit einem leichten Zittern in der Stimme. »Ich wollte nicht zusehen, wie mein ganzes Geld in Sheldons Tasche verschwindet.«

»Aber Betrug ist falsch.«

»Ich bin auch schon sehr oft betrogen worden.«

»Aber es wird doch nicht richtig, wenn du es ebenfalls tust.« Sie war jetzt außer sich. »Du hast meinen Bruder in Gefahr gebracht. Jetzt ist die Polizei hinter ihm her, und wenn sie ihn kriegen, dann wird er vielleicht gehängt oder was immer man mit Mördern macht.«

»Es war kein Mord, es war ein Unfall.«

»Unfall, Mord, es ist jedenfalls ein Mann tot, und mein Bruder ist auf der Flucht.«

»Ich bezweifle, dass die Polizei versuchen wird herauszufinden, wer das war; sie werden glauben, es ist ein Bandenkrieg. Sheldon war ein Gangster, nichts anderes als Heaney in New York, kein Verlust für das Land. Und selbst wenn sie herausfinden, dass es Sam war, könnten sie ihn von hier nicht zurückholen. Und in ein paar Jahren haben es alle vergessen.«

»Ich vergesse es nicht, und ich bezweifle, dass Sam das tun wird«, erwiderte Beth.

Theo lehnte sich gegen das Kopfteil und starrte für eine Weile nur vor sich hin, bis Beth sich sehr unwohl fühlte.

»Wirst du noch lange wütend auf mich sein?«, fragte er schließlich. »Es ist nämlich so, dass wir zum ersten Mal die Chance haben, eine ganze Nacht miteinander zu verbringen, ohne dass du wieder gehen musst, um so zu tun, als hättest du die ganze Nacht in deinem eigenen Bett gelegen. Können wir es nicht genießen, dass du Mrs Cadogan bist, anstatt dass du dasitzt und dir den Tod holst und mich ansiehst, als würdest du mich hassen?«

»Das war alles ein schwerer Schock für mich«, sagte sie und wünschte, sie könnte die richtigen Worte finden, um ihm klarzumachen, was er ihr angetan hatte. »Ich wollte nie nach Kanada. Soweit ich weiß, ist hier nur Wildnis, und die Hälfte des Jahres ist alles gefroren – was sollen wir hier machen?«

»Es gibt Bars und Saloons in jeder Ecke der Welt«, entgegnete er mit einem Lachen in der Stimme. »Und ich bin sicher, dass so gut wie jeder Laden gerne von dir und deiner Geige unterhalten würde. Sieh es als neues Abenteuer, Beth. Du hast deine eigenen drei Musketiere dabei, die dich beschützen. Und jetzt komm ins Bett, und lass mich dir zeigen, wie sehr ich dich liebe.«

»Tust du das?«, fragte sie. Ihr Herz klopfte, weil er das noch niemals zuvor gesagt hatte.

»Natürlich tue ich das«, antwortete er und hielt ihr die Hand hin. »Ich habe schon etwas für dich empfunden, als wir uns an jenem Abend auf der *Majestic* kennenlernten. Du hast so gefroren und sahst mittellos aus, aber ich mochte die Art, wie du mir widersprochen hast. Als wir am nächsten Tag von Bord gingen, habe ich nach dir gesucht. Aber ich kannte deinen Namen nicht und wusste nichts über dich. Ich war so froh, dass wir uns im Heaney's wiederbegegnet sind. Du warst so viel hübscher, als ich es in Erinnerung hatte – und dann deine Musik!«

Beth musste lächeln und ergriff seine Hand. »Versprichst du mir, dass du nie wieder betrügen wirst?«, fragte sie.

»Dich jedenfalls nicht«, sagte er. »Und jetzt komm wieder ins Bett.«

Montreal war wunderschön, eine Stadt mit eleganten, neuen Gebäuden, breiten Straßen, hübschen Plätzen und Parks. Beth und die Männer liebten es besonders, in den Mount Royal zu gehen, den Park, der auf einem Berg lag und von dem aus man einen wunderbaren Blick über die Stadt und den belebten Hafen hatte.

Sie bestaunten die Victoria Bridge, die über den St. Lawrence gebaut worden war und die die Leute das achte Weltwunder nannten, und bewunderten das New York Life-Gebäude, wo ein Fahrstuhl einen in den achten Stock fuhr.

Es gab die Golden Mile mit riesigen und wunderschönen Herrenhäusern, in denen die Reichen lebten. Das Windsor Hotel war das größte Hotel, das Beth, Sam und Jack jemals gesehen hatten, und die Geschäfte auf der St. Catherine's Street waren genauso schick wie die besten in New York.

Als der September zu Ende ging und die Blätter an den Bäumen sich feuerrot, rostbraun, golden und braun verfärbten, wurde alles noch schöner. Aber wie hübsch Montreal auch sein mochte, sie spürten, dass sie hier niemals Erfolg haben würden. Es gab jede Menge Saloons, Varietés und Tanzlokale, aber Montreal war keine weltoffene Stadt: Die Mehrheit der Einwohner war bieder, nüchtern und fleißig.

Sam und Jack fanden beide schon wenige Tage nach ihrer Ankunft Arbeit als Barkeeper, aber obwohl sie versuchten, ihre jeweiligen Arbeitgeber davon zu überzeugen, Beth eine Chance zu geben, ihre Gäste zu verzaubern, weigerten diese sich. Obwohl niemand es tatsächlich aussprach, war klar, dass sie eine junge Frau, die bereit war, einen Saloon zu betreten, für eine Hure hielten.

Beth klapperte alle Geschäfte ab und hoffte, in einem davon arbeiten zu können. Doch offenbar wurden nur männliche Verkäufer eingestellt. Wenn sie eine Frau in einem Geschäft, Restaurant oder Café arbeiten sah, dann war sie immer mit dem Besitzer verwandt.

Für Theo war es nahezu unmöglich, irgendjemanden auch nur dazu zu bringen, zuzugeben, dass in der Stadt gespielt wurde, ganz zu schweigen davon, dass er zu einem dieser Spiele eingeladen worden wäre. Zum ersten Mal in seinem Leben schien sein Auftreten als englischer Gentleman ein Hindernis für ihn zu sein. In Montreal wurden offenbar die Franzosen gerne als die Aristokraten wahrgenommen, und diese blickten auf ihn herab. Und die gewöhnlichen Arbeiter, fast alles Engländer und Schotten der ersten oder zweiten Generation, misstrauten ihm ebenfalls.

Er besaß noch fast den ganzen Gewinn vom letzten Pokerspiel, aber er wollte ihn nicht für Unterkunft und Lebensmittel ausgeben. Er sagte, er brauche das Geld als Einsatz, wenn er irgendwann doch an einem Pokerspiel teilnehmen konnte. Jack und Sam waren zuerst damit einverstanden gewesen, denn sie wollten beide wieder in Spielerkreisen arbeiten und brauchten Theo, um sie dort reinzubringen. Aber als die Wochen vergingen und sie für wenig Lohn hart arbeiten mussten, fingen sie an, sich darüber zu ärgern, dass Theo seine Tage damit verbrachte, in eleganten Läden wie der Cocktailbar des

Windsor Hotels herumzusitzen, während sie ihn und Beth ernährten.

Sie zogen vom Hotel in eine Pension, dann weiter in eine Drei-Zimmer-Wohnung, aber selbst die war zu teuer und erinnerte Beth an die Schwierigkeiten, mit denen Sam und sie zu Anfang in New York zu kämpfen hatten. Genauso wie sie damals mit einem Zimmer in einer Wohnung in der Lower East Side zufrieden sein mussten, blieb ihnen jetzt keine Alternative, als ihre Ansprüche herunterzuschrauben und sich eine Unterkunft in Point St. Charles zu suchen.

Griffintown oder der Sumpf, wie Point St. Charles oft genannt wurde, war ein Slumviertel im Westen der Stadt, zwischen dem St. Lawrence und den Gleisen der Canadian Pacific Railway. Es hatte rein gar nichts von der Schönheit der restlichen Stadt, die auf einem Hügel lag und deren Skyline Kirchtürme zierten. Unten im Sumpf standen Fabriken und Schwerindustrieanlagen, und es gab hohe Schornsteine, aus denen Tag und Nacht schwarzer Rauch quoll.

Es gab keine fünfstöckigen Mietskasernen, wie sie es aus New York gewohnt waren, nur kleine Reihenhäuser mit zwei oder drei Stockwerken, aber es war ein düsterer Ort, und hier lebten nur die Ärmsten von Montreal. Sie fanden ein kleines, schindelgedecktes Haus mit jeweils zwei Zimmern oben und unten in der Canning Street, einer der unwirtlichsten Gegenden, mit hoher Arbeitslosigkeit und großen Familien.

Selbst die, die Arbeit hatten, brachten vermutlich weniger als zehn Dollar pro Woche nach Hause.

Nach dem Komfort bei Pearl, bei der es sogar innenliegende Toiletten gegeben hatte, war es schlimm, wieder draußen auf ein Plumpsklo gehen zu müssen, vor allem, weil es so kalt war. Sie kauften ein paar gebrauchte Möbel in einem der zahlreichen Secondhand-Läden der Gegend, aber Beth musste noch den Elan aufbringen, es in ein wirkliches Zuhause zu verwandeln, denn die Männer kamen nur nach Hause, um zu schlafen, und Theo schaute nur ab und zu vorbei.

Josie, die Irin, die nebenan wohnte, hatte Beth einen Job in der Hemdenfabrik besorgt, in der sie selbst angestellt war. Es war eine ermüdende, stumpfsinnige Arbeit: Sie nähte mit der Maschine den seitlichen Saum der Hemden, jemand anderes den Kragen und die Ärmel.

Während der Herbst zum Winter wurde und der erste Schnee fiel, fror Beth den ganzen Tag in dieser Fabrik. Sie sah sich selbst so enden wie die anderen Frauen dort, vorzeitig gealtert, mit gebeugtem Rücken und schlechten Augen. Sie stammten fast alle aus Irland, und sie hatten keine andere Wahl, als die wenigen Dollars pro Woche zu akzeptieren, weil sie Kinder ernähren mussten und oft nutzlose Männer hatten, die ihre Löhne vertranken.

Aber zumindest hatten sie Ehemänner. Beth nannte sich selbst Mrs Cadogan und wusch Theos Hemden, Socken und seine Unterwäsche, damit er gut aussah, und sie kochte ihm etwas zu essen, wenn er geruhte, nach Hause zu kommen – alles Dinge, die eine Ehefrau tun würde. Aber es waren Sam und Jack, die zu schätzen wussten, was sie im Haus für sie tat, sie waren es, die Kohlen schaufelten und sie trösteten, wenn sie alles hoffnungslos fand. Und sie konnte sich nicht dazu bringen, ihnen zu sagen, dass sie von Theo ein Kind erwartete.

23

Beth zog sich den Pelzhut fest über die Ohren und trat beklommen hinaus in den hohen Schnee, denn es war fünf Uhr morgens und sehr dunkel. Ihre pelzbesetzten Stiefel, die Jack ihr zu Weihnachten geschenkt hatte, hielten ihre Füße warm und trocken, aber ihr langer Mantel, ihr Rock und der Unterrock schleiften über den Schnee, während sie ging, und behinderten sie beim Gehen.

Beth war Anfang Dezember aus der Textilfabrik entlassen worden. Sie konnte nicht sagen, dass es ihr leidtat, denn sie hatte diesen Job am Ende gehasst. Schon bald danach fand sie eine Anstellung als Köchin.

Theo, Sam und Jack waren entsetzt gewesen und hatten versucht, ihn ihr auszureden, denn sie kochte in einer Schlafbaracke für die Gastarbeiter einer Baufirma. Sie bestand jedoch darauf, die Stelle anzunehmen, weil es keine anderen Jobangebote gab. Doch als sie an ihrem ersten Tag mit vierzig ruppigen, derben, nicht allzu sauberen Männern aus einem Dutzend verschiedenen Ländern konfrontiert war, wäre sie beinahe auf dem Absatz umgedreht und gegangen. Aber der Lohn war viel besser als in der Textilfabrik, und warm würde es dort auch sein.

Die drei anderen hatten Angst, dass die Arbeiter sie belästigen könnten, aber Beth stellte fest, dass die Männer sich respektvoll benahmen, sie beschützten und ihre Arbeit zu schätzen wussten. Es war ein sehr langer Tag, von fünf Uhr morgens bis sieben Uhr abends, aber nachdem das Frühstück abgeräumt war und sie einige andere Dinge wie das Fegen der Schlafsäle und das Putzen des Essraumes erledigt hatte, konnte sie für zwei Stunden nach Hause gehen. Aber meistens blieb sie in der Baracke, las ein Buch oder döste am Ofen, bis es Zeit wurde, das Abendessen vorzubereiten.

Sie hätte wirklich zufrieden sein können, wenn sie nicht der Gedanke gequält hätte, wie sie Theo und den anderen beiden sagen sollte, dass sie schwanger war. Von Anfang Januar an, als es schwierig wurde, ihre Röcke zu schließen, beschloss sie jeden Tag, es ihnen abends zu gestehen. Aber jetzt war schon Ende Februar, und sie hatte es noch immer nicht geschafft.

Und das lag nicht nur daran, dass sie zu feige war, weil sie fürchtete, die Männer würden nicht erfreut über diese Nachricht sein. An den meisten Tagen sah sie die drei gar nicht, weil sie zur Arbeit ging, wenn sie noch schliefen, und sie wiederum schon weg waren, wenn sie nach Hause kam. Aber selbst an Sonntagen, wenn sie alle zusammen zu Hause waren, fand sich nie der richtige Zeitpunkt. An einem Tag war Sam ganz aufgeregt über eine Lohnerhöhung, und sie wollte ihm die gute Laune nicht verderben; ein anderes Mal war Jack in den Schnee gefallen und hatte sich am Bein verletzt, und sie wollte ihm nicht noch mehr Sorgen bereiten. Und was Theo anging, wusste man nie, ob er sonntags da war, denn es war ihm endlich gelungen, sich einem Kreis reicher Männer anzuschließen, die gerne pokerten.

Theo führte ein Doppelleben. Für seine neuen Freunde war er ein erfolgreicher Geschäftsmann mit Beteiligungen in Amerika und Kanada. Sie hatten keine Ahnung, dass sein wahres Zuhause im schlimmsten Slumviertel lag. Oder dass sein wahres Geschäft das Spielen war.

Obwohl es Beth nicht gefiel, dass er oft tagelang verschwand und sie keinen Platz in seinem anderen Leben hatte, bewunderte sie sein Talent, die Leute glauben zu lassen, er wäre ein vermögender Mann. Er nahm sich ein Zimmer im Windsor Hotel, dann schickte er Nachrichten an seine Freunde und lud sie zum Essen ein. Eine Nacht im Hotel und ein Essen reichten normalerweise, um von ihnen in eines ihrer Herrenhäuser an der Golden Mile eingeladen zu werden, und dort blieb er dann für ungefähr eine Woche und war der perfekte, distinguierte Gast, der seinen Gastgebern beim Pokern oft Hunderte Dollar abnahm.

Beth war häufig traurig darüber, dass er im Luxus faulenzte, während sie für vierzig Männer kochte, aber sie verstand, dass er Unterstützer für einen kleinen Spielsalon suchte, von dem sie alle profitieren würden. Außerdem brachte er ihr und den anderen Geld, und sie wusste tief in ihrem Herzen, dass er schon lange weitergezogen wäre, wenn er sie nicht lieben oder Sam und Jack nicht als seine besten Freunde ansehen würde.

Aber in Theos Zukunftsplänen war kein Platz für ein Baby, und Beth hatte Angst, dass dadurch alles infrage gestellt wurde. In ihren war auch keines vorgekommen, und zuerst war sie entsetzt gewesen. Aber während die Wochen vergingen, erinnerte sie sich zunehmend an die Freude, die ihr Molly bereitet hatte, und jetzt wollte sie dieses Baby von ganzem Herzen. Aber die Tatsache blieb, dass die Männer vermutlich sehr bestürzt darüber sein würden.

Sie konnte es nicht länger für sich behalten. Sie musste jetzt im fünften Monat sein, das Baby würde im Juli kommen, und der einzige Grund, warum noch niemand ihren wachsenden Bauch bemerkt hatte, waren die dicken Wintersachen, die sie trug. Selbst im Bett zog sie nie ihr Flanellnachthemd aus, und da sie meistens schlief, wenn Theo nach Hause kam, hatten sie seit Wochen keinen Sex gehabt.

»Ich werde es ihm heute Abend sagen«, beschloss sie laut.

Er ging meistens erst, wenn sie wieder zu Hause war, und sie konnte es ihm überlassen, Sam und Jack am nächsten Morgen von den Neuigkeiten zu berichten, bevor sie zur Arbeit gingen.

Es war schwierig, durch den tiefen Schnee voranzukommen, und auch gefährlich, denn darunter versteckt konnten Hindernisse liegen, und in der Dunkelheit war es nicht leicht, einen kleinen Hügel zu erkennen, der sie vielleicht gewarnt hätte. Sie machte vorsichtige kleine Schritte und dachte an ihre eigenen neuen Pläne für die Zukunft.

Trotz seiner Fehler war Theo sehr liebevoll zu ihr, und sie war ziemlich sicher, dass er sie heiraten würde, um dem Kind seinen Namen zu geben. Aber sie wusste auch, dass sie nicht darauf hoffen konnte, ihn in einen traditionellen Ehemann zu verwandeln, der jeden Tag in einer Bank arbeitete oder einem anderen geregelten Job nachging, um seine Frau und sein Kind zu ernähren.

Beth wollte, dass sie ein größeres Haus irgendwo in einer besseren Gegend mieteten und dann Zimmer untervermieteten, um davon ihren Lebensunterhalt zu bestreiten. Theo konnte mit seinen Plänen weitermachen und Sam und Jack auch. Selbst wenn die Männer aus Montreal fortmussten, würde sie sicher sein, und wenn sie nicht öffentlich Geige spielen konnte, dann führte sie doch zumindest ihr eigenes Haus und würde das Baby nicht bei jemand anderem lassen müssen, während sie arbeitete.

Als sie in die Fuller Street einbog, in der die Baracke lag, war sie so sehr damit beschäftigt, wie sie den Männern diese Idee vermitteln konnte, dass sie nicht mehr auf den Boden vor sich sah. Plötzlich rutschte sie aus, fiel nach hinten in den Schnee und landete schmerzhaft auf dem Hintern.

Als sie sich herumrollte und sich vorsichtig auf den Knien

aufrichtete, sah sie, dass sie auf eine Eisfläche getreten war. Jemand musste dort Wasser ausgeschüttet haben, das nun hart gefroren war.

Sie nahm an, dass sie später einen großen blauen Fleck bekommen würde, aber zum Glück schien mit ihren Beinen und ihren Knöcheln alles in Ordnung zu sein.

Erst als sie in der Baracke war, neue Kohlen in den Ofen füllte, der die ganze Nacht über gebrannt hatte, Wasser aufsetzte und das Gas anzündete, um mit dem Kochen anzufangen, merkte sie, dass sie sich ein bisschen benommen fühlte. Aber ihr blieb keine Zeit, länger darüber nachzudenken, denn die Männer würden gleich aufstehen.

Das Frühstück war immer schwieriger als das Abendessen, denn das konnte sie den ganzen Tag lang vorbereiten. Am Morgen blieb ihr weniger als eine Stunde, um achtzig Spiegeleier, Speck und Würstchen in riesigen Pfannen zu braten, sechs große Laibe Brot aufzuschneiden und mehrere Kannen Kaffee und Tee zu kochen.

Die Baracke hatte einen riesigen Gemeinschaftsraum, wo die Männer aßen und sich entspannten. Ihre Schlaf- und Waschräume lagen an der Rückseite. An den Wänden war rauer, ungestrichener Putz, und der Boden bestand aus nacktem Beton. Es gab lange, wackelige Bohlentische, verschrammte Holzbänke und eine Theke, die den Raum von der Küche abtrennte. Eine Pinnwand und Fächer für jeden der Männer bedeckten eine Wand; an der zweiten waren Haken angebracht, denn da der Herd Tag und Nacht an war, konnten nasse Mäntel und Stiefel bis zum Morgen trocknen.

Die andere Wand war von künstlerisch begabten Bewohnern bemalt worden. Es gab Bilder von Bären und Elchen, Karikaturen von einigen der Männer und viele kurvige, halbnackte Frauen, die Beth rot werden ließen.

Als sie das erste Mal in einen der Schlafräume gegangen war, um den Boden zu fegen, war sie entsetzt vor dem Gestank nach Schweiß und Füßen zurückgewichen. Aber wahrscheinlich konnte es gar nicht anders sein, wenn so viele Männer auf so engem, schlecht belüftetem Raum zusammen schliefen. Außerdem arbeiteten sie lange und konnten nur ungefähr einmal im Monat ins Badehaus gehen, das etwas weiter die Straße herunter lag. Doch die meisten bewahrten ihre Habseligkeiten und Sachen zum Umziehen ordentlich in einer Kiste oder einem Seesack unter ihren Kojen auf. Als Nomaden zogen sie überall hin, wo es Arbeit gab. Es waren harte Männer, frei von Frauen oder Kindern, denen weder Kälte noch Hitze etwas ausmachten und meistens nicht einmal Verletzungen. Sie schienen nur ein paar Kumpels, etwas zu trinken und zu essen zu brauchen, um zufrieden zu sein.

Als die erste Gruppe von Männern mit zerzausten Haaren, gähnend und hustend hereinkam, hatte Beth die Teller, Tabletts mit Essen und das Brot auf der Serviertheke stehen und war bereit, alles auszuteilen. Der Kaffee und der Tee standen wie immer am Ende der Theke, wo sie sich selbst bedienen konnten.

Die meisten knurrten eine Begrüßung, denn sie waren nur halb wach, aber als der große Amerikaner, den die Männer Tex nannten, sich von ihr etwas auf den Teller füllen ließ, sah er sie scharf an und runzelte die Stirn.

»Geht es dir gut, Schätzchen?«, fragte er. »Du siehst heute schrecklich blass aus.«

»Ich bin auf dem Weg hierher auf Glatteis ausgerutscht«, sagte sie mit einem schwachen Lächeln. »Es ist zum Glück nichts gebrochen, aber ich bin noch ein bisschen benommen.«

»Dann lass es für den Rest des Tages ruhig angehen«, erwiderte er. »Wir wollen doch so ein hübsches kleines Ding wie dich nicht verlieren!«

Um zehn Uhr hatte Beth die meisten ihrer Aufgaben erledigt. Normalerweise machte sie jetzt eine Pause, trank eine Tasse Tee, aß ein Schinkensandwich und las die Zeitung, bevor sie mit den Vorbereitungen für das Abendessen begann. Aber heute Abend gab es Stew, und da das Fleisch, das der Fleischer schickte, in der Regel sehr zäh war, ließ sie es gerne schon früh vor sich hin köcheln.

Als sie die großen, schweren Stewtöpfe aus dem Regal unter der Theke herausholte, spürte sie ein scharfes Ziehen im Bauch. Sie stellte die Töpfe auf den Herd, aber da packte sie erneut der Schmerz.

Sie setzte sich auf einen Stuhl und sagte sich, dass es nur ein Krampf war oder dass sie beim Tragen der Stewtöpfe eine falsche Bewegung gemacht haben musste. Aber dann passierte es zum dritten Mal, und instinktiv legte sie die Hand auf den Bauch, genauso, wie sie es bei ihrer Mutter gesehen hatte, als sie mit Molly in den Wehen lag.

Angst überfiel sie. Würde sie ihr Baby verlieren?

Vielleicht war sie zuerst nicht begeistert gewesen, aber jetzt freute sie sich, und in den letzten Monaten hatte sie an kaum etwas anderes gedacht als daran, ihr Baby im Arm zu halten.

Was taten Frauen, um sicherzustellen, dass sie ihr Baby nicht verloren? Sollte sie sich flach auf den Rücken legen? Oder jemanden bitten, einen Arzt zu rufen?

Aber wen? Die Männer waren alle schon gegangen. Die Baracke gehörte Mr Sondheim, aber abgesehen von freitagabends, wenn er kam, um von den Männern die Miete zu kassieren, ließ er sich hier nur selten blicken. Er war öfter vorbeigekommen, als sie gerade angefangen hatte, aber offenbar vertraute er ihr jetzt und kam nur, um die Lebensmittelrechnungen abzuholen und um nachzusehen, ob jemand gegangen war oder Männer ohne Erlaubnis hier wohnten. Da er erst gestern da gewesen war, würde er heute sicher nicht kommen.

Beth erhob sich von ihrem Stuhl in der Hoffnung, dass die Schmerzen wieder verschwanden, denn Mr Sondheim würde nicht erfreut sein, wenn sie es nicht schaffte, den Männern ihr Abendessen zu kochen. Sie kam bis zur Theke, wo sie sich das Fleisch zum Schneiden zurechtlegte, als sich wieder alles in ihr zusammenkrampfte. Diesmal waren die Schmerzen intensiver und dauerten länger. Und irgendwie wusste sie in diesem Augenblick, dass sie nicht verschwinden würden und dass sie Hilfe holen musste.

Vorsichtig bewegte sie sich zur Tür. Als sie sie erreichte, traf sie ein erneuter Schmerz, und diesmal war er so heftig, dass sie aufschrie. Als er vorbei war, spürte sie eine klebrige Nässe zwischen ihren Beinen, und sie nahm an, dass es Blut war. Voller Angst riss sie die Tür auf und sah auf die Straße.

Es war niemand zu sehen, und obwohl das nächste Haus nur ein paar Meter weiter auf der anderen Straßenseite lag, hatte Beth Angst hinüberzulaufen, weil sie fürchtete, erneut in den Schnee zu fallen. Wenn sie sonst vor die Tür gegangen war, dann waren immer andere Leute draußen gewesen, selbst wenn es schneite, denn die meisten Anwohner lebten in so beengten Verhältnissen, dass sie rausmussten.

»Hallo? Ist da jemand?«, rief sie laut, als ihr Bauch sich erneut zusammenkrampfte. Zu ihrem Entsetzen färbte sich der Schnee zwischen ihren Füßen rot mit Blut, und ihr wurde ganz schlecht vor Angst.

Sie musste ungefähr zehn Minuten dort gestanden haben, starr vor Kälte und Schmerzen und mit einer Pfütze aus Blut zu ihren Füßen, die von Minute zu Minute größer wurde, als sie endlich einen Mann, der einen Schlitten zog, die Straße heraufkommen sah.

»Helfen Sie mir, bitte«, rief sie, so laut sie konnte.

Als er sie erreichte, musste sie sich am Türrahmen festklammern, um nicht umzufallen.

»Geht es Ihnen nicht gut?«, fragte er.

Sie sah, dass er noch jung war, nicht älter als zwanzig, ein Ire mit hellen blauen Augen. »Ich glaube, ich verliere mein Baby«, stieß sie hervor, und ihre Angst verdrängte ihre Scham, so etwas zu einem Fremden zu sagen. »Könnten Sie zu mir nach Hause gehen und meinen Mann oder meinen Bruder holen?«

»Sicher«, sagte er. »Aber erst helfe ich Ihnen wieder rein. Hier draußen werden Sie sich den Tod holen.«

Er schien sich auszukennen, denn als sie wieder im Haus waren, lief er durch die Tür in die Schlafräume und kam mit einem Kopfkissen und einer Decke zurück. Er sagte ihr, dass sie sich auf den Boden legen solle, und deckte sie zu, und er hielt sogar ihre Hand, als sie bei einer neuen Welle des Schmerzes aufschrie.

Sie erklärte ihm atemlos, wohin er gehen musste, und er versprach, den ganzen Weg zu rennen.

Die Schmerzen wurden schlimmer, als er weg war, und ließen nicht nach wie zuvor, sondern kamen in Wellen, die stärker und stärker wurden, bis sie nur noch daran denken und nichts anderes mehr sehen oder hören konnte.

Durch den roten Nebel, der sie umgab, glaubte sie kurz, Jack ihren Namen rufen zu hören, aber sie konnte ihm nicht antworten. Sie hatte das Gefühl, in einen dunklen Tunnel zu treiben, aus dem es kein Entrinnen gab.

»Mrs Cadogan! Können Sie mich hören?«

Beth glaubte, durch einen dunklen Wald auf die Stimme des Mannes zuzugehen. Doch als sie versuchte, schneller zu gehen, ließen ihre Beine das nicht zu.

»Öffnen Sie jetzt die Augen, Mrs Cadogan, es ist vorbei.«

Seine Stimme schien jetzt ganz nah, und ihr wurde klar, dass es ein Traum war und dass sie im Bett lag. Sie öffnete die Augen und sah einen Mann mit einer goldgerandeten Brille, der auf sie herunterblickte.

»Sie sind im Hospital«, erklärte er. »Sie haben Ihrem armen Mann einen ganz schönen Schrecken eingejagt; er hatte Angst, Sie zu verlieren.«

»Habe ich mein Baby verloren?«

Der Arzt nickte. »Es tut mir sehr leid, meine Liebe, aber Sie sind jung und gesund und werden bald wieder auf die Beine kommen.«

»Kann ich meinen Mann sehen?«, flüsterte sie.

»Für ein paar Minuten, dann müssen Sie sich ausruhen. Ich schicke ihn zu Ihnen.«

Es musste später Abend sein, denn es brannte nur ein schwaches Licht in dem großen Raum, und die Leute in den anderen Betten schienen zu schlafen. Beth fragte sich verwirrt, warum sie sich nicht erinnern konnte, was mit ihr passiert war, nachdem der junge Ire ihr zu Hilfe gekommen war. Sie musste etwas bekommen haben, das ihr die Schmerzen nahm und das sie so lange hatte schlafen lassen. Hatte man sie operiert?

Als sie Schritte hörte und sich umwandte, sah sie Jack auf sich zukommen.

»Wo ist Theo?«, flüsterte sie, als er an ihrem Bett stand.

»Ich weiß es nicht«, flüsterte er zurück. »Ich war es, der zur Baracke kam – Sam war schon zur Arbeit gegangen. Ich sagte, ich wäre dein Mann, weil es besser aussah. Wusste Theo, dass du schwanger bist?«

Beth schüttelte schwach den Kopf. »Ich wollte es ihm heute Abend sagen.«

»Aber sie sagen, du wärst schon im fünften Monat gewesen! Ich musste so tun, als wüsste ich es. Warum hast du es uns denn nicht gesagt? Wir hätten dich nicht an diesem Ort arbeiten lassen, wenn wir es gewusst hätten.«

»Irgendwie war nie der richtige Zeitpunkt dafür«, erwiderte sie müde.

Jack beugte sich vor und küsste sie auf die Wange. »Wie fühlst du dich jetzt?«

»Ein bisschen schwach.« Sie seufzte. »Aber ich habe keine Schmerzen mehr. Was haben sie mit mir gemacht, Jack?«

»Der Arzt wird es dir morgen erklären«, sagte er. »Aber jetzt musst du schlafen. Ich werde Sam und Theo suchen und es ihnen sagen. Wir besuchen dich dann morgen.«

Es war nach zehn Uhr abends, und während Jack durch die leeren verschneiten Straßen lief, füllten seine Augen sich mit Tränen, als er an das dachte, was der Arzt gesagt hatte.

»Ich musste eine Notoperation durchführen und die Teile entfernen, die sich nicht von selbst gelöst haben, und leider muss ich Ihnen mitteilen, dass es sehr unwahrscheinlich ist, dass sie noch mal ein Kind bekommen kann.«

Vielen Frauen, die Jack kannte, wäre es egal gewesen, dass sie niemals Kinder haben konnten, und jeder, der Beth jemals Geige spielen gehört hatte, hätte geglaubt, dass es ihr nicht wichtig war, Mutter zu sein. Aber Jack wusste es besser. Er hatte die Traurigkeit in ihrer Stimme gehört, wenn sie von Molly sprach, und wusste, dass sie noch immer darunter litt, dass sie ihre Schwester weggegeben hatte, egal wie oft sie das Gegenteil betonte. An Weihnachten, als sie ein Foto von Molly bekam, hatte sie es stundenlang sehnsüchtig betrachtet. Er hatte immer geglaubt, dass sie sich erst ganz davon erholen würde, wenn sie selbst ein Kind bekam.

Jetzt würde sie diese Chance nicht mehr bekommen.

Theo kam in dieser Nacht nicht nach Hause, und Jack lag wach und hasste den Mann dafür, dass er sich so wenig für Beth interessierte. Theo wusste natürlich nicht, dass sie im Krankenhaus lag, aber Jack konnte nicht verstehen, wie ein Mann es ertragen konnte, auch nur eine Nacht von einer so wunderbaren Frau wie Beth getrennt zu sein.

Sam hatte ihn ungläubig angesehen, als Jack ihm von der Neuigkeit erzählte. »Warum hat sie es mir nicht gesagt?«, wiederholte er ständig, als würde er glauben, dass das alles nicht passiert wäre, wenn sie es getan hätte. Aber selbst Sam, der seiner Schwester so nahestand, war der Meinung, dass es so vielleicht das Beste war.

»Das Beste für wen?«, schrie Jack ihn an. »Für dich und Theo vielleicht, damit ihr tun könnt, was ihr wollt, ohne dass euch etwas daran hindert! Aber nicht für Beth. Ein Teil von ihr ist mit diesem Kind gestorben, und wenn sie erfährt, dass sie keine Kinder mehr bekommen kann, was wird das dann in ihr anrichten?«

Jack hörte Theo kurz vor Tagesanbruch nach Hause kommen. Er teilte sich mit Beth das, was sie lachend den Salon nannten. Es war der etwas größere der beiden Räume unten, und er hatte einen Ofen. Beth musste darauf kochen und hatte sich selbst eine kleine Küche eingerichtet, indem sie eine Tischdecke auf eine Holzkiste gelegt und sie in den Alkoven neben dem Herd gestellt hatte. Auf der Kiste und darin bewahrte sie das Besteck, die Teller und Töpfe und die Lebensmittel auf.

Ihre Fähigkeit, ein Haus in ein Heim zu verwandeln, erstaunte Jack immer wieder. Sie hatte eine bunte Tagesdecke über das Bett gelegt und Kissen für die beiden Holzsessel genäht. Die meisten Leute hier lebten im Dreck, kämpften gegen Armut und Elend, aber Beth hielt das Haus makellos sauber und fügte immer irgendwo etwas hinzu, um es heimeliger zu machen.

Von dem Geld, das sie in der Baracke verdiente, hatte sie einen kleinen Tisch gekauft, und an Sonntagen, wenn sie alle zu Hause waren, aßen sie – auf Kisten sitzend – daran. Sie hatte die Spalten in den Fensterrahmen mit Zeitungen ausgestopft, damit es nicht mehr so zog, und die Flecken an den Wänden mit Theaterpostern und Bildern bedeckt, die sie aus Zeitschriften ausschnitt. Wenn sie sonntags am Ofen saßen, ein leckeres Essen vor sich, dann konnten sie die bittere Kälte und das Elend vor der Tür für ein paar Stunden vergessen und eine richtige Familie sein.

Seit seiner ersten Begegnung mit Theo hatten sich Jacks Gefühle ihm gegenüber gewandelt. Er war nicht länger eifersüchtig auf ihn, weil er ihm Beth weggenommen hatte, und auch nicht mehr wütend darüber, dass er behauptet hatte, für ihre Rettung aus dem Keller verantwortlich zu sein. Von ihrem Umzug nach Philadelphia an mochte er ihn sogar.

Denn trotz Theos elegantem Auftreten, seiner schicken Sachen, dem feinen Akzent und seiner adligen Herkunft war er kein Snob. Für ihn gab es nur zwei Arten von Menschen: die, die er mochte, und die, die er nicht mochte. Was sie hatten oder woher sie kamen, spielte für ihn keine Rolle.

Als Jack die alte Feindseligkeit überwunden hatte, stellte er fest, dass Theo großzügig und freundlich war und ein lustiger Reisegefährte – und er war intelligent, den anderen immer einen Schritt voraus.

Jack war nicht entsetzt darüber gewesen, dass Theo beim Kartenspielen betrog. Er hätte das vermutlich auch getan, wenn es um so viel Geld gegangen wäre. Er hätte jedoch erwartet, dass Theo weglaufen und ihn und Sam im Stich lassen würde, als Sheldon starb.

Aber das hatte er nicht getan. Er hatte ihre Flucht nach Kanada organisiert und ihre Fahrkarten bezahlt, und seit dieser Bewährungsprobe vertraute Jack ihm blind.

Doch als er Theo hereinkommen hörte und ihm wieder einfiel, wo Beth war, sah Jack rot. Er sprang aus dem Bett und rannte nur mit seiner langen Unterhose bekleidet in das angrenzende Zimmer.

Theo, der noch seinen Hut und den eleganten Mantel trug, hatte eine Kerze angezündet. Er hielt sie in der Hand und sah erstaunt aus, weil Beth nicht da war.

»Wo ist sie?«, fragte er.

»Im Krankenhaus, du Schwein«, knurrte Jack. »Sie hat ihr Baby verloren, und du gehörst aufgeknüpft dafür, dass du nicht bei ihr warst, und dafür, dass du sie an diesem Ort hast arbeiten lassen.«

»Sie war schwanger?«, keuchte Theo, und sein Gesicht wurde plötzlich weiß. »Das wusste ich nicht!«

»Du hast ihr ja keine Chance gelassen, es dir zu erzählen, weil du nie da bist!«, schrie Jack. »Du stolzierst hier rein und raus, isst das Essen, das sie dir kocht, ziehst die Hemden an, die sie dir wäscht, und behandelst sie wie ein Dienstmädchen!«

Theo stellte die Kerze ab und warf seinen Hut aufs Bett. »O Gott«, rief er. »Sie hat unser Baby verloren? Bitte, Jack, setz dich und erzähl mir, was passiert ist und wie es ihr geht.«

Jack konnte erkennen, wie schockiert und entsetzt Theo war, aber das besänftigte ihn nicht. Er ballte die Hand zur Faust und versetzte Theo einen Haken, der ihn mitten aufs Kinn traf und zurücktaumeln ließ.

»Ich würde dir ohne schlechtes Gewissen die Seele aus dem Leib prügeln«, zischte Jack. »Aber ich will dieses Zimmer nicht ruinieren, das Beth versucht hat gemütlich zu machen. Ist dir das je aufgefallen? Hast du gesehen, wie rau ihre Hände geworden sind? Sie war jemand in Philadelphia, sie trug hübsche Kleider, und sie war glücklich dort, aber das hast du ihr alles weggenommen.«

»Ich nehme an, du hattest einen besseren Plan?«, sagte Theo mit einem sarkastischen Unterton. »Einen, den du nur nie erwähnt hast, hm?«

»Du arrogantes Schwein«, schrie Jack ihn an und wollte ihn gerade erneut schlagen, als Sam ins Zimmer gerannt kam und seinen Arm festhielt.

»Von einer Prügelei wird es auch nicht besser«, sagte er wütend und stellte sich zwischen seine beiden Freunde. »Gott weiß, ich möchte Theo auch zu Brei schlagen, weil er Beth so vernachlässigt hat, aber sie wird sehr verzweifelt über ihre Fehlgeburt sein, und wenn sie nach Hause kommt und feststellt, dass Theo auch nicht mehr da ist, dann wird sie sich davon nie erholen.«

»Ich würde Beth nicht verlassen, selbst wenn ihr beide mich zu Brei schlagt«, erklärte Theo entrüstet. »Ihr tut so, als wäre ich für diese Sache verantwortlich. Wie kann ich das? Ich wusste es nicht. Würdet ihr euch jetzt bitte setzen und mir erklären, was passiert ist, und mir um Himmels willen sagen, wie es ihr geht? Ich liebe sie, das wisst ihr doch sicher?«

Nach dieser unerwarteten Liebeserklärung schwand Jacks Wut. »Warum lässt du sie dann die ganze Zeit allein?«, fragte er niedergeschlagen. »Hättest du sie deinen neuen Freunden nicht vorstellen können? Sie ist eine echte Lady, sie hätte dich nicht in Verlegenheit gebracht.«

Theo seufzte. Er ließ sich auf einen Stuhl sinken und fuhr sich mit den Fingern durchs Haar. »Ich habe versucht, etwas für uns alle zu erreichen. Wenn ich gewusst hätte, dass ich Vater werde ...« Er brach plötzlich ab, überwältigt von seinen Gefühlen, und vergrub das Gesicht in den Händen.

»Herrgott noch mal, nun sagt mir schon, wie es ihr geht«, sagte er einige Augenblicke später mit erstickter Stimme. »So viel darf ich doch zumindest wissen?«

Theo stand an der Stationstür und beobachtete Beth durch die kleine Glasscheibe. Sie lag auf der Seite im Bett, den Arm über das Gesicht gelegt, und er wusste, dass sie weinte. Er wappnete sich, um ins Zimmer zu treten, und hoffte, dass er die richtigen Worte finden würde, um sie zu trösten, wenn er sie in die Arme nahm.

Sein Gesicht schmerzte noch von dem Schlag, den Jack ihm vor ein paar Stunden verpasst hatte, aber noch schlimmer schmerzte sein Herz. Er konnte nicht behaupten, jemals darüber nachgedacht zu haben, wie es sein würde, ein Kind zu haben, doch er war unendlich traurig, dass er, ohne es zu wissen, ein Baby mit Beth gezeugt hatte und dass es nun nicht mehr da war.

Er schob die Tür auf, holte tief Luft und ging hinein. Beth

hob den Arm von ihrem Gesicht, und er sah, dass ihre Augen rot und geschwollen waren.

»Du armes Ding«, sagte er leise. »Es tut mir so leid, dass ich gestern nicht hier war.«

Sie sah ihn so trostlos an, dass er es kaum ertrug. »Du hättest es mir sagen sollen«, fuhr er fort und nahm sie in die Arme. »Ich liebe dich, Beth, ich weiß, dass ich dir das nicht immer zeige, aber du hättest mir das nicht verheimlichen dürfen.«

»Sie sagen, dass ich fast gestorben wäre«, schluchzte sie an seiner Brust. »Ich wünschte, ich wäre gestorben, Theo. Was hat mein Leben für einen Sinn, wenn ich niemals ein Kind haben werde, das ich lieben kann?«

»Wir wissen nicht, ob das wirklich stimmt«, erwiderte Theo, und Tränen liefen auch über seine Wangen. »Wir gehen zu einem anderen Arzt, wir sorgen dafür, dass wieder alles in Ordnung kommt.«

»Es gibt Dinge, die man nicht mehr in Ordnung bringen kann«, sagte sie mit undeutlicher Stimme an seiner Brust.

Theo wusste instinktiv, dass sie das Gefühl hatte, bestraft worden zu sein, weil sie mit einem Mann geschlafen hatte, mit dem sie nicht verheiratet war. »Das glaube ich nicht«, sagte er. »Ich werde mich um dich kümmern, und wenn es dir wieder gut geht, dann sieht alles anders aus, du wirst schon sehen. Wir werden eines Tages heiraten, und dann fahren wir nach England und besuchen Molly. Selbst wenn wir kein weiteres Kind mehr haben können, haben wir immer noch uns.«

Sie weinte einfach nur an seiner Brust, und er fühlte sich hilflos, weil er ihren Schmerz nicht lindern konnte. Was sollte er sagen? Er hatte sich nie danach gesehnt, ein Kind zu haben, er bezweifelte, dass das irgendein Mann tat. Er konnte Beths Trauer und ihre Enttäuschung verstehen, aber er konnte nicht behaupten, dass er wusste, was sie empfand.

»Es tut mir so leid«, flüsterte er. »Es tut mir leid, dass ich mich nicht besser um dich gekümmert habe. Es tut mir leid, dass ich dir nicht oft genug gesagt habe, dass ich dich liebe. Und es tut mir so unendlich leid, dass wir unser Baby verloren haben. Aber gib nicht auf, Beth. Jetzt sieht vielleicht alles trostlos aus, aber es wird wieder besser. Das zumindest verspreche ich dir.«

24

Juni 1897

»Hör jetzt endlich auf damit, Schwesterchen, ich bin es so leid, dein trauriges Gesicht zu sehen!«

Beth wurde rot vor Scham, denn Sams Stimme schien durch den gesamten Bahnhof zu hallen.

»Warum schreist du nicht noch ein bisschen lauter?«, gab sie sarkastisch zurück. »Ich bin sicher, die Leute ganz hinten hätten es auch gerne gehört.«

»Tut mir leid«, sagte er verlegen. »Mir war nicht klar, dass ich schreie. Aber es scheint schon Jahre her zu sein, seit ich dich lachen gehört oder aufgeregt über etwas gesehen habe. Wir sind jetzt durch ganz Kanada gereist und haben so viel gesehen; heute Abend kommen wir in Vancouver an, also kannst du nicht ein bisschen fröhlicher sein?«

»Böden zu schrubben, abzuwaschen und zu kellnern waren keine besonders aufregenden Tätigkeiten«, gab sie spitz zurück. »Wenn du mir garantieren kannst, dass es in Vancouver besser wird, dann fange ich vielleicht wieder an zu lachen.«

»Vielleicht bekommst du dort die Chance, wieder Geige zu spielen.«

Beth zwang sich zu lächeln. »Vielleicht, aber entschuldige, wenn ich mich nicht darauf verlasse.«

Die Fehlgeburt lag jetzt vier Monate zurück, und körperlich hatte sie sich innerhalb einer Woche davon erholt. Aber zu hören, dass sie keine Kinder mehr bekommen konnte, war ein schwerer Schlag für sie gewesen. Manchmal blieb sie den ganzen Tag im Bett, es war ihr egal, ob das Zimmer dreckig oder unordentlich war, und wenn sie ausging, dann redete sie mit kaum jemandem.

Theo hätte während der ersten drei oder vier Wochen nicht netter sein können. Er brachte ihr Delikatessen, Stärkungsmittel, frische Früchte und Schokolade mit, er fuhr mit ihr in einem Pferdeschlitten zum Mount Royal hinauf, und er kaufte ihr ein neues Kleid in einem der besten Läden an der Sherbrooke Street. Viele Abende blieb er bei ihr, und nur deshalb verfiel sie nicht in Melancholie.

Sie war froh, als die Männer vorschlugen, weiterzuziehen. Vielleicht würde sie wieder sie selbst sein, wenn sie neue Landschaften sah und neue Leute kennenlernte.

Ende März verließen sie Montreal mit dem Zug, als es noch sehr kalt und der Fluss noch immer zugefroren war, aber der Frühling bereits Einzug hielt. Theos Theorie war, dass die neue Eisenbahnlinie, die durch ganz Kanada bis nach Vancouver führte, einige aufblühende Städte entlang des Weges geschaffen haben musste. Er hatte insofern recht, dass überall, wo der Zug hielt, Kleinstädte entstanden waren, aber dort eröffneten sich ihnen nicht die Möglichkeiten, auf die Theo gehofft hatte.

Ein Saloon, der in der Regel auch ein Hotel war, Lebensmittel-, Bekleidungs- und Werkzeugläden, ein Holzhof, Ställe und eine Schmiede waren so ziemlich alles, was diese Städte zu bieten hatten. Die Einwanderer, die an diesen abgelegenen Orten Farmland gekauft hatten, waren nüchtern, fleißig und bieder, keine Menschen, die ihr hart verdientes Geld verspielten. Beth fand, dass man in diesen Städten nur ein Vermögen machen konnte, wenn man Ballen mit Stoff, Hüte oder andere Luxusgüter herschaffte, denn die meisten

Frauen hungerten hier nach irgendetwas Hübschem zum Anziehen.

Doch Montreal zu verlassen, hatte ihr gutgetan. Sie hatte aufgehört, darüber nachzudenken, dass sie niemals ein Kind haben würde, und die Energie aufgebracht, wieder zu arbeiten, wenn die Gelegenheit sich bot. Sie gab sich wieder Mühe mit ihrem Aussehen und übte wieder Geige.

An den meisten Orten, an denen sie länger blieben, gelang es den Männern meist leicht, irgendeinen Job zu finden, auf Farmen, in Holzfällercamps oder in Sägewerken. In einer Stadt hatte Sam einem Schuster ausgeholfen und fast vierzig Dollar verdient. Aber für Beth gab es nur Putzen, Waschen und gelegentliche Farmarbeit wie Säen oder Unkrautjäten. Manchmal musste sie allein in einem gemieteten Zimmer bleiben, während die Männer in den Baracken an ihrem Arbeitsplatz schliefen, deshalb war sie auch einsam.

Sie hatte ein paar Mal in den Saloons Geige gespielt, aber obwohl sie viel Applaus bekam, warf das Publikum als Anerkennung nur wenige Cent in den Hut. Es war schwer, nicht an New York oder Philadelphia zu denken und daran, wie gut es sich angefühlt hatte, von dem leben zu können, was sie am meisten liebte. Sie hatte Angst, dass sie niemals wieder die Chance dazu bekommen würde.

Doch trotz aller Enttäuschungen, Entbehrungen und Sorgen war es, wie Sam gesagt hatte, eine unglaubliche Reise mitten durch dieses riesige Land gewesen, und die atemberaubend schöne Landschaft hatte sie nach jeder Kurve erneut sprachlos gemacht: schneebedeckte Berge, riesige Seen und Kiefernwälder, wilde Wasserfälle und Prärien, die sich fast endlos ausdehnten. Sie konnte kaum glauben, dass ihre Welt früher auf die Church Street in Liverpool beschränkt und dass ein Park ihre Vorstellung von einem offenen Platz gewesen war.

Der Grund, warum sie heute so ein langes Gesicht machte, war einfach nur Müdigkeit. Sie war ihr Nomadenleben leid, war es leid, sich einer neuen Stadt zu nähern und die aufgeregte Vorfreude der Männer zu sehen, nur um ein paar Tage später enttäuscht weiterzuziehen. Sie konnte keinen Enthusiasmus für Vancouver mehr aufbringen, denn sie war sicher, dass es dort nicht anders sein würde als an den übrigen Orten.

Theo war überzeugt davon, dass hier alle seine Träume wahr werden würden. Er stand mit Jack auf der Aussichtsplattform am Ende des Waggons, und Beth bezweifelte nicht, dass sie mal wieder über ihren Traum-Spielsalon sprachen.

Sie wusste, dass Jack und Theo sich nach ihrer Fehlgeburt geprügelt hatten, denn sie hatte den Bluterguss auf Theos Wange gesehen. Doch welche Animositäten auch dazu geführt hatten, inzwischen waren sie die besten Freunde, und Jack hatte sich auf dieser Reise als sehr wertvoll erwiesen. Wenn es um harte körperliche Arbeit ging, dann konnte ihm niemand das Wasser reichen, denn er war sehr stark und geschickt. Er sprang für Theo und Sam ein, wenn sie nicht mehr konnten, und seine beeindruckende Erscheinung hielt potenzielle Unruhestifter davon ab, sich mit ihnen anzulegen.

Alle drei waren jetzt muskulöser und fitter und auch attraktiv mit ihren sonnengebräunten Gesichtern. Selbst wenn Beth ihre jungenhafte Vorfreude auf Vancouver nicht teilte, war sie doch froh, bei ihnen zu sein.

»Das genügt doch, oder?« Jack sah nervös aus, als er Beth in die Zimmer führte, die er für sie in Gas Town gefunden hatte.

Sie waren früh am Morgen in Vancouver angekommen, deshalb hatten sie im Warteraum des Bahnhofs gedöst, bis es hell wurde. Jack war alleine losgegangen, während sie frühstückten, und eine Stunde später mit der Nachricht zurückgekehrt, dass er diese Unterkunft gemietet hatte, nur ein paar Straßen vom Bahnhof entfernt.

»Ja, es genügt, Jack«, erwiderte Beth, zu müde, um noch daran interessiert zu sein, wie es hier aussah. Es gab zwei Zimmer, fleckige Matratzen auf den Betten, einen Stuhl mit nur drei Beinen, einen Gasherd und ein Waschbecken in der Ecke des hinteren Zimmers, von dem aus man auf die Docks blickte. Aber sie hatten schon an viel schlimmeren Orten gehaust.

»Es war die beste Unterkunft von denen, die ich mir angesehen habe«, erklärte Jack angespannt. »Vielleicht finden wir woanders etwas Besseres, aber man hat mir gesagt, dass in Gas Town die ganzen Saloons und Spielsalons liegen, und es scheint genau unser Viertel zu sein. Ich wette, hier haben sie nichts gegen hübsche Geigenspielerinnen.«

Beth war gerührt, dass er an sie gedacht hatte, und lächelte müde. »Das hast du gut gemacht, Jack. Aber du machst es ja immer gut, egal, was du tust.«

In diesem Moment kamen Theo und Sam die Treppe hinauf. Theo rümpfte die Nase, und Sam grinste angespannt. »Warum kriegen wir eigentlich immer nur so trostlose Zimmer? Man würde doch denken, dass wir irgendwann mal über eine anständige Wohnung stolpern«, sagte er.

Beth fühlte sich verpflichtet, die Männer aufzumuntern. »Zumindest ist es ein ziemlich neues Haus. Ich habe gesehen, dass sie sogar innen liegende Toiletten und ein Badezimmer haben, als wir die Treppe raufkamen. Ich kann die Zimmer für uns herrichten, es wird uns hier gut gehen.«

»Wenn du glücklich bist, dann werden wir es alle sein«, sagte Theo. Er ging hinüber zum Fenster und sah hinaus. »Wir haben hier einen guten Blick auf die Schiffe, und wenn wir feststellen, dass Gas Town nicht nach unserem Geschmack ist, dann können wir mit einem davon irgendwohin fahren.«

»Solange es nicht nach Norden geht«, entgegnete Beth, während sie ihre Reisetasche öffnete, um auszupacken. »Ich habe genug von Kälte und Schnee.«

Als Beth später aufwachte, hörte sie von irgendwoher in der Nähe Banjomusik. Sie war schnell und leidenschaftlich und erinnerte sie an einen schwarzen Banjospieler, der in Philadelphia auf den Straßen gespielt hatte. Das schien ein sehr gutes Omen zu sein.

Sie hatten sich alle vier vollständig angezogen auf die nackten Matratzen gelegt und geschlafen, aber das musste schon Stunden her sein, denn sie konnte an der tief stehenden Sonne erkennen, dass jetzt schon früher Abend war.

Theo lag an ihren Rücken geschmiegt und schlief fest, und sie löste sich von ihm, plötzlich voller Energie und entschlossen, den Raum in ein Zuhause für sie zu verwandeln.

Sie rollte ihr Bündel mit Bettzeug aus, hängte ihre Kleider in den Schrank und zog gerade den Tisch zum Fenster hinüber, als Theo aufwachte.

»Das ist ein gutes Zeichen«, sagte er und beobachtete, wie sie ein kariertes Tischtuch auf dem Tisch ausbreitete. »Bedeutet das, du fühlst dich zu Hause?«

»Ich fühle mich überall da zu Hause, wo du bist«, neckte sie ihn. »Und jetzt schaff deinen faulen Kadaver aus dem Bett, damit ich es machen kann.«

Er tat, worum sie ihn bat, aber dann kam er durch das Zimmer und legte die Arme um sie. »Ich habe dir schon so viel zugemutet«, sagte er bedauernd.

Das war eine ziemliche Untertreibung, und wenn sie in der

Stimmung gewesen wäre, ihn anzugreifen, dann hätte sie ihm eine lange Liste mit seinen Unzulänglichkeiten aufzählen können, angefangen mit dem unvermeidlichen Alles-oder-Nichts-Lebensstil. Und dann waren da noch sein unerklärtes Fortbleiben, das Flirten mit anderen Frauen und auch seine Unzuverlässigkeit und sein Egoismus. Aber ihr stand nicht der Sinn nach Schuldzuweisungen.

»Nicht alles davon war schlimm.« Sie schlang die Arme um seinen Hals und küsste ihn. Er erwiderte ihren Kuss begierig, seine Zunge drang in ihren Mund, während er sie an sich presste, und zu ihrer Überraschung stieg echtes Verlangen nach ihm in ihr auf.

Seit der Fehlgeburt hatte sie ihn nicht mehr so begehrt wie vorher. Sie hatte zwar weiterhin mit ihm geschlafen und so getan, als würde es ihr gefallen, um ihn nicht zu verletzen, aber jedes Mal, wenn sie einen Höhepunkt vortäuschte, war sie unendlich traurig gewesen und hatte sich betrogen gefühlt, denn ihr Liebesspiel hatte einen so großen Teil dessen ausgemacht, was gut zwischen ihnen war.

Er setzte sich auf einen Stuhl und zog sie auf seine Knie, sodass sie auf ihm saß, dann öffnete er das Mieder ihres Kleides und entblößte ihre Brüste, um sie zu streicheln und zu küssen. Es fühlte sich gut an, so wie früher, und als eine seiner Hände sich unter ihren Rock und ihren Unterrock schob, um ihre empfindlichste Stelle zu reizen, wusste sie, dass es diesmal kein Vortäuschen geben würde.

Zu wissen, dass Sam und Jack direkt hinter der Tür im angrenzenden Zimmer lagen, während Theo sie immer heftiger erregte, war so erotisch, dass sie schon kam, bevor er seine Hose öffnete und in sie glitt. Der Banjospieler draußen auf der Straße schien sich ihrem Rhythmus anzupassen. Sie warf den Kopf zurück, streckte Theo enthemmt ihre Brüste entgegen und liebte das sinnliche Gefühl, ihn in sich zu spüren.

Er kam mit einem lauten Stöhnen und vergrub seine Finger in ihrem Po. »Das war, als hätte ich tausend Dollar mit einer Karte gewonnen«, flüsterte er an ihrer Schulter. »Ich liebe dich so sehr, Beth.«

Es war schon nach zehn, als die vier das Haus verließen, um etwas zu essen. Sie waren gezwungen gewesen, kalt zu baden, denn das Wasser wurde nur heiß, wenn der Ofen im Keller an war. Aber es hatte sie alle belebt, und Beth fühlte sich nach ihrem Liebesspiel so gut, dass sie über alles lachte, was die Männer sagten.

Sie hatte ihr rotes Satinkleid angezogen, obwohl es von der langen Zeit in der Reisetasche verknittert war. »Ich nehme meine Geige mit«, verkündete sie, als sie die Zimmer verließen. »Ich glaube, heute Abend habe ich Glück.«

Nachdem sie in einem Restaurant in der Nähe gebratenes Hühnchen und Kartoffeln gegessen hatten, gingen sie über die Hauptstraße von Gas Town.

Wenn sie das richtig mitbekommen hatten, dann war Vancouver ursprünglich hier entstanden. 1867 war es nichts weiter als eine Ansammlung von Holzhütten und Lagerhallen neben den Anlegeplätzen gewesen, bis John Deighton, bekannt als Gassy Jack, hier seinen ersten Saloon eröffnet hatte. Die Würdenträger der Stadt wollten die Gegend Granville nennen, aber für die Einwohner blieb es Gas Town.

Nach den beschaulichen ruhigen kleinen Städtchen, die sie während der vergangenen Monate besucht hatten, waren sie hocherfreut darüber, wie aktiv und laut es in Gas Town zuging und dass man hier auch weniger fromme Freuden genoss.

Die Leute strömten mit ihren Drinks aus den Saloons auf die Straßen, und dort gab es Buden mit allen möglichen Arten von Essen, von gebackenen Kartoffeln und Hotdogs bis hin zu Schalen mit Nudeln. Musik erklang aus einem Dutzend verschiedener Richtungen, und betrunkene Matrosen schwankten singend zwischen den Leuten hindurch.

Es gab Werber, die versuchten, die Unachtsamen zu Kartenspielen in dunkle Gassen zu locken, und Huren, die aufreizend an Türen standen. Bettler, Straßenmusikanten, Straßenkünstler und Hausierer trugen zu dem Trubel bei.

Jack blieb vor einem sehr vollen Saloon an einer Kreuzung an der Water Street stehen. »Machen wir uns hier drin bemerkbar«, sagte er grinsend. »Hier gibt es keine Musik, also können wir sie vielleicht überreden, dass sie welche brauchen!«

Während Beth mit Theo an der Tür stand und Jack und Sam an die Bar gingen, um ihnen etwas zu trinken zu holen, dachte sie darüber nach, wie sehr sich die Dynamik in ihrer kleinen Gruppe seit ihrer Abreise aus Philadelphia geändert hatte. Theo war damals ihr unangefochtener Anführer gewesen, wegen seiner starken Persönlichkeit und seiner Herkunft und weil er das meiste Geld besaß. Sam war seine rechte Hand, und Jacks Rolle war fast die eines Dieners gewesen.

Als Theo dann in Montreal so oft verschwand, hatten Jack und Sam begonnen, eigene Entscheidungen zu treffen. Doch selbst da musste Theo nur mit den Fingern schnippen, und sie waren mit seinen Plänen einverstanden gewesen.

Nach ihrer Abreise aus Montreal änderte sich das alles; Theo und Sam waren beide zu feine Stadtmenschen, um sich unter den rauen, starken Farmern, Holzfällern und Bauarbeitern wohlzufühlen, die ihnen begegneten. Aber diese Männer mochten Jack, erkannten in ihm einen der ihren.

Plötzlich war es Jack, der die Entscheidungen traf, und er zog Sam und Theo mit. Bei einigen der Jobs, die sie annahmen, hätten sie keinen Tag ohne Jack durchgehalten, der ihnen half und ihre fehlenden Fähigkeiten überspielte. Sam fing bald an, härter zu werden, und war stolz darauf, neue Dinge zu lernen und mit Jack und den anderen Männern mithalten zu können. Aber Theo war wie ein Fisch auf dem Trockenen; er konnte sich nicht anpassen. Er kam nur durch seinen Charme über die Runden, und Beth hörte, dass die Männer ihn oft abfällig den »englischen Gent« nannten.

Sie fragte sich, ob Theo jetzt, wo sie sich wieder in einer Umgebung befanden, in der er sich wohlfühlte, versuchen würde, wieder der Anführer ihrer Gruppe zu werden.

Jack und Sam kehrten mit den Drinks zurück und grinsten beide breit.

»Wir haben den Wirt gefragt, ob du spielen kannst«, sagte Sam. »Er antwortete: ›Wenn sie sich traut.‹ Und, traust du dich, Schwesterchen?«

Beth nahm ihr Glas Rum, blickte sich in dem vollen Saloon um und trank dann alles in einem Schluck aus. »Versuch, mich davon abzuhalten«, erwiderte sie mit einem breiten Lächeln. Theo reichte ihr den Geigenkasten, und sie öffnete ihn und holte ihr Instrument heraus.

»Wie viel Geld müssen wir dem Wirt geben?«, fragte sie.

»Das hat er nicht gesagt«, entgegnete Jack. »Ich schätze, er glaubt nicht wirklich, dass es überhaupt welches geben wird. Ich gehe mit dem Hut rum, und wir bieten ihm am Ende am besten etwas davon an, und dann lässt er dich vielleicht regelmäßig hier auftreten.«

Theo beobachtete Beth, während sie sich einen Weg durch die Menge in den hinteren Teil des Saloons bahnte, die Geige unter den Arm geklemmt, den Bogen in der Hand. Sie sah aus wie eine schlanke Flamme in ihrem roten Kleid, und er konnte an ihrem geraden Rücken und der Art, wie sie ihre Schultern hielt, sehen, dass sie heute Abend erfolgreich sein wollte.

Sie verschwand aus seinem Blickfeld, und Theo spürte eine Welle der Sorge in sich aufsteigen, aber plötzlich sah er sie über den bulligen Männern auftauchen, die ihm die Sicht versperrten, und ihm wurde klar, dass sie jetzt auf einem Tisch stand.

Sie klemmte sich die Geige unter das Kinn, zog den Bogen über die Saiten und begann mit »Kitty O'Neill«.

Ein paar Augenblicke lang kam keine Reaktion von den Gästen; fast alle drehten ihr den Rücken zu. Theo hielt den Atem an, aber langsam begannen die Männer, sich zu ihr umzudrehen, und auf ihren Gesichtern breitete sich ein anerkennendes Lächeln aus.

Theo sah, wie sehr Beth mit ihrem Publikum im Einklang war. Sie lächelte und warf ihr Haar zurück, spielte schneller, als alle aufmerksam wurden, und wusste genau, was sie tun musste, um die Aufmerksamkeit zu behalten.

»Sie ist besser als je zuvor«, keuchte Jack. »Sieh dir ihr Gesicht an!«

Theo konnte nichts anderes sehen. Nicht die Männer, die vor ihr herumhüpften, nicht die beiden Huren, die ihn von der Ecke aus musterten oder das Glas Whiskey in seiner Hand. Er hatte diesen seligen Ausdruck auf Beths Gesicht erst ein paar Stunden zuvor gesehen, als sie sich geliebt hatten. Vielleicht hätte er eifersüchtig darauf sein sollen, dass die Musik ihr so viel bedeutete, aber das war er nicht. Er fühlte sich nur größer und mächtiger als die anderen Männer im Saloon, weil sie ihm gehörte.

Während der zwanzig Minuten, die sie inzwischen spielte, drängten immer mehr Leute, die draußen vorbeikamen, durch die Tür, bis der Saloon bis auf den letzten Platz gefüllt war.

»Sie werden es niemals schaffen, die alle zu bedienen«, sagte Jack und stieß Sam an. »Wir sollten hingehen und sie fragen, ob sie Hilfe brauchen.«

Und wieder einmal staunte Theo über Beths großartiges Timing, denn als die beiden die Bar erreichten und ihre Dienste anboten, beendete sie ihre Nummer.

»Ich muss jetzt eine Pause machen«, rief sie. »Holt euch was zu trinken, ich komme bald zurück.«

An jenem ersten Abend lagen über dreißig Dollar im Hut, und Oris Beeking, der Wirt des Globe, war hocherfreut und wollte, dass Beth vier Abende in der Woche bei ihm auftrat. Außerdem stellte er auch Sam und Jack als Barkeeper ein.

Vancouver war in jeder Hinsicht ideal für sie. Die Leute waren nicht so bieder wie überall sonst in Kanada, denn es war auf vielerlei Arten noch immer eine Grenzstadt. Es tat gut, im warmen Sonnenschein an der Küste entlangzulaufen, mit den Fischern und Matrosen zu reden und das Gefühl zu haben, hierher zu gehören. Sam und Jack fanden zwei freche Saloon-Mädchen, die ihnen gefielen. Theo konnte bei einigen Pokerspielen mitmachen, und an Sonntagabenden, wenn sie alle zusammen zu Hause waren, planten sie ihren Saloon, einen Ort, an dem es Pokerrunden, Musik und tanzende Mädchen geben sollte.

Nach der Unsicherheit und den Unbequemlichkeiten, die sie auf der Reise erfahren hatten, waren alle vier glücklich, sich wieder niederzulassen. Sie redeten nicht mehr davon weiterzuziehen, nur davon, sich eine größere Wohnung zu suchen.

Am 16. Juli ging Beth zur Post, um einen Brief an Molly und die Langworthys aufzugeben. Sie hatte Briefe aus fast jeder Stadt geschickt, durch die sie gekommen waren, und jetzt wollte sie ihnen unbedingt die neue Adresse mitteilen, an die sie zurückschreiben konnten.

Vor der Post stand eine große Gruppe von Männern, und Beths erster Gedanke war, dass sie gleich anfangen würden, sich zu prügeln, denn sie liefen auf und ab und riefen und winkten mit den Armen. Aber als sie näher kam, sah sie, dass es nicht Wut war, die sie antrieb, sondern Aufregung. Zwei Männer waren Hafenarbeiter, die sie aus dem Globe kannte, und sie nahm an, dass die anderen gerade mit dem Schiff angekommen waren.

»Was ist denn hier los?«, fragte sie, als einer der Männer, die sie kannte, ihr lächelnd zuwinkte.

»Gold«, rief er mit strahlenden Augen. »Sie haben in Alaska Gold gefunden. Tonnen davon. Wir wollen mit dem nächsten Schiff hinfahren.«

Beth lachte. Sie war überzeugt davon, dass das nicht stimmen konnte. Soweit sie wusste, lag Alaska das ganze Jahr über unter einer dicken Schneeschicht, und die einzigen Leute, die dorthin gingen, waren Pelzjäger.

Sie gab den Brief auf, kaufte Brot, Fleisch und Gemüse, dann ging sie zurück nach Hause. Aber als sie an einem Zeitungsstand vorbeikam, sah sie die Schlagzeile »Tonnen von Gold« auf der Titelseite der Zeitung und ein Bild von einem Schiff, das in San Francisco vor Anker lag und auf dem sich diese Tonnen von Gold angeblich befanden.

Sie kaufte die Zeitung und las, dass im August des vergangenen Jahres ein Mann namens George Carmack mit seinen beiden Schwägern Tagish Charlie und Skookum Jim am Rabbit Creek, einem der sechs Zuflüsse des Klondike River im Yukon Valley, Gold gefunden hatte. Carmack fand Gold zwischen den Gesteinsschichten »wie Käse in einem Sandwich«.

Seitdem, so hieß es, waren Goldgräber in der Gegend ausgeschwärmt, hatten Claims abgesteckt und über Nacht ein Vermögen gemacht, aber erst jetzt war die Nachricht davon nach draußen gedrungen, denn wenn der Winter in Yukon Einzug hielt, konnte niemand mehr dieses Gebiet verlassen.

Beths Interesse hielt sich in Grenzen, aber während sie im Gehen weiterlas, hörte sie plötzlich die Worte »Klondike« und »Gold« von allen Seiten.

Die Männer waren gerade erst aufgestanden, als sie zurückkam, aber als sie ihnen berichtete, was sie auf der Straße gehört und gesehen hatte, und ihnen die Zeitung zu lesen gab, strahlten ihre Augen.

»Wo genau liegt der Klondike?«, fragte Jack. »Ist das in Alaska?«

»In der Zeitung nennen sie es Yukon, und ich glaube, das ist ein Teil von Kanada«, erwiderte Theo und fing an, in seiner Reisetasche zu kramen und nach einer Karte von Nordamerika zu suchen. Er schob die Tassen und Teller auf dem Tisch beiseite und breitete sie aus. »Es liegt hier«, sagte er und deutete auf ein Gebiet nördlich von Vancouver, direkt hinter Alaska. »Wir sollten dorthin fahren.«

»Oh nein«, erklärte Beth kategorisch. »Ich habe dir bei unserer Ankunft hier gesagt, dass ich nur nach Süden gehe, wo es warm ist, falls wir wieder umziehen müssen. Ich werde nicht an einer sinnlosen Suche an einem Ort teilnehmen, der das ganze Jahr über zugefroren ist.«

»Aber wir könnten Millionäre werden«, sagte Sam mit vor Aufregung zitternder Stimme.

»Es ist wahrscheinlicher, dass wir da oben erfrieren und verhungern«, widersprach sie. »Erinnerst du dich denn nicht an das, was wir in der Schule über den Goldrausch von 1849 gelernt haben? Nur ein paar Leute fanden welches. Und weißt du noch, was Pearl mir erzählt hat? Sie war dort, aber sie hat ihr Geld als Köchin für die Goldgräber verdient.«

»Genau deshalb sollten wir hingehen«, entgegnete Theo mit glänzenden Augen. »Es ist der perfekte Ort, um einen Spielsalon zu eröffnen!«

»Bring sie zur Vernunft«, flehte Beth Jack an. »Das ist Wahnsinn, es gefällt uns hier, es geht uns gut. Es wäre dumm, das alles wegzuwerfen wie die anderen Idioten, die Hals über Kopf dorthinrennen.«

»Ich glaube, wir sollten erst mal eine Menge mehr über diese ganze Sache herausfinden«, erwiderte Jack und unterstützte weder sie noch Theo und Sam. »Ruhig, besonnen und mit Köpfchen.«

Es war unmöglich, den ganzen Tag ruhig und besonnen zu sein, denn die Nachricht von dem Gold war wie eine schlimme Krankheit, die in der Stadt wütete und jeden ansteckte. Am Nachmittag standen die Leute Schlange für Fahrscheine, um mit dem nächsten Dampfer nach Skagway in Alaska zu fahren, der Stadt, von der es hieß, sie läge den Goldfeldern am nächsten.

Ladenbesitzer wurden sofort aktiv und stellten Schilder vor ihre Läden: »Kaufen Sie hier Ihre Ausrüstung«. Die Schlitten, die für den Sommer eingelagert worden waren, standen plötzlich wieder in den Auslagen. Zelte, pelzbesetzte

Mäntel und Stiefel, wasserabweisende Kleidung und Galoschen stapelten sich einladend. Vor den Lebensmittelläden standen Tafeln, auf denen die Besitzer die Dinge aufgelistet hatten, die vorrätig waren und in Mengen gekauft werden konnten.

Theo und Sam waren völlig aus dem Häuschen vor Aufregung, und sogar Beths Herz schlug ein bisschen schneller, aber Jack war merkwürdig ruhig. Er traf sich mit Foggy, einem alten Mann, der die meisten Abende in den Saloon kam und von dem er wusste, dass er als junger Mann Trapper in Alaska gewesen war. Als er zwei Stunden später zurückkam, um sich vor der Arbeit zu waschen und zu rasieren, fragten Theo und Sam ihn, was er herausgefunden habe, und er antwortete, er würde es ihnen am Morgen sagen.

Gold war das einzige Thema, über das an diesem Abend im Saloon gesprochen wurde. Die alten Hasen, die schon 1849 in Kalifornien Gold gesucht hatten, standen plötzlich im Mittelpunkt des Interesses. Männer, die sich mit Schlittenhunden auskannten, bekamen Drinks spendiert, und jeder Mann, der jemals an der Küste entlang hinauf nach Alaska gefahren war, konnte Hof halten.

»Ich habe mir die Karte angesehen und mit dem alten Foggy gesprochen«, erzählte Jack am nächsten Morgen. »Und habe eine grobe Liste mit den Dingen zusammengestellt, von denen ich glaube, dass wir sie brauchen werden.«

Theo nahm die Liste und lachte laut. »Das brauchen wir doch nicht alles! Ein Zelt, Decken, warme Sachen und ein paar Lebensmittel reichen aus. Eispickel, Sägen, Nägel! Was sollen wir denn damit anfangen?«

»Der Klondike liegt rund tausend Kilometer von Skagway

entfernt«, erklärte Jack ruhig. »Zuerst müssen wir über die Berge, dann müssen wir uns ein Boot bauen, mit dem wir den Rest der Strecke fahren. Da draußen sind wir in der Wildnis, da können wir nirgendwo etwas kaufen.«

»Ich kann jagen«, erwiderte Theo, aber er klang nicht mehr so überzeugt.

»Es wird hart werden.« Jack sah Sam, dann Beth und dann wieder Theo an. »Wirklich hart. Anders als alles, was wir bis jetzt erlebt haben. Wir sind Städter, und wenn wir uns nicht vorbereiten, könnten wir auf dem Weg erfrieren oder verhungern.«

»Die Leute, die wir unterwegs treffen, werden uns doch helfen, oder nicht?«, fragte Sam mit einem Zittern in der Stimme.

»Wir können auf nichts und niemanden zählen«, erklärte Jack fest. »Ihr habt den Wahnsinn gestern Abend gesehen. In einer Woche, wenn die Nachricht sich weiter herumgesprochen hat, wird es noch verrückter werden, die Leute werden von überall her dorthinfahren. Wir müssen uns schnell einen Platz auf einem Dampfer nach Skagway sichern – ich meine, wenn ihr wirklich fahren wollt.«

»Möchtest du hinfahren, Jack?«, fragte Beth. Sie hatte ein flaues Gefühl im Magen, aber ob es Angst oder Aufregung war, konnte sie nicht sagen.

»Ja, das möchte ich, mehr als alles andere«, sagte er und grinste sie an. »Es ist eine einmalige Gelegenheit, und ich möchte meine nicht verstreichen lassen.«

25

Jack hatte recht. Innerhalb einer Woche herrschte das totale Chaos in Gas Town. Der Klondike-Goldrausch hatte begonnen.

Zeitungen auf der ganzen Welt hatten die Nachricht von dem Gold verbreitet, und jeder Zug, der in Vancouver ankam, brachte Hunderte weitere Leute, die unbedingt nach Yukon wollten. Sie strömten nach Gas Town und verursachten Chaos, weil sie hektisch Ausrüstung, Proviant und Fahrscheine für jedes verfügbare Schiff kauften, das sie nach Skagway bringen würde. Doch in Vancouver ging es angeblich sehr viel weniger hektisch zu als in Seattle, und es fuhren auch vollbesetzte Schiffe von Victoria, Portland und San Francisco ab.

Beth und die anderen waren erstaunt darüber, wie schnell die Ladenbesitzer in Vancouver Ausrüstungsgegenstände und Lebensmittel für die Goldsucher heranschafften. Riesige Banner über den Läden in der Cordova Street verkündeten, dass sie die »Klondike-Ausrüster« waren. Schlittenhunde wurden zu maßlos überteuerten Preisen angeboten, Broschüren, in denen aufgelistet war, was man für die Fahrt brauchte, wurden gedruckt und verkauft, bevor die Tinte trocken war. Goldfieber war offenbar hochansteckend: Bankangestellte kündigten ihre sicheren Jobs; Straßenbahnfahrer ließen ihre Wagen stehen; Polizisten, Verkäufer und Reporter verließen ihre Arbeitsplätze; einige Farmer brachen sogar auf, bevor die Ernte eingebracht war.

Es gab kein anderes Gesprächsthema. Auf einmal schien niemand mehr krank zu sein, Babys zu bekommen, zu heiraten oder zu sterben. Ob alt oder jung, reich oder arm, egal, welche Nationalität, jeder wollte an der Goldsuche teilnehmen.

Die Reichen konnten Yukon recht bequem auf einem Dampfer nach St. Michael an der Beringsee erreichen und dann über den Yukon River zu den Goldfeldern fahren, aber diese Strecke war weiter als die über Land von Skagway aus. Edmonton wurde als rein kanadische Route für die Patrioten beworben, aber Jack, der die Landkarten genau studiert hatte, hielt diese Strecke für unmöglich, weil man dafür zwei Bergketten überwinden musste.

Es war Jack, der ihnen die Dampferfahrscheine besorgte, und fast sofort hätten sie diese für das Vier- oder Fünffache des ursprünglichen Preises weiterverkaufen können. Es sprach sich herum, dass die North-West Mounted Police niemanden ohne eine Tonne Proviant über die Grenze zwischen Alaska und Kanada ließ, weil sie eine Hungersnot befürchtete.

Jack und Sam liefen herum und trugen alles zusammen, was sie brauchen würden: Pökelfleisch, Reis, Zucker, Kaffee und eingelegte Eier. Ein Zelt, dicke Mäntel, Hüte mit breiten Krempen, hohe Stiefel, Handschuhe, Brillen zum Schutz vor Schneeblindheit – die Liste war endlos, und sie gaben all das Geld aus, das sie sich in den vergangenen Monaten zusammengespart hatten. Aber der redegewandte Theo fand einen Weg, weiter Geld zu verdienen, indem er sich unter die Neuankömmlinge in der Stadt mischte und sie mit seinem Drei-Karten-Glücksspiel um ihre Ersparnisse erleichterte.

Während die Tage mit fieberhaften Einkäufen und dem Packen ihrer Vorräte in wasserdichte Wachstuchsäcke vergingen, spielte Beth jeden Abend zu donnerndem Applaus

Geige, sodass der Hut sich bis zum Rand mit Geld füllte. Sam und Jack schenkten genügend Drinks aus, um mehrere Dutzend Dampfer schwimmen zu lassen, und Theo pokerte und gewann.

Endlich, am 15. August, bestiegen sie die *Albany*, einen altersschwachen Dampfer, der in jeder Hinsicht kaum seetauglich wirkte. Jack hatte ihnen eine Kabine gebucht, aber als sie an Bord kamen, erklärte man ihnen, dass die meisten Kabinen abgerissen worden waren, um Platz für noch mehr Ladung und Passagiere zu schaffen.

Sie mussten das akzeptieren, denn es war klar, dass man sie von Bord werfen würde, wenn sie sich beschwerten, also suchten sie sich einen Platz an Deck und kauerten sich dort zwischen ihre Sachen.

Als der Dampfer Vancouver zusammen mit einer riesigen Flotte von anderen Schiffen verließ, herrschte freudige Aufregung unter den Passagieren. Selbst wenn die Leute genug Platz gehabt hätten, um sich auszustrecken, war es zweifelhaft, ob irgendjemand geschlafen hätte.

Erst als das Schiff die Inside Passage von Alaska mit seiner atemberaubend schönen Landschaft mit unberührten Wäldern, schneebedeckten Bergen und nebligen Fjorden auf beiden Seiten des schmalen Kanals erreichte, wurde ihnen wirklich klar, was sie erwartete.

Das, was sie hinter der Reling sahen, mochte unberührte Schönheit sein, aber sie wurde getrübt durch den Gestank nach Kohle, Pferdeäpfeln, Erbrochenem und Schweiß um sie herum. Ständig jaulten Hunde, Pferde traten aus und wieherten, und das Schiff war so überfüllt, dass sie nicht wagten, den Platz an Deck aufzugeben, aus Angst, ihn zu verlieren. Sie kauerten sich unter eine Plane, die sie gegen den kalten Wind und den heftigen Regen aufgespannt hatten, und ihnen wurde klar, dass dieser ungemütliche Zustand sich noch verschlimmern würde, bevor sie die Goldfelder erreichten.

Die meisten anderen Passagiere hatten sich nicht wie Jack die Mühe gemacht, herauszufinden, wo der Klondike genau lag, und glaubten, dass die Goldfelder nur einen Tagesmarsch von Skagway entfernt waren. Wenige von ihnen wussten, dass sie Berge überqueren mussten und für die letzten achthundert Kilometer ein Boot brauchten.

Einige Leute hatten sich dazu überreden lassen, lächerliche Dinge zu kaufen wie Fahrräder auf Skiern oder mechanische Goldwaschapparaturen, die niemals funktionieren würden. Andere hatten genug Holz für eine eigene Blockhütte, ein Klavier oder einen gusseisernen Ofen mitgenommen, aber keinen Gedanken daran verschwendet, wie sie das über die Berge transportieren sollten.

Doch trotz der schlimmen Zustände auf dem Schiff – man musste sieben Stunden auf ein Essen warten, das so furchtbar schmeckte, dass es kaum genießbar war, Waschgelegenheiten fehlten völlig, und die Toiletten lösten in Beth einen Würgereiz aus – waren sie alle vier guter Stimmung, denn die Leute um sie herum waren in Feierlaune und benahmen sich alle wie aufgeregte Kinder auf dem Weg zum Jahrmarkt.

Es war amüsant, diese vielen verschiedenen Menschen zu beobachten. Elegant gekleidete Gentlemen waren gezwungen, sich den Platz mit grobschlächtigen Matrosen und Holzfällern zu teilen; es gab grellbunt gekleidete Frauen mit angemalten Gesichtern, alte Hasen, die einen solchen Goldrausch schon mal erlebt hatten, und Geistliche, die offenbar missionieren wollten. Die meisten waren Amerikaner oder Kanadier, aber es gab auch Deutsche, Schweden, Ungarn, Mexikaner und sogar Japaner. Was sie alle einte, war der Traum, reich nach Hause zurückzukehren. Wenn sie von dem Gold sprachen, glänzten ihre Augen, und sie ließen sich von den Unbequemlichkeiten die Vorfreude darauf nicht verderben.

»Wir sollten Skagway morgen erreichen«, sagte Jack, als er sich nach einer zweistündigen Abwesenheit wieder unter die Plane schob. Sie waren jetzt neun Tage unterwegs und befanden sich inzwischen im wunderschönen Lynn Canal, der an den Stränden von Skagway und Dyea endete. Nackte, schneeüberzogene Berghänge erhoben sich über dem klaren, türkisfarbenen Wasser und ließen den bunt zusammengewürfelten Konvoi von Schiffen, der sich durch die schmale Passage bewegte, winzig wirken. »Ich habe mit jemandem von der Mannschaft gesprochen, der schon mal hier war. Er sagte, dass es dort nur einen winzigen Anleger gibt und wir deshalb mit unseren Sachen an Land waten müssen. Gut, dass wir schon unsere ältesten Sachen anhaben!«

»Die müssen sowieso dringend mal gewaschen werden«, kicherte Beth, denn sie trugen noch immer dieselben Sachen wie an dem Tag, an dem sie an Bord gegangen waren. »Aber verderben die Lebensmittel nicht, wenn sie mit Meerwasser in Berührung kommen?«

»Ich mache mir mehr Sorgen darüber, dass uns die Sachen gestohlen werden.« Jack runzelte die Stirn. »Du kannst darauf wetten, dass jede Menge Diebe nur auf die richtige Gelegenheit warten. Ich bringe dich an Land, Beth. Theo und Sam bleiben hier und bewachen unser Gepäck, dann bringen wir es Stück für Stück zu dir an Land.«

»Können wir denn nicht einen Matrosen bezahlen, damit er uns mit den Sachen an Land rudert?«, mischte sich Theo ein.

Beth und Jack grinsten sich amüsiert an. Theo wollte immer

jemanden dafür bezahlen, damit er die Dinge für ihn erledigte, die ihm unangenehm waren.

»Die meisten werden ebenfalls von Bord gehen«, sagte Jack. »Ich glaube, wir können davon ausgehen, dass von jetzt an jeder auf sich allein gestellt ist.«

Erneut erwiesen sich Jacks Informationen als korrekt, denn als sie das Klirren der Ankerkette und das Platschen hörten, als der Anker auf das Wasser traf, war der Strand noch immer mehr als einen Kilometer entfernt.

»Es wird doch wohl nicht erwartet, dass wir an Land schwimmen!«, rief eine übergewichtige ältere Dame entsetzt.

Von ein paar anderen Schiffen waren Schuten heruntergelassen worden, die Leute und Ausrüstung an Land brachten, aber es würde Wochen dauern, wenn alle auf diese Weise von Bord gingen. Die Mannschaft rief bereits, dass gerade Ebbe herrsche und dass die Leute, wenn sie nicht aufpassten und schnell an den Strand gingen, ihre Sachen verlieren oder vielleicht sogar ertrinken würden.

Die verängstigten Pferde und die anderen Tiere wurden kurzerhand ins Meer gestoßen, damit sie an Land schwammen, und die Menschen folgten dem Beispiel und sprangen ins Wasser.

Jack stopfte Beths Mantel, ihre Stiefel und ihren Schal in eine Wachstuchtasche und führte Beth zur Schiffsleiter. Das Wasser war so eisig, dass es ihr für einen Moment den Atem nahm, aber Jack legte seine Arme um ihre Brust und erklärte ihr, dass sie die Tasche hochhalten müsse, damit sie trocken bliebe. Dann schwamm er auf dem Rücken mit ihr die wenigen Meter, bis sie mit den Füßen auf den Boden kam und an Land waten konnte.

»Das fängt ja gut an«, sagte sie mit klappernden Zähnen.

»Die Sonne ist warm, du bist bald wieder trocken«, erwiderte Jack fröhlich. »Du gehst jetzt an den Strand und hältst einen Platz für unsere Sachen frei. Ich schwimme zurück zum Schiff.«

Als Beth auf dem Trockenen war, sah sie sich beklommen um. Skagway war nur eine Ansammlung von Hütten und Zelten im Marschland, das bereits nur noch aus schwarzem Schlamm bestand. Es war von Bergen umgeben, von denen einige noch immer schneebedeckt waren, aber noch abschreckender waren die verzweifelten Szenen, die sich vor ihr im Meer abspielten.

Mindestens dreißig Schiffe lagen vor Anker, und alle versuchten gleichzeitig, Passagiere und Fracht von Bord zu bekommen. Das Meer war gesprenkelt mit Pferden, Ziegen, Hunden, Maultieren und Ochsen, die alle an Land schwammen, und ihren Besitzern, die sich bemühten, mit ihnen mitzuhalten.

Der Lärm war ohrenbetäubend. Männer, denen die paar Dutzend Schuten und primitiven Boote gehörten, warben für ihre Dienste, indem sie so laut brüllten, wie sie konnten. Die Leute auf den Schiffen schrien noch lauter zurück. Wenn Sachen, die vom Schiff geworfen wurden, ihr Ziel verfehlten und ins Wasser fielen, fluchten und schimpften die Besitzer. Tiere drückten ihre Furcht durch Wiehern oder Bellen aus. Hilferufe kamen von denen, die sich im eisigen Wasser befanden. Einige Gepäckstücke waren aufgerissen, und Beth sah, wie ein Sack Mehl das Meer um sich herum weiß färbte.

Jemand rief, dass die Flut komme und alle sich beeilen sollten. Die Angst um die anderen ließ ihre nassen Sachen plötzlich unwichtig werden. Sam konnte nicht schwimmen, Theo vielleicht auch nicht, und die *Albany* lag zu weit entfernt, um sie an Deck zu erkennen.

Sie zog ihre Unterröcke aus und sicherte sie mit Steinen, damit sie im Wind trocknen konnten, dann zog sie ihre Stiefel wieder an. Außerdem beschloss sie, den Mantel ausgezogen zu lassen, bis ihr Kleid wieder trocken war.

Ihre Sorge nahm zu, als die Flut langsam hereinrollte und sie sah, dass mehr Leute im Meer trieben und noch mehr Säcke aufgerissen waren und ihr Inhalt sich im Wasser verteilte. Ihr Kleid war jetzt fast wieder trocken, also wartete sie bereits seit fast einer Stunde. Aber sie konnte die anderen nirgendwo entdecken.

Gerade als sie kurz vor einer Panikattacke stand, sah sie plötzlich Jack im flachen Wasser stehen. Er zog etwas zu sich heran, das wie eine lange Kette schwarzer Würstchen aussah.

Nicht zum ersten Mal, seit sie Montreal verlassen hatten, war sie beeindruckt von seinem Einfallsreichtum, denn er hatte ihre Wachstuchsäcke mit einem Seil aneinandergebunden. Als sie erneut hinsah, entdeckte sie Sam, der sich an einen der Säcke klammerte, und Theo, der ganz am Ende schwamm.

»Wärst du jetzt lieber woanders, Beth?«, fragte Jack später an diesem Abend.

»Nein«, log sie. »Aber es war alles ziemlich beängstigend, überhaupt nicht so, wie ich es mir vorgestellt hatte.«

Es war acht Uhr abends. Schwärme von Männern, die kaum mehr als Gangster waren, darauf aus, die Naiven auszurauben, hatten sich auf sie gestürzt und versucht, sie für das Aufstellen des Zeltes, für Feuerholz und zahllose andere Dinge bezahlen zu lassen.

Die drei Männer waren hart geblieben und hatten sich geweigert, für irgendetwas Geld zu geben, und schließlich hatten sie ihr Zelt unter Hunderten von anderen ungefähr einen Kilometer von Skagway entfernt aufgestellt. Sie hatten ihre Säcke an den Zeltwänden verteilt, um für mehr Standhaftigkeit und Wärmedämmung zu sorgen, wenn der Herbstwind auffrischte, und Jack hatte Feuer gemacht, damit ihre Kleider trocknen und sie sich etwas zu Essen kochen konnten.

Beth lehnte sich jetzt gegen einen der Säcke, in eine Decke gehüllt, und versuchte, nicht völlig mutlos zu werden.

Sam war eingeschlafen, und Theo war weggegangen, um sich anzusehen, was die Stadt zu bieten hatte. Da man ihnen erzählt hatte, dass Skagway eine völlig gesetzlose Stadt sei, in der Diebe, Trickbetrüger, Spieler und Prostituierte den Ton angäben, nahm Beth an, dass er die halbe Nacht wegbleiben würde.

Es war schlimm genug festzustellen, dass sie an einem Ort voller Gangster und Diebe gelandet waren, aber es war noch enttäuschender zu entdecken, dass sie bis Februar hierbleiben mussten.

Es gab zwei Pässe über die Berge. Der Weg über den White Pass, der hier in Skagway begann, sollte der einfachere sein, da man auf ihm Lasttiere mitnehmen konnte, aber er war länger als der über den Chilkoot Pass, der ungefähr zwölf Kilometer entfernt in Dyea anfing.

Die Leute waren schon jetzt auf beiden unterwegs, aber Jack hatte mit einem Indianer gesprochen, der als Träger arbeitete und das Gepäck der Leute über den Pass brachte, und der hatte ihm erklärt, dass es dumm gewesen wäre, ihnen zu folgen. Der Indianer sagte, dass der Yukon im nächsten Monat zufrieren würde, lange bevor sie ihn erreichen konnten, und ohne ein Hundeteam, das einen Schlitten darüberziehen konnte, würden sie den gesamten Winter über in den Bergen festsitzen und dort vielleicht sterben.

Jack war sehr enttäuscht, aber Theo war hocherfreut über die Aussicht, bis Februar hierzubleiben. Er betrachtete Skagway als die aufblühende Stadt, nach der er gesucht hatte, reif für die Ausbeutung. Ohne eine Spur von Scham hatte er erklärt, dass jeder Einzelne auf dem Schiff ein Spieler sei, denn sie alle hatten ihre Häuser und ihre Jobs verlassen, um herzukommen, und dass er deshalb keine Skrupel habe, sie auszunehmen.

Sam schien es egal zu sein, ob sie gingen oder blieben, deshalb lag die Entscheidung letztlich bei Beth. Obwohl sie Skagway für die Hölle auf Erden hielt, war die Aussicht, irgendwo in den Bergen zu erfrieren, noch beängstigender, deshalb hatte sie dafür gestimmt zu bleiben.

»Es wird hier nicht so schlimm. Ich baue uns ein Blockhaus«, tröstete Jack sie. »Es gibt jede Menge Holz dafür. Vielleicht kann ich, wenn ich mit unserem fertig bin, auch ein paar Dollar damit verdienen, anderen welche zu bauen.«

»Dann hole ich morgen meine Geige raus«, sagte Beth. Zu ihrer großen Erleichterung hatte das Instrument im Salzwasser keinen Schaden genommen. Das Mehl war feucht und der Zucker auch, aber zum Glück gab es sonst keine Verluste. »Es wird uns ein Vermögen kosten, hierzubleiben. Hast du gesehen, was hier eine Mahlzeit kostet?«

Die Leute hatten bereits in Zelten Saloons und Restaurants eröffnet. Sie hatte eine Karte vor einem davon gesehen, auf der Schinken und Bohnen für einen Dollar angeboten wurden. In Vancouver hatte dieses Gericht nur ein paar Cent gekostet.

Jack nickte. »Theo wird sich auch erschrecken, wenn er den Preis für Whiskey sieht. Aber wir können bestimmt ein bisschen Geld mit dem Haufen Seidenbänder machen, den du mitgebracht hast. Einige der Frauen in den Saloons sehen aus, als könnten sie etwas gebrauchen, das sie aufmuntert.«

»Dann warst du schon drin und hast sie gesehen?«

»Oh ja, und es ist wirklich ein trauriger Anblick.« Jack schmunzelte. »Eine nennt sich Dirty-neck Mary, eine andere Pig-faced Sal! Ein Mann muss schon sehr verzweifelt sein, um mit einer von ihnen mitzugehen.«

»Dann kommt Theo hier ja vielleicht nicht in Versuchung«, sagte Beth lächelnd.

»Ich denke, du wirst eher diejenige sein, die weggelockt wird.« Jack hob die Augenbrauen. »Bei weniger als dreißig Frauen auf ungefähr zweitausend Männer, zu denen täglich neue hinzukommen, bist du eine echte Trophäe.«

»Heute Abend spielt: die weltberührte englische Gypsy Queen!«

Beth kicherte, als sie die Tafel sah, die die Clancy-Brüder aufgestellt hatten. Für sie war das eine genauso große Übertreibung wie die Behauptung der Clancys, dass ihr großes Zelt hinter der Tafel ein Saloon sei.

An ihrem zweiten Tag in der Stadt hatte man Beth erklärt, dass die Brüder Frank und John Clancy die tonangebenden Männer in Skagway waren und von ihrem Saloon aus alle Fäden in der Hand hielten, deshalb war sie direkt zu den beiden gegangen.

Sie wusste, dass sie die einzige Geige spielende Frau in der Stadt war und dass sie für die Drinks völlig überteuerte Preise nahmen, deshalb verlangte sie fünfundzwanzig Dollar pro

Abend plus das, was die Leute in den Hut warfen. Sie nahm an, dass sie ihr nur den Inhalt des Hutes geben würden, aber zu ihrer Überraschung akzeptierten sie auch ihre abendliche Gage.

Ihr erster Abend war ein großer Erfolg, es kamen über fünfzig Dollar im Hut zusammen, von denen sie zehn dem Barkeeper gab, um ihn sich warmzuhalten. Da Theo nicht da war, um sie zurück zu ihrem Zelt zu begleiten, sagte sie ja, als die Clancy-Brüder, zwei dunkelhaarige, untersetzte Männer mit wild aussehenden Schnurrbärten, sie baten, zu bleiben und am Ende des Abends etwas mit ihnen zu trinken.

Frank Clancy stellte ihr einen großen, schick angezogenen Mann mit einem dichten schwarzen Bart und einem schwarzen Stetson-Hut vor. »Das ist Mr Jefferson Smith, aber er ist hier besser bekannt als Soapy.«

»Ich bin auch als Beth Bolton bekannt«, erwiderte sie und konnte nicht widerstehen, ihm ein bisschen schöne Augen zu machen, denn er war ein sehr attraktiver Mann mit tief liegenden, dunkelgrauen Augen. »Aber warum Soapy? Liegt es daran, dass Sie sich nie waschen, oder tun Sie das zu ausgiebig?«

»Was wäre Ihnen denn lieber, Mam?«, fragte er, nahm ihre Hand und küsste sie.

Beth kicherte, weil er einen starken Südstaaten-Akzent hatte, der genauso attraktiv war wie er selbst.

»Irgendetwas in der Mitte«, erwiderte sie. »Aber es gibt so wenig Waschmöglichkeiten in Skagway, dass ich mich wahrscheinlich an Leute gewöhnen muss, die nicht wissen, was Seife ist.«

Sie verzweifelte fast bei dem Gedanken, dass sie es bis Februar in Skagway aushalten musste. Der tiefe Schlamm, das ständige Bellen der Hunde und die Prügeleien, die Diebe und Betrüger, die jeden ausnahmen, wenn sie konnten, und das Fehlen von selbst den grundlegendsten Annehmlichkeiten machten es zu einem wenig einladenden Ort.

»Oh, aber ich habe Pläne«, sagte Smith und lächelte leicht über ihren Scherz. »Ich will richtige Straßen, ein Hotel, Geschäfte, Laternen, ein Badehaus und sogar eine Kirche bauen.«

»Ach wirklich?«, fragte sie. »Dann sind Sie der Bürgermeister von Skagway?«

»So etwas in der Art«, erklärte er, und sein Selbstbewusstsein bestätigte ihr, dass er vorhatte, die Stadt zu kontrollieren.

Sie unterhielten sich noch eine Weile, vor allem über ihre Ankunft. Smith selbst war erst seit einer Woche da, und er war Partner der Clancy-Brüder.

»Ist Earl Cadogan Ihr Mann?«, wollte er wissen.

Der Titel brachte sie völlig durcheinander. Seitdem sie damals nach Montreal gegangen waren, hatte sie behauptet, mit Theo verheiratet zu sein, aber jetzt, wo sie feststellen musste, dass er sich selbst einen Titel gegeben hatte, wusste sie nicht, ob sie das zu Lady Cadogan machte oder zu einer Gräfin. Sie war nicht in der Lage, in diesem Ausmaß zu lügen, deshalb erklärte sie, dass er nur ein guter Freund sei und dass sie mit ihrem Bruder und einem weiteren Freund, Jack Child, hergekommen sei.

»Dem Londoner?«, fragte Smith. »Ich habe ihn heute Nachmittag kennengelernt; er scheint ein wirklich tüchtiger Bursche zu sein. Dann haben Sie ausreichenden Schutz?«

»Glauben Sie, dass ich den brauche, Sir?«, neckte sie ihn.

»Alle Damen brauchen Schutz, aber jemand so Hübsches und so Charmantes an einem so gottverlassenen Ort braucht ihn Tag und Nacht.«

In diesem Moment kamen Sam und Jack und begleiteten sie aus dem Zelt. Sie waren bei Captain Moore gewesen, dem das Sägewerk hier gehörte, und hatten sich Holz besorgt, um daraus eine Hütte zu bauen.

»Wusstet ihr, dass Theo den Leuten erzählt hat, er wäre ein Earl?«, fragte sie die beiden, als sie sich durch den zähen Schlamm zurück zu ihrem Zelt kämpften.

»Er hat sich schon in Montreal so genannt«, gestand Sam. »Das bedeutet nichts, Schwesterchen, das öffnet ihm nur ein paar Türen. Amerikaner beeindruckt so etwas.«

»Tja, aber seine Frau hat er gerade verloren«, erklärte sie säuerlich. »Aber ich schätze, das ist ihm egal.«

Es gab Zeiten in den folgenden Wochen, in denen Beth versucht war, das nächste Schiff zurück nach Vancouver zu nehmen, selbst wenn sie allein hätte gehen müssen. Sie wachte morgens steif und kalt auf, und die Aussicht, noch einen Tag lang durch den Matsch zu waten, über dem offenen Feuer zu kochen und niemals etwas Privatsphäre oder Ruhe zu haben, erschien ihr unerträglich.

Jeden Tag kamen neue Schiffe und entluden Hunderte von Leuten, Pferden, Hunden und anderen Tieren. Die Reihen mit Zelten breiteten sich weiter und weiter aus, immer mehr Bäume wurden gefällt, und noch mehr Schlamm und Dreck entstanden.

Lächerlich hohe Preise für die Dinge des täglichen Lebens ließen Beth befürchten, dass all das Geld, das sie im Clancy's verdiente, aufgebraucht sein würde, bevor sie sich auf den Weg zu den Goldfeldern machen konnten. Ratten, Diebe und Bären verdarben oder stahlen den Proviant; wegen der unhygienischen Verhältnisse grassierten Krankheiten, und kaum eine Nacht verging, ohne dass es irgendwo eine Schießerei oder Schlägereien gab.

Beth fühlte sich sicherer, nachdem Jack und Sam die Hütte fertig gebaut hatten – sie war zwar nicht groß, aber wetterfest und hatte einen Holzboden und ein Schloss an der Tür. Jack schwankte eines Tages mit einem gusseisernen Herd herein, den ein Narr mit zu den Goldfeldern hatte nehmen wollen, und Sam besorgte für Beth auch eine Sitzbadewanne.

Abends im Clancy's zu spielen hellte ihre Stimmung jedoch auf, und weil sie sah, dass die Zustände in der Stadt sich fast über Nacht verbesserten, dass Straßen angelegt wurden und viele neue feste Gebäude entstanden, hoffte sie, dass es bis Weihnachten zivilisierter zugehen würde. Das Clancy's war jetzt aus Holz gebaut, und es gab ein Hotel, mehrere schicke Saloons, die meisten davon mit einem Bordell im ersten Stock, richtige Geschäfte und einen Bürgersteig, auf dem die Leute laufen konnten, ohne im Schlamm stecken zu bleiben. Selbst ein Fotograf war gekommen und eröffnete ein Studio.

Es gab vieles an der Stadt, das einen optimistisch stimmen konnte, aber Beth war sehr unglücklich über Theos Verhalten. Er hatte die aufblühende Stadt seiner Träume gefunden, und plötzlich spielte für ihn nur noch Geld eine Rolle.

Skagway hatte Hunderte von Männern wie ihn angezogen. Soapy Smith und die Clancy-Brüder waren genauso; sie wussten, dass sie nicht zum Klondike gehen mussten, um ein Vermögen zu machen. Sie konnten das genauso gut hier. Soapy besaß jetzt einen eigenen Saloon, bekannt als Jeff Smith's Parlour, mit eingetopften Palmen und einer Bar aus Mahagoni, die mit dem Schiff aus Portland hergebracht worden war. Sowohl er als auch die Clancy-Brüder hatten in ihren Saloons eine Hintertür, die zu einer Reihe von Hütten führte, in denen ihre Huren arbeiteten. Sie hatten bei allem in der Stadt die Finger im Spiel und schickten ihre Schlägertypen los, wenn man ihnen kein Schutzgeld zahlte.

Aber diese Männer behandelten Beth wie eine Dame. Niemand in Skagway wagte es, sie zu bestehlen oder zu beleidigen, denn sie stand unter ihrem Schutz. Theo jedoch benutzte sie, als wäre sie seine Haushälterin und private Hure.

Beth mochte Soapy, obwohl sie wusste, dass die meisten Gauner und Schlägertypen in der Stadt für ihn arbeiteten. Er flirtete mit ihr, brachte sie zum Lachen und heiterte sie auf, wenn sie bedrückt war. Er trug seinen Spitznamen, weil er einmal eine Masche abgezogen hatte, bei der er Seifenstücke verkaufte und behauptete, bei einigen sei ein Zehn-Dollar-Schein in das Packpapier gewickelt. Er versammelte eine Menge um seinen Stand und verkaufte eine markierte Seife an einen Strohmann, der sofort rief, dass er in seiner einen Schein gefunden hatte. Danach stürzten sich alle auf die Seife, aber weitere Zehn-Dollar-Scheine suchten sie vergeblich.

Soapy betrieb auch ein falsches Telegrafenamt. Es gab keine Telegrafenlinien nach Alaska, aber er hatte eine kleine Hütte am Strand eröffnet und ein Kabel bis ins Meer verlegt, um es echt aussehen zu lassen. Er nahm mehrere Dollar von den Leuten, die eine Nachricht nach Hause schicken wollten, und dachte sich sogar Antworten von ihren Frauen oder Müttern aus, in denen sie darum baten, ihnen für ein Kind oder ein anderes Familienmitglied, das krank war, Geld zu schicken.

Beth fand das ziemlich schäbig, genauso wie den Trick mit der Seife, aber Soapy machte seine Verdorbenheit wieder wett, indem er die Straßenhunde in der Stadt fütterte und denen Geld zusteckte, die keinen Penny mehr besaßen, den Kranken und den Witwen.

Theo dagegen schien überhaupt keine gute Seite mehr zu haben. Er gab vor, ein Earl zu sein, und sorgte mit seinem Charme dafür, dass die Leute ihm blind vertrauten, nur um dann jeden, der sich zum Kartenspielen mit ihm an einen Tisch setzte, nach Strich und Faden auszunehmen. Sie wusste, dass er falschspielte, aber er war clever genug, es nur bei echten Greenhorns zu tun. Eines Morgens hatte Beth einen Mann weinen sehen, während er versuchte, seine Ausrüstung zu verkaufen, um sich die Schifffahrt nach Hause leisten zu können. Theo hatte ihm am Abend zuvor jeden Cent abgenommen, den er besaß.

Aber es war nicht nur das Spielen und das Betrügen, das sie aufregte, es war die Tatsache, dass er vergessen zu haben schien, dass sie ein Team aus vier Leuten waren. Sam und Jack hatten seit ihrer Ankunft hart gearbeitet, im Sägewerk und beim Bau ihrer Hütte. Inzwischen bauten sie welche für andere Leute. Beth trug ihren Teil bei, indem sie abends spielte, für sie kochte und wusch.

Aber Theo tat nichts für sie. Er lag die meiste Zeit des Tages im Bett, dann verlangte er nach einem sauberen Hemd, damit er anständig angezogen in irgendeine Spelunke gehen konnte, in der er sich einen neuen Trottel für den Abend suchte. Er kam fast nie ins Clancy's, um Beth spielen zu hören, und er überließ es Sam oder Jack, sie nach Hause zu begleiten. Die Bänder, die sie mitgenommen hatte, waren verschwunden, und dann sah sie Dirty-neck Mary mit den grünen im Haar.

Doch das Schlimmste war für sie, dass er offenbar die Bordelle mit Frauen versorgte. Als sie ihn zum ersten Mal die Tasche von zwei jungen Frauen tragen sah, die gerade mit dem Schiff angekommen waren, hatte sie geglaubt, es wäre reine Höflichkeit. Aber später an jenem Abend sah sie die Frauen in dem neu gebauten Red Onion Saloon, und sie erkannte an ihren angemalten Gesichtern, dass sie jetzt zu den Prostituierten gehörten, die im oberen Stockwerk arbeiteten.

Jeden Tag waren unter den Passagieren, die die Schiffe brachten, zwei Dutzend junge Frauen, und es konnte sein, dass einige von ihnen schon in den Städten, aus denen sie kamen, Huren gewesen waren. Aber nicht alle – einige waren Mädchen vom Land, die das Abenteuer suchten. Theo wartete bei der Ankunft jedes Schiffes, und er ging immer auf die hübschesten jungen Frauen zu und bot ihnen seine Hilfe bei der Suche nach einer Unterkunft an.

Er schien Beth nicht mehr zu lieben und all die Pläne vergessen zu haben, die sie alle vier in Vancouver geschmiedet hatten.

26

»Du hast wirklich eine Zigeunerseele«, murmelte Jefferson und hob Beths Hand an seine Lippen. »Ich könnte dir ewig zuhören und würde nie genug davon bekommen.«

»Ich hätte genug davon«, sagte sie mit einem Lächeln und griff nach dem Glas mit dem französischen Champagner, den er ihr eingegossen hatte.

Es war Ende Januar, und draußen lag eine dicke Schneeschicht, aber sie waren im Jeff Smith's Parlour, dem Saloon und Spielsalon für diejenigen, die zu seinem engeren Kreis gehörten. Der Ofen bullerte, Beth war ein bisschen betrunken, und es fühlte sich gut an, dass ein attraktiver Mann versuchte, sie zu verführen.

Jefferson warb schon seit Dezember um sie. Er hatte ihr einen Schaukelstuhl für ihre Hütte geschenkt, ihr Süßigkeiten gekauft und sie immer wieder auf einen Drink oder zum Essen eingeladen. Aber heute war sie zum ersten Mal ganz allein mit ihm; normalerweise waren auch alle seine Kumpane da, wenn er mit ihr in seinen Saloon ging.

Sie waren früher am Abend da gewesen, aber vor einer Weile verschwunden, und sogar Nate Pollack, der Barkeeper, war gegangen, nachdem er noch ein paar Holzscheite in den Ofen gelegt hatte.

»Hast du immer noch vor, nächsten Monat zu den Goldfeldern aufzubrechen?«, fragte Jefferson. Er berührte eine Strähne ihres Haars und wickelte sie sich um den Finger.

»Sam und Jack können es kaum noch abwarten«, erwiderte sie. »Also schätze ich, dass ich mit ihnen gehen werde.«

»Das ist keine Reise für eine Dame«, sagte er und schüttelte den Kopf.

»Ich bin so stark wie die meisten Männer«, erklärte sie mit einem Lächeln. »Außerdem wird Skagway eine Geisterstadt sein, wenn alle weg sind. Was sollte ich dann hier tun?«

»Sobald das Wetter besser wird, werden sogar noch mehr Schiffe kommen. Die Leute sind aus der ganzen Welt auf dem Weg hierher«, sagte er mit einem Funkeln in seinen grauen Augen, das sie inzwischen so sehr mochte. »Du machst ein größeres Vermögen hier als jemals in Dawson City. Du könntest auf dem Weg dorthin sterben; selbst die Indianer sagen, dass es sehr schwierig ist.«

»Es war unser Plan, dorthin zu gehen, also werden wir gehen.« Sie zuckte mit den Schultern.

»Und was ist mit dem Earl?«

Beth senkte den Blick. So wütend sie auch auf Theo war, sie liebte ihn noch immer, und die Aussicht, sich von ihm zu trennen, war unerträglich. Aber er verhielt sich ihr gegenüber seit Monaten wie ein Lump, und sie wusste, sie könnte sich nicht darauf verlassen, dass Theo sich änderte, wenn sie ohne Sam und Jack hierbliebe, und dann würde sie sehr einsam sein.

»Er wird uns nicht begleiten«, sagte sie und versuchte zu lächeln, als würde ihr das nicht wehtun.

»Dann ist er ein Narr, denn er wird umkommen, wenn er Jack nicht hat, der ihn rettet, wenn er in Schwierigkeiten gerät«, meinte Jefferson.

»Sicher nicht!«, rief Beth.

»Er ist viel zu arrogant. Es gibt viele, die ihn sehr gerne tot sehen würden.«

»Aber du nicht?«, fragte sie nervös.

Jefferson blickte sie einen Moment lang nachdenklich an. »Nein, ich mag den Mann«, erklärte er schließlich. »Aber er ist auch schlau genug, mir nicht auf die Füße zu treten. Ich habe das jedoch munkeln hören, und ich erkenne die Anzeichen.«

»Kannst du nicht mit ihm sprechen und ihn warnen?«

»Er würde nicht auf mich hören. Außerdem, was kümmert es dich, was aus ihm wird? Du weißt doch sicher, dass er die meisten Nächte mit Dolly im Red Onion verbringt?«

Beth fühlte sich, als habe ihr jemand mit einem Messer das Herz durchbohrt, denn bis zu diesem Moment war das nur ein Verdacht gewesen und keine Gewissheit.

Dolly war eine kurvige Blondine, die im Red Onion sang und tanzte. Sie war auch eine Hure, und es hieß, dass sie fünfzig Dollar pro Nacht nahm. Jeder Mann in Skagway, so schien es, wollte sie haben.

»Du wusstest es nicht, oder?«, fragte Jefferson. Er legte die Arme um sie und zog sie an seine Brust. »Es tut mir leid, wenn ich dir wehgetan habe, das wollte ich nicht.«

Beth schluckte die Tränen herunter. »Mir geht es gut. Ich habe es mir schon gedacht. Ich schätze, jetzt weiß ich wirklich, dass es Zeit wird zu gehen.«

»Weißt du, ich möchte wirklich, dass du bleibst und mit mir zusammen bist. Ich besorge dir ein schönes Haus, in dem du wohnen kannst, mit einem Dienstmädchen und allem Drum und Dran. Ich sorge sogar dafür, dass der Earl aus der Stadt verschwindet.«

Der Champagner und sein weicher Südstaatenakzent ließen ihren Widerstand schwinden, und als er ihr Kinn anhob, um sie zu küssen, wich sie nicht zurück. Sein Kuss war so geschmeidig wie er selbst, warm und sehr sinnlich, und sie war sofort erregt.

Er strich mit den Fingern leicht über ihren Hals, während er sie küsste, und obwohl eine kleine Stimme tief in ihrem Innern sie warnte, dass es ein Fehler war, mit ihm zu schlafen, wollte sie ihn. Er wusste sie zu schätzen, er behandelte sie wie eine Dame, und wenn Theo die blonde Hure besser gefiel, dann wurde es Zeit, ihm zu zeigen, dass es ihr egal war.

Jeffersons Hand stahl sich in das Mieder ihres Kleides und umschloss ihre Brust, und seine Küsse wurden leidenschaftlicher. »Gehen wir nach hinten in mein Zimmer«, murmelte er an ihrem Hals. »Da haben wir es bequemer.«

Er wartete nicht auf ihr Einverständnis, sondern nahm sie auf die Arme und trug sie durch eine Tür in den hinteren Teil des Saloons. Auch hier war es warm, denn es gab einen weiteren Ofen, und in dem Licht, das er abgab, sah sie ein Bett aus geschnitztem Mahagoni, das in ein Grandhotel gepasst hätte und auf dem ein rot gemusterter Quilt lag.

Er hatte keine Schwierigkeiten mit den kleinen Knöpfen hinten an ihrem Kleid oder mit dem Spitzenbesatz ihres Mieders, und obwohl sie wusste, dass das bedeutete, dass er es gewohnt war, Frauen auszuziehen, fühlte sie sich dadurch nicht weniger begehrt.

Seine Erfahrung zeigte sich auch in seinem Liebesspiel. Er ließ sich Zeit, und seine Berührungen waren fest, aber zärtlich, während er ihr liebevolle Worte ins Ohr flüsterte und ihr sagte, wie schön sie sei.

Noch bevor er sie ganz ausgezogen hatte, stand sie kurz vor dem Höhepunkt; und als sie die Arme um ihn schlang und ihn streichelte, stellte sie fest, dass er sehr muskulös war und nicht so weich, wie sie es bei einem Südstaatengentleman erwartet hätte.

Es war Wochen her, seit Theo mit ihr geschlafen hatte, und das war eher ein hastiger, unbefriedigender Snack als ein Festmahl gewesen. Jefferson bot ihr ein Bankett, neckte sie, saugte und leckte an ihr, und als er schließlich in sie eindrang, war sie schweißbedeckt und fiebrig vor Lust.

»Sie haben meine Erwartungen bei Weitem übertroffen, Mam«, sagte er mit einem verschmitzten Lächeln, als er sich auf die Ellenbogen stützte und, immer noch in ihr, auf sie hinuntersah.

»Sie meine auch, Sir«, erwiderte sie und kicherte. »Außerdem glaube ich, dass wir das Problem gelöst haben, wie man sich in Alaska warm hält.«

»Was immer in der Zukunft passiert, ich werde diese Nacht niemals vergessen«, sagte er und beugte sich zu ihr herunter, um sie zu küssen.

Beth konnte nur lächeln, denn sie wusste, dass seine Worte das schlechte Gewissen beruhigten, das sie am Morgen haben würde.

»Ich hoffe, ich kann dich überreden zu bleiben«, sagte er ein bisschen später, als er neben ihr lag und sie im Arm hielt. »Wir beide wären ein tolles Team. Und wenn der Goldrausch vorbei ist, gehen wir in andere Städte und suchen uns neue Herausforderungen.«

Beth war erleichtert, dass die Hütte leer war, als sie gegen Mittag des nächsten Tages dort ankam. Nach dem Komfort bei Jefferson wirkte sie spartanisch und trostlos. Ihre Betten waren nur mit Stroh gefüllte Säcke, und der, den sie sich mit Theo teilte, war noch genauso unberührt, wie sie ihn am Abend zuvor zurückgelassen hatte, deshalb wusste sie, dass er die ganze Nacht über nicht da gewesen war. Sams und Jacks zeigten dagegen noch den Abdruck ihrer Körper, und die Decken waren wie üblich zerwühlt.

Sam und Jack wussten, dass Beth auf einen Drink ins Jeff Smith's Parlour gegangen war, und da sie sich die Mühe gemacht hatten, Kohlen im Ofen nachzulegen, bevor sie heute Morgen gegangen waren, hatte sie das Gefühl, dass sie nicht wütend darüber waren, dass sie die Nacht mit Jefferson verbracht hatte. Dennoch war es ihr peinlich. Es war in Ordnung, wenn Männer mit Frauen ins Bett gingen, aber eine Frau, die derselben Versuchung erlag, wurde für ein Flittchen gehalten.

Sie hatte bei Jefferson bereits gebadet; er hatte ihr ein Bad eingelassen und sie sogar gewaschen. Sie setzte sich in den Schaukelstuhl, den er ihr geschenkt hatte, lehnte den Kopf zurück und schloss die Augen. Noch einmal durchlebte sie diese sinnliche Erfahrung und beschloss, dass es ihr egal war, ob man sie Flittchen nannte. Sie würde dazu stehen, wenn die Männer nach Hause kamen. Jack und Sam hatten ständig irgendwelche Affären, warum sie nicht auch?

Und was Theo anging, wenn es ihm nicht gefiel, dann konnte er ja zu Dolly, der Hure, gehen. Wenn er erst einmal feststellte, dass sie nur für eine Sache gut war, dass sie nicht kochen und nähen konnte und ihm seine Sachen nicht wusch, würde er ja vielleicht merken, was er an der Gypsy Queen gehabt hatte.

Die Hüttentür wurde am späten Nachmittag abrupt aufgestoßen und brachte eisigen Wind und Schnee herein.

Beth hatte im Schaukelstuhl gedöst. Sie schrak hoch und sah Theo in der Tür stehen, das Gesicht rot vor Wut.

»Wie konntest du mit diesem Bastard ins Bett gehen?«, schrie er sie an. »Jetzt stehe ich da wie ein Vollidiot!«

Beth hatte vorgehabt, ihm zu gestehen, was sie getan hatte, denn sie wusste, dass irgendjemand es ihm sowieso stecken würde. Aber sie hatte nicht erwartet, dass Theo es bereits wusste.

Eine Sekunde lang sah sie ihn nur an, schockiert darüber, dass ihn offenbar nur verletzte, wie die anderen darauf reagieren würden, aber nicht die Tatsache, dass sie fremdgegangen war.

»Du bist selbst daran schuld«, verteidigte sie sich. »Du hast mich seit Monaten schlecht behandelt und deine Zeit lieber mit dieser Hure im Red Onion verbracht.«

»Ich hatte da geschäftlich zu tun«, zischte er. »Die Geschäfte eines Mannes gehen immer vor, wenn er irgendetwas erreichen will.«

»Es gibt nur eine Art von Geschäft, die man in einem Bordell erledigt«, gab sie zurück, die Stimme wütend erhoben. »Und ich werde nicht die zweite Geige neben einer Hure spielen, also geh dahin zurück, und stell dich hinten an, während sie sich von jedem Mann in der Stadt durchficken lässt.«

Er sah sie überrascht an.

»Du bist ein verlogener, betrügerischer Lump«, fuhr sie fort. »Sagst den Leuten, du wärst ein Earl! Nimmst sie aus mit deinen gezinkten Karten! Damit hätte ich vielleicht noch leben können. Aber ich will nicht mit einem Mann zusammen sein, der mich nicht zu schätzen weiß. Ich habe immer zu dir gestanden, aber das ist vorbei. Hau ab, und komm ja nicht wieder.«

Nur für einen Moment zögerte er, dann riss er seine Sachen aus dem Regal in der Ecke, stopfte sie in eine Tasche und ging, wobei er die Tür so fest zuschlug, dass die ganze Hütte wackelte.

Beth weinte bittere Tränen, aber nicht, weil sie mit einem anderen Mann zusammen gewesen war, sondern weil ihre Liebe nicht mehr da war. Sie wäre für Theo bis ans Ende der Welt gegangen, und trotz ihrer harten Worte wusste sie, dass sie ihn noch immer liebte.

Eine Woche später verbrachten Beth und Sam einen Abend zu Hause. Es war so kalt draußen, dass die Wimpern innerhalb von Sekunden mit Eis überzogen waren und die Lungen beim Atmen schmerzten. Sie hatten Holz in den Ofen gelegt und saßen dicht daneben, jeder in einen warmen Quilt gewickelt.

Jack war bei den Arnolds, einer Familie mit drei Kindern, die Anfang Dezember nach Skagway gekommen waren. Sie waren von Anfang an schlecht ausgestattet gewesen, und das wenige Geld, das sie mitgebracht hatten, ging ihnen bald aus. Sie lebten noch immer in einem Zelt, wie so viele Leute hier, und eines ihrer Kinder, die neunjährige Nancy, war kurz nach Weihnachten an einer Lungenentzündung gestorben.

Jack hatte versucht, dem Vater Sid Arnold Arbeit zu beschaffen. Er war in Portland Barbier gewesen, aber hier gab es für jemanden wie ihn wenig zu tun, denn fast alle Männer ließen sich dicke Bärte und Schnurrbärte stehen. Er hielt nur einen Tag im Sägewerk durch – er war einfach nicht stark genug für schwere Arbeit –, und er kam auch mit allen anderen Jobs nicht zurecht, die Jack ihm besorgte. Jetzt waren seine Frau und sein kleiner Sohn Robbie krank, und Jack hatte in Skagway für sie gesammelt, damit sie mit dem nächsten Schiff zurückfahren konnten. Aber Sids Augen glänzten genauso vor Goldfieber wie die seiner Frau vom richtigen Fieber. Er wollte noch immer unbedingt über den Chilkoot Pass gehen, überzeugt davon, dass es die Antwort auf alles war.

»Glaubst du, dass Jack ihn überreden kann?«, wollte Sam von Beth wissen.

Beth schüttelte den Kopf. Sie beobachtete den Goldwahnsinn jetzt schon so lange, dass sie inzwischen wusste, dass er nicht heilbar war. Die meisten Leute, die hierherkamen, hatten keine Ahnung, wie weit es nach Dawson City war – sie glaubten, es wäre nur eine kleine Wanderung über ein paar Berge. Wenigen war klar, wie kalt und gefährlich es im Gebirge war, und viele von denen, die im Herbst über den White Pass oder den Chilkoot Pass aufgebrochen waren, hatten umkehren und bis zum Frühling warten müssen.

Aber die Chilkoot-Indianer, die den Pass oft benutzten, berichteten auch, dass viele von denen, die nicht zurückgekommen waren, es nicht überlebt hatten. Vögel und Aasfresser hatten ihnen das Fleisch völlig von den Knochen genagt.

»Vielleicht ist die einzige Lösung, seine Frau und die beiden übrigen Kinder alleine auf das Schiff zu schicken«, sagte Beth traurig. »Ich glaube, sie haben Familie in Portland, die sie wieder gesund pflegen wird. Das heißt, wenn sie nicht sterben, bevor das Schiff dort ankommt.«

»Hast du Angst, über den Pass zu gehen?«, wollte Sam wissen.

»Ja«, gestand sie. »Aber wir sind so weit gekommen, wir würden es immer bereuen, wenn wir den Rest nicht auch noch gehen.«

»Ohne Theo wird es nicht das Gleiche sein.«

»Nein, wird es nicht.« Beth seufzte. »Es wird einfacher sein.«

Sam schwieg für einige Zeit und starrte mit leeren Augen ins Feuer. Beth wusste, dass Jack und er Theo wegen seiner kreativen Ideen und dem Spaß vermissten, den man mit ihm haben konnte. Sie hatten ihr gestanden, dass sie schon seit einiger Zeit von Dolly wussten und gehofft hatten, Beths Nacht mit Jefferson würde ihn endlich wieder zur Vernunft bringen.

Aber sosehr sie ihn auch mochten und obwohl er für sie wie ein Bruder war, hielten sie zu Beth. Deshalb hatten sie nicht versucht, mit ihm zu reden, und er hatte seinerseits ihre Nähe nicht gesucht.

»Was ist mit Soapy?«, fragte Sam und brach das Schweigen. »Empfindest du etwas für ihn?«

»Lust vielleicht.« Beth kicherte. »Aber es ist jetzt eine Woche her, und er hat noch nicht versucht, mich wiederzusehen. Ich schätze, jetzt, wo er gehört hat, dass Theo aus dem Rennen ist, bin ich nicht mehr ganz so attraktiv für ihn.«

Sam lächelte ein wenig. »Vielleicht ist es ganz gut so, Schwesterchen, er ist ein gefährlicher Mann. Ich mag ihn irgendwie, aber er ist glatter als ein Aal. Wenn nur die Hälfte der Geschichten über ihn stimmt, dann reicht das, um jeden auf die Palme zu bringen. Du wirst eines Tages den richtigen Mann finden, jemanden, der dich verdient hat.«

Beth streckte die Hand aus und zerzauste ihm den dichten blonden Bart. »Wir haben es ganz schön weit gebracht, nicht wahr? Ich bezweifle, dass die Langworthys uns jetzt noch erkennen würden. Nicht nur, weil wir anders aussehen, sondern auch, weil wir uns so verändert haben. Stell dir vor, wir hätten so ein Gespräch zu Hause in Liverpool geführt! Weißt du noch, was Mama über Leidenschaft gesagt hat? Ich hatte damals keine Ahnung, was das ist.«

»Ich auch nicht.« Sam grinste. »Das war eine der besten Entdeckungen.«

Sie lachten beide und unterhielten sich weiter darüber, wie gut es war, den Beschränkungen entkommen zu sein, mit denen sie aufgewachsen waren, und dass sie nicht nur Geschwister, sondern auch Freunde waren.

»Hat es nie eine Frau gegeben, von der du dich nicht trennen wolltest?«, erkundigte sich Beth.

»Es ginge schneller, die aufzulisten, bei denen ich froh war, sie los zu sein«, scherzte Sam. »Ich scheine immer dann jemanden kennenzulernen, der mir wirklich gefällt, wenn wir weiterziehen. Nimm zum Beispiel die kleine Rothaarige, die mit ihrer Mutter an der Main Street Kuchen backt!«

»Sarah?« Beth hatte schon oft mit der jungen Frau gesprochen. Sie war sehr anständig, ging nie in den Saloon oder flirtete mit Männern. Aber sie hatte etwas Keckes an sich, und sie war sehr hübsch.

»Ja, Sarah aus Idaho. Ich mag sie wirklich, sie ist so ...« Er brach plötzlich ab, als sie draußen Schüsse hörten. »Das war ganz in der Nähe«, rief er, streifte die Decke von seinen Schultern und stand auf.

Schusswechsel waren üblich, genauso wie Prügeleien in den Straßen und in den Saloons. Aber normalerweise hörte man sie nicht in diesem Teil der Stadt.

»Geh nicht nach draußen, Sam«, bat Beth ihn. »Du weißt doch, wie es ist, wenn welche von denen betrunken und wütend sind. Du könntest dazwischengeraten und verletzt werden.«

Er zögerte. »Ich gehe nur mal vor die Tür und sehe nach, was los ist. Da kann nichts passieren.«

Als er die Tür aufstieß, wehte ein eisiger Wind herein. Sam griff nach seinem pelzbesetzten Mantel, trat schnell nach draußen und schloss die Tür hinter sich wieder. Beth erhob sich, um aus dem winzigen Fenster zu blicken, aber sie konnte nur Sams Schultern und den schneebedeckten Boden sehen. Doch als sie Leute rufen hörte, weckte das ihre Neugier, und sie griff ebenfalls nach Mantel und Hut.

Sam grinste, als sie nach draußen trat. »Hab mir schon gedacht, dass du nicht widerstehen kannst! Sollen wir nicht hingehen? Es klingt, als wäre es in der State Street. Wir sehen nur mal nach. Wir mischen uns nicht ein.«

Sie beeilten sich, und Beth hielt sich an Sams Arm fest, um

auf dem glatten Boden nicht auszurutschen. Als sie um die Ecke in die State Street bogen, stießen sie auf eine Gruppe von Leuten, die um einen Mann herumstand, der auf dem Boden lag. Selbst in der schwach beleuchteten Straße konnte man die Blutflecken im Schnee sehen.

»Wer war das?«, fragte Sam einen Mann, der die Straße entlangging.

»Kenn' den Namen nicht, einer, der betrogen wurde, nehme ich an.«

»Wissen Sie, wer der Mann ist, auf den geschossen wurde?«, wollte Beth wissen.

»Der Typ, den sie den Earl nennen.«

27

Sam versuchte, sie zurückzuhalten, aber Beth entwand sich ihm und schob sich durch die Menge, die um Theo herumstand. Ihr Herz raste vor Angst, und ihre letzten wütenden Worte an ihn waren aus ihren Erinnerungen gelöscht.

»Theo!«, schrie sie, während sie neben ihm auf die Knie sank.

»Er wird's nicht schaffen, Mam«, meinte ein Mann aus der Menge.

Es sah nicht gut aus. Theo war bewusstlos, und Beth konnte ein Loch sehen, wo die Kugel an seiner Schulter durch den Mantel eingedrungen war. Blut pumpte heraus. Hastig griff sie nach seinem Handgelenk und fühlte seinen Puls. Er war da, aber schwach. »Er wird es ganz sicher nicht schaffen, wenn wir ihn hier draußen in der Kälte liegen lassen«, sagte sie scharf. »Jemand muss mir helfen, ihn zum Doktor zu bringen.«

Theo bewegte sich und öffnete die Augen. »Beth!«

Weil seine Stimme so leise war, beugte Beth sich über sein Gesicht. »Ja, ich bin's. Aber sprich nicht mehr, und beweg dich nicht, das schwächt dich nur.«

Während Sam sich nach vorne drängelte, um zu helfen, schlug ein anderer Mann vor, dass sie Theo auf etwas legen sollten, und fast sofort kam eine Frau mit einer schmalen Tischplatte unter dem Arm aus dem nächstgelegenen Saloon gelaufen. »Sie haben bei einer Prügelei die Beine abgebrochen«, sagte sie als Erklärung und floh vor der Kälte wieder nach drinnen.

Sie schoben die Tischplatte unter Theo, Sam packte sie an seinem Kopf und die anderen beiden an den Beinen.

Dr. Chases Hütte lag ganz in der Nähe, und jemand war vorausgelaufen, um ihm Bescheid zu sagen. Beth war dem Doktor noch nie begegnet, da sie noch nie medizinische Hilfe gebraucht hatte, aber sie wusste, dass er ein guter Mann war, weil er und Reverend Dickey Spenden für den Bau einer Hospital-Hütte gesammelt hatten, die bald eröffnet werden würde, und der Doktor war außerdem bekannt dafür, dass er sehr arme Leute ohne Honorar behandelte.

Dr. Chase, ein kleiner, schlanker Mann mit Brille und dünnem Haar, trug bereits eine Schürze und rollte sich die Ärmel auf, als sie an seiner Tür ankamen.

»Legen Sie ihn auf den Tisch«, sagte er und holte die Lampe dichter heran. »Ist jemand von Ihnen mit ihm verwandt?«

Sam erklärte, dass er und Beth Theos Freunde und Reisegefährten seien, und nannte ihm ihre Namen. Der Doktor bat sie zu bleiben, um ihm zu helfen, und die anderen, die mit hereingekommen waren, zu gehen.

»Ich hoffe, Sie sind nicht zimperlich«, sagte er zu Beth, während er Theos Kleidung von der Wunde entfernte. »Weil ich Sie als Krankenschwester brauche. Waschen Sie sich gründlich die Hände.«

Während Beth sich die Hände in dem Becken wusch, auf das der Doktor gedeutet hatte, blickte sie zurück zu Theo. Sein Gesicht war ganz bleich, seine Lippen waren blau angelaufen, und er war bewusstlos. Ihr war ganz schlecht vor Angst, denn als die Wunde frei lag, sah sie furchtbar aus, ein Krater aus dunkelrotem Fleisch und Blut.

Sie band sich eine Schürze um und rollte ihre Ärmel auf, und der Doktor bat Sam, sich hinter Theo zu stellen und ihn festzuhalten, wenn er sich wehrte.

»Es ist gut, dass er bewusstlos ist«, sagte er ziemlich fröhlich. »Aber es könnte sein, dass er wieder aufwacht, wenn ich anfange, nach der Kugel zu suchen, also seien Sie bereit.«

Beth wollte fragen, warum er ihm kein Chloroform gebe, aber sie traute sich nicht und blieb einfach stehen und wartete auf Anweisungen.

»Wenn man schon eine Kugel abkriegt, dann ist das eine ziemlich gute Stelle dafür«, erklärte Dr. Chase und bedeutete Beth, das Tablett mit seinen Instrumenten festzuhalten und ihm das zu reichen, was er brauchte. »Warum hat man überhaupt auf ihn geschossen?«

»Wir wissen es nicht, weil wir nicht bei ihm waren, als es passierte«, erklärte Sam. »Wir sind nur hingelaufen, als wir den Schuss hörten.«

»Wie heißt er?«

»Theodore Cadogan«, sagte Beth.

»Ah, der englische Earl«, erwiderte der Doktor. »Nach allem, was ich gehört habe, war es nur eine Frage der Zeit, bis jemand auf ihn schießt. Und Sie«, er blickte Beth über seine Brille hinweg an, »müssen dann die viel gepriesene Miss Bolton sein, die Gypsy Queen?«

Beth spürte, wie eine Welle der Scham in ihr aufstieg, denn in seinen Worten schwang Kritik mit, weil sie sich mit einem Mann wie Theo abgab. Aber der Doktor sagte nichts mehr und reinigte die Wunde mit Tupfern, dann fing er an, mit einer Pinzette darin zu bohren. Theo wachte einmal auf und wollte sich aufrichten, doch er wurde zum Glück wieder ohnmächtig.

»Da haben wir sie ja!«, verkündete Dr. Chase und hielt die Kugel in seiner Pinzette triumphierend hoch. »Er hatte Glück, sie war nicht tief eingedrungen. Aber er wird gute Pflege brauchen, um sich zu erholen. Kugeln sind leicht zu entfernen; Probleme gibt es erst, wenn es zu einer Infektion kommt. Werden Sie die Pflege übernehmen, Miss Bolton?«

»Ja, natürlich«, sagte Beth, ohne zu zögern.

»Ich werde ihn jetzt nähen, und er kann heute Nacht hierbleiben. Morgen lasse ich ihn dann auf einem Wagen zu Ihrer Hütte bringen. Ich sage Ihnen dann, was er essen soll. Er hat viel Blut verloren, und es wird eine Weile dauern, bis er wieder bei Kräften ist.«

»Warum hast du mir geholfen?«, fragte Theo am folgenden Abend.

Der Doktor hatte ihn am Morgen zur Hütte gebracht, und er war von den beiden Männern, die ihn begleiteten, ins Bett gelegt worden. Er hatte etwas gegen die Schmerzen bekommen, und das ließ ihn fast den ganzen Tag schlafen. Beth hatte ihm die Fleischbrühe gekocht, die der Doktor angeordnet hatte, und rührte am Herd darin herum, als Theo sie ansprach.

»Weil ich Dolly, die Hure, nirgends gesehen habe«, antwortete sie giftig. »Aber wenn du lieber dort wärst und in ihrem flohverseuchten Bett liegen würdest, musst du es nur sagen.«

»Ich würde viel lieber bei dir bleiben«, sagte er, und seine Stimme klang sehr schwach. »Du bist die einzige Frau, die ich jemals geliebt habe.«

Beth spürte, wie ihr Tränen in die Augen stiegen, aber sie drängte sie zurück. »Ich werde mich wegen der alten Zeiten um dich kümmern, aber nur so lange, wie es dauert, Theo.«

Theo hatte an den ersten Tagen große Schmerzen. Dr. Chase kam täglich, um den Verband zu wechseln, und sagte, dass es zum Glück keine Anzeichen für eine Infektion gebe. Er zeigte jedoch kein Mitgefühl mit Theo.

»Sie haben Glück, dass Sie nicht tot sind«, sagte er barsch. »Ich habe Patienten, die ohne eigenes Verschulden krank geworden sind, und die behandle ich vorrangig.«

Offenbar hatte der Mann, der geschossen hatte, die Stadt inzwischen verlassen – vielleicht weil er glaubte, Theo getötet zu haben, und fürchtete, dass man ihn des Mordes anklagen würde. Theo sagte zu dem Thema nur, dass er verdiene, was ihm passiert sei. Beth nahm deshalb an, dass er den Mann betrogen hatte.

Sie verbrachte die Tage damit, ihm vorzulesen und den neuesten Klatsch zu berichten, und eigentlich war sie froh, drinnen im Warmen bei ihm sein zu können. Abends, wenn sie spielen musste, blieben Jack oder Sam bei ihm.

Erst zehn Tage nach der Schießerei sprach Jefferson sie darauf an. Er war während der ganzen Zeit nicht im Clancy's gewesen, und sie hatte ihn auch nicht in der Stadt gesehen. Aber plötzlich stand er in der Menge, sah ihr beim Spielen zu und lächelte auf diese lässige, verführerische Weise, die ihr Herz schneller schlagen ließ.

»Trinkst du was mit mir?«, fragte er, als sie von der kleinen Bühne kletterte.

»Ich muss zurück.« Sie hätte ihn gerne gefragt, wo er die ganze Zeit über gewesen war, doch sie wusste, dass das nicht klug gewesen wäre.

»Ans Krankenbett?«, fragte er und hob eine Augenbraue. »Was tut der Earl für dich, dass er eine so zärtliche Pflege verdient hat? Ich habe gehört, du hast ihn nach unserer gemeinsamen Nacht rausgeworfen?«

»Ich kenne ihn schon sehr lange«, erwiderte sie. »Ich wende mich nicht von Freunden ab, wenn sie meine Hilfe brauchen.«

Er drückte ihr ein Glas Rum in die Hand. »Und wenn er sich erholt hat?«

Beth zuckte mit den Schultern. »Ich weiß nicht. Das hängt von ihm ab.«

»Dann nehme ich an, dass du dich seinen Plänen fügen wirst? Wenn er zurück zu Dolly geht, dann bist du frei; wenn nicht, dann bist du an ihn gebunden?«

»Ich weiß es nicht, Jefferson, okay?«, sagte sie verärgert. »Als ich mich bereit erklärte, ihn zu pflegen, tat ich es wegen unserer gemeinsamen Vergangenheit. Ich würde mich auch um Jack kümmern, wenn ihm etwas passiert. Weiter kann ich jetzt noch nicht denken, und ich verstehe nicht, warum du das überhaupt wissen willst. Du bist nicht mal vorbeigekommen, um dich zu erkundigen, wie es mir geht, als du erfahren hast, dass ich ihn rausgeworfen habe, also wieso interessiert dich das?«

»Weil ich dich mag und er dein Untergang sein wird.«

»Er ist nicht anders als du«, erklärte sie wütend.

»Deshalb weiß ich, wie es enden wird.«

Beth seufzte, trank ihren Rum aus und griff nach ihrem Geigenkasten. »Dann hoffe ich, dass du auch jemanden hast, der sich um dich kümmert, wenn auf dich geschossen wird«, sagte sie knapp. »Gute Nacht, Jefferson. Es war schön, solange es gedauert hat.«

Sie glaubte, er würde ihr folgen; schließlich hatte er in jener Nacht gesagt, er wolle, dass sie mit ihm zusammen ist. Aber vielleicht war das nur Teil seiner Masche gewesen, und er hatte nur eine neue Eroberung gesucht.

»Ich war so ein Idiot«, sagte Theo ein paar Tage später. Er

war jetzt wieder auf den Beinen, konnte jedoch noch nichts Anstrengendes machen; selbst das Anziehen musste vorsichtig und langsam passieren.

»Was hat dich zu dieser überraschenden Einsicht gebracht?«, fragte Beth.

»Sei nicht so sarkastisch«, schimpfte er. »Ich versuche, dir zu zeigen, wie sehr ich dich schätze. Das habe ich immer getan, aber was mich am traurigsten macht, ist die Distanz, die es jetzt zwischen uns gibt, wo wir uns doch mal so nahegestanden haben. Ich weiß, dass ich daran schuld bin. Aber ich weiß nicht, wie ich dafür sorgen kann, dass alles wieder so wird wie früher.«

»Ich weiß es auch nicht«, erwiderte sie traurig. »Manchmal glaube ich, dass es an dieser Stadt voller Menschen liegt, die alle nur an Gold denken. Das hat uns alle beeinflusst. Selbst Jack, der jede freie Minute damit verbringt, Leuten zu helfen, kann es gar nicht abwarten aufzubrechen. Es ist wie eine Krankheit.«

»Vielleicht werden wir dann alle nur geheilt, wenn wir tatsächlich hingehen«, sagte Theo.

»Dafür wird dir noch für einige Zeit die Kraft fehlen.«

»Ein Monat wird reichen. Aber die eigentliche Frage ist, ob du willst, dass ich euch begleite.«

»Natürlich will ich das, Theo! Vielleicht bete ich dich nicht mehr so vorbehaltlos an wie früher, aber ich liebe dich immer noch. Wenn du doch nur ehrlicher wärst!«

»Ehrlichkeit hast du bei Soapy auch nicht vermisst«, sagte er. »Er ist viel unehrlicher als ich, er ist ein Lügner, ein Dieb, ein Betrüger, und zweifellos hat er auch schon Leute umgebracht, obwohl ich bezweifle, dass er sich dabei selbst die Hände schmutzig gemacht hat.«

»Zumindest war er da, als ich jemanden brauchte«, fuhr

Beth ihn an. »Ich habe nicht gesehen, dass Dog-faced Dolly dir zu Hilfe geeilt wäre.«

»Das war's dann, Schwesterchen.« Sam holte den letzten Sack mit ihren Sachen aus der Hütte und lud ihn auf den gemieteten Wagen, der sie die zwölf Kilometer bis nach Dyea bringen würde, von wo aus sie dann über den Chilkoot Pass wandern würden. »Verabschiede dich von der Hütte. Ich bezweifle, dass wir auf dem Rückweg hier noch einmal vorbeikommen werden.«

Theo saß im Wagen. Seine Schulter war gut verheilt, aber die Wochen ohne Bewegung und mit gutem Essen hatten ihn zunehmen lassen, sodass er jetzt ein bisschen schwabbelig wirkte. Jack dagegen war sehr schlank, denn er hatte sechs Tage in der Woche Häuser, Geschäfte und Hütten gebaut, damit sie genug Geld zusammenbekamen, um die indianischen Träger zu bezahlen, die ihre Sachen den Pass hinauftragen sollten.

Neben der vorgeschriebenen Tonne Proviant, ohne die sie nicht nach Kanada einreisen durften, mussten sie auch noch die Werkzeuge mitnehmen, die sie brauchen würden, um sich am Lake Bennett ein Boot zu bauen, dazu eine Schaufel, Schlitten, das Kochgeschirr, das Zelt, das Bettzeug und andere notwendige Dinge. Da die meisten Männer nur fünfundzwanzig Kilo Gepäck auf dem Rücken über den Pass tragen konnten, hätte das bedeutet, dass sie ein Dutzend Mal rauf- und runterlaufen mussten, wenn sie die indianischen Träger nicht bezahlen konnten – und das hätte wahrscheinlich drei Monate gedauert.

Die Mehrheit der anderen Goldsucher hatte keine andere Wahl, denn die Preise, die die Träger pro Ladung nahmen, waren schwindelerregend hoch. Aber Theo war noch nicht stark genug, um mehr als ein paar Kilo zu tragen, und weder Sam noch Jack wollten, dass Beth zu viel schleppen musste. Zusammen hatten sie Geld genug, und sie nahmen an, dass sie das verlorene Geld durch die gewonnene Zeit wieder wettmachen würden. Außerdem konnten sie so einige wertvolle Dinge mitnehmen, die sich in Dawson City mit großem Gewinn verkaufen ließen.

»Ich muss diesen Brief nach Hause aufgeben, bevor wir aufbrechen«, sagte Beth und winkte mit einem Umschlag. Vor ein paar Tagen hatten sie endlich einen Brief aus England mit einem Bild von Molly an ihrem vierten Geburtstag kurz vor Weihnachten bekommen. Beth hatte schnell einen Brief zurückgeschrieben und ein Bild von sich und Sam hineingelegt, das hier in Skagway aufgenommen worden war, und Molly und den Langworthys berichtet, dass sie sich auf den Weg zu den Goldfeldern machen würden.

Während sie schrieb, hatte sie sich gefragt, ob die Leute in England irgendeine Vorstellung davon hatten, was mit dieser Reise verbunden war. Beth wusste ziemlich genau, dass es kein Zuckerschlecken werden würde, denn der vorausschauende Jack hatte bereits den Anfang des Weges erkundet und mit Leuten gesprochen, die auf der Hälfte aufgegeben hatten, und was er von ihnen erfuhr, ließ sie beinahe entmutigt aufgeben.

»Wir fahren schon mal, und du stößt dann wieder zu uns, wenn du bei der Post warst«, rief Theo. »Aber halt dich nicht zu lange auf!«

Es war jetzt Ende März, und die meisten Leute, die sie während des Winters kennengelernt hatten, waren schon vor über einem Monat zum White Pass oder Chilkoot Pass aufgebrochen. Aber wenn alles gut lief, wusste Beth, dass sie alle am Lake Bennett wiedersehen würden. Das Eis auf dem See würde erst Ende Mai schmelzen, deshalb würden sie erst dann weiterfahren können.

Skagway sah jetzt ganz anders aus als bei ihrer Ankunft. Es gab einen Kai, eine Kirche und ein Krankenhaus, und an der Hauptstraße standen richtige Gebäude – Geschäfte, Saloons, Restaurants, Hotels, Häuser und Hütten. Die Straßen waren noch immer ein Meer aus Schlamm, und das Tauwetter der letzten Tage hatte es noch schlimmer gemacht. Und die Zeltstadt um die Stadt herum war immer noch da. Es waren jetzt andere Zelte, denn die alten waren entweder von ihren Besitzern mitgenommen oder von Stürmen zerfetzt worden. Täglich brachten die Schiffe Hunderte weitere Goldsucher. Einige blieben nur kurz und zogen weiter über die Pässe; andere blieben in den schäbigeren Vierteln der Stadt hängen, verloren all ihr Geld und fuhren schließlich mit dem Schiff wieder zurück.

Beth war froh, dass sie gehen konnte. Sie hatte hier gute Zeiten erlebt, aber die schlechten überwogen. Sie würde die Rauflust, den Dreck, die Ausbeuter und die Ausgebeuteten nicht vermissen. Aber sie würde die zuckenden Füße und das Klatschen vermissen, wenn sie Geige spielte. Sie würde niemals dieses entzückte Lächeln auf den Gesichtern vergessen, wenn sie ihr Publikum aus seinen Sorgen und Nöten entführte.

Als sie an Clancy's Saloon vorbeikam, lächelte sie, denn die Kreidetafel mit »Gypsy Queen spielt heute Abend« stand noch immer davor. Sie hob ein Stück Kreide auf, das davor auf dem Boden lag, und fügte hinzu: »Heute Abend nicht, ich gehe nach Klondike. Wir sehen uns dort.«

Sie wandte sich von der Tafel ab und kicherte immer noch vor sich hin, als sie Jefferson an einer Kiste lehnen sah. Er rauchte seine Pfeife und beobachtete sie.

»Dann gehst du?«

»Ich will nur noch schnell einen Brief aufgeben, dann laufe ich dem Wagen hinterher.«

»Bleib und trink noch was mit mir. Ich bringe dich dann auf dem Pferd zu den anderen.«

Sie öffnete den Mund, um höflich abzulehnen, aber als sie das Funkeln in seinen Augen sah, konnte sie nicht widerstehen. »Um der alten Zeiten willen«, sagte sie lächelnd. »Aber nur eine halbe Stunde, keinen Moment länger, und wenn du mich nicht hinbringst, gibt's Ärger.«

»Du gibst deinen Brief auf, und ich habe die Drinks fertig, wenn du zurückkommst«, erwiderte er.

Als sie durch die Tür des Clancy's ging, öffnete er mit einem Knallen eine Flasche Champagner. »Ich dachte, ich mache dir ein schönes Abschiedsgeschenk.« Er lächelte. »Es ist vielleicht das letzte Mal für Monate, dass du so etwas Exquisites bekommst.«

Er goss ihr ein Glas ein, lehnte sich gegen die Theke und sah sie an. »Man wird dich hier vermissen«, sagte er schließlich. »Es gibt jede Menge hübscher Frauen in der Stadt, aber nur wenige mit deinem Elan oder deinem Schneid. Vielleicht komme ich auch eines Tages nach Dawson und sehe nach, wie es dir geht. Wenn du bis dahin noch keinen reichen Goldminenbesitzer geheiratet hast, dann nehme ich dich mit nach San Francisco und mache eine ehrbare Frau aus dir.«

»Das würde dir schwerfallen, wo du doch so unehrenhaft bist«, gab sie zurück. »Außerdem will ich zurück nach England. Ich habe da eine kleine Schwester, die ich wiedersehen will.«

Sie holte das Bild von Molly heraus, das sie in der Innentasche ihres Mantels aufbewahrte, und zeigte es ihm. Ihr Haar war so lang und lockig wie das von Beth und zu zwei

Zöpfen gebunden, und sie trug ein weißes Rüschenschürzchen über ihrem dunklen Kleid. Sie war kein Baby mehr, sondern ein kleines Mädchen, mit runden dunklen Augen und einem sehr ernsten Gesichtsausdruck.

»Sie sieht aus wie du«, meinte Jefferson. »Ich schätze, sie ist die Art von Kind, zu dem jeder gerne nach Hause fahren würde. Und bestimmt möchtest du auch zu deiner Familie. Sie müssen dich vermissen.«

»Meine Eltern sind tot«, erwiderte Beth und erklärte ihm, was passiert war. »Ich weiß nicht, warum ich dir das sage«, schloss sie schließlich verlegen. »Ich habe es noch nie jemandem erzählt.«

Jefferson zuckte mit den Schultern. »Wahrscheinlich, weil du mir das Bild gezeigt hast. Dann fällt einem vieles wieder ein. Ich habe auch so ein Bild.«

»Von einem kleinen Mädchen?«

»Nein.« Er lachte. »Ein Bild von dir, als du abends hier gespielt hast. Ich habe es erst vor ein paar Tagen abgeholt. Wenn ich es anschaue, muss ich daran denken, was wohl gewesen wäre, wenn ich ...« Er brach ab und grinste sie an.

»Wenn du was?«

»Wenn ich ein anderer Mann wäre. Wenn ich nach jener Nacht zu dir gegangen wäre und dir gesagt hätte, was ich damals gefühlt habe.«

»Was hast du denn gefühlt?«, flüsterte sie.

»Es war, als wäre alles wieder brandneu. So als könnte es ein Leben ohne Lug und Betrug geben. Aber ich schätze, ich war nicht mutig genug, es auszuprobieren.«

Beth hob die Hand und kniff ihm sanft in die Wange. »Du warst mutig genug, es mir jetzt zu sagen. Ich werde es mir merken und irgendwann darüber nachdenken.«

Sie redeten noch eine Weile über alles, was sich seit ihrer

Ankunft in Skagway verändert hatte und wie es in einigen Jahren hier aussehen würde. Er erkundigte sich nach Sam und Jack, erwähnte Theo jedoch nicht.

»Traut keinem beim Aufstieg über den Pass«, sagte er plötzlich. »Es gibt da oben Männer, die wie Goldsucher aussehen. Sie tragen einen Rucksack und sind genauso dreckig wie alle anderen. Sie sind freundlich, bieten euch was Heißes zu trinken an oder dass ihr euch an ihrem Feuer aufwärmen könnt. Aber das sind keine Goldsucher, sondern Betrüger, die euch ausnehmen wollen.«

Ein Gefühl sagte ihr, dass diese Männer, von denen er sprach, vielleicht in seinen Diensten standen, aber sie bedankte sich für seinen Rat und sagte, dass es Zeit werde zu gehen.

Er nahm ihre Hand, als sie den Saloon verließen, um sein Pferd aus dem Stall zu holen, und die Berührung seiner glatten Hand jagte ihr einen Schauer über den Rücken.

Ein Mann holte ihnen eine Fuchsstute, und während er sie festhielt, verschränkte Jefferson die Hände, damit Beth ihren Fuß hineinstellen konnte, und half ihr in den Sattel. Dann schwang er sich mit einer eleganten Bewegung hinter sie, legte den Arm um sie und griff nach den Zügeln.

Er schnalzte mit der Zunge, und sie galoppierten die Straße hinunter in Richtung Dyea.

In Skagway achtete man wegen des Lärms und des Durcheinanders oft gar nicht auf die schöne Landschaft, die es umgab. Aber nachdem sie den Tumult hinter sich gelassen hatten und Beth die Wintersonne auf dem türkisfarbenen Wasser des Lynn Canals glitzern sah und die schneebedeckten Gipfel betrachtete, wurde sie ihr plötzlich wieder bewusst.

Während sie ritten, deutete Jefferson auf zwei Möwen auf dem Wasser und einen Weißkopfseeadler, der auf einer Tanne saß. Beth wünschte, sie hätten früher Zeit für einen kleinen Ausflug wie diesen gehabt und sich wirklich unterhalten.

Viele Gruppen von Leuten waren auf dem Weg nach Dyea. Einige schoben Handwagen, auf denen sich ihr Gepäck stapelte, andere benutzten Maulesel oder Pferdewagen. Plötzlich entdeckte Beth die anderen drei und ihren Wagen vor sich. »Ich glaube, du solltest mich hier absetzen«, sagte sie. »Ich habe sie schnell eingeholt.«

Jefferson sprang so geschmeidig wie eine Katze vom Pferd, griff nach oben, umfasste ihre Taille und schwang sie herunter. Aber er ließ sie nicht los. »Leb wohl, meine Gypsy Queen«, sagte er. »Pass gut auf dich auf, und denk manchmal an mich.«

Er küsste sie, lange und hart, und hielt sie fest, als würde er sie nie wieder loslassen wollen. Dann löste er sich von ihr, sprang auf sein Pferd, riss es herum und galoppierte davon.

Beth stand einen Moment lang auf dem Weg und sah auf das rotbraune Hinterteil des Pferdes, auf Jeffersons geraden Rücken und seinen schwarzen Hut, und es versetzte ihr einen kleinen Stich, als sie daran dachte, was vielleicht hätte sein können.

28

»Gott helfe uns!«, rief Beth, als sie müde das Sheep Camp erreichten, den letzten Ort, wo sie Feuerholz und Proviant bekommen konnten, bevor es in die Berge ging.

Sie waren seit drei Tagen unterwegs und nur schrecklich langsam vorangekommen, während sie und Tausende andere Goldsucher ihre Wagen und Schlitten den von Schlaglöchern überzogenen Weg von Dyea in die Berge hinaufgezogen hatten. Mehrmals hatten sie dabei den Fluss überqueren müssen. Graupel, Schneewehen und die unglaubliche Menge von Leuten, Wagen, Hunden und Packtieren zerfurchten den Weg und machten ihn schwer begehbar. Die hastig improvisierten Brücken waren so baufällig, dass sie einmal alle bis zu den Knien im eiskalten Wasser standen und mit nassen Stiefeln und Sachen weiterlaufen mussten.

Aber der Anblick der unzähligen Menschen und Tiere, die sich in diesem letzten richtigen Camp vor dem Aufstieg zum Gipfel versammelt hatten, war nicht für Beths erschrockenen Ausruf verantwortlich. Sie war nicht einmal schockiert über das Durcheinander aus primitiven Hütten, die vielen schweren Gegenstände wie Herde, Stühle oder Truhen, die zurückgelassen worden waren, oder die zerrissenen Zelte und Berge von Gepäck, die darauf warteten, weitertransportiert zu werden.

Sie war schockiert über das, was hinter all dem lag.

Der Chilkoot Pass. Und, noch wichtiger, über das, was es bedeutete, ihn zu überqueren.

Alle zukünftigen Goldgräber wussten, dass die Überquerung des Passes hart war. In den Saloons in Skagway hatte jeder ein Dutzend verschiedene Horrorgeschichten von Leuten gehört, die entweder umgekehrt oder weggelaufen waren, als sie ihn sahen, oder die von schlechtem Wetter zur Rückkehr gezwungen worden waren. Aber davon zu hören und es zu sehen waren zwei völlig verschiedene Dinge.

Das Sheep Camp lag in einer Senke am Ende der Baumgrenze, umgeben von Bergen. Beth wusste, dass der Gipfel, den sie erreichen mussten, gut tausend Meter über Dyea und nur ungefähr sechs Kilometer von ihr entfernt lag, wenn sie direkt hätte hinfliegen können wie ein Adler. Aber sie war kein Vogel, und die Route, die sie nehmen würden, jagte ihr vor Angst und Ehrfurcht einen Schauer über den Rücken.

Der Berg schien mit einem endlosen schwarzen Band geschmückt, das sich scharf vom Schnee abhob. Es bestand aus Kletterern, die unter der schweren Last ihrer Rucksäcke vorgebeugt gingen wie die Affen und sich nicht zu bewegen schienen. Aber Beth wusste, dass sie sich bewegten, denn sie konnten nicht stehen bleiben; selbst eine kurze Pause hätte die Schlange hinter ihnen aufgestaut. Wenn jemand aus der Reihe trat, um sich auszuruhen, würde er niemals wieder hineinkommen.

Theo war blass geworden, und Sam rieb sich die Augen, als könnte er nicht glauben, was er sah. Nur Jack wirkte ruhig und schien entschlossen, sich am Morgen dieser fürchterlichen Schlange anzuschließen.

»Es gibt zwei Rastplätze«, erklärte er. Er deutete auf einen riesigen Felsbrocken und sagte, man habe ihm erzählt, dass die Leute sich an seinem Fuß ein wenig ausruhen könnten. Dann zeigte er auf einen flachen Felsvorsprung weiter oben und erklärte, dass dort die Scales lägen. »Dort wiegen die Träger unser Gepäck noch einmal und berechnen uns vielleicht noch mehr dafür.«

Jack erklärte ihnen nicht noch einmal, dass der Teil des Passes, der am schwierigsten und gefährlichsten war, noch hinter den Scales lag und vom Sheep Camp aus nicht zu sehen war. Kein Packtier konnte das erklimmen, was die Golden Stairs, die Goldene Treppe, genannt wurde, 1500 Stufen, von Geschäftsleuten ins Eis gehauen, die nun Zoll von jedem verlangten, der sie benutzen wollte. Wenn man erst einmal darauf war, gab es keine Rast mehr, bis man den Gipfel erreichte.

Sam, Theo und Beth sahen sich entsetzt an. Wenn Jack nicht so entschlossen gewesen wäre, dann hätten sie ihre Angst vor dem Aufstieg vielleicht laut ausgesprochen. Aber Jack hatte seit Dyea das Sagen; er allein behielt die Nerven, wenn der Wagen fast von einer Brücke fiel oder im Schlamm stecken blieb; seine Stärke, Entschlossenheit und Ruhe hatten sie bis hierher gebracht, und sie glaubten, dass er sie unversehrt bis nach Dawson City bringen würde.

»Wenn wir heute Abend hier unser Zelt aufstellen, dann wird es die Hölle werden, morgen früh alles wieder zusammenzupacken«, fuhr Jack fort, dem nicht aufzufallen schien, dass die anderen seine Vorfreude nicht teilten. »Also denke ich, dass Theo und Beth uns einen Platz in einem der Hotels besorgen sollten. Sam und ich suchen unsere Träger und fragen sie, wo wir unsere Sachen hinstellen sollen.«

Beth blickte auf den Wagen mit den Bergen von Ausrüstungsgegenständen und dem notwendigen Proviant. Schon in Skagway hatte es wie ein beeindruckender Haufen gewirkt, und sie waren wütend über den Preis gewesen, den die indianischen Träger für jeden Sack verlangten. Jetzt jedoch, nachdem sie den Berg gesehen hatte, über den das alles geschleppt werden musste, wurde ihr ganz übel bei dem Gedanken, was es bedeuten würde, es selbst zu tragen. Sie schickte im Stillen ein Dankgebet zum Himmel, dass es ihnen gelungen war, das Geld für die Träger zusammenzubekommen. Sie war nicht sicher, ob sie in der Lage sein würde, auch nur einen Sack auf dem Rücken bis zum Gipfel zu tragen, ganz zu schweigen davon, es immer und immer zu wiederholen.

Die sogenannten Hotels ähnelten keinem der Hotels, die Beth jemals gesehen hatte, doch sie entdeckte bald, dass eine Übernachtung das Gleiche kostete wie in New York. Es waren einfache Hütten ohne Betten, in denen man nur einen Platz auf dem Fußboden bekam, mit Dutzenden von anderen um einen herum. Wenn man sich ein Essen kaufte, dann kostete es den Verdienst von zwei Tagen.

Sie stellte fest, dass man im Sheep Camp alles bekam, vorausgesetzt, man hatte genug Geld. Whiskey, dunkle Brillen gegen die Schneeblindheit, Schlitten, Pelzmützen, selbst Süßigkeiten. Es gab sogar Huren, die für fünf Dollar dafür sorgten, dass ein Mann seine letzte halbwegs komfortable Nacht genießen konnte, bevor er zum Gipfel aufbrach.

Trotz ihrer Erschöpfung nach der anstrengenden Wanderung des Tages musste Beth über diese Huren lächeln, denn es waren die hässlichsten, schmutzigsten Frauen, die sie seit der Hemdenfabrik in Montreal gesehen hatte. Einige trugen zerrissene Satinkleider, eine Decke, die sie sich wie einen Umhang um die Schultern gelegt hatten, schwere Männerstiefel an den Füßen und die Haare in Rattenschwänzen. Doch es gab viele, die ihre Dienste in Anspruch nahmen.

Wenn man einmal im »Hotel« war, von allen Seiten umgeben von anderen Menschen, gab es keine Möglichkeit, nachts noch einmal nach draußen zu kommen. Beth war zwischen Theo und Sam eingepfercht, und der Gestank nach Füßen und anderen Körperausdünstungen war so extrem, dass sie sich die pelzbesetzte Kapuze über den Mund und die Nase legte und hoffte, dass die Erschöpfung sie schlafen lassen würde.

Sie lag jedoch fast die ganze Nacht wach und lauschte dem Orchester der verschiedenen Schnarchgeräusche. Es gab lautes Schnarchen, das wie eine Dampflok klang, hohes Quietschen, normales Schnarchen und manchmal unregelmäßiges, und immer mal wieder furzte, hustete oder stöhnte jemand. Ein Mann klang, als würde er beten, ein anderer fluchte im Schlaf. Es war, als ob Dutzende merkwürdige Instrumente gleichzeitig gestimmt wurden.

Theos Atem ging schwer, Sams leicht. Jack lag hinter Sam, aber sie konnte in diesem Lärm nicht unterscheiden, welche Geräusche von ihm stammten. Beth war sich bewusst, dass dies wahrscheinlich die bequemste und wärmste Nacht war, die sie in den nächsten Wochen erwarten konnte, und das machte ihr noch mehr Angst. Warum tat sie sich das überhaupt an? Sie machte sich nichts aus Gold, und sie konnte in Skagway genug Geld verdienen, um nächstes Jahr mit einem gewissen finanziellen Polster ein Schiff zurück nach England zu nehmen. Was, wenn es eine Lawine gab, während sie in den Bergen waren, und sie lebendig begraben wurden? Was, wenn sie hinfiel und sich ein Bein oder einen Arm brach? Was dann?

Sie musste irgendwann doch eingeschlafen sein, denn plötzlich schüttelte Jack sie und sagte, es sei Zeit, aufzubrechen.

Gegen Mittag war Beth bereits überzeugt davon, keinen einzigen Schritt mehr weitergehen zu können. Der Rucksack auf ihrem Rücken war zwar klein – er wog nur rund zwölf Kilo und enthielt nur trockene Kleidung, während die Männer welche trugen, die doppelt so schwer waren, und Sam und Jack zusätzlich jeder noch einen Schlitten zogen –, dennoch fühlte er sich an wie eine Tonne. Der Schnee unter ihren Füßen war hart gefroren, aber uneben wegen der Steine, die darunterlagen, und sie musste bei jedem Schritt aufpassen, wo sie hintrat, und einen dicken Stock benutzen, um sich keuchend und schnaufend weiter nach oben zu kämpfen.

Sie schwitzte in ihren vielen Sachen von der Anstrengung, aber als sie einmal ihren pelzbesetzten Mantel auszog, fror sie sofort im eisigen Wind. Sie wollte etwas Heißes trinken und sich setzen, ihre Augen tränten vom eisigen Wind, ihre Lippen waren aufgeplatzt, und jeder Knochen in ihrem Körper schrie, dass sie stehen bleiben solle. Sie verfluchte ihren langen Rock und die Unterröcke, in denen bei jedem Schritt der Schnee hängen blieb, und sie war entschlossen, dass sie die Anstandsregeln brechen und Sam bitten würde, ihr eine seiner Hosen zu geben, wenn sie endlich die Scales erreichten.

Erst am Rastplatz, dem sogenannten Stone House, bekam sie schließlich etwas zu trinken, denn Jack erhitzte Wasser in ihrem Sturmkessel. Das Feuer, das er darin entzündet hatte, hielt er mit trockenen Ästen und Holzspänen in Gang, die er von seinen Zimmermannsarbeiten in Skagway aufbewahrt hatte. Als er sich darüberbeugte und in das Feuer unter der doppelwandigen Kanne blies, beobachtete Beth ihn fasziniert und fragte sich, warum nur er damals in Vancouver erkannt hatte, dass diese merkwürdige Erfindung, in der man ein kleines Feuer entzünden konnte, das nützlichste Ausrüstungsteil sein würde, das sie besitzen konnten. Es funktionierte auch bei

Sturm oder Regen und brachte das Wasser schnell zum Kochen.

Sie erinnerte sich an den dünnen, blassen Straßenjungen, der Jack gewesen war, als sie sich kennenlernten. Selbst damals war er einfallsreich und zäh, aber seitdem hatte er sich in jeder Hinsicht weiterentwickelt. Sein Gesicht über seinem dichten dunklen Bart war jetzt so braun und wettergegerbt wie das der Indianer, sodass man die dünne Narbe auf seiner Wange kaum noch sah. Seine breiten Schultern, Arme und Waden bestanden nur aus Muskeln. Er hatte aus jeder Erfahrung, die er gemacht hatte, seit sie vom Einwandererschiff gegangen waren, etwas gelernt, ob es das Schlachten, das Ausschenken oder das Bauen von Hütten war. Er war der Stahl in ihrer kleinen Gruppe, derjenige, auf dessen Stärke sich alle verließen, wenn sie selbst keine mehr hatten.

»Wie geht es deinen Füßen?«, fragte er, weil ihm sofort aufgefallen war, dass Sam beim Gehen humpelte, als er Kaffee und Zucker aus seinem Rucksack holen wollte. »Hast du eine Blase?«

»Ich schätze ja; meine Stiefel scheuern an meinen Fersen«, stöhnte Sam.

»Zieh sie aus, dann mache ich dir eine Bandage darum«, sagte Jack. »Und du, Theo? Was macht deine Wunde?«

»Es geht ganz gut, manchmal zwickt's ein bisschen, das ist alles«, antwortete Theo und schob seine Hand in seinen Mantel, als wollte er überprüfen, ob die Narbe sich auch nicht wieder geöffnet hatte.

»Ich sehe mir das später noch an«, sagte Jack. »Aber zuerst der Kaffee. Beth sieht aus, als wäre sie einem Zusammenbruch nahe, wenn sie nicht bald welchen kriegt.«

Beth hatte einen Kloß im Hals, denn sie verstand einfach nicht, wie aus Jack ein so liebevoller Mann hatte werden können. Von dem wenigen, was er ihr über seine Kindheit erzählt hatte, wusste sie, dass sie sehr hart gewesen war, die Art von Kindheit, die eigentlich gefühllose Schläger hervorbrachte.

Als sie die Scales erreichten, stand Beth kurz vor dem Zusammenbruch. Jeder Teil von ihr schmerzte, als hätte sie auf einer mittelalterlichen Streckbank gelegen.

Der Himmel war stahlgrau und verhangen, und sie hatte jemand sagen hören, dass es wohl bald wieder schneien würde. Als sie auf den Weg hinunterblickte, den sie hinter sich hatten, war die Schlange der Kletterer noch genauso lang wie am Morgen, und sie dachte erneut, was für ein Wahnsinn das alles war.

Wie durch einen Nebel hörte sie Jack sagen, dass er das Zelt für die Nacht aufschlagen und dann nachsehen würde, ob die Träger alle Sachen heraufgeschafft hatten.

Beth kroch in das Zelt, noch bevor die Männer alle Heringe in den gefrorenen Boden gehämmert hatten. Jeder Zentimeter um die Scales herum war mit Zelten bedeckt, und sie wollte die Hände über die Ohren legen, um die Hunderte von Stimmen nicht mehr hören zu müssen, die sich beschwerten, stritten oder einander etwas zuriefen.

Irgendwie gelang es ihr, die Decken aus ihren Rucksäcken zu holen, und sie fiel darauf, bevor sie diese glattziehen oder die Laterne anzünden konnte.

Es war dunkel, als die Männer endlich das Gepäck überprüft hatten, und obwohl Beth ihre Stimmen hörte, als sie ins Zelt kamen, war sie nicht in der Lage, sich zu bewegen oder auch nur die Augen zu öffnen.

Sie blieben drei Tage lang bei den Scales, weil es so heftig schneite. Andere gingen trotzdem weiter über die Golden Stairs, aber Jack hielt das für Wahnsinn, denn jemand war hingefallen, hatte sich ein Bein gebrochen und musste dann von den indianischen Trägern zurück ins Sheep Camp gebracht werden.

Es war langweilig, im Zelt zu sitzen, aber zumindest konnten sie sich ausruhen und sich für den nächsten zermürbenden Teil ihrer Reise wappnen. Die Männer, vor denen Jefferson sie gewarnt hatte, gab es hier an den Scales zuhauf. Sie sahen aus wie echte Goldsucher, hatten Rucksäcke und Schaufeln dabei, aber die Feuer, die sie anzündeten, die heißen Getränke, die sie den Ahnungslosen anboten, dienten nur als Lockmittel, um einige davon zu einem Hütchenspiel zu überreden. Sie erkannte ein paar der Männer als Soapys Fußsoldaten und nahm an, dass er seinen Anteil an der Beute bekommen würde. Theo schmollte für eine Weile, als sie ihm erklärte, woher sie wusste, dass es manipulierte Spiele waren, aber zumindest hielt es ihn davon ab, daran teilzunehmen.

Am Morgen des vierten Tages verkündete Jack, dass es Zeit wurde, das Zelt abzubauen und weiterzuziehen, obwohl die Schneewolken noch immer tief hingen und die Temperatur noch weiter gesunken war.

»Wenn wir noch länger bleiben, dann schneit unser Gepäck völlig ein«, sagte er mit einem besorgten Blick zum Himmel. »Außerdem gibt es keinen guten Tag, um diese Treppe hinaufzusteigen.«

Sam, der sich seinen Schlitten an den Rucksack geschnallt hatte, übernahm die Führung. Beth kam als Nächstes, dahinter Jack, und Theo bildete das Schlusslicht. Es war unerlässlich, mit den Leuten vor ihnen Schritt zu halten, aber durch den stürmischen, eisigen Wind, der sie beinahe vom Berg wehte, und mit nur einem dünnen Seil neben der Eistreppe, um sich daran festzuhalten, war jeder Schritt eine Tortur.

Schweiß lief ihnen über den Körper, ihre Muskeln bettelten um Gnade, und der eisige Wind fühlte sich auf den frei liegende Teilen ihrer Gesichter wie tausend Nadelstiche an. Beth wagte nicht, irgendwo anders hinzusehen als auf ihre Füße, denn jeder Fehltritt konnte tödlich sein. Ihr Rücken schmerzte, weil sie ihn auf so unnatürliche Weise krümmen musste. Zuerst zählte sie die Schritte, aber nach fünfhundert gab sie es auf. Über dem Rauschen des Windes hörte man ein kontinuierliches tiefes Stöhnen, das Geräusch von zweihundert Menschen, die alle an die Grenze des Erträglichen stießen.

Ein Mann hoch über Beth und den anderen kippte zur Seite und rutschte um Hilfe rufend den Berg hinunter, aber keiner sah auch nur auf oder blieb gar stehen, um ihm zu helfen. Auch wenn sie behaupteten, dass sie ihr eigenes Leben und das aller hinter ihnen dabei aufs Spiel gesetzt hätten, schien es barbarisch, ihn einfach zu ignorieren. Aber der Anstieg war viel zu hart, als dass jemand Atem darauf verschwendet hätte, es auch nur zu kommentieren. Beth spürte, wie Jack leicht ihren Rücken berührte, als wollte er ihr damit sagen, dass er sich genauso hilflos fühlte.

Sie gingen weiter und weiter und wagten nicht, zurück oder nach vorn zu schauen. Das allgemeine Stöhnen wurde lauter und mischte sich mit dem Geräusch keuchenden Atmens.

Es fing wieder an zu schneien, und plötzlich sah Beth nichts mehr außer Sams Stiefeln direkt vor ihr. In die Qual mischte sich jetzt Angst, denn sie konnte sich nicht vorstellen, wie sie das Zelt aufstellen sollten, wenn sie den Gipfel erreichten, und wenn sie schutzlos waren, dann würden sie bestimmt erfrieren.

»Du *kannst* weitergehen, Beth«, sagte Jack hinter ihr, und seine Stimme klang unheimlich in dieser fremden weißen Welt. »Wir schaffen das, wir sind fast da. Denk an den Tee, den wir uns kochen werden. Geh weiter.«

Sie hörte einen erstickten Schrei von weiter unten und nahm an, dass noch jemand umgefallen war. Dann keuchte Theo laut auf.

Beth wandte unwillkürlich den Kopf, aber sie konnte nichts außer einer schneebedeckten Gestalt sehen, von der sie wusste, dass es Jack war. »Halt dich am Schlitten fest«, hörte sie ihn zu Theo sagen. »Ich helfe dir, nach oben zu kommen.«

Es war eine grauweiße Welt, in der sie nicht weiter als einen halben Meter sehen konnte und in der Geräusche verzerrt klangen. War der schottische Akzent, den sie vor zwei Stunden gehört hatte, nicht von oben gekommen? Jetzt schien sie ihn von unten zu hören. Aber Jacks Stimme beruhigte sie, erinnerte sie daran, dass sie fast da waren, dass Theo durchhielt und dass Sam direkt vor ihr war.

Eine Frau schrie, dass sie nicht mehr könne, und eine männliche Stimme drängte sie weiterzugehen, doch die Stimmen schienen sich rechter Hand zu befinden und verwirrten Beth noch mehr.

»Konzentrier dich einfach auf den nächsten Schritt«, rief Jack, als sie schwankte. »Es ist nicht mehr weit.«

Endlich erreichten sie den Gipfel und fanden sich in etwas wieder, das auf den ersten Blick wie eine weiße Stadt aussah. Die Gebäude waren große, schneebedeckte Haufen von Gepäck, die Straßen die schmalen Korridore dazwischen.

Jack stieß einen gequälten Fluch aus, als ihm klar wurde,

was für eine schwere Aufgabe es sein würde, ihre Sachen zu finden. Sie hatten den Trägern einen langen Stab mit ein paar bunten Bändern daran gegeben, um ihr Gepäck damit zu markieren, aber sie hatten nicht damit gerechnet, dass der Schnee alles zudecken würde. Männer saßen oben auf den Haufen und schaufelten hektisch, und sie hörten, wie ein Mann behauptete, er suche schon seit drei Tagen.

Es gab nirgendwo einen Platz, an dem sie ihr Zelt aufschlagen konnten. Nur in der »Stadt« fanden sie Schutz, und Jack führte sie durch die gewundenen Straßen, bis er einen Platz fand, wo sie eine Plane aufspannen konnten, um ein Dach über dem Kopf zu haben.

Es war wärmer ohne den eisigen Wind, gegen den sie den ganzen Morgen gekämpft hatten, und sie ließen sich dankbar auf ihre Schlitten sinken und kochten sich mit dem Sturmkessel erneut Tee. Alle vier schwiegen, und Beth bezweifelte nicht, dass die Männer das Gleiche dachten wie sie, nämlich dass sie bis zum Frühling hätten warten sollen. Es wurde bereits dunkel, und die Aussicht, die Nacht hier zusammengekauert verbringen zu müssen, war so schrecklich, dass sie nicht daran zu denken wagte.

Jack und Sam belebte der heiße Tee, und sie zogen mit den Laternen los, um nach ihren Sachen zu suchen.

»Was macht deine Wunde?«, erkundigte sich Beth bei Theo, während sie sich auf dem Schlitten unter einer Decke aneinanderkuschelten.

»Ich glaube nicht, dass sie wieder aufgebrochen ist«, antwortete er. »Aber selbst wenn es so wäre, würde ich es verdienen, weil ich dich hergebracht habe. Das hier ist kein Platz für eine Lady.«

»Ich bin wahrlich nicht die Einzige«, entgegnete sie. »Und eines Tages werden wir zurückblicken und über all das lachen.«

»Ich hoffe es.« Er seufzte. »Ich wünschte, dass ich das alles wiedergutmachen könnte, indem ich der perfekte Ehemann bin und dir das Heim biete, das du verdienst.«

»War das ein Heiratsantrag?«, neckte sie ihn.

Er zog den Handschuh aus und strich ihr zärtlich über die Wange. »Wenn du es möchtest, dann ja, obwohl ich vorhatte, dich an einem sehr viel romantischeren Ort als diesem hier zu fragen.«

Beth blickte zur Seite durch den schmalen Gang zwischen den aufgetürmten Sachen. Es schneite noch immer, und andere Leute waren gekommen und hatten sich ebenfalls in dem Durchgang niedergelassen; auch sie spannten Planen als Dach auf. Sie lachte. »Ich glaube, es wird noch einige Zeit dauern, bis wir wieder an einem romantischen Ort sind.«

Sie hatten geglaubt, dass die Golden Stairs der absolut schlimmste Teil des Aufstiegs sein würden, aber die nächsten beiden Tage, in denen sie versuchten, ihre Sachen wiederzufinden, erwiesen sich als lange, endlose Tortur. An Schlaf war nicht zu denken; sie waren dreckig, sie froren, und sie sehnten sich verzweifelt nach einer warmen Mahlzeit. Außerdem brachten sie der Lärm der unzähligen Leute um sie herum, der ohne Unterlass wehende Wind und der Schnee an den Rand des Wahnsinns.

Sie alle schaufelten Schnee von den Gepäckbergen, nur um enttäuscht zu werden, und hatten die Hoffnung, ihre Sachen zu finden, schon fast aufgegeben. Das Schaufeln wärmte sie ein bisschen, aber ihre Muskeln schmerzten unerträglich, und wenn sie mit der Arbeit aufhörten, schien die Kälte jedes Gelenk in ihrem Körper einzufrieren.

Beth fürchtete sich jedes Mal davor, sich zu erleichtern.

Die Männer taten es überall, ganz egal, wer gerade in der Nähe war, aber sie konnte das nicht, und je mehr Sorgen sie sich darüber machte, desto öfter schien sie zu müssen.

Am dritten Tag dort oben, als es noch heftiger schneite, glaubte Beth wirklich, keinen Moment länger durchhalten zu können. Die Tränen gefroren ihr auf den Wangen, und ihre Lippen waren so aufgesprungen, dass sie kaum sprechen konnte. Selbst Jack zeigte Ermüdungserscheinungen. Sie sah ihn auf einen schneebedeckten Gepäckhaufen klettern und bemerkte, wie langsam er geworden war. Theo war leichenblass und schwankte beim Gehen, und obwohl Sam sein Bestes gab, um Jack bei der Suche zu helfen, war es offensichtlich, dass er kurz vor dem Zusammenbruch stand.

Doch es war Sam, der ihre Sachen schließlich fand. Er war losgegangen, um seinen Kreislauf in Schwung zu bringen, und kam zufällig an einem Mann vorbei, der seine Sachen gefunden hatte. Als der seinen letzten Sack herauszog, entdeckte Sam darunter ihren bändergeschmückten Stock. Wenn er nicht dort gewesen wäre, hätte der Schnee ihn eine Stunde später wieder komplett zugedeckt.

Das Beladen der Schlitten wärmte sie und hellte ihre Stimmung ein wenig auf, obwohl es noch immer heftig schneite. Schließlich zogen sie ihre Schlitten zu der schneebedeckten Hütte mit dem darauf flatternden, zerrissenen Union Jack, wo die North-West Mounted Police mit ihren Maxim-Maschinengewehren die Grenze nach Kanada bewachte.

Beth freute sich, die vertrauten roten Jacken und dunkelblauen Hosen zu sehen, und die Tatsache, dass das Mitnehmen von Handfeuerwaffen verboten war, beruhigte sie. Die Polizisten waren entschlossen, die Brutalität und Gesetzlosigkeit von Skagway nicht über ihre Grenze zu lassen.

Auf die Waren, die sie von der in Alaska liegenden Seite des

Berges mitgebracht hatten, musste Zoll bezahlt werden. Aber Theo holte einen Trumpf aus dem Ärmel und zeigte einen Stapel von Quittungen über Waren vor, die sie schon in Vancouver gekauft hatten, und argumentierte, dass das alles zollfrei sei und dass nur für die Sachen aus Skagway Geld fällig würde.

Beth fragte sich, wie die Mounties so freundlich und gut gelaunt bleiben konnten, obwohl sie monatelang bei diesem furchtbaren Wetter oben auf dem Berg festsaßen. Sie mochten Büffelfellmäntel tragen, aber in ihrer Hütte war es kaum wärmer als in einem Zelt, und in einer Nacht konnte es bis zu zwei Meter Neuschnee geben. Doch Theos Argumentation schien sie zu amüsieren, und sie nickten zustimmend und berechneten ihnen insgesamt nur zwei Dollar Zoll, ohne sich ihre Sachen genauer anzusehen.

Wie durch ein Wunder hörte es auf zu schneien, und die Sonne schien schwach, als sie den Gipfel auf Schneeschuhen verließen und sich auf die sieben Kilometer lange Strecke zum Happy Camp machten. Obwohl sie die schwer beladenen Schlitten ziehen und sich an das merkwürdige Gefühl der Schneeschuhe gewöhnen mussten, kamen sie zum ersten Mal, seit sie Dyea verlassen hatten, zügig voran. Die vielen Leute, die hier vorher schon entlanggegangen waren, hatten den Schnee festgetreten, und die Schlitten glitten leicht darüber. Sie waren erstaunt, als ihnen jemand sagte, dass sie nur gut dreißig Kilometer von Dyea entfernt waren und zehn vom Sheep Camp, denn es kam ihnen wie mindestens hundert vor.

Trotz ihrer Erschöpfung waren sie froh darüber, endlich voranzukommen, und die Aussicht, die Nacht in einem Zelt und an einem wärmenden Feuer zu verbringen, munterte sie auf. An einigen Abhängen konnten sie sich sogar auf die Schlitten setzen und kreischten und lachten bei der Abfahrt wie die Kinder. Einige Leute hatten ein Segel auf ihre Schlitten gesetzt und überholten damit sogar die wenigen, die ihren von Hunden ziehen ließen.

Es war klar, warum der Ort, an den sie gingen, Happy Camp getauft worden war: Weil es dort flach war, konnten sie einfach ein Zelt aufschlagen, und sie waren wieder unterhalb der Baumgrenze, sodass sie Holz für ein Feuer sammeln konnten.

Um sie herum herrschte an diesem Abend ausgelassene Stimmung, trotz des hohen Schnees und der Aussicht, dass es weiter schneien würde. Die Erleichterung darüber, sich ausruhen zu können, bevor es weiterging, die Überzeugung, dass nichts so schlimm sein konnte wie die Golden Stairs oder der Gipfel, und die Tatsache, dass man an einem großen Feuer sitzen und die nassen Sachen trocknen konnte, brachten die gute Laune und das Lachen zurück.

Nachdem sie einen großen Topf Schinken und Reis gegessen hatten, holte Beth ihre Geige heraus und spielte am Feuer. Zu zweit oder zu dritt kamen die Leute aus ihren Zelten, um zuzuhören, und jubelten am Ende jeder Nummer. Jemand holte eine Flasche Whiskey, um sie mit Beth und den Männern zu teilen, und das feurige Getränk stieg ihnen sofort zu Kopf und ließ sie über alles lachen.

Später, als die Leute in ihre Zelte zurückgekehrt waren, stand Beth einen Moment lang da und sah sich um. Es war Vollmond, und der Himmel war klar und sternenübersät. Die Bäume um das Camp herum waren mickrig und dünn, aber schneebedeckt wirkten sie ganz zauberhaft. Selbst die Zelte, die um ihr eigenes standen und von denen sie wusste, dass sie fleckig und zerschlissen waren, sahen im goldenen Schein des

Feuers, das vor jedem brannte, hübsch aus. Während der letzten qualvollen Woche hatte sie überhaupt nicht auf die Landschaft geachtet, aber jetzt, wo wieder Ruhe herrschte, sah sie, wie wunderschön die Wildnis war, und stellte fest, dass sie sich auf das Abenteuer freute, das vor ihnen lag.

»Eines Tages werde ich Molly davon erzählen können«, sagte sie und blickte sich um, während die Männer am Feuer saßen und schon fast eingeschlafen waren. Sie waren alle drei so dreckig und ungepflegt, mit rotgeränderten Augen, langen Bärten, zerzaustem Haar, und in so viele Sachen gehüllt, dass man sie für Bären hätte halten können. Sie hoffte, dass es unter den Leuten, die nach Dawson City unterwegs waren, auch einen Fotografen gab. Es wäre schön gewesen, für immer festzuhalten, wie sie auf dieser Reise ausgesehen hatten, und es war auch etwas, das sie Molly zeigen konnte.

Ein Wolf heulte in der Nähe, und einige Hunde im Camp antworteten ihm. Beth erschauderte und ging zurück ans Feuer. Einen Moment lang hatte sie vergessen, dass in der Wildnis auch wilde Tiere lebten.

29

»Wir sind endlich da!«, gluckste Jack vergnügt, während er den Schlitten über das Ende der schmalen Verbindung zwischen dem Lake Lindemann und dem Lake Bennett schob.

Die meisten ihrer Mitreisenden über den Chilkoot Pass waren am Ufer des Lake Lindemann geblieben, um dort die Boote zu bauen, die sie nach Dawson City bringen sollten, aber da Jack gehört hatte, dass es nach der Schneeschmelze gefährliche Stromschnellen zwischen den beiden Seen gab, beschloss er, dass sie bis zum Lake Bennett weiterziehen und dort ihr Boot bauen würden.

Theo war verärgert über diese seiner Ansicht nach unnötige Weiterreise. Ihm hatte die Zeltstadt am Lake Lindemann gefallen, wo ein Spielsalon, Bars, Läden und sogar Restaurants entstanden waren, und er war sicher gewesen, dass er genug beim Pokern gewinnen konnte, um sich eines der vielen zerlegbaren Boote zu kaufen, die von einem Händler über den Chilkoot Pass gebracht wurden. Jack und er hatten sich deswegen fast gestritten, denn Jack behauptete, dass diese Boote sie keine zehn Meilen weit bringen würden, geschweige denn fünfhundert, und er beschuldigte Theo, nur zu faul zu sein, beim Bau eines sicheren Bootes zu helfen.

Beth war während der wenigen Tage am Lake Lindemann sehr angespannt gewesen, denn sie konnte spüren, wie sehr sich Jack inzwischen über Theo ärgerte. Jack hatte ihm beim Überqueren der Berge Gepäck abgenommen. Er hatte ihn vom Happy Camp bis zum Lake Lindemann auf dem Schlitten gezogen, weil seine Schulter wehtat, und Theo hatte nicht beim Holzhacken und anderen schweren Arbeiten helfen müssen. Aber es gefiel ihm nicht, dass Theo herumlief und ihn wie einen Diener behandelte. Beth hatte Angst, dass Jack allein nach Dawson City weiterziehen würde, aber sie hätte es ihm nicht verübeln können.

Tatsächlich verlor Theo fast das ganze Geld, das ihm noch geblieben war, bei einem Pokerspiel, also kam der Kauf eines Bootes nicht mehr infrage, und schließlich blieb ihm nichts anderes übrig, als sich Jacks Plänen zu fügen.

Er war jedoch nicht besonders glücklich darüber. Beth hatte das Gefühl, dass Theo trotz seines überlegenen Gehabes heimlich eifersüchtig auf Jack war, weil ihn so viele Leute bewunderten, während er als Parasit galt. Er sagte kaum ein Wort, während sie über den zugefrorenen See gingen, nicht einmal zu ihr.

Aber insgeheim war Beth ebenfalls wütend auf ihn. Obwohl sie nicht mehr daran denken wollte, wie sehr er sie in Skagway verletzt hatte, und sie gerne wieder so für ihn empfunden hätte wie in Vancouver, fiel ihr das schwer.

Doch als sie weiter über den Lake Bennett zogen, waren die Spannungen zwischen ihnen vergessen, denn der Anblick, der sich ihnen bot, war wirklich erstaunlich.

Abgesehen von der atemberaubenden Schönheit des langen, schmalen zugefrorenen Sees zwischen den schneebedeckten Bergen, zogen sich Zelte an seinem Ufer entlang, so weit das Auge reichte.

Die Tausende von Zelten hatten alle möglichen Formen und Größen: brandneue und alte, zerschlissene, winzige improvisierte, die nur einem Mann Unterschlupf boten, riesige Großzelte, in denen ein Zirkus hätte auftreten können, und jede Art dazwischen.

Sie hatten gewusst, dass der White Pass, die alternative längere Route von Skagway über die Berge, ebenfalls hier endete, deshalb waren sie davon ausgegangen, dass andere Leute hier sein würden. Aber mit so vielen hatten sie nicht gerechnet und auch nicht mit so vielen Tieren.

Der White Pass wurde auch »der Pass der toten Pferde« genannt, weil viele Hundert Pferde auf dem Weg an Hunger und Misshandlung starben. Einer der Mounties an der Grenze hatte sich über die Grausamkeit und die Dummheit der Leute beklagt, die nicht genug Futter für ihre Tiere mitnahmen. Doch hier gab es viele Pferde und auch Hunde, Ochsen, Esel, Ziegen und sogar Käfige mit Hühnern.

Außerdem erklang eine Kakofonie von Geräuschen: das Auftreffen von Äxten auf Holz, das Sirren von Sägen, ständiges Hämmern, bellende Hunde und Leute, die sich etwas zuriefen. Vor ein paar Jahren musste das hier noch eine stille Wildnis gewesen sein, durch die nur hin und wieder Indianer oder Trapper kamen. Jetzt entstand hier eine Stadt.

Theos Laune besserte sich sichtlich, als er ein großes Zelt sah, in dem offenbar allabendlich Poker und Faro gespielt wurde, und obwohl es Beth nicht glücklich machte, dass er dort vielleicht auch noch sein letztes Geld verlieren würde, freute sie sich, ihn wieder lächeln zu sehen. Sie ging auch davon aus, dass sie hier mit ihrer Geige etwas Geld verdienen konnte, so wie am Lake Lindemann.

»Wie weit noch?«, knurrte Theo, als Jack eine Stunde später immer noch weiter den See hinunterlief.

»Da unten gibt es mehr Bäume. Es wird anstrengend genug werden, sie für das Boot zu schlagen, ich möchte sie nicht auch noch ein ganzes Stück schleppen müssen«, erwiderte Jack angespannt.

Beth und Sam sahen sich an. Sie wusste, dass ihr Bruder das

Gefühl hatte, zwischen den Stühlen zu stehen, denn er mochte beide Männer und verstand beide Seiten. Auch er trank und spielte gerne, und er war noch immer überzeugt davon, dass Theo derjenige war, der sie am Ende alle reich machen würde. Doch gleichzeitig wusste er, dass sie alle drei von Jack abhingen, denn nur er besaß die Fähigkeiten, die nötig waren, um sie alle heil nach Dawson zu bringen.

Sam zog eine Grimasse. Er musste nichts sagen – Beth wusste, dass er fand, dass Jack ein bisschen zu forsch und herrisch war und dass ihnen allen zwei Tage Pause guttun würden, bevor sie mit dem Bau des Bootes anfingen.

Sie beschloss, sich einzumischen, deshalb hob sie ihre Röcke und rannte Jack hinterher. »Können wir uns nicht zwei Tage ausruhen, bevor wir mit dem Bau des Bootes anfangen?«, fragte sie ihn. »Ich meine, es ist doch erst März, und das Eis schmilzt erst Ende Mai, also bleibt uns doch noch jede Menge Zeit.«

Jack blieb abrupt stehen, ließ das Seil los, mit dem er den Schlitten zog, und sah sie amüsiert an. »Siehst du, wie viele Leute schon hier sind?«

»Ja. Und?« Sie zuckte mit den Schultern.

»Und es werden jetzt jeden Tag mehr werden«, erklärte er ihr geduldig. »Sie kommen zu Tausenden über die beiden Pässe, und bald werden alle Bäume, die du jetzt noch siehst, abgeholzt sein. Wir müssen uns sofort, nachdem wir unser Lager aufgeschlagen haben, Stämme für das Boot sichern, sonst riskieren wir, dass wir nichts mehr bekommen.«

Beth blickte ihn bewundernd an. Er sah genauso dreckig und fertig aus wie die anderen Männer, mit seinem buschigen Bart, dem verfilzten langen Haar und der vom bitterkalten Wetter aufgesprungenen Haut. Aber in seinen Augen lag nicht dieses intensive Goldfieber, das sie in denen der anderen sah. Sie bezweifelte, dass er überhaupt so wie Theo und Sam von großen Reichtümern träumte.

»Na gut.« Sie nickte. »Das macht Sinn, aber sag mir, Jack Child, was treibt dich eigentlich an? Ich glaube nicht, dass es das Gold ist.«

Er lachte leise und blickte zurück zu Sam und Theo, die sich auf ihren Schlitten ausruhten. »Jemand muss euch doch sicher dorthin bringen.«

»Das beantwortet nicht meine Frage«, gab sie zurück.

Lächelnd streichelte er kurz ihre Wange. »Ich dachte, das tut es.«

Mitte Mai hatten sie das Boot fertig, ein breites Floß mit einem Mast, einem Ruder und Brettern an den Seiten, um sie und ihr Gepäck zu sichern, falls sie in Stromschnellen gerieten. Die Männer hatten es »Gypsy« getauft und den Namen und die Bootsnummer, 682, auf das Brett vorne am Bug geschrieben. Generalmajor Samuel Steele, der Leiter der North-West Mounted Police, hatte angeordnet, dass alle Boote registriert werden mussten, und er war herumgegangen und hatte allen Goldsuchern jeweils eine Nummer gegeben und die Passagiere auf jedem Boot und die Namen ihrer Angehörigen notiert, für den Fall, dass ihnen auf dem langen Weg nach Dawson City etwas zustieß.

Das Floß lag auf dem Eis am Ufer, zusammen mit Tausenden von anderen Booten, und wartete auf den Tag, an dem das Eis schmelzen würde. Viele Boote sahen ganz anders aus als alle, die Beth und die Männer jemals gesehen hatten; es gab dreieckige, runde und ovale Formen, riesige Flöße, auf denen man sogar Pferde transportieren konnte, Schuten, Ruderboote, Katamarane, Kanus und schließlich welche, die kaum mehr als zusammengehämmerte Kisten waren.

An vielen wurde noch gebaut, und trotz des Sonnenscheins und des klaren blauen Himmels hörte man Zank, Hämmern, Sägen und oft Flüche, denn diejenigen, die mit ihren Booten noch nicht fertig waren, hatten Stress und Panik, und alle anderen waren voller Erwartung.

Es hieß, dass sich jetzt ungefähr zwanzigtausend Menschen am Lake Bennett befanden, und ihre Zelte und ihre Ausrüstung nahmen das gesamte Ufer ein. Es gab inzwischen jede nur erdenkliche Einrichtung, inklusive Badezelten, Barbierzelten, einer Kirche, eines Spielsalons und einer Post, und natürlich Geschäfte, in denen man alles vom Brot bis hin zu Gummistiefeln kaufen konnte. Und weil die Mounties über alles wachten, gab es keine Verbrechen oder Betrügereien wie in Skagway. Man erzählte sich, dass einige von Soapys Schergen über den Pass gekommen waren, doch sie wurden mit der dringenden Warnung zurückgeschickt, ja nicht wiederzukommen.

Streit gab es nur zwischen den Männern in ihren Sägegruben, wenn sie aus den Stämmen Bretter für die Boote machten. Sie mussten zu zweit jeweils an einem Ende einer zwei Meter langen Säge arbeiten, einer oben auf dem Gerüst, auf dem der Baum auflag, einer darunter. Der Mann oben lenkte die Säge an der Kreidelinie auf dem Stamm entlang, während der Mann unten ziehen musste, aber während die großen Sägezähne sich durch das Holz gruben, fielen alle Sägespäne auf den Mann, der unten stand. Er war oft davon überzeugt, dass sein Kumpel die Säge nicht korrekt führte, genauso wie der Mann oben behauptete, der unten würde den Griff der Säge zu fest halten. Erbitterter Streit endete oft in blutigen Kämpfen, und lebenslange Freundschaften, die auf dem Weg hierher alle Prüfungen überstanden hatten, waren für immer zerstört.

Jack, Sam und Theo vermieden das, indem sie beschlossen,

ein Floß aus ganzen, dünneren Stämmen zu bauen, anstatt ein Boot aus Brettern, aber dennoch gab es viel Fluchen und Zank zwischen ihnen. Theo hatte das Gefühl, für körperliche Arbeit nicht gemacht zu sein, und verschwand oft. Sam war zwar willens, aber auch er machte es sich leicht, wenn Jack nicht ständig alles überwachte. Beth hatte Jack oft mit beiden schimpfen und ihn drohen hören, dass er ohne sie weiterziehen würde, wenn sie nicht mithalfen.

Aber jetzt war die Arbeit getan. Sie mussten nur noch das Segel setzen und ihre Sachen an Bord bringen, und während die Frühlingssonne jeden Tag wärmer schien und die Tage länger wurden, konnte sie in der Ferne das Rumpeln von Lawinen auf den Bergen hören und das Gurgeln des schmelzenden Schnees.

Die meisten, die mit dem Bootsbau schon fertig waren, verbrachten ihre Tage damit, am Ufer zu sitzen und auf das dunkelgrüne Wasser des Sees zu schauen, das jetzt durch das Eis sichtbar war, während sie ein weiteres Paddel oder Ruder schnitzten. Jemand hatte ein paar Tage zuvor gescherzt, dass der Zug zu den Goldfeldern eine »Stampede« sei. Diese Bezeichnung war für sie alle ein Witz, denn die Goldsucher hatten keineswegs alles in Panik überrannt, sondern es war ein sehr langsamer, schmerzhafter, mühseliger Weg gewesen, auf dem drei Monate lang ihr Durchhaltevermögen auf die Probe gestellt worden war. Keiner der Männer hatte noch einen Bauch, ihre Körper waren schlank und muskulös, und ihre ausgemergelten Gesichter, die dichten Bärte und das lange Haar bewiesen, dass sie nicht länger Greenhorns waren. Sie grinsten stolz, während sie von denen erzählten, die aufgegeben hatten und zurück nach Hause gegangen waren. Sie fühlten sich miteinander verbunden, weil sie zusammen alle Qualen und Hindernisse überwunden hatten.

Die Frauen hatten jedoch noch immer keine Zeit, am Ufer zu sitzen. Für sie gab es Kleidung zu waschen und zu flicken, Essen zu kochen, Briefe zu schreiben und Dutzende von anderen kleinen Aufgaben, die erledigt werden mussten, um ihren Männern das Leben angenehmer zu machen. Aber Beth nahm sich die Zeit, den Flug der Gänse zu beobachten und den Blumenteppich zu bewundern, der erschien, als der Schnee schmolz – Bergvergissmeinnicht und weiße und rote Herzblumen.

Nachdem sie so lange in einer weißen, schneebedeckten Welt gelebt hatte, wirkten die Farben, die erschienen, als der Schnee sich zurückzog, fantastisch bunt. Rote Berge, dunkelgrüne Tannen und das grelle Grün von Flechten und Moosen wetteiferten mit dem Pink, Blau und Gelb der Bergblumen, die etwas weiter vom Lager entfernt den Boden bedeckten. Die Spatzen und Rotkehlchen kamen zurück, und oft übertönte der Vogelgesang fast das Sägen und Hämmern.

Manchmal ging Beth mit ihrer Geige in den Wald, weg vom ständigen Lärm des Camps, und spielte für sich selbst, froh darüber, allein zu sein. Eines Tages sah sie zwei kleine Bären in der Sonne unter einem großen Felsen spielen und versteckte sich, um sie aus sicherer Entfernung zu beobachten. Sie fühlte sich privilegiert, ihnen zusehen zu dürfen. Ihre Mutter kam bald danach zurück und stieß sie spielerisch mit ihren großen Tatzen an. Der Anblick weckte Erinnerungen an Molly zu Hause in England, und Beth stiegen Tränen in die Augen.

Wenn sie allein war, merkte sie oft, dass sie keine Pläne oder gar Träume für die Zukunft mehr hatte. Alle anderen schienen vom Gold zu träumen; abends am Lagerfeuer sprachen sie darüber, wofür sie es ausgeben und wohin sie als Nächstes gehen würden. Aber Beth konnte nicht über den nächsten Tag hinausdenken. Es gab viele Dinge, die sie wollte – ein richtiges, wasserdichtes Haus, ein heißes Bad, ein weiches Bett, frisches Obst, ein hübsches Kleid anziehen und wissen, dass es nicht nach fünf Minuten voller Schlamm war. Sie hätte gerne mit Theo geschlafen, denn das war unmöglich, seit sie Dyea verlassen hatten, weil sie so froren und so dreckig waren und weil Sam und Jack ständig in der Nähe waren. Sie sehnte sich auch danach, Molly und England wiederzusehen, aber selbst das war so weit weg, dass sie es nicht einen Plan nennen konnte.

Sie fragte sich, was mit den Träumen passiert war, die sie früher gehabt hatte. Von einem Haus mit einem hübschen Garten. Von ihrem Hochzeitstag oder einem Urlaub am Meer. Sie dachte jetzt nur noch manchmal daran. Lag es nur daran, dass sie bereits so viel mehr gesehen hatte, als sie sich jemals hätte erträumen können? Oder war sie einfach nur desillusioniert?

Theo träumte oft davon, dass sie in einer eleganten Wohnung in New York leben würden oder in einem großen Herrenhaus in England. Sie hätte gerne geglaubt, dass das eines Tages Wirklichkeit werden würde, aber das konnte sie nicht. Theo hatte das Geld zurückgewonnen, das er am Lake Lindemann verloren hatte, aber dann hatte er es erneut verloren. Die Realität war, dass ihr Leben mit ihm immer so sein würde, niemals sicher, niemals irgendwo zu Hause, immer auf der Suche nach der großen Chance.

Beth kannte seine Fehler und wusste auch, dass es große waren, die er niemals ablegen würde. Manchmal wünschte sie, sie hätte auf das gehört, was Ira ihr über Spieler gesagt hatte, und ihm niemals ihr Herz geschenkt. Aber wenn es gut zwischen ihnen lief, war es wunderschön, denn er war lustig, clever und so liebevoll, und sie neigte dazu, die schlechten

Dinge zu übersehen – dass er so oft verschwand, seine Lügen und Halbwahrheiten, seine Faulheit und seine Betrügereien.

Ihre wahre Sicherheit kam aus ihrem Innern. Sie wusste, dass sie mit ihrer Geige überall ihren Lebensunterhalt verdienen konnte, und sie liebte das genauso sehr, wie sie Theo liebte. Vielleicht brauchte sie keinen Traum, weil sie ihn bereits lebte?

Sie hörten das erste Knacken in den frühen Morgenstunden des 29. Mai. Beth hielt es für einen Schuss und setzte sich erschrocken auf. Aber dann kam noch einer, und ihr wurde klar, dass das Eis aufbrach.

Jetzt wurde es nachts nicht mehr richtig dunkel. Der Himmel färbte sich um Mitternacht herum rosa und violett, als würde die Sonne endlich sinken, aber völlig dunkel wurde es nicht. Also sprang sie auf, zog ihre Stiefel an und weckte die anderen, dann rannte sie die wenigen Meter zum Ufer.

Als die Männer zu ihr traten, hatten sich bereits Hunderte von Leuten versammelt und beobachteten das Schauspiel. Das Eis knirschte und knackte, dunkelgrünes Wasser sprudelte durch die Risse und schwemmte die Holzabfälle, Sägespäne, Nägel und Teerflecken vom Kalfatern der Boote weg. Jemand fing an zu jubeln, und alle stimmten mit ein, fassten sich an den Händen und drehten sich im Kreis wie spielende Kinder.

Der letzte Tag am Lake Bennett war für alle ein fröhlicher, denn am folgenden Morgen konnten sie endlich weiterfahren. Beth holte ihr rotes Satinkleid heraus, um es abends zu tragen. Es hatte sich etwas schwarzer Schimmel darauf gebildet, weil es so lange weggepackt gewesen war, aber sie wischte ihn ab und hängte es zum Trocknen auf, aufgeregt über die Aussicht, wieder wie eine richtige Frau auszusehen, selbst wenn es nur für einen Abend war. Sie wusch sich auch das Haar und ließ es im warmen Sonnenschein trocknen.

Alle anderen waren mit ähnlichen Dingen beschäftigt. Die Schlange vor dem Badezelt war die längste, die sie jemals gesehen hatte, und jemand erzählte ihr, dass sie inzwischen für zwölf Mann dasselbe Wasser benutzten und ihnen anboten, sich anschließend mit kaltem Wasser abzuwaschen.

Einige der Männer, darunter Jack, halfen den Leuten, die mit ihren Booten noch nicht fertig waren. Selbst die Hunde wurden von der Aufregung angesteckt und rannten wild bellend im Camp herum.

Um acht Uhr abends spielte Beth im Golden Goose, einem großen Spielsalon-Zelt, vor voll besetztem Haus. Leute kamen, die man dort sonst nie gesehen hatte, und alle tanzten.

Viel später, als Beth mit Theo zurück zu ihrem Zelt ging, hallte der donnernde Applaus noch immer in ihr nach, und sie freute sich über die fünfundzwanzig Dollar in Theos Hut. Doch dann hörte sie einen jungen Mann »Sweet Molly« singen. Bis zu diesem Moment hatte sie vergessen, dass ihre Mutter Sam und ihr dieses Lied immer vorgesungen hatte, als sie noch klein gewesen waren, und es jetzt wieder zu hören, so weit von zu Hause weg, am Vorabend des letzten Teils ihrer Reise, schien ein böses Omen zu sein.

Sam und Jack blieben noch im Saloon, und zum ersten Mal seit Monaten schlief Theo mit ihr. Später, als Beth sich erschöpft an seine Schulter schmiegte und dem fröhlichen Treiben im Camp lauschte, glaubte sie, die glücklichste Frau hier zu sein.

Die kurze Nacht hielt niemanden davon ab, am nächsten Morgen zeitig aufzustehen und nachzusehen, in welchem Zustand das Eis war.

Es schwammen noch immer einige größere Schollen vorbei, aber sie konnten die Segel setzen und losfahren. Plötzlich bauten alle die Zelte ab, packten ihre Töpfe, rollten das Bettzeug zusammen und schafften den Proviant und die Ausrüstung hinunter zu den Booten.

Beth lächelte in sich hinein, während sie das rote Satinkleid faltete und ihre besten Stiefel zurechtstellte, damit Theo sie sicher in einem der größten wasserdichten Säcke verstauen konnte, den sie erst in Dawson City wieder öffnen würden. Sie trug wieder ihr altes dunkelblaues Baumwollkleid, ihren dicken Mantel, den Hut mit der breiten Krempe und Gummistiefel. Ein paar Sachen zum Wechseln und ihre Geige waren für die Reise in einer kleinen wasserdichten Tasche verpackt.

Sie sah zu, wie Sam seine Sachen verstaute. Es war das erste Mal, dass sie ihn seit dem letzten Sommer ohne Hemd sah, und es überraschte sie, dass sein jungenhaft schmaler Brustkorb, an den sie sich noch aus ihren Tagen in Liverpool erinnerte, jetzt mit harten Muskeln bepackt war. Andererseits waren auch ihre Beine und Arme muskulöser geworden. All das Tragen, Schlittenziehen und Schleppen der Wassereimer hatte sie fast so stark gemacht wie die Männer.

»Bist du aufgeregt, Sam?«, fragte sie.

»Darauf kannst du wetten!«, antwortete er, und auf seinem hübschen Gesicht erschien ein breites Lächeln. »Ich weiß, wir haben noch einen langen Weg vor uns, aber es wird einfach, und das Wetter ist jetzt gut.«

»Ich frage mich, ob wir zusammenbleiben, wenn wir dort sind«, sagte sie nachdenklich. »Glaubst du immer noch, dass du mit Theo einen Spielsalon aufmachen kannst?«

»Natürlich können wir das, Schwesterchen.« Er lachte. »Wenn du die Leute mit deiner Geige reinlockst, dann kann nichts schiefgehen.«

»Denkst du noch manchmal an England?«, wollte sie wissen. Es war ihr vorher nie in den Sinn gekommen, ihm diese Frage zu stellen.

Er lächelte. »Um ehrlich zu sein, nicht oft. Es zieht mich nichts dorthin zurück. Wir würden dort niemals so viel erleben wie hier.«

»Aber Molly ist dort«, widersprach sie.

Er kratzte sich an seinem blonden Kopf und sah ein bisschen verlegen aus. »Wir bedeuten ihr jetzt nichts mehr. Sie wird sich nicht mal an uns erinnern. Außerdem weiß ich, dass ich mich nicht mehr mit einem so eingeengten Leben zufriedengeben könnte. Nicht nach dem hier.«

Ein Kloß stieg Beth in den Hals, und Tränen brannten in ihren Augen. »Dann schätze ich, dass ich alleine zurückfahren muss.«

Sam umfasste ihre Arme und drückte sie. »Was ist los mit dir, Schwesterchen? Du solltest an einem Tag wie heute nicht an so etwas denken. Auf uns wartet ein neues Abenteuer.«

»Wie oft, glaubst du, hast du das jetzt schon zu mir gesagt, seit wir Liverpool verlassen haben?«, fragte sie. »Es geht immer nur darum, was als Nächstes passiert, und es bleibt nie Zeit, über die Vergangenheit nachzudenken.«

»War die Vergangenheit denn so gut, dass wir uns ständig daran erinnern müssen?«, entgegnete er mit wütendem Unterton in der Stimme. »Soweit ich mich erinnern kann, musste ich mir damals ständig sagen lassen, was ich zu tun und zu lassen habe – und niemand hat mich je gefragt, was ich will. Nun, ich wollte schon als Kind reich sein, und das will ich jetzt noch mehr. Unser Vermögen liegt in Dawson City, Beth, liegt dort herum und wartet auf uns, ob wir es nun ausgraben oder es durch das Spielen verdienen. Wenn ich reich bin, kann ich endlich vergessen, dass Papa sich wegen Mamas Untreue umgebracht hat.«

Beth war schockiert, ihn so etwas sagen zu hören. Sie hatte gedacht, das habe er schon vor langer Zeit hinter sich gelassen.

»Ich kann es nicht vergessen«, sagte er, als habe er ihre Gedanken gelesen. »Deswegen kann ich Frauen auch nicht vertrauen – abgesehen von dir natürlich.«

»Na, da bin ich aber froh«, erwiderte sie sarkastisch. »Aber was passiert, wenn du in Dawson nicht reich wirst?«

»Das werde ich«, erklärte er unbekümmert. »Ich weiß es.«

Über siebentausend Boote brachen an diesem Nachmittag im warmen Sonnenschein auf, eine riesige Armada der merkwürdigsten Konstruktionen, die es jemals zu sehen gab. Einige hatten nur einen alten Mantel oder ein Hemd als Segel; auf den meisten wehte jedoch eine Art selbst gemachte Fahne, auf die der Name des Bootes aufgemalt oder -genäht war. Einige hatten bereits gefährlich Schlagseite; andere sahen schwungvoll und sportlich aus. Alte Leute, junge Leute, Banker, Verkäufer, Farmer, Soldaten, Matrosen und Tänzerinnen – Menschen aus allen sozialen Schichten waren hier vertreten. Einige hatten ihre Frauen und Familien verlassen, einige waren auf der Flucht vor der Justiz; es gab welche aus der Oberschicht und solche aus den Slums der Städte. Doch die meisten hatten in ihrem Leben noch nie etwas Aufregendes erlebt und ihre gesamten Ersparnisse in dieses verrückte Abenteuer gesteckt.

Beth fühlte all diese Hoffnung, während sie am Heck der *Gypsy* saß, Jack und Sam voller Elan paddelten und Theo am Ruder stand. Der Ruf »Wir sehen uns in Dawson« klang über den See und hallte von den Bergen wider. Sie blickte zum Ufer und sah etwas, das aussah wie eine riesige Müllhalde: verlassene Sägewerke, zerrissene Überreste von Zelten, Kleider und Kisten. Leere Flaschen und Dosen glänzten in der Sonne, es gab Tausende von Baumstümpfen, denn ein ganzer Wald war abgeholzt worden, um die Boote zu bauen.

Zuerst paddelten und ruderten alle wie wild, weil sie zu den Ersten gehören wollten, aber als sie tieferes Wasser erreichten, kam Wind auf und füllte die Segel, und die Paddel und Ruder wurden eingezogen.

Später ließ der Wind nach, und schließlich wurde es ganz windstill, aber als hätte jemand eine leise Botschaft von Boot zu Boot gesandt, griff niemand nach den Rudern. Stattdessen setzten sich alle, zündeten ihre Pfeifen an und ließen sich von der Strömung weitertreiben. Überall fingen die Leute an zu singen, fröhliche Melodien von Menschen, die glaubten, dass das Schlimmste hinter ihnen lag und dass morgen noch früh genug war, um dem Gold weiter hinterherzujagen.

Am nächsten Morgen begann das Rennen erneut, und Jack war glücklich darüber, dass ihr großes Segel seine volle Leistungskraft erreichte und sie schnell vorankamen. Vor ihnen befanden sich etwa vierzig oder fünfzig Boote, während sich der Rest in großen Gruppen hinter ihnen zusammendrängte.

Weil die Sonne warm schien und das Wasser funkeln ließ und weil ihr Floß sehr viel stabiler und besser zu manövrieren schien als alle anderen, die sie gesehen hatten, besserte sich ihre Laune noch weiter. Jack hatte ihnen allen niedrige Stühle gebaut, auf denen sie sitzen konnten, sodass Wasser, das durch die Ritzen heraufschwappte, ihre Kleider nicht durchnässte. Darauf saßen sie jetzt und lobten sich gegenseitig für ihr handwerkliches Geschick und ihre Voraussicht.

Am Nachmittag bemerkte Beth dann, dass einige Leute auf den Booten vor ihnen auf etwas deuteten, das wie eine rote Flagge aussah, die in einem Baum hing, und ein Stück Holz, auf das ein Wort geschrieben war: »Canyon«.

»Scheint eine Warnung zu sein«, sagte Jack, und die Worte hatten seine Lippen kaum verlassen, als sie in der Ferne Wasser rauschen hörten.

Der Yukon, auf dem sie sich jetzt befanden, machte eine leichte Linksbiegung, und plötzlich sahen sie eine schmale Schlucht vor sich, an beiden Seiten von hohen schwarzen Steinen umgeben.

Beth keuchte, Theo wurde blass, und Sam winkte aufgeregt mit seinem Hut. »Haltet euch fest«, schrie Jack. »Das muss der Miles Canyon sein.«

Einer der Mounties hatte ihnen von dem Canyon erzählt. Demnach war er ein furchtbar gefährlicher Ort, an dem es an zwei verschiedenen Stellen Stromschnellen gab, aber keiner von ihnen hatte erwartet, dass sie ihn so schnell erreichen würden. Es war zu spät, um an Land zu paddeln und es sich zuerst anzusehen, denn das Floß trieb direkt auf die Schlucht zu.

»Nehmt die Paddel, und stemmt sie gegen die Felsen, damit wir nicht gegen die Seiten gedrückt werden«, schrie Jack und drückte Sam und Theo jeweils ein Paddel in die Hand.

»Ich werde versuchen, uns da durchzulenken. Beth, du hältst dich so fest, wie du kannst.«

Mit blankem Entsetzen blickten sie nach vorn, während das Floß in den Canyon raste. Er war ein Drittel schmaler als der Fluss, auf dem sie gerade noch unterwegs gewesen waren, und weil das Wasser durch eine viel engere Stelle gepresst wurde, entstand eine Scheitelwelle, die in der Mitte über einen Meter hoch war. Sie glitten praktisch über diese Welle, schossen in atemberaubendem Tempo weiter, und das Wasser rauschte so laut, dass sie einander nicht hören konnten.

Im Wasser schwammen jede Menge Baumstämme, die die Strömung von den Bergseen mitgebracht hatte, und es gab riesige Felsen und spitze Steine. Beth hielt sich am Rand des Floßes fest und sah voller Angst, wie Jack versuchte, sie um die Hindernisse herumzulenken, und jedes Mal, wenn sie ein Scharren unter dem Floß hörte, fürchtete sie, jeden Moment zu kentern.

Vor ihnen sah sie eine große Schute kieloben treiben und fünf oder sechs Männer, die sich verzweifelt an ihr festhielten, während sie sich drehte und gegen die Felsen und Steine geschleudert wurde.

Beth blickte zurück und sah ein umgedrehtes Kanu, dessen Besitzer nirgends zu sehen war. Aber sie hatte zu viel Angst, um auch nur an andere zu denken, denn ihr eigenes Floß wurde im Kreis herumgewirbelt, in einem Moment hob sich der Bug und im nächsten das Heck wie bei einem bockenden Pferd. Große, eisige Wellen überspülten das Floß, und sie mussten sich an den Seitenwänden festhalten, um nicht über Bord zu gehen.

Beth schloss unwillkürlich die Augen, und als sie sie wieder öffnete, sah sie noch zwei weitere Boote gegen die Felsen prallen. Eines zerbrach sofort, als wäre es aus Streichhölzern gebaut.

Nur Jack stand. Er hatte sich mit einem Seil an der Seitenwand des Floßes festgebunden, und jeder Muskel seines Körpers war gespannt, während er sein Paddel in der Hand hielt und es benutzte, um sie an den Felsen vorbeizuschieben und zu verhindern, dass sie gegen die Wände des Canyons prallten.

Eben hatte Sam noch mit seinem Paddel am Bug gekniet und versucht, sie von den Felsen fernzuhalten, aber als Beth wieder hinsah, war er verschwunden.

»Sam!«, schrie sie, so laut sie konnte. »Sam ist über Bord gegangen!«

Sie klammerte sich an die Seitenwand, während sie sich hektisch nach ihm umsah, aber sie konnte in dem dunklen, brodelnden Wasser nur Holz treiben sehen.

Theo und Jack suchten ebenfalls, aber genau wie sie entdeckten sie ihn nicht.

»Er muss irgendwo vor uns sein!«, schrie Jack. »Bestimmt hält er sich an einem Stück Holz fest, damit er über Wasser bleibt.«

Sie konnte nur hoffen, dass Jack recht hatte, denn es war klar, dass sie Sam auch dann nicht hätten retten können, wenn sie ihn im Canyon entdeckt hätten.

Plötzlich geriet das Floß in einen Strudel und fing an, sich zu drehen, und sie konnten sich nur noch festhalten und beten, dass der Albtraum bald vorbei sein würde.

Als sie den Strudel hinter sich hatten, schossen sie in einen noch schmaleren Canyon und wurden am Ende mit Wucht in weitere Stromschnellen geschleudert. Sie spürten, wie das Holz des Floßes über die spitzen Steine kratzte, und hörten Schreie von den anderen Booten, aber sie wurden so schnell weitergespült, dass sie kaum erkennen konnten, an wem oder was sie vorbeikamen.

Dann war es plötzlich vorbei, genauso schnell, wie es angefangen hatte. Sie trieben wieder in ruhigem Wasser.

Jack paddelte zum Ufer, sprang an Land und machte das Floß fest. Überall am Rand des Flusses lagen Boote, einige völlig zersplittert, andere mit Löchern im Rumpf. Bei den meisten waren Ladung oder Leute über Bord gegangen.

Das ohrenbetäubende Rauschen der Stromschnellen lag hinter ihnen, aber jetzt umgab sie das laute Weinen von Menschen in höchster Not. Riesige Säcke mit Proviant schwammen vorbei, aus denen Mehl, Zucker oder Reis ausliefen. Ein Käfig mit wild gackernden Hühnern trieb ans Ufer, Hunde schwammen an Land und schüttelten sich. Viele Menschen waren noch im Wasser, von denen die meisten sich an einem dicken Stück Holz oder einer Kiste festhielten. Theo und Jack sprangen hinein und schwammen zu ihnen, um ihnen zu helfen, während Beth am Ufer entlangrannte und nach Sam suchte.

Sie sah zwei Leute, die leblos aus dem Wasser gezogen wurden. Ihre Freunde und Verwandten versuchten verzweifelt, sie wiederzubeleben, und schließlich entdeckte sie Sam. Selbst aus der Entfernung von mehreren hundert Metern wusste sie, dass er es war, denn sie erkannte ihn an seinem butterfarbenen Haar und dem roten Tuch um seinen Hals. Sie wusste auch, dass er tot war, denn er trieb im Wasser und bewegte sich nicht.

»Er ist hier!«, schrie sie zu Theo und Jack und deutete auf die Stelle. »Holt ihn raus, schnell.«

Die schnelle Strömung trieb Sam auf sie zu, und zusammen zogen sie ihn ans Ufer. Beth lief in das flache Wasser, um ihnen zu helfen, und als sie den Kopf ihres Bruders mit den

Händen umfasste, sah sie, dass er sich den Schädel an einem Stein aufgeschlagen hatte.

Alle drei schwiegen, während sie Sam an Land trugen, weil sie alle wussten, dass die hektischen Wiederbelebungsversuche, mit denen die anderen versuchten, ihre Liebsten ins Leben zurückzuholen, bei ihrem Freund und Bruder nichts nützen würden.

Beth sank neben Sam auf die Knie und schluchzte, während sie ihm sein hübsches Gesicht mit ihrem Rock abtrocknete. Er war viel mehr gewesen als ein Bruder; er war der Gefährte ihrer Kindheit gewesen, ihr Verbündeter, ihr Freund und Vertrauter, und sie hatten ihr Leben lang alles miteinander geteilt. Sie konnte nicht glauben, dass das Schicksal so grausam war, ihn ihr einfach zu nehmen.

Sie konnte ein schreckliches Heulen hören, und als Jack und Theo sie an den Armen griffen und versuchten, sie von Sams Leiche wegzuziehen, wurde ihr klar, dass dieses Heulen von ihr kam.

»Ich kann ohne ihn nicht weiterleben«, rief sie wütend. »Er war der Letzte, der von meiner Familie noch übrig war.«

»Du hast doch noch uns«, sagte Theo und zog sie in seine Arme. »Wir wissen, wie du dich fühlst. Jack und ich haben ihn auch geliebt.«

Erst da sah sie, dass die beiden ebenfalls weinten. Sie versuchten nicht, ihre Trauer zu verbergen, wie es so viele Männer taten; Tränen liefen ihnen ohne Unterlass über die Gesichter, und in ihren Augen stand der gleiche Schmerz, den sie empfand.

Wie lange sie dort neben Sams Leiche standen und weinten, wusste Beth nicht. Sie waren alle nass und zitterten vor Kälte, aber es war, als hätten der Schock und die Trauer sie gelähmt. Noch mehr Boote mussten in den Stromschnellen gekentert sein, denn wie durch einen Nebel hörte sie andere schreien und kreischen. Aber erst als ein Mann sie mit Namen ansprach und ihnen anbot, ihnen dabei zu helfen, ein Grab auszuheben, erwachten sie so weit aus ihrer Erstarrung, dass sie in ihm und seinen Begleitern Männer erkannten, die ihnen am Lake Bennett begegnet waren, und ihnen wurde klar, dass sie Sam beerdigen mussten.

»Er war ein guter Mann«, sagte der Anführer, in dessen Augen echtes Mitgefühl und Verständnis zu erkennen waren. »Es tut uns so leid, dass Sie ihn verloren haben. Wir möchten Ihnen helfen.«

»Es ist nicht richtig«, schluchzte Beth, während sie zusah, wie die Männer im weicheren Boden in der Nähe des Ufers ein Loch aushoben. »Wir sind so weit gekommen und haben so viel durchgemacht. Warum müssen wir ihn jetzt verlieren?«

»Ich habe nicht gesehen, wie es passiert ist«, sagte Jack verzweifelt, als wenn er glauben würde, dass er es sonst vielleicht hätte verhindern können.

Theo kniete neben Sam und strich ihm das blutverschmierte Haar aus der Stirn. »Oh Sam, Sam, was sollen wir nur ohne dich tun?«, rief er, doch die Stimme versagte ihm vor Trauer.

Es kam Beth unwirklich vor, als sie zusah, wie Jack und Theo Sam in das hastig geschaufelte Grab legten. Ihre Mutter und ihr Vater waren beide an kalten, grauen Tagen beerdigt worden; sie hatte sich von Molly bei ähnlichem Wetter verabschiedet; selbst der Tag, an dem sie ihr Baby verloren hatte, war kalt und trostlos gewesen. Beerdigungen mussten an solchen Tagen stattfinden, an nüchternen Orten, nicht hier im hellen Sonnenschein neben einem glitzernden Fluss zwischen blühenden Frühlingsblumen, die am Ufer wuchsen. Sam war jung und stark – er hatte sein ganzes Leben noch vor sich und so viele Pläne und Träume; es konnte nicht richtig sein, dass er nichts davon mehr verwirklichen konnte. Beth glaubte fast, dass sie jeden Moment aus einem schrecklichen Albtraum erwachen und mit Sam darüber lachen würde.

Aber es war kein Traum, denn Theo las eine Stelle aus der Bibel vor, und seine Stimme zitterte, während er versuchte, nicht zusammenzubrechen. Das Holzkreuz, das Jack zusammengenagelt und in das er in groben Buchstaben Sams Namen eingeritzt hatte, lag auf dem Erdhügel und wartete darauf, in das Grab gesteckt zu werden.

Ihre Stimmen waren dünn und tränenerstickt, als sie »Rock of Ages« sangen, und Beth dachte verbittert, dass Gott sie erneut verlassen hatte.

Überall entlang den Fluss kämpften auch andere mit den Folgen der Canyon-Durchquerung, einige hoben Gräber aus, andere kümmerten sich um die Verletzten. Sie konnte Weinen und gequälte Schreie von denen hören, die ihre Boote und ihre Sachen verloren hatten. Und sie konnte hören, wie ihr eigenes Herz brach.

30

»Wie viel? Wie viel?« Noch eine Gruppe von Stick-Indianern rief ihnen von ihrem Lager am Flussufer aus zu. Beth wandte den Blick ab, denn sie waren dreckig, zerlumpt und sahen krank aus, und sie hatte ein schlechtes Gewissen, weil sie ihnen nichts gab. Aber sie hatten bereits anderen Gruppen weiter oben am Fluss Lebensmittel gegeben und konnten jetzt nichts mehr entbehren. Außerdem hatte man ihr erzählt, dass die Indianer das, was sie bekamen, anderen Goldsuchern wiederverkauften, und da Tausende Boote pro Tag vorbeikamen, konnten sie vermutlich gut davon leben.

Die Frühlingsblumen waren inzwischen Hasenglöckchen und Lupinen gewichen, ein blaues Meer, das sich an den Ufern entlangzog. Hin und wieder sah Beth einen Elch, manchmal zusammen mit einem Kalb, am Fluss trinken oder einen Schwarzbären, der hinter den Bäumen hervorschaute, so als wäre er überrascht, dass so viele Menschen in sein Revier eingedrungen waren. Wildfrüchte – Cranberries, schwarze Johannisbeeren und Himbeeren – reiften zwischen den Felsen und Moosen, und der Duft von wilden Rosen lag in der Luft.

Es war eine spektakuläre Landschaft, und sie wünschte, sie hätte sich daran erfreuen können. Aber seit Sam in dem Canyon umgekommen war, fühlte es sich an, als wäre die Sonne für immer untergegangen und als würde sie niemals wieder Freude empfinden können.

Fünf Männer hatten an jenem Tag ihr Leben verloren, und es wären unzählige mehr gewesen, wenn Generalmajor Samuel

Steele von den Mounties nicht mit seinen Männern gekommen wäre, um weitere Katastrophen zu verhindern. Abgesehen von den Toten waren Dutzende von Booten zerstört worden; die ganzen Säcke mit Proviant, die sie über den Pass getragen hatten, waren aufgerissen, und die Lebensmittel verdarben jetzt im Wasser, und viele Habseligkeiten waren verloren. Einige Leute waren so verzweifelt, dass sie sich die Haare ausrauften, schluchzten und schrien.

Steele entschied auf der Stelle, dass keine Boote mehr ohne einen kompetenten Führer durch die Stromschnellen fahren durften und dass alle Frauen den sieben Kilometer langen Weg an den Stromschnellen vorbei zu Fuß gehen mussten.

Jack hatte kaum ein Wort gesagt, nachdem sie Sam beerdigt hatten. Beth wusste, dass er sich Vorwürfe machte, weil er glaubte, dass er den Unfall hätte verhindern können. Aber Theo und sie wussten, dass das nicht stimmte. Er hatte seine Sache gut gemacht, denn dank ihm waren das Floß und all ihre Sachen heil geblieben. Sam musste leichtsinnig gewesen sein und die Seitenwand losgelassen haben.

Aber rational über den Vorfall nachzudenken half ihnen nicht in ihrer Trauer. Niemand würde jemals Sams Platz in ihrem Leben einnehmen können, und im Moment wusste Beth nicht, wie sie ohne ihn weiterleben sollte.

Wenn sie versuchte, nicht an ihren Bruder zu denken, fiel ihr das Baby wieder ein, das sie verloren hatte, und sie sehnte sich verzweifelt danach, Molly wiederzusehen. Sie nahm an, dass das nur natürlich war; Molly war jetzt schließlich ihre einzige lebende Verwandte. Sie konnte die vielen Male nicht mehr zählen, wo sie ihr Foto herausgeholt und ihr süßes Gesicht und ihr lockiges Haar betrachtet und daran gedacht hatte, wie sie die Kleine damals in der ersten Zeit gefüttert und gewickelt hatte.

Beth konnte nicht erwarten, dass Jack und Theo ihre Gefühle für Molly verstanden, aber es tröstete sie, dass sie Sam genauso sehr vermissten wie sie. Vielleicht hatte sie mehr Erinnerungen an ihn und war mit ihm blutsverwandt, doch die beiden hatten ihn ebenfalls geliebt. Es schmerzte noch zu sehr, als dass sie über ihre Gefühle oder ihre besten Erinnerungen an ihn hätten sprechen können. Aber vielleicht würde das mit der Zeit möglich sein.

Sie hatten Dawson City jetzt fast erreicht, und der Fluss Yukon war übersät mit einer Masse von Booten. Unter denen, die aus den Bergen kamen und jetzt zu ihnen und den anderen stießen, waren viele Sourdoughs, die »Sauerteiger«, wie sie genannt wurden. Beth hatte gehört, dass der Name von der Angewohnheit der erfahrenen Goldgräber kam, ein kleines Stück Brotteig in einer Tüte in ihrer Hemdtasche aufzubewahren, damit er warm blieb und beim Backen des nächsten Laibs als Hefe benutzt werden konnte. Diese Männer waren grauhaarige alte Goldschürfer, die den ganzen Winter über auf ihren Claims an kleinen Flussläufen festgesessen hatten. Einige von ihnen waren schon seit Jahren in der Gegend und suchten nach Gold.

Die Aufregung, dass sie sich ihrem Ziel näherten, war spürbar. Die Leute riefen sich Grüße zu; sie wollten von ihrer Reise und von ihren Hoffnungen auf die Zukunft erzählen. Aber Beth, Theo und Jack konnten sich nicht dazu bringen, sich an diesen Gesprächen zu beteiligen, denn sie fürchteten, bei der Erwähnung von Sam in Tränen auszubrechen.

Beth hoffte, dass alle ihr Schweigen und ihre ernsten Gesichter auf die schreckliche Hitze und die lästigen Moskitos zurückführten, denn das schien die Leute irrational handeln zu lassen. Die Männer und sie hatten viele heftige Kämpfe und gegenseitige Beschimpfungen beobachtet, meist unter Männern, die bereits so viel friedlich miteinander durchgestanden hatten. Was immer es auslöste, es war schrecklich mit anzusehen, denn sie schienen sich jetzt bis aufs Blut zu hassen und wollten allein weiterziehen. Sie sahen, wie zwei Männer am Ufer ihr Boot und ihren Proviant tatsächlich in zwei Teile zersägten, während sie sich gegenseitig anschrien. Ein anderes Paar stritt sich um eine Bratpfanne, bis jemand vorbeikam und das Problem löste, indem er sie in den Fluss warf, sodass keiner von beiden sie bekam.

Es war ein Wahnsinn, den Beth und die Männer nicht verstehen konnten. Sams Tod hatte ihnen vor Augen geführt, wie sehr sie einander schätzten und wie wenig Lebensmittel und Gegenstände bedeuteten.

Die Sonne ging jetzt gar nicht mehr unter, das Licht wirkte nur gegen Mitternacht etwas gedämpfter, aber um zwei Uhr morgens war es erneut taghell. Sie rasteten am Ufer immer nur lange genug, um Feuer zu machen und sich schnell etwas zu essen zu kochen, dann setzten sie auf dem Floß wieder die Segel, und Theo und Jack wechselten sich mit Schlafen ab. Es war nicht so, dass sie schneller als alle anderen in Dawson sein wollten, denn das war ihnen jetzt nicht mehr wichtig, sondern weil sie sich mit etwas beschäftigen mussten. Ihnen wurde jetzt, zu spät, klar, dass es Sams Enthusiasmus, seine Fröhlichkeit und sein unerschütterlicher Optimismus gewesen waren, die ihre Gespräche in der Vergangenheit in Gang gehalten hatten, und ohne sie gab es irgendwie nichts zu sagen.

Am Morgen des 12. Juni döste Beth im Heck des Floßes,

als sie Jack rufen hörte: »Da ist Dawson City! Endlich sind wir da.«

Sie hatten nicht genau gewusst, wo es lag, und waren während der letzten zwei Tage am Ufer geblieben aus Angst, dass es plötzlich auftauchte und sie von der starken Strömung vielleicht einfach vorbeigetrieben wurden. Aber als sie um einen Felsvorsprung bogen, lag die Stadt vor ihnen. Die berühmte Goldstadt.

Beth wusste nicht, was sie erwartet hatte, aber die Realität mit den vielen Zelten, Blockhütten, den Läden mit den falschen Fronten und den wacklig aufgetürmten Baumstämmen unterschied sich nur wenig von Skagway. Es gab sogar den gleichen zähen schwarzen Schlamm.

Doch dieser Schlamm reichte vom Ufer direkt bis in die kleine Stadt, und sie konnte keine Bretter sehen, auf denen man hätte gehen können, keine Bürgersteige und nicht einmal Steine, so wie es sie in Skagway gegeben hatte. Pferde und Wagen kämpften sich hindurch, und die Leute versuchten vergeblich, schwer beladene Schlitten darüberzuziehen.

Später erfuhren sie, dass die Stadt bei der Schneeschmelze vor zwei Wochen überflutet worden war und dass das Wasser die direkt am Ufer errichteten Hütten einfach weggeschwemmt hatte. Aber solche Dinge schienen die Leute in Dawson City nur als kleinen Rückschlag zu betrachten, denn sobald die Boote mit Proviant und vor allem den ersehnten Luxusgütern wie Eiern, Whiskey und Zeitungen eintrafen, waren die schlammigen Straßen nicht mehr als eine Unbequemlichkeit.

Es gelang Beth und den beiden Männern, eine Stelle am von Booten übersäten Ufer zu finden, wo sie das Floß festmachen konnten, und sie trugen ihre Sachen bis in den hinteren Teil der Stadt, dem einzigen Platz, wo sie noch ihr Zelt aufschlagen konnten. Sie hatten gehört, dass die Miete für ein Zimmer hundert Dollar im Monat betrug, und Waren des täglichen Lebens wechselten für horrende Summen den Besitzer.

»Gut, dass ich Nägel dabeihabe«, sagte Jack und deutete auf ein Schild, auf dem welche für acht Dollar das Pfund angeboten wurden. »Nicht, dass ich sie verkaufen will – wir brauchen sie, um uns eine Hütte zu bauen.«

»Vielleicht bekomme ich einen guten Preis für die Seiden- und Satinstoffe, die ich mitgebracht habe«, überlegte Beth. Die Männer hatten in Skagway mit ihr gestritten und gesagt, dass sie nur nützliche Sachen mitnehmen solle, aber sie hatte ihren Standpunkt verteidigt und darauf bestanden, dass es in Dawson bestimmt viele Frauen geben würde, die sich verzweifelt nach Kleiderstoffen sehnten. Den fleckigen und eintönigen Sachen nach zu urteilen, die die meisten Frauen hier trugen, hatte sie damit recht.

Nachdem sie ihr Zelt aufgebaut hatten, gingen sie zurück zur Front Street, um sich umzusehen. Diese Straße, von der aus man auf den Fluss blickte, war eindeutig der Ort, an dem sich alles abspielte und an dem sich die Leute versammelten. Saloons, Hotels, Restaurants und Tanzlokale reihten sich hier aneinander, obwohl sie alle offensichtlich hastig zusammengezimmert worden waren. Jede Minute, so schien es, legte ein weiteres Boot an, und die Besitzer schleppten ihre Habseligkeiten an Land, sodass das Chaos immer größer wurde. Tausende von Neuankömmlingen liefen ziellos umher, während die Veteranen, die schon den ganzen Winter lang unter der Knappheit von fast allem gelitten hatten, alles von Besenstielen bis hin zu Büchern von ihnen haben wollten.

Wie am Lake Bennett lagen überall aufgeschichtete Baumstämme, und über den Lärm des Sägens und Hämmerns war schwer zu verstehen, was die Leute sagten. Überall wurde gebaut – Läden, Saloons, Banken und sogar eine Kirche –, doch beunruhigenderweise schien es keinen wirklichen Plan zu geben.

Unten am Ufer hatten die Leute Buden aufgebaut, in denen sie alles von Stiefeln bis hin zu Schalen mit Tomaten zu horrenden Preisen verkauften. Die meisten dieser Lebensmittel waren mit dem Dampfer vor ein paar Tagen hergebracht worden, aber sie sahen auch eine ältere Frau, die sie vom Lake Bennett kannten, die es geschafft hatte, ihre Hühner über den Chilkoot Pass zu bringen, und die sie jetzt für fünfundzwanzig Dollar pro Stück verkaufte.

Es gab unendlich viele Schilder mit der Aufschrift: »Kauf und Verkauf von Goldstaub«. Draußen vor diesen Hütten standen verhärmte Männer mit struppigen Bärten und kleinen Lederbeuteln am Gürtel Schlange und rauchten ihre Pfeifen. Ein Mann in einem grellen karierten Anzug und mit einem schwarzen Stetson-Hut informierte Beth und die Männer, dass dies die Sourdoughs seien, die auf ihren Claims in Forty Mile und am Eldorado Creek Gold gefunden hätten. Er meinte, dass das Gold, das sie heute verkauften, ihnen ein Vermögen bringen würde, doch sie sahen aus wie Landstreicher, die keinen Penny besaßen.

Das alles mochte merkwürdig sein, doch es war bunt und voller Leben. Männer in schicken Anzügen mit Homburg-Hüten liefen zwischen anderen in zerrissenen, schlammbespritzten Sachen, die sie auf dem Weg hierher getragen hatten. Sie sahen eine hübsche Blondine in einem pinkfarbenen Satinkleid, die von einem Mann mit nacktem Oberkörper, der wie ein Preisboxer aussah, über den Schlamm getragen wurde. Überall liefen Hunde herum, die meisten davon Malamute und andere Schlittenhunde, aber es gab auch Frauen, die kleine

Schoßhündchen auf dem Arm trugen, und Windhunde und Spaniel, die sich zögernd durch den Schlamm bewegten.

»Es fühlt sich falsch an, das alles ohne Sam zu sehen«, seufzte Jack.

Es war ein Schlüsselmoment, denn Beth hatte das Gleiche gedacht, und sie nahm an, Theo auch. Sie war Jack dankbar dafür, dass er den Mut gehabt hatte, es auszusprechen.

»Wenn er hier wäre, dann würden wir uns jetzt darüber streiten, was wir als Nächstes machen sollen.« Sie lächelte ein wenig, als sie sich vorstellte, wie aufgeregt er jetzt gewesen wäre.

»Dann müssen wir unsere Pläne in die Tat umsetzen, für ihn«, erklärte Theo unerwartet. »Er wollte mehr als wir alle hierher. Also können wir ihn nicht im Stich lassen.«

Tränen brannten in Beths Augen, und sie vergrub das Gesicht an Theos Brust, um sie zurückzuhalten. Er hatte recht – die beste Art, Sams Andenken zu ehren, war, hier Erfolg zu haben. Auf diese Weise konnten sie vielleicht mit dem Verlust fertig werden.

Beth hob den Kopf und wischte sich über die feuchten Augen. »Dann werde ich mir heute Abend einen Saloon suchen, in dem ich spielen kann«, sagte sie. »Und ihr beide müsst euch umsehen, was es sonst für Möglichkeiten gibt.«

Beth ging ins Monte Carlo an der Front Street, während Theo und Jack sich ein paar andere Läden ansahen.

Von außen wirkte das Monte Carlo wie der schickste und vollste aller Saloons, mit frisch gestrichener Fassade und einem großen Bild von Königin Victoria über der Tür, und es hingen Schilder draußen, die behaupteten, dass es Spielzimmer und ein Theater habe. Aber die Holzfassade, die ein feines Inneres versprach, war irreführend. Drinnen war es unscheinbar, nur einen Schritt von einer provisorischen Hütte entfernt, mit dunklen und trostlosen Spielzimmern und einem kleinen, spartanischen Theater mit harten Bänken.

Unbeirrt ging sie zu einem Mann mit einem geschwungenen Schnurrbart und einer schicken Weste hinter der Bar und fragte ihn, ob sie hier Geige spielen könne.

Er musterte sie von oben bis unten und zuckte mit den Schultern. »Wenn du das Risiko eingehen willst, dann ist das deine Sache«, erwiderte er. Es war offensichtlich, dass er nicht glaubte, die junge Frau, die in ihrem schäbigen Kleid und ihren Gummistiefeln vor ihm stand, könne seine Gäste unterhalten.

»Dann wäre es also in Ordnung, wenn ich einfach komme und spiele und am Ende einen Hut rumgehen lasse?«

»Sicher, Schätzchen«, sagte er und wandte sich ab, um ein Glas und eine Flasche zu holen. »Aber erwarte nicht zu viel oder dass ich auf dich aufpasse. Hier geht es abends ganz schön rau zu.«

Die Überzeugung des Mannes, dass sie sich lächerlich machen würde, weckte in Beth den Wunsch, ihm das Gegenteil zu beweisen. Sie ging zurück ins Zelt, wusch sich ihre Haare in einem Eimer, holte ihr rotes Kleid heraus und polierte ihre besten Stiefel. Erst zwei Stunden später erfuhr sie von den Leuten im Nachbarzelt, dass der Mann hinter der Bar Jack Smith war, einer der Männer, die am Bonanza Creek Gold gefunden hatten, und der Erbauer des Monte Carlo.

Offenbar konnte er Leute jedoch nicht besonders gut einschätzen, denn er hatte seinen Partner, Swiftwater Bill Gates, mit zehntausend Dollar in Gold nach Seattle geschickt, um Spiegel, Samtteppiche und Kerzenleuchter für den Saloon zu kaufen. Jetzt hatte sie die Nachricht erreicht, dass Gates tatsächlich nach San Francisco gefahren war und dort der König von Klondike genannt wurde, weil er das Gold mit vollen Händen ausgab, während er in den besten Hotels der Stadt ausgiebig feierte.

Beth amüsierte diese Geschichte, aber sie bestärkte sie auch in ihrem Entschluss. Um sieben Uhr abends stand sie wieder vor dem Monte Carlo, das beinahe wackelte von dem donnernden Lärm, der herausdrang. Aber mit ihrem Federkamm in ihrem glänzenden Haar, dem roten Kleid und Entschlossenheit im Herzen war sie für alles gewappnet. Sie zog ihre schlammigen Gummistiefel aus und ließ sie zusammen mit dem Geigenkasten an der Tür stehen, schlüpfte in ihre sauberen, glänzenden Stiefel, klemmte sich die Geige unter das Kinn, während Theo und Jack ihr nervös zusahen, stimmte dann einen Jig an und ging hinein.

Es dauerte nur ein paar Minuten, bis die Musik den gesamten Saloon erfüllte. Beth war nervös, ihre Finger feucht von der Hitze im Raum, und es schüchterte sie ein, so viele derb aussehende Männer auf so engem Raum zu sehen. Doch sie rief sich Sams Bild ins Gedächtnis, stellte sich vor, wie er vor ihr stand, so wie er es früher oft bei ihren Auftritten getan hatte. Und sie spielte nur für ihn.

Sie konnte sein Lächeln sehen, die Art, wie seine breiten Lippen sich an den Mundwinkeln hoben und wie auf seiner rechten Wange ein Grübchen erschien. Sie sah seine strahlend blauen Augen und wie er sich sein blondes Haar ungeduldig aus den Augen strich.

In Gedanken verließ sie den stickigen Saloon und kehrte zurück auf das Einwandererschiff, sah zu, wie er mit seinem Charme die Frauen umgarnte, und lachte mit ihm an Deck. Sie sah ihn in ihrem Zimmer in New York auf dem Bett liegen oder im Heaney's hinter der Bar stehen, während ihm eine ganze Gruppe von Bowery-Huren schöne Augen machte.

Es dauerte eine Weile, bis ihr auffiel, dass es im Saloon nicht mehr laut war, und als sie die Augen öffnete, sah sie, dass einhundert oder noch mehr Männer sie anstarrten. Die meisten waren ungefähr in Sams Alter, aber sie hatten wettergegerbte Gesichter, die sie älter wirken ließen. Einige von ihnen trugen schicke Anzüge, glatte Hemden, Krawatten und Homburg-Hüte, andere waren hemdsärmelig und dreckig, ihre Hosen wurden von Trägern gehalten, und ihre breitkrempigen Hüte hätten einige Geschichten erzählen können. Es gab blasse Europäer, braungesichtige Südamerikaner, Schwarze und auch Indianer. Einige hatten zottelige Bärte oder Schnurrbärte, andere waren glatt rasiert. Und einige Frauen mischten sich ebenfalls in die Menge: eine hübsche, rundliche mit einem federgeschmückten Strohhut, eine andere, die Rosen auf ihrem trug; Frauen in Seide und Spitze, andere in den einfachen Baumwollsachen, in denen sie den mühevollen Weg hierhergekommen waren. Aber egal, wer sie waren, ob sie schon Gold gefunden hatten oder jemandem, der bereits auf welches gestoßen war, dabei halfen, es auszugeben – sie hörten ihr alle zu.

»Bravo!«, rief ein großer Mann in einem karierten Jackett, als sie die erste Nummer beendete. »Hör nicht auf, gib uns mehr!«

Es war nach eins, als Beth sich durch den Schlamm zurück zum Zelt kämpfte. Sie war erschöpft, aber zufrieden, sich in Dawson einen Namen gemacht zu haben, denn Jack Smith hatte behauptet, sie sei die beste Geigerin, die er jemals gehört habe.

Sie hatte keine Ahnung, wo Theo oder Jack waren. Während der ersten Stunde ihres Auftritts hatte sie die beiden noch im Monte Carlo gesehen, aber dann waren sie gegangen und nicht zurückgekehrt. Es hatte ihr nichts ausgemacht, denn in ihren Spielpausen gab es jede Menge Leute, die ihr etwas zu trinken ausgaben und ihr gerne Gesellschaft leisteten.

Der Himmel war so hell wie am Tag, und niemand schien auch nur an Schlaf zu denken, denn die schlammigen Wege zwischen den Zelten und Hütten waren voller Menschen. Über dem Lärm der Massen, die sich an der Front Street amüsierten, dem Lachen, den Unterhaltungen und dem Gläserklirren, konnte sie das Stampfen von Füßen auf einem Tanzboden, das Schnaufen einer mechanischen Orgel und ein Saxofon hören, das eine schwermütige Ballade spielte.

Man hatte ihr erzählt, dass in Dawson City bis acht Uhr morgens etwas los sei, und sie fand das verständlich an einem Ort, wo man von September bis Ende Mai durch Schnee und Eis von der Außenwelt abgeschnitten war.

Um ihre Taille hing ein Lederbeutel, den ihr jemand zugeworfen hatte und der eine Menge Goldstaub enthielt. Sie hatte das kleine Vermögen an Geldscheinen und Geldstücken mit hineingetan, die für sie gesammelt worden waren. Während sie ging, stieß er klimpernd gegen ihre Hüfte und ließ sie zufrieden lächeln. Geld und Erfolg konnten den Tod ihres Bruders nicht wettmachen oder sie dazu bringen, ihn weniger zu vermissen, aber heute Abend hatte sich die dunkle Wolke der Trauer so weit zurückgezogen, dass sie wieder leben wollte.

Eine Woche später wurde Beth um vier Uhr morgens von Wilbur, einem der Barkeeper aus dem Monte Carlo, die Front Street zurück zu ihrem Zelt begleitet.

»Sieht aus, als gäbe es heute ein Spiel mit hohen Einsätzen im Golden Horse Shoe.« Er deutete auf eine Menschentraube, die vor einem Saloon etwas weiter die Straße hinauf stand. »Ich wette, Mack Dundridge spielt dort heute Abend. Die Leute wollen ihm immer beim Kartenspielen zusehen; wenn er gewinnt, gibt er allen einen aus.«

Beth lächelte Wilbur an, denn der große, schlaksige junge Barkeeper aus Seattle brachte sie nicht nur regelmäßig nach Hause, sondern erzählte ihr auch immer Geschichten über die bekannten Persönlichkeiten von Dawson City.

Erst gestern hatte er ihr von Mack Dundridge berichtet, denn Mack war einer der gefeierten Eldorado-Könige. Er war jahrelang auf der Suche nach Gold durch Alaska und das Yukon-Gebiet gezogen, und er war in der Nähe, als George Carmack und Skookum Jim es am Rabbit Creek entdeckten. Mack ging sofort dorthin, als er die Nachricht hörte, und steckte einen Claim ab, der ihm bald ein Vermögen einbrachte. Und Rabbit Creek wurde als Eldorado bekannt.

Aber wie viele jener alten Hasen, die reich geworden waren, konnte Mack mit dem vielen Geld nicht umgehen. Er kam in die Stadt, legte seinen Beutel, einen Lederbeutel mit Goldnuggets, auf die Theke und lud alle ein. Es hieß, dass er einmal einer Tänzerin ein Goldnugget im Wert von über fünfhundert Dollar gegeben hatte, nur damit sie den ganzen Abend mit niemandem außer ihm tanzte.

»Können wir reingehen und zusehen?«, fragte Beth. Obwohl kaum eine Stunde verging, ohne dass sie an Sam dachte, hatten ihre Popularität im Monte Carlo und die aufgeregte und fröhliche Stimmung in der Stadt ihre Laune gebessert. Sie mochte Wilbur und fühlte sich sicher in seiner Nähe, und da Theo und Jack immer erst frühestens um sieben Uhr morgens zurück zum Zelt kamen, sah sie keinen Grund, warum sie sich nicht auch ein bisschen amüsieren sollte.

»Da die Einsätze heute Abend sehr hoch sein werden, wird jemand an der Tür stehen, damit nicht irgendwelches Gesindel hereinkommt. Aber du bist ja kein Gesindel, also schätze ich, dass ich meine Überredungskünste einsetzen kann.« Wilbur grinste.

Er ergriff fest ihren Arm und zog sie durch die Menge, die vor dem Saloon stand und durch die Tür und die Fenster blickte, um mitzubekommen, was drinnen vor sich ging.

»Ihr lasst doch die Klondike Gypsy rein, oder?«, sagte er zu einem stämmigen Mann, der sich ihnen in den Weg stellte. »Sie hat sich in den Kopf gesetzt, sich das Spiel anzusehen, und vielleicht tut sie euch dann auch einen Gefallen und spielt abends mal hier.«

An der Art, wie der große Mann zu ihr herunterlächelte, wurde Beth klar, dass ihr Name tatsächlich in der Stadt bekannt war, und das fühlte sich gut an.

»Sie sind im Golden Horse Shoe willkommen, Miss Gypsy«, erklärte er. »Aber lenken Sie die Spieler nicht ab mit Ihrem hübschen Gesicht oder mit Ihrer Geige.«

Trotz der hell erleuchteten Straße war es im Saloon düster, und man konnte nichts sehen, denn Männer standen Schulter an Schulter und beobachteten etwas hinten im Raum. Aber Wilbur nahm Beths Arm und führte sie an die Seite, wo die Menge nicht so dicht stand.

Er ließ sie dort stehen, um ihnen etwas zu trinken zu holen. Beth konnte die Spieler hinter der dichten Wand aus Männerschultern nicht sehen, aber sie spürte an der Spannung, die im Raum herrschte, dass etwas Ungewöhnliches passierte.

»Gewinnt Mack?«, flüsterte sie einem großen Mann zu, der neben ihr stand.

»Zuerst schon, aber die letzten beiden Spiele hat er verloren«, flüsterte er zurück. »Ich schätze, heute ist einer dieser Abende, an denen er seinen Claim aufs Spiel setzt.«

Wilbur hatte ihr erzählt, dass Mack sich seinen Ruf als Spieler, der hohe Einsätze nicht scheut, dadurch erworben hatte, dass er immer bis ans Limit ging und bereit war, alles zu riskieren, was er hatte. Es hieß, er habe an einem Abend eine halbe Million Dollar verloren, sei jedoch am folgenden Abend wiedergekommen und habe alles zurückgewonnen.

»Mit wem spielt er?«, flüsterte sie.

»Mit dem Schweden, Dangle und einem Kerl, den ich noch nie gesehen habe«, flüsterte der Mann zurück.

Die Leute in Dawson gaben allen Spitznamen; offenbar zeigten sie so, dass sie denjenigen akzeptierten. Aber da Beth weder dem Schweden noch Dangle begegnet war, hatte sie das Gefühl, sie sehen zu müssen, deshalb ging sie weiter zu dem Pfosten, der das Dach hielt, schob sich daran vorbei und drängte die Männer dort zur Seite.

Sie keuchte, als sie die Spieler schließlich sah, denn einer von ihnen war Theo.

Über dem Tisch hing eine verzierte Petroleumlampe, die einen goldenen Lichtkreis in den ansonsten dunklen Raum warf. Am Rande des Kreises und hinter Theo konnte sie Jack erkennen, der an der Wand lehnte und das Spiel beobachtete, und sie erkannte an seiner Haltung, dass er sehr nervös war.

Die drei Männer, mit denen Theo spielte, waren typische Sourdoughs, bärtig, mit zotteligem Haar, einfacher Kleidung und wettergegerbten Gesichtern. Der glatt rasierte Theo in seinen eleganten Sachen und den glänzenden Schuhen wirkte fehl am Platz, obwohl er nicht viel jünger war als die anderen. Er hatte schon ein paar Mal eine größere Summe gewonnen, seit sie in Dawson waren, aber Beth war ziemlich sicher, dass diese Gewinne nicht annähernd ausreichten, um bei so hohen Einsätzen mitzugehen.

»Welcher ist Mack Dundridge?«, fragte sie den Mann neben ihr leise.

»Der Typ mit den rotbraunen Haaren«, erwiderte er. »Niemand kann ihn beim Pokern schlagen, und er bleibt sitzen, bis er alle anderen ausgenommen hat.«

Beth zog sich zurück, damit Theo sie nicht sah, und beobachtete ihn noch einen Moment. Er sah locker und entspannt aus, schien sich auf seinem Stuhl zurückzulehnen, und das Licht über ihm betonte seine hohen Wangenknochen. Aber sie wusste genug über Poker, um zu wissen, dass es ein Bluff war, also war er vielleicht genauso nervös wie Jack.

Die Spannung im Raum wuchs mit jeder Sekunde, und Beth wusste, dass sie es nicht ertragen konnte, Theo erneut verlieren zu sehen.

»Ich habe es mir anders überlegt. Ich will nicht hierbleiben«, sagte sie, als sie Wilbur entgegenging, der durch den Saloon auf sie zukam. Sie nahm ihm das Glas, das er ihr mitgebracht hatte, aus der Hand und stürzte den Whiskey in einem Schluck herunter. »Würdest du mich bitte nach Hause bringen?«

Es war immer schwer, bei dem ständigen Sonnenlicht einzuschlafen, aber Beth war so nervös, dass es ihr nicht einmal gelang, die Augen zu schließen. Sie hatte sich während des letzten Jahres daran gewöhnt, dass Theo verlor, aber ihres Wissens hatte er noch nie um mehr gespielt, als er sich leisten konnte zu verlieren. Hier war das anders: Goldgräber, Saloonbesitzer, Ladeninhaber und Tänzerinnen – sie alle waren im Grunde Spieler. Da an jedem Abend beiläufig ein Vermögen den Besitzer wechselte, konnte selbst der vernünftigste Mensch ganz leicht den Bezug zur Realität verlieren.

Sie musste zwei Stunden wach gelegen haben, als sie hörte, wie Theo und Jack sich dem Zelt näherten. Sie stolperten, so als wären sie betrunken, und das ließ sie noch wütender werden.

Theo steckte den Kopf durch den Zelteingang. »Bist du wach, mein Schatz?«, fragte er und grinste dümmlich.

»Jetzt schon«, erwiderte sie sarkastisch.

Theo zog den Kopf zurück und sprach mit Jack. »Sie ist wütend auf mich«, sagte er. »Glaubs' du, sie wird noch wütender, wenn ich ihr die Neuigkeiten erzähle?«

»Ihr werdet alle Nachbarn wütend machen, wenn ihr sie aufweckt«, sagte Beth kurz angebunden. »Also kommt rein, und seid ruhig.«

Sie stolperten herein, und Jack ließ sich neben sie fallen. »Tut mir leid, dass wir betrunken sind. Aber wir mussten feiern, dass Theo ein Grundstück an der Front Street gewonnen hat.«

Beth setzte sich abrupt auf. »Hat er?« Sie war erstaunt: Ein Grundstück an der Front Street kostete um die vierzigtausend Dollar.

»Sicher, mein Schatz«, sagte Theo und legte sich auf die andere Seite neben sie. »War ein spannendes Spiel mit Mack Dundridge. Die Leute meinten, man könne ihn nicht schlagen, aber da haben sie sich geirrt.«

Beth runzelte die Stirn. Sie mochte es nicht, wenn Theo prahlte, und sie fragte sich kurz, ob er vielleicht betrogen hatte.

»Mach dir keine Sorgen, Beth.« Jack grinste sie an, als habe er ihre Gedanken gelesen. »Er hat auf ganz ehrliche Art gewonnen. Und er war so vernünftig, aufzuhören, nachdem er den Kerl dazu gebracht hatte, um das Grundstück zu spielen.

Wäre vielleicht anders ausgegangen, wenn er seine Goldmine gesetzt hätte.«

»Jetzt sind wir gemachte Leute«, gluckste Theo. »Wir können uns einen eigenen Spielsalon bauen und in den Zimmern im ersten Stock wohnen. Du kannst sogar das Badezimmer bekommen, das du immer haben wolltest.«

Sie waren zu betrunken, um ihr richtig schildern zu können, wie es dazu gekommen war, aber Beth verstand genug, um zu begreifen, dass Theo es darauf angelegt hatte, dass Mack das Grundstück an der Front Street einsetzte.

»Ich bin davon ausgegangen, dass er nicht allzu sehr daran hängt«, erklärte Theo mit einem selbstzufriedenen Grinsen. »Wenn es um seine Goldmine gegangen wäre, dann hätte er mich am Tisch festgehalten, bis er sie zurückhat.«

»Theo hat ein Bombenspiel gemacht«, sagte Jack, und sein Gesicht strahlte vor Bewunderung. »Ich dachte, er hätte am Ende ein schlechtes Blatt; er hat geschwitzt wie ein Schwein und sah richtig panisch aus. Man hätte eine Stecknadel fallen hören können, als Mack es sehen wollte. Ich konnte nicht mal hinsehen. Aber er hatte vier Neunen, Mack vier Achten. Die Leute haben alle verrückt gespielt. Sogar Mack sagte, er habe seinen Meister gefunden.«

Beth legte sich wieder hin und versuchte einzuschlafen, nachdem die Männer rausgegangen waren, um ihre Pfeifen zu rauchen, aber der Klang ihrer betrunkenen, aufgeregten Stimmen, als sie über den geplanten Spielsalon sprachen, hinderte sie daran.

Sie war aufgeregt und hatte keinen Zweifel daran, dass die beiden ihn bauen würden. Jack würde dafür sorgen. Sie hatte sogar das Gefühl, dass es ihnen allen die Trauer um Sam leichter machen würde, denn sie würden seinen Traum verwirklichen.

Aber zu bekommen, was sie sich schon so lange wünschten, so einfach, nur durch ein bisschen Kartenglück, fühlte sich merkwürdig und unwirklich an.

In den folgenden Tagen dachte Beth, während die Männer mit dem Bau ihres Spielsalons begannen, oft darüber nach, dass alles in dieser Stadt merkwürdig war: die Sonne, die vierundzwanzig Stunden schien, der Schlamm, der nicht trocknete, die falschen Fronten der Saloons und die Dampfer, die fast täglich Champagner, Austern und jede andere Art von Luxus aus Seattle oder San Francisco brachten.

Es wirkte bizarr, dass sie alle gezwungen worden waren, eine Tonne Proviant über die Berge zu schleppen, nur um jetzt festzustellen, dass niemand Mehl, Zucker oder Reis brauchte oder wollte. Noch bizarrer war, dass alle diese vielen Tausend Menschen, die für diese Reise alles verpfändet hatten, was sie besaßen, die ihre Gesundheit und ihren Verstand aufs Spiel gesetzt hatten, um reich zu werden, jetzt gar nicht nach Gold suchten.

Die Männer und sie hatten niemals vorgehabt, Goldgräber zu werden. Aber fast alle anderen. Doch sobald sie ihre Boote vertäut hatten, und inzwischen lagen sie in Sechserreihen am Ufer, hingen diese Leute nur in der Stadt herum, anstatt zu den Flussläufen weiterzuziehen, an denen man Gold gefunden hatte. Es war, als genüge es ihnen, endlich hier zu sein.

Beth konnte die Müdigkeit verstehen, denn die Mehrheit der Leute hatte ein ganzes Jahr gebraucht, um herzukommen, und sie waren auf jede erdenkliche Weise an ihre Grenzen gestoßen. Die meisten hatten alle Brücken hinter sich abgebrochen, hatten ihre Jobs gekündigt, ihre Heimat und manchmal sogar Frau und Kinder zurückgelassen und ihr ganzes Geld ausgegeben. Sie hatten ihre Gesundheit, ihren Verstand und in einigen Fällen ihr Leben riskiert. Aber sicher hätten ein paar Tage Ruhe in ihnen wieder neue Lebensgeister wecken müssen? Warum versuchten sie jetzt, ihre Ausrüstung zu verkaufen, um den nächsten Dampfer nach Hause zu nehmen? Wie konnte diese Gier nach Gold plötzlich verschwinden? Oder war das Gold niemals der wirkliche Grund gewesen, und sie hatten nur einmal im Leben ein echtes Abenteuer erleben wollen?

Es hieß, dass es in Dawson jetzt geschätzte achtzehntausend Menschen gab und weitere fünftausend, die an den umliegenden Flussläufen nach Gold schürften, sodass die Stadt fast so viele Einwohner hatte wie Seattle. Weil es keinen Platz mehr für weitere Zelte oder Hütten gab, gingen die Leute jetzt auf die andere Seite des Flusses an einen Ort, der von allen Louse Town genannt wurde.

Unten am Ufer war ein großer Marktplatz entstanden, wo Hunde, Pferde, Schlitten und Säcke mit Mehl, geflickte Hemden, abgenutzte Äxte, lange warme Unterwäsche für den Winter, Mäntel und hohe Stiefel angeboten wurden. Die Leute sahen sich alles ganz genau an, und zur Enttäuschung der Verkäufer, die nach Hause fahren wollten, wurden die meisten Sachen abgelehnt.

Aber jeder Dampfer brachte noch einmal Hunderte von Leuten: Tänzerinnen, Schauspielerinnen und Huren, Bankangestellte, Ärzte, sogar Geistliche. Es gab große Familien, elegante Damen mit Federhüten, deren Ehemänner Stehkragen und Frack trugen, und kleine Kinder. Sie waren meistens auch nur gekommen, um sich alles anzusehen, denn sie hatten nicht vor, nach Gold zu schürfen.

Es war ein verrückter, wilder Ort, eine Stadt der Flüchtlinge, von denen einige vor dem Gesetz weggelaufen waren, andere vor nörgelnden Ehefrauen oder brutalen Ehemännern, vor Schulden, langweiligen Jobs oder den Slums in den Städten. Die Moralvorstellungen und die gesellschaftliche Ordnung der Welt da draußen bedeuteten hier nichts. Männer bändelten mit Tänzerinnen an, eine Frau konnte ohne männliche Begleitung in einen Saloon gehen und trinken, und selbst die Huren wurden respektvoll behandelt. Man konnte hier alles sein, was man wollte; woher man kam, spielte keine Rolle. Diejenigen, die reich geworden waren, halfen denen, die nichts hatten. Es war fast, als würden die Leute in dem Moment, in dem sie das Schiff verließen, ihre alte Haut abstreifen und in eine neue, bequemere schlüpfen.

Doch im Moment passte Beth das gut. Wenn sie Geige spielte, konnte sie all das vergessen, was sie verloren hatte, und dass sie kein wirkliches Zuhause hatte.

Die tiefe Traurigkeit in ihrem Innern schien ihrer Musik eine neue Dimension zu geben, und sie hatte festgestellt, dass sie sie benutzte, um mit den Emotionen ihrer Zuhörer zu spielen. Wenn eine ihrer Melodien sie an ihre verflossenen Liebhaber, an ihre Mütter oder ihre Kinder erinnerte, dann warfen sie Geld in den Hut. Beth hatte nicht das Gefühl, dass sie irgendjemanden ausbeutete; schließlich gab sie all das Geld, das sie verdiente, weiter, an die Frau, die das Brot backte, an den Jungen, der Eier verkaufte, und das Paar aus Idaho, das ein Restaurant führte. Es würde sie auch eines Tages zurück zu Molly bringen.

Am späten Nachmittag des 3. Juli war Beth in der Front Street und sah zu, wie Jack und ein paar von ihm engagierte

Männer die Fassade ihres Saloons bauten. Das Tempo, mit dem Jack sich an die Arbeit gemacht hatte, war erstaunlich. Innerhalb einer Woche stand der Rohbau des Saloons; am Ende der zweiten war das Dach gedeckt, und er verlegte die Böden im ersten Stock. Die langen Tage und die Anzahl der Männer, die Arbeit suchten, halfen ihm dabei. Jetzt war das Gebäude fast fertig, hatte oben drei Zimmer, unten einen großen Raum für den Saloon sowie eine Küche und Lagerräume im hinteren Teil des Hauses.

»Das sieht gut aus, Jack«, rief Beth ihm zu. »Aber morgen arbeitest du doch nicht, oder? Dann ist Unabhängigkeitstag.«

Obwohl Dawson City in Kanada lag, gab es eine große Feier mit Tanz, gebratenen Schweinen und Feuerwerk, weil die meisten Einwohner aus Amerika kamen. Beth hatte sich eine gute Schneiderin gesucht und sich aus der pinkfarbenen Seide, die sie über den Pass mitgebracht hatte, ein neues Kleid nähen lassen.

Jack hörte auf zu arbeiten und grinste sie an. »Ich schätze, ein freier Tag wird mich nicht umbringen! Hast du Theo heute schon gesehen? Ich könnte Hilfe gebrauchen.«

»Er ist zur Post gegangen«, rief Beth zurück. »Du weißt doch, wie es dort ist.«

Die Zustellung der Post war ein großes Problem in Dawson. Sie wurde auf vielen Booten hin und her transportiert, aber oft aus Versehen nach Juneau, Haines oder in eine der kleinen Städte an der Inner Passage gebracht. Bei den vielen tausend Leuten, die hier lebten, waren die Schlangen vor der Post oft so lang, dass es Tage dauern konnte, das Ende zu erreichen, und die meisten wurden enttäuscht, denn es gab keine Briefe für sie. Beth hatte sich noch nie in die Schlange gestellt, denn die einzigen Leute, die ihr schrieben, waren die

Langworthys, und selbst wenn der Brief mit ihrer wahrscheinlichen Ankunft in Dawson, den sie vom Lake Lindemann aus geschickt hatte, schon angekommen war, konnte es Monate oder noch länger dauern, bis die Antwort sie erreichte.

Sie hatte noch einen Brief geschrieben, als sie hier angekommen waren, in dem sie von Sams Tod berichtete, aber der würde noch immer auf einem Dampfer auf dem Weg nach Seattle sein.

Theo jedoch hatte sich in die lange Schlange gestellt, um seiner Familie ein Telegramm zu schicken und sie wissen zu lassen, wo er war. Lachend hatte er erklärt, dass sich sein Vater und sein älterer Bruder nicht dafür interessieren würden, aber seine Mutter und seine jüngeren Schwestern schon. Beth glaubte allerdings eher, dass er es eigentlich tat, um damit angeben zu können, wie gut es ihm ging, denn er wusste, dass es sich bei seinen alten Freunden herumsprechen würde.

»Wenn du ihn siehst, dann sag ihm, ich brauche ihn«, sagte Jack. »Er ist ein fauler Hund und nur in der Nähe, wenn es ihm gerade passt.«

Beth kommentierte das nicht. Theo half nicht genug mit, aber das hatte er ja nie getan. Er schien zu glauben, dass sein Teil der Arbeit mit dem Gewinn des Grundstücks und dem Geld, das er Jack für Holz und andere Materialien gegeben hatte, abgegolten war. Jack musste sich um alles kümmern, vom Bau des Saloons bis hin zum Kauf von Holz und dessen Transport hierher. Abends kam Theo fast nie ins Monte Carlo, um Beth spielen zu hören, sie musste oft allein essen, und er kehrte fast nie vor sieben oder acht Uhr morgens ins Zelt zurück und schlief dann den ganzen Tag. Manchmal fragte sie sich, ob er sie überhaupt zu schätzen wusste.

Sie beschloss, runter zur Post zu laufen und nachzusehen,

wie weit er in der Schlange schon vorgedrungen war. Aber als sie um die Ecke der Front Street bog, sah sie ihn durch die Menge auf sich zukommen. Sie winkte, und als er sie entdeckte, lächelte er strahlend.

Obwohl sie inzwischen etwas desillusioniert war, was seinen Charakter anging, verging kaum ein Tag, an dem Beth nicht dachte, wie gut er aussah. Selbst damals im Winter, in einen schweren Mantel gehüllt, mit Hut und Schal und einem dichten Bart, der die Hälfte seines Gesichts bedeckte, hatten seine dunklen, ausdrucksvollen Augen ihr Herz immer noch schneller schlagen lassen.

Sogar in dieser ungehobelten Stadt war es ihm irgendwie gelungen, wie der perfekte englische Gentleman zu wirken. Er hatte sich schon auf dem Fluss den Bart abrasiert und sich fast sofort nach ihrer Ankunft hier die Haare schneiden lassen. In seinem beigefarbenen Leinenjackett, mit der roten Krawatte und dem Panama-Hut hätte er auf dem Weg nach Ascot sein können. Nur der Schlamm an seinen braunen Reitstiefeln störte das Bild, etwas, worüber er fast täglich schimpfte, während er sie putzte.

»Du hast einen Brief bekommen«, rief er, als er näher kam. Er zog einen Umschlag aus seiner Tasche und winkte ihr damit zu. »Sie wollten ihn mir nicht geben, weil er an Miss und Mr Bolton adressiert ist, aber als ich ihnen sagte, dass es der Mädchenname der Gypsy aus dem Monte Carlo ist, durfte ich ihn mitnehmen.«

Beth lachte. »Er ist von den Langworthys«, sagte sie, weil sie die Handschrift schon von Weitem erkannte, und rannte die wenigen Schritte auf ihn zu, um ihn ihm zu entreißen. »Aber sie können meinen Brief vom Lake Lindemann doch sicher noch nicht bekommen haben, oder?«

»Dawson City ist überall auf der Welt in den Nachrichten«, erwiderte Theo. »Ich schätze, sie haben beschlossen, dir hierher zu schreiben, weil sie wussten, dass du irgendwann hier eintreffen würdest.«

»Er sieht aus, als wenn er nass geworden wäre«, beschwerte sich Beth, denn der Umschlag war fleckig und die Tinte verschmiert.

»Einige der Briefe waren so durchnässt, dass die Umschläge nicht mehr lesbar waren oder ganz fehlten«, erklärte Theo. »Heute gab es jede Menge enttäuschter Leute, aber du gehörst zu den Glücklichen.«

Beth riss den Umschlag auf, weil sie nicht länger warten konnte. *Liebe Beth und lieber Sam*, las sie. *Es gibt keine Möglichkeit, Euch diese schreckliche Nachricht zu übermitteln, außer sie einfach aufzuschreiben.*

Ein kalter Schauer lief Beth über den Rücken, aber sie musste weiterlesen.

Also vergebt mir bitte meine Direktheit, wenn ich Euch mitteile, dass unsere wunderbare kleine Molly vor zehn Tagen, am 7. März, an einer Lungenentzündung gestorben ist. Sie hatte im Februar einen schlimmen Husten bekommen, und trotz allem, was wir und der Doktor versuchten, trotz all der Medizin und der Pflege, wurde daraus eine Lungenentzündung. Sie starb im Schlaf, während ich bei ihr saß.

Edward und ich sind untröstlich. Wir haben sie so sehr geliebt, und alles ist so trostlos und kalt ohne sie. Aber ich denke auch an Euch beide, die Ihr so weit weg seid, denn wir wissen, dass es ein schlimmer Schock für Euch sein wird, genau wie für alle anderen, die sie liebten. Bitte glaubt uns, dass wir alles für sie getan haben, was wir konnten. Die Beerdigung hat eine Woche nach ihrem Tod, am 14. März, stattgefunden; es war ein wunderbarer und bewegender Gottes-

dienst in St. Brides … Edward, Mrs Bruce, die Köchin und Kathleen senden Euch alle ihr Beileid, und wir hoffen sehr, dass dieser Brief Euch irgendwie erreicht. Wir lesen immer alles, was die Zeitungen über Klondike berichten, und fragen uns, ob Ihr wohl heil dort angekommen seid. Wir denken an Euch und schließen Euch in unsere Gebete ein; bitte besucht uns, wenn Ihr nach England zurückkehrt. Und Edward und ich möchten Euch noch einmal danken für die große Freude, die Ihr uns damit gemacht habt, dass wir uns um Molly kümmern durften. Sie war vielleicht nur vier kurze Jahre bei uns, aber für uns waren es die glücklichsten von allen.

Wir denken an Euch in dieser unendlich traurigen Zeit
Ruth Langworthy

»Was ist, Beth?«, fragte Theo, schockiert über ihr entsetztes Gesicht.

»Molly ist tot«, antwortete sie mit leiser, gequälter Stimme und sah ihn verzweifelt an. »Sie ist an einer Lungenentzündung gestorben.«

31

»Ich weiß, es ist schrecklich traurig, wenn man vom Tod eines Kindes erfährt, Beth, aber du musst dich jetzt zusammenreißen«, sagte Theo mit einem scharfen Unterton in der Stimme.

»Sie war nicht irgendein Kind, sie war meine Schwester«, gab Beth zurück und brach erneut in Tränen aus. »Zuerst Sam und jetzt Molly. Ich habe niemanden mehr.«

Eine Woche war vergangen, seit sie die niederschmetternde Nachricht erhalten hatte. Theo war zuerst nett gewesen und hatte sie getröstet, aber am Tag danach, dem Unabhängigkeitstag, hatte er sie weinend im Zelt zurückgelassen und mit allen anderen in Dawson gefeiert.

Jack war am frühen Abend zum Zelt zurückgekehrt, weil er Theo im Saloon gesehen hatte und ihm klar geworden war, dass er sie allein gelassen haben musste.

»Ich schätze, er wusste einfach nicht, was er noch sagen sollte, um dich zu trösten«, verteidigte er Theo. »Ich weiß es auch nicht, Beth, ich weiß nur, dass du nicht allein sein solltest.«

»Warum weißt du das und er nicht?«, fragte sie Jack verbittert. »Es war nicht dein Baby, das ich verloren habe, es war seins. Er hat mir oben auf dem Chilkoot Pass versprochen, dass er mich liebt und dass wir heiraten würden; er weiß, wie schwer mich Sams Tod getroffen hat, und wenn er mich wirklich lieben würde, dann müsste er sich doch in meine Lage versetzen und mich verstehen können, oder nicht?«

»Oh Beth, du musstest so viel ertragen.« Jack seufzte, setzte sich neben sie und nahm sie in die Arme. »Schon als du mir damals auf dem Schiff das erste Mal von Molly erzählt hast, wusste ich, wie schwer es dir gefallen ist, sie zurückzulassen. Aber du hast das Richtige getan. Denk doch nur daran, wie schwer es in New York für uns alle war. Du hättest doch nicht gewollt, dass sie das alles durchmachen muss, oder?«

»Aber ich denke immer, dass sie vielleicht noch leben würde, wenn ich bei ihr gewesen wäre.«

Jack strich ihr das Haar aus dem Gesicht und wischte ihre Tränen weg. »Es wäre sogar noch wahrscheinlicher gewesen, dass sie schlimm krank wird. Zumindest hatte sie vier glückliche Jahre in einem liebevollen, fürsorglichen Heim. Ihr Tod ist tragisch, ganz furchtbar, und ich kann dir nicht mehr bieten als eine Schulter zum Ausweinen.«

Er hörte geduldig zu, während sie all ihre Trauer um Molly, um Sam, um das Baby, das sie verloren hatte, und die Tatsache, dass sie offenbar keine mehr bekommen würde, herausschluchzte. »Es ist, als wäre ich verhext«, sagte sie. »Was habe ich denn Schlimmes getan, um das alles zu verdienen?«

Jack hatte keine Antwort darauf, aber er blieb den ganzen Abend bei ihr und hielt sie im Arm, ließ sie ihren Kummer loswerden. Als es dunkler wurde, wurden Tausende von Feuerwerkskörpern abgefeuert, und sie standen vor dem Zelt und sahen zu. Aber der furchtbare Krach des Feuerwerks reichte den Feiernden in der Stadt noch nicht; sie feuerten auch Gewehre ab und zündeten große Ladungen Dynamit. Die Hunde in der Stadt hatten solche Angst, dass sie in einer langen Fluchtreihe über den Yukon nach Louse Town schwammen.

Beth hasste alle dafür, dass sie feierten, während sie so furchtbar traurig war, und nicht einmal Jack konnte sie dazu überreden, ein hübsches Kleid anzuziehen und im Monte Carlo zu spielen. »Ich werde nie wieder spielen«, schwor sie.

Seit dem Unabhängigkeitstag hatte Beth kaum einen Fuß vor das Zelt gesetzt, war lieber verbittert und verletzt liegen geblieben. Jack und Theo arbeiteten lange und hart am Bau des Saloons, und obwohl Jack oft versuchte, sie dazu zu überreden, mitzukommen und sich anzusehen, wie sie vorankamen, oder wieder im Monte Carlo zu spielen, hatte Theo bis heute wenig zu dem Thema gesagt.

»Du hast noch jemanden, du hast Jack und mich«, sagte er müde. »Der Saloon ist fertig, also können wir morgen einziehen. Aber du hast ihn noch nicht mal gesehen.«

»Es ist mir egal. Mir ist alles egal«, schluchzte Beth. »Ich habe Molly bei den Langworthys gelassen, weil ich dachte, dass sie bei ihnen ein gutes Leben haben würde, aber sie ist trotzdem krank geworden und gestorben. Vielleicht würde sie noch leben, wenn ich bei ihr geblieben wäre.«

»Es ist dumm, so etwas zu sagen«, erwiderte Theo, und seine Stimme wurde weicher. Er setzte sich neben sie auf den Boden des Zelts und wischte ihr mit einem Taschentuch die Tränen vom Gesicht. »Es war Schicksal, genauso wie Sams Tod Schicksal war. Ich glaube nicht, dass wir unser Schicksal ändern können, egal, was wir tun. Aber du kannst nicht ewig hier sitzen und trauern, das macht es nicht besser. Wenn du deine Energien in die Verschönerung unserer Wohnung stecken würdest, dann würde dich das von Molly ablenken. Und jetzt komm mit, und sieh dir alles an. Jack will heute das Schild anbringen. Wir haben beschlossen, es ›Golden Nügget‹ zu nennen.«

Beth wollte zuerst ablehnen, aber tief in ihrem Herzen

wusste sie, dass er recht hatte und es nichts änderte, wenn sie im Zelt blieb und trauerte. Also stand sie zögernd auf, holte einen Kamm und kämmte sich die Haare.

Theo klopfte ihr anerkennend auf die Schulter. »Du kannst heute Abend baden, wenn du möchtest. Jack hat es geschafft, den Boiler anzuschließen. Stell dir das vor, Schatz, ein richtiges Bad, wir werden von allen in der Stadt beneidet werden. Natürlich nur, wenn du uns nicht verlässt und Ende August den Dampfer zurück nach Vancouver nimmst.«

»Warum sollte ich das tun?«, fragte sie. »Da wartet doch nichts auf mich.«

Als ihr klar wurde, dass das nach Selbstmitleid klang, wurde sie rot. »Wir haben den Spielsalon, den wir wollten, und ich bin froh darüber«, fuhr sie fort. »Habt einfach noch ein bisschen Geduld mit mir. Zwei Todesfälle in so kurzer Zeit sind einfach sehr schwer zu ertragen.«

»Ich weiß, Schatz«, sagte er und nahm sie in die Arme. »Aber du musst am Eröffnungsabend spielen. Das erwarten die Leute.«

Beth wusch sich das Gesicht und ging mit Theo zu ihrem neuen Spielsalon. Offenbar hatten viele Leute von ihrem Verlust gehört, denn sie blieben stehen und sprachen ihr ihr Beileid aus. Beth hatte das nicht erwartet, und es half ihr zu wissen, dass die Leute mit ihr mitfühlten.

Jack hatte gerade das Schild angebracht, als sie sich dem neuen Saloon näherten. Er kletterte die Leiter herunter und umarmte sie.

»Wie findest du es?«, fragte er.

Beth trat zurück auf die Straße, um es sich genauer anzusehen. Als sie die Fassade zuletzt gesehen hatte, war sie erst halb fertig gewesen und hatte nur aus grob zusammengezimmerten Brettern bestanden. Das Holz war jetzt rot gestrichen und glänzte, und auf einem schwarzen Schild stand in goldenen Buchstaben »The Golden Nugget«.

»Es ist großartig«, sagte sie und lächelte zum ersten Mal, seit sie die Nachricht von Mollys Tod erhalten hatte. »Du bist ein Zauberer, Jack.«

Er strahlte über ihr Lob. »Ich hatte viel Hilfe«, erwiderte er schnell. »Und jetzt sieh es dir von innen an.«

Beth hatte sich schon in Skagway an die Tricks gewöhnt, mit denen in Saloons ein Gefühl von Beständigkeit und Luxus vorgetäuscht wurde. Hübsch gestaltete Fassaden führten in wahre Bruchbuden, oft nur Zelte, und selbst bei den Saloons aus Holz bestanden die Wände nur aus an die Holzpfähle genagelten Stoffbahnen.

Jack jedoch hatte die Holzwände extra noch einmal mit Brettern überzogen, sodass die Räume warm und winddicht waren, und er hatte sie genauso rot gestrichen wie die Fassade.

Aber noch erstaunlicher war das Bild an der Wand neben der Bar. Es zeigte die endlose Schlange von Kletterern, die sich im Schnee den Chilkoot Pass hinaufwand.

»Wer hat das gemalt?«, fragte sie.

»Enrico, der kleine Mann aus San Francisco, dem ich am Lake Bennett mit seinem Boot geholfen habe.«

Beth nickte. Sie erinnerte sich an den kleinen, dunkelhaarigen Mann, den sie für einen Mexikaner gehalten hatte. »Es ist fantastisch«, sagte sie. »Es macht diesen Saloon wirklich zu etwas Besonderem. Aber die Theke ist auch großartig, Jack, du bist so geschickt.«

Es war erstklassiges Holz, glatt geschliffen und glänzend lackiert. Sie fuhr mit dem Finger bewundernd darüber.

»Ich muss den Boden heute Abend noch mal versiegeln, dann können wir morgen früh die Möbel reinstellen«, sagte Jack. »Sie sind hinterm Haus aufgestapelt.«

Beth sah auf den großen Spiegel hinter der Bar, und ihr fiel auf, dass er ganz verschmiert war. »Den putze ich besser mal«, erklärte sie.

Jack und Theo grinsten sich an. »Was ist so lustig?«, wollte sie wissen.

»Wir haben den absichtlich so gelassen. Wir dachten, dass er dich vielleicht dazu bringt, aktiv zu werden«, erwiderte Jack.

Beth lächelte. »Du zeigst mir jetzt besser den ersten Stock, denn ich denke, da werde ich auch noch aktiv werden müssen.«

Jack hatte für das obere Stockwerk nicht viel Zeit gehabt. Es waren drei leere Zimmer mit groben Holzwänden und Holzböden, aber nachdem sie so lange in einem Zelt gelebt hatten, würde es für sie alle ein großer Luxus sein. Und was das Badezimmer anging, konnte sie kaum glauben, dass es Jack tatsächlich gelungen war, Rohre vom Boiler im Erdgeschoss bis nach oben zu verlegen, sodass man die Wanne mit heißem Wasser füllen konnte.

»Ein Ingenieur hat mir viel dabei geholfen«, erklärte er bescheiden. »Aber eine Toilette konnten wir nicht einbauen, denn es gibt noch keine Kanalisation in der Stadt. Deshalb müssen wir uns mit einem Plumpsklo draußen begnügen, bis es so weit ist.«

Die Front Street war die Hauptschlagader von Dawson City, die Tag und Nacht pulsierte. Am Tage war sie ein gigantischer Markt, wo man alles von Medizin über Pferde oder Hunde bis hin zu jeder Art von Lebensmitteln und Luxusartikeln kaufen konnte. Nachts war sie ein lautes, hedonistisches Paradies, wo man trinken, spielen, sich eine Show ansehen oder einfach nur vorbeigehen und Leute beobachten konnte, wenn man pleite war.

Selbst an Sonntagen, an denen laut Gesetz eigentlich alle Läden geschlossen sein mussten – was von der North-West Mounted Police rigoros durchgesetzt wurde –, strömten die Menschen durch die Straße. Die beliebtesten Saloons, Tanzlokale und Theater lagen an der Front Street und konkurrierten miteinander darum, der beste Laden zu sein. Sie wollten die hübschesten Tänzerinnen, die höchsten Einsätze beim Poker oder die besten Sänger und Entertainer.

Obwohl Beth, Theo und Jack noch nicht lange in Dawson waren, hatten sie gegenüber anderen Neuankömmlingen, die einen Laden eröffneten, den Vorteil, dass sie bereits genug Aufsehen in der Stadt erregt hatten, um einen Spitznamen zu erhalten. Die Leute mochten hier Spitznamen: Lime-juice Lil, Two-step Louis, Billy the Horse und Deep-hole Johnson waren nur einige, die sie gehört hatten. Theos Auftreten als englischer Gentleman und sein Ruf als guter Pokerspieler hatten ihm den Namen »The Gent« eingetragen. Jack wurde liebevoll »Cockney Jack« genannt und war der Mann, an den sich alle wandten, wenn sie etwas bauen wollten. Beth hieß immer noch »Gypsy«, so wie schon auf der Reise hierher, und im Monte Carlo wurde sie als die »Klondike Gypsy Queen« angekündigt.

Doch als sie um sechs Uhr abends den Saloon zum ersten Mal öffneten, waren sie trotzdem nervös. Die meisten anderen Lokale an der Front Street wurden von Eldorado-Königen betrieben, Männern mit Claims, die ihnen ein Vermögen eingebracht hatten und die es sich leisten konnten, ihre Läden mit Kronleuchtern, Samtteppichen, fünfköpfigen Bands und einem ganzen Haufen Mädchen auszustatten, um Leute anzulocken, bei denen das Geld locker saß. Aber Theos Geld war aufgebraucht, und er stand mit einigen Tausend Dollar für Getränke, Holz, Tische und Stühle in der Kreide.

Er hatte draußen ein Schild aufgestellt, auf dem alle Drinks zum halben Preis angeboten wurden, und sie hofften, dass das zusammen mit Beths Spiel die Leute anziehen würde. Theo trug einen weißen Anzug, den er als Begleichung für Spielschulden am Lake Bennett akzeptiert hatte. Mit Rüschenhemd, Fliege und glänzendem Öl in seinem schwarzen Haar sah er aus wie ein erfolgreicher Saloonbesitzer. Jack trug eine rote Weste, eine rot-weiß getupfte Fliege und einen Strohhut.

Beth hatte sich das neue pinkfarbene Kleid angezogen, das eigentlich für den Unabhängigkeitstag gedacht gewesen war. Sie hatte abgenommen, weil sie kaum etwas gegessen hatte, seit die Nachricht über Molly gekommen war, und sie sah so blass aus, dass sie sogar Rouge auf die Wangen aufgetragen hatte.

Sie fing an, einen Jig zu spielen, als sechs Männer an die Bar traten.

Sie hatten Will und Herbert eingestellt, zwei Männer aus Portland, die sie vom Lake Bennett kannten. Die beiden wollten unbedingt genug Geld zusammenbekommen, um mit dem nächsten Schiff nach Hause zu fahren, und Theo hatte ihnen versprochen, wenn sie zwei Wochen für ihn arbeiteten, würde er ihnen die Fahrscheine kaufen und jedem noch fünfzig Dollar geben.

Bei Beths dritter Nummer waren bereits ziemlich viele Leute hereingekommen, und plötzlich war sie überglücklich, weil sie die Leute hereinzog, um Geld in *ihrem* Saloon auszugeben. Sie hoffte, dass Sam jetzt auf sie heruntersah und sich freute, dass sie endlich ihr Ziel erreicht hatten.

Im Laufe des Abends kamen immer mehr Gäste, bis es so

eng war wie in einer Sardinenbüchse. Theo veranstaltete ein Faro-Spiel, das in Dawson besonders beliebt war, weil die Spieler eine faire Chance hatten zu gewinnen.

Er hatte den Faro-Tisch von einem Dampfschiffkapitän gekauft, der knapp bei Kasse war. Jede Karte vom Ass bis zum König war darauf abgebildet, und die Spieler legten ihre Chips auf die Karte, auf die sie setzen wollten. Der Geber hob die obersten beiden Karten vom Stapel ab; wenn die erste davon diejenige war, auf die gesetzt wurde, dann verlor der Spieler, aber wenn sie als Zweites kam, gewann er. Wenn seine Karte nicht dabei war, setzte er erneut.

An der Wand hinter Theo war ein Regal angebracht, auf dem die Beutel der Spieler lagen. Auf einem Zettel war genau aufgelistet, wie viele Chips der Beutelbesitzer gekauft hatte. Am Ende des Spiels wurden die Chips gegen die Summe auf der Liste aufgerechnet, und der Beutelinhalt des Spielers wuchs oder wurde kleiner, je nachdem, ob er gewann oder verlor.

Gold, als Staub oder Nuggets, war die Hauptwährung in Dawson, und alle Läden, Saloons oder anderen Geschäfte besaßen Waagen, um es auszuwiegen. Als Beth, Jack und Theo in Dawson angekommen waren, hatte es sie erstaunt, wie lässig die Männer mit ihren Beuteln umgingen, in denen teilweise Gold im Wert von Hunderten von Dollar aufbewahrt wurde, aber inzwischen waren sie daran gewöhnt.

Während Theo am Faro-Tisch saß, begrüßte Jack die Gäste und behielt die Bar und Will und Herbert im Auge. Später übernahm Jack beim Faro, damit Theo ein Pokerspiel eröffnen konnte, und zwischen ihren Auftritten mit der Geige überwachte Beth alles.

Es wurde bald klar, dass sie noch mehr Personal brauchen würden, genauso wie mehr Getränke und andere Entertainer, um den Abend über die Bühne zu bringen. Aber in jener ersten Nacht behalfen sie sich, und es klappte irgendwie. Der Whiskey ging ihnen um vier Uhr morgens aus, aber die meisten Gäste blieben und tranken das, was es noch gab. Auf Theos Gesicht lag ein breites Lächeln, weil Sam Bonnifield, bekannt als »Silent Sam«, der Besitzer des Bank Saloon and Gambling House an der Ecke Front Street und King Street, für eine Partie Faro hereingekommen war. Er hatte seinen Spitznamen bekommen, weil er niemals ein Wort sagte oder lächelte, wenn er spielte. An diesem Abend war ihm das Glück nicht hold gewesen, und seine Schulden beliefen sich inzwischen auf fünfhundert Dollar, aber er spielte weiter.

Um sechs Uhr morgens schloss Theo schließlich die Tür. Er war zu müde, um zu zählen, was sie an diesem Abend eingenommen hatten, aber er nahm an, dass es an die fünfzehntausend Dollar sein mussten. Genug, um die Schulden zu bezahlen und neue Getränke sowie Möbel für die Zimmer oben zu besorgen.

»Ich werde dir heute ein großes Messingbett mit einer Federmatratze kaufen«, sagte er und umarmte Beth. »Ich verspreche dir, dass du nie wieder auf dem Boden schlafen musst.«

Das Golden Nugget gehörte bald zu den beliebtesten Spielsalons in Dawson. Theo benutzte seinen Charme, um vier Mädchen dazu zu überreden, für sie zu arbeiten. Er zahlte ihnen eine kleine Provision für jedes Glas Champagner, das sie Männer überreden konnten, ihnen zu spendieren. Es war kein richtiger Champagner, aber es wussten ohnehin nur wenige Leute in Dawson, wie der echte schmeckte. Die Mädchen brachten Farbe in den Saloon, denn sie flirteten mit den

Männern, und wenn sie ihre Körper später an den Höchstbietenden verkauften, dann störte das niemanden.

Paradise Alley, die hinter der Front Street lag, war der Ort, an dem die echten Huren ihre Geschäfte abwickelten, in einer Reihe von Zelten, die Cribs genannt wurden und wo der Name der jeweiligen Frau am Eingang stand. Es waren fast nur unattraktive, derbe Frauen, denn die schwierige Reise hierher über die Berge war nichts für zierliche Damen. Sie bedienten rund fünfzig Männer am Tag, und ihre Zuhälter behielten fast ihre gesamten Einnahmen. Für Beth führten sie das schlimmste Leben, das sie sich vorstellen konnte.

Aber den Frauen in Dawson ging es generell nicht gut. Sie backten Brot, wuschen Wäsche und kochten in Restaurants, und obwohl einige davon sehr gut leben konnten, mussten sie unglaublich hart arbeiten und hatten oft Männer, die das Geld so schnell ausgaben, wie sie es verdienten. Die, die mit Goldgräbern verheiratet waren, verbrachten ihre Tage damit, an abgelegenen Flussläufen nach Gold zu schürfen, und lebten unter furchtbaren Bedingungen ohne Kontakt zu anderen Frauen.

Nur einem geringen Prozentsatz der Frauen ging es wirklich gut, und das waren die Schauspielerinnen, Sängerinnen und Tänzerinnen. Die meisten Tänzerinnen nahmen sehr viel mehr von den Männern, als sie gaben. Für einen Dollar durften die Männer sie weniger als eine Minute im Arm halten, bevor sie zu ihrem nächsten Partner weitergingen. Eine Frau besaß einen Gürtel, der mit siebzehn Zwanzig-Dollar-Goldstücken besetzt war, ein Geschenk von einem Goldgräber. Fast keine dieser Frauen machte ein Geheimnis aus der Tatsache, dass sie dazu da waren, die Männer um ihre Beutel zu erleichtern.

Beth arbeitete zu hart und zu lange, als dass sie das Leben

hätte genießen können, aber das machte ihr nichts aus, denn dadurch musste sie nicht so oft an Sam und Molly denken. Wie versprochen hatte Theo Möbel für die Räume im ersten Stock gekauft, inklusive des angekündigten Messingbetts, und auch Teppiche. Im Saloon ging es jeden Abend lustig zu, und zu sehen, wie das Ganze ein großer Erfolg wurde, bereitete ihr große Freude.

Wenn sie etwas traurig machte, dann erinnerte sie sich daran, dass sie ihren Traum lebte. Es war nicht schwer, in Dawson glücklich zu sein; die Leute waren warmherzig und freundlich, und es verging kein Tag, ohne dass jemand etwas Ungeheuerliches tat, das sie alle zum Lachen brachte. Sie war vielleicht ein bisschen enttäuscht darüber, dass Theo und sie so wenig Zeit miteinander verbringen konnten, aber als der August kam und das kalte Wetter und die dunklen Tage bevorstanden, fuhren viele Leute mit den Schiffen weg, und sie wusste, dass sie demnächst wieder viel Zeit füreinander haben würden.

Sie wusste auch, dass sie sich einen Platz in den Geschichten erobert hatte, die man sich in Dawson erzählte. Es gab viele Geigenspieler in der Stadt, aber keiner war so gut wie sie, und es waren alles Männer. Außerdem hielt man sie für die hübscheste Frau in Dawson, etwas, auf das Theo und Jack sehr stolz waren.

Die Leute in Dawson mochten Geschichten, und die vielen, die sich um die Eldorado-Könige, um die Vermögen, die sie an den Spieltischen gewonnen und verloren hatten, und auch um nicht ganz so wichtige Leute rankten, hätten ganze Bücher füllen können. Es überraschte Beth kein bisschen, als sie feststellte, dass die Leute sich auch Geschichten über sie, Theo und Jack erzählten. Eines Abends hörte sie, wie ein Mann im Saloon einem anderen erzählte, dass Theo sie auf seinen Schultern über den Chilkoot Pass getragen hatte. Dann beschrieb er seinem Gegenüber, wie Sam im Miles Canyon gestorben war, als hätte er dabeigestanden, als es passierte.

Doch was die Leute am meisten faszinierte, schien ihr Verhältnis zu Theo und Jack zu sein, denn es hatte sich herumgesprochen, dass sie nicht mit Theo verheiratet war.

Sie war sich bewusst, dass viele der Tänzerinnen Theo schöne Augen machten. Sie konnte es ihnen nicht verübeln – er war attraktiv, charismatisch und jetzt auch noch reich, denn sie machten jede Menge Geld. Beth musste lächeln, wenn sie in ihren besten Kleidern ins Golden Nugget kamen, um zu versuchen, ihn in die Tanzlokale zu locken, in denen sie arbeiteten. Sie kannte Theo gut genug, um ziemlich sicher zu sein, dass er keine bloße Tänzerin erwählen würde, wenn er mit einer anderen Frau durchbrennen wollte.

An einem regnerischen Abend Anfang August kam ein Mann ins Golden Nugget, der nicht nur eine Geschichte zu erzählen hatte, sondern der eine Kette von Ereignissen auslöste, die für Beth alles veränderte.

Sie spielte Geige, als er hereinkam, ein großer Mann in einem schweren Mantel und mit einem breitkrempigen Hut, der ihr irgendwie bekannt vorkam, aber im Saloon war es zu dunkel und verraucht, um ihn richtig zu sehen.

Wie immer spielte sie für eine halbe Stunde und machte danach eine kurze Pause, und als sie an die Bar ging, um etwas zu trinken, hielt der Mann sie am Arm fest.

»Wie geht's denn so, Miss Gypsy?«, fragte er. »Ich hatte gehofft, dass ich Sie hier treffe.«

Als sie in sein Gesicht sah, erkannte sie ihn als Moss Atkins, einen von Soapys Gefolgsleuten aus Skagway. Er war oft ins Clancy's gekommen, wenn sie dort war, und obwohl sie noch nie mit ihm gesprochen hatte, kannte sie seinen Ruf, besonders grausam zu sein. Er hatte auch ein Gesicht, das man nicht übersehen konnte, denn seine Augen waren leuchtend blau und seine Wangen pockennarbig.

»Hallo Moss«, sagte sie. »Schön, Sie zu sehen. Sind Sie gerade erst angekommen?«

»Schon vor ein paar Tagen. Frage mich gerade, ob es schlauer wäre, wieder zu fahren, bevor der Fluss zufriert, oder ob ich den Winter bleiben und ein paar Geschäfte machen soll.«

»Ich glaube, in Skagway wären Sie erfolgreicher«, erwiderte sie lächelnd. »Die Mounties passen hier sehr gut auf. Keine Waffen, keine Betrügereien. Wenn die Sie bei irgendeiner krummen Sache erwischen, dann müssen Sie bis zu neunzig Tage Holz hacken.«

Es hieß, dass den meisten Leuten, die bei einem Verbrechen erwischt wurden, die Strafen egal waren, die man gegen sie verhängte – normalerweise konnten sie sich diese leisten. Aber die Strafe, Holz für die Gemeinde zu hacken, wirkte abschreckend. Es war langweilige, harte Arbeit, und die meisten flohen lieber aus der Stadt, als sie zu verrichten.

»Na, dann sollte ich vielleicht lieber wieder abhauen.« Er lachte freudlos. »Aber wohin, weiß ich nicht. In Skagway weht jetzt ein anderer Wind, seit Soapy erschossen wurde.«

»Soapy ist tot?«, rief Beth.

Wenn sie nicht so überrascht gewesen wäre, hätte sie vielleicht gemerkt, dass die Leute ihrem Gespräch lauschten. Aber sie war so begierig darauf zu erfahren, wie das alles passiert war, dass sie keinen Gedanken daran verschwendete, dass es weiser gewesen wäre, diskreter zu sein.

»Sie haben's noch nicht gehört? Schon am 8. Juli. Von Frank Reid an den Docks erschossen.«

»Aber warum?«, fragte sie, als ihr wieder einfiel, dass

Frank Reid ein eher harmloser Mann gewesen war, der mehr Interesse am Aufbau der Stadt als an Kämpfen gehabt hatte.

Moss erzählte dann sehr ausführlich, wie ein Goldgräber namens J. D. Steward mit Goldstaub im Wert von 2800 Dollar vom Yukon nach Skagway gekommen war. Es wurde gestohlen, und die Leute nahmen an, dass einer von Soapys Männern dahintersteckte. Die Händler in Skagway fürchteten, dass Goldgräber den Seeweg nehmen und die Stadt meiden könnten, wenn sich erst herumsprach, dass sie dort nicht mehr sicher waren, und dass ihnen dann lukrative Geschäfte entgehen würden. Man verlangte von Soapy, dass er Steward sein Gold sofort zurückgeben sollte, und die Leute in der Stadt begehrten gegen ihn auf.

»Das Ende vom Lied war, dass Soapy sich betrank, wütend wurde und mit einer Derringer im Ärmel, einem 45er Colt in der Tasche und einem Winchester-Gewehr über der Schulter runter zu den Docks ging«, erzählte ihr Moss. »Frank Reid war dort und sagte zu Soapy, er solle keinen Schritt weitergehen. Soapy hielt sein Gewehr an Reids Kopf. Reid schlug den Lauf mit der Hand weg und zog seinen eigenen Revolver aus dem Gürtel. Er feuerte, aber die Patrone war fehlerhaft, und Soapy drückte ebenfalls ab und traf Reid in den Bauch. Aber Reid schoss noch einmal, und dieses Mal traf er Soapy direkt ins Herz. Er war sofort tot.«

Beth keuchte, genauso wie die anderen, die in Hörweite standen, denn jeder in Dawson hatte von »Soapy« Jefferson Smith gehört, selbst wenn er auf dem Weg hierher gar nicht durch Skagway gekommen war.

Die Leute um sie herum fingen an, Moss Fragen zu stellen, und er freute sich sichtlich, derjenige zu sein, der die Nachricht nach Dawson brachte, und im Mittelpunkt des Interesses zu stehen. »Ja, Reid starb auch, aber ganz langsam und qualvoll. Zumindest war es bei Soapy kurz und schmerzlos.«

Theo und Jack kamen beide näher, genauso interessiert an so einer wichtigen Geschichte wie alle anderen. Moss hielt weiter Hof und berichtete, dass viele von Soapys Männern in die Berge geflohen seien, um nicht von der Bürgerwehr gefasst zu werden, die sie alle lynchen wollte.

»Vielleicht ist es ganz gut, dass Sie Soapy rechtzeitig verlassen haben«, sagte er plötzlich zu Beth. »Er hat mir erzählt, Sie wären sein Mädchen, aber ich schätze, Sie hatten die Nase voll von ihm. Vor allem, nachdem er angeordnet hatte, Ihren anderen Kerl zu erschießen.«

Beths Magen zog sich zusammen, und sie sah, wie Theos Gesicht sich anspannte. »Zwischen mir und Soapy war nichts«, sagte sie. »Und ich bin sicher, dass er nicht angeordnet hat, Theo zu erschießen. Das müssen Sie falsch verstanden haben.«

Moss lachte verächtlich. »Ich hab' das nicht falsch verstanden, Baby. Ich war da, als Soapy die Erschießung befohlen hat. ›Knallt den englischen Typen ab‹, hat er gesagt. ›Ich habe ein Auge auf seine Freundin geworfen.‹ Ich hab' Sie auch Dutzende Male mit ihm gesehen, und wenn das nicht bedeutet, dass da was zwischen Ihnen war, dann bin ich ein Holländer.«

An diesem Punkt mischte sich Jack ein und sagte, dass Beth weiterspielen solle. Kurz darauf verließ Moss den Saloon.

Der folgende Tag war ein Samstag, und da sie lange schliefen, mussten sie sich beeilen, um den Saloon am Mittag öffnen zu können. Beth merkte, dass Theo sich ihr gegenüber ein bisschen kühl verhielt, aber sie hatten so viel zu tun, dass sie keine Gelegenheit fand, das anzusprechen.

Am Sonntag wachten sie erst gegen Mittag auf, aber als

Beth sich an Theo schmiegte und davon ausging, dass er wie sonst mit ihr schlafen würde, stand er auf und zog sich an.

»Wo gehst du hin?«, fragte sie.

»Ich muss noch was erledigen«, erwiderte er knapp.

Nachdem er gegangen war, stand Beth am Fenster und blickte über die Front Street zum Fluss hinunter. Sie konnte spüren, dass der Winter nah war. Die Bäume auf den Bergen waren alle immergrün, also gab es keine Herbstfarben wie in England, Amerika und Montreal. Man hatte ihr erzählt, dass die Temperatur hier in den Wintermonaten auf fünfzig Grad unter den Gefrierpunkt fallen konnte, und bei dem Gedanken daran zitterte sie.

Vier Stunden später war Theo noch nicht zurück. Beth hatte die Zeit damit verbracht, einige kleinere Dinge zu erledigen, den Saum ihres Kleides zu nähen, etwas Wäsche zu waschen und einen Brief an die Langworthys zu schreiben. Draußen regnete es noch immer heftig, und sie konnte sich nicht vorstellen, wo Theo hingegangen sein konnte, denn die Läden hatten alle geschlossen.

Jack und sie kochten sich später etwas in der Küche und blieben danach unten, weil es am Herd warm war.

»Er ist wütend über das, was Moss gesagt hat«, platzte Beth später heraus. »Aber ich verstehe nicht, warum er mir das ankreidet. Schließlich war er derjenige, der etwas mit dieser Hure aus dem Red Onion angefangen hat, und ich habe mich um ihn gekümmert, als er angeschossen wurde.«

»Ich würde niemandem glauben, der für Soapy Smith gearbeitet hat«, entgegnete Jack. »Und ich wäre überrascht, wenn Theo es täte. Aber gestern Abend haben alle in der Stadt darüber gesprochen, und mehrere Leute haben sich über ihn lustig gemacht. Ich schätze, dass er deswegen ein bisschen sauer ist.«

Theo kam an diesem Abend nicht nach Hause. Am Montag erschien er am Mittag, um den Saloon zu öffnen, erklärte jedoch nicht, wo er gewesen war. Da er nicht mehr wütend zu sein schien und nur ein bisschen still war, ließ Beth ihn in Ruhe und ging einkaufen.

Sie war zwei Stunden weg, und als sie zum Golden Nugget zurückging, hörte sie das jetzt schon vertraute Geräusch des Dampfhorns des abfahrenden Schiffs. Als sie in die Front Street einbog, waren dort viele Menschen versammelt, die zum Abschied winkten, und sie winkte ebenfalls, so wie es die Leute machten, wenn sie in der Nähe waren.

Als Beth zurückkam, sagte Jack, dass Theo mit den Einnahmen zur Bank gegangen sei. Eine Stunde verging, dann noch eine, und er war noch immer nicht zurück.

»Er wird irgendwo bei einem Pokerspiel sein. Lass uns nur hoffen, dass er die Einnahmen zuerst zur Bank gebracht hat«, sagte Jack lachend.

Es war kurz nach sieben, als Wilf Donahue, besser bekannt als »One Eye« – er hatte ein Glasauge –, in den Saloon kam. Er war Stammgast im Golden Nugget, obwohl ihm ein ähnlicher Laden an der King Street gehörte. Beth fand den rundlichen, rotgesichtigen Mann aus Kansas grobschlächtig und plump vertraulich, aber Jack und Theo fanden ihn amüsant und behaupteten, er sei eben ein Mann.

»Ich will, dass du da raufgehst und spielst, mein Mädchen«, sagte Wilf zu Beth und deutete auf das kleine Podest, auf dem sie bei ihren Auftritten normalerweise stand. »Ohne Musik kommen keine Gäste rein.«

»Seit wann bestimmen Sie denn, was hier passiert?«, fragte sie leichthin, weil sie annahm, dass das ein Scherz sein sollte.

»Seit ich diesen Laden um zwei Uhr heute Nachmittag gekauft habe«, erwiderte er.

32

»Wo sollen Jack und ich denn schlafen?«, wollte Beth am nächsten Tag aufgebracht von One Eye wissen. Sie kochte vor Wut, denn sie hatte gerade zufällig gehört, wie er Dolores und Mary, zwei der Saloon-Mädchen, gesagt hatte, dass sie oben einziehen könnten.

»Ich werde dir dein Zimmer nicht wegnehmen, solange du mir nicht ständig dumm kommst«, antwortete er. Er stand halb abgewandt von ihr, und sein gesundes Auge sah in ihre Richtung, während das Glasauge blind geradeaus starrte. »Jack wird allerdings runter in die Küche ziehen müssen, denn ich habe sein Zimmer zwei anderen Mädchen versprochen.«

Beth hatte das Gefühl, gleich zu explodieren, aber sie wagte es nicht aus Angst, dass er Jack und sie rausschmeißen könnte. »Das ist nicht richtig, Mr Donahue«, flehte sie. »Jack hat dieses Haus gebaut, und es ist unser Zuhause. Tun Sie uns das nicht an! Es war schlimm genug zu erfahren, dass Theo Ihnen das Haus verkauft hat, ohne uns ein Wort davon zu sagen.«

Am Tag zuvor hatten Jack und sie zuerst gedacht, One Eye wolle sie auf den Arm nehmen, als er behauptete, er habe den Saloon gekauft. Er war bekannt für seine Scherze, und jedes Mal, wenn er in der Vergangenheit in einem auffälligen karierten Anzug und einem mit Federn dekorierten Stetson-Hut ins Golden Nugget gekommen war, hatte er irgendetwas

Lächerliches behauptet. Er neigte auch dazu, mit Geld um sich zu werfen, und obwohl sie ihn für einen Narren hielten, hatten sie doch geglaubt, er sei harmlos.

Aber zu ihrem Entsetzen und ihrer Bestürzung zog One Eye einen Vertrag aus der Tasche, aufgesetzt von einem Anwalt hier in Dawson und von Theo unterzeichnet, in dem stand, dass er den Saloon mit allem, was dazugehörte, für achtzigtausend Dollar gekauft hatte.

Sie hatten es erstaunlich gefunden, dass Theo so skrupellos gewesen war, diesen Deal am Sonntag einzufädeln, aber zu feige, nachts nach Hause zu kommen und ihnen in die Augen zu sehen. Doch er hatte den Nerv besessen, am Montag, nachdem er den Vertrag unterzeichnet und den Bankscheck eingelöst hatte, zurückzukommen und die Einnahmen und ein paar heimlich zusammengepackte Sachen mitzunehmen. Er hatte sich sogar noch gut gelaunt mit Jack unterhalten und ihn daran erinnert, dass sie noch mehr Whiskey brauchten, und war dann ohne Hast gegangen, um mit dem Dampfer wegzufahren – ironischerweise mit genau jenem, dem Beth gewinkt hatte.

Jack schäumte vor Wut; ohne ihn hätte Theo den Saloon nicht bauen können. Doch das Schimmern von Tränen in seinen Augen zeigte Beth, dass es ihn am meisten traf, sich so in Theo getäuscht zu haben. Er hatte gedacht, er und Theo seien wie Brüder, und konnte einfach nicht glauben, dass er ihn so hintergangen hatte.

Beth erkannte, wie umfassend dieser Betrug war. Egal, was passiert wäre, sie hätte immer zu Theo gestanden, selbst wenn er den Saloon in einem Pokerspiel verloren hätte. Vielleicht war ihr Verhältnis in letzter Zeit etwas abgekühlt, aber sie liebte ihn immer noch und war davon ausgegangen, dass er diese Liebe erwiderte. Aber festzustellen, dass er einfach gegangen war, nach allem, was sie zusammen durchgemacht und einander bedeutet hatten, dass ihm das Geld wichtiger war als sie, war einfach niederschmetternd.

Rechtlich hatten sie natürlich keinerlei Ansprüche. Das Grundstück gehörte Theo, und er hatte nie ein Schriftstück aufgesetzt, das seine Partner am Saloon beteiligte, obwohl er immer erklärt hatte, das tun zu wollen. Wenn One Eye sich dazu entschloss, Jack und sie rauszuschmeißen, dann war er rechtlich dazu befugt.

Aber noch schlimmer war, dass sie auch noch dankbar dafür sein mussten, dass er sie weiterbeschäftigte und ihnen ein Dach über dem Kopf gab.

Seit der Eröffnung des Golden Nugget hatten sie nicht einmal richtigen Lohn bekommen, und Jack war nie für den Bau des Gebäudes bezahlt worden. Sie hatten nur hier und da ein paar Dollar bekommen, wenn sie etwas brauchten, weil sie naiverweise davon ausgegangen waren, dass das Geld, das der Saloon abwarf, ihnen allen gehörte, genauso wie sie in der Vergangenheit alles miteinander geteilt hatten.

One Eye betrachtete Beth mit kalter Berechnung. Ihm gefiel der verletzte und wütende Ausdruck in ihren Augen nicht; Frauen, die sich ungerecht behandelt fühlten, machten immer Ärger. Er musste einen Weg finden, um sie zu beruhigen, denn er wusste nur zu gut, dass sie die eigentliche Attraktion des Golden Nugget war. Tatsächlich hatte er sich nur wegen ihr für den Laden interessiert. Smarte Kartengeber, Tänzerinnen und geschickte Barkeeper gab es genauso viele wie Betrunkene. Aber hübsche Geigerinnen waren so selten wie ein gezähmter Grizzlybär.

Er wusste, dass er sie noch eine Woche bei Laune halten

musste, bis der Fluss zugefroren war. Dann hatte sie keine andere Wahl mehr, als den Winter über zu bleiben. Und wenn er Cockney Jack loswerden konnte, ohne sie gegen sich aufzubringen, würde er sie vielleicht irgendwann auch in sein Bett kriegen.

»Hör zu, meine kleine Gypsy Queen«, sagte er in beschwichtigendem Tonfall. »Es tut mir leid, dass dein Freund dich verlassen hat; er ist ein Lump, weil er dir das angetan hat. Aber ich habe für diesen Laden viel Geld bezahlt, und jetzt muss er etwas abwerfen. Deshalb muss ich diese beiden Zimmer vermieten. Aber ich sage dir was, ich lasse den Hut rumgehen, wenn du spielst, und du kannst alles behalten, was reingeworfen wird. Wie klingt das?«

Beth war noch zu geschockt, um weiter zu protestieren. Ohne Theo würde es sowieso kein richtiges Heim mehr für sie sein, also nahm sie an, dass es keine Rolle spielte, ob vier Frauen bei ihnen einzogen.

Wie immer beruhigte sie das Geigespielen an diesem Abend. Vielleicht schaffte sie es nicht, die Leute dazu zu bringen, aufzustehen und zu tanzen – tatsächlich hatten einige im Publikum bei ihren traurigen Melodien Tränen in den Augen. Aber als der Hut herumging und wieder bei ihr ankam, zählte sie über fünfunddreißig Dollar, die Bestätigung, dass sie ein einmaliges Talent besaß, durch das sie niemals würde hungern müssen.

Es war ein ruhiger Abend, und One Eye ließ sie um ein Uhr schließen, weil nur wenige Leute kamen. Die Frauen sollten erst am nächsten Tag einziehen, deshalb nahm Jack sich eine Flasche Whiskey und erklärte, dass sie ihren Kummer damit ertränken könnten.

»Ich wette, Theo hatte diesen Deal mit One Eye schon länger geplant, aber nicht den Mut, es durchzuziehen«, sagte Jack ein bisschen später, als sie mit der Decke über den Beinen an den beiden Enden von Beths Bett saßen und tranken. »Und als er dann hörte, wie dieser Kerl über Soapy Smith und dich sprach, sah er darin die perfekte Möglichkeit zu gehen, ohne wie ein totaler Schuft dazustehen.«

»Aber das bedeutet, dass ich ihm schon lange nichts mehr bedeutet habe«, sagte Beth und musste erneut mit den Tränen kämpfen. »Warum konnte er das denn nicht zugeben?«

»Ich bezweifle, dass es daran lag. Er war durch und durch ein Spieler«, erinnerte Jack sie. »Ich wette, dass er nur an das Geld dachte, das er dann besitzen würde. Alles in allem müssen es mit den Einnahmen und allem, was noch auf der Bank war, mehr als achtzigtausend gewesen sein. Das reicht für jede Menge Pokerspiele. Oder vielleicht hat er das Geld auch einfach als einen großen Gewinn gesehen und geglaubt, aussteigen zu müssen, solange das Glück ihm noch hold war.«

»Aber ich habe immer zu ihm gehalten. Er hat gesagt, dass er mich liebt, und er hat gewusst, dass ich überall mit ihm hingegangen wäre. Warum wollte er mich nicht mitnehmen?«

»Ich weiß es nicht, Beth.« Jack schüttelte verwirrt den Kopf. »Aber erinnere dich doch daran, wie es war, seit wir Philadelphia verlassen haben. Sam und ich mussten ihn immer mit durchbringen. Sicher, er hat seine Gewinne mit uns geteilt, aber ohne uns wäre er niemals durch Kanada gekommen, und hierher schon gar nicht. Vielleicht war ihm das klar, und es war ihm unangenehm. Mit dem Geld durchzubrennen könnte ihm das Gefühl gegeben haben, frei zu sein.«

»Und jetzt wird er sich irgendeine Frau aus der gehobenen Gesellschaft suchen, die ihm nicht peinlich sein muss«, sagte sie verbittert. »Denk doch nur, wie er in Montreal war, immer auf der Suche nach Leuten mit Rang und Namen, mit denen er zusammen sein konnte. Es war ihm egal, dass ich in einer Fabrik arbeiten und in einer armseligen Hütte leben musste. Ich wette, er war froh, als ich die Fehlgeburt hatte und der Doktor sagte, ich könne keine Kinder mehr bekommen. Auf diese Weise musste er keine Verantwortung übernehmen. Was für eine Närrin ich war!«

Jack nahm ihre Hand und drückte sie mitfühlend. Aber er widersprach ihr nicht, indem er sagte, dass sie sich irre.

»Ich hoffe wirklich, dass er das ganze Geld beim nächsten Spiel verliert«, sagte sie wütend. »Wenn er in der Gosse liegt und nichts mehr hat, dann hoffe ich, dass er auf Knien zu mir zurückgekrochen kommt. Und dann trete ich ihm ins Gesicht.«

Sie tranken schweigend noch eine Weile weiter, beide in ihre verbitterten Gedanken vertieft.

»War da was zwischen Soapy und dir?«, fragte Jack später. »Ich weiß, du hast eine Nacht mit ihm verbracht, aber war da mehr zwischen euch?«

»Nein, aber da hätte mehr sein können.« Sie seufzte, dann erzählte sie Jack, wie sie Soapy kennengelernt und wie sie an ihrem letzten Tag in Skagway noch etwas mit ihm getrunken hatte und dass sie später mit ihm auf seinem Pferd nach Dyea geritten war. »Ich mochte ihn sehr, aber wie es scheint, war es richtig, mich nicht für ihn zu entscheiden. Er war genauso wie Theo, oder? Glaubst du, es stimmt, dass Soapy jemandem befohlen hat, ihn zu töten?«

»Ich denke, es wäre möglich, aber ich bezweifle, dass es dabei um dich ging. Ich schätze, Theo ist ihm in die Quere gekommen. Sie waren sich sehr ähnlich, beide Betrüger. Ich meine, nicht nur beim Kartenspielen und bei Frauen, sondern in allem. Sie benutzten ihren Charme, um sich die Leute gefügig zu machen und sie anschließend auszunutzen. Theo hat mich getäuscht, so viel steht fest, und was mir wirklich gegen den Strich geht, ist, dass ich für ihn gestorben wäre.«

Mitte Oktober war es in Dawson sehr viel ruhiger. Es war Schnee gefallen, und der fest zugefrorene Yukon wurde nur von Schlittenhunden benutzt, die Vorräte zu den Goldminen brachten oder Feuerholz holten.

Die Leute, die im Juni gekommen und wie verlorene Seelen durch den Schlamm gelaufen waren, hatten fast alle die Rückreise angetreten, solange das noch möglich war. Jetzt, wo keine Schiffe mehr Leute herbrachten oder mitnahmen, war das Ufer verlassen. Rauch stieg aus Tausenden von Kaminen auf und schuf einen grauen Nebel vor einem noch graueren Himmel.

An den unteren Berghängen um Dawson herum standen keine Bäume mehr, und die schwarzen Stümpfe sahen aus wie verfaulende Zähne. Unter den Leuten, die noch immer in Zelten lebten, breiteten sich Krankheiten aus. Die Stadt war auf Sumpfland gebaut, und während des heißen Sommers forderten wegen der fehlenden Abflüsse und sanitären Anlagen Seuchen wie Typhus, Ruhr und Malaria viele Opfer. Skorbut trat ebenfalls immer öfter auf, genauso wie Fälle von Lungenentzündung und schlimmer Husten.

Die Bewohner der Front Street nahmen die Not der ärmeren Einwohner gar nicht wahr oder interessierten sich nicht dafür, denn sie konnten es sich leisten, Feuer in ihren Boilern, Kaminen und Öfen zu entzünden und die Plumpsklos zu leeren, und ihre Vorratskammern waren immer gut gefüllt. Die Elektrizität hatte Einzug gehalten, ebenso wie das Telefon, und für diejenigen mit genügend Geld war Dawson genauso lustig und farbenfroh wie Paris, selbst wenn es bitterkalt war.

Beth stellte dagegen fest, dass sie das Elend der Armen und Kranken nicht ignorieren konnte. Jeden Tag kochte sie einen großen Topf Suppe und brachte ihn auf einem Schlitten zu Vater William Judge, einem zierlichen, ausgezehrten Priester, der ein kleines Hospital am Fuße des Hügels am Nordende von Dawson führte.

Für sie war Vater Judge ein Heiliger. Er arbeitete unermüdlich von frühmorgens bis spätabends und trug trotz der extremen Kälte nur eine abgewetzte Soutane. Beth nahm an, dass seine Krankenschwestern nicht so selbstlos waren und die im Sterben liegenden Patienten bestahlen, deshalb blieb sie immer so lange, bis die Kranken die Suppe gegessen hatten, um sicher zu sein, dass sie nicht weggebracht und anderswo mit Gewinn verkauft wurde.

Jack war auch zunehmend desillusioniert darüber, wie die Dinge in Dawson liefen. Die meisten Leute katzbuckelten vor den Reichen und bewunderten die extravagante Zurschaustellung ihres Reichtums, während sie dafür sorgten, dass ein Teil davon bei ihnen landete. Er fand es abstoßend, dass viele der reichsten Leute in der Stadt die Armen ausbeuteten, ihnen nur einen Hungerlohn für das Wäschewaschen, das Holzhacken und andere Hilfsarbeiten zahlten. Wenn One Eye ihm befahl, Leute aus dem Saloon zu werfen, die lange über einem einzigen Drink saßen, um sich etwas aufzuwärmen, dann weigerte Jack sich. Er wusste, dass einige dieser Männer in ihren Zelten und ungeheizten Hütten erfrieren würden, und er war der Ansicht, dass One Eye etwas christliche Nächstenliebe zeigen sollte.

Die beiden Männer stritten oft, denn One Eye hatte kein Verständnis für Jacks Ehrlichkeit und seine Menschlichkeit.

»Ich muss hier weg«, sagte Jack schließlich eines Abends im November zu Beth, nachdem sie den Saloon geschlossen hatten. »Wenn nicht, dann werde ich irgendwann die Geduld verlieren und One Eye angreifen. Er verdünnt den Whiskey mit Wasser, er hat die Mädchen zu Huren gemacht und nimmt sich fast das ganze Geld, das sie verdienen, und ich glaube, er betrügt auch beim Kartenspiel. Ich kann nicht länger danebenstehen und dabei mitmachen.«

Beth war auch entsetzt gewesen, als sie sah, wie die vier Saloon-Mädchen anfingen, an den Abenden mit Männern nach oben zu gehen; sie waren zwar nicht unschuldig gewesen, als Theo sie einstellte, aber auch keine Huren. Dolores hatte ihr anvertraut, dass One Eye ihnen gedroht hatte, sie zu feuern, falls sie sich weigerten, mit Männern mitzugehen, wenn er es ihnen sagte.

Er hatte die Mädchen in der Hand, und sie taten Beth unendlich leid. Keine von ihnen war besonders hübsch oder schlau, und da alle anderen Saloons schon genug Mädchen hatten, würden sie nirgendwo anders Arbeit finden. Das Einzige, auf das sie hoffen konnten, war, dass einer der Goldgräber sie als »Winterfrau« zu sich nahm, um ihm das Bett zu wärmen und für ihn zu kochen. Aber eine kalte, primitive Hütte am Stadtrand, ohne eigenes Geld und mit einem Mann, den sie nicht liebten, war vermutlich genauso schlimm, wie eine Hure zu sein.

»Wohin willst du gehen?«, wollte Beth von Jack wissen. Die Aussicht, ihn zu verlieren, legte sich wie eine eiserne Faust um ihr Herz. Sie hatte geglaubt, über den Tod von Sam und Molly hinweg zu sein, aber als Theo sie verließ, war es, als wären alle traurigen Ereignisse der Vergangenheit schlagartig wieder da. Ohne Jack, ihren einzigen wirklich treuen Freund, wäre sie zusammengebrochen und vielleicht versucht gewesen, allem ein Ende zu setzen, genauso wie es andere sitzengelassene Frauen getan hatten.

Aber schon seit Wochen war sie sich bewusst, dass Jack One Eye hasste und verachtete, und es wäre nicht richtig gewesen, ihn aus reiner Selbstsucht zu bitten, bei ihr zu bleiben.

»Raus nach Bonanza, zu den Goldfeldern.« Er zuckte mit den Schultern. »Da gibt es jede Menge Arbeit.«

»Aber das Leben da draußen ist so hart«, protestierte sie.

»Nicht so hart, wie vor dem alten One Eye zu katzbuckeln«, erwiderte er mit einem Grinsen. »Ich komme zurück, wenn das Eis im Frühling schmilzt, und wenn dich bis dahin nicht irgendein reicher und attraktiver Mann erobert hat, dann sind wir ja vielleicht so weit, in die Welt da draußen zurückzukehren.«

Beth lächelte schwach. Sie konnte an dem Glitzern in Jacks Augen sehen, dass er sich sogar darauf freute, in Bonanza zu arbeiten. Er hatte nie Angst vor schwerer Arbeit oder rauen Lebensumständen gehabt, und er hatte mehr mit den Goldgräbern gemeinsam als mit den Spielern, Parasiten und feinen Pinkeln hier in Dawson. Es war nur Theos Einfluss gewesen, der ihn Barkeeper hatte werden lassen, und eigentlich konnte er viel mehr als das.

»Ich habe kein Interesse an Liebesaffären, aber ich weiß, dass ich dich schrecklich vermissen werde.« Sie umarmte ihn fest. »Pass auf dich auf, und gib jemandem Nachrichten mit, damit ich weiß, wie es dir geht.«

Jack fuhr zwei Tage später mit einem Goldgräber namens Cal Burgess auf dem Hundeschlitten mit. Beth ging hinunter zum vereisten Ufer, um ihm zum Abschied zu winken. Sie lächelte, obwohl sie weinen wollte. Die Malamuts bellten wild und zogen an ihren Geschirren, weil sie los wollten. Als Cal hinten auf den Schlitten sprang und den Hunden ein Zeichen gab, schossen sie begierig nach vorn.

Jack wandte sich um, das Gesicht halb verdeckt von seiner mit Wolfsfell besetzten Kapuze, und hob die behandschuhte Hand, aber weil sein Mund eine gerade Linie bildete, nahm sie an, dass er sie nur ungern zurückließ.

Es *war* furchtbar gewesen, als Theo sie verlassen hatte. Sie hatte sich bloßgestellt und gedemütigt gefühlt, und all ihre Hoffnungen und Träume waren zerbrochen. Aber sie hatte ihre Beziehung irgendwann noch einmal nüchtern Revue passieren lassen, seine vielen Fehler und die Enttäuschungen aufgelistet, die er ihr bereitet hatte, und eingesehen, dass er immer nur auf die große Chance aus gewesen war. Sie hätte es wirklich besser wissen müssen, als ihm blind zu vertrauen.

Aber es gab kein solches Gefühl, mit dem sie sich über die Traurigkeit hätte hinwegtrösten können, dass Jack weiterzog. Kaum eine Stunde verging, in der sie ihn nicht vermisste. Als sie sich die erste Tasse Kaffee des Tages machte, stellte sie sich sein verschlafenes Gesicht am Morgen vor, mit den schwarzen Bartstoppeln, und sein strahlendes Lächeln, wenn sie ihn weckte. Später, als der Saloon öffnete, erinnerte sie sich daran, wie sie in ruhigen Zeiten auf einem Barhocker gesessen und mit ihm geredet hatte, während er die Regale putzte und die Gläser polierte.

Und sie hatten so viel über die Gäste gelacht. Jack konnte ihr seine Meinung über eine sehr große Nase, einen Sprachfehler, einen zwanghaften Lügner oder irgendetwas anderes dieser Art durch ein Lächeln oder eine gehobene Augenbraue mitteilen. Manchmal konnte sie das Lachen nicht unterdrücken und musste sich hinter die Bar hocken oder nach hinten laufen, aus Angst, nach einer Erklärung gefragt zu werden.

Aber es waren die Abende, an denen sie ihn am meisten vermisste, denn sie waren immer gegen sechs Uhr essen gegangen. Wenn sie zurückkamen, hatte sie sich umgezogen und sich die Haare aufgesteckt, und später, wenn sie in den Saloon kam, um zu spielen, hatte er immer einen bewundernden Pfiff ausgestoßen. Er war immer da gewesen, hatte sie immer bewundert und unterstützt, war immer der Freund gewesen, der sie niemals im Stich ließ. Mit ihm hatte sie jederzeit reden können, Tag und Nacht, und er hatte auch einfach schweigend mit ihr zusammengesessen, wenn es das war, was sie wollte.

Und so war es immer schon gewesen. Wenn er sie nicht gedrängt hätte, ins Heaney's zu gehen, dann hätte sie vielleicht nie öffentlich gespielt, sondern sich einen Job als Verkäuferin gesucht. Er war nicht gegangen, als sie ihn für Theo verließ, und trotz all der Frauen, die es seitdem in seinem Leben gegeben hatte, und es waren viele gewesen, hatte er nie zugelassen, dass sich eine davon zwischen sie drängte.

Er hatte sie nach ihrer Fehlgeburt bestärkt und getröstet und sich in Skagway um alles gekümmert. Er hatte sie über den Chilkoot Pass gebracht. Er hatte mit ihr um Sam getrauert und verstanden, wie sehr Mollys Tod sie traf. Er hatte sogar mit ihr gelitten, als Theo sie verließ.

Aber jetzt war er in sein eigenes Leben aufgebrochen, und sosehr sie ihn auch vermisste, sie freute sich für ihn. Er hatte Sam, Theo und sie viel zu lange unterstützt; es wurde Zeit, dass er seine Energie und seine Fähigkeiten für sich selbst nutzte.

Und ihr wurde klar, dass sie dasselbe tun musste.

Von dem Moment an, als sie Theo kennenlernte und ihm

ihr Herz schenkte, hatte sie ihr Leben praktisch in seine Hände gelegt. Sie hatte sich nie gefragt, ob sie wirklich Teil seiner grandiosen Pläne sein wollte; tatsächlich hatte sie sogar verlernt, selbst welche zu schmieden. Im Rückblick kam es ihr unglaublich vor, dass sie so viele tausend Meilen gereist war und so viele Beschwernisse auf sich genommen hatte, nur um an seiner Seite zu sein.

Ein paar Wochen nach Jacks Weggang kämmte sie sich eines Morgens in ihrem Zimmer das Haar, als ihr plötzlich klar wurde, dass One Eye sie genauso benutzte wie Heaney in New York. Die Tatsache, dass sie das Geld aus dem Hut nahm und ihm dankbar dafür war, dass er sie in ihrem Zimmer wohnen ließ, spielte ihm in die Hände. Sie wurde ausgenutzt, und wenn sie nicht aufpasste, dann saß sie genauso in der Falle wie Dolores und die anderen Mädchen aus dem Saloon.

Sie verdiente ungefähr zweihundert Dollar pro Woche, aber die hohen Lebenshaltungskosten in Dawson fraßen einen Großteil davon auf, denn sie hatte sich neue Kleider, einen Pelzmantel, um sie draußen zu wärmen, und dicke, pelzgefütterte Stiefel gekauft.

In der ganzen Aufregung, hier anzukommen und Teil des Wahnsinns von Dawson zu sein, war ihr der Grund entfallen, wieso sie überhaupt auf diese gefährliche Reise gegangen waren. Eigentlich hatten sie hier ein Vermögen verdienen wollen.

Theo hatte das getan, aber alles, was Beth als Lohn für ihre harte Arbeit vorweisen konnte, waren Ersparnisse von hundertsechzig Dollar. Damit würde sie nicht weit kommen.

»Komm schon, Schätzchen, gib mir einen Kuss!«

Beth wich angewidert zurück, als One Eye betrunken nach

ihr griff. Er trug seinen gelb-schwarz karierten Anzug, und die Weste saß so eng, dass ein Teil seines Bauches darunter hervorlugte. Sein Gesicht war rot und glänzte vor Schweiß, und sein Atem stank.

Es war vier Uhr morgens, und es war sehr viel zu tun gewesen, denn es hatte ein Pokerspiel mit hohen Einsätzen stattgefunden. Wie immer hatte One Eye den ganzen Abend an einem Tisch gesessen und mit seinen Kumpanen getrunken und sich nur umgedreht, um noch mehr Drinks zu bestellen oder um eine der Huren aus der Paradise Alley zu befummeln, die in letzter Zeit oft hierherkamen.

Das Pokerspiel war seit einer Stunde vorbei. Alle Spieler waren nach Hause gegangen, und die einzigen verbliebenen Gäste waren sieben Männer, die so betrunken waren, dass sie entweder mit den Köpfen auf den Tischen schliefen oder auf ihren Stühlen gefährlich schwankten.

Der derzeitige Barkeeper, der als Sly, das Schlitzohr, bekannt war – was ein passender Name für einen Mann war, der sich, da war Beth sicher, den Preis für viele Drinks in die eigene Tasche steckte –, wollte gerne schließen und nach Hause gehen. Er hatte Beth gebeten, ihm zu helfen, und als sie zu One Eye ging und ihm vorschlug, die Betrunkenen hinauszuwerfen, war dieser aufgestanden.

Aber er hatte niemanden rausgeworfen; stattdessen versuchte er, sich an sie heranzumachen.

Plötzlich wusste Beth, dass sie sich gegen ihn durchsetzen musste.

»Verzieh dich, du ekelhafter Widerling«, fuhr sie ihn an. »Ich bin nicht deine Frau. Wenn du mich auch nur berührst, dann wirst du es bereuen.«

»Wenn du so mit mir redest, dann werfe ich dich auf die Straße«, lallte er.

Sie betrachtete ihn wütend, während er schwankend vor ihr stand, und dieses Mal erinnerte sie sich daran, dass sie in der Stadt beliebt war, während die Leute über ihn lachten. »Wirf diese Leute da raus«, sagte sie und deutete auf die Betrunkenen. »Und dann geh nach Hause. Ich werde mich morgen mit dir befassen.«

Sie stolzierte die Treppe hinauf und schloss die Tür hinter sich ab. Sie bezweifelte, dass One Eye nach Hause gehen oder die Betrunkenen hinauswerfen würde, denn trotz all seiner großen Reden war er eigentlich ein schwacher Mann. Es war gut möglich, dass sie alle am Morgen noch da sein und bewusstlos auf dem Boden im Saloon liegen würden.

Es war jetzt Anfang Dezember und so kalt, dass der Schnee auf den Straßen so hart wie Stein war und das Atmen schmerzte. Sie hatte ihren Entschluss von vor zwei Wochen nur deshalb noch nicht in die Tat umgesetzt, weil es in ihrem Zimmer über dem Golden Nugget so warm und gemütlich war. Sie fühlte sich dort sicher, obwohl sie One Eye verachtete. Aber diese Sicherheit existierte nicht mehr, wenn er sie plötzlich als sein Eigentum betrachtete. Er war heute Abend sehr betrunken gewesen, aber nüchtern war er noch viel gefährlicher. Sie traute ihm zu, dass er sich ihr aufzwingen würde oder dass er ihr irgendeine kriminelle Tat anhängen würde, um sich für ihre Abfuhr zu rächen.

Die restliche Nacht machte sie kaum ein Auge zu, denn jedes Knarren im Haus ließ sie denken, der Mann käme die Treppe hinauf. Um neun Uhr schließlich stand sie auf.

Zuerst ging sie in den Saloon und stellte fest, dass alle Männer auf dem Boden lagen. One Eye umklammerte noch immer eine Flasche Whiskey, sein Mund stand offen, und er schnarchte laut. Der Gestank ließ sie würgen; es war nicht nur das Erbrochene auf dem Boden, sondern etwas noch Widerlicheres.

Sie schloss die Tür wieder, zog sich ihren Mantel an, setzte sich ihren Pelzhut auf und verließ das Gebäude durch die Hintertür.

Sonst vermied sie es, an Theo zu denken, doch jetzt konnte sie nicht anders. Denn sie wusste, wie entsetzt er über das gewesen wäre, was sie gerade gesehen hatte. Er hatte immer gewissenhaft darauf geachtet, dass die Männer nichts mehr zu trinken bekamen, wenn sie nicht mehr wussten, was sie taten. Wenn ein Mann so aussah, als wenn er gleich zusammenbrechen würde, befahl er den Freunden des Mannes, ihn nach Hause zu bringen, damit er seinen Rausch ausschlafen konnte. Bei ihm hätte niemand betrunken auf dem Boden gelegen.

Die Saloons hatten noch nicht geöffnet, deshalb ging sie in ein Café in der Kind Street und bestellte sich Frühstück.

Um elf Uhr betrat sie das Monte Carlo. »Ich möchte mit Mr Fallon sprechen«, sagte sie zu dem jungen Mann, der den Boden fegte. »Sagen Sie ihm, Gypsy will ihn sprechen.«

Das Monte Carlo hatte mehrmals den Besitzer gewechselt, seit sie im letzten Juni dort gespielt hatte, und mit jedem neuen Besitzer war es mit Spiegeln, Kerzenleuchtern, Ölbildern und Teppichen prunkvoller ausgestattet worden. Es hieß, der derzeitige Besitzer, John Fallon, sei ein Südstaaten-Gentleman und habe noch größere Pläne für den Saloon. Beth war ihm noch nie begegnet, aber sie vertraute darauf, dass er von ihr gehört hatte.

»Er liegt noch im Bett«, sagte der junge Mann.

»Dann soll er aufstehen«, erklärte sie ihm knapp. »Ich habe nachher noch andere Verabredungen.«

Er verschwand nach hinten, und sie hörte seine Schritte auf

der Treppe. Ein paar Minuten später hörte sie die Schritte erneut, und sie wurde mutlos, weil sie davon ausging, dass Fallon ihn wieder heruntergeschickt hatte, um ihr auszurichten, dass er für niemanden aufstand.

Aber zu ihrer Überraschung war es nicht der junge Mann, sondern ein Mann Ende dreißig. Sein Haar war zerzaust, und er trug ein Smokingjackett aus Satin über einem ziemlich dreckigen kragenlosen Hemd.

»John Fallon, zu Ihren Diensten, Mam«, begrüßte er sie, nahm ihre Hand und küsste sie. »Bitte entschuldigen Sie meinen Aufzug. Hätte ich gewusst, dass die Klondike Gypsy Queen mich besucht, hätte ich mich in Schale geworfen und Sie schon erwartet.«

Beth war hocherfreut, dass die Gerüchte, die sie gehört hatte, stimmten und er wirklich ein Südstaaten-Gentleman war.

»Ich bin es, die sich entschuldigen sollte, dafür, dass ich Sie so früh störe«, sagte sie.

»Es ist mir eine Ehre, Sie kennenzulernen, Mam.« Er lächelte. »Ich bin ein großer Bewunderer Ihrer Musik. Ich habe schon oft vor dem Golden Nugget gestanden und Ihnen zugehört. Zu Hause in Virginia haben wir auch gute Geiger, aber ich glaube nicht, dass ich schon mal jemanden besser spielen gehört habe als Sie.«

Beths Herz klopfte ein bisschen schneller. »Danke, Sir«, sagte sie atemlos. »Dann bin ich hier vielleicht richtig.«

Sein breites Lächeln und der interessierte Ausdruck in seinen blassblauen Augen ließen sie die Nerven behalten. »Sehen Sie, ich suche nach einem Saloon, in dem ich auftreten kann. Und das Monte Carlo würde mir gut gefallen, vorausgesetzt, dass Sie mit meinen Bedingungen einverstanden sind.«

»Vielleicht sagen Sie mir, welche das sind?« Sein Lächeln wurde zu einem listigen Grinsen.

»Fünfzig Dollar pro Abend plus alles, was die Leute in den Hut werfen. Und ich brauche ein Zimmer.«

Er sog die Luft ein. »Fünfzig Dollar pro Abend ist zu viel. Ich könnte Ihnen fünfundzwanzig geben.«

Beth wäre auch bereit gewesen, für fünfzehn Dollar zu spielen, aber dass er ihr mehr anbot, machte sie mutiger.

»Es tut mir leid, Mr Fallon, aber dann kann ich nicht für Sie spielen«, sagte sie, drehte sich um und ging zur Tür.

Sie wollte sie gerade aufdrücken, als er hustete. »Vielleicht könnte ich auf fünfunddreißig gehen«, sagte er.

Beth wandte sich zu ihm um. »Kommen Sie schon, Mr Fallon. Sie möchten doch nicht, dass ich im Criterion spiele, oder? Wenn Sie mir fünfundvierzig geben, dann gehe ich dort gar nicht erst hin. Vorausgesetzt, Sie geben mir ein anständiges Zimmer.«

Er zögerte nur eine Sekunde lang. »Einverstanden«, sagte er und kam zu ihr, um ihr die Hand zu schütteln. »Wann können Sie anfangen?«

»Wann ist das Zimmer fertig?«, fragte sie.

»In einer Stunde?«, schlug er vor.

Sie nickte. »Haben Sie jemanden, der mich zurück ins Golden Nugget begleiten könnte, damit ich meine Sachen holen kann? Ich fürchte, One Eye könnte wütend werden, wenn er erfährt, dass ich seinen Laden verlasse.«

»Ich werde selbst mitkommen, Mam«, sagte er mit einem breiten Grinsen. »Geben Sie mir nur fünf Minuten, um mich anständig anzuziehen.«

Es war ein unglaublich befriedigendes Gefühl, den Ausdruck von unverhohlener Wut auf One Eyes Gesicht zu sehen, als er John Fallon mit Beths Kleidern auf dem Arm auf der Treppe sah.

»W-w-wohin wollen Sie denn mit den Sachen?«, stotterte er.

»Zu mir«, erklärte Fallon gut gelaunt. Er wandte sich zu Beth um, die auf der Treppe hinter ihm ging. »Haben Sie jetzt alles?«

»Alles, was mir wichtig ist«, sagte sie und grinste One Eye an. Sie hielt ihre Geige in einer und ihre vollgepackte Reisetasche in der anderen Hand. »Sie können mein Zimmer an zwei weitere Huren vermieten. Schließlich brauchen Sie etwas, womit Sie die Leute hier reinlocken können, wenn ich nicht mehr für Sie spiele.«

»Du kannst mich doch nicht einfach so im Stich lassen«, protestierte One Eye.

»Aber, aber, Mr Donahue«, sagte Beth mit seidiger Stimme. »Gäste, die sich in die Hose scheißen und auf den Boden kotzen, interessieren sich nicht für Geigenmusik, und jetzt können Sie doch endlich den ganzen Laden in einen Puff verwandeln. Sie kommen schon zurecht.«

Es war eine große Befriedigung für sie zu wissen, dass Dolores, eine der größten Klatschtanten von Dawson, oben an der Treppe stand und zuhörte. Bis spätestens heute Abend würden alle in der Stadt davon erfahren haben.

»Sie sollten besser dafür sorgen, dass der Saloon bis heute Abend wieder sauber ist«, sagte Beth knapp, als sie an One Eye vorbeirauschte. »Sonst denken die Leute noch, Sie kommen nicht mehr zurecht!«

»Der Gent kann nicht bei Trost gewesen sein, als er Sie verließ«, sagte Fallon, während er Beths Sachen in eines der beiden vorderen Schlafzimmer im Monte Carlo trug. »Es war unglaublich würdevoll, wie Sie One Eye in die Schranken gewiesen haben.«

»Meine Zeit im Golden Nugget ist jetzt vorbei«, erklärte sie fest. »Ich wäre froh, wenn Sie es nicht mehr erwähnen würden.«

Er legte ihre Kleider auf das Bett und lächelte. »Gerne, und ich glaube, wir sollten etwas Champagner trinken, um diesen Neuanfang zu feiern.«

»Das wäre schön.« Sie lächelte. Sie mochte das Aussehen des Mannes und den Klang seiner Stimme. Von jetzt an würde sie sich genau umsehen und jede Gelegenheit nutzen, die sich ihr bot.

Das Monte Carlo war gerammelt voll an diesem Abend, und als Beth kurz vor ihrem Auftritt über das Geländer nach unten blickte, nahm sie an, dass die neueste Geschichte über sie gerade herumging und mit jedem neuen Erzählen dramatischer wurde.

Fallon hatte draußen Schilder aufgestellt, die ankündigten, dass sie heute Abend hier spielte, und der junge Tom hatte ihr gerade berichtet, dass er am Golden Nugget vorbeigekommen war und nur drei oder vier Gäste darin gesehen hatte.

Sie würde hier sehr viel Geld verdienen. Sie wohnte im besten Zimmer im Haus, hatte eine Federmatratze auf dem Bett und einen Schminktisch, der prachtvoll genug war, um der Königin von Saba zu gefallen. Selbst Elektrizität gab es, und es war mollig warm im Haus.

Theo war jetzt nur noch ein dumpfer Schmerz. Sie konnte sehr gut ohne ihn leben.

Als sie sich umdrehte, um in ihr Zimmer zu gehen und ihre Geige zu holen, sah sie sich selbst in dem hohen Spiegel im Flur. Ihr Haar glänzte wie nasser Teer, ihre Augen strahlten vor Aufregung, und die Wangen waren leicht gerötet. Sie wusste, dass sie in ihrem violetten Satinkleid mit den schwarzen Spitzenvolants, das sie sich kürzlich von der Schneiderin hatte anfertigen lassen, den ellbogenlangen schwarzen fingerlosen Handschuhen und der violetten Blume im Haar sensationell aussah.

»Nutz es zu deinem Vorteil«, flüsterte sie sich selbst zu. »Sei die Gypsy Queen!«

Den ganzen Dezember über und bis in das neue Jahr 1899 feierte Beth im Monte Carlo Triumphe. Sie spielte jeden Abend zwei Mal zwei Stunden lang, aber auch zusammen mit anderen Musikern. John Fallon mochte es, wenn sie sich unter die Gäste mischte, und fast jeder Abend war wie eine Party.

Silvester und ihr zweiundzwanzigster Geburtstag Anfang Februar waren besondere Höhepunkte, denn Fallon veranstaltete eine private Neujahrsfeier für die reichsten und mächtigsten Leute in der Stadt, und an ihrem Geburtstag organisierte er eine Feier nur für sie und schenkte ihr ein goldenes Armband.

Beth spürte an der Art, wie Fallon ihr das Armband anlegte, und an seinem Handkuss, dass er sie begehrte, und sie war froh, dass es ihr genauso ging, denn das bedeutete, dass sie Theo endlich überwunden hatte.

Sie war nicht auf der Suche nach einer ernsthaften Liebesbeziehung, aber sie war bereit für eine kleine Affäre. Nicht sofort – sie wollte sich von Fallon erst noch ein richtiges Bild machen –, aber in der Zwischenzeit konnte sie mit ihm flirten.

Manchmal während der dunklen und eisigen Januar- und Februartage war Beth sogar froh, dass Theo sie verlassen hatte, denn wenn er noch da gewesen wäre, hätte sie vielleicht niemals herausgefunden, wie stark und unabhängig sie tatsächlich war. Sie bestimmte jetzt selbst über ihr Leben, sie war eine lebende Legende in Dawson, und sie wusste, dass sie genug Selbstvertrauen und Glauben an sich selbst hatte, um erfolgreich zu sein, egal wo sie von hier aus hingehen würde.

Anfang März beschloss Beth, dass die Zeit reif war für eine Nacht der Leidenschaft. Sie konnte seit Wochen an kaum etwas anderes mehr denken und wachte oft in der Nacht von erotischen Träumen auf.

Es war Gesetz in Dawson, dass an Samstagen alle Läden um Mitternacht schließen mussten, und seit Beth im Monte Carlo spielte, hatte Fallon immer eine Flasche Champagner aufgemacht, sobald die Türen sich schlossen, und sie dazu eingeladen, sie mit ihm zu trinken.

Sie hatte all ihr Geld gespart, seit sie im Monte Carlo arbeitete, und weil sie für Fallon besonders gut aussehen wollte, beauftragte sie die Schneiderin, ihr ein neues scharlachrotes Kleid zu nähen. Es war im Stil der Flamencotänzerinnen geschnitten, mit einem tiefen Ausschnitt, Rüschen an den Ärmeln und einem engen Mieder, das bis zu ihren Hüften reichte und dann in mehreren Lagen von Rüschen bis zu ihren Füßen fiel.

Es war ein sensationelles Kleid, eines, das sie niemals irgendwo anders zu tragen gewagt hätte als in Dawson, und ein

Teil von ihr freute sich darüber, dass es gewagt war und dass einige die Augenbrauen heben würden. Sie wusste, dass die Leute über sie redeten, seit Theo sie verlassen hatte, und vielleicht bewies dieses Kleid, dass sie über ihn hinweg war. Sie wusste, dass sie es war, denn als sie es über ihre neue mit Spitzen besetzte Seidenunterwäsche zog, konnte sie nur daran denken, wie Fallon die Korsettschnüre und Knöpfe öffnen würde, und es ließ ihre Wangen erröten.

An diesem Abend spielte sie allein für ihn. Der Saloon war voller Leute, die alle zu der kleinen Bühne aufsahen und mit den Füßen wippten, in die Hände klatschten und lächelten. Aber sie fixierte mit ihren dunklen Augen sein Gesicht, während er in der Ecke der Bar stand. Er war nicht so auffällig attraktiv wie Theo; seine Haut war blass, und er wirkte unscheinbar mit seinen blassblauen Augen. Aber er hatte Stil – heute Abend trug er eine seegrüne Seidenweste unter seinem dunklen Anzug, seine Hände waren weich und gepflegt, und das Lächeln auf seinen Lippen galt ihr allein.

»Sie sehen heute Abend wunderschön aus«, sagte Fallon, als er ihr in seinem Salon ein Glas Champagner reichte, nachdem sie den Saloon geschlossen hatten. »Und das neue Kleid steht Ihnen sehr gut.«

Der Salon war klein – es passte nichts anderes hinein als ein Sofa, das vor dem Kamin stand, ein großer lackierter Holztisch, ein Stuhl und ein Safe, in dem sich Papiere stapelten. Von hier aus führte er den Saloon, und das angrenzende Zimmer war sein Schlafzimmer.

»Vielen Dank, Mr Fallon«, sagte sie lächelnd.

»Ich heiße John.« Er stand mit dem Rücken zum Kamin. »Ich kann doch keine Dame verführen, die mich Mister nennt.«

»Dann hast du also vor, mich zu verführen?«, fragte sie schelmisch.

»Das habe ich schon vor, seit du damals in den Saloon gekommen bist.« Er grinste. »Aber ich spüre, dass du mir heute Abend das Signal gibst, es auch zu tun. Liege ich da richtig?«

»Würde eine Dame das zugeben?«

»Eine, die so ehrlich ist wie du, schon.«

Sie stand auf und stellte ihr Glas auf den Tisch. »Dann solltest du mich vielleicht küssen.«

Beth hatte sich in letzter Zeit oft seinen Mund angesehen. Er war in der Tat das Attraktivste an ihm. Seine Lippen waren wohlgeformt und voll und hoben sich an den Enden, fast so, als wenn er ständig lächeln würde. Sie hoffte, das würde bedeuten, dass er gut küssen konnte.

Er legte seine Hände um ihre Hüften, zog sie an sich und sah amüsiert auf sie herunter. »Ich hoffe, du spielst nicht nur mit mir!«

Sie antwortete nicht, denn seine Lippen legten sich auf ihre, und er zog sie in seine Arme.

Er konnte gut küssen, war nicht zu heftig und auch nicht zu zögerlich, und als sich seine Zungenspitze zwischen ihre Lippen schob, wurde ihr ganz schwindelig vor Verlangen.

Die Wände im Monte Carlo waren nichts weiter als Trennwände aus Brettern, und die Geräusche der anderen Bewohner, die lachten oder die Treppen hinauf- oder hinuntergingen, waren ein bisschen beunruhigend. Beth hatte Angst, dass die anderen hören konnten, wie schwer sie atmete, während John sie auf das Sofa legte und wieder und wieder küsste. Als er eine Hand in das Mieder ihres Kleides schob, ihre Brüste herausholte und an ihnen saugte, musste sie ein verzücktes Keuchen unterdrücken.

»Wunderschöne Brüste«, murmelte er und leckte mit der Zungenspitze über ihre Brustwarzen. »Davon habe ich schon so lange geträumt.«

Er schob seine Hand unter ihren Rock, streichelte die weiche Haut über ihren Strümpfen und arbeitete sich langsam nach oben zu ihrer Unterhose vor, bis seine Finger ihre Scheide erreichten. »So nass«, flüsterte er. »Ich glaube, du willst mich wirklich.«

Beth vergaß, dass die Leute sie hören konnten, denn John tat Dinge mit seinen Fingern, bei denen sie schreien wollte, weil es so wundervoll war. Aber er war auch grob zu ihr, schob ihr den Rock hoch, damit er ihren Körper betrachten konnte, was ihr das Gefühl gab, verrucht und schamlos zu sein.

Er nahm sie dort auf dem Sofa, während sie beide noch angezogen waren, und stieß mit einer solchen Wucht in sie, dass es sie gleichzeitig schockierte und erregte.

»Es tut mir so leid, das war nicht sehr galant von mir«, sagte er, als er fertig war. »Bitte verzeih mir.«

»Es gibt nichts zu verzeihen«, sagte sie, denn selbst wenn es sie nicht völlig befriedigt hatte, war es doch gut gewesen.

»Außerdem habe ich dein Kleid zerknittert«, sagte er und sah besorgt aus.

»Das gibt sich wieder.« Sie lachte. »Gehen wir jetzt in dein Bett, oder soll ich wieder in meins gehen?«

»Bitte bleib bei mir«, sagte er und küsste sie erneut. »Ich möchte dir beweisen, dass ich ein zärtlicher Liebhaber sein kann.«

33

»Wach auf, John, da draußen ist irgendetwas los«, sagte Beth und schüttelte ihn grob am Arm.

Es war sechs oder sieben Wochen her, seit sie zum ersten Mal mit John ins Bett gegangen war, und bis jetzt bereute sie es noch nicht. John hatte bewiesen, dass er nicht nur ein zärtlicher Liebhaber sein konnte, sondern auch sehr fordernd. Er kam oft am Tage zu ihr, während die Bar unten voller Leute war, oder zwischen ihren beiden Auftritten am Abend, und er wollte immer noch mehr, wenn er schließlich am frühen Morgen den Saloon schloss.

Für Beth war es genau das, was sie brauchte. Sie dachte jetzt kaum noch an Theo, und wenn, dann war sie eher ein bisschen amüsiert als verletzt. Sie hatte viele neue Freunde gefunden, sie hatte Geld gespart für die Zukunft, und weil sie nur abends arbeitete, hatte sie Zeit, während des Tages im Hospital zu helfen.

Jack vermisste sie noch immer, aber alle paar Wochen kam jemand aus Bonanza und brachte ihr einen Brief von ihm. Er arbeitete für Ed Osborne, einen alten Sourdough, der liebevoll Ostrich oder Oz, der Strauß, genannt wurde, weil er so selten seinen Claim verließ. Beth konnte spüren, wie glücklich Jack dort draußen war, denn seine Briefe waren voller lustiger Geschichten über die Goldgräber, die er kennengelernt hatte.

Beth war absolut zufrieden. Ihre Beziehung zu John beruhte auf gegenseitigem Verlangen, aber sie hatte nicht das Gefühl, es als Liebe verschleiern oder Hoffnungen damit verbinden zu müssen. John hatte eine Frau und drei Kinder zu Hause in Virginia, und er war ehrlich genug gewesen, ihr von Anfang an zu erklären, dass er vorhatte, das Monte Carlo an Mittsommer zu verkaufen und nach Hause zurückzukehren.

»Da draußen ist doch immer irgendetwas los«, erwiderte John verschlafen und versuchte, sie zurück in seine Arme zu ziehen. »Schlaf weiter.«

Beth wollte sich gerade wieder hinlegen, als sie den Ruf »Feuer« hörte. Sofort sprang sie aus dem Bett und rannte zum Fenster.

Sie konnte nur einen goldenen Schein etwas weiter die Front Street hinunter sehen, aber das reichte. Dieses Mal trommelte sie mit Fäusten auf John ein, um ihn zu wecken, denn sie hatte Ende 1898 gesehen, wie schnell sich die Flammen ausdehnten. In jener Nacht waren das Greentree- und das Worden-Hotel und die Post abgebrannt, und Männer mussten andere Gebäude sprengen, damit das Feuer sich nicht in der ganzen Stadt ausbreitete.

John rannte los, um alle im Monte Carlo zu wecken, während Beth ihre wärmsten Kleider anzog, denn es war draußen fast vierzig Grad unter null.

Mit hämmerndem Herzen rannte Beth neben John auf das Feuer zu. Inzwischen standen alle Bewohner und Besitzer der Gebäude an der Front Street draußen. Die Männer organisierten sich hastig, um das Eis auf dem Fluss aufzubrechen, damit sie Wasser holen konnten. Alle fragten sich, wo der Feuerwehrwagen blieb, der erst im letzten Jahr angeschafft worden war. Aber offenbar hatte es mit den ausgebildeten Feuerwehrleuten Streit um ihre Löhne gegeben, und der Wagen war nun nicht sofort einsatzbereit.

Beth sah entsetzt zu, wie die Männer Feuer auf dem Fluss entzündeten, um das Eis zu schmelzen und das Wasser zu erreichen, aber das dauerte viel zu lange, und das Feuer sprang auf immer mehr Gebäude über und verschlang alles, was sich ihm in den Weg stellte.

Endlich kamen die Feuerwehrleute mit Schläuchen, und die Pumpen wurden angeworfen. Beth sah, wie die Schläuche langsam anschwollen, als sie das Wasser ansaugten, und wie alle anderen dachte sie, dass das Feuer nun bald unter Kontrolle sein würde. Aber dann ertönte ein reißendes Geräusch, und zum Entsetzen der versammelten Menge platzte der Schlauch auf, denn das Wasser darin war gefroren und hatte sich ausgedehnt.

Beth sah, wie Tim Chisholm, der Besitzer des Aurora, sein Gesicht in den Händen vergrub, während die Flammen auf seinen Saloon übergriffen. »Was können wir tun?«, rief er.

»Sprengt die Gebäude vor dem Feuer«, ordnete Captain Starnes von der North-West Mounted Police an und schickte schnell einen Hundeschlitten los, um Dynamit zu holen.

Tausende von Leuten kamen und wollten helfen. Jeder Wagen oder Schlitten wurde angewiesen, Sachen aus den zu sprengenden Gebäuden zu bringen, die in der Schneise des Feuers standen. Männer rannten in bereits brennende Häuser und versuchten, so viel zu retten, wie sie konnten.

»Ich gebe jedem tausend Dollar, wenn ihr meine Bank rettet«, hörte Beth David Doig, den Manager der Bank of British North America flehen. Aber sein Flehen war umsonst, denn das Gebäude wurde schon bald von den Flammen verschlungen, zusammen mit vielen anderen Saloons und Tanzlokalen.

Die ganze Stadt wurde von der Gewalt der Dynamitexplosionen erschüttert, und Beth sah Männer, von denen sie wusste, dass es ganz harte Kerle waren, offen weinen, während ihre Häuser brannten und in sich zusammenfielen.

John half, Decken im Fluss nass zu machen, mit denen man versuchte, das Fairview, Dawsons bestes Hotel am Nordende der Stadt, zu retten. Beth selbst wandte ihre Aufmerksamkeit den Huren aus der Paradise Alley zu, denn die Flammen näherten sich auch ihren wackeligen Hütten. Viele Frauen rannten fast nackt heraus und schrien vor Angst, liefen dann jedoch leichtsinnigerweise wieder hinein, um ihre Kleider und Habseligkeiten zu retten.

Mithilfe von ein paar Männern, von denen viele sich die Mäntel auszogen, um die Frauen damit zu bedecken, gelang es Beth, alle in Sicherheit zu bringen.

Die Nacht war so kalt, dass viele Leute die Hitze des Feuers erst spürten, als die Flammen schon ihre Mäntel versengten. Whiskeyfässer explodierten in den Flammen, und der Inhalt lief in den Schnee, wo er sofort festfror. Und das Gold, das zusammen mit allem Schmuck und anderen Wertgegenständen im Banksafe eingeschlossen war, schmolz in der furchtbaren Hitze.

Schließlich konnte man nichts mehr tun, als dastehen und das Inferno beobachten in der Hoffnung, dass die Feuerschneisen, die durch die Explosionen entstanden waren, das Feuer aufhalten würden.

John kam zurück zu Beth, und sie standen so dicht beim Monte Carlo, das bislang nur versengt war, wie sie es wagten. Ihre Gesichter glühten von der Hitze, ihre Rücken waren eiskalt und ihre Lungen so voller Rauch, dass sie nicht mal über die Katastrophe sprechen konnten. Fast alle Häuser an der Front Street, darunter das Golden Nugget mit all seinen

Erinnerungen, waren zerstört. Beth hatte kurz One Eye gesehen, wie er mit hängendem Kopf herumlief und schluchzte, dass er ruiniert sei, und sie brachte es sogar fertig, Mitleid mit ihm zu haben.

Als das Tageslicht schließlich durch den dichten Rauch drang, sahen sie, dass das gesamte Herzstück von Dawson mit all seinen Geschäften zerstört worden war. Das Fairview Hotel am Nordende der Stadt war gerettet worden und das angesengte Monte Carlo am anderen Ende. Dazwischen klaffte dort, wo es einmal Fröhlichkeit, Licht und Wärme gegeben hatte, eine riesige schwarze Lücke. Hin und wieder stand noch ein verkohlter Balken aufrecht in einem dichten Bett aus grauer Asche, und es war der trostloseste Anblick, den Beth jemals gesehen hatte.

Niemand freute sich, dass das Monte Carlo gerettet worden war, denn das Ausmaß der Katastrophe war zu verheerend. Tausende waren nun obdachlos und ruiniert. John und Beth nahmen Hunderte von Leuten auf, ließen sie schlafen, wo immer sie Platz fanden, und versorgten sie mit Kaffee und so viel Essen, wie sie auftreiben konnten.

Unten im Fairview hausten noch Hunderte mehr in der Lobby. Später an jenem Tag erzählte man sich, dass einhundertsiebzehn Gebäude dem Feuer zum Opfer gefallen waren und dass der Schaden sich auf mehr als eine Million Dollar belief.

Aber die Leute in Dawson waren körperlich und seelisch sehr robust. Weniger als zwölf Stunden später hatte Tim Chisholm ein großes Zelt an die Stelle gestellt, wo sein Saloon gewesen war, und führte den Aurora-Saloon weiter, noch bevor die Asche sich ganz gesetzt hatte. Das war das Aufbruchssignal für alle anderen. Innerhalb von ein oder zwei Tagen hörte man überall wieder das vertraute Sägen und Hämmern, und Pferde zogen Bauholz aus den Sägemühlen.

Beth verbrachte ihre Zeit damit, riesige Töpfe mit Suppe und Stew für die Obdachlosen und Notleidenden zu kochen. Sie zog einen Schlitten durch die Stadt und bettelte bei denen, die Vorräte hatten, um Brot, Fleisch und Gemüse und organisierte eine Sammlung von abgelegten Kleidern, Stiefeln und Decken.

John war in den ersten ein oder zwei Tagen nach dem Feuer sehr aktiv gewesen, und sie dachte sich nichts dabei, dass er nachts nicht mehr zu ihr ins Bett kam, weil das nicht richtig schien, wo der Saloon doch voller leidender Menschen war, die überall auf dem Boden schliefen.

Aber plötzlich merkte sie, dass er sich komisch verhielt. Sie sah ihn oft draußen auf dem angesengten Bordstein stehen und auf das schwarze Loch in der Stadt starren, und er redete mit niemandem, am allerwenigsten mit ihr.

Sie war zu sehr damit beschäftigt, Essen und Kleidung zu sammeln, um sich darüber ernsthaft Sorgen zu machen. Aber als die Tage verstrichen, alle anderen sich zusammenrissen, den Wiederaufbau der Stadt planten und er immer noch stundenlang alleine draußen stand, war sie verwirrt und irritiert.

Er hatte nichts verloren. Die Geschäfte liefen sogar noch besser als vor dem Feuer, und jetzt, wo die meisten Flüchtlinge langsam an anderen Orten unterkamen und das Monte Carlo verließen, brauchte sein Personal Anweisungen.

Eines Nachtmittags, acht Tage nach dem Feuer, kam sie vom Hospital zurück und sah ihn erneut auf dem Bürgersteig stehen. Sie bemerkte, wie ungepflegt er aussah, denn er war unrasiert und trug immer noch die Hose, das Hemd und das Jackett, die er sich nach dem Feuer angezogen hatte.

Als sie den Bürgersteig erreichte, drehte er sich zu ihr um, sagte jedoch nichts und lächelte nicht mal.

»Was ist los?«, fragte sie. »Bist du krank?«

»Nein, ich bin nicht krank«, erwiderte er, aber seine Augen wirkten matt.

»Dann komm mit mir rein, es ist sehr kalt hier draußen.« Sie legte eine Hand auf seinen Arm.

Er schüttelte ihre Hand ab, als hätte er sich verbrannt.

»Sag mir, was ich dir getan habe«, forderte sie ihn verwirrt auf. »Liegt es daran, dass ich in die Stadt gehe und den Leuten helfe? Glaubst du, ich vernachlässige dich und den Saloon?«

»Das ist es nicht«, sagte er und warf ihr einen eiskalten Blick zu. »Das Feuer. Damit hat der Herr mir gezeigt, dass ich gesündigt habe.«

»Aber du wurdest doch verschont.« Sie war immer noch verwirrt.

»Genau. So sagt mir der Herr: ›Sündige nicht mehr.‹ Verstehst du das denn nicht?«

Beth wurde plötzlich klar, wovon er sprach. »Du meinst mit mir?«, fragte sie ungläubig.

Er nickte. »Ich wusste, dass es Ehebruch ist, aber ich konnte der Versuchung nicht widerstehen.«

Sie wollte lachen, denn dieser ganze bigotte Quatsch klang wie ein Scherz; er hatte ihr nie gesagt, dass er tiefe religiöse Überzeugungen hatte. Aber sie hielt sich gerade noch rechtzeitig zurück, denn ihr fiel wieder ein, wie er angefangen hatte, laut zu beten, als die Männer versuchten, Feuer zu machen, um das Eis auf dem Fluss zu schmelzen. Sie hatte das damals merkwürdig gefunden, aber später hatten ihr fast alle, mit denen sie sprach, bestätigt, dass auch sie laute Stoßgebete zum Himmel geschickt hatten, und sie nahm an, dass sie das im Stillen auch getan hatte.

»Diese Stadt ist wie Sodom und Gomorra«, fuhr er mit schwacher, niedergeschlagener Stimme fort. »Jetzt hat der Herr sie zerstört, um uns zu zeigen, wie viel Verderbtheit es hier gab.«

Beth hatte genug gehört. Sie hatte ihn immer eher förmlich und aufgeblasen gefunden. Er war kein Mann, der eine Frau zum Lachen bringen konnte, und auch unterhalten konnte man sich mit ihm nicht wirklich. Was sie an ihm gemocht hatte, war der Sex mit ihm und seine guten Manieren, und da der Sex nun offensichtlich vorbei war und er angedeutet hatte, dass er sie für die Schlange aus dem Garten Eden hielt, hatte ihre Beziehung ganz offensichtlich ihren Endpunkt erreicht.

»Dann wirst du also fliehen, genau wie Lot und seine Frau, ja?«, fragte sie sarkastisch. »Aber denk dran, dich auf der Flucht nicht noch mal umzudrehen, sonst erstarrst du vielleicht zur Salzsäule.«

»Es täte dir gut, auch über deine Sünden nachzudenken«, sagte er vorwurfsvoll. »Du verführst die Männer mit deiner Teufelsmusik.«

Jetzt musste Beth lachen. In England hätte eine solche Aussage sie nicht überrascht, aber hier in dieser Grenzstadt und aus dem Mund eines Mannes, der vor einer Woche nicht genug von ihr bekommen konnte, wirkte sie lächerlich.

»Wenn du so ein gläubiger Mensch bist, warum bist du dann überhaupt hergekommen und hast einen Saloon gekauft?«

»Ich schätze, der Teufel hat mich von meinem Herrn weggelockt.«

»Dann siehst du besser zu, dass du dich mit ihm wieder gutstellst, indem du den Laden verkaufst und das Geld an die Bedürftigen oder an die Kirche gibst«, fuhr Beth ihn an. »Aber sieh es mir nach, wenn ich nicht das Gleiche tue. Dein geschätzter Gott hat mir meine Eltern, meinen Bruder und meine kleine Schwester genommen. Ich habe gelernt, nur mir selbst zu vertrauen.«

An jenem Abend saß Beth in ihrem Zimmer. Unten war der Saloon voller Menschen, weil es nur noch wenige Lokale gab, in denen die Leute trinken konnten, und ihre lauten Stimmen und ihr Lachen drangen zu ihr herauf. John hatte gesagt, er wolle nicht, dass sie heute Abend spiele, und auch wenn er es nicht ausgesprochen hatte, war klar, dass er sie im Saloon nicht mehr haben wollte.

Sie konnte das sogar lustig finden, denn weder die Tänzerinnen in seinem Theater noch seine Saloon-Mädchen waren so rein wie Schnee. Spielen, Trinken – das war alles gottlos, also warum hatte er sie als Quelle des Bösen ausgemacht? Sie wünschte, dass Jack da wäre, denn er konnte über einen guten Witz immer lachen.

Natürlich hätte sie zu einem der anderen Saloons in Dawson gehen können, und man hätte sie und ihre Geige dort mit offenen Armen empfangen. Aber das Feuer und jetzt Johns merkwürdiges Verhalten hatten ihr Dawson City verleidet.

Außerdem würde es noch einen Monat dauern, bis das Eis brach und sie einen Dampfer zurück nehmen konnte.

Sie tastete unter ihrem Bett nach ihrer Reisetasche, um ihre Ersparnisse zu zählen. Als sie die Tasche öffnete, fiel ihr Blick auf das Foto, das sie kurz nach ihrer Ankunft in Skagway hatten machen lassen. Es war weniger als zwei Jahre her, aber es kam ihr viel länger vor. Sie sahen alle vier so jung und frisch aus, und die auf Leinwand aufgemalten Berge im Hintergrund, die sie damals für wunderschön gehalten hatten, wirkten jetzt so unrealistisch. Die Männer hatten sich Gewehre geliehen, die sie auf der Schulter trugen – für Sam und Jack waren es die ersten Waffen gewesen, die sie jemals in der Hand gehalten hatten. Beth trug einen Strohhut, eine hochgeschlossene blaue Bluse und einen schmalen Reifrock. Damals war sie so dumm gewesen zu glauben, dass diese Kleidung, mit einem Mantel darüber, sich gut für die Wanderung über den Pass eignen würde.

Sie lächelte und fuhr mit einem Finger über Sams ernstes Gesicht. Er hatte sich kurz nach dieser Aufnahme einen Bart wachsen lassen, damit er härter aussah, aber es hatte nicht funktioniert; er sah immer noch jung aus, und seine Augen strahlten. Theo in seiner bestickten Weste und dem gut sitzenden Jackett sah aus wie das, was er war: ein aristokratischer Spieler.

Jack lächelte als Einziger, fast als habe er damals schon gewusst, was in den Bergen auf sie wartete. Er hatte schießen gelernt, genauso wie er sich bemüht hatte, alles über den Weg über den Pass in Erfahrung zu bringen und zu lernen, wie man Hütten und Flöße baute. Wie merkwürdig, dass er niemals dem Goldfieber verfallen, aber dennoch jetzt der Einzige war, der es tatsächlich bis zu den Goldfeldern geschafft hatte.

Sie brauchte das Bild nur anzusehen, und tausend kleine Dinge fielen ihr wieder ein. Die schreckliche Nacht, die sie eingepfercht in dem Hotel im Sheep Camp verbracht hatten, und die, in denen sie oben auf dem Chilkoot Pass fast erfroren waren. So viele Leute in Dawson waren bei dieser schrecklichen Tortur dabei gewesen, doch sie waren alle stolz darauf, es überstanden zu haben, so als sei es eine Auszeichnung.

Beth dachte lieber an die guten Dinge zurück – wie sie auf dem Schlitten ins Happy Camp gefahren waren und an die tollen Abende, die sie am Lake Lindemann und am Lake Bennett verbracht hatten. Jetzt war Sam tot und Theo fort. Nur sie und Jack waren noch übrig.

Sie dachte wieder an den zweiten Tag auf dem Einwandererschiff nach New York und lächelte bei der Erinnerung an ihr erstes Gespräch. Wer hätte gedacht, dass der dünne Straßenjunge einmal ihr bester Freund werden würde?

Auf einmal wusste sie, was sie tun wollte. Morgen würde sie jemanden bitten, sie raus zum Bonanza Creek zu bringen, zu den Goldfeldern und zu Jack.

34

Die fünf Hunde, die den Schlitten ziehen sollten, konnten es kaum noch abwarten, endlich loszufahren, und bellten und scharrten ungeduldig über das schneebedeckte Eis des Flusses.

»Sitzt du bequem?«, erkundigte sich Cal Burgess bei Beth, während er das Bärenfell noch enger um sie stopfte.

Beth nickte. Mit ihrem Wolfspelzhut, dem Mantel aus Waschbärenfell und mehreren Lagen Kleidung darunter fühlte sie sich sehr behaglich.

Auf Cals Signal hin sprangen die Hunde nach vorn, und Beths Kopf wurde auf beängstigende Weise vor und zurück geschleudert. Aber als die Hunde ihren Rhythmus fanden, wurde die Fahrt ruhiger. Sie wirbelten den feinen Schnee auf dem Eis auf, der es wie Zuckerguss bedeckte.

Beth hatte am Abend zuvor ihre Sachen gepackt. Alle Kleider, die sie im Saloon getragen hatte, und ihre empfindlicheren Sachen sowie Schuhe und Stiefel waren jetzt in eine Kiste verpackt, die sie am Morgen bei Freunden untergestellt hatte, die ein Restaurant betrieben. In ihrer Reisetasche befand sich alles andere, und vor der Abfahrt hatte sie noch einige Luxusartikel für Jack gekauft – Früchtekuchen, Marmelade, Schokolade, Obst, etwas Lamm und Schinken, Käse und mehrere Flaschen Whiskey. Ihre Geige war neben ihr auf dem Sitz eingeklemmt, und wenn ihre Begegnung mit John an diesem Morgen nicht gewesen wäre, dann hätte sie sich jetzt einfach nur auf die Reise und auf das Wiedersehen mit Jack gefreut.

Sie hatte sich um sieben Uhr an diesem Morgen Kaffee gekocht, als John in die Küche kam. Sie konnte Whiskey in seinem Atem riechen, und seine schweren Augenlider und das zerknitterte, dreckige Hemd ließen darauf schließen, dass er betrunken gewesen sein musste und in seinen Sachen geschlafen hatte.

Sie bot ihm eine Tasse Kaffee an, aber seine einzige Antwort war ein vorwurfsvoller Blick, der ihr zu verstehen gab, dass sie gar nicht in seiner Küche sein sollte.

»Es gibt keinen Grund, so feindselig zu sein«, sagte sie sanft. »Ich werde gleich für immer gehen.«

»Wohin?«, fragte er.

Sie wusste, dass es nicht Sorge um sie war, nur Angst, dass sie in einem anderen Saloon arbeiten und dort vielleicht über ihn reden könnte.

»Ich glaube nicht, dass du das Recht hast, mich das zu fragen, nachdem du so unfreundlich zu mir gewesen bist«, erklärte sie schnippisch.

Er warf ihr einen wütenden Blick zu. »Huren wie du sollten aus der Stadt geworfen werden«, gab er zurück.

Bis zu diesem Moment hatte sie fest vorgehabt, leise und ohne irgendwelche Anschuldigungen zu gehen, aber dass er sie eine Hure nannte, änderte alles.

»Du scheinheiliges Arschloch!«, rief sie. »Du warst schon seit dem ersten Tag, den ich hier wohne, hinter mir her. Ich habe dich drei Monate lang auf Abstand gehalten, und als ich mich mit dir einließ, konntest du nicht genug von mir bekommen.«

»Du hast mich in Versuchung geführt«, jammerte er. »Du bist ein hinterlistiges Biest, das die Schwäche der Männer ausnutzt.«

Beth stemmte wütend die Hände in die Hüften. »Du erbärmliche falsche Schlange«, zischte sie. »Wie kannst du es wagen, dein eigenes schlechtes Gewissen zu erleichtern, indem du mir die ganze Schuld gibst? Du bist der, der gesündigt hat, weil du eine Frau und Kinder hast. Ich glaube, deine arme Frau würde es so sehen, dass *du* es warst, der *mich* ausgenutzt hat!«

»Meine Frau ist eine Dame«, fuhr er sie an. »Sie würde verstehen, dass ich einer Hure wie dir nicht gewachsen war.«

Beth schäumte vor Wut. »Dame! Was zur Hölle soll das heißen? Dass sie dich nur im Dunkeln und mit bis oben hin zugeknöpftem Nachthemd ranlässt? Kein Wunder, dass du mich wolltest – ich wette, du hast jede einzelne dreckige kleine Fantasie ausgelebt, die du jemals hattest. Aber es ist ja auch gut möglich, dass jemand mit deiner Frau geschlafen hat, während du hier warst. Vielleicht hat sie ja sogar herausgefunden, wie es ist, mit einem echten Mann ins Bett zu gehen anstatt mit einem frömmelnden Schwächling.«

Er hob die Hand, um sie zu schlagen, aber Beth schlug sie weg. »Wenn du mich auch nur anrührst, dann wirst du es bereuen«, knurrte sie. »Ich kann jederzeit auf die Front Street laufen und einen Trupp zusammentrommeln, der dir bei lebendigem Leib die Haut abzieht. Ich habe Freunde in dieser Stadt. Und jetzt geh mir aus dem Weg!«

Danach verschwand er lautlos wie die Schlange, die er war, und ließ sie zitternd vor Wut und ein bisschen beschämt darüber zurück, dass sie nicht von Anfang an gemerkt hatte, was er für ein Mann war.

Während sie in offenbar sehr schnellem Tempo vorankamen und der kalte Wind wie Nadeln in ihr Gesicht stach, gab Beth sich alle Mühe, nicht mehr an John zu denken. Sie war ein bisschen stolz, dass sie sich verteidigt und ihm die Meinung gesagt hatte – vor ein oder zwei Jahren wäre sie zu so etwas noch nicht in der Lage gewesen. Aber es hätte nicht so weit kommen sollen, und jetzt fühlte sie sich verletzt und beschämt.

Der Schnee lag wie eine dicke, weiße Decke auf den Ufern, und die Stümpfe der gefällten Bäume bildeten ein merkwürdig unebenes Muster. Aber weiter hinten, wo die Berge zu steil waren, um Bäume zu fällen, sahen die schneebedeckten Tannen wunderschön aus. Es gab kein Geräusch außer dem Hecheln der Hunde, dem rhythmischen Trommeln ihrer Pranken und dem Rutschen der Metallkufen auf dem Schnee. Sie wusste, dass Cal hinten auf dem Schlitten stand, aber er war so leise, dass es ihr so vorkam, als wäre sie mit den Schlittenhunden ganz allein.

Schwache Sonnenstrahlen drangen durch die Wolken, und es war gut, den Lärm, die Hässlichkeit und das Gerede in Dawson hinter sich zu lassen.

Beth wurde klar, dass sie noch niemals einen so tiefen Frieden erlebt hatte. Solange sie sich erinnern konnte, waren immer Leute und Lärm um sie herum gewesen. Selbst in den Bergen auf dem Pass waren immer Leute in der Nähe gewesen. In Dawson hatte sie die alten Sourdoughs, die meilenweit entfernt von ihrem nächsten Nachbarn lebten, immer gefragt, wie sie diese Isolation nur aushielten. Fast alle sagten, dass sie die Einsamkeit liebten. Jetzt hatte sie eine Ahnung, warum das so war. Stille war sehr heilsam.

»Wir sind fast da.« Cal beugte sich zu ihr herunter und sprach ihr ins Ohr. »In ein paar Minuten sind wir in Bonanza. Bis sie hier Gold fanden, wurde es Rabbit Creek genannt, und ich wette, damals war es hier sehr schön.«

Die Hunde bogen vom Yukon auf einen schmalen Seitenarm ab. Innerhalb von Minuten kamen sie an den ersten kleinen schneebedeckten Hütten vorbei, aus deren Schornsteinen Rauch aufstieg. Hunde bellten, während sie vorbeifuhren, und von da an stimmten andere mit ein, fast so, als würde jeder Hund auf dem Weg die Nachricht weitergeben, dass ein Fremder vorbeigekommen war.

Beth hatte sich die sagenumwobenen Goldfelder immer im Sommer vorgestellt, eine idyllische Szene mit blumenübersäten Wiesen, Männern in Hemden, die das Sediment aus dem Wasser sieben, und schattigen Bäumen. Vielleicht war es vor dem Goldfieber hier so gewesen, aber die Bäume waren jetzt alle abgeholzt, und jedes kleine Blockhaus und jede Hütte, an der sie vorbeikamen, waren von Werkzeugen und Hilfsmitteln umgeben; Waschrinnen, Pickel, Schaufeln und Schubkarren lagen überall in dem dreckigen, zertrampelten Schnee. Männer, die in ihren schweren Mänteln und Hüten eher wie Affen aussahen, beugten sich über Feuer oder gruben Erde aus Löchern im Boden.

»Das da vorne ist Ostrichs Claim«, rief Cal ihr zu. »Siehst du die Flagge dort? Er hisst sie jeden Morgen. Er hat sie selbst genäht.«

Beth konnte eine blaue Flagge mit etwas Braunem darauf im Wind flackern sehen, aber erst als die Hunde langsamer wurden, erkannte sie lächelnd, dass es der braune Umriss eines aus Leder ausgeschnittenen Straußes war.

Zwei große Malamuts, einer schwarz-weiß, der andere grau-weiß, rannten von der Hütte auf sie zu, wedelten mit dem Schwanz und stießen dieses Wuu-wuu aus, das Beth inzwischen als typisch für diese Rasse kannte.

»Sie wissen, dass ich ihnen immer etwas mitbringe«, sagte Cal. Er brachte seine Hunde zum Stehen und sprang vom Schlitten. »Aber du kannst es ihnen geben.«

Beth kletterte aus dem Schlitten und nahm die Tasche, die Cal ihr hinhielt. Sie enthielt zwei große Knochen, und etwas nervös gab sie jedem Hund einen davon. Sie musste schon Tausenden von Schlittenhunden begegnet sein, dieser Rasse und auch Huskys, seit sie Skagway verlassen hatte. Sie bewunderte ihre Stärke und ihren Mut sehr, aber sie war noch keinem davon so nah gewesen wie jetzt.

»Du brauchst keine Angst zu haben«, sagte Cal. »Malamuts mögen Menschen, und dich werden sie auch mögen.«

»Wie geht's, Cal?«, ertönte eine Stimme von der Hütte, und ein älterer Mann mit einem buschigen Bart, der einen dicken Mantel und eine verfilzte Pelzmütze trug, kam über den Pfad auf sie zu. »Bleibst du, oder nimmst du die hübsche junge Dame mit auf 'ne Spritztour?«

Beth lächelte.

»Die Spritztour endet hier, Oz«, erwiderte Cal. »Das ist Miss Bolton, die berühmte Klondike Gypsy Queen. Sie will Jack besuchen.«

Bevor Beth Oz' Hand schütteln konnte, wandte er sich um und rief Jack, und seine Stimme war so laut, dass die Schlittenhunde heulten.

»Tja, Missy«, sagte Oz und drehte sich wieder zu ihr um. »Ich hoffe sehr, dass Sie Ihre Fidel mitgebracht haben, denn ich habe eine Menge darüber gehört, wie schön Sie spielen können.«

Plötzlich stand Jack auf dem Hügel über ihnen und rannte, als wäre der Teufel selbst hinter ihm her, wobei er laute Jubelrufe ausstieß.

»Ich würde sagen, der Kerl freut sich, Sie zu sehen, Missy«, sagte Oz mit einem zahnlosen Grinsen.

Jack hatte jetzt einen dichten Bart, sein Haar hing ihm bis auf die Schultern, und in den schlammverschmierten Sachen und Stiefeln sah er genauso aus wie alle Goldgräber. Aber sein Gesicht strahlte vor Gesundheit, und es lag nicht mehr dieser angestrengte Ausdruck darauf wie in den letzten Wochen im Golden Nugget.

Er umarmte Beth und wirbelte sie lachend herum.

Aber als Oz sie in seine Hütte auf eine Tasse Kaffee einlud, wurde Beth ganz mutlos, denn sie wusste nicht, wie Jack dort reinpasste, ganz zu schweigen von ihr. Die Hütte war winzig mit festgetretenem Lehmboden, einem Bett, das aus alten Kisten gemacht war, einem Tisch, einer Bank und einem weiteren Stuhl, alles aus grobem Holz zusammengezimmert. Aber es war sehr warm darin, denn es gab einen kleinen Ofen, und Oz schüttete einen großzügigen Schluck Whiskey in den Kaffee.

Jack und Oz wollten jedes Detail über das Feuer hören. Sie hatten ein paar Tage nach dem Brand davon erfahren, und Jack sagte, er sei fest entschlossen gewesen, nach Dawson zu fahren, um sich zu vergewissern, dass es Beth gut ging. Aber dann hatte man ihm berichtet, dass das Monte Carlo noch stand und dass sie sich um die Obdachlosen kümmerte.

Erst als Cal aufstand und sagte, dass er jetzt ihre Tasche vom Schlitten abladen würde, weil er auf dem Rückweg noch eine Ladung Holz mitnehmen müsse, wurde Beth klar, dass Jack und Oz davon ausgegangen waren, dass sie nur kurz zu Besuch gekommen war und mit Cal wieder zurückfahren würde.

»Ich hatte gehofft, ich könnte eine Weile bei euch bleiben«, erklärte sie. »Aber ich sehe, dass ihr keinen Platz habt. Also sollte ich vielleicht besser mit Cal wieder in die Stadt fahren.«

»Das wirst du ganz sicher nicht tun«, rief Jack. »Ich wohne nicht hier bei Oz. Ich habe meine eigene Hütte oben auf dem

Hügel. Wenn sie dir nicht zu einfach ist, dann würde ich mich sehr freuen, wenn du bleibst.«

Sie winkten Cal zum Abschied, dann nahm Jack Beths Reisetasche und führte sie um Oz' Hütte herum einen steilen Hügel hinauf, vorbei an einem Haufen schneebedeckter Ausrüstung.

»Es ist wirklich schön, dich zu sehen«, sagte Jack, und seine dunklen Augen leuchteten warm. »Ich schätze, es ist etwas schiefgegangen zwischen dir und Fallon? Aber du musst es mir nicht erzählen, wenn du nicht willst.«

Beth war zu sehr außer Atem, um zu sprechen, und sie war ein bisschen entsetzt darüber, dass Jack bereits von der Affäre zwischen John und ihr gehört hatte. Sie hätte es sich allerdings denken können, denn niemand konnte in Dawson irgendetwas tun, ohne dass alle davon erfuhren.

Jacks Hütte war aus Holzstämmen gebaut und sah fast genauso aus wie die von Oz, aber sie war größer und neuer, und die Möbel waren nicht nur grob zusammengezimmert.

»Du kannst das Bett haben«, sagte er, während er den Ofen anfeuerte und noch mehr Holz nachlegte. »Ich habe ein Feldbett, das reicht für mich.«

»Was hast du über Fallon und mich gehört?«, wollte sie wissen, während sie sich auf einen Stuhl mit einer Sitzfläche aus Bändern, wie ihn viele Goldgräber hatten, setzte.

Jack zuckte die Achseln. »Nur dass du mit ihm zusammen bist, aber ich war ein bisschen traurig, dass du dich offenbar nicht dazu in der Lage gesehen hast, mir davon in deinen Briefen zu schreiben.«

»Erzählst du es mir jedes Mal, wenn es eine neue Frau in deinem Leben gibt?«, entgegnete sie.

»Das würde ich, wenn sie mir etwas bedeutet.«

»Fallon hat mir aber nichts bedeutet. Es war nur …« Sie

hielt inne und wusste nicht, wie sie es erklären sollte, ohne zuzugeben, dass es nur Sex gewesen war.

»Eine Affäre?«, schlug er vor.

»Ja, mehr war es nicht.«

Jack nickte verständnisvoll. »Und wer hat es beendet?«

Ihr blieb nichts anderes übrig, als ihm zu erzählen, was passiert war. Aber als sie ihm berichtete, was John nach dem Feuer gesagt hatte, sah sie die lustige Seite daran und fing an zu lachen.

»Oh Jack, das war so lächerlich. Ich hätte ihn niemals für einen scheinheiligen Pfaffen gehalten, und als er dann plötzlich sagte, wir sollten uns alle von der Verderbtheit abwenden und dass Dawson wie Sodom und Gomorra sei, da konnte ich nicht mehr ernst bleiben.«

Jack lachte ebenfalls. »Ich glaube manchmal, dass die merkwürdigsten Leute der Welt alle in Dawson landen. Ich fand Fallon immer ein bisschen komisch. Wenn er ins Nugget kam, trank er nur ein Glas und sah dir bei deinen Auftritten zu. Er schien keine Freunde zu haben, er spielte nie, ich verstand einfach nicht, was ihn nach Klondike gezogen oder warum er das Monte Carlo gekauft hat.«

»Er hat mir den Grund nie gesagt.« Beth zuckte mit den Schultern. »Aber eigentlich haben wir uns auch nie viel unterhalten, wenn ich jetzt darüber nachdenke. Er meinte heute Morgen, ich wäre eine Hure. Ist das nicht furchtbar, Jack? Ich schätze, daran bin ich selbst schuld.«

Jack kam zu ihrem Stuhl und kniete sich vor sie. In seinen Augen sah sie Verständnis. »Ich würde gerne morgen nach Dawson fahren und ihn zu Brei schlagen, aber dadurch würde das Gerede nur noch schlimmer. Er kann einem leidtun, wenn er nicht den Unterschied versteht zwischen einer Frau, die sich ihm freiwillig schenkt, und einer, die Bezahlung verlangt. Quäl dich nicht, Beth, sieh es einfach als Erfahrung. Du bist immer noch die hübscheste Frau, die ich kenne, meine beste Freundin und eine großartige Geigerin. So wie ich das sehe, hast du nicht mehr verloren als ein bisschen Stolz.«

»Ich hätte nichts mit einem verheirateten Mann anfangen dürfen«, sagte sie traurig. »Das *war* falsch.«

»Jetzt werde du mir nicht auch noch heilig.« Jack lachte, sprang auf die Füße und zog sie hoch. »Komm, ich zeige dir, was ich hier mache, bevor es dunkel wird, und heute Abend betrinken wir uns und feiern, dass du es endlich nach Bonanza geschafft hast.«

Jack führte sie ungefähr fünfzig Meter hinter seine Hütte. Er hatte sie gewarnt, vorsichtig um alle Stellen herumzugehen, wo der Schnee eingedrückt war, denn das waren die Löcher, die er gegraben hatte. Er erklärte, was er tat.

»Der Boden ist selbst im Sommer ungefähr einen halben Meter tief gefroren«, sagte er. »Also grabe ich, so tief ich kann, und mache dann Feuer in dem Loch. Dadurch schmilzt das Eis, und am nächsten Tag schaufele ich den matschigen Boden raus. Das sind die Haufen, die du da siehst.« Er deutete auf riesige schneebedeckte Hügel und einen frischen, an dem er gerade gearbeitet hatte, als sie kam. »Man nennt sie Halden.«

Er wischte den Schnee von einem langen Trog mit Querlatten am Boden. »Das ist eine Waschrinne, und wenn es taut, dann schaufele ich die Erde von den Halden in die Waschrinne und wasche sie aus. Die Steine und die Erde werden weggespült, und wenn ich Glück habe, dann liegen am Ende ein paar Goldklumpen auf dem Boden der Waschrinne.«

»Und die gibst du dann Oz?«, fragte sie.

»Nicht, wenn ich sie hier finde. Ich habe ein Nutzungsrecht für diesen Teil des Claims. Ich habe ihm kein Geld dafür bezahlt. Wir haben uns darauf geeinigt, dass ich den halben Tag lang unten bei ihm arbeite, und alles, was wir dort finden, gehört ihm. Dafür gehört mir alles, was hier liegt.«

Beth nickte. »Und hast du schon Gold gefunden?«

»Noch nicht, das wird sich erst zeigen, wenn ich mit dem Auswaschen anfange. Vielleicht werde ich nie was finden. Aber Oz hat in den letzten zwei Jahren schon ganz viel gefunden. Er könnte, wenn er wollte, diesen Claim für ein Vermögen verkaufen.«

Beth lächelte. Seit sie in Dawson angekommen war, hatte sie viele fantastische Geschichten über die Claims in Bonanza oder Eldorado gehört, die für schwindelerregende Summen den Besitzer gewechselt hatten. Viele Männer, denen die Claims ursprünglich gehört hatten, besaßen jetzt Hotels oder Saloons in Dawson oder waren als sehr reiche Männer zurückgefahren.

Doch es gab auch viele alte Sourdoughs wie Oz, die niemals verkaufen würden. Sie lebten weiter in ihren primitiven Hütten, gingen hin und wieder in die Stadt, um ganz viel von ihrem Gold zu verprassen, und dann kehrten sie in ihre Hütten zurück und fingen von Neuem an.

»Oz kann nicht mehr so viel graben«, erklärte Jack. »Er wird langsam alt, ist müde und hat Schmerzen. Er braucht auch nicht wirklich noch mehr Gold, aber er will auch nicht aufhören. Also hat er mit mir, was er will – Hilfe, Gesellschaft und die Aufregung, die man empfindet, wenn man wieder auf Gold stößt.«

Sie gingen weiter den Hügel hinauf, bis sie schließlich im Wald standen.

»Hier komme ich rauf und jage«, sagte Jack. »Vor ein paar Wochen habe ich einen Elch erwischt, und jetzt haben wir genug Fleisch, bis es taut. Es war so schön hier im letzten

Herbst, es wuchsen so viele verschiedene Beeren, und die Blätter änderten ihre Farbe, nicht wie da unten.« Er deutete mit dem Daumen hinunter zum Wasserlauf.

Beth drehte sich um und betrachtete die schneebedeckte Szene. »Jetzt ist es auch sehr schön«, sagte sie. »Aber ich schätze, das liegt daran, dass alle Gräben, Löcher, Halden und Ausrüstungsgegenstände unter der Schneedecke verschwunden sind. Ich wette, wenn es taut, dann sieht es hier aus wie auf einem sehr schlammigen Schrottplatz.«

Jack musste noch Feuer in seinen Löchern anzünden, deshalb ging Beth zurück zur Hütte, weil ihr so kalt war.

Sie musste ihn nicht fragen, ob er sie errichtet hatte. Sie trug eindeutig seine Handschrift, von der Art, wie er das Bett in einen Alkoven gebaut hatte, bis hin zu den sorgfältig gearbeiteten Fensterläden. Sie nahm an, dass er die meisten Möbel gefertigt hatte, wenn das Wetter so schlecht gewesen war, dass er nicht nach draußen gehen konnte. Sie fuhr mit der Hand über die Tischbeine und bewunderte die gedrechselten Rundungen, die er abgeschliffen hatte, bis sie ganz glatt waren.

Außerdem war alles sehr ordentlich. Teller und Tassen waren auf einem Regal aufgestapelt, ein Hemd hing auf einem Gestell am Feuer zum Trocknen, und er hatte sogar sein Bett gemacht.

Während sie das Bett genauer betrachtete, entdeckte sie plötzlich die Bilder. Sie waren an der Wand im Alkoven befestigt und konnten von jemandem, der auf eine Tasse Tee und einen Plausch vorbeikam, nicht gesehen werden.

Eines zeigte Jack und sie kurz nach ihrer Ankunft in New York; es war an einem Stand am South Seaport gemacht worden. Beths Abzug war verloren gegangen, als sie so überstürzt aus der Wohnung in der Houston Street ausziehen mussten, und es war schön, es wiederzusehen. Noch ein Bild zeigte sie im Bear in Philadelphia beim Geigespielen. Sie hatte keine Ahnung, wer es aufgenommen hatte oder wann, denn sie hatte es noch nie zuvor gesehen.

Es gab noch eins von Jack und ihr in Skagway. Sie erinnerte sich noch, dass es ein Mann gemacht hatte, der an einem Fotojournal über den Weg über den Chilkoot Pass arbeitete. Sie wusste nicht, wie Jack an einen Abzug davon gekommen war, denn sie hatten den Mann nie wiedergesehen. Schließlich gab es noch eins von ihrem Auftritt am Eröffnungsabend im Golden Nugget. Es war von dem Herausgeber der Dawsoner Zeitung *The Nugget* gemacht worden und zusammen mit einem Artikel über Jack, Theo und sie und darüber, wie sie Sam auf dem Weg hierher verloren hatten, in der Zeitung erschienen. Jack musste ihn gebeten haben, ihm einen Abzug des Bildes zu geben.

Ihr wurde ganz warm ums Herz, als sie all die Bilder von sich sah. Sie war der Ansicht gewesen, dass die meisten Goldgräber sich Fotos von hübschen, leicht bekleideten Frauen aufhängten, nicht welche von alten Freunden.

»Diese Bilder von dir haben mir einige Erinnerungen zurückgebracht«, sagte sie später, als er zurückkam.

Er sah sie verlegen an. »Es tut gut, sie anzusehen, wenn ich im Bett liege«, sagte er. »Ich hatte auch eines von uns vieren in Skagway eine Weile dort hängen, aber ich habe es wieder abgenommen, weil Sams Gesicht mich traurig und Theos mich wütend gemacht haben.«

Beth deutete auf das, was sie zusammen in New York zeigte.

»Da siehst du so jung und dünn aus«, sagte sie. »Und ich sehe so prüde aus. Wie wir uns verändert haben!«

»Du wolltest mich damals nicht mal in dein Zimmer lassen.« Er grinste. »Und jetzt sitzen wir all diese Jahre später hier, allein und meilenweit weg von irgendetwas. Das nenne ich Fortschritt!«

In den Tagen nach ihrer Ankunft bei Jack fühlte Beth sich wie eine Feder, deren Anspannung sich ganz langsam löste. Das Feuer in Dawson, ihre Hilfe für die Obdachlosen und die unangenehme Auseinandersetzung mit John hatten ihr offenbar sehr zugesetzt.

Es war gut, morgens in absoluter Stille aufzuwachen und zu wissen, dass der Tag, der vor ihr lag, keinerlei Ansprüche an sie stellte. Manchmal machte Jack mit ihr eine belebende Schlittenfahrt, wobei Oz' Hunde, Flash und Silver, sie zogen. Aber meistens las sie ein bisschen, flickte Jacks zerrissene Sachen und unternahm lange Spaziergänge entlang dem zugefrorenen Wasserlauf oder oben durch die Wälder, bei denen die Hunde sie gerne begleiteten.

Es war wärmer geworden, und wenn die Sonne herauskam, fühlte es sich fast wie Frühling an. Mit Jack zusammenzuleben war unglaublich angenehm, denn er behielt immer die Ruhe und beschwerte sich nie. Auf seinem Gesicht breitete sich ein strahlendes Lächeln aus, wenn sie ihm Kaffee und Kuchen zu seiner Ausgrabungsstelle brachte, und er wusste es zu schätzen, wenn sie heißes Wasser für ihn bereithielt, mit dem er sich waschen konnte, wenn er zurückkam. Aber er erwartete das alles nicht von ihr.

Aber am meisten wusste sie zu schätzen, dass er sie zum Lachen brachte. Wenn sie in ein Buch vertieft war und plötzlich aufblickte, sah sie sein Gesicht, das sich grotesk gegen die Scheibe presste. Einmal hatte sie ein Knurren und Kratzen an der Tür gehört und sich furchtbar erschrocken, weil sie dachte, es wäre ein Bär, aber es war nur Jack, der ihr einen Streich spielen wollte. Besonders viel lachten sie jedoch während ihrer Unterhaltungen, wenn sie sich an frühere Ereignisse erinnerten oder an Leute, die sie beobachtet hatten. Ihr wurde klar, dass das mit Theo nie möglich gewesen war, und auch keine langen Gespräche. Sie nahm an, dass sie sich vielleicht sehr miteinander gelangweilt hätten, wenn Sam und Jack nicht ständig bei ihnen gewesen wären.

Die Tage wurden jetzt länger, und manchmal gingen sie zum Abendessen runter in Oz' Hütte, und Beth spielte anschließend Geige für ihn. An manchen Abenden hörten die Männer auf den umliegenden Claims sie und kamen auch noch. Das waren die schönsten Momente, denn einige der Männer sangen den Text zu ihren Stücken, sie konnten lustige Geschichten erzählen und freuten sich über weibliche Gesellschaft.

Es gab nur wenige Frauen in Bonanza. Hauptsächlich waren sie hart und abgebrüht und hoben auf dem gefrorenen Boden genauso effektiv Löcher aus wie die Männer. Außerdem erledigten sie auch noch andere Aufgaben, wuschen Wäsche oder backten Brot oder Kuchen, um dringend benötigtes zusätzliches Geld zu verdienen. Sie wiesen Beths zaghafte Freundschaftsangebote ab, und obwohl Jack meinte, es läge daran, dass sie keine hübsche Frau in der Nähe ihrer Männer haben wollten, hatte Beth das Gefühl, dass es eher an dem Gerede über sie lag.

Obwohl sie das nicht wirklich störte, wurde Beth dadurch bewusst, dass es sehr schwierig für sie werden könnte, gesellschaftlich anerkannt zu werden, wenn sie erst wieder zurück in der Welt dort draußen war.

Eine Tänzerin oder sogar eine Hure konnte vielleicht heiraten und eine Krankenschwester oder eine Sekretärin werden und musste nicht befürchten, dass jemand herausfand, was sie vorher gemacht hatte. Aber Beth wusste, dass sie es zusammen mit Klondike Kate, Diamond Tooth Gertie und anderen Frauen geschafft hatte, großes Aufsehen in Dawson City zu erregen, und dass die Geschichten über sie sich durch die Zeitungsartikel über den Klondike überall in der Welt verbreitet hatten.

Falls sie es nicht aufgab, öffentlich Geige zu spielen, oder irgendjemandem erzählte, dass sie während des Goldrauschs in Dawson City gewesen war, würden die skandalöseren Dinge ihrer Zeit hier in Dawson unweigerlich nach außen dringen.

Beth dachte über dieses Problem nach, als sie sich eines Morgens wusch und anzog. Sie hatte noch keine Lösung gefunden, denn ihr Geigenspiel war ihre einzige Möglichkeit, Geld zu verdienen. Aber da die Sonne schien, beschloss sie, sich nicht länger Sorgen um die Zukunft zu machen, sondern lieber zu versuchen, Jack dazu zu überreden, seine Arbeit ruhen zu lassen und mit ihr spazieren zu gehen.

Sie wusste, dass es wärmer geworden war, sobald sie aus der Hütte trat, denn ihr Gesicht prickelte nicht so wie sonst. Dann hörte sie das Tropfen. Es war überall um sie herum, kam von der schneebedeckten Ausrüstung, vom Dach der Hütte, vom Weg runter zu Oz, von überall her.

Der Schnee schmolz!

Aufgeregt lief sie hinter die Hütte und den Hügel hinauf und rief nach Jack. Er hielte inne und stützte sich mit einem breiten Grinsen im Gesicht auf seine Schaufel.

Beth blieb erschrocken stehen und vergaß, was sie sagen wollte, als sie ihn ohne Bart sah.

»Wann hast du denn das gemacht?«, fragte sie.

»Was?«

»Du weißt schon! Dein Bart ist ab.«

»Oh, das.« Er rieb sich übers Kinn, als sei er überrascht, dort keine haarige Masse zu fühlen. »Ich habe heute Morgen gesehen, dass es taut, und da dachte ich, es würde Zeit, dass der Bart auch verschwindet.«

»Das steht dir viel besser«, sagte sie. Tatsächlich sah er sehr attraktiv aus, denn sein kantiges Kinn und sein breiter Mund waren zwei schöne Merkmale, die er niemals verdecken sollte. »Und du siehst viel jünger aus.«

»Ich bin froh, dass es deine Zustimmung findet«, erwiderte er. »Aber was ist denn passiert, dass du so aufgeregt hier heraufläufst? Ist Queen Victoria gestorben?«

»Soweit ich weiß, nicht.« Beth lachte. »Ich war nur aufgeregt, weil der Schnee schmilzt.«

»Erinnerst du dich noch daran, wie es letztes Jahr war?«, sagte Jack nachdenklich. »Wir steckten am Lake Bennett bis zu den Knien im Schlamm, und du bist herumgerannt und hast nach Frühlingsblumen gesucht!«

»Lass uns das noch mal machen«, schlug sie vor.

»Es wird noch eine ganze Weile keine Blumen geben«, erinnerte er sie.

»Aber vielleicht gibt es irgendwo einen geschützten Platz. Können wir nicht mal nachsehen?«

Jack rammte die Schaufel in den Boden. »Also gut, dir zuliebe.«

Als sie den Wald oben auf dem Hügel erreichten, war es noch offensichtlicher, dass es taute, denn das Geräusch des von den Ästen rutschenden Schnees war fast eine Symphonie. Beth machte einen Schneeball und warf ihn auf Jack, und der rächte sich sofort. Sie rannte weg, aber immer wenn sie hinter einem Baum Schutz fand, formte sie einen neuen Schneeball und bewarf ihn damit.

Das Spiel ging immer weiter; sie jubelten jedes Mal lachend, wenn sie trafen, und schimpften, wenn sie sich verfehlten.

Sie waren immer tiefer in den Wald gelaufen, und Beth fand einen sehr dicken Baum, hinter dem sie sich versteckte. Jack war plötzlich still, deshalb spähte sie um den Baumstamm, um zu sehen, wo er war.

Plötzlich spürte sie, wie sich eine Hand schwer auf ihre Schulter legte. »Buh!«, rief er, und sie zuckte erschrocken zusammen, weil sie ihn nicht hatte kommen hören.

Sie hielt Schnee in einer Hand, bereit zum Wurf, und hob spontan die Hand und drückte ihn Jack ins Gesicht. »Selber Buh«, sagte sie kichernd.

Er lachte und wischte sich den Schnee aus dem Gesicht, aber es war immer noch etwas an seiner Nase. Sie standen dicht voreinander, und Beth zog ihren Handschuh aus und streckte die Hand aus, um den Schnee abzuwischen. Aber als ihre Hand seine Wange berührte, sah sie plötzlich etwas in seinen Augen. Es war der gleiche Ausdruck, den sie in der letzten Nacht auf dem Schiff darin gesehen hatte, bevor sie New York erreichten. Sie war damals so unschuldig gewesen, dass sie nicht gewusst hatte, was er bedeutete, außer dass es etwas Besonderes war. Aber jetzt wusste sie, was es war.

Brennendes Verlangen.

Sie konnte ihre Hand nicht von seiner Wange nehmen. Ein Gefühl, das so stark und so süß war, dass sie glaubte, weinen zu müssen, stieg in ihr auf. Er nahm ihre Hand und zog sie an seinen Mund, küsste ihre Handfläche. Seine warmen, weichen Lippen sandten ihr einen erregenden Schauer über den Rücken.

Sie war es, die näher trat, die Hände um seine Wangen legte und ihn auf die Lippen küsste. Für einen Moment bewegte er sich nicht, ließ nur die Lippen auf ihren liegen, ohne dass ihre Körper sich richtig berührten, aber dann legte er eine Hand an ihr Gesicht und erwiderte ihren Kuss mit so viel Zärtlichkeit, dass sie das Gefühl hatte, wieder eine unschuldige Siebzehnjährige zu sein.

Wie lange sie dort standen und sich küssten, wusste sie nicht, aber sie wusste, dass sie nicht aufhören wollte. Jeder Zentimeter ihres Körpers brannte vor Verlangen, sie wollte mehr als nur Küsse, aber sie hatte Angst, sich auch nur eine Sekunde von ihm zu lösen, weil sie fürchtete, dass der Zauber dann vorbei sein würde.

Schnee rutschte noch immer von den Bäumen um sie herum, und die Sonne, die ihr auf die Wange schien, fühlte sich warm an. In der Ferne konnte sie das Rasseln der Winde hören, als ein Goldgräber seinen Eimer mit Erde aus einem Loch im Boden zog, und ein Vogel zwitscherte in einem nahen Baum.

Es war Jack, der den Kuss unterbrach. Seine nackten Hände legten sich erneut um ihr Gesicht, und er sah ihr tief in die Augen. »Meine wunderschöne Beth«, seufzte er. »Ich hoffe, das ist nicht nur ein Traum, und ich wache auf und stelle fest, dass es nicht wirklich passiert ist.«

35

Als sie vor der Hütte standen, um sich die Stiefel auszuziehen, war Beth verlegen. Ihr Kuss auf dem Hügel war spontan passiert und hatte sich rein und richtig angefühlt. Aber jetzt, wo sie in die Hütte gingen, war sie sich bewusst, dass sie entscheiden musste, ob sie den nächsten Schritt wirklich tun sollten. Sie wollte es, aber sie war nicht sicher, ob es weise war.

Jack war ihr bester und engster Freund, der einzige Mensch auf der ganzen Welt, der sie wirklich kannte. Diese Freundschaft wollte sie nicht aufs Spiel setzen.

»Hast du Angst?«, fragte Jack, als sie die Hütte betraten.

»Nein«, log sie.

»Also ich schon«, gestand er, küsste sie auf die Nase, während er ihr den Hut auszog, und fuhr mit den Fingern durch ihr Haar. »Aber ich träume ja auch davon, mit dir zu schlafen, seit ich dich das erste Mal getroffen habe.«

»Wirklich?«

»Ja, wirklich. Wenn du meine Gedanken hättest lesen können, dann wärst du manchmal rot geworden.«

»Du willst mich aufziehen?«

»Nein«, sagte er und knöpfte ihren Mantel auf. »Die Träume von dir haben mich in so mancher kalten Nacht warm gehalten.«

Er ließ ihren Mantel zu Boden fallen, zog sie in seine Arme und küsste sie erneut. Als seine Zunge über ihre strich, spürte Beth, wie das Verlangen in ihr übermächtig wurde, und sie wusste, dass sie verloren war und nicht mehr zurückkonnte.

Ohne ihren Kuss zu unterbrechen, gelang es ihm, ihr die Kleider bis auf ihr Hemd auszuziehen, dann legte er sie aufs Bett und kniete sich daneben, um ihr die Strümpfe abzustreifen. »Ich habe mich immer gefragt, wie deine Beine wohl aussehen«, sagte er und fuhr mit einer Hand darüber, während er ihr in die Augen blickte. »Ich habe sie einmal bis zu den Knien gesehen, als wir auf dem Floß waren, und ich wäre fast über Bord gefallen, so aufgeregt war ich.«

»Oh Jack«, schimpfte sie.

»Der Gedanke gefällt dir nicht, dass ich dich die ganze Zeit über begehrt habe?«, fragte er, und seine Augen glitzerten verschmitzt, während seine Hände nach oben zwischen ihre Schenkel glitten und nur wenige Zentimeter vor ihrer Scheide innehielten.

Köstliche Wellen der Lust machten sie sprachlos. Sie konnte nur die Arme nach ihm ausstrecken.

Er brauchte nur wenige Sekunden, um sich auszuziehen, gerade lang genug, dass sie die Decke zurückschlagen und darunterschlüpfen konnte, denn in der Hütte wurde es langsam kalt. Aber in dem Moment, in dem er bei ihr war und seine Arme um sie legte, vergaß sie ihre Sorgen, ihre Sittsamkeit und die Kälte, denn seine warme, seidige Haut an ihrer fühlte sich so richtig an.

Sie hatte geglaubt, dass Theo, Jefferson und John Fallon alle gute Liebhaber gewesen wären, aber sie waren nur mittelmäßig verglichen mit Jack. Er benutzte seine Finger mit solcher Sinnlichkeit, streichelte, erforschte und küsste sie auf so köstlich langsame Weise, dass jeder Nerv in ihrem Körper zum Leben zu erwachen schien. Wieder und wieder versuchte sie, seinen Penis zu greifen, um auch ihm Freude zu bereiten, doch er hielt sie immer davon ab. Erst als sie spürte, wie etwas in ihr explodierte und sie jedes Gefühl für Ort und Zeit verlor, nahm er sie schließlich mit kraftvollen Stößen, sodass sie gewaltige Schockwellen durchliefen.

Sie hörte sich selbst aufschreien, spürte Tränen über ihr Gesicht laufen und wusste in diesem Moment, dass er sie etwas hatte empfinden lassen, zu dem keiner ihrer vorherigen Liebhaber in der Lage gewesen war.

Jack stützte sich auf den Ellbogen und betrachtete Beth, die neben ihm schlief. Sein Herz schwoll an vor Liebe zu ihr. Es war fast Mitternacht, aber der Ofen und die Laterne, die darüberhing, gaben genug Licht, um sie deutlich zu sehen. Es war Mittag gewesen, als sie in die Hütte gegangen waren, und seitdem hatten sie sich dreimal geliebt, sich zwischendurch etwas zu essen gemacht, sich gegenseitig gewaschen, eine halbe Flasche Whiskey getrunken und über alles und nichts geredet. Er hätte eigentlich erschöpft sein müssen, aber er war zu aufgeregt, um zu schlafen. Sie war seine erste Liebe gewesen, seine einzige wahre Liebe, und jetzt gehörte sie endlich ihm.

Es hatte während der sechs Jahre, seit sie sich auf dem Schiff kennengelernt hatten, viele andere Frauen gegeben. Prüde, schamlose, nette, grausame, glückliche und traurige Frauen. Bei einigen hatte er sich einzureden versucht, dass er sie liebte, mit anderen hatte er nur geschlafen und darauf gehofft, dass die Freuden, die er ihnen bereitete, sein fehlendes Engagement wettmachten. Aber letztlich war da immer das Gefühl der Enttäuschung gewesen.

Beth war immer sein Leitstern gewesen, auch wenn er wusste, dass sie nur Augen für Theo hatte. Wäre sie nicht gewesen, dann wäre er jetzt noch immer in New York; er wäre niemals nach Montreal gegangen und durch Kanada bis hierher gereist. Er war zu ihrem selbsternannten Schutzengel geworden, nur um ihr nahe zu sein. Er hätte alles für sie getan, selbst wenn sie in ihm niemals mehr als einen Freund gesehen hätte.

Aber jetzt war sie hier, lag mit ihrem schlanken Körper dicht an seinem und schlief tief und fest, das Gesicht so lieblich wie das eines Kindes. Er erinnerte sich an den Ausdruck auf ihrem Gesicht nach der Rettung aus ihrem Kellerverlies, ganz starr vor Kälte und noch verängstigt von den Qualen der Gefangenschaft. An ihre Wut, als sie herausfand, dass Pearls Haus in Philadelphia ein Bordell war. Und die Nacht im Krankenhaus in Montreal hatte sich ebenfalls in seine Erinnerungen eingebrannt, als sie sich weinend nach Theo gesehnt hatte, aber sich damit zufriedengeben musste, von ihm getröstet zu werden.

Ihr Mut auf dem Chilkoot Pass und ihr Durchhaltevermögen während der Reise hatten ihn erstaunt. Dann, in Dawson, so kurz nach Sams Tod, hatte sie auch noch Molly verloren. Doch sie hatte die Zähne zusammengebissen und sich Abend für Abend im Nugget die Seele aus dem Leib gespielt. Viele Goldgräber, die nicht genug Geld für einen Drink hatten, erzählten ihm, dass sie vor dem Saloon gestanden und ihr zugehört hatten. Sie sagten, dass sie dann weniger hungrig und durstig gewesen waren und ihre Musik ihnen die Hoffnung gegeben hatte, dass sie irgendwie ihr Glück machen würden.

Jack konnte verstehen, wie sie sich fühlten, denn er war ihrer Musik schon an jenem Abend auf dem Schiff verfallen, als er sie zum ersten Mal gehört hatte.

Er schlüpfte aus dem Bett, legte noch mehr Holz in den Ofen, damit er bis zum Morgen weiterbrannte, und blies die

Laterne aus. In zwei Wochen würde das Eis auf dem Fluss aufbrechen, und erneut würden Tausende von Menschen auf der Suche nach Gold hierherströmen.

Er lächelte, denn er wusste, dass er hier in seiner kleinen Hütte etwas viel Wertvolleres als Gold gefunden hatte.

Ein lauter Jubelschrei von Oz klang den Hügel bis zu Beth und Jack hinauf, die an der Waschrinne standen und Steine und Kies auswuschen.

»Was ist denn in den gefahren?«, sagte Jack. Er stand auf und ging zu einer Stelle, von wo aus er sehen konnte, was unten vor sich ging.

»Wahrscheinlich hat er eine Flasche Whiskey gefunden, die er ganz vergessen hatte«, scherzte Beth.

Es war jetzt Mitte Juni. Zwei Wochen zuvor war das Eis im Fluss aufgebrochen, und Oz' Claim war zu einem einzigen zähen Schlammfeld geworden. Aber der warme Sonnenschein hatte inzwischen das Schlimmste weggetrocknet, Gras und Wildblumen sprossen überall um die Hütte, und Vogelgezwitscher erfüllte die Luft.

Beth war noch niemals so glücklich gewesen. Von dem Moment an, wenn sie morgens die Augen öffnete und Jack neben sich sah, bis zu dem, an dem sie abends wieder ins Bett sanken, war sie erfüllt von der seligen Sicherheit, dass es die richtige Entscheidung gewesen war, hierherzukommen.

Sie hatten nicht von Liebe oder gar von der Zukunft gesprochen, denn das kam ihnen unwichtig vor, weil es doch so offensichtlich war, dass sie für immer zusammengehörten. Beth half Jack und Oz, schaufelte Erde von den Haufen und wusch sie fröhlich aus. Es machte ihr nichts aus, dass es harte, schmutzige Arbeit war oder dass sie ihr manchmal sinnlos vorkam. Es reichte, an Jacks Seite zu sein, zu lachen und zu reden und sich absolut sicher zu fühlen.

Manchmal fuhr er mit ihr nachmittags mit Oz' kleinem Ruderboot auf den Fluss zum Fischen, und sie lag dann auf dem Rücken, genoss den Sonnenschein und malte sich begierig aus, wie sie sich lieben würden, sobald sie wieder in der Hütte waren. Bei anderen Gelegenheiten gingen sie in die Wälder oberhalb des Claims, und sie pflückte Blumen, während er Feuerholz sammelte. Das Verlangen überwältigte sie oft dort oben, denn es hatte etwas herrlich Verruchtes und Gefährliches, sich unter freiem Himmel zu lieben, vor allem, wo ein Bär oder sogar ein Mensch vorbeikommen und sie überraschen konnte.

»Lass uns nachsehen, was mit ihm los ist«, sagte Jack. »Es wird ohnehin Zeit, was zu essen. Vielleicht können wir dann später noch ein bisschen schmusen?«

Hand in Hand liefen sie den Hügel hinunter und fanden Oz, der sein zerschlissenes kariertes Hemd trug und seine Hose mit einem Seil um die Hüften zusammengebunden hatte, über seine Waschrinne gebeugt.

Als sie sich näherten, blickte er auf, und sein breites Lächeln enthüllte seine schwarzen Zähne. »Seht euch an, was ich gefunden habe!« Er hob eine alte Backnatron-Dose hoch und gab sie ihnen.

Sie enthielt vier kleine Goldnuggets. Jack schüttete sie in seine Hand. »Guter Gott!«, rief er. »Die hast du alle gleichzeitig gefunden?«

»Jap«, erwiderte Oz. »Ich habe heute Morgen fünf Halden durchgewaschen und nichts gefunden, und dann in der sechsten steckten diese hier.«

»Ich freue mich so für dich, Oz.« Beth ging zu ihm und umarmte ihn. »Wie schön!«

»Aus welchem Loch sind die gekommen?«, fragte Jack und sah sich um. Überall auf dem Boden neben der Hütte waren Löcher mit Hügeln daneben.

»Aus dem da.« Oz deutete auf eines direkt neben der Hütte. »Das ist das Loch, das wir zuletzt gemacht haben. Erinnerst du dich, du hattest Angst, dass ich reinfallen könnte, wenn ich aus der Hütte komme?«

Jack lächelte und wandte sich zu Beth um. »Das war, kurz bevor du kamst. Als er mich bat, da zu graben, habe ich versucht, es ihm auszureden.«

»Ich schätze, jetzt wirst du die Hütte versetzen wollen, damit du drunter graben kannst?«, fragte Beth.

Oz grinste. »Vielleicht. Aber zuerst habe ich mir in den Kopf gesetzt, mich ein bisschen fein zu machen und in die Stadt zu fahren, um überall zu verbreiten, dass der alte Ostrich wieder auf eine Goldader gestoßen ist. Es gibt Leute, die sich schon lange über mich lustig machen. Das wird sie zum Schweigen bringen.«

»Dann werden einige ganz wild darauf sein, dir den Claim abzukaufen«, erinnerte ihn Jack.

»Wenn sie mir genug bieten, dann verkaufe ich ihn vielleicht sogar«, gab Oz zurück.

Beth sah Jack erschrocken an und fragte sich, was dann aus ihm werden sollte, aber zu ihrer Überraschung lächelte er Oz an. »Fahr ruhig in die Stadt«, sagte er. »Wir waschen noch ein bisschen weiter, während du weg bist, und versuchen, noch mehr für dich zu finden. Aber pass auf das auf, was du da hast, hörst du? Mehr finden wir vielleicht nicht.«

Eine Stunde später winkten Jack und Beth am Ufer zum Abschied, während Oz in seinem Boot nach Dawson aufbrach. Sein Feinmachen hatte darin bestanden, sich den Bart zu stutzen und sich etwas weniger zerschlissene Sachen anzuziehen. Beth hatte ihn überredet, die Nuggets in einem Beutel unter seinem Hemd um den Hals zu tragen. Jack hatte ihm geraten, sie auf die Bank zu bringen, bevor er anfing, zu trinken und zu spielen.

»Was, wenn er den Claim verkauft?«, fragte Beth, als sie dem älteren Mann nachwinkten. Er hatte Flash und Silver bei ihnen gelassen, und die beiden Hunde saßen am Flussufer und blickten ihrem Herrn hinterher.

»Ich hoffe, dass er das tut«, erwiderte Jack. »Er schafft nicht noch einen Winter hier draußen.«

»Aber was wird dann aus dir? Der neue Besitzer wird dich hier nicht wollen.«

Jack zuckte mit den Schultern. »Das ist mir egal. Wenn du nicht aufgetaucht wärst, dann wäre ich jetzt schon auf dem Weg irgendwo anders hin.«

»Wirklich?«

Er lachte über ihren überraschten Gesichtsausdruck und streichelte ihre Wange. »Ich bin nicht wegen des Goldes gekommen, sondern weil ich aus Dawson wegwollte. Und jetzt, wo du bei mir bist, kann ich überall glücklich sein.«

Ihr ging es ganz genauso, aber dass Jack es aussprach, war wundervoll.

»Was sollen *wir* dann tun?«, fragte sie. »Wenn wir von hier vertrieben werden?«

»Was immer wir wollen«, antwortete er und nahm sie in die Arme. »Mein Traum ist schon wahr geworden.«

Sie legte ihre Hände um sein Gesicht. »Ich liebe dich, Jack Child«, sagte sie.

»Tust du das?« Er sah erstaunt aus.

»Natürlich. Einhundert Prozent. Aber ich erwarte, dass du Pläne machst. Wenn du es nicht tust, werde ich anfangen, dich herumzukommandieren.«

»Ich würde mich von niemandem lieber herumkommandieren lassen.« Er lachte.

»Hast du nicht etwas vergessen?« Sie biss ihm spielerisch in die Nasenspitze.

»Was?«

»Na ja, ich habe dir gesagt, dass ich dich liebe. Müsstest du darauf nicht antworten?«

»Was soll ich denn sagen?«, fragte er.

Sie wusste, dass er sie nur neckte, und boxte ihm aufs Ohr. »Sag es«, befahl sie.

Er umfasste ihre Hüften und wirbelte sie herum. »Ich liebe dich, Miss Bossy Bolton. Das tue ich schon seit sechs langen Jahren«, sagte er und drehte sie noch weiter.

Als er sie losließ, schwankte sie ein bisschen, weil ihr so schwindelig war. »Das ist keine besonders romantische Art, es einer Frau zu sagen«, erklärte sie entrüstet.

»Ich bin eher der praktische Typ.« Er grinste sie an. »Also werde ich jetzt wirklich romantisch sein und vorschlagen, dass wir hier unten noch ein bisschen für Oz weiterarbeiten und sehen, was wir für ihn finden können.«

Sie fanden noch fünf weitere kleine Nuggets an diesem Nachmittag. Jack legte sie in Oz' Dose. »Sie müssen ein paar Hundert Dollar wert sein«, sagte er nachdenklich. »Es gab eine Zeit, da hätte ich sie mir eingesteckt, aber als ich dich kennenlernte, habe ich mich verändert.«

»Wirklich?«

»Jap.« Er nickte. »Du warst so rein und ehrlich, ich dachte, ich hätte keine Chance bei dir, wenn ich nicht genauso werde. Ich verdanke dir eine Menge.«

Beth war gerührt. »Es war dumm von mir, nicht sofort zu merken, dass du der Richtige für mich bist.«

»Zur Hölle, Beth, wenn wir damals in New York schon zusammengekommen wären, dann hätte das wahrscheinlich kein Jahr gehalten. Sieh dir doch nur an, welche Abenteuer wir zusammen erlebt haben!«

Sie wusste, das war seine Art, ihr zu sagen, dass er nicht verbittert darüber war, dass sie Theo ihm vorgezogen hatte, und dafür liebte sie ihn noch mehr.

Oz kam nicht nach ein paar Tagen zurück, wie er versprochen hatte. Jack und Beth wuschen weiter die Erde aus, fanden jedoch kein Gold in Jacks Halden, dafür aber noch mehr kleine Nuggets in Oz'. Außerdem sammelten sie etwas Goldstaub aus seiner Waschrinne.

Das Wetter war fast immer herrlich, obwohl die Moskitos eine Plage waren, aber als aus den Tagen eine Woche und dann noch eine wurde und Oz noch immer nicht zurück war, machte Jack sich Sorgen um ihn. Er hatte seine Hunde noch nie so lange bei jemand anderem gelassen, und die beiden saßen den ganzen Tag lang am Ufer und hielten nach ihrem Herrn Ausschau. Aber Jack wagte nicht, den Claim zu verlassen und nach ihm zu suchen.

Neuigkeiten aus Dawson City verbreiteten sich schnell, selbst zu den abgelegensten Orten, denn jeder, der vorbeikam, hatte etwas zu erzählen. Sie hatten gehört, dass die Stadt seit dem Feuer fast vollständig wiederaufgebaut worden war und dass an der Kanalisation und der Einrichtung von Elektrizität, Dampfheizungen und Telefonen gearbeitet wurde. Tausende neue Leute waren gekommen, seit das Eis aufgebrochen war, die Reichen über das Wasser und die Armen über die Berge, und es hieß, dass die allermeisten davon pleite waren und überall nach Arbeit suchten. Männer wie Jack, die für die Claimbesitzer arbeiteten, hatten Angst, dass ihre Löhne sinken würden, wenn es so viele Arbeitskräfte gab, und selbst die Claimbesitzer machten sich Sorgen, dass verzweifelte Männer vielleicht versuchen könnten, ihnen den Claim streitig zu machen, oder dass sie hier rauskamen, um sie zu berauben.

Am 4. Juli hörten sie das Knallen und Zischen des Feuerwerks in Dawson, und es erinnerte Beth daran, dass ein Jahr vergangen war, seit sie von Mollys Tod erfahren hatte. Aber Oz war noch immer nicht zurück.

Eines Nachmittags Mitte Juli fingen Flash und Silver an zu heulen, und endlich entdeckte Jack Oz, der in seinem Boot den Fluss hinaufruderte.

Sie freuten sich sehr, ihn zu sehen, aber als Oz zum Himmel stinkend an Land schwankte, war klar, dass er sich während der vergangenen Tage total besoffen hatte, und sie gingen vom Schlimmsten aus.

»Hast du alles verloren?«, fragte Jack, als er dem alten Mann in seine Hütte half.

»Ja, schätze schon«, sagte Oz, bevor er auf seinem Bett zusammenbrach und sofort in einen tiefen Schlaf fiel.

Jack ging zwei Mal während des Abends zu Oz' Hütte, um nach ihm zu sehen, aber er wachte nicht auf.

»Er wird den Claim verspielt haben«, sagte Jack traurig, als er zu Beth zurückkam. »Er hat nichts wieder mitgebracht außer zwei Flaschen Whiskey. Keinen Proviant oder sonst irgendetwas. Ich schätze, wir müssen vielleicht doch schneller von hier weg, als wir dachten.«

»Das macht mir nichts aus«, sagte Beth. »Lass uns mit dem

Schiff zurück nach Vancouver fahren. Ich kann wieder im Globe spielen, und du findest auch ganz leicht wieder Arbeit. Mit dem Geld, das ich gespart habe, kommen wir erst mal über die Runden.«

»Würdest du gerne nach Hause fahren?«, wollte Jack wissen.

»Nach England?«, fragte sie.

Jack nickte.

»Ich sehe es nicht mehr als mein Zuhause«, erwiderte sie nachdenklich. »Da wartet nichts mehr auf mich.«

»Genauso sehe ich das auch«, stimmte Jack ihr zu. »Mein Zuhause ist da, wo du bist. Ich schätze, wir müssen uns einen Ort suchen, wo wir beide uns wohlfühlen.«

In dieser Nacht lag in ihrem Liebesspiel ein Hauch von Traurigkeit, weil es für sie das Ende einer Ära war. Wochenlang waren sie ganz allein gewesen, und sie wussten, dass sie diese absolute Privatsphäre und die Freiheit, nur das zu tun, was sie wollten, nirgendwo anders finden würden. Sie hatten oft sogar die Zinkwanne nach draußen gestellt und im Sonnenschein gebadet in dem Wissen, dass niemand sie sehen oder hören konnte. In der Stadt würden sie irgendwo in zwei Zimmern hausen müssen, umgeben von dem Lärm, dem Gestank und dem Streit, den es immer gab, wenn viele Menschen zusammenlebten.

Am folgenden Morgen machte Beth einen Berg Pfannkuchen und trug sie runter zu Oz; Jack folgte ihr auf dem Fuße mit einer Kanne Kaffee. Aber zu ihrer Überraschung saß Oz in sauberen Sachen und mit klatschnassen Haaren auf der Bank vor seiner Hütte. Auch den Bart hatte er sich abrasiert.

Beth hatte ihn immer für mindestens sechzig gehalten, aber ohne den Bart erkannte sie, dass er zwanzig Jahre jünger war.

»Also, so was.« Sie stellte den Teller mit den Pfannkuchen auf die Bank neben ihn und stemmte die Hände in die Hüften. »Wir dachten, du schläfst noch immer deinen Rausch aus. Oder bist du der jüngere Bruder von Ostrich?«

Er lächelte verlegen. »Ich war im Fluss schwimmen. Ich schätze, es war der Schock des kalten Wassers, der mich dazu gebracht hat, den Bart abzurasieren. Es tut mir leid, dass ihr so lange auf Flash und Silver aufpassen musstet, aber es ist ein bisschen kompliziert geworden.«

»Iss deine Pfannkuchen, solange sie warm sind«, sagte Jack und goss ihnen allen Kaffee ein. »Wann musst du von hier weg?«

»Olsen kommt heute Nachmittag«, antwortete Oz.

Jack nickte. Olsen der Schwede hatte bereits ein Vermögen mit seiner Mine am Eldorado gemacht und besaß sehr viele Häuser in Dawson. Er war ein Riese von einem Mann und ein erstklassiger Pokerspieler und hatte sich vermutlich sofort auf Oz gestürzt, als er hörte, dass er mit Gold in die Stadt zurückgekehrt war.

»In Dawson ist es nicht mehr wie früher«, sagte Oz traurig. »Sicher, sie haben alles neu gemacht, aber es herrscht eine bedrückte Atmosphäre überall, so als wäre die Blase geplatzt. Und jetzt kommen Frauen!«

»Aber das ist doch gut, oder nicht?«, rief Beth und setzte sich auf einen Baumstumpf. »Es waren doch immer viel zu wenige.«

»Es sind keine Lebedamen.« Oz schüttelte den Kopf, als wenn er traurig darüber wäre. »Es sind richtige Damen, die Frauen von Bankern, aus der gehobenen Gesellschaft, Lehrerinnen und so was, mit Sonnenschirmen und komischen

Hüten. Sie lassen sich dort mit ihren Männern und Kindern nieder. Es gibt jetzt auch einen Laden mit schicken Kleidern, der einer Französin gehört, und es heißt, da bekommt man den letzten Schrei aus Paris.«

Beth und Jack sahen sich an und fragten sich, ob das alles stimmte oder ob Oz sich das einbildete. »Was macht das Monte Carlo?«, wollte Beth wissen.

»Hat einen neuen Anstrich, so als hätte es nie ein Feuer gegeben. Fallon ist schon lange weg. Sie sagen, er hat die Stadt Hals über Kopf verlassen, kurz nachdem du weg warst.«

»Was ist mit One Eye?«, fragte Jack.

»Er ist noch da. Es heißt, er hat einen Saloon in Louse Town und lässt dort ein paar Huren für sich anschaffen.«

»Und wo gehst du dann heute hin?«, erkundigte sich Jack.

»Das kommt ganz darauf an.«

»Darauf, wie viel du hier zusammenkratzen kannst?«, fragte Jack. »Ein Glück, dass ich weiter für dich die Erde ausgewaschen habe, während du weg warst.« Er griff in seine Tasche und holte den kleinen Lederbeutel heraus, in dem er die Nuggets aufbewahrte, die sie gefunden hatten, und warf ihn dem älteren Mann in den Schoß. »Tu mir bloß den Gefallen, Oz, und verspiel das nicht auch noch. Wir möchten nicht befürchten müssen, dass du im nächsten Winter pleite bist und frierst.«

Oz öffnete den Beutel und ließ die Nuggets in seine Hand gleiten. Dann sah er überrascht zu Jack auf.

»Wir haben auch noch etwas Goldstaub gefunden. Den habe ich nicht mitgebracht, aber den hole ich dir noch«, fügte Jack hinzu.

»Du hast das für mich aufbewahrt, obwohl du wusstest, dass du gehen musst?«, fragte Oz und blinzelte zu Jack auf.

»Sicher, es gehört mir doch nicht.«

»Es gibt nicht viele, die so ehrlich wären«, sagte Oz nachdenklich. »Schätze, dann habe ich es doch richtig gemacht.«

»Das hast du, Oz«, erwiderte Jack, weil er annahm, dass er damit meinte, dass er ihn hatte bleiben und eine Hütte auf seinem Claim bauen lassen. »Ich war glücklich hier, und seit Beth da ist, bin ich sogar noch glücklicher.«

»Dann werdet ihr heiraten?«

Beth kicherte. »Er hat mich noch nicht gefragt, Oz. Bring ihn nicht in Verlegenheit.«

»Eine Frau, die solche Pfannkuchen backen und so schön auf der Geige spielen kann, ist ihr eigenes Gewicht in Gold wert«, erklärte Oz und stopfte sich erneut den Mund voll. »Ich frage sie sonst, Jack, wenn du dich nicht beeilst und es tust.«

»Ich werde es nicht vor dir tun«, entgegnete Jack grinsend. »Aber wir haben vor, nach Vancouver zu fahren. Ich laufe besser den Fluss runter und erkundige mich, ob uns jemand später nach Dawson rudern kann. Wir passen nicht alle in dein Boot, nicht, wenn wir die Hunde auch noch mitnehmen.«

»Ihr könnt mein Boot haben. Ich will mit den Hunden zu Fuß gehen, vielleicht auf dem Weg bei dem ein oder anderen alten Freund vorbeischauen. Aber zuerst müssen wir das Geschäftliche erledigen.«

»Ich hole den Goldstaub«, sagte Jack.

»Das meinte ich nicht, mein Sohn.« Oz stand auf und ging in seine Hütte.

»Ich soll sicher unterschreiben, dass ich meine Ansprüche an dem Claim wieder aufgebe«, flüsterte Jack Beth zu.

Oz kam mit einem Stück Papier in der Hand zurück. »Hier, mein Sohn«, sagte er. »Deine zehn Prozent.«

Jack starrte verwirrt auf das Stück Papier. Beth kam näher

und sah, dass es ein Scheck über zwanzigtausend Dollar war, zahlbar an Jack Child.

Sie keuchte auf. »Du hast den Claim für zweihunderttausend verkauft?«, rief sie.

»Du hast ihn nicht beim Pokern mit Olsen verloren?«, fragte Jack.

»Natürlich nicht. Ich habe zu viele Männer auf diese Weise in ihr Unglück laufen sehen.« Oz gluckste. »Ich habe etwas Geld gewonnen und wieder verloren und mich heftiger betrunken, als ich es für möglich gehalten hätte. Aber den Claim hätte ich nicht aufs Spiel gesetzt. Ich habe ihn Olsen verkauft.«

»Aber warum gibst du mir zehn Prozent?«, fragte Jack mit zitternder Stimme.

»Weil du dich den ganzen Winter lang um mich gekümmert hast. Du warst wie ein Sohn für mich. Außerdem hätte ich niemals mehr Gold gefunden, wenn du diese Löcher nicht für mich gegraben hättest. In Dawson hieß es, ich wäre erledigt. Olson hätte mir keine zehn Cent für den Claim gegeben, wenn er kein Gold gesehen hätte.«

»Ich kann das nicht annehmen«, sagte Jack mit Tränen in den Augen. »Das ist zu viel!«

»Du hattest einen Teil meines Claims übernommen und hättest jederzeit selbst auf Gold stoßen können. Es ist nur fair, dir einen Anteil zu geben. Wir waren Partner, oder nicht?«

Jack sah fassungslos aus. Er blickte immer wieder abwechselnd auf den Scheck und zu Oz.

»Du hast das Geschäft abgeschlossen, als du mir die Nuggets gegeben hast«, sagte Oz. »Ich werde überall rumerzählen, dass Honest Jack die Gypsy Queen heiraten wird. Betrachtet es als Hochzeitsgeschenk.«

36

»Wir übernachten heute Abend im Fairview Hotel«, sagte Jack, als sie das Boot am Ufer von Dawson vertäuten. »Du ziehst dir dein hübschestes Kleid an, und später flanieren wir über die Front Street.«

»Ich muss noch meine guten Sachen aus dem Restaurant holen«, entgegnete sie abgelenkt, weil sie all die neuen Gebäude betrachtete, die seit dem Brand gebaut worden waren. Es war, als wäre die Katastrophe niemals passiert, abgesehen davon, dass die Läden, Saloons und Tanzlokale, die die alten ersetzten, solider und größer waren als ihre Vorgänger.

Außerdem liefen Tausende von Menschen herum. Viele von ihnen sahen genauso schäbig und müde aus wie die Neuankömmlinge im Jahr zuvor, aber es befand sich auch eine überwältigende Anzahl von modisch gekleideten Städtern unter ihnen. Wie Oz gesagt hatte, gab es auch sehr viele sittsam aussehende Frauen und Kinder.

Beth hatte gehört, dass eine Eisenbahn gebaut werden sollte, um Passagiere von Skagway über den White Pass zu bringen, aber sie bezweifelte, dass irgendeiner von diesen feinen Leuten über diese Route gekommen war, denn sie sahen nicht aus, als könnten sie ein Boot bauen und damit über den Yukon fahren.

Ein Mann in einem Frack, einer gestreiften Hose und einem Zylinder ging Arm in Arm mit einer Frau, die ein weißes Musselinkleid und einen großen, von einer Nadel gehaltenen und mit Rosen geschmückten Hut trug und der nicht bewusst zu sein schien, dass ihr Kleid durch den Dreck schleifte. Eine andere Frau in einer eleganten Brokatjacke und einem passenden Rock saß auf einer jener Ledertruhen, die Beth erst einmal gesehen hatte, nämlich als sie in New York aus der ersten Klasse des Schiffs getragen worden waren.

Es gab überall ähnlich elegant gekleidete Männer und Frauen, und Beth konnte sich nicht vorstellen, warum sie gekommen waren. Was hofften sie in dieser kleinen Pionierstadt zu finden, die acht Monate des Jahres von der Außenwelt abgeschnitten war?

Als sie weiter die Front Street hinuntergingen – Beth mit ihrer Geige und einer kleinen Tasche, Jack mit dem Rest ihrer Habseligkeiten –, glaubte sie, in einem jener merkwürdigen Träume zu sein, in denen man sich an einem vertrauten Ort befand, an dem nichts so war, wie es sein sollte.

So fühlte sie sich schon, seit sie sich darauf gefasst gemacht hatten, die billigsten Fahrscheine kaufen zu müssen, die es gab, und dass ihnen in Vancouver harte Zeiten bevorstanden.

Und dann, ohne jede Vorwarnung, waren sie plötzlich reich.

Obwohl das eine wunderbare Überraschung gewesen war, fiel es ihnen sehr schwer, den Ort zu verlassen, an dem sie so glücklich gewesen waren. Dann, nach dem emotionalen Abschied von Oz, waren sie hierhergerudert und auf unheimliche Weise daran erinnert worden, wie sie vor einem Jahr hier angekommen waren, tieftraurig und erschüttert über Sams Tod.

Letztes Jahr, als sie sich durch den tiefen Schlamm auf genau diesen Straßen gekämpft hatten, waren sie Cheechakos gewesen, wie die Einheimischen die Greenhorns nannten: aufgeregt, ängstlich, müde, erwartungsvoll und völlig verwirrt.

Dawson City hatte sie verändert. Es konnte nicht anders sein – es war, als hätte man sie in einen riesigen Mixer geworfen, aus dem sie durch die ungewöhnlichen Menschen, die Frivolität, die hier Tag und Nacht herrschte, die Not, die Überfüllung, die lasche Moral und die Träume von unermesslichem Reichtum verändert wieder herausgekommen waren.

Beth fragte sich jetzt, ob sie sich jemals wieder in eine normale Gesellschaft würde einfügen können. Darüber hatte sie während der Bootsfahrt schon nachgedacht und deshalb kaum geredet, und da Jack ebenfalls schweigsam gewesen war, nahm sie an, dass er sich genauso viele Sorgen darüber machte, wie es sein würde, wieder zurückzukommen.

»Wir schaffen das schon, wir haben uns«, sagte Jack plötzlich, als habe er ihre Gedanken gelesen. »Wenn wir wollen, dann können wir das nächste Schiff nehmen.«

Beth lächelte ihn dankbar an. Sie fand es bemerkenswert, dass er immer zu wissen schien, was sie dachte.

Um acht Uhr abends machten sie sich gerade fertig, um auszugehen und sich in der Stadt umzusehen. Man hatte ihnen im Fairview eines der besten Zimmer gegeben. Es war luxuriös mit einem dicken Teppich, schicken französischen Möbeln, einer Federmatratze und Samtvorhängen an den Fenstern. Beth dachte zynisch, dass es ein Skandal war, dass die Besitzer die Innenwände nicht robuster gebaut hatten. Jack und sie konnten jedes Wort hören, das die Leute im angrenzenden Zimmer sagten.

Sie hatten Beths Sachen aus dem Restaurant abgeholt, den Scheck bei der Bank eingelöst, und Jack hatte sich einen eleganten neuen Anzug gekauft, sich die Haare schneiden und seine besten Schuhe polieren lassen.

Beth band ihm gerade seine Fliege um, als es an der Tür

klopfte. Jack öffnete und sah einen jungen Hotelpagen in Livree, der einen Brief in der Hand hielt. »Das hier ist für Miss Bolton gekommen«, sagte er. »Sie haben gesagt, ich soll auf Ihre Antwort warten.«

Überrascht und verwirrt öffnete Beth den Brief und stellte fest, dass er von Percy Turnball kam, dem derzeitigen Besitzer des Monte Carlo.

Verehrte Miss Bolton, las sie.

Ich war hocherfreut zu erfahren, dass Sie und Mr Child wieder in der Stadt sind. Es wäre mir eine große Ehre, wenn Sie beide heute Abend im Monte Carlo meine Gäste wären, und ich hoffe, dass Sie es vielleicht in Erwägung ziehen, einige Stücke für all jene zu spielen, die Sie so schmerzlich vermisst haben. Ihr ergebener Diener P. Turnball

Sie gab Jack den Brief zu lesen. »Was meinst du?«

»Ist das der Schotte, den sie ›Big Balls‹ nennen?«, fragte Jack. »Der große Kerl mit dem Diamanten an der Krawattennadel, der immer im Nugget war?«

Beth kicherte. Dolores hatte ihn immer Percy the Pig genannt, wegen seiner kleinen dunklen Augen und seines roten Gesichts. Wie One Eye liebte auch er karierte Anzüge in grellen Farben, aber er war ein anständiger, großzügiger Mann, und Beth hatte ihn gemocht.

»Ja, stell dir vor, und ausgerechnet ihm gehört jetzt das Monte Carlo! Sollen wir hingehen?«

»Wenn du willst. Vielleicht wäre es gut für dich, dort ein letztes Mal zu spielen.«

Beth wandte sich zu dem Pagen um. »Sagen Sie ihm, wir kommen gerne.«

Es war schon neun Uhr, als sie im Monte Carlo ankamen. Ein Pianist spielte, aber sie konnten ihn kaum hören, weil es in dem vollen Saloon so laut war. Als Beth und Jack hineingingen, drehten die Leute sich nach ihnen um, und ein Raunen ging durch den Raum.

»Das ist sie«, hörte Beth einen Mann sagen. »Sie ist sogar noch hübscher, als sie erzählt haben.«

Percy Turnball musste die Aufregung bemerkt haben, denn er bahnte sich seinen Weg durch die Menge, um sie zu begrüßen.

»Herzlich willkommen.« Auf seinem großen roten Gesicht erschien ein breites Lächeln. »Es gab großen Jubel, als man Sie vorhin in die Stadt kommen sah. Sie sind eine Legende in Dawson, Miss Bolton. Selbst die Cheechakos haben von Ihnen gehört und waren enttäuscht, dass sie Sie nicht spielen hören konnten. Und was Sie angeht, Jack, so habe ich Geschichten gehört, dass Sie von einem Bären angegriffen wurden, Gold gefunden und heimlich unsere Gypsy Queen geheiratet haben. Stimmt irgendetwas davon?«

Jack lachte. »Das ist alles erfunden. Wenn ich die Gypsy Queen heirate, dann ganz sicher nicht heimlich.«

Turnball schlug ihm auf den Rücken. »Richtig so. Ich fand immer, dass ihr beiden gut zueinanderpasst. Und jetzt trinken wir Champagner und feiern, dass ihr wieder zurück seid.«

Turnball führte sie zu einem Tisch, den er reserviert hatte, und der Barkeeper brachte eine Champagnerflasche in einem silbernen Eiskübel. Er schmeckte besser als der, den Fallon immer mit Beth getrunken hatte, und die Gläser waren aus echtem Kristall.

Dutzende von Leuten, die sie noch nie gesehen hatte, kamen an den Tisch und sagten ihr, wie sehr sie sich freuten, sie kennenzulernen. Es war ein gutes Gefühl, und da Jack unter dem Tisch ihre Hand hielt, verschwand die Angst, die sie im Laufe des Tages noch empfunden hatte.

Sie entdeckte viele vertraute Gesichter in der Menge, die sich jetzt alle Sourdoughs nennen durften, weil sie den Winter hier verbracht hatten. Einige waren in Skagway noch ganz junge Männer gewesen, Unschuldige, die ihre Kleinstädte verlassen hatten, um ihrem Traum nachzujagen. Jetzt waren es raue Männer, die alles machen konnten, was sie wollten. Da sie noch immer hier waren, hatten sie wohl eine Nische für sich gefunden, selbst wenn sie noch nicht auf Gold gestoßen waren.

Hin und wieder sah sie auch die Tänzerinnen aus den Tanzlokalen und Saloons mit ihren grellen Kleidern und ihren extravaganten Frisuren. Sie sahen vielleicht mollig, hübsch und freundlich aus, aber die meisten waren berechnend, hart und geldgierig. Doch erst sie verliehen Dawson das Glamouröse und hatten schon so manchen Goldgräber glücklich gemacht, selbst wenn diesem gerade das Glück nicht hold war.

Andere Gesichter, die Beth ebenfalls kannte, waren die der Geschäftsleute der Stadt. Einige hatte sie schon auf der Reise hierher kennengelernt, andere waren über andere Routen gekommen, aber sie waren alle Unternehmer. Viele von ihnen hatten durch Brände alles verloren, denn auch vor dem großen Feuer im April hatte es schon viele andere gegeben. Aber es lag nicht in der Natur dieser Männer, aufzugeben; wenn ein Geschäft scheiterte, dann suchten sie sich etwas Neues. Hartnäckig und entschlossen, mit Stahl im Rückgrat, würden sie vermutlich alles überleben, was im Leben noch auf sie wartete.

Doch die meisten Gäste waren Fremde für Beth. Unter ihnen waren die neuesten Cheechakos, ausgemergelte Männer in schäbigen Mänteln und hohen Wanderstiefeln, aber die meisten Fremden waren elegant, gut angezogen und sahen wohlhabend aus.

»Das sind die Touristen«, sagte Turnball verächtlich, als er ihre neugierigen Blicke sah. »Sie mussten nicht über die Berge wandern und die ganzen Qualen durchstehen; sie sind mit Ledertruhen gekommen, manche haben sogar ihre Dienstboten mitgebracht, nur um sagen zu können, dass sie in Dawson City waren. Keiner von uns wusste, dass die Zeitungen auf der ganzen Welt letztes Jahr alles verfolgt haben, was hier passierte. Einige dieser Neuankömmlinge wissen mehr über uns als wir selbst! Natürlich gibt es immer noch viele, die herkommen, weil sie nach Gold schürfen wollen, aber die meisten wollen nur sehen, ob all die Sachen stimmen, die sie gehört haben.«

Um zehn Uhr stand Turnball auf der kleinen Bühne und schlug auf eine Zimbel, um für Ruhe zu sorgen.

»Ladys und Gentlemen«, sagte er, als es still wurde. »Sie haben alle schon einige der Legenden von Klondike gehört. Selbst wenn Sie auf dem einfachen Weg mit dem Schiff hergekommen sind, wissen Sie von jenen Mutigen, die mit ihrer Ausrüstung auf dem Rücken dem Tod auf den beiden berüchtigten Pässen, dem Chilkoot Pass und dem White Pass, ins Auge gesehen haben. Die junge Dame, die ich heute hier begrüßen darf, kam im letzten März über den Chilkoot. Sie hat ihren Bruder verloren, der im Miles Canyon ertrank. Aber sie hat sich mit ihrer berühmten Geige bis hierher gekämpft und uns alle mit ihrer Musik verzaubert.

Ich weiß noch, wie ich sie das erste Mal spielen hörte, es war in diesem Saloon, ein paar Tage nach ihrer Ankunft. Ihr Ruf war ihr vorausgeeilt, aber ich hatte nicht erwartet, dass die englische Geigenspielerin, die in Skagway die Herzen der Menschen erobert hatte, ein schmächtiges Mädchen sein würde.

In jener Nacht hat sie mich zu Tränen gerührt, sie brachte mich dazu, mit den Füßen im Takt zu wippen, und füllte mein Herz mit Freude, und wie jeder andere Mann in der Stadt war ich tief beeindruckt von ihrem Mut, ihrem Talent und ihrer Schönheit.«

Turnball wandte sich zu ihr um und bedeutete ihr, auf die Bühne zu kommen.

Mit einer großen Geste öffnete er die Arme, und seine Stimme wurde zu einem lauten Donnern. »Ich präsentiere Ihnen Ihren besonderen Liebling: die weltberühmte Beth Bolton, die Klondike Gypsy Queen.«

Während die Leute applaudierten, sprang Beth mit ihrer Geige in der Hand auf die Bühne und verneigte sich vor dem großen Publikum. Um der alten Zeiten willen spielte sie zuerst »Kitty O'Neill's Champion«, und innerhalb von Sekunden wippten die Leute mit den Füßen und lächelten sie an. Als Nächstes kam »The Days of '49«, der alte »California Gold Rush Jig«, dann »The Lass of Glenshee«.

Sie badete in begeistertem Applaus. Dann winkte sie mit ihrem Bogen, um die Leute zum Schweigen zu bringen, und wandte sich an ihr Publikum.

»Die nächste Nummer habe ich selbst komponiert«, sagte sie. »Ich hoffe, Sie hören darin den Wind, der mir auf dem Chilkoot Pass ins Gesicht peitschte, die Sägen der Bootsbauer am Lake Bennett und unsere Freude darüber, endlich weiterfahren zu können, als das Eis aufbrach. Ein Mittelteil erzählt von dem Schmerz über den Tod meines Bruders und über die Schönheit des Yukon im Frühling. Und schließlich ist da die Fröhlichkeit von Dawson City am Ende der Reise.«

Jack hatte sie oft etwas sehr Schönes spielen hören, während er auf Oz' Claim arbeitete, eine Nummer, die er noch nicht kannte. Er hatte geglaubt, es wäre ein klassisches Stück, und hatte sie immer bitten wollen, es abends einmal für ihn zu spielen.

Jetzt, als sie zu spielen begann, wurde ihm klar, dass es das Stück war, was er dort gehört hatte. Von den ersten, schmerzlich schönen Tönen an, die mit Noten die Kälte nachzeichneten, durchlebte er noch einmal die Wanderung über den Chilkoot Pass. Er konnte die Last des Gepäcks auf seinem Rücken spüren, die ihn fast vornüberfallen ließ, und den schweren Schlitten, den er ziehen musste, während er immer weiter hinauf durch den Schnee stapfte. Irgendwie war es Beth gelungen, in der Musik die Verzweiflung, die Erschöpfung und die Angst festzuhalten, die alle Goldsucher durchgemacht hatten. Doch er konnte sich nur daran erinnern, dass sie ihn damals jedes Mal strahlend angelächelt hatte, wenn er sie ansah.

Da war ausgelassene Fröhlichkeit an den Sägen des Lake Bennett, und er bemerkte, wie viele Sourdoughs einander ansahen und lächelten, als ihnen ihr erbitterter Streit wieder einfiel.

Alle Zuhörer, ob sie die Reise mitgemacht hatten oder nicht, konnten die Freude über den Aufbruch mit den Booten spüren, denn Beth war es gelungen, die Hornpfeifen der Matrosen, das Flattern der Segel im Wind und sogar die Wärme der Frühlingssonne auf ihren Rücken in ihrer Musik mitschwingen zu lassen.

Der schnelle, schaurige Teil spiegelte die Aufregung und

das Entsetzen über die Stromschnellen im Miles Canyon und wurde dann zu einer traurigen Erinnerung an Sam. Jack konnte ihn vor sich sehen, wie sie ihn aus dem Wasser zogen, sein blondes Haar dunkelrot verfärbt vom Blut aus der Wunde an seinem Kopf. Er konnte Beth wieder neben seiner Leiche knien sehen, und ihr Schluchzen durchfuhr ihn wie Messerstiche. Und er konnte sehen, wie sie Sam in sein Ufergrab gelegt und nach den Gebeten »Rock of Ages« gesungen hatten.

Ein Kloß stieg Jack in den Hals, weil all das in der Musik mitschwang. Als er sich umsah, konnte er sehen, dass selbst diejenigen im Publikum, die nichts von Sam oder dem Miles Canyon wussten, Beths Kummer verstanden.

In ihrem Porträt der Reise über den Yukon spiegelten sich all das Leid und die Hoffnungslosigkeit, aber es gelang ihr auch, die Schönheit des sich windenden Flusses und der ihn umgebenden Berge zu zeichnen, der Wildblumen und der Elche, die am Ufer tranken.

Auf jener Fahrt waren sie ganz plötzlich auf Dawson gestoßen. Beth illustrierte das durch einen plötzlichen Tempuswechsel. Auf einmal war ihre Komposition wild, laut und fröhlich, und sie erinnerte Jack an den Markt am Ufer, den zähen Schlamm, die Tausende von Menschen. Sie beschwor die Geschäftsleute herauf, die laut schrien, dass ihre Saloons, Restaurants oder Tanzlokale die besten seien. Sie porträtierte den romantischen »Long Juicy Waltz«, der bei den Königen der Tanzlokale so beliebt gewesen war. Die Männer entdeckten bald, dass sie die Frauen für ihren Dollar nur eine Minute lang im Arm halten durften, doch einige gaben einhundert Dollar aus, um das Privileg einen Abend lang zu genießen.

Ein Hauch Burleske im Theater des Monte Carlo, frech, vulgär, aber niemals unanständig, sonst hätten die Mounties es geschlossen. Die Faro-Tische, die Frauen aus der Paradise Alley, das Heulen der Hunde, die Betrunkenen, die Verlierer und die Gewinner – sie alle waren in Beths Musik, und Jack war nie stolzer auf sie gewesen.

Er sah sie auf der Bühne stehen, den Kopf über die Geige gebeugt, mit den schwarzen Locken, die ihr über den Rücken fielen, sah, wie ihr schlanker Körper sich sinnlich zu der Musik bewegte. Ihm wurde klar, dass sie sich in den Jahren, die er sie kannte, von einem hübschen Mädchen in eine wunderschöne Frau verwandelt hatte, ohne dass ihm die Veränderung aufgefallen war.

Als das Stück endete und Beth den Bogen sinken ließ, brandete stürmischer Applaus auf. Die, die noch saßen, sprangen auf, stampften mit den Füßen, klatschten in die Hände und jubelten. Es hörte gar nicht auf, und alle verlangten nach einer Zugabe. Aber Beth lächelte und schüttelte den Kopf, formte mit den Lippen ein Danke an das Publikum, weil man sie über dem Applaus nicht gehört hätte, und trat von der Bühne.

Jack verstand das. Diese Eigenkomposition hatte sie erschöpft. All die Schmerzen, die Not, die Freuden und das Vergnügen waren darin enthalten gewesen. Sie konnte das nicht übertreffen, und sie wollte es gar nicht erst versuchen.

Sie konnten Dawson am folgenden Tag nicht verlassen, wie sie gehofft hatten, denn alle Boote waren ausgebucht. Jack gelang es jedoch, ihnen eine Kabine in der ersten Klasse auf der *Maybelline* am 3. August zu besorgen, in fünf Tagen.

Am folgenden Nachmittag, während sie ein paar Dinge einkaufte, die sie brauchte, sah Beth plötzlich Dolores, die früher im Golden Nugget gearbeitet hatte, aus einem Lebensmittelladen kommen. Sie war hochschwanger.

Als sie Beth sah, kam sie auf sie zugelaufen, fast atemlos vor Aufregung, sie wiederzusehen. »Ich habe mir solche Sorgen gemacht, als du einfach verschwunden warst. Niemand schien zu wissen, wo du hingegangen bist!«, rief sie.

»Ich bin nach Bonanza gegangen, um bei Jack zu sein«, erklärte Beth. »Ich hatte genug von Dawson. Aber was ist mit dir? Wohin bist du gegangen, als das Nugget abgebrannt ist?«

Dolores lachte. »Das Feuer war ein Glücksfall für mich. Ich habe in jener Nacht Sol kennengelernt, er war einer der Feuerwehrmänner. Er hat mich mit zu sich genommen, und seitdem sind wir zusammen.«

Sie unterhielten sich noch eine Weile, und Beth erzählte ihr, dass sie mit Jack nach Vancouver gehen wollte. Dolores berichtete, dass sie in der Wäscherei aushalf und dass Sol für das Kind einen zusätzlichen Raum an ihre Hütte baute.

»Wann kommt es denn?«, fragte Beth, die sich freute, dass für Dolores alles gut ausgegangen war.

»Der Doktor sagt, im November«, erwiderte Dolores. »Aber wir sind nicht sicher, was das Datum angeht, weil ich mich nicht erinnern kann, wann ich zuletzt meine Do-da hatte.«

Beth lächelte über Dolores' Namen für die Menstruation. Nachdem sie sich vergewissert hatte, dass Sol sich sehr darüber freute, Vater zu werden, und dass Dolores gesund und glücklich war, verabschiedete sie sich und ging zurück ins Fairview.

Im Gehen dachte sie noch einmal über ihr Gespräch nach, und plötzlich wurde Beth klar, dass ihre Do-da auch schon eine ganze Weile ausgeblieben war. Sie konnte sich erinnern, sie kurz nach ihrer Ankunft bei Jack gehabt zu haben, und dann noch einmal, einen Monat später, Anfang Juni. Aber seitdem nicht mehr.

Weil man ihr in Montreal gesagt hatte, dass sie niemals wieder schwanger werden könne, hatte sie keinen Grund gehabt, von einem Mann zu erwarten oder zu wollen, dass er vorsichtig war, und ganz sicher war ihr niemals in den Sinn gekommen, dass die Ärzte sich irren könnten.

Zurück in ihrem Zimmer im Fairview, betrachtete sie sich genau im Spiegel. Sie konnte keine Veränderungen an sich sehen, und sie fühlte sich auch nicht anders, doch ihre Periode war schon über einen Monat überfällig. Was, wenn sie schwanger war?

Sie schloss die Augen und hielt ihren Bauch, wünschte sich von ganzem Herzen, dass sie es war. Jacks Baby zu bekommen wäre das Schönste auf der ganzen Welt für sie gewesen.

Aber sie sagte ihm nichts, als er zurückkam. Sie musste zuerst sicher sein, und da er am Nachmittag einigen alten Freunden begegnet war und viel Neues zu berichten hatte, war es einfach, ihre Aufregung vor ihm zu verbergen.

Am folgenden Tag half Jack jemandem dabei, eine neue Hütte zu bauen, und Beth versuchte, den Gedanken an ein Baby aus ihrem Kopf zu verdrängen, indem sie einige alte Freunde besuchte. Aber es funktionierte nicht; ob es nun Einbildung war oder nicht – ihre Brüste waren plötzlich empfindlich, und am Morgen war ihr sogar ein bisschen übel gewesen. Sie unterhielt sich und lachte während der Besuche, aber alles, woran sie denken konnte, war, wie glücklich Jack sein würde, wenn es sich tatsächlich bestätigte.

Am Abend des 31. Juli ging das Gerücht durch Dawson, dass man Gold in Nome an der Beringsee in Alaska gefunden hatte.

Beth und Jack hörten es von einem anderen Gast, der gerade ein Telegramm von einem Freund irgendwo aus der

Nähe bekommen hatte. Sie dachten sich nichts dabei, denn es hatte schon einmal Gerüchte über einen neuen Goldfund im Januar gegeben, und viele Männer hatten sich sofort auf den Weg gemacht, einige davon so wenig vorbereitet, dass sie Frostbeulen bekamen, nur um dann festzustellen, dass es sich um eine Falschmeldung gehandelt hatte.

Aber als sie später über die Front Street gingen, sprachen alle darüber. In den Saloons, in die sie gingen, sagten die Männer, dass das Gold dort einfach am Strand liege und darauf warte, eingesammelt zu werden, und alle wollten nach Nome, sobald sie ein Schiff fanden, das sie hinbringen würde.

Das Gerücht verbreitete sich wie ein Lauffeuer, und plötzlich hatten alle Männer, die mit leerem Blick auf den Bürgersteigen herumgelungert hatten, wieder das alte vertraute Feuer in den Augen.

Jack fand das sehr lustig. Er lachte schallend, als ein alter Sourdough ihn auf der Front Street aufhielt und ihn fragte, ob er auch dorthin gehen würde. »Auf keinen Fall«, sagte er. »Ich habe für den Rest meines Lebens genug vom Goldfieber. Ich will nur mit meiner Frau nach Hause fahren.«

Am folgenden Tag summte die ganze Stadt vor Aufregung. Die Leute kämpften um die Plätze auf den Schiffen, und wenn sie keine Fahrscheine bekommen konnten, besorgten sie sich Ruderboote, um sich allein auf den Weg zu machen.

Jack schien das alles sehr verstörend zu finden und erklärte, dass er eine Weile in den Bergen wandern wolle. Bevor er ging, zählte er fünfhundert Dollar von ihrem Geld ab und sagte zu Beth, sie solle sich bei Madame Aubert etwas Hübsches und Modisches kaufen, das sie in Vancouver tragen könne.

Die Französin war eine ausgezeichnete Schneiderin, aber sie hatte auch fertige Kleider in ihrem Laden, die der letzte Schrei aus Paris waren.

»Bei ihr kann ich nichts kaufen«, erwiderte Beth entsetzt. »Sie ist zu teuer.«

Jack lachte. »Wir sind jetzt reich, und all deine Kleider werden in Vancouver schäbig aussehen. Außerdem kannst du sie jetzt, wo so viele Leute nach Nome reisen, sicher ein bisschen runterhandeln.«

Beth wollte ein neues Kleid, aber sie sagte zu Jack, dass fünfhundert Dollar zu viel dafür seien.

»Behalt es ruhig«, sagte er. »Du wirst auch Schuhe und andere Dinge brauchen.«

Beim Abendessen wirkte Jack ein bisschen distanziert. Beth hatte ein hübsches Kostüm bei Madame Aubert gefunden, eine dunkelgrün-cremefarben gestreifte Schößchenjacke mit einem dazu passenden einfarbigen grünen Rock und einem kleinen grünen Hut mit Schleier. Sie freute sich darüber und über den neuesten Tratsch, den die Französin ihr erzählt hatte, und war ein bisschen enttäuscht, dass Jack nicht darauf einging.

Nach dem Essen trank sie zwei Gläser Whiskey, die ihr sofort zu Kopf stiegen. Sie konnte kaum noch stehen, und Jack half ihr auf ihr Zimmer und ins Bett.

»Ich glaube, ich laufe draußen noch ein bisschen rum und sehe nach, was so los ist«, sagte er. »Es ist zu früh, ich könnte jetzt ohnehin noch nicht schlafen. Träum was Schönes.«

Beth wachte am Morgen abrupt von dem Straßenlärm unten auf. Aber zu ihrer Überraschung war sie allein im Bett. Sie stand auf und blickte aus dem Fenster, um zu sehen, woher der Lärm kam, und stellte fest, dass er von Aberhunderten von Männern mit Rücksäcken auf dem Rücken kam, die in Richtung Anleger liefen.

Es war genau wie vor zwei Jahren in Vancouver, und sie nahm an, dass sich Jack leise nach draußen geschlichen hatte, um sich das Spektakel anzusehen. Aber als sie zurück auf das Bett blickte, sah es nicht aus, als wenn er dort geschlafen hätte. Das Kissen war nicht eingedrückt, und die Decke und die Laken waren noch seitlich unter die Matratze geschoben.

Doch noch merkwürdiger war, dass sein neuer Anzug über der Stuhllehne hing und seine besten Stiefel danebenstanden. Er musste gestern Abend zurückgekommen sein, als sie schlief, und seine alten Sachen wieder angezogen haben.

Sie blickte in den Schrank und sah, dass seine Werkzeugtasche fehlte. Jack hatte schon immer eine Schwäche für Leidensgeschichten gehabt, und wenn ihn gestern Abend jemand um Hilfe gebeten hatte, dann wäre es ihm schwergefallen, Nein zu sagen. Eines jedoch verstand sie nicht: Warum hatte er sie, als er zurückgekommen war, um seine alten Sachen und sein Werkzeug zu holen, nicht geweckt, um ihr zu sagen, wohin er ging, oder ihr eine Nachricht hinterlassen?

Ihr war wieder übel, aber sie beschloss, dass es Hunger war, deshalb ging sie nach unten, um zu frühstücken, in der Hoffnung, dass Jack vielleicht eine Nachricht an der Rezeption abgegeben hatte.

Aber da war keine Nachricht, und sie musste aus dem Esszimmer laufen, weil ihr schon vom Kaffeegeruch schlecht wurde.

Als sie wieder in ihrem Zimmer war, setzte sie sich an das offene Fenster und blickte hinunter auf die Männer, die am Hotel vorbeimarschierten. Plötzlich zog sich ihr Herz erschrocken zusammen. Konnte Jack nach Nome gegangen sein?

Der Gedanke schien absurd, denn er hatte mit Belustigung und Neugier auf die Nachricht von den neuen Goldfunden reagiert. Er hatte sogar gesagt, wenn es hier schon hart sei, nach Gold zu schürfen, dann würde es dort noch schlimmer sein, denn Nome liege fast am Polarkreis.

Dennoch lief ihr ein kalter Schauer über den Rücken, denn diese ganze Stadt existierte nur wegen der Irrationalität und der Gier, die Gold in Männern hervorrief. Sie konnte nicht einmal sagen, dass es nur eine Sorte Menschen gab, die der Verlockung erlagen, denn sie wusste, dass die Goldsucher aus allen sozialen Schichten kamen, und ehrliche, anständige Männer traf man hier öfter als Gauner und Betrüger.

Sie wusste auch, dass es keine Rolle spielte, wie viel Geld ein Mann schon besaß, denn sie hatte gesehen, wie Männer ihr Vermögen beim Kartenspiel verloren. Theo hatte sich mit dem Golden Nugget seinen Traum erfüllt, doch er hatte es hinter ihrem Rücken verkauft und war mit dem Geld verschwunden. Warum sollte sie davon ausgehen, dass Jack anders war?

Sie wandte sich vom Fenster ab und sah zum Bett hinüber. Sie hatten das Geld in einen Stoffbeutel unter die Matratze geschoben, nachdem sie es von der Bank abgehoben hatten. Jack hatte nur ungefähr eintausend Dollar behalten, und fünfhundert davon hatte er ihr gegeben. Wenn der Beutel weg war, dann war er es auch, genau wie Theo.

Zögernd und zitternd vor Aufregung trat sie an das Bett und hob die Matratze an. Sie schob ihre Hand darunter, konnte jedoch nichts ertasten. Ein unbewusster Schrei der Verzweiflung brach aus ihr hervor. Hastig suchte sie mit den Händen alles ab, und als sie nichts fand, griff sie die Matratze und warf sie auf den Boden. Aber darunter war nichts, nur die dünne Rosshaarpolsterung über den Federn.

Der Schock ließ sie taumeln, denn auch wenn sie sich immer wieder sagte, dass Jack nicht anders als andere Männer war, hatte sie im Herzen doch geglaubt, dass er zu etwas so Gemeinem nicht fähig war.

Er hatte behauptet, er wäre nicht wegen des Goldes hergekommen, sondern, um in ihrer Nähe zu sein, und sie hatte ihm geglaubt.

Sein Betrug war mehr, als sie ertragen konnte, viel schlimmer als das, was Theo ihr angetan hatte, denn sie hatte immer gewusst, dass er ein Spieler war. Aber Honest Jack, der Mann, dem sie so viele Jahre lang blind vertraut hatte, ihr Tröster, ihr Freund, wie hatte er ihr das antun können?

Hysterisch schluchzend warf sie sich auf das Bettzeug. Sie erinnerte sich daran, wie er ihr jene fünfhundert Dollar in die Hand gedrückt und gesagt hatte, dass sie nicht in ihren alten Sachen nach Vancouver fahren könne.

Der Mistkerl musste schon da seine Flucht geplant haben – und hatte ihr das Geld nur gegeben, um sein Gewissen zu beruhigen, damit sie nicht völlig mittellos dastand.

Wie konnte er ihr das antun?

37

Beth lag stundenlang weinend auf dem Haufen Bettzeug. Da die Fahrscheine noch immer auf dem Schminktisch lagen, schien offensichtlich, dass Jack wollte, dass sie am Morgen das Schiff nahm. Auf diese Weise war er frei und konnte mit dieser geistesgestörten Männer-Bruderschaft gehen, die ihr Leben lieber in stinkenden Hütten an einsamen Orten verbrachte und davon träumte, Gold zu finden, als eine Frau und Kinder zu haben, die sie liebten.

Sie durchlebte noch einmal die letzten zwei Wochen und versuchte herauszufinden, ob sie etwas übersehen hatte; ein Zeichen, dass sie Jack nicht so viel bedeutete, wie sie glaubte.

Da war jener Moment, wo sie ihm gesagt hatte, dass sie ihn liebe, und er nicht sofort erwidert hatte, dass er sie ebenfalls liebe. Doch damals hatte sie geglaubt, dass er sie nur necken wollte.

Sie wusste, dass er draußen in Bonanza glücklich gewesen war, und vielleicht war es anmaßend von ihr gewesen zu glauben, dass er noch glücklicher mit ihr zusammen in der Welt da draußen sein konnte. Jetzt, wo sie darüber nachdachte, hatte er nie wirklich darüber gesprochen, was er machen wollte, wenn sie Dawson verließen.

Sein Schweigen auf der Bootsfahrt nach Dawson wirkte jetzt auch verdächtig. Sie hatte geglaubt, er wäre einfach nur fassungslos darüber gewesen, dass Oz ihm so viel Geld gegeben hatte. Aber was, wenn er das Gefühl gehabt hatte, in eine Falle getappt zu sein?

Das wirkte lächerlich, aber vielleicht war für einen Mann, der das einfache Leben in der Einsamkeit liebte, die Aussicht, in einem richtigen Haus zu leben, umgeben von biederen, anständigen Leuten, etwas ganz Trostloses.

Er hätte doch aber sicher mit ihr über seine Ängste sprechen können? Also hatte er sich vielleicht erst im Monte Carlo von ihr zurückgezogen? Als Percy Turnball davon sprach, dass sie eine Legende sei, vielleicht hatte Jack da befürchtet, dass er immer in ihrem Schatten stehen würde? Dass er alles um ihr Spielen herum organisieren musste und niemals wieder frei wählen konnte, wie er leben wollte?

Aber warum sollte er das glauben? Sie dachte, sie hätte ihm deutlich genug gemacht, dass ihr nichts so wichtig war wie er. Selbst das Geigespielen war zweitranging; sie hätte gerne auch nur für ihn gespielt und sehnte sich nicht mehr nach Publikum.

Wäre er gegangen, wenn sie ihm gesagt hätte, dass sie glaubte, von ihm schwanger zu sein?

Am frühen Abend ließ ihr Stolz Beth wieder vom Boden aufstehen.

»Wenn er lieber in der Arktis mit einem Haufen von Verrückten rumläuft, als mit mir mit dem Schiff nach Vancouver zu fahren, dann ist das seine Sache«, sagte sie zu sich selbst.

Sie wuchtete die Matratze zurück auf das Bett und warf die Laken darüber, wusch sich das Gesicht in dem Becken und betrachtete finster ihre geschwollenen Augen.

»Du wirst nicht mehr weinen«, erklärte sie ihrem Spiegelbild. »Du gehst jetzt ins Esszimmer, isst etwas Gutes, dann packst du deine Sachen, damit du morgen reisefertig bist. Du wirst dir nicht anmerken lassen, dass es dir etwas ausmacht, dass er dich verlassen hat.«

»Könnte mir wohl jemand helfen, mein Gepäck zum Schiff zu tragen, bitte?«, bat Beth den Hotelmanager, als sie am nächsten Morgen die Rechnung bezahlte.

In der Lobby wimmelte es von Leuten, die nach Nome wollten, und obwohl kaum einer von ihnen aussah, als könnte er einen arktischen Winter überstehen, schienen sie wie die Schafe denen hinterherzulaufen, die schon gegangen waren.

»Natürlich, Miss Bolton«, erwiderte der Manager und lächelte sie schleimig an. »Wird Mr Child dort auf Sie warten?«

»Ja, das wird er. Er hat noch einige Geschäfte zu erledigen«, sagte sie, wütend darüber, dass dieser verschlagene Widerling sie extra Miss Bolton genannt hatte, um ihr zu zeigen, dass er wusste, dass sie nicht mit Jack verheiratet war.

Sie hatte Jacks neue Sachen eingepackt, denn wenn sie sie im Zimmer zurückließ, würde offensichtlich sein, dass er sie verlassen hatte, aber sie nahm an, dass der Manager es bereits wusste und ihren Kummer genoss.

Der Page ging hinter ihr her über die Front Street und zog einen Handkarren mit ihrem Gepäck hinter sich her. Die Straße war voller Leute, die Dawson verließen, und sie ging davon aus, dass das Schiff schrecklich überfüllt sein würde, da die Kapitäne wie alle anderen gerne schnelles Geld machten. Aber zumindest würden die zusätzlichen Passagiere nur bis St. Michael mitfahren, um sich von dort einen anderen Weg zu ihrem Ziel zu suchen.

Beth hielt den Kopf hoch, während sie ging. Ihr Herz war vielleicht gebrochen, aber sie wusste, dass sie gut aussah in ihrem neuen Kostüm und mit den unter dem Hut hochgesteckten Haaren. Trotzdem fürchtete sie, irgendwelche Bekannten zu treffen, denn die würden sich ganz sicher erkundigen, wo Jack war.

Die *Maybelline* war ein kleiner, aber robust aussehender Dampfer und noch relativ neu, anders als die meisten Schiffe, die während des vergangenen Jahres in Betrieb genommen worden waren. Ein Mitglied der Mannschaft trug Beths Gepäck und zeigte ihr ihre Kabine, die auf dem Oberdeck lag. Sie war klein, mit nur wenigen Zentimetern Platz neben den Betten, aber da sie aus eigener Erfahrung wusste, wie eng es auf den beiden unteren Decks war, machte ihr das nichts aus. Sie legte ihr Gepäck auf das untere Klappbett und kletterte auf das obere, wo sie sich ausstreckte und die Szene am Kai durch das kleine Bullauge beobachtete.

Wenn sie nicht so unglücklich gewesen wäre, dann hätte sie vielleicht darüber gelacht, dass so viele Leute darum kämpften, das vordere Ende der Schlange für die Fahrscheine zu erreichen, um dann zu versuchen, die Mannschaft zu bestechen, sie mit an Bord zu nehmen. Sie verstand diese Verzweiflung nicht. Nur Leute, die man liebte, waren es wert, dass man um sie kämpfte. Sie hätte mit Klauen und Zähnen um Sam gekämpft und auf jedes Vermögen verzichtet, wenn Molly dadurch in England gesund hätte weiterleben können.

Das Boot erzitterte unter dem Geräusch der Nagelschuhe, die über das Deck stampften. Vor ihrer Kabine konnte sie einen Mann sich mit lauter Stimme darüber beschweren hören, dass seine Kabine zu klein sei, und wie ein Mitglied der Mannschaft ihm unmissverständlich erklärte, dass er gerne von Bord gehen und den Fahrschein für das Doppelte an jemand anderen verkaufen könne, wenn sie ihm nicht gefiele.

Dann mischte sich eine Frau ein, die erklärte, es sei eine Schande, dass das Schiff so überfüllt war. Sie bekam eine ähnliche Antwort wie der Mann, der sich beschwert hatte.

Beth stieg von ihrer Liege herunter, als sie das Schiffshorn hörte, das die letzten Nachzügler an Bord rief. Sie hatte das Gefühl, einen letzten Blick auf den Ort werfen zu müssen, zu dem sie vor zwei Jahren mit solcher Vorfreude aufgebrochen war.

Das Fenster war nur ein Quadratfuß großes Stück Glas und ließ sich nicht öffnen, deshalb war ihre Sicht auf das begrenzt, was sich direkt davor befand: Sie sah nur eine Gruppe von jungen Männern mit Seesäcken, schweren Mänteln und Schaufeln, die immer noch darauf hoffte, vielleicht in letzter Minute mitfahren zu dürfen. Hinter ihnen lag ein Saloon, und die vielen Schnitzereien, die die Fassade schmückten, schienen darauf hinzudeuten, dass er innen genauso üppig ausgestattet war. Aber das täuschte; drinnen war es nur eine Hütte, und Tränen stiegen Beth in die Augen, denn das schien ein Symbol für ihre Beziehung zu Jack zu sein. Sie hatte geglaubt, mit ihm die wahre Liebe gefunden zu haben, dass er keine falsche Fassade hatte, dass es bei ihm keine Tricks und Betrügereien gab. Honest Jack, ein Mann, auf den sie sich verlassen konnte, der ihr Freund, ihr Geliebter, ihr Ein und Alles war.

Sie war jetzt sicher, dass sein Baby in ihr wuchs, denn ihr war wieder übel geworden, als sie heute Morgen den Kaffeeduft gerochen hatte. Sie wusste, dass sie das Baby trotz Jacks Verrat lieben würde. Vielleicht würde sie ihm mit der Zeit sogar vergeben. Aber sie wusste auch, dass sie, solange sie lebte, niemals wieder einem Mann vertrauen würde.

Weil Tränen in ihren Augen schwammen, war ihre Sicht undeutlich. Sie sah einen Mann an den Männern in der Schlange vorbeirennen, und obwohl er nur für eine kurze Sekunde in ihrem Blickfeld gewesen war, hatte sie den flüchtigen Eindruck, dass er groß war und dunkles Haar hatte. Ihr Herz schlug unwillkürlich schneller, doch sie wandte sich vom Fenster ab, wütend darüber, dass sie sich vorgestellt hatte, es wäre Jack.

Aber dann hörte sie jemanden rufen, und sie spitzte die Ohren, denn der Mann, der schrie, dass seine Frau seinen Fahrschein habe, klang genau wie Jack.

Sie stürmte durch die Kabinentür und rannte, so schnell sie konnte, die Treppe hinunter auf das überfüllte untere Deck. Passagiere und Gepäck nahmen jeden Zentimeter Platz ein, aber dahinter konnte sie sehen, dass die Mannschaft bereits die Planken eingezogen und die Leinen losgemacht hatte. Auf dem Kai stand Jack, rot im Gesicht und wütend, während das Schiff sich langsam von ihm entfernte.

»Das ist mein Mann«, schrie sie und sprang über Koffer und Seesäcke und stieß Leute beiseite. »Lassen Sie ihn an Bord, bitte!«

Die Mannschaft sah sich überrascht um. Jack ging ein paar Schritte zurück, dann rannte er nach vorn und sprang zum Schiff hinüber.

Ein kollektives Aufkeuchen kam von den Passagieren des Unterdecks, denn die Lücke zwischen dem Schiff und dem Kai wurde rasch breiter.

Beth legte die Hand auf den Mund, denn Jack schien für einen Moment in der Luft zu hängen, und es sah aus, als würde er ganz sicher ins Wasser fallen. Aber er landete gerade noch so auf dem Schiff und fiel nach vorn auf die Knie.

Er war dreckig und unrasiert, aber Beth fand ihn wunderschön. Sie rannte nach vorn, die Arme ausgestreckt, um ihn zu umarmen.

»Gott sei Dank habe ich es noch geschafft«, keuchte er, als

sie zu ihm rannte. »Du musst gedacht haben, ich hätte dich verlassen.«

Zehn Minuten später in ihrer Kabine war Jack noch immer außer Atem. »Ich musste zu Oz«, schnaufte er. »Er wurde angegriffen. Willy the Whistle schaffte es nicht, ihn alleine in sein Boot zu hieven.«

Es dauerte noch ein bisschen, bevor er wieder zu Atem kam und ihr alles erklären konnte. Er war an jenem Abend auf dem Rückweg zum Hotel, als Willy the Whistle (der so genannt wurde, weil er die Tinwhistle spielen konnte), ein alter Veteran, der schon lange vor dem großen Massenansturm Gold um Dawson herum geschürft hatte, ihm zurief, er solle stehen bleiben.

Früher an dem Abend war Willy in seiner Hütte im Wald gewesen, ungefähr sechs oder sieben Kilometer von Oz' Claim entfernt, als er Hunde bellen und an seiner Tür scharren hörte. Er erkannte sofort, dass es Flash und Silver waren, und er wusste, dass sie gekommen waren, um Hilfe zu holen, deshalb folgte er ihnen durch den Wald. Ungefähr zwei Kilometer entfernt fand er Oz, der schlimm zugerichtet im Unterholz lag. Er war kaum noch bei Bewusstsein und blutete aus einer Stichwunde in der Brust.

Willy war nur ein schmächtiger Mann, und obwohl er es schaffte, eine behelfsmäßige Bahre zusammenzuzimmern und Oz mithilfe der Hunde, die sie zogen, zu seiner Hütte zu schaffen, wusste er, dass er nicht stark genug war, Oz bis zu seinem Boot zu schleppen und hineinzulegen. Deshalb drückte er ein altes Handtuch auf Oz' Wunde, gab ihm Whiskey und ließ ihn bei den Hunden zurück. Dann ruderte er nach Dawson, um Hilfe zu holen.

Jack erklärte, dass er ins Hotel zurückgekommen war, um sich seine alten Sachen anzuziehen, aber da er es so eilig hatte und glaubte, am Morgen längst wieder zurück zu sein, hinterließ er keine Nachricht oder weckte Beth.

Als er und Willy an der Hütte ankamen, war es immer noch dunkel, aber nachdem er Oz untersucht hatte, war Jack sich sicher, dass er einen Transport im Boot zum Krankenhaus nicht überleben würde. Also verband er ihn, so gut er konnte, und schickte Willy los, der einen Arzt holen sollte, während er dortblieb.

»Ich habe ihm gesagt, dass er zu dir gehen und dir erzählen soll, was passiert ist«, sagte Jack. »Aber der Idiot hat auf dem Weg fast eine ganze Flasche Whiskey gesoffen, ist eingeschlafen und an Dawson vorbeigetrieben. Ich saß in Willys Hütte fest, ohne Boot, um Hilfe zu holen, aber ich hätte Oz ohnehin nicht alleine lassen können. Als Willy endlich aufwachte, wie ein Wahnsinniger gegen die Strömung zurück nach Dawson ruderte und einen Arzt holte, war es schon spät in der Nacht. Der Arzt kam im Morgengrauen mit einem anderen Mann in seinem eigenen Boot, und ich fuhr mit ihnen zurück. Nachdem Oz im Hospital war, rannte ich ins Fairview, aber du warst schon weg.«

»Ich dachte, du hättest mich verlassen und wärst nach Nome gegangen.« Beth schämte sich jetzt, dass sie an ihm gezweifelt hatte, denn das Blut und der Dreck an seinen Sachen und seine Erschöpfung waren Beweis genug, dass er die Wahrheit sagte.

»Wie konntest du das glauben?«, rief er und sah sie verletzt an. »Weißt du denn nicht, dass du für mich das Wichtigste auf der Welt bist? Ich würde dich nicht gegen eine Tonne Gold eintauschen. Ich liebe dich, Beth.«

»Aber du hattest deine Werkzeugtasche und das Geld mitgenommen«, sagte sie schwach. »Was hätte ich denn denken sollen?«

»Ich hatte mein Werkzeug mitgenommen, für den Fall, dass ich es brauche«, erklärte er. »Aber das Geld habe ich nicht mitgenommen. Das lag im Fairview im Safe.«

Er griff in sein Hemd und holte den Geldbeutel heraus. »Ich habe es in den Safe gelegt, nachdem ich dir das Geld für das Kleid gegeben hatte. Es hatte sich schon rumgesprochen, dass Oz so großzügig zu mir gewesen war, und ich hatte Angst, dass man uns beraubt.«

»Das hat mir der Manager nicht gesagt«, erwiderte sie.

Jack schüttelte ungläubig den Kopf. »Dieses miese Schwein«, zischte er. »Ich wette, er hat gehofft, dass ich nicht zurückkomme und dass er es behalten kann. Ich bin, so schnell ich konnte, hergelaufen, ich hatte nicht mal Zeit, mich zu waschen. Und jetzt kann ich dich nicht mal in den Arm nehmen, um es wiedergutzumachen, weil ich dann dein hübsches Kostüm ruiniere.«

»Ich hole dir Wasser zum Waschen, und ich habe deine Sachen mitgenommen, weil ich nicht wollte, dass jemand erfährt, dass du mich verlassen hast.«

Jack lächelte. »Dich verlassen! Wenn ich hätte schwimmen müssen, um das Schiff noch zu kriegen, dann hätte ich das getan.«

Beth spürte, wie all die Anspannung und der Schmerz von ihr abfielen. »Wie geht es Oz jetzt?«

»Er wird es schaffen. Die Brustwunde musste genäht werden, und die Mounties werden die Kerle kriegen, die das getan haben. Zum Glück hat er das Geld in der Bank hier in Dawson gelassen, und er hat sogar die Nuggets, die ich gefunden habe, in einen Beutel gesteckt und ihn an Flashs Halsband festgemacht.«

»Aber warum haben die Hunde Oz nicht verteidigt?«, fragte sie.

»Willy und ich haben darüber auch gerätselt. Aber Oz war auf dem Weg ins Krankenhaus kurz bei Bewusstsein und hat uns erzählt, dass er mit zwei Typen, die er für Freunde hielt, in deren Hütte Whiskey getrunken hat. Die Hütte liegt ungefähr anderthalb Kilometer von Willys Hütte entfernt, und er hatte die Hunde draußen angebunden. Ich schätze, die Männer dachten, Oz hätte das Geld bei sich, und in ihrer Gier fielen sie über ihn her. Aber sie verschwanden, als sie feststellten, dass es bei ihm nichts zu holen gibt, und Oz kroch nach draußen und machte die Hunde los.«

»Schöne Freunde!«, rief Beth. »Wenn die Hunde nicht so clever gewesen wären, dann wäre er da draußen vielleicht gestorben.«

Beth holte für Jack einen Eimer Wasser, damit er sich waschen konnte, und als er wieder sauber war, umarmte und küsste er sie. »Ich würde dir gerne zeigen, wie sehr ich dich liebe«, sagte er leise. »Aber nach zwei durchwachten Nächten fürchte ich, dass ich dazu nicht in der Lage bin.«

Beth ließ ihn schlafen und ging hinauf auf das Oberdeck, um sich den Fluss anzusehen. Man hatte ihr erzählt, dass Yukon das indianische Wort für »Größter« sei, und sie fand den Namen passend, denn der Fluss war über dreitausend Kilometer lang und hatte tiefe und schmale Stellen, die sich in scharfen Kurven durch Canyons wanden, genauso wie kilometerbreite, die über flaches Land flossen. Das Gletscherwasser war in den Stromschnellen so kalt, dass ein Mann, wenn er hineinfiel, allein deswegen starb oder innerhalb von Minuten von der starken und tödlichen Strömung auf den Grund gezogen wurde.

Aber er war auch wunderschön, manchmal smaragdgrün,

manchmal türkis. Karibus und Elche wateten durch die flachen Stellen, Enten und Gänse schwammen im ruhigeren Wasser, und Schwalben nisteten an den Ufern. Doch sie hatte den Fluss auch im Winter geliebt, wenn das Eis über einen Meter dick war und sie und Jack mit einem von Flash und Silver gezogenen Schlitten über die huckelige Oberfläche gefahren waren.

Sie betrachtete die anderen Passagiere, die auf den Decks saßen, eingepfercht zwischen ihrem Gepäck, und bemitleidete sie, weil sie die Schönheit dieses Landes nicht sehen konnten und es nur ausbeuten wollten.

Hierherzukommen hatte sie alles gelehrt, was sie wissen musste. Ein ganzes Leben in England oder New York hätte sie niemals auf so harte Weise auf die Probe gestellt und ihr so viel beigebracht wie die zwei Jahre, die sie hier verbracht hatte. Sie konnte jetzt ohne jeden Komfort leben, aus allem eine Mahlzeit zubereiten, und sie wusste, dass der menschliche Körper zu viel mehr in der Lage war, als die Leute dachten.

Aber die größte und wichtigste Erkenntnis, etwas, das sie erst heute wirklich begriffen hatte, war, dass sie jetzt wusste, wer sie war, und dass sie allein zurechtkam. Sie war entsetzt und furchtbar traurig gewesen, als sie dachte, Jack wäre weggelaufen und hätte sie verlassen, doch die Aussicht, auf sich selbst gestellt zu sein, hatte ihr keine Angst gemacht.

Letzte Nacht beim Packen hatte sie das Gefühl gehabt, dass es nicht mehr war als das traurige Ende eines Kapitels und dass ihr nichts anderes übrig blieb, als ein neues aufzuschlagen. Sie wusste, dass sie eine Wohnung und Arbeit finden würde, wenn sie in Vancouver ankamen. Sie wäre dort nicht zusammengebrochen, nur weil sie allein war.

Selbst die Aussicht, ihr Kind alleine großzuziehen, hatte

sie nicht erschreckt. Sie hätte sich um der Konventionen willen vielleicht Mrs genannt, aber nicht, weil sie sich schämte. Sie war eine Musikerin, und eine gute dazu, und sie würde immer irgendwo Arbeit finden.

Natürlich war sie überglücklich und erleichtert, dass Jack zurückgekommen war. Aber irgendwie war sie auch froh darüber, dass sie diese Chance bekommen hatte zu erkennen, was für eine starke, würdevolle und patente Frau sie geworden war.

»Wann soll ich ihm das mit dem Baby sagen?«, murmelte sie zu sich selbst und legte ihre Hand unter ihrer Jacke auf ihren Bauch. Sie war sicher, dass da eins war, aber vielleicht war es besser zu warten, bis der Arzt es bestätigte.

Jack wachte erst wieder auf, als die Sonne schon sank. Er öffnete die Augen, als Beth in die Kabine kam, und lächelte.

»Geht es dir besser?« Sie beugte sich über ihn und streichelte sein Gesicht.

»Jetzt, wo ich wieder bei dir bin, schon«, antwortete er und nahm ihre Hand und küsste sie. »Ich hatte solche Angst, als ich dachte, du fährst ohne mich. Ich hätte tagelang auf das nächste Schiff warten müssen und keine Möglichkeit gehabt, mit dir in Kontakt zu treten.«

»Und ich hätte nicht am Hafen gestanden in der Hoffnung, dass du auf einem der Schiffe bist«, neckte sie ihn.

Er lächelte und betrachtete ihr Gesicht. »Ich hätte dich irgendwann gefunden. Ich wäre durch Vancouver gelaufen und hätte überall Poster aufgehängt mit der Aufschrift: »Vermisst! Geigende Gypsy Queen. Belohnung für Informationen.«

»Was sollen wir machen, wenn wir dort ankommen?«,

fragte sie und drängte ihn sanft zur Seite, damit sie sich zu ihm auf die Liege setzen konnte.

»Was immer du willst«, erwiderte er. »Wir könnten ein anderes Schiff nach Kalifornien nehmen, wo wir es den ganzen Winter warm haben. New York, Philadelphia, Konstantinopel, Paris oder Rom, wir können überall hingehen, wohin du möchtest. Was würdest du denn gerne tun?«

»Ich will mit dir zusammen sein«, sagte sie. »In einem warmen, ruhigen Haus mit einer richtigen Küche und einem Badezimmer. Und ich will, dass du jeden Abend bei mir zu Hause bist.«

Er sah sie zweifelnd an. »Keine großen Pläne für einen neuen Saloon? Einen Laden, eine Pension?«

Sie schüttelte den Kopf.

»Aber da gibt es doch etwas, das du mir nicht sagst, oder? Ich kann es spüren.«

»Vielleicht.« Sie legte sich neben ihn und zog ihn in ihre Arme. »Aber im Moment gibt es nur uns beide, zusammen auf dieser kleinen Liege, und wir sollten das Beste daraus machen.«

DANKSAGUNG

Ich möchte mich bei all jenen bedanken, die mir bei meinen Recherchen über den Klondike-Goldrausch geholfen haben.

Malcolm Latchem hat mir viele Hintergrundinformationen über die Geigen- und die Folkmusik jener Zeit gegeben. Danke, Malcolm, du hast mich wünschen lassen, ich könnte mehr auf der Geige spielen als ein einfaches Kinderlied.

Ein großes Dankeschön gilt Patrick Griffin vom Wexus Travellers' Club, der meine Reise auf den Spuren meiner Heldin von Alaska nach Dawson City in Kanada arrangiert hat. Sein Wissen, sein Enthusiasmus und sein Sinn für Humor haben es zu einer sehr viel weniger beängstigenden Reise werden lassen.

Ich habe jedes Buch gelesen, das ich über den Goldrausch und seine besonderen Persönlichkeiten in die Finger bekommen konnte, aber die beiden, die aus allen anderen herausstachen, waren von Pierre Berton, Kanadas führendem Historiker. *Klondike, the Last Great Gold Rush, 1868–1899* war einfach fantastisch. Aufregend und mit großartigen Beschreibungen, ein Buch, das jeder lesen sollte, um sich ein Bild von dem Wahnsinn des Goldrausches machen zu können. *The Klondike Quest*, ebenfalls von Berton, ist ein bebilderter Bericht der gleichen Geschichte. Durch die fabelhaften Fotos und Texte hat man fast das Gefühl, dort gewesen zu sein.

Vielen Dank auch an Bomby Peggy's, das frühere Bordell, in dem ich in Dawson City gewohnt habe und herzlich willkommen geheißen wurde, denn dort leben die Dekadenz und die frechen Aspekte der damaligen Lebensweise wieder auf, ohne dass man auf den Komfort des 21. Jahrhunderts verzichten muss.

Es ist mir nie gelungen, die Namen von jener tollen Gruppe von Australiern zu erfahren, in die ich mich an meinem ersten Abend in Dawson verliebt habe. Ich habe Fotos von euch allen und wunderschöne Erinnerungen, also kann ich nur hoffen, dass einer von euch sich an meinen Namen erinnert und das Buch gekauft hat. Ihr wisst, dass ihr gemeint seid, also meldet euch!

Und zu guter Letzt gilt mein Dank Mari Evans, meiner Lektorin, für ihren unerschöpflichen Enthusiasmus und ihr geschicktes Redigieren. Ich liebe dich, Mari!

Eine junge Frau ohne Gedächtnis und ihre verzweifelte Suche nach der eigenen Vergangenheit

Lesley Pearse
SCHATTEN DER ERINNERUNG
Roman
Aus dem Englischen
von Katharina Kramp
464 Seiten
ISBN 978-3-404-16085-3

Am Strand von Sussex wird eine junge Frau gefunden: halb ertrunken, schwer misshandelt – und ohne jegliche Erinnerung daran, wer sie ist und was mit ihr geschah. Als Dale, eine Freundin des Mädchens, von ihrem Schicksal erfährt, versucht sie gemeinsam mit Lotte, deren Geschichte zu rekonstruieren.
Doch die beiden werden in einen Strudel von Rätseln, Geheimnissen und Albträumen gezogen. Warum war Lotte so lange Zeit verschwunden? Wer ist der Mann, der sie verfolgt? Und: Was ist mit dem Baby passiert, von dem Lotte offensichtlich vor Kurzem entbunden wurde?